Frederick Forsyth · Das vierte Protokoll

Frederick

Forsyth

Das vierte Protokoll

Roman

Aus dem Englischen
von Rolf und Hedda Soellner

Piper
München - Zürich

Die Originalausgabe erschien 1984 unter dem Titel »The Fourth Protocol«
bei Hutchinson & Co. (Publishers) Ltd., London

ISBN 3-492-02910-8
3. Auflage, 81.–102. Tausend 1984

Gesetzt aus der Palatino-Antiqua
Gesamtherstellung: Ueberreuter, Wien
Printed in Austria

Für Shane Richard, fünf Jahre alt,
ohne dessen liebevolles Zutun dieses Buch in der Hälfte der Zeit
geschrieben worden wäre

Teil I

1. Kapitel

Schlag Mitternacht würde er sich die Glen-Juwelen holen, hatte der Mann in Grau beschlossen. Vorausgesetzt, sie waren dann noch im Safe der Wohnung und die Besitzer verreist. Das mußte er feststellen. Also wartete und wachte er. Um halb acht wurde seine Geduld belohnt.

Die große Limousine schoß mit der geschmeidigen Kraft, die ihr Name versprach, aus der Tiefgarage. Am Ausgang des Tunnels verharrte sie sekundenlang, während der Fahrer nach rechts und links schaute, dann bog sie in die Straße ein und fuhr Richtung Hyde Park Corner.

Jim Rawlings, der gegenüber dem Luxuswohnblock in einer ausgeliehenen Chauffeurlivree am Steuer eines gemieteten Volvo Estate saß, stieß einen Seufzer der Erleichterung aus. Ein rascher Blick über die Belgravia Street hatte ihm gezeigt, was er sehen wollte: Der Mann hatte am Steuer gesessen, seine Frau neben ihm. Der Motor des Volvo lief bereits, und die Heizung war eingeschaltet. Rawlings legte die automatische Gangschaltung ein, manövrierte den Volvo aus der Reihe der parkenden Wagen heraus und fuhr hinter dem Daimler-Jaguar her.

Es war ein frischer, schöner Morgen. Über dem Green Park im Osten lag ein blasser Lichtschimmer, und die Straßenbeleuchtung brannte noch. Rawlings war seit fünf Uhr auf dem Posten, und die wenigen Passanten hatten keine Notiz von ihm genommen. In Belgravia, dem reichsten Viertel des Londoner West End, erregt ein Chauffeur in einem großen Wagen keinerlei Aufmerksamkeit, schon gar nicht mit vier Koffern und einem Picknickkorb im Heckteil, am Morgen des 31. Dezember. Viele reiche Leute verließen die Hauptstadt, um Silvester in ihren Landhäusern zu feiern.

Am Hyde Park Corner war er fünfzig Yards hinter dem Jaguar und ließ einem Lastwagen die Vorfahrt. In der Park Lane befürchtete er einen Augenblick lang, das Paar im Jaguar könne an der dortigen Filiale der Coutts Bank halten und den Diamantschmuck im Nachtsafe deponieren.

Am Marble Arch atmete er ein zweites Mal erleichtert auf. Die Limousine vor ihm war nicht um das Denkmal herum und über die Gegenspur der Park Lane nach Süden, zur Bank, gefahren. Sie brauste geradewegs zum Great Cumberland Place, dann über Gloucester Place weiter nach Norden. Die Besitzer der Luxuswohnung im achten Stock von Fontenoy House hinterlegten also die Dinger nicht bei Coutts; sie hatten sie entweder im Wagen und nahmen sie mit aufs Land oder aber ließen sie über die Feiertage in der Wohnung. Rawlings war überzeugt, daß die zweite Annahme zutraf.

Er folgte dem Jaguar nach Hendon, beobachtete noch, wie der Wagen die letzte Meile bis zur Autobahn M1 flitzte, wendete dann und fuhr zurück in die Stadt. Ganz wie er gehofft hatte, war das Ehepaar eindeutig zum Bruder der Frau, dem Duke of Sheffield, unterwegs, der in Nord Yorkshire, volle sechs Autostunden von der Hauptstadt entfernt, ein Landgut besaß. Das würde Rawlings mindestens vierundzwanzig Stunden Zeit geben, mehr als er brauchte. Er bezweifelte nicht im geringsten, daß er die Wohnung in Fontenoy House würde knacken können; schließlich war er einer der besten Schränker Londons.

Um die Mitte des Vormittags hatte er den Volvo zum Autoverleih, die Livree zum Kostümverleih und die leeren Koffer in den Schrank zurückgebracht. Er war wieder in seiner komfortablen und teuer möblierten Wohnung im obersten Stock eines umgebauten Teelagerhauses in Wandsworth. In dieser Gegend war er aufgewachsen. Wie gut auch immer seine Geschäfte gingen, er war und blieb ein Südlondoner, und wenn Wandsworth auch nicht so schick sein mochte wie Belgravia oder Mayfair, es war sein Revier. Und wie alle seinesgleichen verließ er nur widerwillig die Geborgenheit des eigenen Reviers. Dort fühlte er sich einigermaßen sicher, obgleich er der örtlichen Unterwelt und der Polizei als »Face« bekannt war, das heißt als Verbrecher oder Gauner.

Auch verhielt er sich wie alle erfolgreichen Ganoven in seinem Revier unauffällig. Er fuhr einen bescheidenen Wagen, und die einzige Schwäche, die er sich gestattete, war die elegante Wohnung. Die niederen Chargen der Unterwelt hielt er absichtlich über sein Tun im unklaren, und obgleich die Polizei mit ziemlicher Sicherheit seine Spezialität kannte, war sein Strafregister, abgesehen von einer kurzen Wasser-und-Brot-Strecke in seiner Jugend, ein unbeschriebenes Blatt. Sein offensichtlicher Erfolg und die Unklarheit darüber, wie er ihn erreichte, machten ihn zu einer Kultfigur beim einschlägigen Nachwuchs, der nur zu gern kleine Gänge für ihn erledigte. Sogar die schweren Kaliber, die am hellen Tag, mit Schrotflinten und Schaufelstielen bewaffnet, Lohnbüros ausnahmen, hielten sich respektvoll von ihm fern.

Natürlich brauchte er ein Aushängeschild zur Rechtfertigung seiner Geldmittel. Alle erfolgreichen »Faces« übten irgendeine reguläre Tätigkeit aus. Die beliebtesten Tarngewerbe waren Taxiunternehmen, Obst und Gemüse en gros und Schrotthandel. Alle diese Aushängeschilder bescheren eine Menge nicht nachprüfbarer Gewinne, Bargeschäfte, Freizeit und Verstecke, und man kann ein paar »Schwere« oder Schläger anheuern, harte Burschen mit wenig Verstand und viel Muskelkraft, die zur Tarnung ihres eigentlichen Metiers als Gorillas ebenfalls einer regulären Arbeit nachgehen müssen.

Rawlings betrieb offiziell eine Altmetallhandlung und Autoverschrottung. Damit verfügte er über eine gut ausgerüstete Werkstatt, über Metalle aller Art, elektrische Kabel, Leitungen und Batteriesäure, und die beiden Schlägertypen, die in seinem Hinterhof Altwagen ausschlachteten, leisteten Schützenhilfe und konnten ihm als Leibgarde dienen, falls ihm irgendwelche »Kollegen« Scherereien machen wollten.

Frisch geduscht und frisch rasiert saß Rawlings am Frühstückstisch und verrührte die Zuckerwürfel in seinem zweiten Morgenespresso. Er studierte die Planskizzen, die Billy Rice ihm gebracht hatte.

Billy Rice war sein Eleve, ein smarter Dreiundzwanzigjähriger, der eines Tages Klasse, sogar große Klasse sein würde. Er bewegte sich vorläufig noch an der Randzone der Unterwelt und war erpicht darauf, einer Berühmtheit mit Gefälligkeiten an die Hand zu gehen, ganz abgesehen von der unschätzbaren Erfahrung, die er dabei erwerben konnte. Vor vierundzwanzig Stunden hatte Billy an der Tür der Wohnung im achten Stock von Fontenoy House geklingelt, einen riesigen Blumenstrauß in der Hand und angetan mit der Livree eines teuren Blumengeschäfts. Diese beiden »Requisiten« hatten ihn mühelos am Portier vorbei in die Vorhalle gebracht, wo er sich die genaue Lage der Portiersloge und des Wegs zum Treppenaufgang einprägt hatte.

Die Dame des Hauses öffnete ihm höchstpersönlich die Tür, und beim Anblick der Blumen leuchtete ihr Gesicht vor Überraschung und Freude auf. Der Strauß kam angeblich vom Hilfswerk für in Not geratene ehemalige Kriegsteilnehmer, dessen Galaball Lady Fiona in ihrer Eigenschaft als Schirmherrin am Abend dieses Tages, des 30. Dezember 1986, besuchen wollte. Selbst wenn sie auf dem Ball im Gespräch mit einem Vorstandsmitglied die Blumen erwähnen sollte, so würde der- oder diejenige, dachte Rawlings, ganz einfach annehmen, das Bukett sei von einem anderen Mitglied im Namen aller übersandt worden.

An der Tür hatte Lady Fiona einen Blick auf die angeheftete Karte geworfen, in dem kristallklaren Ton ihrer Klasse: »Wie wunder-wunderschön!« gerufen und den Strauß entgegengenommen. Billy hatte ihr sodann seinen Quittungsblock und einen Kugelschreiber gereicht. Da sie die drei Dinge nicht zugleich halten konnte, war sie in den Salon geflattert, um die Blumen irgendwo hinzulegen. Ein paar Sekunden lang stand Billy allein in der kleinen Diele.

Mit seinem knabenhaften Aussehen, dem flaumigen Goldhaar, den blauen Augen und dem schüchternen Lächeln war Billy ein Geschenk des Himmels. Er konnte sicher sein, daß ihm keine Hausfrau mittleren Alters den Weg in ihre Wohnung verwehren würde. Doch seinen Babyaugen entging kaum etwas.

Noch bevor er klingelte, prüfte er eine volle Minute lang die Außenseite des Eingangs, den Rahmen und die Mauer um die Türöffnung. Er hielt Ausschau nach einem kleinen walnußgroßen Summer oder einem schwarzen Knopf oder Schalter zum Abdrehen des Summers. Erst nachdem er sich überzeugt hatte, daß nichts dergleichen vorhanden war, klingelte er.

Als er allein in der Diele stand, wiederholte er das Ganze an der Innenseite und suchte den Türrahmen und die Wände nach einem Summer oder Schalter ab. Auch hier war nichts. Bis die Dame des Hauses wieder erschien, um die Quittung zu unterschreiben, hatte Billy festgestellt, daß die Tür durch ein Chubb-Schloß gesichert war und nicht, wie er befürchtet hatte, durch ein Bramah-Schloß, das als unknackbar gilt.

Lady Fiona nahm Block und Kugelschreiber und versuchte zu quittieren. Ohne Erfolg. Die Mine war aus dem Stift herausgenommen worden, und was eventuell an Schreibflüssigkeit noch an der Spitze verblieben war, hatte Billy sorgfältig auf ein Blatt Papier verschrieben. Er entschuldigte sich ausschweifend. Mit strahlendem Lächeln sagte Lady Fiona, das sei gar nicht schlimm, sie habe einen Füller in ihrer Handtasche, und wieder verschwand sie hinter der Salontür. Billy hatte bereits gefunden, was er suchte. Die Wohnungstür war in der Tat an ein Alarmsystem angeschlossen.

Aus der Kante der geöffneten Tür ragte hoch oben an der Scharnierseite ein winziger Federstift. Gegenüber war in den Türpfosten eine ebenso winzige Steckdose eingelassen. Darin befand sich, wie Billy wußte, ein Pye-Mikroschalter. Wenn die Tür geschlossen wurde, drang der Stift in die Dose ein, und der Kontakt war hergestellt.

Bei scharf geschalteter Einbruchssicherung würde der Mikroschalter den Alarm auslösen, sobald der Kontakt unterbrochen, das heißt die Tür geöffnet wurde. In weniger als drei Sekunden hatte Billy seine Tube Superklebstoff aus der Tasche gezogen, einen deftigen Schuß in die Öffnung mit dem Mikroschalter gespritzt und das Ganze mit einer kleinen Kugel aus Plastilin und Klebstoffgemisch zugestopft. Nach weiteren vier Sekunden war die Masse steinhart und der Mikroschalter vom Federstift isoliert.

Als Lady Fiona mit der unterschriebenen Quittung zurückkam, fand sie den netten jungen Mann mit einer Hand an den Türpfosten gelehnt vor. Er stieß sich mit einem entschuldigenden Lächeln sofort ab, wobei er die Klebstoffreste vom Daumen wischte. Später hatte Billy dann Rawlings eine vollständige Beschreibung der Eingangshalle, der Portiersloge, der Lage der Treppen und Aufzüge geliefert, vom Zugang zur Wohnungstür, der kleinen Diele dahinter und von den Teilen des Salons, die ihm zu Gesicht gekommen waren.

Rawlings war überzeugt, daß der Wohnungsinhaber vor vier Stunden seine Koffer in das Treppenhaus getragen hatte und dann in die Diele zurückgegangen war, um die Alarmanlage einzuschalten. Wie üblich hatte sie keinen Ton von sich gegeben. Er hatte die Tür hinter sich zugemacht, den Schlüssel im Steckschloß ganz umgedreht und befriedigt gedacht, daß nun das Sicherheitssystem scharf geschaltet sei. Normalerweise wäre der Federstift mit dem Pye-Mikroschalter in Kontakt gewesen. Das Umdrehen des Schlüssels würde den Stromkreis geschlossen haben. Da aber der Stift vom Mikroschalter isoliert war, würde zumindest das Türsystem nicht funktionieren. Rawlings war sicher, daß sich das Türschloß in dreißig Minuten schaffen ließe. In der Wohnung selbst würden noch weitere Fallen sein. Mit denen wollte er zu gegebener Zeit fertig werden.

Er trank seinen Kaffee aus und nahm sich eine Mappe mit Zeitungsausschnitten vor. Wie alle Juwelendiebe war Rawlings ein aufmerksamer Leser der Klatschspalten. Die Ausschnitte dieser Mappe befaßten sich ausschließlich mit den gesellschaftlichen Auftritten Lady Fionas und mit dem einzigartigen Diamantschmuck, den sie auch gestern abend auf dem Galaball wieder getragen hatte – zum letzten Mal, wenn es nach Rawlings ging.

Tausend Meilen weiter östlich stand der alte Mann am Fenster seines Wohnzimmers im Block 111 am Mira-Prospekt und dachte ebenfalls an Mitternacht. Sie würde den 1. Januar 1987, seinen 75. Geburtstag, einläuten.

Obwohl es bereits in den Nachmittag ging, war der Mann immer noch im Morgenrock. Es gab, wie die Dinge lagen, keinen Anlaß, früh aufzustehen oder sich in Schale zu werfen, um ins Büro zu gehen. Es gab kein Büro mehr, in das er hätte gehen können. Seine um dreißig Jahre jüngere Frau Erita hatte ihre beiden Jungen in den Gorki Park geführt, wo die Kinder auf den in Eisbahnen verwandelten Wegen Schlittschuh laufen konnten. Der Mann war also allein.

Er warf einen flüchtigen Blick in einen Wandspiegel, und was er darin sah, stimmte ihn nicht fröhlicher als der Gedanke an sein Leben oder an das, was davon noch übrig war. Das seit jeher faltige Gesicht war jetzt tief gefurcht. Das einst dichte schwarze Haar war schlohweiß geworden, schütter und leblos. Unmäßiger Alkohol- und Nikotinkonsum hatten seine Haut gefleckt und gesprenkelt. Die Augen erwiderten elend seinen Blick. Der Mann ging wieder ans Fenster und sah auf die schneeverwehte Straße hinunter. Ein paar bis zur Nasenspitze eingemummte Babuschkas räumten den Schnee weg, bevor über Nacht neuer fiel.

Es war schon so lange her, vierundzwanzig Jahre fast auf den Tag genau, sinnierte der Mann, seit er seinen Un-Job und sein witzloses Exil in Beirut aufgegeben hatte, um hierherzukommen. Es wäre zwecklos gewesen, zu bleiben. Nick Elliot und der Rest der »Firma« hatten damals die ganze Sache spitzgekriegt, er hatte es schließlich ihnen selbst eingestanden. Also war er abgereist, ohne Frau und Kinder, die, wenn sie wollten, später nachkommen konnten.

Zuerst war es ihm erschienen, als sei er zurückgekehrt in seine eigentliche geistige und moralische Heimat. Er hatte sich begeistert in sein neues Leben geworfen und voller Überzeugung an die kommunistische Philosophie und ihren Sieg geglaubt. Warum auch nicht? Er hatte schließlich siebenundzwanzig Jahre damit verbracht, ihr zu dienen. In jenen ersten, frühen Jahren Mitte der Sechziger war er glücklich und in Einklang mit sich selbst gewesen. Natürlich war er intensiv ausgequetscht worden, doch in der KGB-Zentrale verehrte man ihn geradezu. Schließlich war er einer, wenn nicht der größte der fünf Stars, zusammen mit Burgess, Maclean, Blunt und Blake, die sich wie Maulwürfe bis ins innerste Mark des britischen Establishments gewühlt und es in Bausch und Bogen verraten hatten.

Burgess, dem Sex und Suff ein frühes Grab bereiten sollten, war schon dabei gewesen, bevor er, Philby, dazugestoßen war. Als erster hatte Maclean seine Illusionen verloren, aber der war ja schließlich schon seit 1951 in Moskau. Seine wachsende Verbitterung und Wut ließ er an Melinda aus, die ihn 1963 verließ und hierher, in diese Wohnung, kam. Maclean hatte voller Groll und total demoralisiert weitergemacht, bis der Krebs ihn erwischte, und als es soweit war, haßte er seine Gastgeber, und seine Gastgeber haßten ihn. Blunt war drüben in England »hochgenommen« und fallengelassen worden. Es blieben also nur noch er und Blake, dachte der alte Mann. In gewisser Weise beneidete er den völlig assimilierten, hochzufriedenen Blake, der ihn und Erita zur Silvesterfeier zu sich eingeladen hatte. Natürlich verfügte Blake über den für eine Integration nötigen kosmopolitischen Background, Vater Jude, Mutter Holländerin.

Für ihn persönlich konnte es keine Assimilation geben; das war ihm nach den ersten fünf Jahren klar geworden. Er schrieb damals schon perfekt Russisch und sprach es auch fließend, wenn auch mit einem ausgeprägten englischen Akzent. Davon abgesehen, haßte er die Gesellschaft. Es war eine vollständig, unwiderruflich und unabänderlich fremde Gesellschaft.

Das war jedoch nicht das Schlimmste; innerhalb von sieben Jahren nach seiner Ankunft hatte er seine letzten politischen Illusionen verloren. Alles war Lüge, und er war klug genug gewesen, dahinterzukommen. Er hatte seine Jugend und sein Mannesalter damit verbracht, einer Lüge zu dienen, für eine Lüge zu lügen, für eine Lüge zu verraten, er hatte dieses »grüne und angenehme Land« verlassen, alles für eine Lüge.

In all den Jahren, in denen er von Amts wegen alle britischen Magazine und Zeitungen analysierte, hatte er die Kricketresultate verfolgt, während er Ratschläge für die Anzettelung von Streiks gab, in den Zeitschriften nach den altvertrauten Stätten Ausschau gehalten, während er die Desinformation vorbereitete, die dies alles zu Fall bringen sollte, hatte im National unauffällig auf einem Barhocker gekauert, um die Briten lachen und in seiner Sprache Witze reißen zu hören, während er den führenden Leuten des KGB, einschließlich des Leiters selbst, Pläne unterbreitete, wie man diese kleine Insel am besten zerrütten könne. Und die ganze Zeit über hatte er während dieser letzten fünfzehn Jahre tief innen eine Leere der Verzweiflung empfunden, über die ihn nicht einmal der Alkohol und die vielen Frauen hinwegtäuschen konnten. Es war ohnehin zu spät; es führte kein Weg mehr zurück, sagte er sich. Und doch, und doch ...

Die Türklingel ertönte. Philby war überrascht. Mira-Prospekt 111 war ein reiner KGB-Block, der in einer ruhigen Nebenstraße der Stadtmitte lag und in dem vornehmlich höhere KGB-Mitglieder und ein paar Leute vom Außenministerium wohnten. Jeder Besucher mußte sich über den Pförtner anmelden. Erita konnte es nicht sein. Sie hatte ihren eigenen Schlüssel.

Philby öffnete und sah einen jungen, athletisch gebauten Mann vor sich, der einen gut geschnittenen Mantel und eine warme Pelz-Tschapka ohne Abzeichen trug. Sein Gesicht war kalt und starr, woran jedoch nicht der frostige Wind schuld war, der draußen wehte, denn seine Schuhe bezeugten, daß er aus einem warmen Wagen direkt in den warmen Wohnblock gekommen und nicht durch eisigen Schnee gestapft war. Ausdruckslose Augen starrten den alten Mann an, weder freundlich noch feindselig.

»Genosse Oberst Philby?« fragte der Fremde.

Philby war überrascht. Enge persönliche Freunde, die Blakes und ein halbes Dutzend andere, nannten ihn Kim. Für den Rest lebte er seit vielen, vielen Jahren unter einem Pseudonym. Nur für ganz wenige an der Staatsspitze war er Philby, Oberst a. D. des KGB.

»Ich bin Major Pawlow, vom Neunten Direktorat, abgestellt zum persönlichen Stab des Generalsekretärs der KPdSU.«

Philby kannte das Neunte Direktorat des KGB. Es stellte die Leibwächter für alle Spitzenfunktionäre der Partei und besorgte den Schutz der Gebäude, in denen diese Funktionäre arbeiteten und wohnten. Innerhalb der Parteigebäude und bei offiziellen Anlässen trugen die Männer ihre Uniformen mit den typischen elektrischblauen Mützenbändern, Schulterklappen und Kragenspiegeln; in dieser Aufmachung waren sie auch als Kremlgarde bekannt. Als Leibwächter trugen sie elegante Zivilkleidung; sie waren topfit, durchtrainiert, eisig-loyal und bewaffnet.

»Verstehe«, sagte Philby.

»Das ist für Sie, Genosse Oberst.«

Der Major hielt ihm einen länglichen Umschlag aus Büttenpapier hin. Philby nahm ihn.

»Das auch«, fügte der Major hinzu und reichte ihm einen kleinen Zettel mit einer Telefonnummer darauf.

»Danke«, sagte Philby. Ohne ein weiteres Wort neigte der Major kurz den Kopf, machte auf dem Absatz kehrt und ging den Korridor hinunter. Einige Sekunden später beobachtete Philby von seinem Fenster aus, wie die schlanke schwarze

Tschaika-Limousine mit dem Kennzeichen des Zentralkomitees, das mit den Buchstaben MOC beginnt, vom Hauseingang wegglitt.

Jim Rawlings blickte durch eine Lupe auf das Bild in dem Gesellschaftsmagazin. Das vor einem Jahr aufgenommene Foto zeigte die Frau, die er heute früh an der Seite ihres Mannes in nördlicher Richtung aus London hatte fahren sehen. Sie stand in einer Reihe von Leuten und wartete darauf, Prinzessin Alexandra vorgestellt zu werden. Und sie trug die Steine. Rawlings, der in monatelanger Arbeit seine Coups vorbereitete, kannte die Herkunft des Schmuckes besser als sein eigenes Geburtsdatum.

Im Jahre 1905 war der junge Earl of Margate aus Südafrika zurückgekommen und hatte vier herrliche Rohdiamanten mitgebracht. Vor seiner Hochzeit, 1912, übergab er sie Cartier in London zum Schleifen und Fassen als Geschenk für seine junge Frau. Cartier schickte die Steine nach Amsterdam zu Aascher, der aufgrund seiner meisterlichen Bearbeitung des riesigen Cullinan-Steins immer noch als der beste Diamantschleifer der Welt galt. Die vier Diamanten wurden zu zwei zusammenpassenden Paaren von birnenförmigen, achtundfünfzigfacettigen Steinen verarbeitet, wobei das eine Paar zehn Karat pro Stein wog und das andere zwanzig.

In London faßte Cartier diese Steine in Weißgold, umgab sie mit insgesamt vierzig sehr viel kleineren Diamanten und schuf ein Ensemble, bestehend aus einem Diadem mit einem der größeren birnenförmigen Steine als Mittelstück, einem Anhänger mit dem anderen größeren Diamanten als Mittelstück und zwei dazupassenden Ohrgehängen mit den beiden kleineren Steinen. Bevor der Schmuck fertig war, starb der Vater des Earl, der siebente Duke of Sheffield, und der Titel ging auf den Sohn über. Die Steine wurden als die Glen-Diamanten bekannt, nach dem Familiennamen des Hauses Sheffield.

Der achte Duke vererbte sie bei seinem Tod 1936 an seinen Sohn, der seinerseits zwei Kinder hatte, eine Tochter, geboren 1944, und einen Sohn, geboren 1949. Das Bild dieser Tochter, die nun zweiundvierzig Jahre alt war, befand sich jetzt unter Jim Rawlings' Lupe.

»Die hast du zum letzten Mal getragen, Schätzchen«, sagte Rawlings vor sich hin. Dann überprüfte er nochmals seine Ausrüstung für den Abend.

Harold Philby schlitzte den Umschlag mit einem Küchenmesser auf, zog den Brief heraus und legte ihn auf den Tisch im Wohnzimmer. Er war beeindruckt; es war ein persönliches Handschreiben des Generalsekretärs der KPdSU; Philby erkannte die gestochene Schönschrift des Sowjetführers.

Der Briefbogen war wie der Umschlag Luxusqualität und trug keinen Briefkopf. Der Generalsekretär hatte den Brief sicher in seiner Privatwohnung im Kutuzowskij-Prospekt Nummer 26 geschrieben, dem riesigen Block, der seit Stalins Zeiten den Spitzen der Parteihierarchie in Moskau üppige Absteigequartiere bot. In der rechten oberen Ecke des Blattes stand »Mittwoch, den 31. Dezember 1986«. Darunter der Text. Er lautete:

»Lieber Philby,

ich wurde auf eine Bemerkung aufmerksam gemacht, die Sie kürzlich bei einem Abendessen in Moskau getan haben. Nämlich: Die politische Stabilität Großbritanniens werde hier in Moskau dauernd überschätzt, und heute mehr denn je.

Würden Sie mir bitte diese Bemerkung näher und ausführlicher erläutern. Machen Sie einen schriftlichen Bericht, in einem einzigen Exemplar, ohne Durchschlag für Sie und ohne die Hilfe einer Schreibkraft.

Wenn er fertig ist, rufen Sie die Nummer an, die Major Pawlow Ihnen gegeben hat, und verlangen Sie ihn persönlich. Er wird dann den Bericht bei Ihnen abholen.

Meine Glückwünsche zu Ihrem morgigen Geburtstag.

Ihr . . .«

Der Brief endete mit der Unterschrift.

Philby atmete tief durch. Das Abendessen, das Kryutschow am 26. für höhere KGB-Offiziere gegeben hatte, war also abgehört worden. Er hatte es halbwegs vermutet. Wladimir Alexandrowitsch Kryutschow, erster stellvertretender Leiter des KGB und Chef seines Ersten Hauptdirektorats, war ein ergebener Gefolgsmann des Generalsekretärs. Obwohl er den Titel eines Generaloberst trug, war Kryutschow kein Militär, ja nicht einmal ein berufsmäßiger Nachrichtendienstler; er war ein Parteiapparatschik reinsten Wassers, einer von denen, die der jetzige Sowjetführer hereingebracht hatte, als er den KGB leitete.

Philby las den Brief noch einmal und schob ihn dann weg. Der Stil des alten Herrn war immer noch der gleiche, dachte er. Kurz, sachlich, klar und präzise, ohne Höflichkeitsfloskeln, von einer Bestimmtheit, die jeden Widerspruch ausschloß. Selbst die Anspielung auf Philbys Geburtstag war kurz und sollte nur zeigen, daß der Generalsekretär sich die Personalakte und einiges mehr hatte kommen lassen.

Und doch war Philby beeindruckt. Ein persönliches Handschreiben vom eisigsten und distanziertesten aller Menschen war eine ungewöhnliche Ehre, die eine Menge Leute außer Fassung gebracht hätte. Vor Jahren war das noch ganz anders gewesen. Als der gegenwärtige Sowjetführer die Leitung des KGB übernahm, war Philby bereits Jahre in Moskau und galt als eine Art Star. Er hielt Vorträge über westliche Nachrichtendienste im allgemeinen und über den britischen Secret Intelligence Service im besonderen.

Wie alle Parteimenschen, die Fachleute einer anderen Disziplin zu befehligen haben, berief der neue Leiter seine getreuen Vasallen auf Schlüsselposten. Wenn er auch als einer der fünf Stars respektiert und bewundert wurde, so begriff Philby doch, daß in dieser konspiratorischsten aller Gesellschaften ein hochgestellter Gönner von Nutzen sein konnte. Der KGB-Chef, der ungleich intelligenter und gebildeter war als sein Vorgänger Semitschastnij, hatte für alles, was England betraf, eine Neugierde gezeigt, die über bloßes Interesse hinaus fast bis zur Faszination ging.

Er hatte damals Philby oft um eine Deutung oder Analyse von Ereignissen in England gebeten, von wahrscheinlichen Reaktionen seiner führenden Politiker, und Philby war glücklich gewesen, ihm einen Gefallen tun zu können. Es war, als wolle der KGB-Chef die Berichte, die von seinen hauseigenen England-Experten oder von seiner alten Dienststelle, der Internationalen Abteilung des Zentralkomitees unter Boris Ponomarew, kamen, anhand eines Gegengutachtens überprüfen. Manchmal hatte er sich dann Philbys Ansichten zu eigen gemacht.

Es war schon fünf Jahre her, daß Philby den Zaren aller Reussen von Angesicht zu Angesicht gesehen hatte. Das war im Mai 1982 gewesen bei einem Empfang anläßlich der Rückkehr des KGB-Chefs zum Zentralkomitee, angeblich als Sekretär, in Wahrheit aber zur Sicherung seines eigenen Aufstiegs nach Breschnews bevorstehendem Tod. Und jetzt suchte er wieder Philbys Rat.

Die Rückkehr Eritas und der Jungen, die erhitzt waren vom Schlittschuhlaufen und lärmten wie immer, riß Philby aus seinen Gedanken. 1975, lange nach Melinda Macleans Weggang, als die Oberen beim KGB befanden, daß seine ewige Sauferei und Herumhurerei ihren Reiz verloren habe (zumindest für den Apparat), war Erita beordert worden, zu ihm zu ziehen. Sie war damals ein KGB-Mädchen, Jüdin gegen alle Regel, vierunddreißig Jahre alt, dunkelhaarig und ausgeglichen. Sie heirateten noch im selben Jahr.

Nach der Hochzeit hatte sein beträchtlicher persönlicher Charme alles überspielt. Sie hatte sich wirklich in ihn verliebt und sich geweigert, dem KGB noch irgendwelche Berichte über ihren Mann zu liefern. Ihr Führungsoffizier hatte die Achseln gezuckt, höheren Orts Meldung erstattet und war beschieden worden, die Sache fallen zu lassen. Die Jungen waren zwei und drei Jahre später gekommen.

»Was Wichtiges, Kim?« fragte Erita, als er aufstand und den Brief in die Tasche steckte. Er schüttelte den Kopf. Sie zog den Jungen die dicken, gesteppten Jacken aus.

»Nichts, Liebes«, sagte er. Doch sie sah ihm an, daß ihn etwas beschäftigte. Wohlweislich drang sie nicht weiter in ihn, sondern ging zu ihm und küßte ihn auf die Wange.

»Bitte, trink nicht zu viel heute abend bei den Blakes.«

»Ich werd's versuchen«, sagte er lächelnd.

Er war jedoch fest entschlossen, sich eine letzte Besäufnis zu leisten. Als lebenslanger Alkoholiker, der, wenn er auf einer Party einmal zu trinken anfing, bis zur Bewußtlosigkeit weitermachte, hatte er die Warnungen von gut hundert Ärzten in den Wind geschlagen. Sie hatten ihn gezwungen, das Zigarettenrauchen aufzugeben, und das war schlimm genug gewesen. Aber nicht den Alkohol; er konnte damit aufhören, wenn er ernsthaft wollte, und er wußte, daß er nach dieser Silvesterparty für eine Weile damit Schluß machen mußte.

Er rief sich die Bemerkung, die er bei Kryutschow gemacht hatte, und die Überlegungen, die sie ausgelöst hatten, ins Gedächtnis zurück. Er wußte, was im Innersten der Labour Party vor sich ging und was damit bezweckt wurde. Auch andere hatten die Masse des nachrichtendienstlichen Rohmaterials bekommen, das er so viele Jahre hindurch geprüft hatte und das man ihm immer noch als eine Art Gunstbeweis zuleitete. Doch nur er allein war in der Lage, die einzelnen Teile zusammenzusetzen, sie in Bezug zu der britischen Massenpsychologie zu bringen und daraus ein zutreffendes Bild zu formen. Wenn er der Idee, die er im Kopfe hatte, Gerechtigkeit widerfahren lassen wollte, dann mußte er dieses Bild in die entsprechenden Worte umsetzen; für den Sowjetführer einen der besten Berichte ausarbeiten, die er je niedergeschrieben hatte. Er würde Erita und die Jungen über das Wochenende auf die Datscha schicken. Dann würde er allein in der Wohnung sein und mit der Arbeit anfangen. Doch zuvor noch eine letzte Besäufnis.

Jim Rawlings verbrachte die Stunde zwischen neun und zehn Uhr an diesem Abend in einem anderen, kleineren Mietwagen vor dem Fontenoy House. Er betrachtete prüfend das Lichtmuster hoch oben im Gebäude. Die Wohnung, auf die er es abgesehen hatte, war natürlich stockdunkel, doch er stellte mit Genugtuung fest, daß die Apartments darüber und darunter hell erleuchtet waren. Nach den vielen Leuten zu urteilen, die an den Fenstern auftauchten, war in jedem von ihnen eine Party im Gange.

Nachdem er den Wagen diskret in einer Seitenstraße zwei Blocks weiter geparkt hatte, schlenderte er um zehn Uhr zum Portal von Fontenoy House. Es waren an diesem Abend so viele Leute aus- und eingegangen, daß die Türflügel zwar geschlossen, aber nicht verschlossen waren. In der Eingangshalle war linkerhand die Portiersloge, genau wie Billy Rice gesagt hatte. Darin saß der Nachtportier vor seinem japanischen Fernsehgerät. Er stand auf und kam an die Türöffnung, als wolle er etwas fragen.

Rawlings, der einen Smoking angelegt hatte, trug eine Champagnerflasche mit einer roten Schleife unterm Arm. Er hob die freie Hand zu einem beschwipsten Gruß.

»Abend«, rief er und fügte hinzu, »oh, und ein gutes neues.«

Sollte der alte Portier die Absicht gehabt haben, sich nach dem Wieso und Wohin zu erkundigen, so besann er sich jetzt eines Besseren. Im Block waren mindestens sechs Partys im Gang. Die Hälfte davon schien das Haus der offenen Tür zu praktizieren. Wie sollte er da die Gästeliste überprüfen?

»Oh, äh, danke, Sir. Ein glückliches neues Jahr, Sir«, rief er, aber der smokingbekleidete Rücken war bereits den Korridor hinunter verschwunden. Der Portier ging wieder zu seinem Film zurück.

Rawlings benützte die Treppe bis zum ersten Stock, dann den Lift bis zum achten. Um fünf nach zehn stand er vor der Tür der Wohnung, die er suchte. Wie Billy berichtet hatte, gab es keinen Summer, und das Schloß war ein Chubb-Steckschloß. Darunter befand sich ein Yale-Schloß für den täglichen Gebrauch.

Das Chubb-Steckschloß verfügt über insgesamt 17 000 Kombinationen und Permutationen. Es ist ein Schloß mit fünf Zuhaltungen, für einen guten »Schlüssel-Mann« kein unüberwindliches Problem, da nur die ersten zweieinhalb Zuhaltungen ermittelt werden müssen; die anderen zweieinhalb sind die gleichen, nur in umgekehrter Anordnung, so daß der Schlüssel genauso gut funktioniert, wenn er von der anderen Seite der Tür eingeführt wird.

Nach seinem Schulabgang im Alter von sechzehn hatte Rawlings zehn Jahre in der Eisenwarenhandlung seines Onkels Albert gearbeitet. Das Geschäft war ein gutes Aushängeschild für den alten Knaben, der zu seiner Zeit ein bemerkenswerter Schränker gewesen war. Der eifrige junge Rawlings lernte jedes Schloß kennen, das auf dem Markt war, und die meisten kleineren Geldschränke. Nach diesem gründlichen »Praktikum« unter Onkel Alberts fachmännischer Anleitung konnte Rawlings jedes beliebige Schloß knacken, ganz gleich um welches Fabrikat es sich handelte.

Er zog einen Ring mit zwölf Dietrichen aus der Tasche, die er alle in seiner eigenen Werkstatt hergestellt hatte. Er wählte drei aus, probierte sie nacheinander und entschied sich schließlich für den sechsten am Ring. Er führte ihn in das Chubb-Schloß ein und tastete damit nach den Druckpunkten. Dann holte er einen Satz dünner Stahlfeilen aus der Brusttasche und bearbeitete damit den Weichmetallteil des Dietrichs. Innerhalb von zehn Minuten hatte er das passende Profil für die ersten zweieinhalb Zuhaltungen zurechtgefeilt. Nach weiteren fünfzehn Minuten war das Muster für die zweieinhalb anderen Zuhaltungen fertig. Er steckte den Dietrich ins Schloß und drehte ihn langsam und sorgfältig um.

Der Dietrich griff voll. Rawlings wartete sechzig Sekunden, für den Fall, daß Billys Mischung aus Plastilin und Superklebstoff im Türpfosten nicht gehalten hatte. Keine Alarmklingel. Er atmete auf und wandte sich nun mit einer dünnen Stahlnadel dem Yale-Schloß zu. Nach sechzig Sekunden ging die Tür geräuschlos auf. Es war dunkel in der Wohnung, aber das Licht vom Korridor ließ die Umrisse der leeren Diele erkennen. Sie war ungefähr acht mal acht Fuß groß und mit einem Teppich belegt.

Rawlings vermutete, daß unter diesem Teppich irgendwo ein Druckfühler war, nicht zu nahe an der Tür, damit der Wohnungsinhaber nicht selbst den Alarm auslöste. Er trat in die Diele, wobei er sich dicht an der Wand hielt, schloß die Tür hinter sich und schaltete das Licht ein. Links war eine halboffene Tür, durch die er ein Waschbecken sehen konnte. Rechts eine weitere Tür, wahrscheinlich ein eingebauter Kleiderschrank, in dem sich das Alarmsteuersystem befand, das er in Ruhe lassen würde. Er zog eine Flachzange aus der Brusttasche, bückte sich und hob den Teppich an den Fransen in die Höhe. Er entdeckte den Druckfühler im toten Punkt der Diele. Nur einen. Er ließ den Teppich wieder sacht zurückgleiten, ging um ihn herum und öffnete die größere Tür. Wie Billy gesagt hatte, war das die Tür zum Salon.

Er blieb einige Minuten auf der Schwelle stehen, bevor er den Schalter fand und das Licht anmachte. Es war riskant, aber er befand sich acht Stockwerke über der Straße, die Bewohner waren in Yorkshire, und er hatte nicht die Zeit, um in einem Raum voller Fallen beim Licht einer Miniaturtaschenlampe zu arbeiten.

Das Zimmer war länglich, ungefähr fünfundzwanzig zu achtzehn Fuß, mit einem Teppich ausgelegt und reich möbliert. Die doppelscheibigen Panoramafenster gingen nach Süden zur

Straße hinaus. An der Wand zu seiner Rechten sah Rawlings einen Gaskamin mit Marmorverkleidung und imitierten Scheiten sowie eine Tür, die vermutlich zu den Schlafzimmern führte. In der Wand zur Linken waren zwei Türen, die eine auf einen Flur geöffnet, an dem die Gästezimmer lagen, die andere geschlossen, vielleicht der Zugang zu Eßzimmer und Küche.

Rawlings verharrte weitere zehn Minuten regungslos und suchte die Wände und die Decke ab. Aus einem ganz einfachen Grund: Es konnte ein »Passiv-Infrarot-Bewegungsmelder« vorhanden sein, den Billy Rice nicht gesehen hatte und der auf jegliche durch Bewegung im Raum ausgelöste Änderung der statischen Temperaturverhältnisse reagierte. Sollte der Alarm losgehen, konnte Rawlings in drei Sekunden draußen sein. Nichts geschah; das Sicherungssystem bestand aus Erschütterungskontakten an den Türen – und vielleicht auch an den Fenstern, die er ohnehin nicht berühren wollte – sowie aus mehreren Druckfühlern.

Der Safe war mit größter Sicherheit hier im Salon oder im Schlafzimmer der Wohnungsinhaber in einer Außenmauer, da die Innenwände nicht dick genug waren. Rawlings fand ihn kurz vor elf Uhr. Direkt vor ihm, an der Wand zwischen den zwei Panoramafenstern, war ein goldgerahmter Spiegel, der nicht wie die Bilder leicht schräg von der Wand hing und einen schmalen Schatten an den Kanten warf, sondern flach auflag, als sei er an einem Scharnier befestigt.

Rawlings arbeitete sich an den Wänden entlang vorwärts, wobei er mit seiner Zange die Teppichkante hochhob und die fadendünnen Drähte bloßlegte, die von den Fußleisten zu den Druckfühlern irgendwo in der Zimmermitte führten.

Als er den Spiegel erreichte, bemerkte er, daß ein Druckfühler direkt darunter lag. Er wollte ihn zuerst beseitigen, nahm aber dann einen breiten niedrigen Couchtisch und stellte ihn darüber, wobei er darauf achtete, daß die Tischbeine in gebührender Entfernung von den Fühlerrändern blieben. Er wußte jetzt, daß er in

Sicherheit war, solange er sich eng an die Wände hielt oder auf einem Möbelstück stand (Möbel können nicht auf Druckfühlern stehen).

Der Spiegel wurde von einem verdrahteten Magnetverschluß eng an der Wand gehalten. Das war kein Problem. Rawlings schob ein dünnes magnetisiertes Stahlblatt zwischen die beiden Magneten des Verschlusses, von denen der eine im Spiegelrahmen, der andere in der Wand befestigt war. Er drückte das Stahlblatt fest auf den Wandmagneten und schlug den Spiegel zurück. Der Wandmagnet protestierte nicht; er war immer noch in Kontakt mit einem anderen Magneten und meldete daher keinerlei Kontaktunterbrechung.

Rawlings lächelte. Der Wandsafe war ein netter kleiner Hamber, Modell D. Er wußte, daß die Tür aus halbzölligem, zugfestem, gehärtetem Stahl bestand; die Angel war eine senkrechte Stange aus gehärtetem Stahl, die oben und unten von der Tür direkt in den Rahmen überging. Der Sicherheitsmechanismus bestand aus drei gehärteten Stahlbolzen, die aus der Tür ragten und eineinhalb Zoll tief in den Rahmen eindrangen. Innen an der Stahltür war ein zwei Zoll tiefes Weißblechgehäuse mit den drei Verschlußbolzen, dem senkrechten Bolzen zur Steuerung der drei Verschlußbewegungen und das dreischeibige Kombinationsschloß, dessen Vorderseite ihn nun anstarrte.

Es war nicht Rawlings' Absicht, sich mit all diesen Verschlußraffinessen einzulassen. Es gab einen einfacheren Weg: die Tür von oben bis unten auf der Scharnierseite aufzuschlitzen. Das würde sechzig Prozent der Tür intakt lassen, und zwar den Teil, der das Kombinationsschloß enthielt, sowie die drei Verschlußbolzen, die im Rahmen steckten. Die anderen vierzig Prozent würden so weit aufgehen, daß er die Hand hinein- und den Inhalt herausbrächte.

Er arbeitete sich in die Diele zurück, wo er seine Champagnerflasche gelassen hatte, und ging mit ihr wieder zum Safe. Auf dem Couchtisch kauernd, schraubte er den Boden der falschen

Flasche ab und nahm sein Material heraus. Außer einem elektrischen Sprengzünder, der in einer kleinen Schachtel in Watte gebettet lag, einer Sammlung kleiner Magneten und einer gewöhnlichen Fünf-Ampere-Verbindungsschnur kam eine Länge CLC zum Vorschein.

Rawlings wußte, daß man eine halbzöllige Stahlplatte am besten nach der Monroe-Theorie aufschlitzt, so benannt nach dem Erfinder des Prinzips der »geformten Ladung«. Was er in der Hand hielt, hieß im einschlägigen Handel »Charge-Linear-Cutting« oder kurz CLC; ein V-förmiges Metallstück, steif, aber gerade noch biegbar, eingebettet in Plastiksprengstoff. In England stellen drei Firmen CLC her, eine staatliche und zwei private. Man erhält es nur mit behördlicher Genehmigung, aber als Berufsschränker hatte Rawlings einen Kontakt in der Person eines bestechlichen Angestellten bei einer der Privatfirmen.

Schnell und sachkundig fertigte Rawlings die Länge, die er brauchte, und befestigte sie von oben bis unten an der Safetür. In eines der CLC-Enden steckte er den Sprengzünder, aus dem zwei miteinander verflochtene Kupferdrähte ragten. Er entflocht die beiden Leiter und spreizte sie weit auseinander, um später einen Kurzschluß zu vermeiden. An jedem Draht befestigte er eine Litze seiner Verbindungsschnur, die ihrerseits in einem dreipoligen Stecker endete.

Er spulte die Schnur sorgfältig ab, als er an der Wand entlang in den Korridor ging, der zu den Gästezimmern führte. Der Verbindungsgang würde ihm Schutz gegen die Explosion bieten. In der Küche zog Rawlings einen großen Polyäthylenbeutel aus der Tasche und füllte ihn mit Wasser. Diesen Beutel befestigte er mit Reißnägeln an der Wand über der Sprengladung vor der Safetür. Federkissen, hatte Onkel Albert gesagt, sind für die Katz oder fürs Fernsehen. Es gibt keinen besseren Stoßdämpfer als Wasser.

Es war zwanzig Minuten vor Mitternacht. Die Party über ihm wurde immer lauter. Selbst in diesem Luxushaus, wo vornehme Ruhe oberstes Gesetz war, konnte er deutlich hören, daß alles tanzte und durcheinanderschrie. Bevor er sich in den Korridor zurückzog, drehte er den Fernseher an. Im Korridor suchte er nach einer Steckdose, versicherte sich, daß der Schalter an seiner Schnur auf »Aus« war und führte den Stecker ein. Dann wartete er.

Ungefähr eine Minute vor Mitternacht war der Krach über ihm ohrenbetäubend. Plötzlich verstummte er, als jemand »Ruhe« brüllte. Rawlings konnte jetzt den Fernseher hören, den er im Salon eingeschaltet hatte. Das traditionelle schottische Programm mit seinen Balladen und Highland-Tänzen wich einem Bild von Big Ben auf dem Turm des Londoner Parlaments. Hinter der Uhrenfassade war die riesige Glocke Great Tom, die fälschlicherweise oft Big Ben genannt wird. Der Fernsehsprecher plauderte über die Sekunden bis Mitternacht hinweg, während alle Welt im Königreich die Gläser füllte. Dann erklangen die vier Viertelstundenschläge.

Danach kam eine Pause. Dann BONG, das donnernde Dröhnen des ersten Mitternachtsschlags. Es hallte wider in zwanzig Millionen Heimen im ganzen Land; es schmetterte durch die Wohnung im neunten Stock von Fontenoy House und wurde dann vom Glückwunschgebrüll übertönt. Rawlings stellte den Schalter auf »Ein«.

Niemand außer Rawlings selbst hörte den dumpfen Knall. Er wartete sechzig Sekunden, dann zog er seine Schnur aus der Dose und arbeitete sich wieder bis zum Safe vor, wobei er unterwegs sein Werkzeug aufsammelte. Die Rauchschwaden verzogen sich. Von dem Plastikbeutel und der Gallone Wasser waren nur ein paar feuchte Flecken übriggeblieben. Die Safetür sah aus, als hätte sie ein Riese mit einer stumpfen Axt von oben bis unten gespalten. Rawlings blies einige noch verbliebene Rauchfahnen weg und schlug den kleineren Teil der Tür an den Scharnieren zurück. Das Weißblechgehäuse war durch die Explosion weggeblasen worden, doch alle Bolzen in dem anderen Teil der Tür steckten in ihren Löchern. Die Öffnung war so groß, daß er hineinspähen konnte. Eine Geldkassette und ein Samtbeutel; er zog den Beutel heraus, löste die Verschnürung und leerte den Inhalt auf den Couchtisch.

Sie glitzerten und blitzten im Licht, als enthielten sie ihr eigenes Feuer. Die Glen-Diamanten. Rawlings packte den Rest der Ausrüstung – die Schnur, die leere Zünderschachtel und das übriggebliebene CLC – wieder in die falsche Champagnerflasche, als er sich einem unerwarteten Problem gegenübersah. Den Anhänger und die Ohrringe würde er in den Hosentaschen unterbringen, aber das Diadem war breiter und höher, als er gedacht hatte. Er sah sich nach einem unauffälligen Behälter um. Er lag in einigen Schritten Entfernung auf dem Schreibtisch.

Rawlings leerte den Inhalt des Diplomatenkoffers in die Schale eines Sessels, eine Ansammlung von Brieftaschen, Kreditkarten, Füllern, Adreßbüchern und ein paar Aktenordner.

Der Koffer war genau richtig. Er faßte den ganzen Glen-Schmuck und die Champagnerflasche, die ja seltsam angemutet hätte, wenn man Rawlings damit hätte weggehen sehen. Nach einem letzten Rundblick schaltete Rawlings das Licht im Salon aus, trat auf die Diele und schloß die Tür. Als er im Treppenhaus stand, sperrte er den Wohnungseingang mit dem Chubb-Schloß wieder zu, und sechzig Sekunden später schlenderte er an der Portiersloge vorbei in die Nacht hinaus. Der alte Mann sah nicht einmal auf.

Es war fast Mitternacht an jenem ersten Januartag, als Philby sich in Moskau an seinen Wohnzimmertisch setzte. Er war am vergangenen Abend bei den Blakes zu seiner Besäufnis gekommen, hatte sie aber nicht einmal genossen. Seine Gedanken waren zu sehr mit dem Bericht für den Generalsekretär beschäftigt. Am Vormittag hatte er sich von seinem unvermeidlichen Katzenjammer erholt, und jetzt, nachdem Erita und die Jungen schliefen, konnte er sich in Muße überlegen, was er schreiben würde.

Plötzlich ertönte ein Gurren; Philby stand auf, ging zu dem großen Käfig in der Ecke und blickte durch die Stäbe auf eine Taube, die ein geschientes Bein hatte. Er war immer ein Tiernarr gewesen. In Beirut hatte er eine Füchsin gehabt, und hier in dieser Wohnung hielt er sich eine ganze Reihe von Kanarienvögeln und Papageien. Die fußkranke Taube watschelte über den Boden ihres Käfigs.

»Schon gut«, sagte Philby, »bald bist du sie los, und dann kannst du wieder herumfliegen.«

Er kehrte an seinen Tisch zurück. Der Bericht mußte gut sein, sagte er sich zum hundertsten Mal. Der Generalsekretär konnte sehr unangenehm werden, wenn man ihn täuschte oder enttäuschte. Einige der höheren Luftwaffenleute, die 1983 bei der Verfolgung und dem Abschuß des koreanischen Passagierflugzeugs solchen Pfusch gemacht hatten, waren auf seine persönliche Empfehlung hin in kalten Gräbern unter dem ewigen Frost der Kamtschatka gelandet. Wenn ihm auch seine Gesundheit zu schaffen machte und er einen Teil seiner Zeit im Rollstuhl verbrachte, so arbeitete sein Gehirn doch noch mit der Präzision eines Computers, und seinen blassen Augen entging nichts. Philby nahm Papier und Bleistift und machte sich an die Ausarbeitung seiner Antwort.

Vier Stunden später – in London war immer noch der 1. Januar – kehrte der Inhaber der Wohnung in Fontenoy House kurz vor Mitternacht allein in die Hauptstadt zurück. Der große grauhaarige, distinguiert aussehende Mann fuhr direkt in die Tiefgarage, deren Tor er mit seiner Plastikkarte öffnete, nahm seinen Koffer aus dem Wagen und trug ihn zum Aufzug. Er war miserabel gelaunt.

Nach einem heftigen Streit mit seiner Frau hatte er den hochherrschaftlichen Besitz seines Schwagers drei Tage früher als vorgesehen verlassen. Sein knochiges und pferdegesichtiges

Ehegespons liebte das Landleben ebenso innig, wie er es haßte. Mit Wonne strich sie durch die bleichen winterlichen Yorkshiremoore und lieferte ihn schmählich der Gesellschaft ihres Bruders, des zehnten Herzogs, aus. Das war schlimm, denn der Wohnungsinhaber, dem Männlichkeit über alles ging, hatte den Verdacht, daß der elende Tropf schwul war.

Das Silvesteressen war für ihn eine Qual gewesen. Die Tischgespräche, die von den Busenfreundinnen seiner Frau bestritten wurden, gingen ausschließlich ums Jagen, Schießen und Fischen, und das Ganze wurde untermalt vom hohen, zwitschernden Lachen des Herzogs und seiner etwas zu hübschen Freunde. Am Morgen hatte er seiner Frau gegenüber eine Bemerkung gemacht. Lady Fiona war hochgegangen. Worauf beschlossen wurde, daß er nach dem Tee allein zurückfahren und sie so lange bleiben würde, wie sie Lust hatte, vielleicht den ganzen Januar.

Er betrat die Diele seiner Wohnung und stutzte; das Intrusionsschutzsystem hätte, bevor der Hauptalarm ausgelöst wurde, dreißig Sekunden lang ein kräftiges »Piep, Piep« aussenden müssen. Das war Zeit genug, um die Anlage durch Betätigung des Steuerschalters unscharf zu machen. Verdammtes Ding, dachte er, wahrscheinlich gestört. Er ging zum Kleiderschrank und schaltete das System mit seinem persönlichen Schlüssel ab. Dann betrat er den Salon und knipste das Licht an.

Er stand da und starrte mit vor Schreck offenem Mund auf das Bild, das sich ihm bot. Sein Blick fiel geradewegs auf die versengte Wand und die gespaltene Safetür. Mit ein paar Sprüngen stand er vor dem Geldschrank und lugte hinein. Kein Zweifel, die Diamanten waren weg. Er schaute um sich, sah, daß seine Siebensachen im Sessel am Kamin lagen und der Teppich an den Wänden entlang zurückgeschlagen war. Er sank kreidebleich in den anderen Kaminsessel.

»Oh, mein Gott«, stöhnte er. Er schien fassungslos über das Ausmaß der Katastrophe. Zehn Minuten lang blieb er schwer atmend sitzen und starrte auf das Durcheinander.

Schließlich raffte er sich auf und ging zum Telefon. Mit zitterndem Zeigefinger wählte er eine Nummer. Am anderen Ende läutete und läutete es, doch niemand hob ab.

Am nächsten Morgen ging John Preston kurz vor elf die Curzon Street hinunter zum Sitz der Abteilung, für die er arbeitete. Sie befand sich ganz in der Nähe des Restaurants Mirabelle, in dem nur wenige Leute aus seiner Dienststelle sich ein Essen leisten konnten.

Die meisten Angestellten des öffentlichen Dienstes machten, da der Neujahrstag auf einen Donnerstag gefallen war, ein verlängertes Wochenende und arbeiteten an diesem Freitag nicht. Aber Brian Harcourt-Smith hatte ihn eigens gebeten zu kommen, also kam er. Er glaubte zu wissen, worüber der stellvertretende Generaldirektor von MI5 mit ihm sprechen wollte.

Seit drei Jahren, also über die Hälfte der Zeit seit seinem Eintritt 1981 als Späteinsteiger, arbeitete John Preston im Referat F, das sich mit der Überwachung von rechts- und linksradikalen politischen Organisationen befaßte, mit der Ausspähung dieser Gruppen und der Führung der in sie infiltrierten Agenten. Zwei der drei Jahre war er bei F.1 gewesen als Leiter der Sektion D, die auf die Unterwanderung der Labour Party durch Elemente des äußersten linken Flügels spezialisiert war. Das Ergebnis seiner Nachforschungen während dieser Zeit hatte er vor zwei Wochen, knapp vor Weihnachten, vorgelegt. Preston war überrascht, daß man den Bericht so schnell gelesen und verarbeitet hatte.

Er meldete sich am Empfangspult, zeigte seine Karte, wurde überprüft und erhielt nach einer telefonischen Rückfrage im Büro des stellvertretenden Generaldirektors die Erlaubnis, nach oben in die Führungsetage zu fahren.

Zu seinem Bedauern konnte Preston nicht den Generaldirektor selbst sehen. Er mochte Sir Bernard Hemmings, aber es war in »Fünf« ein offenes Geheimnis, daß der alte Mann krank war und immer weniger Zeit im Büro verbrachte. Während seiner Abwesenheit wurden die laufenden Geschäfte in zunehmendem Maße von seinem ehrgeizigen Stellvertreter wahrgenommen, zum Mißvergnügen einiger Veteranen der Dienststelle.

Sir Bernard hatte sich in »Fünf« hochgedient und früher selbst Außendienst gemacht. Er konnte sich in die Leute einfühlen, die Verdächtige beschatteten, feindlichen Kurieren auf den Fersen waren und subversive Organisationen infiltrierten. Harcourt-Smith war direkt von der Universität gekommen, mit einem erstklassigen akademischen Grad, war immer in der Zentrale gewesen und auf seinem Marsch durch die Abteilungen stetig die Beförderungsleiter hinaufgeklettert.

Er war wie immer tadellos gekleidet und bereitete Preston einen warmen Empfang. Preston mißtraute der Wärme. Andere, so hieß es, waren ebenso warm empfangen worden und eine Woche später aus der Dienststelle verschwunden. Harcourt-Smith bat Preston, vor dem Schreibtisch Platz zu nehmen, und setzte sich selbst dahinter. Auf der Schreibunterlage lag Prestons Bericht.

»Nun, John, zu Ihrem Bericht. Sie werden natürlich verstehen, daß ich ihn wie alles, was von Ihnen kommt, äußerst ernst nehme.«

»Danke«, sagte Preston.

»So sehr, daß ich einen guten Teil der Feiertage hier im Büro verbracht habe, um ihn wieder und wieder zu lesen und um darüber nachzudenken.«

Preston hielt es für besser, nichts zu sagen.

»Er ist – wie soll ich sagen – ganz schön radikal. Geht in die vollen, wie? Die Frage ist nur, und diese Frage muß ich mir selbst stellen, bevor unsere Abteilung irgendeine Strategie aufgrund Ihres Berichts vorschlägt: Ist das alles absolut wahr? Nachprüfbar? Denn genau das wird man *mich* fragen.«

»Hören Sie, Brian, ich habe zwei Jahre auf diese Nachforschungen verwendet. Meine Leute haben tief, sehr tief geschürft. Die Tatsachen sind, wo ich sie als solche ausgewiesen habe, absolut wahr.«

»Mein lieber John, ich würde nie irgendwelche Tatsachen in Frage stellen, die Sie eruiert haben. Aber die Folgerungen, die Sie daraus ziehen –«

»Beruhen auf Logik, denke ich«, sagte Preston.

»Eine großartige Disziplin, war einmal mein Studienfach«, spann Harcourt-Smith den Faden weiter. »Aber nicht immer durch harte Beweise untermauert, meinen Sie nicht auch? Zum Beispiel diese Sache da ...« Er fand die Stelle im Bericht, und sein Finger fuhr die Zeile entlang. »Das Manifest der britischen Revolution. Ganz schön extrem, das müssen Sie doch zugeben.«

»Stimmt, Brian, es ist extrem. Diese Leute sind wirklich ganz schön extrem.«

»Das steht außer Zweifel. Aber wäre es nicht hilfreich gewesen, wenn Sie Ihrem Bericht ein Exemplar des Manifestes beigelegt hätten?«

»Soweit ich feststellen konnte, gibt es nichts Schriftliches. Es handelt sich um eine Reihe von Absichten, wenn auch sehr konkreten Absichten, in den Köpfen gewisser Leute.«

Harcourt-Smith saugte bedauernd an einem Zahn.

»Absichten«, sagte er, als mache ihm das Wort zu schaffen, »ja natürlich, Absichten. Aber sehen Sie, John, eine Menge Absichten spuken in den Köpfen einer Menge Leute herum, nicht immer sehr freundliche Absichten diesem Land gegenüber. Aber wir können keine Politik, keine Maßnahmen und Gegenmaßnahmen aufgrund dieser Absichten vorschlagen ...«

Preston setzte zum Sprechen an, doch Harcourt-Smith stand auf, zum Zeichen dafür, daß die Audienz zu Ende war.

»Hören Sie, John, ich behalte Ihr Papier noch ein Weilchen. Muß es nochmals überdenken und vielleicht ein paar Sondierungen vornehmen, um rauszukriegen, wohin ich es am besten weiterleiten kann. Übrigens, wie gefällt es Ihnen bei F.1.(D)?«

»Großartig«, sagte Preston und stand ebenfalls auf.

»Ich könnte was für Sie haben, wo es Ihnen vielleicht noch besser gefällt«, sagte Harcourt-Smith.

Als Preston gegangen war, starrte Harcourt-Smith minutenlang auf die Tür, durch die sein Mitarbeiter verschwunden war. Er schien gedankenverloren.

Die Akte war lästig und konnte sogar eines Tages gefährlich werden. Die beste Lösung wäre der Reißwolf. Aber das war unmöglich. Sie war in aller Form von einem Sektionschef vorgelegt worden. Sie hatte eine Aktennummer. Er dachte lange und angestrengt nach. Dann nahm er seinen roten Filzstift und beschrieb sorgfältig den Umschlag des Preston-Reports. Er klingelte nach seiner Sekretärin.

»Mabel«, sagte er, als sie hereinkam, »tragen Sie das persönlich in die Registratur hinunter. Sofort, bitte.«

Das Mädchen warf einen Blick auf den Aktendeckel. Er trug über die ganze Breite die Buchstaben KWV und Brian Harcourt-Smiths Initialen. KWV bedeutet in der Dienststelle »Keine weitere Veranlassung«. Der Bericht sollte begraben werden.

2. Kapitel

Erst am Sonntag darauf, dem 4. Januar, erreichte der Inhaber der Wohnung in Fontenoy House die Nummer, die er drei Tage lang stündlich angerufen hatte. Es war nur ein kurzes Gespräch, aber es hatte zur Folge, daß er sich kurz vor der Mittagsstunde mit einem anderen Mann traf, und zwar in einer verschwiegenen Nische der Gasträume eines stillen Hotels im West End.

Der Gesprächspartner war um die Sechzig, hatte eisengraues Haar und wirkte in seinem korrekten Anzug wie ein Staatsbeamter, was er in gewissem Sinn auch war. Er traf als zweiter ein, und während er Platz nahm, entschuldigte er sich.

»Tut mir schrecklich leid, daß ich die letzten drei Tage nicht zu erreichen war«, sagte er. »Ich bin Junggeselle und war über Neujahr bei Freunden auf dem Land eingeladen. Also, wo brennt's?«

Der Wohnungsinhaber berichtete in kurzen, klaren Sätzen. Er hatte Zeit gehabt, sich genau zu überlegen, wie er die Ungeheuerlichkeit des Geschehenen darstellen würde, und tat es in wohlgesetzten Worten. Der andere folgte dem Bericht mit wachsendem Ernst.

»Gewiß, Sie haben völlig recht«, sagte er schließlich. »Es könnte sehr gravierend sein. Haben Sie die Polizei benachrichtigt, als Sie Donnerstag nacht nach Hause kamen? Oder zu irgendeinem späteren Zeitpunkt?«

»Nein, ich wollte zuerst mit Ihnen sprechen.«

»Wäre aber vielleicht besser gewesen. Nun, jetzt ist es ohnehin zu spät. Die Experten würden feststellen, daß der Tresor schon vor drei oder vier Tagen aufgesprengt wurde. Schwierig zu erklären. Es sei denn ...«

»Ja?« fragte der Wohnungsinhaber hoffnungsvoll.

»Es sei denn, Sie könnten glaubhaft machen, der Spiegel sei

an seinem alten Platz gewesen und alles so tipptopp in Ordnung, daß Sie drei Tage lang überhaupt nichts von dem Einbruch gemerkt haben.«

»Kaum«, sagte der Wohnungsinhaber. »Der Teppich war an allen vier Kanten umgeschlagen. Der Kerl muß an den Wänden entlanggegangen sein, um nicht auf die Druckfühler zu treten.«

»Ja«, überlegte der andere. »Die Polizei würde kaum schlukken, daß ein Einbrecher aus lauter Ordnungsliebe den Teppich geglättet und den Spiegel wieder aufgehängt hätte. So geht es demnach nicht. Und vermutlich wird man auch nicht vorgeben können, Sie hätten die letzten drei Tage anderswo verbracht.«

»Wo zum Beispiel? Jemand hätte mich sehen müssen. Aber es hat mich niemand gesehen. Im Club? Im Hotel? Ich hätte mich anmelden müssen.«

»Genau«, sagte sein Gegenüber. »Nein, so geht's auch nicht. Wie auch immer, die Würfel sind gefallen. Jetzt ist es zu spät, um die Polizei einzuschalten.«

»Aber was zum Teufel tu' ich dann?« fragte der Wohnungsinhaber. »Der Schmuck muß ganz einfach wiedergefunden werden.«

»Wie lange wird Ihre Frau noch wegbleiben?« fragte der andere.

»Schwer zu sagen. Es gefällt ihr in Yorkshire. Ein paar Wochen, hoffe ich.«

»Dann müssen wir dafür sorgen, daß der beschädigte Safe durch einen neuen, völlig gleichen ersetzt wird. Und wir brauchen eine Kopie der Glen-Diamanten. Das wird einige Zeit in Anspruch nehmen.«

»Aber was ist mit dem, was gestohlen wurde?« fragte der Wohnungsinhaber verzweifelt. »Die Dinger dürfen nicht einfach irgendwo herumschwirren. Ich muß sie zurückhaben.«

»Stimmt«, nickte der andere. »Nun, wie Sie sich denken können, haben meine Leute ihre Verbindungen zur Diamantenbranche. Ich werde Nachforschungen veranlassen. Die Schmuckstücke werden fast mit Sicherheit an einen der Schwerpunkte der Edelsteinschleiferei zur Umarbeitung geschickt. In ihrer jetzigen Form wären sie nicht abzusetzen. Zu leicht zu identifizieren. Ich will sehen, ob wir den Einbrecher fassen und die Dinger wiederbeschaffen können.«

Der Mann stand auf und schickte sich zum Gehen an. Der Wohnungsinhaber blieb sitzen, offensichtlich zutiefst besorgt. Der korrekt gekleidete Mann war nicht weniger erschüttert, ließ es sich jedoch nicht so anmerken.

»Sprechen Sie nicht darüber, und handeln Sie nicht auf eigene Faust«, riet er. »Sehen Sie zu, daß Ihre Frau so lange wie möglich auf dem Land bleibt. Benehmen Sie sich völlig normal. Seien Sie ganz ruhig, Sie werden von mir hören.«

Am Morgen darauf schloß sich John Preston dem gewaltigen Menschenstrom an, der sich nach den fünf arbeitsfreien Tagen der Neujahrswoche wieder in die Londoner City ergoß. Da Preston in South Kensington wohnte, fuhr er am liebsten mit der U-Bahn zur Arbeit. An der Goodge Street stieg er aus und ging die letzten vierhundert Meter zu Fuß, ein unauffälliger sechsundvierzigjähriger Mann mittlerer Größe und Figur im grauen Regenmantel und trotz der Kälte ohne Hut.

Fast am Ende der Gordon Street bog er in den Zugang zu einem ebenso unauffälligen Gebäude ein, das ein Bürohaus unter vielen anderen hätte sein können, solide, aber nicht modern, und mit dem Firmenschild einer Versicherungsgesellschaft versehen. Erst in der Eingangshalle zeigten sich gewisse Unterschiede zu den benachbarten Verwaltungsgebäuden.

Erstens waren drei Männer in der Halle, einer an der Tür, einer hinter dem Empfangspult und einer neben den Lifttüren; alle drei nach Maß und Gewicht höchst untypisch für Policenaquisiteure. Falls ein argloser Bürger sich hierher verirrte, um ausgerechnet bei dieser und keiner anderen Gesellschaft einen

Abschluß zu tätigen, so würde er barsch dahingehend beschieden werden, daß nur Leute mit einem Spezialausweis, der vor dem Auge des kleinen Computers unter der Empfangstheke Gnade fand, weiter kamen als bis in die Halle.

Der britische Sicherheitsdienst, besser bekannt als MI5, haust nicht nur in einem einzigen Gebäude. Er verteilt sich vielmehr, was ebenso umsichtig wie unpraktisch ist, auf vier Bürohäuser. Das Hauptquartier ist an der Charles Street, nicht mehr im alten Leconfield House, wie die Zeitungen gewöhnlich schreiben.

Die zweitgrößte Abteilung hat ihren Sitz in der Gordon Street und wird schlicht »Gordon« genannt, so wie das Hauptquartier kurz und bündig unter der Bezeichnung »Charles« läuft. Die beiden weiteren Gebäude liegen an der Cork Street (und werden als »Cork« bezeichnet), und eine bescheidene Nebenstelle an der Marlborough Street ist gleichfalls nur unter dem Namen der Straße bekannt.

Die Dienststelle ist in sechs Referate unterteilt, die über sämtliche Gebäude verstreut sind. Und einige Referate haben wiederum Unterabteilungen in den verschiedenen Häusern. Um unnötigen Verschleiß von Schuhwerk zu vermeiden, sind sämtliche Abteilungen durch ein hochgesichertes Telefonnetz miteinander verbunden und verfügen jeweils über ein unfehlbares Kontrollsystem, das jedem Unbefugten den Zutritt verwehrt.

Referat A besteht aus den Unterabteilungen Politik, Logistik, Standortverwaltung, Registratur/Datenverarbeitung, dem Büro des Justitiars und dem Observierungsdienst. Dort nistet jene ganz besondere straßenkundige und gerissene Spezies von Männern (und einigen Frauen) aller Altersstufen und Typen, aus der die besten Überwachungsteams der Welt gebildet werden können. Sogar die »Konkurrenz« gibt zu, daß die »Beschatter« von MI5 auf eigenem Platz schlechthin unschlagbar sind.

Während der für Auslandsaufklärung zuständige Geheime Nachrichtendienst MI6 eine Anzahl von Amerikanismen in seinen Hausjargon aufgenommen hat, bedient sich der mit Schutzfunktion im Inland befaßte Sicherheitsdienst MI5 noch immer weitgehend des guten alten Polizeijargons. Er vermeidet Ausdrücke wie »surveillance operative« und nennt seine Observantenteams immer noch schlicht und einfach »Beschatter«.

Referat B befaßt sich mit Anwerbung, Personal, Sicherheitsüberprüfung, Beförderungen, Pensionen und Finanzen (will heißen Gehälter und Auslagen im Geschäftsinteresse).

Referat C ist verantwortlich für die Sicherheit in Behörden (Personal und Baulichkeiten), in Unternehmen mit Staatsaufträgen (hauptsächlich Privatfirmen, die auf dem Rüstungs- und Kommunikationssektor tätig sind), für die militärische Sicherheit (in enger Zusammenarbeit mit dem Abschirmdienst der Army) und für Sabotageabwehr (Vorsorge und Aufdeckung).

Es gab früher auch ein Referat D, das jedoch, dank der nur den Geheimdienstinsidern zugänglichen Logik, schon vor langer Zeit die Bezeichnung »Referat K« erhalten hat. Es ist eines der größten Referate, und seine größte Abteilung heißt nur »Sowjet«. Sie ist unterteilt in Operative Funktionen, Außendienst und Einsatztaktik. Ferner gehört zu »K« »Sowjetische Satelliten«, gleichfalls in die drei genannten Untergruppen aufgeteilt, dann »Forschung« und schließlich »Agenten«.

Selbstverständlich widmet »K« seine nicht unbeträchtlichen Aktivitäten der Überwachung des Heeres von Agenten der UdSSR und ihrer Satellitenstaaten. Dieses Heer operiert von den verschiedenen Botschaften, Konsulaten, Gesandtschaften, Handelsmissionen, Banken, Nachrichtenagenturen und Firmen aus, denen eine allzu nachsichtige britische Regierung die Niederlassung an allen Ecken und Enden der Hauptstadt und (im Fall der Konsulate) der Provinzen gestattet.

Referat K birgt auch ein bescheidenes Büro, dessen Insasse die Verbindung zwischen MI5 und der Schwesterorganisation MI6 aufrechterhält. Dieser Beamte ist ein Mann aus Gruppe Sechs, der in die Charles Street abkommandiert ist. Die Sektion trägt die Bezeichnung K.7.

Referat E (hier wird die alphabetische Reihenfolge wieder aufgenommen) befaßt sich mit dem internationalen Kommunismus und dessen Anhängern, die nach Großbritannien einreisen wollen, um dem Land Schaden zuzufügen, sowie mit der einheimischen Spielart, die zum gleichen Zweck ins Ausland reisen möchte. Die zu »E« gehörige Gruppe »Fernost« hat Verbindungsstellen in Hongkong, Neu Delhi, Canberra und Wellington, während »Übrige Gebiete« die ihren in Washington, Ottawa, in Westindien und anderen Freundstaaten unterhält.

Und schließlich Referat F, zu dem John Preston – jedenfalls bis zu diesem Vormittag – gehörte und das für politische Parteien (extreme Linke), politische Parteien (extreme Rechte), Forschung und Agenten zuständig ist.

Referat F haust an der Gordon Street in der vierten Etage, und dorthin, zu seinem Büro, begab Preston sich an jenem Januarmorgen. Er wiegte sich zwar nicht in der Annahme, sein vor drei Wochen eingereichter Bericht werde ihn zu Brian Harcourt-Smiths »Herzblatt des Monats« befördern, aber er glaubte noch immer, daß der Bericht den Weg zum Schreibtisch des Generaldirektors finden würde, zu Sir Bernard Hemmings.

Hemmings, davon war Preston überzeugt, würde die darin enthaltene Information und die zugegebenermaßen zum Teil auf Vermutungen gründenden Resultate an den Vorsitzenden des Koordinierungsausschusses weiterleiten oder an den Unterstaatssekretär im Innenministerium, dem MI5 unterstellt ist. Ein guter Unterstaatssekretär würde vermutlich der Ansicht sein, daß sein Minister einen Blick in den Bericht werfen sollte, und der Innenminister könnte die Premierministerin darauf aufmerksam machen.

Die Notiz, die Preston bei seiner Ankunft auf dem Schreibtisch fand, belehrte ihn eines anderen. Nachdem er sie gelesen hatte, lehnte er sich zurück und überlegte. Wäre der Bericht an höhere Stellen weitergeleitet worden, so hätte es eine Menge Fragen gegeben, darauf war er vorbereitet gewesen. Er hätte die

Antworten gewußt und gegeben, denn er war überzeugt, daß er recht hatte. Das heißt, als Leiter von F.1. (D) hätte er sie geben können, aber nicht, nachdem er in eine andere Abteilung versetzt worden war.

Nach einer Umbesetzung würde der neue Leiter von F.1. (D) den Preston-Report aufs Tapet bringen müssen. Preston wußte nur zu gut, daß zu seinem Nachfolger fast mit Sicherheit einer von Harcourt-Smiths getreuesten Schützlingen ausersehen war, der nichts dergleichen tun würde.

Er rief in der Registratur an. Ja, der Bericht war abgelegt worden. Er ließ sich das Aktenzeichen geben, nur für den Fall künftiger Wiedervorlage.

»Was sagen Sie? KWV?« fragte er ungläubig. »Schon gut, tut mir leid, ja, ich weiß, Sie können nichts dafür, Charlie. War nur eine Frage; kommt ein bißchen überraschend, weiter nichts.«

Er legte den Hörer auf und versank wieder in Gedanken. Gedanken, die man nicht über einen Vorgesetzten hegen darf, auch wenn die gegenseitige Sympathie gleich Null ist. Aber die Gedanken ließen sich nicht verdrängen. Zugegeben, wäre der Report weitergeleitet worden, so hätte man sich höheren Orts auch Gedanken über den Fraktionsführer der Labour-Opposition Neil Kinnock gemacht, der darüber nicht gerade entzückt gewesen wäre.

Es war ferner möglich, daß die nächsten, spätestens in siebzehn Monaten fälligen Wahlen die Labour Party gewinnen würde und daß Brian Harcourt-Smith sich in der Hoffnung wiegte, die neue Regierung werde nichts Eiligeres zu tun haben, als ihn zum Generaldirektor von MI5 zu ernennen. Daß man keine amtierenden oder vielleicht bald amtierenden einflußreichen Politiker vor den Kopf stoßen wollte, war alt wie die Welt. Ein Mann von schwachem und schwankendem Charakter oder von hochfliegendem Ehrgeiz mochte, um sich nicht durch Überbringung schlechter Nachrichten unbeliebt zu machen, durchaus die ganze Geschichte unter den Teppich kehren.

Jeder in der Dienststelle erinnerte sich noch an den Fall eines früheren Generaldirektors, Sir Roger Hollis. Das Rätsel war bis auf den heutigen Tag nicht völlig gelöst, obgleich Parteigänger beider Seiten ihre festumrissenen Ansichten hatten.

Damals, in den Jahren 1962 und 1963, hatte Roger Hollis die Affäre Christine Keeler bereits so in allen Einzelheiten gekannt, wie sie später ruchbar wurde. Wochen, wenn nicht Monate vor Ausbruch des Skandals hatte er bereits Berichte über die Partys in Clivenden in Händen, über Stephen Ward, der die Mädchen beschaffte und genau Buch führte, über den sowjetischen Attaché Iwanow, der sich mit Britanniens Verteidigungsminister in die Gunst desselben Mädchens teilte. Dennoch hatte Roger Hollis stillgehalten, während das Beweismaterial sich türmte, und nie, wie es seine Pflicht gewesen wäre, um eine Audienz bei seinem Premier Harold Macmillan nachgesucht.

Macmillan war arglos in das offene Messer, das heißt in den Skandal, marschiert. Während des ganzen Sommers 1963 hatte die Affäre geschwelt und geschwärt und England im In- und Ausland Schaden zugefügt, ganz als hätte Moskau das Drehbuch geschrieben.

Noch nach Jahren wurden hitzige Debatten geführt: War Roger Hollis ein schlafmütziger Versager gewesen? Oder etwas viel, viel Schlimmeres?

»Ach, Scheibe!« knurrte Preston und verscheuchte seine Gedanken. Er las die Notiz noch einmal.

Sie kam vom Leiter von B.4 (Beförderungen) persönlich und eröffnete ihm, daß er mit sofortiger Wirkung versetzt und zum Leiter von C.1. (A) befördert sei. Es war in jenem Ton jovialen Wohlwollens gehalten, der den Schlag abmildern sollte.

»Nach Ansicht des Generaldirektors würde es eine große Hilfe sein, wenn alle freigewordenen Posten mit Jahresbeginn besetzt wären ... sehr verbunden, wenn Sie sämtliche noch laufenden Vorgänge baldmöglichst erledigen und dem jungen Maxwell übergeben könnten, tunlichst schon in den nächsten Tagen ...

meine aufrichtigen guten Wünsche für viel Erfolg auf Ihrem neuen Posten ...«

Bla, bla, bla, dachte Preston. C.1 war, wie er wußte, Personen- und Objektschutz bei den Regierungseinrichtungen, und Abteilung A hieß in London. Er würde für die Sicherheit aller Ministerien Ihrer Majestät in London verantwortlich sein.

»Verdammter Polizistenjob«, fauchte er und fing an, sich telefonisch von den Leuten seines Teams zu verabschieden.

Eine Meile entfernt öffnete Jim Rawlings die Tür eines kleinen, aber exklusiven Londoner Juweliergeschäfts in einer stillen Straße, keine zweihundert Yards vom Verkehrslärm der Bond Street entfernt. Der Laden war dunkel, aber das Licht der wenigen Lampen fiel auf Schaukästen mit georgianischem Silber, und in den erleuchteten Vitrinentheken schimmerten Juwelen aus vergangenen Zeiten. Das Haus spezialisierte sich offensichtlich mehr auf alte Stücke als auf modernen Schmuck.

Rawlings trug einen adretten dunklen Anzug sowie ein Seidenhemd mit dezenter Krawatte und hatte ein mattglänzendes Diplomatenköfferchen bei sich. Die junge Dame hinter dem Ladentisch sah auf und maß ihn mit einem wohlgefälligen Blick. Mit seinen sechsunddreißig Jahren wirkte Rawlings schlank und sportlich und verkörperte jene Mischung aus Gentleman und hartem Burschen, die immer ankommt. Sie streckte die Brust heraus und schenkte ihm ein strahlendes Lächeln.

»Sie wünschen?«

»Ich möchte Mr. Zablonsky sprechen. Persönlich.«

Sein Cockneyakzent verriet, daß er kaum Kunde sein dürfte. Ihr Lächeln erlosch.

»Sind Sie Vertreter?« fragte sie.

»Sagen Sie nur, Mr. James möchte ihn sprechen«, sagte Rawlings.

In diesem Augenblick öffnete sich die Spiegeltür im Hintergrund des Ladens, und Louis Zablonsky erschien. Er war ein kleiner dürrer Mann von sechsundfünfzig Jahren, sah jedoch älter aus.

»Mr. James«, strahlte er, »wie nett, Sie zu sehen. Bitte kommen Sie in mein Büro. Wie geht's immer?« Er komplimentierte Rawlings hinter den Ladentisch und in sein Allerheiligstes. »Alles in Ordnung, meine liebe Sandra.«

Als sie das kleine vollgestopfte Büro betreten hatten, schloß und verriegelte Zablonsky die spiegelbelegte Tür, durch die man in den Laden sehen konnte. Er bot Rawlings den Sessel vor dem altmodischen Schreibtisch an und setzte sich selber auf den Drehstuhl dahinter. Ein einzelner Strahler warf sein Lichtbündel auf die Schreibunterlage. Zablonsky beäugte Rawlings scharf.

»Also, Jim, worum geht's?«

»Ich hab' was für Sie, Louis, und es wird Ihnen gefallen. Reden Sie mir bloß nicht ein, es wär' Tinnef.«

Rawlings ließ den Diplomatenkoffer aufschnappen. Zablonsky breitete die Hände aus.

»Jim, hab' ich je –?« Die Worte blieben ihm im Halse stecken, als er sah, was Rawlings auf die Schreibunterlage dekorierte. Als alle Stücke ausgepackt waren, starrte er sie ungläubig an.

»Die Glen-Diamanten«, flüsterte er. »Sie haben glatt die Glen-Diamanten geklaut. Und noch kein Wort darüber in der Zeitung.«

»Vielleicht sind die Leute immer noch verreist«, sagte Rawlings. »Kein Alarm losgegangen. Ich bin gut, wie Sie wissen.«

»Der Beste, Jim, der Beste. Aber die Glen-Steine. Warum haben Sie mir nichts gesagt?«

Rawlings wußte, daß es für alle Beteiligten leichter wäre, wenn man schon vor dem Diebstahl einen Absatzweg für die Glen-Diamanten ausfindig gemacht hätte. Aber er arbeitete nach seiner eigenen Methode und war äußerst vorsichtig. Er traute keinem, am wenigsten einem Hehler, auch nicht einem As unter den Nobelhehlern wie Louis Zablonsky. Wenn ein Hehler der

Polizei ins Netz geht und lange Jahre im Knast gewärtigen muß, kann er sich durchaus durch einen Tip über einen geplanten Bruch loszukaufen suchen. Der Abteilung »Schwerkriminalität« drüben in Scotland Yard war Zablonsky bekannt, auch wenn er keines der Gefängnisse Ihrer Majestät je von innen gesehen hatte. Deshalb ließ Rawlings nie im vorhinein ein Wort von seinen Raubzügen verlauten und erschien auch stets unangemeldet. Er blieb also die Antwort schuldig.

Zablonsky war ohnehin völlig in die Betrachtung der Juwelen versunken, die auf seiner Schreibunterlage funkelten. Auch er wußte, woher sie stammten, ohne daß es ihm hätte gesagt werden müssen.

Der neunte Herzog von Sheffield, der 1936 den Schmuck geerbt hatte, besaß zwei Kinder, einen Sohn und eine Tochter, Lady Fiona Glen. Als er 1980 starb, gingen die Juwelen nicht an seinen Sohn, den Erben des Titels, sondern an die Tochter.

Der Herzog hatte, als sein Sohn 1974 das fünfundzwanzigste Jahr erreichte, zu seinem Kummer einsehen müssen, daß der exzentrische junge Mann das war, was in den Klatschspalten gern als »geborener Junggeselle« bezeichnet wird. Es würde keine hübschen Komtessen von Margate oder Herzoginnen von Sheffield mehr geben, die die berühmten Glen-Diamanten tragen könnten. Daher hatte er den Schmuck der Tochter vermacht.

Zablonsky wußte, daß Lady Fiona seit dem Tod des Herzogs die Juwelen von Zeit zu Zeit, mit widerwilliger Zustimmung der Versicherungsgesellschaft, zu tragen pflegte, gewöhnlich bei Wohltätigkeitsgalas, die sie recht häufig besuchte. Die übrige Zeit verbrachten sie dort, wo sie so viele Jahre verbracht hatten: in den Tresorräumen von Coutts an der Park Lane. Er lächelte.

»Die Wohltätigkeitsgala in Grosvenor House kurz vor Neujahr?« fragte er. Rawlings zuckte die Achseln. »Oh, Sie sind ein arger Schlingel, Jim. Aber so begabt.«

Zablonsky sprach fließend Polnisch, Jiddisch und Hebräisch, aber das Englische beherrschte er auch nach vierzig Jahren in

London noch immer nicht völlig und sprach es mit deutlich polnischem Akzent. Auch benutzte er veraltete Ausdrücke, die er längst überholten Lehrbüchern entnommen hatte und die leicht als tuntenhaft mißverstanden werden konnten. Rawlings wußte, daß Louis Zablonsky keine »Tunte« war.

Zablonsky bewunderte noch immer die Diamanten, wie ein wahrer Kenner jedes Kunstwerk bewundert. Er erinnerte sich vage, irgendwo gelesen zu haben, daß Lady Fiona Glen Mitte der sechziger Jahre einen vielversprechenden jungen Staatsbeamten geheiratet hatte, der Mitte der Achtziger ein hohes Tier in einem Ministerium wurde, und daß das Paar irgendwo im West End dank Lady Fionas Privatvermögen auf großem Fuß lebte.

»Nun, was meinen Sie, Louis?«

»Ich bin beeindruckt, mein lieber Jim. Sehr beeindruckt. Aber auch ratlos. Das hier sind keine gewöhnlichen Steine. Jeder in der Diamantenbranche würde sie auf den ersten Blick erkennen. Was soll ich mit ihnen anfangen?«

»Das frage ich Sie«, sagte Rawlings.

Louis Zablonsky breitete die Hände weit aus.

»Ich will Sie nicht belügen, Jim. Ich spreche frei heraus. Die Glen-Diamanten haben vermutlich einen Versicherungswert von siebenhundertfünfzigtausend Pfund, und etwa soviel brächten sie auch ein, wenn sie legitim durch Cartier verkauft würden. Aber das geht selbstverständlich nicht. Bleiben zwei Möglichkeiten. Zum einen, daß sich ein reicher Käufer findet, der die Glen-Diamanten haben will, obwohl er weiß, daß er sie nie zeigen kann oder zugeben, daß er sie besitzt – ein reicher Filz, der sich im stillen Kämmerchen an seinem Schatz berauscht. Solche Leute gibt es – aber sie sind rar. Sie würden vielleicht die Hälfte des Preises zahlen, den ich genannt habe.«

»Wann könnten Sie einen solchen Käufer finden?«

Zablonsky zuckte die Achseln.

»Dieses Jahr, nächstes Jahr, irgendwann, nie. Wir können ja keine Annonce in die Zeitung setzen.«

»Zu lang«, sagte Rawlings. »Die andere Möglichkeit?«

»Die Steine aus der Fassung brechen – das allein würde den Wert auf sechshunderttausend Pfund drücken; umschleifen und als vier Einzelstücke verkaufen. Dreihunderttausend Pfund könnte man kriegen. Aber der Schleifer will auch seinen Schnitt machen. Wenn ich selber diese Kosten übernehme, kann ich Ihnen noch um die hunderttausend Pfund geben – aber erst nach Feierabend. Erst wenn die Verkäufe getätigt sind.«

»Und was können Sie mir als Vorschuß geben? Ich kann nicht von der Luft leben, Louis.«

»Wer kann das schon?« sagte der alte Hehler. »Also: Für die Weißgoldfassung kriege ich auf dem Markt für Abfallgold vielleicht zweitausend Pfund. Wenn ich die vierzig kleinen Steine durch den regulären Markt schleuse, bringen sie, sagen wir, zwölftausend. Macht zusammen vierzehntausend, die ich in Kürze beisammen hätte. Ich kann Ihnen die Hälfte als Vorschuß geben, in bar und sofort. Was meinen Sie?«

Sie redeten noch eine halbe Stunde und schlossen den Handel ab. Louis Zablonsky entnahm seinem Safe siebentausend Pfund. Rawlings öffnete den Diplomatenkoffer und verstaute die Bündel gebrauchter Banknoten darin.

»Hübsch«, sagte Zablonsky. »Zur Feier des Tages gekauft?«

Rawlings schüttelte den Kopf.

»War bei der Sore«, sagte er. Zablonsky machte »ts, ts, ts« und drohte Rawlings mit dem Finger.

»Weg damit, Jim. Nie was von einem Bruch zurückbehalten. Lohnt das Risiko nicht.«

Rawlings überlegte, nickte, verabschiedete sich und ging.

John Preston hatte sich zunächst von den Leuten seines Ermittlungsteams verabschiedet. Er freute sich, daß sie ihn ungern gehen sahen. Dann kam die Schreibtischarbeit. Bobby Maxwell war auf einen Sprung bei ihm gewesen.

Preston kannte ihn flüchtig. Maxwell war ein recht netter junger Mann, der es in »Fünf« zu etwas bringen wollte und seine beste Chance darin sah, daß er dem aufgehenden Stern Brian Harcourt-Smiths folgte. Preston konnte es ihm nicht verübeln.

Er selber war erst 1981 mit einundvierzig Jahren direkt vom Army Intelligence Corps übernommen worden. Er wußte, daß er es nie bis an die Spitze bringen konnte. Abteilungsleiter war ungefähr das Höchste für einen Späteinsteiger.

Der Posten des Generaldirektors ging zum Leidwesen der Belegschaft von »Fünf« gelegentlich an einen Außenseiter, wenn sich unter den Insidern kein eindeutig passender Kandidat fand. Der stellvertretende Generaldirektor jedoch, sämtliche Leiter der sechs Referate und der meisten Abteilungen innerhalb der Referate waren traditionsgemäß langjährige Mitarbeiter.

Mit Maxwell hatte Preston vereinbart, daß er am Montag den Papierkram erledigen und den ganzen Dienstag darauf verwenden wolle, seinen Nachfolger über alle laufenden Vorgänge und Überwachungen zu unterrichten. Damit hatten sie sich mit gegenseitigen guten Wünschen bis zum nächsten Morgen getrennt.

Preston blickte auf die Uhr. Es würde eine lange Nacht werden. Er mußte sämtliche vorliegenden Akten aus seinem Bürosafe nehmen, aussortieren, was zur Ablage in die Registratur gehen konnte, und dann die halbe Nacht hindurch jeden noch nicht abgeschlossenen »Wisch« genau durchackern, um Maxwell am nächsten Morgen ins Bild setzen zu können.

Aber zuerst brauchte er einen ordentlichen Drink. Er fuhr mit dem Lift ins Souterrain, wo »Gordon« eine gutbestückte und gemütliche Bar eingerichtet hatte.

Louis Zablonsky arbeitete den ganzen Dienstag hinter der verschlossenen Tür seines Büros. Nur zweimal mußte er aus seinem Bau kommen, um einen Kunden persönlich zu bedienen. Im Geschäft herrschte an diesem Tag Flaute, wofür Zablonsky ausnahmsweise dankbar war.

Nachdem er das Jackett abgelegt und die Hemdärmel über die fast haarlosen Arme hochgerollt hatte, löste er die Glen-Diamanten behutsam aus ihren Weißgoldfassungen. Sowohl die beiden Zehnkaräter der Ohrgehänge als auch die Zwillinge in Diadem und Anhänger ließen sich mühelos und in kurzer Zeit lösen.

Als sie ausgefaßt waren, konnte er sie genauer prüfen. Sie waren wirklich prachtvoll, sie funkelten und sprühten im Licht. Er hatte bereits gewußt, daß sie bläulichweiß waren, vom Ersten Wasser, wie man früher sagte. Heute bezeichnete man sie nach der neuen GIA-Skala als »D-lupenrein«. Die vier Hauptstücke verwahrte er, nachdem er sie hinlänglich bewundert hatte, in einem Samtsäckchen. Daraufhin begann er mit der zeitraubenden Arbeit, die vierzig kleineren Steine aus dem Gold zu lösen. Während er hantierte, fiel das Licht von Zeit zu Zeit auf ein verblaßtes Mal, eine fünfstellige Zahl, an der Innenseite seines linken Unterarms. Für jeden, der die Herkunft solcher Male kannte, konnte die Nummer nur eines bedeuten. Es war die Tätowierung von Auschwitz.

Zablonsky wurde 1930 als dritter Sohn eines polnisch-jüdischen Juweliers in Warschau geboren. Beim Einmarsch der Deutschen war er neun Jahre alt gewesen, und ein Jahr später, 1940, wurde das Warschauer Getto eingeschlossen; fast vierhunderttausend Juden waren darin gefangen und durch minimale Lebensmittelzuteilung dem Hungertod preisgegeben.

Am 19. April 1943 unternahmen die neunzigtausend Überlebenden des Gettos, angeführt von den wenigen noch wehrhaften Männern, einen verzweifelten Aufstandsversuch.

Louis Zablonsky war gerade dreizehn geworden, aber so ausgemergelt und entkräftet, daß man ihn für einen Achtjährigen hätte halten können.

Als das Getto am 16. Mai 1943 von Einheiten der Waffen-SS unter General Jürgen Stroop erobert worden war, gehörte der

Junge zu den wenigen, die den Massenerschießungen entgingen. Die meisten Bewohner, etwa sechzigtausend, waren bereits tot, im Granatbeschuß oder in den Straßenkämpfen gefallen, von einstürzenden Mauern erschlagen oder hingerichtet. Die verbliebenen dreißigtausend waren fast ausschließlich Greise, Frauen und kleine Kinder. Sie wurden zusammengetrieben, unter ihnen war Zablonsky. Die meisten kamen nach Treblinka und starben.

Eine jener Launen des Schicksals, die manchmal über Leben und Tod entscheiden, fügte es, daß der Zug, in dem Zablonsky transportiert wurde, eine Panne hatte. Der Viehwagen wurde an eine andere Lokomotive angehängt und landete in Auschwitz.

Louis Zablonsky war eigentlich für die Gaskammer bestimmt, doch als er seinen Beruf als »Juwelier« angab, wurde er zurückgestellt und mußte die Wertgegenstände, die noch immer bei den neu eingelieferten Juden gefunden wurden, sortieren und registrieren. Dann wurde er eines Tages in das Krankenrevier zitiert und dem lächelnden blonden Mann übergeben, den sie »den Engel« nannten und der seine perversen Experimente an heranwachsenden jungen Juden vornahm. Auf Joseph Mengeles Operationstisch wurde Louis Zablonsky ohne Betäubung kastriert.

Er fischte den letzten der vierzig kleineren Steine aus der Goldfassung und überzeugte sich, daß er keinen übersehen hatte. Er zählte die Steine und fing an, sie zu wiegen. Vierzig insgesamt; im Durchschnitt ein halbes Karat, meist jedoch kleiner. Nur geeignet für Verlobungsringe, aber alles in allem ungefähr zwölftausend Pfund. Er konnte sie über die Hatton Garden Street unauffällig absetzen. Bargeschäfte; er kannte seine Händler. Dann begann er, die Weißgoldfassungen zusammenzuquetschen.

Ende 1944 wurden die Überlebenden von Auschwitz in Gewaltmärschen westwärts getrieben, und Zablonsky landete in Bergen-Belsen, wo er schließlich, mehr tot als lebendig, von der britischen Army befreit wurde.

Nach langem Krankenhausaufenthalt wurde Zablonsky nach England gebracht und in die Obhut eines Nordlondoner Rabbi gegeben. Nach einer weiteren Genesungskur kam er zu einem Juwelier in die Lehre. In den frühen sechziger Jahren verließ er seinen Meister und eröffnete ein eigenes Juweliergeschäft im East End. Zehn Jahre später gründete er die jetzige, weit einträglichere Firma im West End.

Noch im East End, in der Hafengegend, hatte er angefangen, sich mit Edelsteinen zu befassen, die von Matrosen ins Land gebracht wurden – Smaragde aus Ceylon, Diamanten aus Afrika, Rubine aus Indien und Opale aus Australien. Mitte der achtziger Jahre hatten ihn seine beiden Geschäftszweige, der legale und der illegale, zum reichen Mann gemacht; er war einer der Spitzenhehler Londons, Experte für Diamanten, besaß eine ansehnliche Villa mit Garten in Golders Green und galt als Säule der dortigen Gemeinde.

Als die Weißgoldfassungen nur noch eine formlose Masse waren, warf er den Klumpen zu anderen Goldabfällen in sein Säckchen für Bruchgold. Er wartete, bis Sandra gegangen war, verschloß die Ladentür, räumte sein Büro auf, steckte die vier großen Steine ein und verließ das Gebäude. Auf dem Heimweg rief er von einer Telefonzelle aus eine Nummer in einem Ort nahe Antwerpen an, genau gesagt, in dem Dorf Nijlen. Von seiner Wohnung aus buchte er telefonisch bei British Airways einen Flug nach Brüssel für den nächsten Tag.

Entlang der Themse, am südlichen Flußufer, wo einst die verfallenden Ladekais eines sterbenden Hafens lagen, war von Anfang bis Mitte der achtziger Jahre ein gewaltiges Sanierungsprogramm im Gange gewesen. Es hatte zwischen den Neubauten riesige Schutthalden hinterlassen, Mondlandschaften, wo üppiger Grasbewuchs sich mit Bruchziegeln und Staub mischte. Es hieß, eines Tages würden sich hier neue Wohnblocks, Ladenstraßen und vielgeschossige Parkhäuser ausbreiten, aber wann das sein würde, wußte kein Mensch.

Bei warmem Wetter kampierten die Wermutbrüder in diesem Niemandsland, und wenn ein Südlondoner Ganove ein heißes Beweisstück verschwinden lassen wollte, so mußte er es nur zu einem dieser Trümmergrundstücke bringen und zu Asche verbrennen.

Am späten Abend dieses Donnerstags, des 6. Januar, marschierte Jim Rawlings über ein Areal von mehreren Hektar, stolperte im Dunkeln, wenn ihm unsichtbare Brocken Mauerwerk im Weg lagen. Hätte jemand ihn beobachtet, was nicht der Fall war, so hätte er gesehen, daß er in der einen Hand einen Zehn-Liter-Kanister trug (der mit Benzin gefüllt war) und in der anderen ein elegantes handgearbeitetes Diplomatenköfferchen aus Kalbsleder.

Louis Zablonsky passierte am Mittwochvormittag den Flughafen Heathrow ohne Schwierigkeiten. Mit seinem schweren Überzieher und dem weichen Tweedhut, eine Reisetasche in der Hand und eine gewaltige Bruyère-Pfeife zwischen den Zähnen, bewegte er sich in dem Strom der Geschäftsleute, die täglich von London nach Brüssel reisen.

In der Maschine beugte sich eine der Stewardessen zu ihm und flüsterte: »Tut mir leid, Sir, Sie dürfen an Bord nicht rauchen.« Zablonsky entschuldigte sich überschwenglich und steckte die Pfeife in die Tasche. Ohne Bedauern. Er war Nichtraucher, und selbst wenn er die Pfeife angezündet hätte, hätte sie nicht besonders gut gezogen. Nicht, solange vier birnenförmige achtundfünfzigfacettige Diamanten unter dem festgedrückten Tabak im Pfeifenkopf steckten.

In Brüssel-National mietete er einen Wagen und fuhr auf der Autobahn nordwärts über Zaventem Richtung Mecheln, wo er nach rechts abbog und Lier und Nijlen im Nordosten ansteuerte.

Hauptsitz der Diamantenindustrie Belgiens ist Antwerpen, und dort wiederum ist es vor allem die Pelikaanstraat und Umgebung, wo die großen Firmen ihre Ausstellungsräume und Ateliers haben. Aber wie die meisten Industrien ist auch das Diamantengeschäft auf ein Heer kleiner Zulieferer angewiesen, auf freie Mitarbeiter und selbständige Ein-Mann-Betriebe, die auf Vertragsbasis Fassungen liefern und das Reinigen und Umschleifen besorgen.

Einige dieser Heimarbeiter leben auch in Antwerpen, zumeist Juden osteuropäischer Herkunft. Doch östlich von Antwerpen liegt die Gemeinde Kempen, eine Ansammlung schmucker Dörfer, in denen gleichfalls Dutzende dieser kleinen Werkstätten für die Antwerpener Industrie tätig sind. Im Zentrum von Kempen liegt Nijlen, zu beiden Seiten der Hauptstraße und der Bahnlinie Lier–Herenthals.

Dort, in der Mittleren Molenstraat, lebte ein gewisser Raoul Levy, ein polnischer Jude, der sich nach dem Krieg in Belgien angesiedelt hatte und zufällig ein Vetter zweiten Grades von Louis Zablonsky aus London war. Der verwitwete Levy war Diamantenschleifer und wohnte an der Westseite der Molenstraat in einem kleinen schmucken Backsteinhäuschen, an dessen Rückseite seine Werkstatt lag. Dorthin fuhr Zablonsky. Kurz nach dem Mittagessen traf er bei seinem Verwandten ein.

Eine Stunde lang verhandelten sie, dann waren sie einig: Levy würde die Steine umschleifen und darauf achten, daß zwar so wenig wie möglich an Gewicht verlorenging, die Steine aber doch nicht mehr identifizierbar waren. Als Entgelt einigten sie sich auf fünfzigtausend Pfund, eine Hälfte als Anzahlung, die andere nach Verkauf des vierten Steins. Zablonsky verabschiedete sich und kehrte nach London zurück.

Der Haken bei Raoul Levy war nicht etwa, daß er ungeschickt gewesen wäre; aber er war einsam. Die ganze Woche über freute er sich schon auf seine einzige Abwechslung, die Bahnfahrt nach Antwerpen, wo er am Abend das Stammcafé seiner Freunde aus der Branche aufsuchte, und mit ihnen fachsimpelte. Drei Tage nach Zablonskys Besuch ging Levy wieder in das Café und fachsimpelte einmal zu oft.

Während Louis Zablonsky in Belgien war, richtete John Preston sich in seinem neuen Büro in der zweiten Etage ein. Er war froh, daß er nicht aus »Gordon« in ein anderes Gebäude übersiedeln mußte.

Sein Vorgänger war zum Jahresende ausgeschieden, und der stellvertretende Leiter von C.1. (A), der nur ein paar Tage im Amt gewesen war, hatte zweifellos gehofft, selbst nachzurücken. Doch er trug die Enttäuschung mit guter Haltung und wies Preston ausführlich in alle Obliegenheiten ein, die hauptsächlich in nervtötender Routine zu bestehen schienen.

Als Preston am Nachmittag allein war, überflog er die Liste der Regierungsgebäude, die zu seiner Sektion A gehörten. Sie war länger, als er vermutet hatte, aber die meisten Bauten waren nicht sicherheitsempfindlich, es sei denn wegen undichter Stellen, die politisch peinliche Folgen haben könnten. Eine Veröffentlichung von Geheimdokumenten, etwa über geplante Abstriche an den Sozialleistungen, lag immer im Bereich des Möglichen, da die Beamtengewerkschaften viele Mitglieder mit extrem linken politischen Ansichten geworben hatten, aber diese Sorge konnte man im allgemeinen den hauseigenen Sicherheitskräften des Ministeriums überlassen.

Prestons große Brocken waren das Auswärtige Amt, das Cabinet Office und das Verteidigungsministerium, die sämtlich Material astronomischer Geheimhaltungsstufen bergen. Aber sie verfügen auch alle über recht zuverlässige Sicherheitseinrichtungen, für die hauseigene Teams zuständig sind. Preston seufzte. Er griff zum Telefon und traf eine Reihe von Verabredungen mit den Sicherheitschefs aller wichtigen Ministerien, damit man sich kennenlernte.

Zwischendurch warf er immer wieder einen Blick auf den Stapel von Unterlagen, den er aus seinem zwei Stockwerke höher gelegenen alten Büro mit heruntergenommen hatte. Während er auf den Rückruf eines der Sicherheitschefs wartete, der gerade nicht erreichbar gewesen war, stand er auf, öffnete seinen neuen Bürosafe und legte die Akten Stück für Stück hinein. Die letzte enthielt seinen Bericht vom Vormonat, seine persönliche Kopie. Abgesehen von dem Exemplar, das, wie er wußte, im Archiv zur letzten Ruhe gebettet war, existierte keine weitere Kopie. Er zuckte die Achseln und legte den Bericht ganz hinten in den Safe. Vermutlich würde ihn niemand mehr sehen wollen, aber er wollte ihn verwahren, als Erinnerung an alte Zeiten. Schließlich hatte er höllisch lang über der Fertigstellung geschwitzt.

3. Kapitel

Moskau
Mittwoch, den 7. Januar 1987

Von: H. A. R. Philby
An: Generalsekretär der KPdSU

Darf ich, Genosse Generalsekretär, zu Beginn ganz kurz die Geschichte der britischen Labour Party skizzieren sowie ihre stetige Unterwanderung und allmähliche Beherrschung durch die Harte Linke im Lauf der letzten vierzehn Jahre.

Die Partei wurde ursprünglich von der (Labour-)Gewerkschaftsbewegung gegründet, als politischer Arm der erst kurz zuvor organisierten britischen Arbeiterklasse. Von Anfang an verfocht die Partei einen gemäßigten bürgerlichen Sozialismus, der mehr auf Reform ausgerichtet war als auf Revolution. Die Heimat des wahren Marxisten-Leninisten war damals die Kommunistische Partei.

Wenn auch das Fundament des Marxismus-Leninismus in England immer in der Gewerkschaftsbewegung verankert war, so blieben die »Rechtgläubigen« von jeher aus der Partei ausgeschlossen. Einigen unserer Freunde von der prosowjetischen Linken gelang es zwar, ab 1930, durch Täuschung in die Partei aufgenommen zu werden, doch sie mußten, sobald sie Mitglieder waren, sich äußerst unauffällig verhalten. Andere Moskaufreunde wurden aufgrund ihrer Ansichten gar nicht erst aufgenommen oder aber aus der Partei wieder ausgestoßen.

Warum unsere wahren Freunde in England so viele Jahre keinen Zutritt zu Labour, dieser großen Volkspartei, hatten, läßt sich mit zwei Worten sagen: wegen der schwarzen Liste.

Diese Liste führte die geächteten Organisationen auf; sie verbot jeden brüderlichen Kontakt zwischen der Labour Party und den kleineren Gruppen wahrhaft revolutionärer Sozialisten, den Marxisten-Leninisten. Ferner konnte nach den Bestimmungen dieser schwarzen Liste kein Anhänger der Harten Linken der Labour Party beitreten. Diese Bestimmungen wurden von den diversen Führern der Labour Party fünfzig Jahre lang stur aufrechterhalten.

Da die Labour Party die einzige Volkspartei der Linken war, die hoffen konnte, in England an die Macht zu kommen, blieb die Unterwanderung und Beherrschung dieser Partei durch unsere Freunde nach der klassischen Lehre Lenins vom »Hinüberwachsen« in all diesen Jahren ein unerfüllbarer Traum. Trotzdem arbeiteten unsere Freunde, so wenige sie auch waren, unermüdlich und in aller Heimlichkeit an diesem Ziel; 1973 wurden ihre Bemühungen schließlich vom Erfolg gekrönt.

In diesem Jahr – die Partei wurde von dem schwachen und unsicheren Harold Wilson geführt – erreichten unsere Freunde eine hauchdünne Mehrheit im NPV, dem lebenswichtigen Nationalen Parteivorstand, und brachten infolgedessen einen Antrag auf Abschaffung der schwarzen Liste durch. Das Resultat übertraf ihre Erwartungen.

Nachdem die Schleusen einmal geöffnet waren, schwärmten Linksextremisten der Nachkriegsgeneration scharenweise in die Partei und konnten sofort Ämter auf allen Ebenen der Parteiorganisation übernehmen. Die Möglichkeit zum »Hinüberwachsen«, zur Einflußnahme und zur schließlichen Machtergreifung war gegeben, und diese Machtübernahme hat nun stattgefunden.

Seit 1973 war der absolut lebenswichtige NPV nahezu ohne Unterbrechung in den Händen einer linksextremen Majorität. Durch die geschickte Benützung dieses Werkzeugs wurde die Verfassung der Partei und deren Zusammensetzung auf den höheren Ebenen vollkommen verändert.

Lassen Sie mich kurz abschweifen, Genosse Generalsekretär, um zu erklären, was ich genau unter »unseren Freunden« in der britischen Arbeiterpartei und der Gewerkschaftsbewegung verstehe. Sie können in zwei Kategorien eingeteilt werden, die Absichtlichen und die Unabsichtlichen. Wenn ich von der ersten Kategorie spreche, so beziehe ich mich dabei weder auf Leute von der sogenannten Weichen Linken noch auf die trotzkistischen Abweichler. Diese Leute verabscheuen Moskau, wenn auch aus ganz verschiedenen Gründen. Ich meine damit Leute von der Harten Linken und ihren Kern von Ultraharten. Das sind dezidierte, in der Wolle gefärbte Marxisten-Leninisten, die es gar nicht schätzen, wenn man sie Kommunisten nennt, denn das würde sie zu Mitgliedern der völlig nutzlosen Kommunistischen Partei von Großbritannien stempeln. Sie sind unverbrüchliche Freunde Moskaus und agieren in neun von zehn Fällen nach Moskaus Wünschen, selbst wenn diese Wünsche unausgesprochen bleiben und die Betreffenden steif und fest behaupten sollten, aus Gewissensgründen oder im Interesse Englands zu handeln.

Die zweite Gruppe von Freunden, die sich in der britischen Labour Party eingenistet haben und sie beherrschen, könnte man wie folgt beschreiben: Leute mit einer tiefen politischen und emotionalen Bindung an eine Form des Sozialismus, der so weit links ist, daß man ihn als marxistisch-leninistisch bezeichnen kann, Leute, die unter allen Umständen und in jeder Lage ganz spontan in völliger Übereinstimmung mit den Vorstellungen und Wünschen der sowjetischen Außenpolitik gegenüber Großbritannien bzw. der westlichen Allianz handeln, die keine Anweisungen und Instruktionen benötigen und wahrscheinlich beleidigt wären, wenn man sie damit belästigen wollte; die sich wissentlich oder unwissentlich, aus Überzeugung, aus verschrobenem Patriotismus, aus Zerstörungswut, Gewinnsucht, aus Geltungsbedürfnis, aus Furcht vor Einschüchterung, aus Wichtigtuerei oder aus einem Herdentrieb heraus immer zum Besten unserer sowjetischen Interessen verhalten werden. Alle diese Leute stellen Einflußfaktoren zu unseren Gunsten dar.

Natürlich geben sie alle vor, auf der Suche nach der wahren Demokratie zu sein. Glücklicherweise versteht die Mehrheit der Briten unter Demokratie auch heute noch einen pluralistischen (Mehrparteien-)Staat, dessen Regierung in regelmäßigen Abständen durch allgemeine und geheime Wahlen bestimmt wird. Da unsere Freunde von der Harten Linken ganz offensichtlich Leute sind, die beim Essen, Trinken, Atmen, Schlafen, Träumen und Arbeiten keine Sekunde lang ihre Überzeugung vergessen, ist Demokratie für sie eine »engagierte Demokratie«, in der sie selbst und die ihnen Gleichgesinnten die führenden Rollen übernehmen. Die britische Presse tut zu unserem Glück wenig, um dieses Mißverständnis auszuräumen.

Von 1973 an konnten unsere marxistisch-leninistischen Freunde in der Labour Party ihre Energie voll und ganz auf den verdeckten Kampf um die Parteiführung konzentrieren, ein Ziel, dessen Erreichung durch die Abschaffung der schwarzen Liste vor drei Jahren so wesentlich erleichtert wurde.

Die Labour Party hat immer auf drei Beinen gestanden: den Gewerkschaften, den Wahlkreisverbänden (je ein Verband in den Stimmbezirken, aus denen sich das britische Wahlsystem zusammensetzt) und dem parlamentarischen Flügel, das heißt den Labour-Abgeordneten, die aufgrund der letzten Wahlen ins Unterhaus gekommen sind und aus deren Reihen der Parteiführer kommt.

Die Gewerkschaften sind von diesen drei Stützen die mächtigste, und dies aus zwei Gründen. Zum einen sind sie die Zahlmeister der Partei, deren Kassen sie mit Abgaben aus der Lohntüte von Millionen von Arbeitern füllen. Zum zweiten verfügen sie auf dem Parteitag über ein riesiges Paket von »Blockstimmen«, die der Nationale Gewerkschaftsvorstand im Namen von Millionen unbefragter Mitglieder abgibt. Mit diesen Blockstimmen kann jeder Antrag durchgebracht und die Zusammensetzung von maximal einem Drittel des allmächtigen Nationalen Parteivorstands bestimmt werden.

Die stimmberechtigten Gewerkschaftsvorstände sind von grundlegender Wichtigkeit; ihre hauptamtlichen Aktivisten und Funktionäre entscheiden über die Gewerkschaftspolitik. Sie bilden sozusagen die Spitze der Pyramide, gefolgt von den Landesverbandsfunktionären auf der mittleren Ebene und den Ortsverbandsfunktionären auf der unteren Ebene. Die Übernahme einer großen Anzahl von Funktionärsposten durch die Harte Linke war also unerläßlich, und unsere Freunde haben dies inzwischen auch geschafft.

Ihr größter Verbündeter bei dieser Aufgabe war immer schon die Apathie der weitgehend gemäßigten Mehrheit der Gewerkschaftsmitglieder, denen man nicht zumuten kann, dauernd die Versammlungen der Ortsverbände zu besuchen. Die Aktivisten jedoch, die alles besuchten, konnten Tausende von Ortsverbänden, Hunderte von Landesverbänden und die wichtigsten Nationalen Vorstände vereinnahmen. Zur Zeit verfügen die zehn größten der achtzig an die Labour Party angeschlossenen Gewerkschaften über mehr als die Hälfte der Stimmen der Gewerkschaftsbewegung; neun dieser zehn haben an ihrer Spitze Leute der Harten Linken, gegenüber zwei in den frühen Siebzigern. Das alles haben nicht mehr als zehntausend zielbewußte Männer über die Köpfe von Millionen britischer Arbeiter hinweg zustande gebracht.

Die Bedeutung der von der Harten Linken beherrschten Gewerkschaftsstimmen wird klar, wenn man bedenkt, daß der sogenannte Wahlausschuß den neuen Parteiführer bestimmt; die Gewerkschaften verfügen in diesem Ausschuß über vierzig Prozent der Stimmen.

Nun zu den Wahlkreisverbänden. Kern dieser Verbände sind die Allgemeinen Lenkungsausschüsse, die außer der Erledigung der laufenden Parteigeschäfte innerhalb des Wahlkreises noch eine weitere ausschlaggebende Funktion haben: Sie bestimmen den Labour-Kandidaten für das Parlament. In der Zeit von 1973 bis 1983 sind junge Aktivisten der extremen Linken in die Wahlkreisverbände eingezogen, haben durch ihre eifrige Betriebsamkeit bei den langweiligen, spärlich besuchten Versammlungen die altgedienten Funktionäre verdrängt und so allmählich einen Allgemeinen Lenkungsausschuß nach dem anderen erobert.

Bei dieser Lage der Dinge hatten die weitgehend der Parteimitte angehörenden Abgeordneten, welche die nun von der Harten Linken kontrollierten Wahlkreise vertraten, einen immer schwierigeren Stand. Sie konnten jedoch nicht ohne weiteres verdrängt werden. Um sich ein für allemal durchzusetzen, mußte die Harte Linke die Gewissensfreiheit der Unterhausabgeordneten schwächen und nach Möglichkeit völlig aushöhlen; sie von Sachwaltern der Wählerinteressen zu bloßen Vertretern der Allgemeinen Lenkungsausschüsse umfunktionieren.

1979 war es soweit. Die Harte Linke drückte in Brighton die Bestimmung durch, nach der die Parlamentsmitglieder jährlich von ihrem Lenkungsausschuß wiedergewählt oder abgewählt wurden. Das bewirkte eine massive Verlagerung der Macht. Eine ganze Gruppe von Vertretern der Mitte verließ Labour und gründete die Sozialdemokratische Partei; andere wurden abgewählt und kehrten der Politik den Rücken; einige der fähigsten Leute der Mitte waren so zermürbt, daß sie resignierten. Doch bei aller Schwächung und Demütigung verblieb dem parlamentarischen Labour-Flügel noch eine vitale Funktion: Er und nur er allein konnte den Parteiführer wählen. Diese Macht mußte ihm unbedingt genommen werden, um die Herrschaft über die drei Pfeiler komplett zu machen. Das geschah, wiederum auf Betreiben der Harten Linken, im Jahr 1981 durch die Schaffung des Wahlausschusses, in dem dreißig Prozent der Stimmen dem parlamentarischen Flügel, dreißig Prozent den Wahlkreisverbänden und vierzig Prozent den Gewerkschaften zukommen. Der Ausschuß wählt jeden neuen Führer, wenn und wann nötig, und *bestätigt ihn jährlich aufs neue.* Diese Bestätigungsfunktion spielt bei den Plänen, die ich im folgenden darlegen werde, eine Schlüsselrolle.

Der eben geschilderte Kampf um die Macht reichte bis ins Wahljahr 1983. Der Sieg war so gut wie vollständig, doch unsere Freunde hatten den Fehler begangen, von der leninistischen Doktrin der Vorsicht und Verstellung abzuweichen. Sie hatten, um diese titanischen Kämpfe zu gewinnen, sich zu weit aus ihrer Deckung begeben, und die Ausrufung vorgezogener Wahlen überraschte sie gewissermaßen in flagranti. Die Harte Linke hätte noch ein weiteres Jahr zur Konsolidierung, zur Beschwichtigung, zur Einigung gebraucht. Sie bekam es nicht. Die Partei, die sich nun zu früh mit dem radikalsten Manifest ihrer Geschichte belastet hatte, war völlig aus dem Konzept gebracht. Schlimmer, die englische Öffentlichkeit hatte das wahre Gesicht der Harten Linken gesehen.

Wie Sie wissen, waren die Wahlen von 1983 scheinbar eine Katastrophe für die nun von der Harten Linken beherrschte Arbeiterpartei. Ich meine aber, daß der Wahlausgang in Wahrheit ein verkappter Segen war. Denn er führte zu dem mutigen Realismus, den unsere Freunde in der Partei während der letzten vierzig Monate in einem grandiosen Akt der Selbstverleugnung praktizierten.

Kurz, von den 650 Wahlkreisen, die es 1983 in England gab, gewann die Labour Party nur 209. Aber dieses Resultat war nicht so schlecht, wie es aussah. Zum einen waren nun von den zweihundertneun Labour-Parlamentariern einhundert fest in der Linken und vierzig davon in der Harten Linken verankert. Das mögen scheinbar wenige sein, doch der gegenwärtige parlamentarische Labour-Flügel ist der am weitesten links stehende, den das Unterhaus je gekannt hat.

Zum zweiten hat die Wahlschlappe jene Narren wachgerüttelt, die dachten, der Kampf um die totale Herrschaft sei bereits vorbei. Ihnen wurde bald klar, daß es nach den bitteren, aber notwendigen Kämpfen unserer Freunde um die Parteiführung in den Jahren 1979 bis 1983 an der Zeit war, die Einheit wiederherzustellen und die angeschlagene Machtbasis im Land mit Blick auf die nächsten Wahlen zu festigen. Dieses Programm wurde auf dem Parteitag im Oktober 1983 auf Betreiben der Harten Linken in Gang gebracht und bis auf den heutigen Tag unverdrossen verfolgt.

Zum dritten hat jedermann die Notwendigkeit der Rückkehr in den Untergrund eingesehen, eingedenk Lenins Forderung an die wahrhaft Gläubigen, die in bürgerlichen Gesellschaften operieren. Das Streben der Harten Linken war also während dieser letzten vierzig Monate voll und ganz auf die Rückkehr in einen Untergrund ausgerichtet, von dem aus sie Anfang und Mitte der Siebziger so gute Erfolge erzielt hatte. Zugleich legte sie eine überraschende Mäßigung an den Tag. Es bedurfte dazu einer ungeheuren Selbstdisziplin, doch unsere Genossen erwiesen sich einmal mehr dieser Herausforderung völlig gewachsen.

Seit Oktober 1983 zeigt sich die Harte Linke im Gewand der Höflichkeit, Toleranz und Mäßigung; oberstes Gebot ist seither die Einheit der Partei, und zur Erreichung dieses Ziels wurden Konzessionen gemacht, die nach dem Dogma der Harten Linken bis dato als unmöglich galten. Sowohl der entzückte und freundschaftlich gesinnte Flügel der Mitte als auch die Medien scheinen völlig eingenommen zu sein von diesem neuen Gesicht unserer marxistisch-leninistischen Freunde.

Die Herrschaft über die Partei wurde schließlich auf diesem verdeckten Weg erreicht. Alle Machthebel der Ausschüsse und Vorstände sind nun in Händen der Harten Linken oder könnten durch Einberufung einer einzigen Dringlichkeitssitzung übernommen werden. Aber, und das ist ein wichtiges Aber, sie hat sich damit begnügt, die Leitung der Ausschüsse in den Händen von Leuten der Weichen Linken und gelegentlich, bei überwältigender Stimmenüberlegenheit, sogar in den Händen eines Mannes der Mitte zu belassen.

Von einem Dutzend Skeptikern abgesehen, hat sich der Block der Mitte durch die neu gefundene Einheit und die Einstellung der Feindseligkeiten von seiten der Linken weitgehend besänftigen lassen. Doch die eiserne Faust steckt immer noch schlagbereit im Samthandschuh.

Auf der Wahlkreisebene übernahm die Harte Linke in aller Ruhe einen Verband nach dem anderen, ohne daß dies die Aufmerksamkeit der Öffentlichkeit oder der Medien erregt hätte. Desgleichen, wie bereits erwähnt, quer durch die Gewerkschaftsbewegung. Neun der großen zehn und die Hälfte der übrigen siebzig Gewerkschaften gehören nun zur Harten Linken, und auch hier hält man sich bewußt viel mehr zurück als vor 1983.

Kurz und gut, die ganze Labour Party wird nun von der Harten Linken beherrscht, entweder mittels Stellvertretern aus der Weichen Linken und der eingeschüchterten Mitte oder durch kurzfristig einberufene Dringlichkeitssitzungen der entsprechenden Ausschüsse; und weder das Fußvolk der Partei und der Gewerkschaften noch die Medien oder die breiten Massen der alten Labour-Wähler scheinen dies mitbekommen zu haben.

Im übrigen betreibt die Harte Linke seit vierzig Monaten eine gleichsam generalstabsmäßige Vorbereitung für die kommenden Parlamentswahlen. Zur einfachen Mehrheit würde sie dreihundertfünfundzwanzig oder sagen wir dreihundertdreißig Sitze benötigen. Man darf davon ausgehen, daß sie zweihundertzehn davon so gut wie in der Tasche hat. Die anderen einhundertzwanzig, die 1979 oder 1983 oder in beiden Wahljahren verlorengingen, gelten als rückgewinnbar, und die betreffenden Wahlkreise wurden zu Zielgebieten erklärt.

Das politische Leben in Großbritannien weist eine fast gesetzmäßige Eigenheit auf: Nach zwei vollen Legislaturperioden unter ein und derselben Regierung scheinen die Leute zu denken, daß es nun Zeit für einen Wechsel sei, selbst wenn die amtierende Regierung nicht eigentlich unbeliebt ist. Doch die Engländer werden nur dann wechseln, wenn sie dem, was sie dafür eintauschen, vertrauen können. Oberstes Ziel der Labour Party während der letzten vierzig Monate war daher die Rückgewinnung dieses Vertrauens, und sei es unter Verleugnung der eigenen Grundsätze.

Laut den jüngsten Meinungsumfragen war diese Methode äußerst erfolgreich, denn der Abstand zwischen der Labour Party und den regierenden Konservativen ist auf ein paar Prozente zusammengeschmolzen. Wenn man bedenkt, daß nach dem britischen System achtzig »unsichere«, das heißt von knappen Mehrheiten abhängige Sitze, über den Ausgang einer Wahl entscheiden und daß über diese Sitze von den fünfzehn Prozent Wechselwählern in der einen oder anderen Richtung entschieden wird, dann hat die Labour Party eine Chance, nach den nächsten Parlamentswahlen wieder ans Ruder zu kommen.

Der Wahlsieg der Labour Party allein würde jedoch nicht genügen, um England so zu destabilisieren, daß es reif für eine Revolution ist. Der siegreiche Parteiführer müßte vor seiner Vereidigung als Premier gestürzt und durch einen vorher ausgesuchten Mann der Harten Linken ersetzt werden. Dieser Linksextremist wäre dann der erste marxistisch-leninistische Premierminister Großbritanniens. Die Vorbereitungen zu dieser Wende sind bereits weit gediehen.

Darf ich eine weitere Abschweifung machen, um zu erklären, wie der Parteiführer gewählt wird. Seit der Schaffung des Wahlausschusses auf Betreiben unserer Freunde von der Harten Linken ist die Prozedur wie folgt: Nach einer Parlamentswahl müssen die Nominierungen für den Posten des Parteivorsitzenden spätestens dreißig Tage nach der Vereidigung der Unterhausmitglieder getätigt sein. Während der darauffolgenden drei Monate können die rivalisierenden Kandidaten ihren Führungsansprüchen Nachdruck verleihen. Dann tritt der Wahlausschuß zusammen. Bei einer Labour-Niederlage könnte es zu einem Wechsel in der Parteiführung kommen; bei einem Sieg wäre jedoch ein Sturz des Premierministers undenkbar, denn während dieser drei Monate könnten die Massen landesweit zu seinen Gunsten mobilisiert werden.

Letztes Jahr haben daher unsere Freunde auf dem Parteitag im Oktober eine »kleine« Reform durchgebracht. Bei einem Labour-

Sieg würde der Labour-Chef umgehend bestätigt werden: Nominierungen für den Posten des Parteivorsitzenden müssen innerhalb von drei Tagen nach Bekanntgabe des Wahlresultats vorliegen. Innerhalb weiterer vier Tage findet eine außerordentliche Sitzung des Wahlausschusses statt. Nach dieser Sitzung und der »Wahl« des Parteiführers ist zwei Jahre lang kein Einspruch erlaubt, wobei das laufende Jahr nicht zählt.

Den Unschlüssigen, die gezögert hatten, die Reform zu unterstützen, wurde bedeutet, daß diese »Bestätigungsprozedur« eine reine Formalität sei. Niemand werde sich gegen den siegreichen Parteiführer stellen, der darauf warte, in den Buckingham-Palast gerufen zu werden; sondern der Parteiführer werde selbstverständlich durch eine Wiederwahl ohne Gegenkandidaten bestätigt.

Das Gegenteil ist natürlich beabsichtigt. Ein Alternativkandidat wäre zur Stelle. Die Mobilisierung der Massen wäre wegen der Kürze der Zeit nicht möglich. Die Gewerkschaftsvorstände würden im Namen ihrer Mitglieder ihre vierzig Prozent in die Waagschale werfen, und diese Vorstände werden von unseren Freunden beherrscht. Desgleichen die Wahlkreisausschüsse. Zusammen mit der Hälfte des parlamentarischen Flügels würde diese Allianz über fünfzig Prozent des Wahlausschusses ausmachen. Die Königin würde den neuen Parteichef zu sich bitten müssen.

Nun zum Wesentlichen. Den inneren Kern der Harten Linken der Labour Party und der Gewerkschaftsbewegung bildet eine Gruppe von zwanzig Leuten, die man als den ultraharten Flügel bezeichnen kann. Diese Gruppe kann man nicht als Komitee bezeichnen, denn wenn die Beteiligten auch miteinander in Kontakt sind, so kommen sie doch selten an einem Platz zusammen. Jeder hat sich im Laufe seines Lebens langsam im inneren Apparat nach oben gearbeitet; jeder verfügt über ein Maß an Einfluß, das weit über sein eigentliches Amt oder seinen Posten hinausgeht. Jeder ist ein höchst engagierter marxistisch-leninistischer

»Rechtgläubiger«. Es sind, wie gesagt, insgesamt zwanzig Leute, neunzehn Männer und eine Frau. Neun von ihnen sind Gewerkschaftler, sechs (zu ihnen gehört die Frau) sitzen als Labour-Abgeordnete im Unterhaus, dazu kommen zwei Mitglieder der Akademie der Wissenschaften, ein Peer, ein Rechtsanwalt und ein Verleger. Diese zwanzig Personen sitzen an den Schalthebeln und werden die Machtübernahme inszenieren und auslösen.

Der neue Parteiführer und Premierminister würde *carte blanche* haben. Er könnte mit Unterstützung des von der Harten Linken beherrschten Parteivorstands eine Regierungsmannschaft nach seinen ureigensten Vorstellungen bilden und das beabsichtigte Legislaturprogramm in Gang setzen. Kurz und gut, das Volk würde für eine scheinbar traditionalistische oder bestenfalls reformistische Regierung der Weichen Linken gestimmt haben, tatsächlich aber hätte eine Harte Linke reinster Prägung die Macht ergriffen, und zwar *ohne* den lästigen Umweg über ein Wählervotum.

Das Legislaturprogramm besteht bis dato aus einem Katalog von zwanzig Maßnahmen, die aus begreiflichen Gründen noch nicht zu Papier gebracht worden sind. Alle diese Maßnahmen bilden seit langem das Wunschprogramm der Harten Linken, wenn auch nur ein paar Punkte, und auch die nur in verwässerter Form, im Labour-Manifest enthalten sind.

Der Zwanzig-Punkte-Plan ist unter der Bezeichnung »Manifest der britischen Revolution« oder kurz »M. B. R.« bekannt. Die ersten fünfzehn Punkte betreffen die Massenverstaatlichung von Privatunternehmen und Privateigentum; die Abschaffung des privaten Grundbesitzes sowie des privaten Gesundheits- und Erziehungswesens; die staatliche Lenkung der Polizei, der Massenmedien und der Justiz; die Abschaffung des Oberhauses, das ein Vetorecht hat gegen die Mandatsverlängerung einer Regierung im Selbstermächtigungsverfahren. (Die britische Revolution darf schließlich nicht durch eine Laune der Wähler aufgehalten oder in ihr Gegenteil verkehrt werden.)

Was die letzten fünf Punkte betrifft, so berühren sie die Sowjetunion in hohem Maße, und ich gebe sie daher im Wortlaut wieder:

(A) Der sofortige Austritt aus der Europäischen Gemeinschaft ohne Rücksicht auf vertragliche Bindungen.

(B) Die unverzügliche Reduzierung der gesamten britischen Streitkräfte auf ein Fünftel ihrer gegenwärtigen Stärke.

(C) Die sofortige Abschaffung sämtlicher Kernwaffen Großbritanniens sowie die Zerstörung ihrer Herstellungsstätten.

(D) Die umgehende Ausweisung aller amerikanischen Streitkräfte mitsamt ihrer konventionellen und nuklearen Ausrüstung.

(E) Sofortiger Austritt aus der NATO und Ächtung dieser Organisation.

Ich brauche nicht besonders darauf hinzuweisen, Genosse Generalsekretär, daß die Realisierung der letzten fünf Punkte die Verteidigungskraft der Westlichen Allianz so erschüttern würde, daß sie für die Zeit unseres Lebens, wenn nicht für immer, gebrochen wäre. Die kleinen NATO-Länder würden wahrscheinlich dem Beispiel Großbritanniens folgen, die NATO würde aufgelöst werden, und die USA wären völlig isoliert auf der anderen Seite des Atlantiks.

Natürlich hängt die Realisierung der Möglichkeiten, die ich in diesem Memorandum beschrieben habe, von einem Sieg der Labour Party ab, und dafür könnten die nächsten, im Frühjahr 1988 stattfindenden Wahlen die vielleicht letzte Gelegenheit bieten.

Das alles wollte ich ausdrücken mit meiner während des Abendessens bei General Kryutschow gemachten Bemerkung, die politische Stabilität Großbritanniens werde in Moskau dauernd überschätzt, »und heute mehr denn je«.

Hochachtungsvoll!

Harold Adrian Russell Philby

Die Antwort des Generalsekretärs kam überraschend schnell. Einen Tag, nachdem Philby den Bericht an Major Pawlow ausgehändigt hatte, stand der undurchdringlich und kalt blickende junge Offizier vom Neunten Direktorat schon wieder vor seiner Tür. Er hatte einen Umschlag aus Manilapapier in der Hand, den er Philby wortlos reichte. Dann machte er auf dem Absatz kehrt und verschwand.

Es war wieder ein Handschreiben vom Generalsekretär persönlich, kurz und sachlich wie immer.

Der Sowjetführer dankte darin Philby für seine Mühe. Er könne die Richtigkeit von Philbys Ausführungen im großen und ganzen bestätigen. Der Sieg der Labour Party bei den nächsten allgemeinen Wahlen sei daher für die UdSSR eine Sache von vordringlicher Wichtigkeit. Er werde einen kleinen, nur ihm persönlich verantwortlichen Ausschuß ins Leben rufen, der ihn über eventuell zu treffende Maßnahmen beraten solle. Er fordere Harold Philby auf, sich diesem Ausschuß als Berater zur Verfügung zu stellen.

4. Kapitel

Die Männer, die Raoul Levy aufsuchten, waren zu viert; große, schwere Männer, die in zwei Autos vorfuhren. Das erste hielt nach einigem Suchen vor Levys Bungalow an der Molenstraat, während das zweite hundert Meter weiter parkte.

Dem ersten Wagen entstiegen zwei Männer, die rasch, aber lautlos über die kurze Zufahrt zur Haustür gingen. Die beiden Fahrer warteten bei ausgeschalteten Scheinwerfern und laufenden Motoren. Es war ein bitterkalter Abend, kurz nach neunzehn Uhr, stockfinster, und niemand sonst war um diese Zeit am 15. Januar in der Molenstraat unterwegs.

Die Männer, die an die Haustür klopften, traten energisch und bestimmt auf, wie Leute, die keine Zeit zu verlieren, eine Aufgabe zu erfüllen und die Absicht haben, sie so schnell wie möglich hinter sich zu bringen. Sie stellten sich nicht vor, als Levy öffnete. Sie traten einfach ins Haus und drückten die Tür hinter sich zu. Levy hatte noch kaum den Mund aufgemacht, als vier steife Finger, die ihm in den Magen gerammt wurden, seinen Protest im Ansatz erstickten.

Die großen Männer stopften ihn in seinen Mantel, stülpten ihm den Hut auf, schoben ihn aus der Tür, die sie ins Schloß schnappen ließen, und steuerten ihn geschickt zum Wagen, dessen rückwärtige Tür aufging, kaum daß sie bei ihm angelangt waren. Als sie, Levy auf dem Rücksitz zwischen sich geklemmt, abfuhren, waren zwanzig Sekunden vergangen.

Sie brachten ihn zur Kesselse Heide, einem großen öffentlichen Park nordwestlich von Nijlen, der aus fünfzig Hektar Gras- und Heideland besteht, auf dem Eichen und verschiedene Nadelbäume wachsen. Der Park lag völlig verlassen da. Ein gutes Stück abseits der Fahrstraße, inmitten der Heide, hielten die beiden Wagen. Der Fahrer des zweiten Autos, der das Verhör führen sollte, rutschte auf den Beifahrersitz.

Er drehte sich zum Fond des Wagens um und nickte seinen beiden Kumpanen zu. Der rechts von Levy sitzende Mann schlang die Arme um den schmächtigen Diamantenschleifer, so daß der sich nicht mehr bewegen konnte, und eine behandschuhte Hand preßte sich auf Levys Mund. Der andere Mann brachte eine starke Drahtzange zum Vorschein, packte Levys linke Hand und zerquetschte blitzschnell drei Fingerknöchel, einen nach dem anderen.

Daß sie ihm nicht einmal Fragen stellten, setzte Levy noch schlimmer zu als der rasende Schmerz. Sie schienen völlig uninteressiert. Als der vierte Fingerknöchel zu Brei gequetscht wurde, hatte Levy nur noch einen Wunsch: Er wollte gefragt werden.

Der Inquisitor auf dem Vordersitz nickte lässig und sagte: »Wollen wir reden?«

Hinter dem Handschuh nickte Levy frenetisch. Der Handschuh wurde weggenommen. Levy stieß einen langen gurgelnden Schrei aus. Als er verstummte, sagte der Inquisitor:

»Die Diamanten. Aus London. Wo sind sie?«

Er sprach flämisch, aber mit starkem ausländischem Akzent. Levy sagte es ihm sofort. Was half ihm alles Geld, wenn er seine Hände und seine Existenz verlor? Der Inquisitor dachte ruhig über das Gehörte nach.

»Schlüssel«, sagte er.

Sie steckten in Levys Hosentasche. Der Inquisitor nahm sie an sich und stieg aus. Sekunden später knirschte die zweite Limousine über das gefrorene Gras zur Fahrstraße. Sie blieb fünfzig Minuten fort.

Während der ganzen Zeit hielt sich Levy wimmernd die zermalmte Hand. Für die Männer rechts und links von ihm schien er Luft zu sein. Der Fahrer saß da und starrte geradeaus, die behandschuhten Hände lagen auf dem Steuerrad. Als der Inquisitor wieder zustieg, machte er keine Bemerkung über die vier kostbaren Steine, die jetzt in seiner Tasche steckten. Er sagte nur:

»Letzte Frage: Der Mann, der sie gebracht hat.«

Levy schüttelte den Kopf. Der Inquisitor seufzte ob der Zeitverschwendung und nickte dem Mann an Levys rechter Seite zu. Die beiden Schwergewichte tauschten die Rollen. Der rechte packte die Zange und Levys rechte Hand. Als auch an dieser Hand zwei Fingerknöchel zerquetscht waren, sagte Levy, was man von ihm wissen wollte. Der Inquisitor stellte noch ein paar kurze Zusatzfragen, dann schien er zufrieden. Er stieg aus und ging zu seinem eigenen Wagen. Im Geleitzug rumpelten die beiden Limousinen wieder zur Straße. Sie fuhren zurück nach Nijlen.

Als sie an seinem Haus vorüberkamen, sah Levy, daß es drinnen dunkel und die Tür geschlossen war. Er hoffte, die Männer würden ihn hier aussteigen lassen, aber das taten sie nicht. Sie fuhren durch das Städtchen. Die Lichter der Cafés, warm und gemütlich in der eisigen Winternacht, glitten an den Autofenstern vorbei, aber niemand kam auf die Straße gelaufen. Levy konnte sogar die blaue Neonschrift »Politie« über dem Polizeirevier gegenüber der Kirche sehen, aber auch hier kam niemand heraus.

Zwei Meilen östlich von Nijlen kreuzt die Looy Straat die Eisenbahnschienen an einer Stelle, wo die Strecke Lier–Herenthals schnurgerade verläuft und die großen Diesel-E-Loks mit einhundertzwanzig Stundenkilometern durchbrausen. Zu beiden Seiten des schienengleichen Bahnübergangs stehen Bauernhöfe. Die Limousinen hielten knapp vor dem Bahnübergang. Scheinwerfer und Motoren wurden abgeschaltet.

Ohne ein Wort öffnete der Fahrer das Handschuhfach, holte eine Flasche heraus und reichte sie nach hinten zu seinen beiden Kumpanen. Der eine hielt Levy die Nase zu, und der andere goß ihm den weißen Kornschnaps einheimischer Sorte in die nach

Luft ringende Kehle. Als die Flasche bis auf ein Viertel leer war, hörten sie auf und ließen von ihrem Opfer ab. Der Alkohol begann Raoul Levys Hirn zu umnebeln. Sogar die Schmerzen ließen ein wenig nach. Die drei Männer im Wagen und der vierte in der Limousine vor ihnen warteten schweigend.

Um dreiundzwanzig Uhr fünfzehn kam der Inquisitor aus dem vorderen Wagen und murmelte etwas durchs Fenster. Levy war jetzt bewußtlos, nur von Zeit zu Zeit zuckten seine Glieder krampfhaft. Seine Nebenmänner hievten ihn aus dem Wagen und schleiften ihn zwischen sich zu den Schienen. Um dreiundzwanzig Uhr zwanzig schlug einer von ihnen Raoul Levy mit einer schweren Eisenstange über den Kopf, und er starb. Sie legten ihn auf die Gleise, die zerschmetterten Hände auf eine Schiene, und den eingeschlagenen Schädel dicht daneben.

Hans Grobbelaar fuhr mit seinem letzten Güterexpreß in dieser Nacht wie immer um Punkt dreiundzwanzig Uhr in Lier ab. Er kannte den Fahrtverlauf zur Genüge: Um ein Uhr würde er zu Hause in Herenthals in seinem warmen Bett liegen. Der Zug hielt unterwegs nicht, und er passierte Nijlen pünktlich um dreiundzwanzig Uhr neunzehn. Nach den Kreuzungen im Stadtbereich schaltete Hans Grobbelaar auf volle Kraft und brauste die Gerade zum Übergang an der Looy Straat mit fast einhundertzwanzig Stundenkilometern dahin. Die Scheinwerfer der großen 6268-Lok beleuchteten achtzig vor ihm liegende Schienenmeter.

Erst kurz vor der Looy Straat sah er die schlaffe Gestalt auf dem Gleis liegen. Er bremste mit aller Kraft. Ein Funkenregen sprühte unter den Rädern hervor. Der Güterexpreß verlangsamte die Fahrt, aber es war längst zu spät. Hans Grobbelaar beobachtete entsetzt durch die Windschutzscheibe, wie die Scheinwerfer auf das Bündel zuflogen. Zwei seiner Kollegen hatten so etwas schon erlebt; Selbstmörder oder Betrunkene, es war nicht festzustellen gewesen. Nicht mehr. In einer solchen Maschine spürt man nicht einmal einen Anprall, hatten sie gesagt. Er spürte keinen. Die kreischenden Räder sausten über die Stelle hinweg, das Tempo betrug noch immer fünfzig Stundenkilometer.

Als er den Zug endlich zum Halten brachte, konnte er nicht einmal nachsehen. Er rannte zu einem der Gehöfte und gab Alarm. Als die Polizei mit Lampen anrückte, sah die Masse auf den Gleisen aus wie Erdbeermarmelade. Hans Grobbelaar kam erst in der Morgendämmerung nach Hause.

Am selben Tag, nur vier Stunden später, betrat John Preston die Eingangshalle des Verteidigungsministeriums in Whitehall, ging zum Empfang und zeigte seinen Dienstausweis vor. Nach dem unvermeidlichen Kontrollanruf bei dem Mann, den er aufsuchen wollte, wurde er im Lift hinaufgefahren und zum Büro des Sicherheitschefs des Ministeriums geführt, einem Raum hoch oben an der Rückseite des Gebäudes, mit Blick auf die Themse.

Brigadegeneral Bertie Capstick hatte sich kaum verändert, seit Preston ihn vor Jahren in Ulster zum letztenmal gesehen hatte. Der große, blühend aussehende, freundliche Mann mit den Apfelbäckchen, der mehr einem Farmer als einem Militär glich, empfing ihn mit einem donnernden:

»Johnny, mein Junge, das darf ja nicht wahr sein! Kommen Sie, kommen Sie rein.«

Obwohl Bertie Capstick nur zehn Jahre älter war als Preston, nannte er ihn wie fast jeden jüngeren Mann unweigerlich »mein Junge«, und dieser väterliche Ton paßte zu seinem Aussehen. Aber er war ein harter Soldat gewesen, der sich während des Malaysia-Konflikts tief in das Gebiet der Terroristen vorgewagt und später, während der sogenannten indonesischen Konfrontation, eine Gruppe von Infiltrationsexperten im Dschungel von Borneo befehligt hatte.

Capstick bot Preston einen Stuhl an und brachte aus einem Aktenschrank eine Flasche Malzwhisky zum Vorschein.

»Einen zwitschern?«

»Bißchen früh«, meinte Preston. Es war erst kurz nach elf Uhr.

»Unsinn. Auf die alten Zeiten. Der Kaffee, den man hier kriegt, ist ohnehin ungenießbar.«

Capstick setzte sich und schob Preston das Glas über den Schreibtisch hinweg zu.

»So, und was ist mit Ihnen passiert, mein Junge?«

Preston schnitt ein Gesicht.

»Ich hab's Ihnen ja schon am Telefon gesagt, was sie mir verpaßt haben«, sagte er. »Verdammten Polizistenjob. Nichts für ungut, Bertie.«

»Mir ging's genauso, Johnny. Abgehalftert. Natürlich bin ich jetzt Offizier a. D., also nicht schlecht gestellt. Bin mit fünfundfünfzig in Pension gegangen und in das Pöstchen hier reingerutscht. Nicht übel. Jeden Morgen mit der Bahn reinzuckeln, alle Sicherheitsmaßnahmen kontrollieren, achtgeben, daß kein faules Ei in der Mannschaft ist, und dann wieder heim zum Frauchen. Könnte schlimmer sein. Also, auf die alten Tage!«

»Cheers«, sagte Preston. Beide tranken.

Die alten Tage waren allerdings nicht ganz so rosig gewesen, dachte Preston. Als er vor nunmehr sechs Jahren den damaligen Oberst Bertie Capstick zuletzt gesehen hatte, war der scheinbar so joviale Offizier stellvertretender Leiter des Militärischen Abschirmdienstes in Nordirland gewesen, mit Amtssitz in jenem Gebäudekomplex in Lisburn, dessen Datenbanken auf Anfrage sagen konnten, welcher IRA-Mann sich in letzter Zeit am Hintern gekratzt hatte.

Preston war einer von Capsticks »Jungens« gewesen. Er hatte in Zivilkleidung, als »Verdeckter«, gearbeitet, sich in den Gettos extremer Provos bewegt, um mit Spitzeln zu sprechen oder Päckchen aus toten Briefkästen abzuholen. Bertie Capstick hatte loyal zu ihm gestanden gegen die neunmalklugen Beamten von Holyrood House, als Preston bei einem Einsatz für Capstick »verbrannte« und fast ums Leben gekommen wäre.

Das war am 28. Mai 1981 gewesen. Die Zeitungen hatten am Tag darauf ein paar spärliche Einzelheiten gebracht. Preston war in einem Privatauto zum Bogside-Viertel in Londonderry unterwegs gewesen, wo er einen Spitzel treffen wollte. Ob irgendwo weiter oben eine undichte Stelle war, ob er dasselbe Auto einmal zu oft gefahren hatte, oder ob sein Gesicht von Nachrichtenleuten der Provos »ausgemacht« worden war, kam nie heraus. Egal, sie hatten ihm einen Hinterhalt gelegt. Gerade als er in die Hochburg der Republikaner einfuhr, war ein Wagen mit vier bewaffneten Provos aus einer Seitenstraße hinter ihm aufgetaucht und ihm gefolgt.

Er hatte sie natürlich bald im Rückspiegel geortet und den Treff sofort abgeschrieben. Aber die Provisionals wollten mehr als das. Im Zentrum des Gettos waren sie an ihm vorbeigezogen, hatten sich quer auf die Fahrbahn gestellt und waren aus ihrem Wagen gestürzt, zwei mit Maschinenpistolen und einer mit einem Revolver.

Preston, der nur noch zwischen Himmel und Hölle wählen konnte, ergriff die Initiative. Wider jede Vernunft und zur Verblüffung seiner Angreifer ließ er sich blitzschnell aus der Tür seines Wagens rollen, genau in dem Augenblick, als die Maschinenpistolen das Fahrzeug durchsiebten. Er hatte seinen dreizehnschüssigen 9-mm-Browning in der Hand, auf Automatik gestellt. Auf dem Kopfsteinpflaster liegend, gab er es ihnen. Sie hatten erwartet, daß er sich mit Würde abmurksen ließe. Sie standen zu nah beisammen.

Mit einer Serie von Schüssen hatte er zwei auf der Stelle getötet und dem dritten eine Kugel in den Hals gejagt. Der Fahrer der Provos hatte den Gang hineingehauen und war in einer Rauchfahne mit glühenden Reifen verschwunden. Preston schaffte es bis zu einem sicheren Haus, das mit vier Mann der SAS belegt war; sie hatten ihn dort behalten, bis Capstick erschien, um ihn heimzubringen.

Natürlich war der Teufel los gewesen – Nachforschungen,

Verhöre, besorgte Fragen von oben. Daß er weitermachte, kam nicht in Frage. Er war ein für allemal »verbrannt«, um den Fachausdruck zu gebrauchen, will heißen identifiziert. Er war nutzlos geworden. Der überlebende Provo würde sein Gesicht überall wiedererkennen. Er durfte nicht einmal zurück zu seiner alten Einheit, den Fallschirmjägern in Aldershot. Wer konnte wissen, wie viele Provos in Aldershot herumlungerten?

Man ließ ihm die Wahl zwischen Hongkong und dem Rausschmiß. Dann führte Bertie Capstick ein Gespräch mit einem Freund. Es gab eine dritte Möglichkeit. Die Army als einundvierzigjähriger Major verlassen und Späteinsteiger bei MI5 werden. Preston hatte sich für diesen Weg entschieden.

»Irgendwas Besonderes?« fragte Capstick.

Preston schüttelte den Kopf.

»Nur eine kleine Runde zum Kennenlernen«, sagte er.

»Kopf hoch, Johnny. Ich weiß jetzt, wo Sie Ihre Zelte aufgeschlagen haben, und ruf' Sie an, falls hier mehr passiert, als daß einer die Weihnachtskasse mitgehen läßt. Übrigens, was macht Julia?«

»Hat mich sitzenlassen. Schon vor drei Jahren.«

»Oh, das tut mir leid.«

Bertie Capsticks Gesicht verzog sich in echtem Mitgefühl.

»Ein anderer?«

»Nein. Damals nicht. Jetzt schon, glaube ich. Es war der Job ... Sie wissen ja.«

Capstick nickte finster.

»Meine Betty hat sich da immer recht gut gehalten«, sinnierte er. »War mein halbes Leben lang von zu Hause fort. Ist eine treue Seele. Bei der Stange geblieben. Trotzdem, kein Leben für eine Frau. Hab's miterlebt. Oft sogar. Trotzdem, ist immer ein Schlag. Sehen Sie den Jungen?«

»Gelegentlich«, gab Preston zu.

Capstick hätte keine wundere Stelle berühren können. In seiner kleinen, einsamen Wohnung in Kensington hatte Preston zwei Fotos aufgestellt. Das eine zeigte ihn und Julia am Hochzeitstag, er sechsundzwanzig, in seiner schmucken Fallschirmjäger-Uniform, sie zwanzig, eine schöne Braut in Weiß. Das andere Foto zeigte seinen Sohn Tommy.

Sie hatten eine normale Soldatenehe in verschiedenen Garnisonen geführt, und nach acht Jahren war Tommy zur Welt gekommen. Nun war John Preston wunschlos glücklich, aber nicht so seine Frau. Julia hatte bald genug gehabt von den Mutterpflichten, der Langeweile während seiner Abwesenheit, und hatte angefangen, sich über die Geldknappheit zu beklagen. Sie drängte ihn ständig, er solle die Army verlassen, um in einem Zivilberuf mehr zu verdienen. Sie wollte nicht verstehen, daß er seinen Job liebte und daß ihn das Einerlei einer Schreibtischarbeit in Handel oder Industrie verrückt gemacht hätte.

Nach seiner Versetzung zum Nachrichtendienst wurde alles nur noch schlimmer. Er wurde nach Ulster geschickt, wohin Ehefrauen nicht mitdurften. Dann ging er in den Untergrund, und jede Verbindung riß ab. Nach der Geschichte in Bogside machte sie aus ihren Gefühlen kein Hehl. Eine Weile versuchten sie es noch, wohnten in einem Vorort, und Preston arbeitete in »Fünf« und fuhr fast jeden Abend heim. Jetzt waren sie zwar wieder beisammen, aber die Ehe war nicht mehr zu retten. Julia wollte mehr, als man für das Anfangsgehalt eines Späteinsteigers bei »Fünf« bekommen konnte.

Sie hatte eine Stellung als Empfangsdame in einem Modehaus im West End angenommen, und als Tommy acht wurde, kam er auf ihr Betreiben in eine Privatschule in der Nähe ihres bescheidenen Heims. Das Schulgeld hatte die Finanzen noch mehr strapaziert. Ein Jahr später war Julia ausgezogen und hatte Tommy mitgenommen. Preston wußte, daß sie mit ihrem Chef zusammenlebte, der alt genug war, um ihr Vater sein zu können, aber er vermochte ihr einen angemessenen Lebensstandard zu bieten und Tommy in ein Internat in Tonbridge zu schicken. Jetzt sah Preston den mittlerweile Zwölfjährigen nur noch selten.

Er hatte Julia die Scheidung angeboten, aber sie wollte keine. Nach dreijähriger Trennung hätte er die Scheidung auch ohne Julias Zustimmung durchsetzen können, aber sie hatte gedroht, gesetzlichen Anspruch auf Tommy zu erheben, da Preston nicht in der Lage sei, für den Unterhalt des Jungen und die Alimente aufzukommen. Sie erlaubte Preston, Tommy in den Ferien für je eine Woche zu sich zu holen und während des Schulhalbjahres an einem der Sonntage, an denen die Schüler des Internats Ausgang hatten.

»Ja, jetzt muß ich gehen, Bertie. Sie wissen, wo ich zu finden bin, wenn sich was Wichtiges tut.«

»Klar, ganz klar.« Bertie Capstick stapfte zur Tür und verabschiedete Preston. »Passen Sie gut auf sich auf, Johnny. Von der alten Garde sind nicht mehr viele übrig.«

Mit diesen leichthin gesprochenen Worten trennten sie sich, und Preston ging wieder zurück in die Gordon Street.

Louis Zablonsky kannte die Männer, die am späten Samstagabend in einem Lieferwagen vorfuhren und jetzt an seiner Haustür klopften. Er war wie jeden Samstag allein daheim. Beryl war ausgegangen und würde erst in den frühen Morgenstunden zurückkommen. Er vermutete, daß die Männer das wußten.

Er hatte sich den letzten Film im Fernsehen angeschaut, als es klopfte, und er dachte sich nichts dabei. Er öffnete, und sie stürmten in die Diele und schlossen die Tür hinter sich. Sie waren zu dritt. Im Gegensatz zu den vieren, die zwei Tage zuvor Raoul Levy heimgesucht hatten (wovon Zablonsky nichts wußte, da er keine belgischen Zeitungen las), waren sie angeheuerte Muskelmänner aus dem Londoner East End.

Zwei waren Rohlinge mit zerschlagenen Gesichtern, Unmenschen, die blindlings alles taten, wofür sie bezahlt wurden. Der dritte gab die Befehle; er war mickrig, pockennarbig und hatte schmutziges blondes Haar. Zablonsky kannte sie nicht persönlich; er kannte die Typen; er hatte sie in den Konzentrationslagern gesehen, in Uniform. Die Erkenntnis brach seine Widerstandskraft. Er wußte, daß es kein Pardon gab. Männer wie diese machten mit Leuten wie ihm immer, was sie wollten. Es hatte keinen Sinn, Widerstand zu leisten oder sich aufs Bitten zu verlegen.

Sie stießen ihn ins Wohnzimmer und drückten ihn in seinen Sessel. Einer der großen Männer stellte sich hinter den Sessel, beugte sich vor und hielt Zablonsky eisern fest. Der andere stand daneben und rieb seine Faust in der Innenfläche der anderen Hand. Der Blonde zog sich einen Hocker vor den Sessel, setzte sich darauf und starrte den Juwelier an.

»Schlag zu«, sagte er.

Der Schläger, der rechts von Zablonsky stand, versetzte ihm einen Schwinger. Er trug einen Schlagring. Der Mund des Juweliers zerplatzte zu einem Brei aus Zähnen, Lippen, Blut und Zahnfleisch. Blondie lächelte.

»Nicht dort«, schalt er milde. »Er soll doch reden, oder? Weiter unten.«

Der Rowdy landete zwei weitere Schwinger in Zablonskys Oberkörper. Ein paar Rippen krachten. Aus Zablonskys Mund drang ein schriller Klagelaut. Blondie lächelte. Er mochte es, wenn etwas zu hören war.

Zablonsky bäumte sich matt auf, aber er hätte es ebensogut unterlassen können. Die muskulösen Arme hielten ihn von hinten in seinem Sessel fest, genau wie ihn vor so langer Zeit in Südpolen ein anderes Paar Arme auf jenem steinernen Tisch festgehalten hatte, während der blonde Mann auf ihn heruntergelächelt hatte.

»Is die Strafe, Louis«, flüsterte Blondie. »Ein Freund von mir is bös. Er meint, Sie ham was, wo ihm gehört, und das will er wieder.«

Er sagte dem Juwelier, worum es ging. Zablonsky würgte an dem Blut, das ihm den Mund füllte.

»Ich hab's nicht«, krächzte er. Blondie überlegte eine Weile.

»Das Haus filzen«, befahl er seinen Kumpanen. »Er hat nix dagegen. Alles auseinandernehmen.«

Die beiden Schläger machten sich auf die Suche, Blondie blieb mit dem Juwelier im Wohnzimmer zurück. Die Arbeit war gründlich und dauerte eine Stunde. Die beiden durchstöberten jede Kammer und jeden Schrank, alle Schubladen, Winkel und Fugen. Blondie vergnügte sich inzwischen damit, den alten Mann in die gebrochenen Rippen zu boxen. Kurz nach Mitternacht kamen die beiden Schläger vom Dachboden zurück.

»Nix«, sagte einer.

»Wer hat's denn dann, Louis?« fragte Blondie. Zablonsky wollte es nicht sagen, also droschen sie so lange auf ihn ein, bis er es doch tat. Als der Mann hinter dem Sessel ihn losließ, kippte Zablonsky vornüber auf den Teppich und rollte auf die Seite. Er wurde blau um die Lippen, die Augen quollen aus den Höhlen, und sein Atem ging in kurzen mühsamen Stößen. Die drei Männer sahen auf ihn hinunter.

»Der kriegt 'n Herzklaps«, sagte einer neugierig. »Der geht uns ein.«

»Hast 'n wohl zu fest verwamst, was?« sagte Blondie sarkastisch. »Los, raus jetzt. Wir wissen, wer's hat.«

»Du glaubst, er hat's richtig ausgespuckt?« fragte einer der Schläger.

»Yeah, er hat's schon vor einer Stunde ausgespuckt«, sagte Blondie. Die drei verließen das Haus, kletterten in ihren Lieferwagen und fuhren ab. Unterwegs, südlich von Golders Green, fragte einer der Schläger Blondie:

»Also, was machen wir jetzt?«

»Schnauze, ich muß denken«, sagte Blondie.

Der mickrige Sadist sah sich gern als Herrn und Meister von Schwerverbrechern. In Wahrheit war seine Intelligenz beschränkt, und er wußte nicht recht weiter. Der Auftrag hatte gelautet: Geht zu dem Mann und holt gestohlenes Gut zurück.

Aber sie hatten es nicht zurückgeholt. In der Nähe des Regent's Park sah er eine Telefonzelle.

»Da drüben halten«, sagte er. »Ich muß mal wen anrufen.«

Der Mann, der ihn angeheuert hatte, hatte ihm die Nummer einer Telefonzelle gegeben und drei verschiedene Zeiten genannt, zu denen er anrufen könnte. Bis zum ersten Termin fehlten nur noch ein paar Minuten.

Beryl Zablonsky kam kurz vor zwei Uhr morgens von ihrem Samstagabendausflug zurück. Sie parkte ihren Metro auf der gegenüberliegenden Straßenseite und schloß die Haustür auf, hinter der sie zu ihrer Überraschung noch Licht gesehen hatte.

Louis Zablonskys Frau war ein nettes jüdisches Mädchen von einfacher Herkunft gewesen und hatte schon früh gelernt, daß es töricht und egoistisch ist, wenn man vom Leben zuviel erwartet. Vor zehn Jahren hatte Zablonsky die damals Fünfundzwanzigjährige in einem hoffnungslosen Musical in der zweiten Reihe der Revuegirls entdeckt und ihr einen Heiratsantrag gemacht. Er verschwieg ihr seinen Zustand nicht, aber sie nahm seinen Antrag trotzdem an.

Seltsamerweise wurde es eine gute Ehe. Er war unendlich liebevoll und behandelte sie wie ein allzu nachsichtiger Vater. Sie hing zärtlich an ihm, fast wie eine Tochter. Er hatte ihr alles gegeben, was er zu geben hatte; ein schönes Haus, Kleider, Schmuck, Taschengeld, und sie war dankbar.

Natürlich war da etwas, was er ihr nicht geben konnte, aber er war einsichtig und tolerant. Er stellte nur eine Bedingung: Er wollte keine Namen erfahren und keinen der Männer kennenlernen. Mit fünfunddreißig war Beryl eine Spur überreif, ein wenig auffällig, sinnlich und attraktiv in einer Art, die in jüngeren Männern Begehren auslöst, ein Gefühl, das Beryl herzlich erwiderte. Sie hielt sich ein kleines Apartment im West End für ihre Rendezvous und genoß sie ohne Gewissensbisse.

Zwei Minuten, nachdem Beryl das Haus betreten hatte, stürzte sie tränenüberströmt zum Telefon und rief den Notdienst an. Sechs Minuten später war der Wagen zur Stelle, der Sterbende wurde auf einer Bahre abtransportiert, und es wurde alles getan, um ihn auf dem langen Weg zum Krankenhaus Hampstead-Free am Leben zu erhalten. Beryl fuhr im Ambulanzwagen mit.

Auf der Fahrt kam Zablonsky einmal für kurze Zeit zu sich und bedeutete ihr, sie solle sich seinem blutenden Mund nähern. Mit Anstrengung vermochte sie die wenigen Worte zu verstehen, und sie runzelte verwirrt die Stirn. Diese Worte waren seine letzten gewesen. Als sie endlich in Hampstead eintrafen, gehörte Louis Zablonsky zu jenen Fällen, die während der Nacht als »auf dem Transport verstorben« eingeliefert wurden.

Beryl Zablonsky hegte noch immer ein gewisses Faible für Jim Rawlings. Sie hatte einmal, vor sieben Jahren, eine kurze Affäre mit ihm gehabt, als er noch unverheiratet gewesen war. Sie wußte, daß seine Ehe inzwischen in die Brüche gegangen war und daß er allein im obersten Stockwerk eines Hauses in Wandsworth lebte. Seine Telefonnummer hatte sie früher so oft gewählt, daß sie ihr noch geläufig war.

Als Rawlings an den Apparat kam, weinte Beryl noch immer, und in seiner Schlaftrunkenheit wurde ihm erst nach einer Weile klar, wer die Anruferin war. Sie telefonierte aus einer öffentlichen Sprechzelle in der Notaufnahme des Krankenhauses, und es piepte ständig in der Leitung, während Beryl weitere Münzen einwarf. Als Rawlings begriffen hatte, wer sie war, lauschte er der Mitteilung mit wachsender Verwirrung.

»Mehr hat er nicht gesagt? ... Nur die paar Worte? All right, Liebes, tut mir leid, tut mir wirklich leid. Ich komm' vorbei, wenn die Polente abgezogen ist. Sag, wenn ich irgend etwas tun kann. Oh, und Beryl ... vielen Dank.«

Rawlings legte den Hörer auf, überlegte eine Weile und tätigte dann nacheinander zwei Anrufe. Ronnie, der Mann vom

Schrottplatz, kam als erster an, Syd traf zehn Minuten später ein. Beide hatten, wie befohlen, ihr Werkzeug mitgebracht. Es war höchste Zeit gewesen. Eine Viertelstunde später trampelten die ungebetenen Gäste die acht Stockwerke hinauf.

Blondie hatte den zweiten Auftrag eigentlich nicht übernehmen wollen, aber das Sonderhonorar, das die Stimme am Telefon ihm zugesichert hatte, war zu verlockend gewesen. Seine Spießgesellen und er waren im East End zu Hause und überquerten nur widerwillig die Themse in Richtung Süden. Der unversöhnliche Haß zwischen den Banden des East End und dem Mob aus dem Süden der Hauptstadt ist in der Geschichte der Londoner Unterwelt ein Kapitel für sich, und ein South Ender, der sich ungebeten ins East End begibt oder umgekehrt, kann sich allerhand Unannehmlichkeiten zuziehen. Aber Blondie rechnete fest damit, daß um halb vier Uhr morgens alles reibungslos ablaufen und er nach getaner Arbeit wieder in seinem eigenen Revier sein könne, ehe der Gegner ihn entdeckt hatte.

Als Jim Rawlings seine Wohnungstür öffnete, schob eine kräftige Hand ihn zurück in den Korridor in Richtung Wohnzimmer. Die beiden Schläger führten den Zug an, Blondie bildete das Schlußlicht. Rawlings ging rasch rückwärts durch den Korridor, bis alle in der Wohnung waren. Als Blondie die Tür hinter sich ins Schloß geworfen hatte, kam Ronnie aus der Küche zum Vorschein und legte den ersten Schläger mit einem Axtstiel auf die Bretter. Syd stürzte aus dem Garderobenschrank hervor und zog dem zweiten Mann eine Brechstange über den Schädel. Beide Besucher gingen zu Boden wie gefällte Ochsen.

Blondie fummelte fieberhaft am Türschnapper, um hinaus ins sichere Treppenhaus zu gelangen, als Rawlings, der über die am Boden Liegenden hinweggestiegen war, ihn am Nackenfell erwischte und mit dem Gesicht voraus in ein glasgerahmtes Madonnenbild rammte. Es war die engste Berührung mit der Religion, die Blondie je gehabt hatte. Das Glas zerbrach, und Blondies Wangen bekamen mehrere Splitter ab.

Ronnie und Syd fesselten die beiden Muskelmänner, während Rawlings Blondie ins Wohnzimmer schleifte. Minuten später ragte Blondie, von Ronnie an den Füßen und von Syd an der Taille festgehalten, ein gutes Stück weit aus dem Panoramafenster, acht Stockwerke hoch über dem Pflaster.

»Siehst du den Parkplatz da unten?« fragte ihn Rawlings. In der dunklen Winternacht konnte der Mann gerade noch die schwachen Reflexe der Straßenbeleuchtung auf den Karosserien sehen, weit, weit unten. Er nickte.

»In zwanzig Minuten ist da unten alles voller Polente. Stehen rings um eine Plastikplane. Und jetzt rat mal, wer unter der Plane liegt, bloß noch Brei und Lumpen?«

Blondie, dem klar war, daß seine Lebenserwartung nur noch Sekunden betrug, rief in Todesnot:

»All right, ich pack' aus!«

Sie zogen ihn wieder herein und setzten ihn auf einen Stuhl. Er bemühte sich um mildernde Umstände.

»Hören Sie, Chef, wir wissen doch, wie so was läuft. Ich bin bloß für den Job geheuert worden, ja? Was Geklautes wieder beibringen . . .«

»Der alte Mann in Golders Green«, sagte Rawlings.

»Yeah, also, er sagt, Sie haben's, drum bin ich zu Ihnen gekommen.«

»Er war mein Freund. Er ist tot.«

»Tut mir leid, Chef. Hab' nicht gewußt, daß er's am Herz hat. Die Jungs ham ihm bloß ein paar Klapse versetzt.«

»Du Scheißkerl. Ihr habt ihm sämtliche Zähne eingeschlagen und die Rippen gebrochen. Also, was hast du hier holen wollen?«

Blondie sagte es ihm.

»Den *was?«* fragte Rawlings ungläubig. Blondie sagte es ihm noch einmal.

»Fragen Sie nich mich, Chef. Ich werd' bloß bezahlt, damit ich'n zurückbringe. Oder rauskriege, was damit passiert is.«

»Am liebsten«, sagte Rawlings, »würde ich dich und deine Kumpel in die Themse schmeißen, bevor es hell wird, alle drei in Betonhöschen neuesten Zuschnitts. Bloß, mir liegt nichts an Zoff. Drum lass' ich euch laufen. Sagt euerm Kunden, er war leer. Vollständig leer. Und ich hab' ihn verbrannt ... nur noch ein Haufen Asche übrig. Ihr glaubt doch wohl nicht, daß ich irgendwas aus einem Bruch zurückbehalte? Ich bin doch nicht total verrückt. Und jetzt raus mit euch.«

Sie waren schon an der Tür, als Rawlings zu seinen Leuten sagte:

»Schafft sie rüber aufs andere Ufer. Und, Ronnie, gib dieser Ratte ein Andenken von mir mit, für den alten Mann. O. K.?«

Ronnie nickte. Minuten später wurde der bewußtlose East Ender, noch immer wie ein Paket verschnürt, auf den Rücksitz des Lieferwagens verfrachtet. Dem zweiten, halb Bewußtlosen wurden die Hände losgebunden, er kam hinters Steuer und mußte fahren. Blondie wurde auf den Beifahrersitz gestoßen, wo er sich zusammenkauerte und die gebrochenen Arme im Schoß barg. Ronnie und Syd folgten ihnen bis zur Waterloo-Brücke, dann machten sie kehrt und fuhren heim.

Jim Rawlings schwirrte der Kopf. Er machte sich einen Espresso und dachte nochmals über alles nach.

Er hatte tatsächlich den Diplomatenkoffer auf dem Trümmergelände verbrennen wollen. Aber es war ein so wundervolles handgearbeitetes Stück, das mattglänzende Leder glühte im Licht der Flammen wie Metall. Er hatte den Koffer gründlich auf irgendwelche Erkennungszeichen hin untersucht und keine gefunden. Entgegen seinem besseren Wissen und Zablonskys Warnung hatte er beschlossen, ihn zu behalten.

Er ging zu einem hohen Schrankfach und holte den Koffer herunter. Diesmal inspizierte er ihn mit der Gründlichkeit des professionellen Schränkers. Es dauerte zehn Minuten, bis er neben den Scharnieren das kleine Plättchen entdeckte, das zur Seite glitt, wenn man mit dem Daumen fest daraufdrückte. Im Innern des Koffers klickte etwas. Als er den Koffer wieder öffnete, hatte der Boden sich an einer Seite ein wenig gehoben. Rawlings löste die Bodenplatte vorsichtig mittels eines Papiermessers und sah, was in dem flachen Hohlraum zwischen dem echten und dem falschen Kofferboden steckte. Mit einer Pinzette fischte er die zehn Papierbogen heraus.

Rawlings war kein Experte für Regierungsdokumente, aber er sah den Briefkopf des Verteidigungsministeriums, und was TOP SECRET bedeutet, weiß jeder. Er lehnte sich zurück und pfiff leise vor sich hin.

Rawlings war ein Einbrecher und ein Dieb, aber wie viele Angehörige der Londoner Unterwelt wollte er nicht zulassen, daß jemand sein Land verschaukelte. Es ist Tatsache, daß ein überführter Vaterlandsverräter, genau wie ein Kindsmörder, im Gefängnis in strengstem Einzelgewahrsam zu halten ist, da Berufsganoven einen solchen Zellengenossen womöglich in seine Bestandteile zerlegen würden.

Rawlings wußte, in wessen Wohnung er eingebrochen war. Die Medien hatten nichts über den Raub gemeldet und würden es aus Gründen, die er erst jetzt verstand, vermutlich auch niemals tun. Also machte er am besten kein Aufheben von der Sache. Andererseits waren die Diamanten nun, nach Zablonskys Tod, wahrscheinlich für immer verloren und mit ihnen sein Anteil am Erlös. Rawlings begann den Mann zu hassen, dem die beraubte Wohnung gehörte.

Er hatte die Dokumente mit bloßen Händen angefaßt, und er wußte, daß seine Fingerabdrücke kartiert waren. Folglich mußte er die Papiere mit einem Tuch sauber abreiben und damit auch die Fingerabdrücke des Verräters entfernen.

An diesem Sonntagnachmittag warf er einen neutralen braunen Briefumschlag, wohlversiegelt und überreichlich mit Marken beklebt, in einen Briefkasten am Elephant and Castle. Die nächste Leerung war erst am Montag, und es wurde Dienstag, bis die Sendung beim Empfänger eintraf.

An diesem Dienstag, dem 20. Januar, rief Brigadegeneral Bertie Capstick bei John Preston in Gordon an. Die trügerische Jovialität war aus seiner Stimme verschwunden.

»Johnny, wissen Sie noch, was wir neulich ausgemacht haben? Wenn irgend etwas passiert? ... Jetzt ist es soweit. Und es ist nicht die Weihnachtskasse. Ein dicker Hund, Johnny. Jemand hat mir etwas per Post zugeschickt. Keine Bombe, obwohl, die Wirkung könnte noch schlimmer sein. Sieht aus, als hätten wir ein Leck an Bord, Johnny. Und es muß sehr, sehr weit oben sein. Das heißt also, es fällt in Ihr Ressort. Am besten kommen Sie rüber und sehen sich die Sache an.«

Am selben Vormittag erschienen, in Abwesenheit des Wohnungsinhabers, aber auf Anweisung und mit regulären Schlüsseln versehen, zwei Handwerker in einer Wohnung im achten Stock von Fontenoy House. Sie waren den ganzen Tag damit beschäftigt, den beschädigten Hamber-Safe aus der Mauer zu entfernen und durch ein vollkommen gleiches Modell zu ersetzen. Bis zum Abend sah die Wand wieder genauso aus wie vor dem Einbruch. Die Männer gingen.

5. Kapitel

Preston saß im Büro eines sehr sorgenvollen Bertie Capstick, hatte vor sich auf dem Schreibtisch die zehn fotokopierten Blätter ausgebreitet und las jedes einzelne genau durch.

»Wie viele Personen hatten den Briefumschlag in der Hand?« fragte er.

»Der Briefträger, selbstverständlich. Gott weiß, wie viele Sortierer in der Verteilerstelle. Hier im Haus die Leute am Empfang, der Bote, der die Morgenpost in die Büros bringt, und ich. Ich kann mir nicht vorstellen, daß Sie an dem Umschlag viel Freude haben werden.«

»Und die Papiere, die drinnen waren?«

»Nur ich, Johnny. Natürlich wußte ich nicht, worum's ging, bis ich sie herausgenommen hatte.«

Preston überlegte eine Weile.

»Abgesehen von der Person, die sie zur Post gab, könnten sie vielleicht die Fingerabdrücke desjenigen tragen, der die Papiere entwendet hat. Ich muß Scotland Yard bitten, sie auf Abdrücke zu untersuchen. Obwohl ich mir, ehrlich gesagt, keine großen Hoffnungen mache. Und jetzt zum Inhalt. Sieht nach einer hochrahmigen Sache aus.«

»Hoch, höher, am höchsten«, sagte Capstick düster. »Einiges davon ist äußerst sicherheitsempfindlich, betrifft unsere NATO-Verbündeten: Sofortmaßnahmen der NATO zur Abwehr verschiedener Bedrohungen durch die Sowjets – so in dieser Tonart.«

»All right«, sagte Preston, »gehen wir mal die Möglichkeiten durch. Ein Geduldsspiel. Angenommen, die Papiere wurden von einem verantwortungsbewußten Bürger an uns zurückgeschickt, der aus irgendeinem Grund nicht identifiziert werden möchte.

Das gibt's; die Leute wollen einfach in nichts hineingezogen werden. Wo könnte unser Bürger sie gefunden haben? In einer Aktentasche, die in der Garderobe liegenblieb? In einem Taxi? In einem Club?«

Capstick schüttelte den Kopf.

»Nicht auf legale Weise, Johnny. Das Zeug da hätte unter gar keinen Umständen aus dem Haus gelangen dürfen, außer vielleicht in dem versiegelten Beutel hinüber ins Auswärtige Amt oder ins Cabinet Office. Es liegen keine Meldungen vor, daß sich jemand an einem solchen Beutel zu schaffen gemacht hat. Außerdem tragen die Papiere keinen Empfängervermerk, den sie haben müßten, wenn sie auf legalem Weg außer Haus gebracht worden wären. Selbst jemand, der zum erstenmal Zugang zu solchem Material hat, kennt die Regeln. Niemand, absolut niemand darf solches Material zur Durchsicht mit nach Hause nehmen. Beantwortet das Ihre Frage?«

»Mehr als genügend«, sagte Preston. »Das Zeug ist von außerhalb wieder ins Ministerium gekommen. Also muß es hinausgeschafft worden sein. Illegal. Grobe Nachlässigkeit oder eindeutiger Versuch des Geheimnisverrats?«

»Sehen Sie sich die jeweiligen Abfassungsdaten an«, sagte Capstick. »Diese zehn Blätter decken einen vollen Monat ab. Unmöglich, daß sie alle zusammen an einem bestimmten Tag auf einem bestimmten Schreibtisch gelandet sind. Sie müssen eine ganze Weile gesammelt worden sein.«

Preston steckte unter Zuhilfenahme seines Taschentuchs die zehn Dokumente vorsichtig wieder in den Umschlag, in dem sie gekommen waren.

»Ich muß sie in die Charles Street mitnehmen, Bertie. Darf ich mal telefonieren?«

Er rief in der Charles Street an und verlangte, sofort mit Sir Bernard Hemmings verbunden zu werden. Der Generaldirektor war im Haus, und nach einer Weile und einigem Drängen von seiten Prestons nahm er den Anruf persönlich entgegen. Preston bat nur um die Erlaubnis, sofort vorsprechen zu dürfen, und erhielt sie. Er legte den Hörer auf und wandte sich an Brigadegeneral Capstick.

»Bertie, tun Sie zunächst gar nichts, und sagen Sie kein Wort. Zu niemandem. Machen Sie Ihren Dienst wie an jedem anderen Tag. Ich melde mich wieder.«

Es kam nicht in Frage, daß er das Ministerium mit diesen Dokumenten, aber ohne Begleiter verließ. Brigadegeneral Capstick gab ihm einen seiner Wachmänner vom Eingang mit, einen stämmigen ehemaligen Gardesoldaten.

Preston trug die Dokumente in seiner Aktentasche aus dem Ministerium, nahm ein Taxi bis zu den Clarges Apartments und sah dem Fahrzeug nach, bis es verschwunden war. Dann erst ging er die letzten zweihundert Yards bis zur Zentrale in der Charles Street, wo er seinen Begleiter entlassen konnte. Zehn Minuten später wurde Preston von Sir Bernard empfangen.

Der alte Agentenfänger sah grau aus, als leide er Schmerzen, was häufig der Fall war. Von der Krankheit, die in ihm wütete, war äußerlich nichts zu sehen, doch die Untersuchungsergebnisse ließen keinen Zweifel zu. Ein Jahr, hatten die Ärzte gesagt, und nicht zu operieren. Am 1. September würde er das Pensionierungsalter erreichen, und da ihm noch Urlaub zustand, konnte er Mitte Juli aufhören, sechs Wochen vor seinem sechzigsten Geburtstag.

Vermutlich wäre er schon ausgeschieden, wenn nicht familiäre Verpflichtungen ihn zum Bleiben bestimmt hätten. Seine zweite Frau hatte eine Tochter mit in die Ehe gebracht, die der kinderlose Mann wie eine eigene liebte. Das Mädchen ging noch zur Schule. Eine vorzeitige Pensionierung hätte eine empfindliche Kürzung seiner Bezüge bewirkt, und er hätte seine Witwe und das Mädchen in bedrängten Verhältnissen zurücklassen müssen. Vernünftig oder nicht – er tat alles, um bis zum offiziellen Termin durchzuhalten und so den Seinen die vollen Ruhestandsbezüge hinterlassen zu können. Er hatte sein ganzes Leben im Dienst verbracht und keine anderen Besitztümer zu vererben.

Preston erklärte, was sich am Vormittag im Verteidigungsministerium ereignet hatte, und daß nach Capsticks Meinung die Dokumente unmöglich auf andere als absichtliche Weise aus dem Ministerium hatten herausgeschafft werden können.

»O mein Gott«, murmelte Sir Bernard. »Nicht noch einmal!« Noch nach Jahren quälte ihn die Erinnerung an Vassall und Prime und an die giftige Reaktion der Amerikaner, als sie davon erfuhren.

»Und wo wollen Sie anfangen, John?«

»Ich sagte Bertie Capstick, er solle zunächst Schweigen bewahren«, antwortete Preston. »Falls wir wirklich einen Verräter im Ministerium sitzen haben, dann erhebt sich eine zweite Frage. Wer hat das Zeug an uns zurückgeschickt? Ein ehrlicher Finder, ein Langfinger, eine Ehefrau mit Gewissensbissen? Wir wissen es nicht. Aber wenn wir den Absender finden, dann können wir vielleicht auch herausbringen, wo er oder sie das Zeug her hatte. Was uns eine Menge Arbeit ersparen würde. Von dem Briefumschlag erhoffe ich mir nicht viel – gewöhnliches braunes Papier, kann überall gekauft worden sein, normale Briefmarken, Adresse mit Filzstift in Blockbuchstaben geschrieben und durch viele unbekannte Hände gegangen. Aber auf den Papieren können Fingerabdrücke sein. Ich möchte sie gern alle von Scotland Yard untersuchen lassen – unter Aufsicht natürlich. Danach wissen wir vielleicht, wie wir weitermachen müssen.«

»Gut durchdacht. Sie kümmern sich um diese Seite der Angelegenheit«, sagte Sir Bernard. »Ich werde mit Tony Plumb und wahrscheinlich auch mit Perry Jones sprechen müssen. Vielleicht kann ich mich zum Lunch mit ihnen treffen. Es hängt natürlich davon ab, was Perry Jones davon hält, aber wir müssen hier den Koordinierungsausschuß einschalten. Sie machen mit Ihrem Teil weiter, John, und halten mich auf dem laufenden. Wenn der Yard irgend etwas findet, will ich es wissen.«

Drüben in Scotland Yard war man sehr hilfsbereit und stellte Preston einen der besten Laborleute zur Verfügung. Preston stand neben dem zivilen Experten, der sorgfältig jedes einzelne Blatt einstäubte. Es ließ sich nicht vermeiden, daß der Mann auf jedem Blatt den Vermerk TOP SECRET zu sehen bekam.

»Hat sich drüben in Whitehall jemand danebenbenommen?« scherzte der Labortechniker. Preston schüttelte den Kopf.

»Nein. Nur dumm und nachlässig«, log er. »Das Zeug hätte in den Reißwolf gehört, nicht in den Papierkorb. Das Karnickel wird ganz schön was auf die Pfoten kriegen, wenn wir die Pfoten identifizieren können.«

Der Labortechniker verlor das Interesse. Als er fertig war, schüttelte er den Kopf.

»Nichts«, sagte er, »rein wie frischgefallener Schnee. Aber etwas kann ich Ihnen sagen. Die Papiere sind abgewischt worden. Eine Garnitur Abdrücke ist natürlich drauf, vermutlich Ihre.«

Preston nickte. Es ging den Mann nichts an, daß diese Garnitur Abdrücke von Brigadegeneral Capstick stammte.

»Das ist der springende Punkt«, sagte der Labortechniker. »Dieses Papier nimmt Fingerabdrücke fabelhaft an und hält sie wochenlang, vielleicht Monate. Es müßte mindestens noch eine zweite Garnitur drauf sein, vermutlich sogar mehrere. Zum Beispiel von der Bürokraft, die die Blätter vor Ihnen in der Hand gehabt hat. Aber nichts dergleichen. Sie sind mit einem Tuch abgewischt worden, bevor sie im Papierkorb landeten. Ich kann die Fasern sehen. Aber keine Abdrücke. Tut mir leid.«

Preston hatte ihm den Umschlag gar nicht erst gezeigt. Wer immer die Papiere abgewischt hatte, würde nicht seine Fingerabdrücke auf dem Umschlag hinterlassen. Außerdem würde der Umschlag verraten, daß die Geschichte von der schlampigen Bürokraft ein Schwindel war. Er nahm die zehn Geheimpapiere wieder an sich und ging. Capstick hat recht, dachte er. Es ist ein Leck, und zwar ein ganz übles. Es war drei Uhr nachmittags; er ging zurück in die Charles Street und wartete auf Sir Bernard.

Sir Bernard hatte nach einigem Drängen erreicht, daß Sir Anthony Plumb, der Vorsitzende des Joint Intelligence Committee, des JIC, und Sir Peregrine Jones, beamteter Unterstaatssekretär im Verteidigungsministerium, sich mit ihm zum Lunch verabredeten. Sie trafen sich im Nebenzimmer eines Clubs in St. James. Die dringliche Bitte des Generaldirektors von »Fünf« gab den beiden hohen Beamten sehr zu denken, und zerstreut bestellten sie ihren Lunch. Als der Kellner gegangen war, berichtete Sir Bernard ihnen, was sich ereignet hatte. Es verdarb beiden Herren den Appetit.

»Wenn Capstick mir wenigstens ein Wort gesagt hätte«, murrte Sir Perry Jones leicht verstimmt. »Verdammter Schock, so aus heiterem Himmel.«

»Ich glaube«, sagte Sir Bernard, »daß mein Mitarbeiter Preston ihn gebeten hat, noch eine Weile Stillschweigen zu bewahren, denn wenn wir wirklich einen Agenten in der Spitze des Ministeriums haben, darf der nicht Wind kriegen, daß wir die Dokumente zurückerhalten haben.«

Sir Peregrine brummte ein wenig besänftigt.

»Was meinen Sie, Perry?« fragte Sir Anthony Plumb. »Irgendeine Möglichkeit, daß die Fotokopien ohne böse Absicht oder einfach durch Schlamperei außer Haus gelangt sind?«

Der Beamte des Verteidigungsministeriums schüttelte den Kopf.

»Die undichte Stelle muß nicht unbedingt sehr weit oben sein«, sagte er. »Jeder wichtige Mann hat seinen Kreis von Mitarbeitern. Es müssen Kopien gemacht werden – manchmal müssen drei oder vier Leute von einem Originaldokument Kenntnis erhalten. Aber alle Kopien werden in eine Liste eingetragen und später vernichtet. Drei Kopien angefertigt, drei Kopien nach Gebrauch vernichtet. Der Haken ist: Ein hoher Beamter kann nicht seinen ganzen Kram selber in den Reißwolf stopfen. Er läßt das von einem seiner Mitarbeiter erledigen. Natürlich sind alle sicherheitsüberprüft, aber kein System ist völlig lückenlos. Hier handelt es sich um Kopien, die im Lauf eines ganzen Monats zusammengekommen und aus dem Ministerium herausgeschafft worden sind. Das kann weder von ungefähr noch durch Nachlässigkeit passiert sein. Es muß Absicht dahinterstecken. Verdammt ...«

Er legte Messer und Gabel auf seinen fast unberührten Teller.

»Tut mir leid, Tony, aber ich glaube, es ist oberfaul.«

Sir Tony Plumbs Miene war ernst.

»Ich werde wohl einen limitierten Unterausschuß des JIC bilden müssen«, sagte er. »Einen sehr limitierten, in diesem Stadium. Nur Innenministerium, Auswärtiges Amt, Verteidigung, den Cabinet Secretary, die Chefs von Fünf und Sechs und jemand von GCHQ. Noch kleiner geht's nicht.«

Man kam überein, daß Sir Tony den Unterausschuß für den nächsten Vormittag einberufen und daß Hemmings ihn über Prestons etwaige Erfolge bei Scotland Yard informieren würde. Damit trennten sie sich.

Der komplette JIC ist ein ziemlich großer Ausschuß. Nicht nur ein halbes Dutzend Ministerien und mehrere Behörden sind darin vertreten, die drei Teilstreitkräfte und die beiden Nachrichtendienste, sondern auch die in London stationierten Vertreter Kanadas, Australiens, Neuseelands und natürlich die amerikanische CIA.

Plenarsitzungen sind eher selten und verlaufen ziemlich steif. In der Regel werden limitierte Unterausschüsse gebildet. Dort werden ganz bestimmte Probleme behandelt, und die Mitglieder kennen einander meist persönlich und können in kürzerer Zeit mehr Arbeit erledigen.

Der Unterausschuß, den Sir Anthony Plumb in seiner Eigenschaft als Koordinator der Nachrichtendienste am Vormittag des 21. Januar einberufen hatte, erhielt den Codenamen Paragon. Die Sitzung begann um zehn Uhr im Konferenzzimmer des Cabinet

Office, dem Cabinet Office Briefing Room, kurz COBRA genannt. Der Raum liegt im zweiten Stock des Cabinet Office in Whitehall, ist vollklimatisiert und schalldicht und wird täglich nach Abhörvorrichtungen abgesucht.

Theoretisch war der Kabinettsminister, Sir Martin Flannery, der Gastgeber, er überließ den Vorsitz jedoch Sir Anthony. Sir Perry Jones vertrat das Verteidigungsministerium, Sir Patrick Strickland das Außenministerium und Sir Hubert Villiers das Innenministerium, das die politische Verantwortung für MI5 trägt.

GCHQ (Government Communications Headquarters), der »Horchposten« des Landes in Gloucestershire, der in einem hochtechnisierten Zeitalter so wichtig ist, daß er fast einem eigenen Nachrichtendienst gleichkommt, hatte seinen stellvertretenden Generaldirektor geschickt, da der Generaldirektor in Urlaub war.

Sir Bernard Hemmings kam aus der Charles Street und wurde von Brian Harcourt-Smith begleitet.

»Ich hielt es für besser, daß Brian vollständig im Bild ist«, hatte Hemmings Sir Anthony erklärt. Alle verstanden, daß er sagen wollte: »Falls ich an einer weiteren Sitzung nicht mehr teilnehmen kann.«

Schließlich saß noch am Ende des langen Tisches, Sir Anthony Plumb gegenüber, mit unbeteiligter Miene Sir Nigel Irvine, Chef des Geheimen Nachrichtendienstes oder MI6.

MI5 hat einen Generaldirektor, MI6 hat seltsamerweise keinen. MI6 hat einen Chef, der in der Geheimdienstwelt und in Whitehall einfach als »C« bekannt ist, wie immer sein Name lauten mag. Dieses »C« steht auch nicht, was noch seltsamer anmutet, als Abkürzung für »Chef«. Sondern der erste Leiter von MI6 hieß Mansfield-Cummings, und das »C« entspricht dem Anfangsbuchstaben des zweiten Namensteils. Ian Fleming, der Meister der Raffinesse, benutzte den Anfangsbuchstaben »M« des ersten Namensteils zur Benennung des Chefs in seinen James-Bond-Romanen.

Insgesamt saßen neun Männer um den Tisch – sieben davon geadelt –, die zusammen mehr Macht und Einfluß repräsentierten als irgend jemand sonst im Königreich. Alle kannten einander gut und redeten sich mit Vornamen an. Jeder konnte die beiden stellvertretenden Generaldirektoren mit Vornamen anreden, sie hingegen nannten die hohen Herren »Sir«. Das verstand sich von selbst.

Sir Anthony Plumb eröffnete die Sitzung mit einer kurzen Darstellung der Entdeckung vom Vortag, die betroffenes Gemurmel hervorrief. Dann erhielt Bernard Hemmings das Wort. Der Chef von »Fünf« lieferte weitere Details, einschließlich der Fehlanzeige von Scotland Yard. Der letzte Redner, Sir Perry Jones, wies eindrücklich darauf hin, daß die Fotokopien unmöglich von ungefähr oder durch bloße Nachlässigkeit den Weg aus dem Ministerium gefunden haben konnten. Es mußte sich um eine absichtliche und heimliche Entwendung handeln.

Als er geendet hatte, herrschte Schweigen am Konferenztisch. Ein einzelnes Wort hing drohend über der Runde: Schadensfeststellung. Wie lang war das schon so gegangen? Wie viele Dokumente waren beiseite geschafft worden? Und wohin? (Obwohl das ziemlich klar zu sein schien.) Und welche Art von Dokumenten? Wieviel Schaden war England und den NATO-Verbündeten zugefügt worden? Und wie, zum Teufel, sollte man es den Verbündeten beibringen?

»Wen haben Sie an die Sache angesetzt?« wollte Sir Martin Flannery von Hemmings wissen.

»Er heißt John Preston«, sagte Hemmings. »Leitet C. 1. (A). Brigadegeneral Capstick vom Verteidigungsministerium rief ihn an, als die Sendung mit der Post eintraf.«

»Wir könnten ... äh ... einen erfahreneren Mann damit betrauen«, schlug Brian Harcourt-Smith vor.

Sir Bernard Hemmings runzelte die Stirn.

»John Preston ist ein Späteinsteiger«, erklärte er. »Seit sechs Jahren bei uns. Ich habe volles Vertrauen zu ihm.

Es gibt noch einen anderen Grund. Wir müssen davon ausgehen, daß es sich um absichtlichen Verrat handelt.«

Sir Perry Jones nickte düster.

»Wir können ferner davon ausgehen«, fuhr Hemmings fort, »daß der Verantwortliche – ich will ihn oder sie einmal Chummy nennen – weiß, daß ihm diese Dokumente abhanden gekommen sind. Wir können hoffen, daß Chummy *nicht* weiß, daß sie anonym an das Ministerium zurückgeschickt wurden. Aber Chummy dürfte auf jeden Fall beunruhigt und auf der Hut sein. Wenn ich ein ganzes Team von Ermittlern ausschicke, wird Chummy wissen, daß er verspielt hat. Es fehlte gerade noch, daß er sich klammheimlich davonmacht und bei einer internationalen Pressekonferenz in Moskau die Starrolle spielt. Ich schlage vor, daß wir möglichst unauffällig vorgehen und versuchen, eine erste Fährte zu finden.

Da Preston als Leiter von C.1. (A) neu ist, kann er ohne weiteres die Runde durch die Ministerien machen und, scheinbar um sich zu informieren, die Sicherheitsmaßnahmen überprüfen. Eine bessere Tarnung können wir nicht finden. Mit ein bißchen Glück denkt Chummy sich nichts dabei.«

Sir Nigel Irvine am Tischende nickte zustimmend.

»Klingt vernünftig«, meinte er.

»Könnte eine Ihrer Quellen uns vielleicht auf eine Fährte bringen, Nigel?« fragte Sir Anthony Plumb.

»Werde einige Fühler ausstrecken«, erwiderte Irvine unverbindlich. Andrejew, dachte er; er mußte einen Treff mit Andrejew vereinbaren. »Und unsere tapferen Verbündeten?«

»Die Aufgabe, sie oder zumindest einige von ihnen zu informieren, dürfte Ihnen zufallen, Nigel«, erinnerte ihn Plumb. »Also, was meinen Sie?«

Sir Nigel war seit sieben Jahren auf seinem Posten und stand nun im letzten Jahr. Der kluge, erfahrene und nüchterne Mann war bei den alliierten Nachrichtendiensten von Europa und den USA hoch angesehen. Trotzdem – das Überbringen *solcher* Botschaft würde kein reines Vergnügen sein. Keine erfreuliche Abschiedsvorstellung.

Er dachte an Alan Fox, den sarkastischen und manchmal bissigen obersten Verbindungsoffizier der CIA in London. Für Alan würde diese Geschichte ein gefundenes Fressen sein. Er zuckte die Achseln und lächelte.

»Bernard hat recht. Chummy dürfte sich große Sorgen machen. Wir können wohl davon ausgehen, daß er so bald nicht wieder einen Stoß streng geheimer Unterlagen mitgehen läßt. Es wäre schön, wenn man unseren Verbündeten wenigstens einen gewissen Fortschritt melden könnte, Erfolg bei der Schadensfeststellung zum Beispiel. Ich möchte abwarten, was dieser Preston zuwege bringt. Zumindest ein paar Tage.«

»Schadensfeststellung ist das A und O«, nickte Sir Anthony. »Und sie scheint fast unmöglich, ehe wir Chummy finden und überreden können, ein paar Fragen zu beantworten. Also dürften wir im Augenblick von Prestons Ergebnissen abhängen.«

Die Sitzung wurde aufgehoben. Die beamteten Unterstaatssekretäre eilten, um schleunigst ihre Minister im strengsten Vertrauen ins Bild zu setzen, und Sir Martin begab sich, wohl wissend, was ihm bevorstand, zum Tête-à-tête mit der weithin gefürchteten Mrs. Margaret Thatcher.

Am folgenden Tag trat in Moskau ein anderer Ausschuß zu seiner ersten Sitzung zusammen.

Major Pawlow hatte Philby kurz nach dem Mittagessen angerufen und ihm mitgeteilt, er werde den Genossen Oberst um achtzehn Uhr abholen; der Genosse Generalsekretär der KPdSU wünsche ihn zu sprechen. Philby vermutete (zu Recht), daß ihm die fünfstündige Warnfrist eingeräumt wurde, damit er nüchtern und korrekt gekleidet erscheinen könne.

Die Straßen waren um diese Tageszeit und bei dem heftigen Schneetreiben von dahinkriechenden Autos verstopft, aber der

Tschaika mit dem MOC-Nummernschild war auf der Innenspur dahingerast, der für die Wlasti reserviert war, die Elite, die Stützen jener Gesellschaft, die Marx sich als klassenlos erträumt hatte: einer starr strukturierten Gesellschaft, in Schichten und Kasten eingeteilt, wie es nur eine riesige durch und durch bürokratische Hierarchie sein kann.

Als sie am Hotel Ukraina vorbeigekommen waren, hatte Philby geglaubt, sie würden zur Datscha nach Usowo hinausfahren, aber nach ein paar hundert Metern bog der Wagen zum Eisentor des gewaltigen achtstöckigen Baus am Kutuzowskij-Prospekt Nummer 26 ab. Philby staunte; es war eine seltene Ehre, die Privatwohnung eines Mitglieds des Politbüros betreten zu dürfen.

Den ganzen Gehsteig entlang waren Leute vom Neunten Direktorat in Zivil postiert, aber am Einfahrtstor standen sie in Uniform, dicken grauen Mänteln, Pelz-Tschapkas mit Ohrenklappen und den blauen Abzeichen der Kremlgarde. Major Pawlow wies sich aus, und die Eisentore schwangen auf. Der Tschaika glitt in den Innenhof und hielt dort.

Wortlos führte der Major Philby in das Gebäude, durch zwei weitere Ausweiskontrollen, vorbei an einem verborgenen Metall-Detektor und einem Röntgen-Scanner, und in den Lift. In der dritten Etage stiegen sie aus; dieses Stockwerk gehörte allein dem Generalsekretär. Major Pawlow klopfte an eine Tür; sie öffnete sich, und dahinter stand ein weißgekleideter Butler, der Philby einließ. Der schweigende Major blieb zurück, die Tür wurde hinter Philby geschlossen. Diener nahmen ihm Mantel und Hut ab, und er wurde in ein großes Wohnzimmer komplimentiert, das sehr gut geheizt war – alte Leute frieren leicht –, aber erstaunlich einfach möbliert.

Im Gegensatz zu Leonid Breschnew, der viel für Schnörkel, Schwulst und Luxus übrig hatte, galt der Generalsekretär, was seinen privaten Geschmack anging, als Asket. Das Mobiliar aus schwedischer oder finnischer Fichte war spärlich, nüchtern und funktionell. Keine Antiquitäten, wenn man von zwei eindeutig unschätzbaren Bucharas absah. Um einen niedrigen Tisch waren vier Stühle gruppiert, der Platz für einen fünften Stuhl war freigelassen. Im Zimmer standen bereits – niemand würde sich ohne Erlaubnis gesetzt haben – drei Männer. Philby kannte sie alle, und sie nickten ihm grüßend zu.

Der eine war Professor Wladimir Iljitsch Krilow, der an der Moskauer Universität Zeitgeschichte lehrte. Er war – und darin lag sein eigentlicher Wert – ein wandelndes Lexikon auf dem Gebiet der sozialistischen und kommunistischen Parteien Westeuropas, im besonderen Englands. Mehr noch, er gehörte dem Obersten Sowjet an, diesem aus lauter Jasagern bestehenden Einparteienparlament der UdSSR, ferner der Akademie der Wissenschaften, und betätigte sich häufig als Berater der internationalen Abteilung des Zentralkomitees, dessen Leiter der Generalsekretär früher gewesen war.

Der Mann, dem man trotz seiner Zivilkleidung den Militär ansah, war General Pyotr Sergeiwitsch Martschenko. Philby kannte ihn nur flüchtig, wußte aber, daß er ein hoher Offizier in der GRU war, dem Geheimdienst der sowjetischen Streitkräfte. Martschenko war Fachmann in den Techniken zur Aufrechterhaltung der inneren Sicherheit, aber auch Destabilisierungsexperte. Sein Interesse hatte von jeher vor allem den Demokratien Westeuropas gegolten, deren Polizei und Verfassungsschutz er sein halbes Leben lang studiert hatte.

Der dritte war Dr. Josef Viktorowitsch Rogow, gleichfalls Mitglied der Akademie und seines Zeichens Physiker. Seinen Ruhm verdankte er jedoch einem anderen Titel, dem eines Schachgroßmeisters. Man wußte, daß er einer der wenigen persönlichen Freunde des Generalsekretärs war, ein Mann, den der Sowjetführer in der Vergangenheit mehrmals zugezogen hatte, wenn ihm dessen phantastisches Gehirn bei der Planung gewisser Operationen als unerläßliche Hilfe erschienen war.

Die vier Männer hatten zwei Minuten gewartet, als sich die

Doppeltüren am Ende des Zimmers öffneten und der absolute Herrscher über Sowjetrußland, seine Satelliten und Kolonien erschien.

Er saß im Rollstuhl, der von einem Diener in weißer Jacke hereingeschoben wurde. Der Stuhl wurde an den freigebliebenen Platz gerollt.

»Bitte Platz zu nehmen«, sagte der Generalsekretär.

Philby war überrascht, wie sehr der Mann sich verändert hatte. Gesicht und Handrücken des Fünfundsiebzigjährigen waren mit braunen Altersflecken gesprenkelt. Die Operation am offenen Herzen, die 1985 durchgeführt worden war, schien erfolgreich gewesen zu sein, und der Schrittmacher arbeitete offenbar tadellos. Und doch wirkte der Mann gebrechlich. Das dichte, glänzende weiße Haar, das ihm auf den Plakaten zum Maifeiertag das Aussehen eines gütigen Hausarztes verlieh, war fast verschwunden. Um beide Augen zogen sich braune Ringe.

Zwei Kilometer vom Kutuzowskji-Prospekt entfernt, in der Nähe des alten Dorfes Kuntsewo, stand auf einem riesigen Areal inmitten eines Birkenwaldes, umzäunt von einer zwei Meter hohen Palisade, das ausschließlich den Mitgliedern des Zentralkomitees vorbehaltene Krankenhaus. Es war der erweiterte und modernisierte Bau der alten Klinik von Kuntsewo. Auf dem Gelände des Krankenhauses stand Stalins ehemalige Datscha, das überraschend bescheidene Landhaus, in dem der Diktator einen so großen Teil seiner Zeit verbracht hatte und in dem er schließlich gestorben war. Diese Datscha hatte man in die modernste Intensivstation im ganzen Land verwandelt, nur um des Mannes willen, der jetzt in seinem Rollstuhl saß und jeden einzelnen musterte.

In der Datscha von Kuntsewo standen sechs Top-Spezialisten ständig zur Verfügung, und zu ihnen begab sich der Generalsekretär jede Woche zur Behandlung. Sie hielten ihn am Leben, wie man sah – doch nur mit knapper Not.

Aber noch funktionierte das Gehirn hinter den eiskalten

Augen, die durch die goldgefaßte Brille blickten. Der Generalsekretär blinzelte selten, und wenn, dann so langsam wie ein Raubvogel.

Er verschwendete keine Zeit mit Vorreden. Das tat er nie, wie Philby wußte. Er nickte den drei anderen Männern zu und sagte:

»Genossen, Sie haben den Bericht unseres Freundes, des Genossen Oberst Philby, gelesen.«

Es war keine Frage, aber die drei Männer nickten bejahend.

»Dann werden Sie nicht überrascht sein, zu erfahren, daß ich den Sieg der britischen Labour Party, und zwar des ultralinken Flügels dieser Partei, als vorrangiges Interesse der Sowjetunion betrachte. Folglich werden Sie einen streng geheimen Viererausschuß bilden und Methoden erarbeiten, mit deren Hilfe wir, ganz unter der Hand natürlich, zu diesem Sieg beitragen könnten.

Sie werden mit niemandem darüber sprechen. Schriftstücke werden, wenn überhaupt, persönlich abgefaßt. Notizen sind zu verbrennen. Besprechungen in Privatwohnungen abzuhalten. Keine Zusammenkünfte in der Öffentlichkeit. Von keinem Außenstehenden irgendeinen Rat einholen. Berichterstattung an mich persönlich, nach telefonischer Voranmeldung über Major Pawlow. Ich werde dann eine Sitzung einberufen, bei der Sie Ihre Vorschläge unterbreiten können.«

Philby war klar, daß der Sowjetführer die Geheimhaltung außerordentlich ernst nahm. Er hätte dieses Treffen in seinen Amtsräumen im Präsidium des Zentralkomitees abhalten können, dem mächtigen grauen Komplex am Nowaya Plosched, wo seit Stalin alle Sowjetführer ihren Amtssitz haben. Aber dann hätten andere Mitglieder des Politbüros sie ankommen oder abfahren sehen oder etwas darüber hören können. Der Generalsekretär wollte ganz offensichtlich einen Ausschuß, der so völlig seine Privatangelegenheit war, daß niemand sonst davon erfahren durfte.

Und noch etwas war seltsam. Niemand vom KGB war anwesend, obgleich das Erste Hauptdirektorat massenhaft Unterlagen über England sowie die entsprechenden Experten zur Verfügung hatte. Aus Gründen, die nur er selber kannte, wollte der gerissene Führer die ganze Sache von den Geheimdiensten fernhalten, deren Vorsitzender er einst gewesen war.

»Irgendwelche Fragen?«

Philby hob zögernd die Hand. Der Generalsekretär nickte.

»Genosse Generalsekretär, früher fuhr ich meinen Privatwagen selber. Das haben mir die Ärzte seit meinem Schlaganfall im vergangenen Jahr verboten. Jetzt fährt mich meine Frau. Aber in diesem besonderen Fall, im Hinblick auf die Geheimhaltung –«

»Ich werde Ihnen für die Dauer Ihres Auftrags einen Fahrer des KGB zuweisen«, sagte der Generalsekretär ruhig. Alle wußten, daß die drei anderen Männer, ihrem Rang entsprechend, bereits über Dienstwagen mit Fahrer verfügten.

Weitere Punkte waren nicht zu erörtern. Auf ein Nicken hin schob der Diener den Rollstuhl mit dessen Insassen wieder durch die Doppeltür hinaus. Die vier Berater standen auf und verließen die Wohnung.

Zwei Tage später nahm der Albion-Ausschuß im Landhaus eines der beiden Akademiemitglieder seine intensive Tätigkeit auf.

Preston erzielte tatsächlich einige Fortschritte. Noch während die erste Sitzung von Paragon andauerte, steckte er in den Räumen der Registratur tief unter dem Verteidigungsministerium.

»Bertie«, hatte er zu Brigadegeneral Capstick gesagt, »für die Leute hier im Haus bin ich einfach ein neuer Besen, der sich überall wichtig macht. Streuen Sie aus, daß ich mich nur bei meinen eigenen Vorgesetzten lieb Kind machen möchte. Routineüberprüfung von Sicherheitsmaßnahmen, kein Grund zu Besorgnis, bloß eine Nervensäge.«

Capstick hatte also überall austrompetet, der neue Chef von

C.1. (A) klappere sämtliche Ministerien ab, um zu zeigen, wie bienenfleißig er sei. Die Archivare warfen wehe Blicke gen Himmel und erfüllten Prestons Wünsche mit kaum verhüllter Erbitterung. Aber auf diese Weise erhielt er Zugang zu den Akten, zu den Listen über Aus- und Wiedereingänge, erfuhr die Namen der Empfänger und, was das Wichtigste war, die Ausleihdaten.

Einen ersten Durchbruch konnte er schon bald verzeichnen. Alle Dokumente bis auf eines hatten im Außenministerium und im Cabinet Office zur Verfügung gestanden, da sie alle mit Englands NATO-Verbündeten und den Fragen einer gemeinsamen NATO-Reaktion auf eine ganze Palette möglicher sowjetischer Initiativen zu tun hatten.

Aber ein Dokument war nicht aus dem Verteidigungsministerium gelangt. Der beamtete Unterstaatssekretär, Sir Peregrine Jones, war kürzlich aus Washington zurückgekehrt, wo er Gespräche mit dem Pentagon geführt hatte; es ging um gemeinsame Patrouillenfahrten englischer und amerikanischer Atom-U-Boote im Mittelmeer, im Zentral- und Südatlantik und im Indischen Ozean. Sir Peregrine hatte eine Zusammenfassung dieser Gespräche angefertigt und einigen »Mandarinen« innerhalb des Ministeriums zugehen lassen. Die Tatsache, daß dieses Papier, in Fotokopie, zu den gestohlenen Dokumenten gehörte, bedeutete zumindest, daß sich das Leck innerhalb des Verteidigungsministeriums befand.

Preston arbeitete die Verteilerliste von streng geheimen Dokumenten für die letzten paar Monate durch. Daraus ging hervor, daß die anonym zurückgeschickten Papiere einen Zeitraum von vier Wochen abdeckten. Ferner ging hervor, daß jeder Mandarin, über dessen Schreibtisch alle diese Dokumente gegangen waren, auch noch weitere erhalten hatte. Der Dieb hatte also eine Auswahl getroffen.

Wie Preston am Ende des darauffolgenden Tages festgestellt hatte, konnten vierundzwanzig Männer Zugang zu *allen* zehn Dokumenten gehabt haben. Er überprüfte die Abwesenheitslisten, Auslandsreisen, Grippefälle und strich alle, die für die Zeit des Diebstahls nicht in Frage kamen.

Zweierlei erschwerte ihm die Arbeit: Er mußte pro forma eine Unzahl anderer Entnahmen überprüfen, um die Aufmerksamkeit nicht auf diese speziellen zehn Dokumente zu lenken. Auch Archivare klatschen, und die undichte Stelle konnte ebensogut weiter unten sein, bei den Sekretärinnen und Schreibkräften, die in der Kaffeepause einen Schwatz mit den Archivaren abhalten mochten. Zweitens konnte er nicht in den oberen Etagen auftauchen und nachprüfen, wie viele Fotokopien von den Originalen angefertigt worden waren. Wie er wußte, war es durchaus üblich, daß jemand ein streng geheimes Dokument offiziell auf seinen Namen »ausleihen« konnte, wenn er den Rat eines Kollegen einholen wollte. Dann wurde eine Fotokopie angefertigt, numeriert und dem Kollegen gegeben. Sobald diese Fotokopie wieder zurückkam, wurde sie vernichtet – oder in diesem Fall auch nicht. Dann ging das Original wieder in die Registratur. Aber mehrere Augenpaare konnten die Fotokopie gesehen haben.

Um das zweite Problem zu lösen, begab Preston sich, zusammen mit Capstick, nach Einbruch der Dunkelheit wiederum ins Ministerium und verbrachte zwei Nächte in den oberen Etagen, die leer waren bis auf die uninteressierten Putzfrauen, und prüfte die Anzahl der gemachten Fotokopien nach. Wieder konnte er einige Namen streichen, denn manches Dokument war auch an einen Mann gegangen, der keine Kopien hatte anfertigen lassen, ehe er es wieder ins Archiv zurückschickte. Am 27. Januar legte Preston in der Charles Street einen Zwischenbericht über seine Nachforschungen vor.

Er wurde von Brian Harcourt-Smith empfangen.

»Gut, daß Sie was für uns haben, John«, sagte Harcourt-Smith. »Anthony Plumb hat schon zweimal angerufen. Die Leute von Paragon setzen ihm zu, wie's scheint. Schießen Sie los.«

»Erstens«, sagte Preston, »die Dokumente. Sie wurden sorgfältig ausgewählt, als habe unser Dieb nur genommen, was bei ihm bestellt wurde. Erfordert große Sachkenntnis. Ich glaube, das schließt alle unteren Ebenen endgültig aus. Die würden es machen wie die Elstern, einfach klauen, was sie erwischen können. Eine Hypothese, aber sie beschränkt die Anzahl. Es muß meiner Meinung nach jemand sein, der Erfahrung hat und den Inhalt beurteilen kann. Was Bürokräfte und Boten ausschließt. Auf keinen Fall ist das Leck im Archiv. Kein verletztes Siegel, keine unerlaubte Entnahme oder eigenmächtige Anfertigung von Fotokopien.«

Harcourt-Smith nickte.

»Also suchen Sie es weiter oben?«

»Ja, Brian. Und ich habe noch einen zweiten Grund dafür. Ich habe zwei Nächte damit zugebracht, jeder einzelnen Fotokopie genau nachzugehen. Es bestehen keine Unstimmigkeiten. Bleibt folglich nur eine Möglichkeit: die Entnahme beim Vernichten. Jemand hat drei Kopien für den Reißwolf gekriegt und nur zwei hineingeworfen, die dritte hat er außer Haus geschmuggelt. Jetzt zu den leitenden Beamten, die das getan haben könnten.

Vierundzwanzig hatten Zugang zu allen zehn Dokumenten. Ich glaube, zwölf davon kann ich streichen, weil sie nur Kopien bekommen, und zwar immer nur eine in dem Fall, daß man ihren Rat einholen will. Die Vorschriften sind eindeutig. Wer immer aus diesem Grund eine Kopie erhält, muß sie demjenigen zurückgeben, von dem er sie bekommen hat. Andernfalls würde er vorschriftswidrig handeln und Verdacht erregen. Zehn Kopien zurückzubehalten wäre unerhört. Bleiben die zwölf Männer, die die Originale aus dem Archiv bekommen haben.

Drei von ihnen waren aus verschiedenen Gründen an den Tagen, die auf den anonym zurückgeschickten Kopien als Entnahmedaten festgehalten sind, nicht anwesend. Sie haben die Dokumente zu anderen Zeiten aus dem Archiv geholt und müssen daher von unserer Liste gestrichen werden. Bleiben noch neun.

Von diesen neun haben vier keinerlei Kopien für eventuelle Berater machen lassen, und es ist unmöglich, eigenmächtig für sich selbst Kopien ohne Eintrag anzufertigen.«

»Dann waren's nur noch fünf«, murmelte Harcourt-Smith.

»Stimmt. Also – es ist nur eine Hypothese, aber mehr kann ich im Moment nicht bieten. Drei von diesen fünf hatten zur in Frage kommenden Zeit weitere Dokumente auf dem Schreibtisch, die von ähnlicher Art waren wie die entwendeten Papiere, und überdies weit interessanter, aber diese Dokumente wurden nicht gestohlen. Von Rechts wegen hätten sie geklaut werden müssen. Hiermit komme ich zu den zwei letzten Männern. Nichts Konkretes, nur erstklassige Verdächtige.«

Preston schob zwei Kladden über den Schreibtisch, die Harcourt-Smith neugierig durchsah.

»Sir Richard Peters und Mr. George Berenson«, las er. »Sir Richard ist als stellvertretender Unterstaatssekretär verantwortlich für Internationale Gemeinschaftsprojekte, und Mr. Berenson ist stellvertretender Leiter des Beschaffungsamts. Beide haben natürlich ihre eigenen Mitarbeiter.«

»Ja.«

»Aber die führen Sie nicht als Verdächtige auf? Darf ich fragen, warum?«

»Sie *sind* verdächtig«, sagte Preston. »Diese beiden Herren würden es wahrscheinlich ihren Untergebenen überlassen, die Kopien anzufertigen und später zu vernichten. Aber das erweitert den Kreis auf ein Dutzend Leute. Wenn man für die beiden Herren an der Spitze einen Sicherheitsbescheid ausstellen und mit ihrer Hilfe den schuldigen Mitarbeiter erwischen könnte, wäre das Ganze ein Kinderspiel. Ich möchte mit den beiden leitenden Herren anfangen.«

»Was verlangen Sie?« fragte Harcourt-Smith.

»Totale verdeckte Überwachung beider Männer über eine begrenzte Zeitspanne, einschließlich Postüberwachung und Abhören des Telefons«, sagte Preston.

»Ich werde den Paragon-Ausschuß darum bitten«, sagte Harcourt-Smith. »Aber die beiden Männer sind Leute an der Spitze. Wäre besser für Sie, wenn Sie recht hätten.«

Die zweite Paragon-Sitzung fand am Spätnachmittag desselben Tages in der COBRA statt. Harcourt-Smith vertrat Sir Bernard Hemmings. Jedem Anwesenden gab er eine Abschrift von Prestons Bericht. Die Männer lasen schweigend. Als alle fertig waren, fragte Sir Anthony Plumb: »Nun?«

»Scheint logisch«, sagte Sir Hubert Villiers.

»Ich finde, Mr. Preston hat in der kurzen Zeit gute Arbeit geleistet«, sagte Sir Nigel Irvine. Harcourt-Smith lächelte säuerlich.

»Natürlich kann es keiner dieser beiden Herren sein«, sagte er. »Eine Bürokraft, die die Papiere hätte vernichten sollen, könnte leicht alle zehn Dokumente entwendet haben.«

Brian Harcourt-Smith war das Produkt einer sehr unbedeutenden Privatschule und litt unter einer beträchtlichen und völlig unnötigen Verbitterung. Hinter der glatten Fassade steckte ein gewaltiges Haßpotential. Von Jugend an haßte er die scheinbare Mühelosigkeit, mit der die Männer um ihn herum mit dem Leben fertig wurden. Er haßte ihr unübersehbares dichtgeflochtenes Netz von Beziehungen und Freundschaften, das oft schon in der Schulzeit, an der Universität oder beim Militär geknüpft worden war und auf das sie jederzeit zurückgreifen konnten. Man nannte es das »Netz der alten Knaben« oder auch den »magischen Zirkel«, und am meisten haßte er, daß er nicht dazugehörte.

Eines Tages, so hatte er sich schon tausendmal geschworen, wenn er den Posten des Generaldirektors und sein Adelsprädikat haben würde, könnte er als ihresgleichen unter ihnen sitzen, und sie würden ihm zuhören, wirklich zuhören.

Sir Nigel Irvine, ein sensibler Mensch, erhaschte von seinem Platz am Tischende aus einen Ausdruck in Harcourt-Smiths

Augen und war betroffen. Dieser Mann steckt voller Ressentiments, überlegte er. Sir Nigel war gleichaltrig mit Sir Bernard Hemmings, und sie hatten einen langen Weg gemeinsam zurückgelegt. Er sann über die Nachfolge im Herbst nach. Er sann über Harcourt-Smiths Ressentiments nach, über den versteckten Ehrgeiz und wohin beides führen mochte oder vielleicht schon geführt hatte.

»Jetzt wissen wir also, was Mr. Preston haben möchte«, sagte Sir Anthony Plumb. »Totale Überwachung. Soll er sie kriegen?«

Alle hoben die Hand.

Jeden Freitag wird bei MI5 die sogenannte »Bittsitzung« abgehalten. Den Vorsitz führt der Chef von »K«, als Leiter der Gemeinschaftsabteilungen. Bei dieser Konferenz bringen die übrigen Dienststellenleiter ihre Ansuchen um Hilfen vor, die sie für notwendig erachten – Geld, technische Dienste und Überwachung ihrer Lieblingsverdächtigen. Am stärksten wird immer der Leiter von »A« bedrängt, dem die Observanten unterstehen. In dieser Woche war die Konferenz, was die Observanten betraf, im voraus ausverkauft. Die Bittsteller fanden am Freitag, dem 30. Januar, die Krippe leer. Zwei Tage zuvor hatte Harcourt-Smith auf Anweisung des Paragon-Ausschusses Preston die gewünschten Observanten zugewiesen.

Bei je sechs Leuten pro Team (vier bilden den »Rahmen«, zwei sitzen in geparkten Autos) und vier Teams in jeweils vierundzwanzig Stunden, die zwei Personen zu überwachen hatten, waren achtundvierzig Leute gebunden. Einige Dienststellen regten sich zwar darüber auf, aber niemand konnte etwas dagegen machen.

»Wir haben zwei Ziele«, erklärten die Einsatzleiter in der Cork Street den Teams, »dies ist das eine, das das andere. Das eine ist verheiratet, aber die Ehefrau ist zur Zeit auf dem Land. Sie wohnen im West End, und er geht morgens meist zu Fuß ins Ministerium, ungefähr eineinhalb Meilen. Das andere ist Junggeselle und wohnt in der Nähe von Edenbridge in Kent. Pendelt täglich mit dem Vorortszug hin und her. Wir fangen morgen an.«

Der technische Dienst kümmerte sich um das Telefon und die Post, und Sir Richard Peters und Mr. George Berenson kamen unters Mikroskop.

Kurz ehe die Observanten anrückten, wurde in Fontenoy House ein Päckchen abgegeben. Als der Adressat von seiner Arbeit nach Hause kam, nahm er es vom Portier in Empfang. Es enthielt eine aus Zirkonen angefertigte Kopie der Glen-Diamanten und wurde am nächsten Tag bei der Coutts-Bank deponiert.

6. Kapitel

Freitag der 13. gilt als Unglückstag, doch für John Preston sollte er sich als das Gegenteil erweisen. Er brachte ihm den ersten Erfolg bei der Beschattung der beiden hohen Beamten.

Die Überwachung dauerte nun schon sechzehn Tage an und hatte keinerlei Resultat gezeitigt. Beide Männer waren Gewohnheitsmenschen, und keiner hatte die leiseste Ahnung, daß man ihn überwachte; das heißt, sie hielten keine Ausschau nach Beschattern, und die Aufgabe der Observanten war daher ein Kinderspiel. Aber langweilig.

Der Londoner verließ seine Wohnung in Belgravia jeden Morgen um dieselbe Zeit, ging zum Hyde Park Corner, die Constitution Hill hinunter und durch den St. James Park. Er überquerte die Horse Guards Parade und ging dann über die Whitehall Street direkt ins Ministerium. Sein Mittagessen nahm er manchmal im Ministerium, manchmal außerhalb ein. Den Abend verbrachte er meist zu Hause oder im Club.

Der Pendler, der allein in einem malerischen Cottage außerhalb von Edenbridge wohnte, nahm jeden Tag den gleichen Vorortszug nach London, schlenderte von der Charing Cross Station zum Ministerium und verschwand darin. Die Observanten hielten jede Nacht vor seinem Haus fröstelnd Wache, bis sie im Morgengrauen vom ersten Tagesteam abgelöst wurden. Keiner der beiden Männer tat etwas Verdächtiges. Die Post- und Telefonüberwachung brachte weiter nichts zutage als die üblichen Rechnungen, persönliche Briefe, banale Anrufe und eine maßvolle und respektable Geselligkeit. Bis zum 13. Februar.

Preston war als Einsatzleiter im Funkraum im Souterrain von Cork Street, als ein Anruf vom B-Team kam, das Sir Richard Peters auf den Fersen war.

»Joe ruft ein Taxi. Wir sind in unseren Wagen hinter ihm.«

Im Observantenjargon heißt das Ziel immer Joe, Chummy oder »unser Freund«. Nach Schichtende des B-Teams hatte Preston eine Besprechung mit dessen Leiter, Harry Burkinshaw. Harry war ein kleiner, rundlicher Mann mittleren Alters, ein Veteran auf seinem heißgeliebten Spezialgebiet, der Stunden unbeweglich irgendwo in einer Londoner Straße stehen konnte, um dann plötzlich mit bemerkenswerter Geschwindigkeit loszuspurten, wenn sein Ziel einen Ausreißversuch machte.

Er trug eine karierte Jacke und einen Lederhut, hatte einen Regenmantel über dem Arm und eine Kamera um den Hals gehängt, wie der typische amerikanische Tourist. Wie bei jedem Observanten waren Hut, Jacke und Regenmantel aus weichem, beidseitig tragbarem Material und konnten sechsfach kombiniert werden. Observanten lieben ihre »Requisiten« und die verschiedenen Rollen, in die sie in Sekundenschnelle schlüpfen können.

»Was ist passiert, Harry?«

»Er ist zur üblichen Zeit aus dem Ministerium gekommen. Wir hinter ihm her. Doch statt die übliche Richtung einzuschlagen, ist er zum Trafalgar Square gegangen und hat dort ein Taxi genommen. Unsere Schicht war zu Ende. Wir haben unseren Kumpeln von der Ablösung gesagt, sie sollen Gewehr bei Fuß bleiben, und sind dem Taxi nachgefahren.

Er ist bei Panzer's Delikatessenladen in der Bayswater Road ausgestiegen und in Richtung Clanricarde Gardens verduftet. Auf halbem Weg ist er in einen Vorgarten geschossen und die Treppe zum Souterrain hinuntergegangen. Einer meiner Leute hat sich herangepirscht und festgestellt, daß am Ende der Treppe weiter nichts war als die Tür der Souterrainwohnung. Da war er hineingeschossen. Dann mußte mein Mann wieder weg – Joe ist aus der Wohnung und die Treppen heraufgekommen. Er ist zur Bayswater Road zurückgegangen, in ein Taxi gestiegen und wieder ins West End gefahren. Danach war alles wieder wie gehabt. Wir haben ihn am Ende der Park Lane der nächsten Schicht übergeben.«

»Wie lange war er verschwunden?«

»Dreißig, vierzig Sekunden«, sagte Burkinshaw. »Entweder hat man ihn verdammt schnell reingelassen, oder er hat seinen eigenen Schlüssel gehabt. Drinnen brannte kein Licht. Vielleicht wollte er Post abholen oder nachsehen, ob welche da ist.«

»Was für eine Art Haus?«

»Schmutzig aussehendes Haus, schmutzig aussehendes Souterrain. Steht morgen alles im Bericht. Was dagegen, wenn ich abhau'? Kann kaum mehr stehen.«

Preston dachte den ganzen Abend über den Vorfall nach. Warum um alles in der Welt besuchte Sir Richard Peters eine schäbige Wohnung in Bayswater? Vierzig Sekunden lang? Doch nicht, um dort jemanden zu treffen. Dazu war die Zeit zu knapp. Um Post abzuholen? Oder um eine Nachricht zu hinterlegen?

Er veranlaßte, daß das Haus unter Überwachung gestellt wurde. Innerhalb einer Stunde stand ein Wagen davor, und in dem Wagen saß ein Mann mit einer Kamera.

Wochenende ist Wochenende. Preston hätte die Zivilbehörden über Samstag und Sonntag auf die Wohnung hetzen können, doch das hätte Wirbel gemacht. Dies war eine absolut geheime Überwachung. Er beschloß, bis Montag zu warten.

Der Albion-Ausschuß hatte sich auf Professor Krilow als Vorsitzenden und Sprecher geeinigt, und Professor Krilow ließ Major Pawlow wissen, daß der Ausschuß bereit sei, seine Überlegungen dem Generalsekretär vorzutragen. Das war am Samstagmorgen. Innerhalb von ein paar Stunden wurde jedem der vier Ausschußmitglieder mitgeteilt, es solle sich in der Wochenenddatscha des Genossen Generalsekretär in Usowo einfinden.

Drei kamen in ihren eigenen Wagen. Philby wurde von Major Pawlow persönlich gefahren, so daß er den Fahrer Gregoriew aus der Fahrbereitschaft des KGB, der ihn während der letzten zwei Wochen herumkutschiert hatte, nicht benötigte.

Im Westen Moskaus, jenseits der Uspenskojebrücke, liegt nahe an den Ufern der Moskwa ein Komplex von künstlich geschaffenen Dörfern, um die die Wochenenddatschas der sowjetischen Nomenklatura gruppiert sind. Selbst hier herrscht eiserne hierarchische Ordnung. In Peredelkino sind die Datschas der Künstler, Akademiemitglieder und Militärs; in Zhukowka die des Zentralkomitees und anderer Organe direkt unter dem Politbüro; die Mitglieder des allmächtigen Politbüros aber haben ihre Datschas rund um Usowo, dem exklusivsten dieser Dörfer.

Eigentlich sind die russischen Datschas Landhäuser, doch die der Oberen sind luxuriöse Herrensitze inmitten von ausgedehnten Föhren- und Birkenwäldern. Sie werden Tag und Nacht von Kohorten von Leibwächtern des Neunten Direktorats bewacht, die für die Sicherheit und Ungestörtheit der Wlasti sorgen.

Philby wußte, daß jedem Mitglied des Politbüros vier Wohnsitze zustanden. Erstens die Wohnung am Kutuzowskij-Prospekt, die, sofern der Hierarch nicht in Ungnade fällt, für immer im Besitz der Familie bleibt. Dann die offizielle, mit reichlichem Komfort und Dienstpersonal ausgestattete Villa in den Leninbergen, die unvermeidlich »verwanzt« ist und deshalb kaum für etwas anderes als den Empfang von ausländischen Würdenträgern benutzt wird. Drittens die Datscha in den Wäldern westlich von Moskau, welche die frisch beförderten hohen Tiere nach ihrem eigenen Geschmack planen und bauen lassen können. Schließlich die Sommerresidenz, oft auf der Krim am Schwarzen Meer. Der Generalsekretär jedoch hatte schon vor langer Zeit seine Sommerresidenz in Kislowodosk errichten lassen, einem Mineralwasserkurort im Kaukasus, der auf die Behandlung von Störungen im Abdominalbereich spezialisiert war.

Philby hatte die Datscha des Generalsekretärs in Usowo noch nie gesehen. Als der Tschaika an diesem frostigen Abend schließlich hielt, sah Philby einen langen, niedrigen Bau aus Quadersteinen mit einem geschindelten Dach, der sich wie die Wohnung am Kutuzowskij-Prospekt durch skandinavische

Schlichtheit auszeichnete. Drinnen war es sehr warm, und der Generalsekretär empfing sie in einem geräumigen Wohnraum, wo ein mächtiges Kaminfeuer die Hitze noch um einige Grade erhöhte. Nach den notwendigsten Formalitäten forderte der Generalsekretär Professor Krilow auf, die Überlegungen des Albion-Ausschusses vorzutragen.

»Wie Sie sehen werden, Genosse Generalsekretär, haben wir darüber nachgedacht, auf welchem Weg mindestens zehn Prozent der britischen Wählerschaft landesweit zu zwei grundsätzlichen Reaktionen veranlaßt werden könnte: erstens zu einer massiven Erschütterung des Vertrauens in die konservative Regierung, und zweitens zu der Überzeugung, daß in der Wahl einer Labour-Regierung die besten Chancen für Zufriedenheit und Sicherheit liegen.

Um die Suche nach diesem Weg zu vereinfachen, haben wir uns gefragt, ob es nicht eine Kernfrage gibt, welche die ganzen Wahlen beherrscht oder mit einiger Nachhilfe unsererseits beherrschen könnte. Nach reiflicher Überlegung sind wir alle zu dem Schluß gekommen, daß kein Wirtschaftsproblem – wie Arbeitsplatzverlust, Fabrikschließungen, zunehmende Automatisierung in der Industrie, Beschneidungen des Öffentlichen Dienstes – diese alles beherrschende Kardinalfrage bilden könnte, nach der wir suchen.

Wir glauben, daß nur ein einziger Kernpunkt für unsere Zwecke geeignet ist: das größte, nicht mit der Wirtschaft zusammenhängende und am stärksten mit Emotionen befrachtete Problem, das es derzeit in Großbritannien und ganz Westeuropa gibt – die nukleare Abrüstung. Dieses Problem bewegt im Westen Millionen von Durchschnittsbürgern. Es ist der Ausfluß einer Massenfurcht, und diese Furcht sollten wir als Rammbock benützen; sie heimlich schüren und ausbeuten.«

»Besondere Vorschläge?« fragte der Generalsekretär mit seidiger Stimme.

»Sie kennen, Genosse Generalsekretär, unsere Bemühungen

auf diesem Gebiet. Nicht Millionen, sondern Milliarden von Rubel sind ausgegeben worden zur Förderung verschiedener Gruppierungen von Atomwaffengegnern, die den Westeuropäern eintrichtern, der beste Weg zum Frieden führe über die einseitige nukleare Abrüstung. Unsere Bemühungen und die erzielten Resultate waren groß, doch sind sie nichts im Vergleich zu dem, was unserer Meinung nach nun versucht und erreicht werden sollte.

Die britische Labour Party ist die einzige der vier für einen Sieg bei den nächsten Wahlen in Frage kommenden Parteien, die sich für einseitige nukleare Abrüstung einsetzt. Wir halten dafür, daß wir alles einsetzen sollten, finanzielle Mittel, Desinformation, Propaganda, um die schwankenden zehn Prozent der britischen Wählerschaft zu einer Änderung ihres Votums zu veranlassen, sie zu der Überzeugung zu bringen, daß eine Stimme für Labour eine Stimme für den Frieden ist.«

Die Stille, in der sie auf die Reaktion des Generalsekretärs warteten, war fast mit Händen zu greifen. Schließlich sprach er:

»Diese Anstrengungen, die wir acht Jahre lang machten und von denen Sie gesprochen haben, waren die denn erfolgreich?«

Professor Krilow sah aus, als hätte ihn eine Luft-Luft-Rakete getroffen. Philby spürte die Stimmung des Sowjetführers und schüttelte den Kopf. Der Generalsekretär bemerkte die Geste und fuhr fort:

»Acht Jahre lang haben wir in dieser Sache riesige Anstrengungen gemacht, um das Vertrauen der westeuropäischen Wählerschaften in ihre Regierungen zu destabilisieren. Heute sind zwar alle Bewegungen für einseitige nukleare Abrüstung so linksorientiert, daß sie auf die eine oder andere Art unter die Kontrolle unserer Freunde gekommen und in unserem Sinne tätig sind. Das hat uns eine Menge Sympathie und Einfluß eingebracht. Aber –«

Der Generalsekretär ließ plötzlich beide Handflächen auf die Armlehnen seines Rollstuhls klatschen. Diese heftige Geste bei einem normalerweise so eiskalten Mann versetzte den vier Zuhörern einen Schock.

»Nichts hat sich geändert«, schrie der Generalsekretär. Dann nahm seine Stimme wieder ihren gleichmütigen Klang an. »Vor fünf Jahren und vor vier Jahren haben alle unsere Experten im Zentralkomitee und an den Universitäten sowie die analytischen Forschungsgruppen des KGB uns im Politbüro erzählt, die Bewegungen für einseitige nukleare Abrüstung seien so mächtig, daß sie die Aufstellung der Cruise Missiles und der Pershing II verhindern könnten. Wir glaubten ihnen. Zu unserem Schaden. In Genf haben wir gemauert, weil wir uns unter dem Einfluß unserer eigenen Propaganda eingeredet hatten, die westeuropäischen Regierungen würden, wenn wir das Spiel nur lange genug hinzögen, unter dem Druck der heimlich von uns unterstützten riesigen ›Friedensdemonstrationen‹ die Aufstellung von Cruise und Pershing verweigern. Aber sie *haben* sie aufgestellt, und wir mußten abziehen.«

Philby nickte, wobei er sich um angemessene Bescheidenheit bemühte. Damals, 1983, hatte er sich mit einem Bericht hervorgewagt, in dem er behauptete, die westliche Friedensbewegung werde trotz lärmender Massendemonstrationen keine wichtige Wahl beeinflussen oder irgendeine Regierung zu einem Meinungswechsel veranlassen. Er hatte recht behalten. Die Dinge, vermutete er, liefen in seinem Sinne.

»Das kränkt mich, Genossen, das kränkt mich immer noch«, sagte der Generalsekretär. »Und nun schlagen Sie mir dasselbe, nur in größerem Rahmen, vor. Genosse Oberst Philby, wie sehen die letzten britischen Meinungsumfragen zu diesem Thema aus?«

»Leider nicht gut«, sagte Philby. »Die letzte zeigt, daß zwanzig Prozent der Briten für einseitige nukleare Abrüstung sind. Aber auch das ist mit Vorsicht zu genießen. Bei den Werktätigen, die traditionell für Labour stimmen, ist der Anteil noch kleiner. Es ist nun mal eine traurige Tatsache, daß die britische Arbeiterklasse mit zu den konservativsten der Welt zählt. Umfragen zeigen auch, daß sie mit zu den patriotischsten gehört, patriotisch auf traditionelle Art. Während der Falkland-Affäre haben hartgesottene Gewerkschaftler Tarifordnung und Arbeitsregelungen über Bord geworfen und rund um die Uhr gearbeitet, um die Kriegsschiffe seetüchtig zu machen.

Wir müssen uns damit abfinden, daß der britische Arbeiter nie erkennen wollte, wo seine Interessen liegen: in einer Zusammenarbeit mit uns oder zumindest in einer Schwächung des britischen Verteidigungspotentials. Und nichts deutet darauf hin, daß er nun plötzlich seine Meinung ändern wird.«

»Der harten Wirklichkeit ins Auge sehen, das habe ich von diesem Ausschuß verlangt«, sagte der Generalsekretär. Er schwieg einige Minuten.

»Gehen Sie jetzt, Genossen. Nehmen Sie Ihre Beratungen wieder auf. Und bringen Sie mir den Plan für eine konkrete Maßnahme, mittels deren die Massenfurcht, von der Sie gesprochen haben, besser als je zuvor ausgebeutet werden kann; etwas, das selbst stockvernünftige Männer und Frauen dazu bringt, für eine Ächtung der Kernwaffen in ihrem Land, das heißt also für Labour, zu stimmen.«

Als sie fort waren, stand der alte Russe auf und ging, auf einen Stock gestützt, langsam zum Fenster. Er schaute auf den tief verschneiten Birkenwald. Bei seinem Machtantritt hatte er sich vorgenommen, in der ihm noch verbleibenden Zeit fünf Ziele zu erreichen.

Er hatte in die Geschichte eingehen wollen als der Mann, der die Nahrungsmittelproduktion steigerte und die Verteilung rationalisierte; der durch eine Generalüberholung der chronisch leistungsschwachen Industrie die Konsumgüterherstellung verdoppelte; der die Parteidisziplin auf allen Ebenen wieder festigte; der die Korruption, die an den lebenswichtigen Organen des Staates nagte, mit Stumpf und Stiel ausrottete; und der schließlich seinem Land die endgültige Überlegenheit in puncto Waffen- und Truppenstärke über die geschlossene Phalanx der Feinde sicherte. Vier Jahre später erkannte er, daß er nichts von alledem erreicht hatte.

Er war alt und krank und wußte, daß seine Tage gezählt waren. Er hatte sich immer viel darauf zugute getan, im Rahmen der streng marxistischen Orthodoxie ein Pragmatiker, ein Realist zu sein. Doch selbst Pragmatiker haben ihre Träume und alte Männer ihre Eitelkeiten. Sein Traum war einfach: Er wollte einen einzigen, gigantischen Triumph, ein einziges Riesendenkmal für sich und nur für sich allein. Wie glühend er sich dies wünschte, das wußte in dieser bitterkalten Winternacht nur er allein.

Am Sonntag schlenderte Preston am Haus in Clanricarde Gardens vorbei, einer Straße nördlich der Bayswater Road. Burkinshaw hatte recht gehabt; es war eines jener fünfstöckigen ehemaligen Herrschaftshäuser im viktorianischen Stil, total verkommen und in Einzimmerabsteigen unterteilt. Der kleine Vorgarten war von Unkraut überwuchert; fünf Stufen führten zu einer vergammelten Haustür. Vom Vorgarten gingen ein paar Stufen zu einem winzigen Vorplatz hinunter, und über dem Schacht war das Oberteil einer Tür zu sehen – die Souterrainwohnung. Preston rätselte wieder, was wohl ein hoher geadelter Beamter in einem so schäbigen Haus suchen mochte.

Irgendwo in Sichtweite war der Observant, wahrscheinlich in einem parkenden Auto, auf dem Schoß eine schußbereite Kamera mit Teleobjektiv. Preston machte keinen Versuch, den Mann zu orten, wußte aber, daß er selbst beobachtet wurde. (Am Montag erschien er im Bericht als »nicht identifizierbares Individuum, das um elf Uhr einundzwanzig am Haus vorbeiging und es interessiert betrachtete«. Danke für die Blumen, dachte er.)

Am Montagmorgen ging er zum Rathaus und warf einen Blick auf die Liste der Kommunalsteuerzahler in dieser Straße. Er fand unter der gesuchten Adresse nur einen einzigen Hauptmieter, Mr. Michael Z. Mifsud. Preston war dankbar für das Z; unwahrscheinlich, daß es noch viele von dieser Art in der Gegend gab. Er setzte sich über Sprechfunk mit dem Observanten in Clanricarde Gardens in Verbindung, und der Mann ging über die Straße und schaute auf die Klingelschilder. M. Mifsud wohnte im Erdgeschoß. Wahrscheinlich der Besitzer, der den Rest des Hauses möbliert vermietete; Mieter nicht möblierter Wohnungen mußten ihre eigenen Kommunalsteuern bezahlen.

Am späten Vormittag ließ Preston Michael Z. Mifsud durch den Immigrationscomputer in Croydon laufen. Mifsud war aus Malta, wie sein Name anzeigte, und seit dreißig Jahren im Land. Keine weiteren Angaben, außer einem Fragezeichen, das fünfzehn Jahre zurücklag. Ohne weitere Erklärungen. Der Vorstrafencomputer von Scotland Yard enträtselte das Fragezeichen; der Mann wäre beinahe abgeschoben worden. Statt dessen hatte er eine zweijährige Haftstrafe wegen gewerbsmäßiger Kuppelei verbüßt. Nach dem Lunch ging Preston zu Armstrong von der Finanzabteilung in der Charles Street.

»Kann ich morgen als Finanzinspektor auftreten?« fragte er. Armstrong seufzte.

»Ich werd's versuchen. Rufen Sie mich vor Büroschluß an.«

Dann ging Preston zum Rechtsberater.

»Könnten Sie Special Branch bitten, mir für diese Adresse einen Hausdurchsuchungsbefehl auszustellen? Außerdem brauche ich noch einen Sergeant von Special Branch, der auf Abruf zu meiner Deckung verfügbar ist.«

MI5 hat in England keine Verhaftungsbefugnis. Nur ein Polizeibeamter kann eine Verhaftung vornehmen, ausgenommen in Notfällen, wenn eine »Festnahme durch Bürger« möglich ist. Wenn MI5 jemanden kassieren will, zeigt sich Special Branch normalerweise gefällig.

»Sie wollen doch keinen Einbruch begehen?« fragte der Rechtsberater argwöhnisch.

»Bestimmt nicht«, sagte Preston. »Ich möchte warten, bis der

Mieter dieser Wohnung auftaucht, dann reingehen und durchsuchen. Eine Verhaftung kann sich, je nach Durchsuchungsergebnis, als notwendig erweisen. Dazu brauche ich den Sergeant.«

»All right«, seufzte der Rechtsberater. »Ich werde mich mit unserem entgegenkommendsten Richter ins Benehmen setzen. Sie kriegen beides morgen früh.«

Kurz vor siebzehn Uhr holte sich Preston seinen Steuerinspektorausweis. Armstrong gab ihm noch eine Karte mit einer Telefonnummer.

»Sollte es Stunk geben, lassen Sie den Verdächtigen diese Nummer anrufen. Es ist das Finanzamt in Willesden Green. Verlangen Sie Mr. Charnley. Er wird für Sie bürgen. Sie heißen übrigens Brent.«

»Hab' ich gesehen«, sagte Preston.

Mr. Michael Z. Mifsud, den Preston am nächsten Morgen aufsuchte, war kein angenehmer Zeitgenosse. Unrasiert, im Netzhemd, selbstsicher und abweisend. Er führte Preston in sein schmuddeliges Wohnzimmer.

»Was erzählen Sie da?« protestierte Mifsud. »Was für 'n Einkommen? Is alles in der Steuererklärung.«

»Mr. Mifsud, es handelt sich um eine Routinestichprobe. Ganz alltägliche Sache. Sie geben alle Ihre Mieteinkommen an, Sie haben nichts zu verbergen.«

»Ich hab' nichts zu verbergen. Erledigen Sie das mit meinem Steuerberater«, sagte Mifsud herausfordernd.

»Kann ich, wenn Sie meinen«, sagte Preston. »Aber glauben Sie mir, wir können dafür sorgen, daß die Gebühren Ihres Steuerberaters ins Astronomische steigen. Ich möchte ganz ehrlich sein: Wenn die Mieten in Ordnung sind, dann zieh' ich weiter und mache anderswo eine Stichprobe. Wenn aber, was Gott verhüte, irgendeine dieser Wohnungen zu unzüchtigen Zwekken vermietet ist, dann ändert das die Lage. Mich interessiert nur die Einkommenssteuer. Ich wäre aber verpflichtet, das Ergebnis meiner Ermittlungen an die Polizei weiterzugeben. Sie wissen doch, was gewerbsmäßige Kuppelei bedeutet?«

»Was soll 'n das?« protestierte Mifsud. »Hier gibt's keine gewerbsmäßige Kuppelei nicht. Lauter anständige Mieter. Sie zahlen Miete, ich zahl' Steuern. Alles.«

Aber er war um eine Schattierung blasser geworden und holte maulend die Mietquittungsbücher. Preston gab vor, sich für alles zu interessieren. Er stellte fest, daß das Souterrain für vierzig Pfund pro Woche an einen gewissen Mr. Dickie vermietet war. Er brauchte eine Stunde, um alle Details zusammenzukriegen. Mifsud hatte den Mieter des Souterrains nie zu Gesicht bekommen. Er bezahlte immer bar, regelmäßig wie ein Uhrwerk. Aber es gab einen maschinengeschriebenen Mietvertrag. Er war von Mr. Dickie unterzeichnet. Preston nahm trotz Mr. Mifsuds Protesten das Schriftstück mit. Um die Mittagszeit übergab er es den Graphologen von Scotland Yard, zusammen mit handgeschriebenen Notizen und der Unterschrift von Sir Richard Peters. Kurz vor Dienstschluß hatte der Yard ihn zurückgerufen. Selbe Handschrift, nur verstellt.

Peters, dachte Preston, hält sich also ein Pied-à-Terre. Für gemütliche Treffs mit seinem Einsatzleiter? Höchstwahrscheinlich. Er gab seine Anweisungen: Wenn Peters sich wieder auf den Weg zur Souterrainwohnung machte, sollte man ihn sofort benachrichtigen, ganz gleich wo. Die Überwachung der Wohnung sollte aufrechterhalten werden, für den Fall, daß jemand anderer auftauchte.

Der Mittwoch verging im Schneckentempo und der Donnerstag ebenso. Dann nahm Sir Richard Peters, nachdem er das Ministerium verlassen hatte, wieder ein Taxi und fuhr damit nach Bayswater. Die Observanten benachrichtigten Preston in der Bar der Gordon Street, von wo aus er Scotland Yard anrief und den vorgesehenen Sergeant von Special Branch aus der Kantine holen ließ. Er gab dem Mann am anderen Ende der Leitung die Adresse durch.

»Wir treffen uns auf dem Bürgersteig gegenüber, so schnell Sie können, aber kein Aufsehen.«

In der frostigen Dunkelheit versammelten sie sich alle auf dem Trottoir gegenüber dem verdächtigen Haus. Der Mann von Special Branch war in einem als Privatwagen getarnten Dienstauto gekommen, das mit seinem Fahrer um die Ecke parkte. Detective Sergeant Lander erwies sich als ein junger und noch ein wenig grüner Mann; es war sein erster Coup mit den Leuten von MI5, und er schien beeindruckt. Harry Burkinshaw tauchte aus dem Schatten auf.

»Seit wann ist er schon drinnen, Harry?«

»Fünfundfünfzig Minuten«, sagte Burkinshaw.

»Irgendwelche Besucher?«

»Nix.«

Preston zog seinen Hausdurchsuchungsbefehl aus der Tasche und zeigte ihn Lander.

»O. K., gehn wir rein.«

»Meinen Sie, daß er gewalttätig wird, Sir?« fragte Lander.

»Oh, ich hoffe nicht«, sagte Preston. »Er ist ein Beamter mittleren Alters. Er könnte Schaden nehmen.«

Sie gingen über die Straße hinein in den Vorgarten. Hinter den Vorhängen der Souterrainwohnung war gedämpftes Licht zu sehen. Sie stiegen schweigend die Treppe hinunter, und Preston drückte auf die Türklingel. Man hörte das Klappern von Absätzen, und die Tür ging auf. Das Licht von drinnen rahmte eine Frau ein.

Als sie die beiden Männer sah, verschwand das Willkommenslächeln von ihren grellrot geschminkten Lippen. Sie versuchte die Tür zu schließen, aber Lander stieß sie auf, drängte die Frau mit dem Ellbogen zur Seite und rannte an ihr vorbei in die Wohnung.

Die Frau war nicht mehr taufrisch, aber sie hatte ihr möglichstes getan. Gewelltes, dunkles, schulterlanges Haar rahmte ein heftig geschminktes Gesicht. Wimperntusche, Lidschatten,

Rouge und Lippenstift, an nichts war gespart worden. Bevor sie ihren Morgenrock zusammenraffen konnte, hatte Preston einen Blick auf schwarze Strümpfe und Strumpfhalter sowie auf ein rotbebändertes, engtailliertes Mieder erhascht.

Er führte sie am Ellbogen ins Wohnzimmer zu einem Stuhl. Sie setzte sich und starrte auf den Teppich. Sie warteten schweigend, während Lander die Wohnung durchsuchte. Lander wußte, daß flüchtige Verbrecher sich manchmal unter Betten und in Schränken verstecken. Er machte es gründlich. Nach zehn Minuten tauchte er leicht gerötet aus dem rückwärtigen Teil der Wohnung auf.

»Keine Spur von ihm, Sir. Er muß nach hinten und über den Gartenzaun zur nächsten Straße getürmt sein.«

In diesem Augenblick klingelte es an der Tür.

»Ihre Leute, Sir?« fragte Lander Preston.

»Nicht, wenn's nur einmal klingelt«, antwortete er.

Lander ging zur Tür und machte auf. Preston hörte einen Fluch, und dann rannte jemand. Es stellte sich heraus, daß es ein Mann gewesen war, der beim Anblick des Sergeant die Flucht ergriffen hatte. Burkinshaws Leute hatten sich oben an der Treppe aufgebaut und den Mann so lange festgehalten, bis Lander ihm die Handschellen angelegt hatte. Der Mann wehrte sich nicht mehr und wurde zum Polizeiwagen geführt.

Preston saß neben der Frau und lauschte auf den abebbenden Tumult.

»Sie sind nicht verhaftet«, sagte er ruhig, »aber ich glaube, wir sollten jetzt zur Zentrale fahren, meinen Sie nicht auch?«

Die Frau nickte kläglich.

»Darf ich mich vorher umziehen?«

»Das wäre keine schlechte Idee, Sir Richard«, sagte Preston.

Eine Stunde später wurde ein bulliger, aber sehr schwuler Brummi-Fahrer aus dem Polizeigewahrsam entlassen, mit der eindringlichen Mahnung, in Zukunft nicht mehr auf anonyme Anzeigen in Kontaktpostillen zu reagieren.

John Preston brachte Sir Richard Peters aufs Land, hörte sich bis Mitternacht an, was er zu sagen hatte, fuhr wieder nach London zurück und verbrachte den Rest der Nacht mit der Abfassung seines Berichts. Dieser Bericht lag allen Mitgliedern des Paragon-Ausschusses vor, als sie sich am Freitagvormittag um elf Uhr trafen.

Auch das noch, dachte Sir Martin Flannery, der Cabinet Secretary, zuerst Hayman, dann Trestrail, dann Dunnett und nun der da. Können diese elenden Wichte ihren Hosenlatz nicht zugeknöpft lassen?

Der Mann, der den Bericht als letzter zu Ende gelesen hatte, blickte auf.

»Entsetzlich«, sagte Sir Hubert Villiers vom Innenministerium.

»Glaube nicht, daß wir den Burschen wieder im Ministerium haben möchten«, sagte Sir Perry Jones von der Verteidigung.

»Wo ist er jetzt?« fragte Sir Anthony Plumb den Generaldirektor von MI5, der neben Brian Harcourt-Smith saß.

»In einem unserer Häuser auf dem Land«, sagte Sir Bernard Hemmings. »Er hat bereits im Ministerium angerufen, angeblich von seinem Cottage in Edenbridge aus, um zu sagen, daß er gestern abend auf einer vereisten Stelle ausgeglitten sei und sich das Fußgelenk gebrochen habe. Hat gesagt, er sei in Gips und für zwei Wochen krank geschrieben. Das gibt uns ein wenig Luft.«

»Übersehen wir dabei nicht eine Frage?« murmelte Sir Nigel Irvine von MI6. »Was immer er auch für ungewöhnliche Neigungen hat, ist er unser Mann? Ist er die undichte Stelle?«

Brian Harcourt-Smith räusperte sich.

»Die Untersuchung, Gentlemen, ist in ihrem Anfangsstadium«, sagte er, »aber es sieht ganz so aus, als sei er es. Ganz sicher ist er im höchsten Maße erpressbar.«

»Die Zeit drängt immer mehr«, schaltete sich Sir Patrick Strickland vom Außenministerium ein. »Das Problem der Schadensfeststellung ist immer noch nicht gelöst, und ich für mein

Teil weiß nach wie vor nicht, wann und wie ich es unseren Alliierten beibringen soll.«

»Wir könnten, äh ... das Verhör ein bißchen strammer gestalten«, schlug Harcourt-Smith vor. »Ich glaube, wir könnten unsere Antwort innerhalb von vierundzwanzig Stunden bekommen.«

Ein unbehagliches Schweigen folgte. Der Gedanke, daß einer ihrer Kollegen vom »harten" Team in die Mangel genommen werden könnte, war den Herren nicht sehr angenehm. Sir Martin Flannery spürte, wie sich sein Magen umdrehte. Er hatte eine tiefe persönliche Abneigung gegen Gewaltanwendung.

»Das ist doch sicher in diesem Stadium nicht nötig?« fragte er.

Sir Nigel Irvine hob den Kopf von seinem Bericht.

»Bernard, dieser Preston, der die Untersuchung leitet, scheint ein ganz guter Mann zu sein.«

»Richtig«, bestätigte Sir Bernard Hemmings.

»Ich frage mich«, fuhr Nigel Irvine mit trügerischer Schüchternheit fort, »... er hat doch direkt nach den Ereignissen in Bayswater ein paar Stunden mit Peters verbracht. Es könnte doch für den Ausschuß hilfreich sein, sich diesen Preston einmal anzuhören.«

»Ich habe mir persönlich heute morgen von ihm Bericht erstatten lassen«, warf Harcourt-Smith schnell ein. »Ich kann sicher alle einschlägigen Fragen beantworten.«

Der Chef von »Sechs« erging sich in Entschuldigungen.

»Mein lieber Brian, daran kann überhaupt kein Zweifel bestehen«, sagte er. »Nur ... wissen Sie ... manchmal gewinnt man beim Verhör eines Verdächtigen einen Eindruck, den man schlecht zu Papier bringen kann. Ich weiß nicht, was der Ausschuß davon hält, aber wir müssen uns jetzt über die nächsten Schritte klarwerden. Ich dachte nur, es könnte hilfreich sein, den Mann zu hören, der mit Peters sprach.«

Allgemeines Kopfnicken rund um den Tisch. Hemmings schickte einen offensichtlich irritierten Harcourt-Smith ans Telefon, damit er Preston herbeizitiere. Während die hohen Herren warteten, wurde Kaffee serviert. Dreißig Minuten später kam Preston. Die Ausschußmitglieder musterten ihn mit einiger Neugier. Man wies ihm einen Stuhl an der Mitte des Tisches zu, gegenüber seinem Generaldirektor und seinem stellvertretenden Generaldirektor. Sir Anthony Plumb erklärte das Dilemma des Ausschusses.

»Was hat sich zwischen Ihnen zugetragen?« fragte Sir Anthony. Preston überlegte einen Augenblick.

»Im Wagen, auf dem Weg aufs Land, ist er zusammengeklappt«, sagte er. »Bis dahin hatte er, wenn auch unter größter Anstrengung, einige Fassung bewahrt. Ich habe ihn selbst gefahren, wir waren also allein. Er ist schließlich in Tränen ausgebrochen und hat geredet.«

»Nun«, drängte Sir Anthony, »was hat er gesagt?«

»Er hat seine Neigung zum Transvestismus zugegeben, schien aber aufs äußerste verblüfft darüber, daß man ihn des Verrats beschuldigte. Er leugnete hitzig und beteuerte immer wieder seine Unschuld, bis ich ihn den Wärtern übergab.«

»Was denn sonst«, sagte Brian Harcourt-Smith. »Er könnte immer noch unser Mann sein.«

»Ja, könnte er«, stimmte Preston zu.

»Aber Ihr Eindruck, Ihr instinktives Gefühl?« murmelte Sir Nigel Irvine.

Preston holte tief Atem.

»Gentlemen, ich glaube nicht, daß er es ist.«

»Darf man fragen, warum?« sagte Sir Anthony.

»Wie Sir Nigel bereits sagte, ist es nur ein instinktives Gefühl«, sagte Preston. »Ich habe zwei Männer gesehen, deren Welt zusammengebrochen war und die geglaubt hatten, daß ihnen kaum noch etwas übriggeblieben sei, für das sich zu leben lohnte. Wenn Männer in dieser Stimmung auspacken, dann legen sie alles auf den Tisch. Nur äußerst charakterstarke Menschen, wie Philby und Blunt, haben das nötige Stehvermögen.

Doch das waren ideologische Verräter, überzeugte Marxisten. Wenn Sir Richard Peters zum Verrat erpresst wurde, dann hätte er dies meiner Meinung nach zugegeben oder zumindest bei der Anschuldigung, ein Verräter zu sein, keine Überraschung gezeigt. Er zeigte aber große Überraschung. Er hat vielleicht geschauspielert, aber ich glaube nicht, daß ihm danach zumute war. Entweder das, oder er verdient einen Oscar.«

Es war eine lange Rede für einen so kleinen Mann vor so hohen Tieren, und alles schwieg eine Weile. Harcourt-Smith durchbohrte Preston mit wütenden Blicken. Sir Nigel musterte Preston interessiert. Kraft seines Amtes hatte er Kenntnis von dem Vorfall in Londonderry, bei dem Preston als Undercoveragent der Army aufgeflogen war. Er hatte auch Harcourt-Smiths Blicke bemerkt und sich gefragt, warum der stellvertretende Generaldirektor von »Fünf« Preston anscheinend nicht mochte. Er selber hatte einen guten Eindruck von ihm.

»Was meinen Sie, Nigel?« fragte Anthony Plumb. Der nickte.

»Auch ich habe erlebt, wie Verräter völlig zusammengebrochen sind, als es ihnen an den Kragen ging. Vassall, Prime, beide Schwächlinge und Versager, die sofort ausgepackt haben, als das Haus über ihnen zusammenstürzte. Wenn es also Peters nicht ist, dann bleibt anscheinend nur George Berenson.«

»Das geht nun schon einen Monat«, klagte Sir Patrick Strickland. »Wir müssen den Schuldigen auf die eine oder andere Art festnageln.«

»Der Schuldige könnte immer noch ein Mitarbeiter oder eine Sekretärin eines dieser beiden Männer sein«, betonte Sir Percy Jones, »nicht wahr, Mr. Preston?«

»Durchaus, Sir«, sagte Preston.

»Dann müssen wir George Berenson entweder eine Sicherheitsbescheinigung geben oder beweisen, daß er unser Mann ist«, sagte Sir Patrick Strickland leicht gereizt. »Selbst wenn er sauber ist, bleibt uns immer noch Peters. Und wenn *der* nicht ausspuckt, sind wir wieder am Ausgangspunkt.«

»Darf ich einen Vorschlag machen?« fragte Preston ruhig. Allgemeine Überraschung. Niemand hatte ihn darum gebeten. Doch Sir Anthony Plumb war ein höflicher Mann.

»Bitte«, sagte er.

»Die zehn von dem anonymen Absender zurückgeschickten Dokumente paßten alle in ein Muster«, sagte Preston. Die Männer rund um den Tisch nickten.

»Sieben davon«, fuhr Preston fort, »enthielten Material über die Flottenaufstellungen Großbritanniens und der NATO im Nord- und Südatlantik. Das scheint ein Gebiet der NATO-Planung zu sein, das für unseren Mann oder seine Auftraggeber von besonderem Interesse ist. Wäre es möglich, über Mr. Berensons Schreibtisch ein Dokument von so unwiderstehlichem Gusto passieren zu lassen, daß er, vorausgesetzt, er ist das Karnikkel, äußerst versucht sein würde, eine Kopie davon zu machen, um sie weiterzugeben?«

»Ihn herauskitzeln, meinen Sie?« sinnierte Sir Bernard Hemmings. »Was meinen Sie dazu, Nigel?«

»Nicht unübel. Könnte klappen. Wäre das machbar, was meinen Sie, Perry?«

Sir Perry Jones schürzte die Lippen.

»Hundertprozentig«, sagte er. »Bei meinem letzten Aufenthalt in Amerika war von einer Sache die Rede, über die ich bis jetzt noch nichts habe verlauten lassen, nämlich von der Notwendigkeit, eines Tages unsere Auftank- und Verproviantierungseinrichtungen auf Ascension so auszubauen, daß auch unsere Atom-U-Boote versorgt werden können. Die Amerikaner haben sich sehr interessiert gezeigt und finanzielle Beteiligung angeboten für das Recht, die Anlagen eventuell mitzubenützen. Das würde unseren U-Booten den Weg nach Faslane und uns die endlosen Demonstrationen dort oben ersparen, und die Yankees müßten nicht immer nach Norfolk in Virginia zurück.

Ich könnte einen sehr vertraulichen Bericht anfertigen, worin diese Sache als nahezu definitiv geschildert wird, und das

Schriftstück über vier oder fünf Schreibtische gehen lassen, einschließlich desjenigen von Berenson.«

»Würde Berenson ein derartiges Papier normalerweise zu sehen bekommen?« fragte Sir Paddy Strickland.

»Zwangsläufig«, sagte Jones. »Als stellvertretender Chef des Beschaffungsamtes. Seine Abteilung ist für die atomare Seite dieser Angelegenheit zuständig. Er würde es ebenso wie drei oder vier andere bekommen. Einige Kopien würden für die allernächsten Mitarbeiter gemacht werden. Dann nach dem Rücklauf in den Reißwolf. Originale persönlich wieder an mich.«

Alle waren sich einig. Das Ascension-Papier sollte am Donnerstag auf George Berensons Schreibtisch landen.

Als sie das Cabinet Office verließen, wandte sich Sir Nigel Irvine an Sir Bernard Hemmings und bat ihn, mit ihm zum Mittagessen zu gehen.

»Ein guter Mann, dieser Preston«, meinte Irvine, »gefällt mir schon rein äußerlich. Ist er loyal Ihnen gegenüber?«

»Ich habe keinen Grund, daran zu zweifeln«, sagte Sir Bernard verwundert.

Ah, darum, dachte »C«.

Diesen Sonntag, den 22. Februar, verbrachte die britische Premierministerin auf ihrem offiziellen Landsitz Chequers in der Grafschaft Buckinghamshire. Unter strengen Geheimhaltungsmaßnahmen bat sie drei ihrer engsten Berater im Kabinett sowie den Parteivorsitzenden, ihr einen Privatbesuch abzustatten.

Was Mrs. Thatcher zu sagen hatte, versetzte alle in tiefe Nachdenklichkeit. Im Juni würden vier Jahre ihres zweiten Regierungsmandats vergangen sein. Sie war entschlossen, noch einen dritten Wahlsieg zu erringen. Die Wirtschaftsprognosen wiesen darauf hin, daß im Herbst eine Talfahrt bevorstehe, begleitet von einer Welle von Lohnforderungen. Es konnte zu Streiks kommen. Die Premierministerin wollte keine Wiederholung jenes

»Winters des Mißvergnügens« von 1978, als eine Welle von Arbeitsniederlegungen die Glaubwürdigkeit der Labour-Regierung erschütterte und zu ihrem Fall im Mai 1979 führte.

Dazu kam noch, daß das sozialdemokratisch-liberale Bündnis bei Meinungsumfragen nicht mehr als zwanzig Prozent erreichte, während die Labour Party mit ihrem neuen Anstrich der Einheit und Mäßigung auf siebenunddreißig Prozent der Wählerschaft kam, nur sechs Punkte hinter den Konservativen. Und der Abstand verringerte sich immer mehr. Kurz und gut, die Premierministerin wollte eine Überraschungswahl im Juni, jedoch ohne die schädigenden Spekulationen, die ihrer Entscheidung 1983 vorangegangen waren und sie beschleunigt hatten. Eine Erklärung wie ein Blitz aus heiterem Himmel und eine dreiwöchige Wahlschlacht, das hatte sie sich in den Kopf gesetzt, und zwar nicht 1988 oder eventuell im Herbst 1987, sondern noch in diesem Sommer.

Sie vergatterte ihre Kollegen zu strengstem Stillschweigen; das Datum, das ihr vorschwebte, war der 18. Juni, der vorletzte Donnerstag in diesem Monat.

Am Montag hatte Sir Nigel Irvine seinen Treff mit Andrejew. Die Begegnung fand unter äußerster Geheimhaltung in der Hampstead Heath statt. Irvines Leute waren über die ganze Heide gestaffelt, um zu kontrollieren, ob Andrejew nicht von den Abwehrknilchen der sowjetischen Botschaft beschattet wurde. Doch der russische Diplomat war »sauber«. Seine englischen Beschatter waren abgezogen worden.

Nigel Irvine betreute Andrejew als »Direktorenfall«. Direktorenfälle sind selten, denn so hochstehende Männer wie die Chefs einer Dienststelle, ganz gleich welcher, »führen« normalerweise keine Agenten. Sie tun es nur dann, wenn der Agent außergewöhnlich wichtig ist. Oder wenn die Anwerbung stattfand, bevor der Agentenführer Direktor seiner Dienststelle wurde, und der Agent sich weigert, von irgend jemand anderem betreut zu werden. Und genau so lagen die Dinge bei Andrejew.

Im Februar 1972 war Sir Nigel Irvine, damals schlicht Mr. Irvine, Resident in Tokio gewesen. Die japanischen Antiterrorleute hatten in jenem Monat beschlossen, das Hauptquartier der fanatischen ultralinken Roten-Armee-Fraktion auszuheben, das sich in einer Villa auf den schneebedeckten Hängen des Orakine befand, in einem Ort namens Asama-so. Verrichtet wurde die Arbeit von der Landespolizei, allerdings unter dem Kommando des gefürchteten Antiterrorchefs Sassa, eines Freundes von Irvine.

Aufgrund der Erfahrungen, die Englands Eliteeinheiten der SAS gesammelt hatten, konnte Irvine Herrn Sassa einige nützliche Ratschläge geben und eine Anzahl japanischer Leben retten. Wegen der strikten Neutralität seines Landes war Herr Sassa nicht in der Lage, Irvine seine Dankbarkeit in handfester Form zu beweisen.

Doch einen Monat später wechselte der brillante und subtile Japaner auf einer Cocktailparty des diplomatischen Corps mit Irvine einen Blick und nickte in Richtung auf einen russischen Diplomaten am anderen Ende des Raums. Dann lächelte er und ging. Irvine schlenderte zu dem Russen hinüber und erfuhr, daß er Andrejew hieß und erst vor kurzem in Tokio angekommen war.

Irvine ließ den Mann beschatten und entdeckte, daß der Russe so töricht gewesen war, sich auf ein heimliches Verhältnis mit einer jungen Japanerin einzulassen, eine Freveltat, die ihm seine Leute nicht verzeihen würden. Natürlich wußten die Japaner bereits davon, denn jeder Sowjetdiplomat in Tokio wird unauffällig beschattet, wann immer er die Botschaft verläßt.

Irvine stellte eine Gimpelfalle auf, verschaffte sich die nötigen Fotos und Bandaufnahmen und brach in Hauruckmanier in das Liebesnest ein. Der Russe fiel beinahe in Ohnmacht, da er glaubte, es handele sich um jemanden von seinen eigenen Leuten. Als er die Hosen anzog, war er bereit, Irvine gegenüber auszupacken. Er war ein kapitaler Fang. Vom KGB-Direktorat der Illegalen, genauer gesagt, ein N-Mann.

Das Erste Hauptdirektorat des KGB, das für alle Überseeaktivitäten zuständig ist, zerfällt in Direktorate, Sonderabteilungen und Normalabteilungen. Gewöhnliche KGB-Agenten mit Diplomatenstatus kommen von einer der »territorialen« Abteilungen – die Siebente Abteilung ist auf Japan spezialisiert. Auf Auslandsposten gelten diese Diplomaten als PR-Leute. Ihre Aufgabe besteht im Sammeln von Feld-Wald-und-Wiesen-Informationen, im Herstellen von nützlichen Kontakten, im Lesen von technischen Fachzeitschriften usw.

Den innersten und geheimsten Kern des Ersten Hauptdirektorats bildet das Direktorat Illegale, auch Direktorat S genannt, das keine territorialen Grenzen kennt. Die Leute von »Illegale« drillen und führen die »illegalen« Agenten, die keinerlei diplomatische Immunität genießen, sondern als Maulwürfe im Untergrund arbeiten mit gefälschten Papieren und in geheimer Mission. Die »Illegalen« operieren außerhalb der Botschaft.

Trotzdem sitzt in jeder KGB-Rezidentura einer jeden Sowjetbotschaft ein Mann vom Direktorat S, auf Überseeposten unter der Bezeichnung N-Mann bekannt. Diese Leute befassen sich nur mit Sonderaufträgen, führen oft einheimische Spione oder leisten technische Hilfestellung für Maulwürfe aus dem Sowjetblock.

Andrejew war vom Direktorat S. Merkwürdigerweise war er kein Japanexperte wie alle seine Kollegen von der Siebenten Abteilung. Er war Fachmann für Englisch und nach Tokio beordert worden, um den Kontakt mit einem Obergefreiten der US Air Force zu pflegen, der von Talentsuchern in San Diego angeheuert und inzwischen zum japanisch-amerikanischen Luftwaffenstützpunkt in Taschikawa versetzt worden war. Da Andrejew nicht hoffen durfte, bei seinen Vorgesetzten in Moskau Verständnis zu finden, erklärte er sich bereit, für Irvine zu arbeiten.

Diese trauliche Vereinbarung kam zu einem jähen Ende, als der amerikanische Obergefreite die Nerven verlor und sich auf höchst unschöne Weise in der Latrine der Verpflegungsstelle mit seinem Dienstrevolver ins Jenseits beförderte. Andrejew wurde eiligst nach Moskau zurückexpediert. Irvine überlegte damals, ob er den Mann nicht auf der Stelle »verbrennen« sollte, unterließ es aber.

Und dann tauchte Andrejew in London auf. Ein Stoß neuer Fotos war sechs Monate zuvor über Sir Nigel Irvines Schreibtisch gewandert, und siehe da, da war er wieder. Der vom Direktorat S zur PR-Arbeit zurückversetzte Andrejew war als Zweiter Sekretär der Sowjet-Botschaft akkreditiert. Sir Nigel nahm ihn wieder an die Leine. Andrejew blieb nichts anderes übrig, als seine Bereitschaft zur Mitarbeit zu erklären. Da er sich jedoch weigerte, von irgend jemand anderem geführt zu werden, mußte Sir Nigel ihn als Direktorenfall übernehmen.

In bezug auf die undichte Stelle im britischen Verteidigungsministerium hatte Andrejew wenig zu bieten. Er wußte nichts davon. Wenn ein derartiges Leck existierte, dann wurde der Ministerialbeamte entweder direkt von irgendeinem illegalen, in England ansässigen sowjetischen Agenten betreut, der einen direkten Draht nach Moskau hatte, oder aber er wurde von einem der drei N-Männer in der Botschaft geführt. Aber diese Leute würden über einen derart wichtigen Fall nicht beim Kaffee in der Kantine diskutieren. Er persönlich habe nichts davon gehört, werde aber Augen und Ohren offenhalten. Dabei ließen es die beiden Männer bewenden und trennten sich.

Das von Sir Peregrine Jones am Montagmorgen verfaßte Ascension-Papier wurde am Dienstag verteilt. Es ging an vier Leute. Bertie Capstick hatte sich bereit erklärt, jede Nacht ins Ministerium zu kommen, um die Anzahl der rechtens gemachten Fotokopien zu überprüfen. Preston hatte seine Observanten beauftragt, ihm auf der Stelle zu melden, wenn George Berenson sich auch nur hinter dem Ohr kratzte. Die Leute von der Postüberwachung instruierte er im gleichen Sinne, und das Telefonabhörteam wurde in höchste Alarmstufe versetzt. Dann hieß es, abwarten und Tee trinken.

7. Kapitel

Am ersten Tag passierte nichts. In der Nacht, während die Belegschaft schlief, gingen Brigadegeneral Capstick und John Preston ins Verteidigungsministerium und stellten die Zahl der angefertigten Fotokopien fest: sieben; drei von George Berenson, je zwei von den zwei anderen hohen Tieren, denen das Papier über die Insel Ascension zugegangen war, und keine vom vierten Mann.

Am Abend des zweiten Tages tat Mr. Berenson etwas Seltsames. Die Observanten berichteten, er habe seine Wohnung in Belgravia verlassen und sich zu einer nahegelegenen Telefonzelle begeben. Welche Nummer er wählte, konnten sie nicht feststellen. Er sagte nur ein paar Worte, hängte auf und ging wieder heim. Warum, fragte Preston sich, sollte Berenson das tun, obwohl er ein tadellos funktionierendes Telefon in seiner Wohnung hatte – wofür Preston sich verbürgen konnte, schließlich hörte er es laufend ab.

Am dritten Tag, dem Donnerstag, verließ George Berenson das Ministerium zur üblichen Zeit, nahm ein Taxi und fuhr nach St. John's Wood. In der dortigen, eher dörflich anmutenden High Street befand sich eine Eisdiele. Berenson ging hinein, setzte sich und bestellte ein Sundae, eine Spezialität des Hauses.

John Preston saß im Funkraum der Cork Street und wartete auf die Meldungen des Leiters des Observantenteams. Len Stewart, der Leiter von Team A, meldete sich.

»Ich habe zwei Leute drinnen«, sagte er, »und zwei hier draußen auf der Straße. Und meine Wagen.«

»Was macht er dort drinnen?« fragte Preston.

»Seh' ich nicht«, sagte Stewart über seinen Autofunk. »Muß warten, bis mir die Leute in der Eisdiele etwas melden können.«

Mr. Berenson hatte es sich inzwischen in einer Nische bequem gemacht, aß sein Eiscreme-Sundae und füllte die letzten Felder des Kreuzworträtsels im *Daily Telegraph* aus, den er seiner Aktenmappe entnommen hatte. Er nahm keine Notiz von dem Pärchen in Jeans, das in der Ecke knutschte.

Nach einer halben Stunde verlangte Berenson die Rechnung, ging damit zur Kasse, zahlte und ging.

»Er ist wieder auf der Straße«, meldete Len Stewart. »Meine beiden Leute sind im Lokal geblieben. Er geht jetzt die High Street entlang. Sucht vermutlich ein Taxi. Ich kann jetzt meine Leute drinnen sehen. Sie bezahlen gerade an der Kasse.«

»Fragen Sie Ihre Leute, was er dort drinnen getan hat«, sagte Preston. Irgend etwas ist faul an der Sache, dachte er. Schön, es mochte eine besonders gute Eisdiele sein, aber die gab es auch in Mayfair und im West End, direkt am Weg vom Ministerium nach Belgravia. Warum sollte jemand bis über den Regent's Park hinaus nach St. John's Wood fahren, nur um ein Eis zu essen?

Stewarts Stimme meldete sich wieder.

»Jetzt kommt ein Taxi. Er winkt ihm. Moment, meine Leute aus der Eisdiele sind da.«

Das Funkgerät schwieg eine Weile. Dann:

»Offenbar hat er sein Eis gegessen und das Kreuzworträtsel im *Daily Telegraph* gelöst. Dann hat er bezahlt und das Lokal verlassen.«

»Und die Zeitung?« fragte Preston.

»Hat er liegenlassen ... Moment ... Dann ging der Inhaber zum Tisch, wischte ihn ab und nahm den leeren Eisbecher und die Zeitung mit nach hinten in die Küche ... Jetzt sitzt er im Taxi und ist losgefahren. Was sollen wir tun ... dranbleiben?«

Preston überlegte fieberhaft. Harry Burkinshaw und Team B waren von Sir Richard Peters abgezogen worden und hatten ein paar Tage frei. Sie waren wochenlang in Regen, Kälte und Nebel draußen gewesen. Jetzt war nur ein Team im Einsatz. Wenn er dieses Team aufteilte und Berenson verlor, so daß dessen Treff unbemerkt über die Bühne gehen konnte, würde Harcourt-Smith ihm das Fell über die Ohren ziehen. Er faßte einen Entschluß.

»Len, schicken Sie einen Wagen hinter dem Taxi her. Ich weiß, das reicht nicht, wenn der Kerl sich zu Fuß davonmacht. Aber alle übrigen Leute müssen die Eisdiele im Auge behalten.«

»Wird gemacht«, sagte Len Stewart und ging aus der Leitung.

Preston hatte Glück. Das Taxi fuhr zu Mr. Berensons Club im West End und setzte ihn dort ab. Er ging hinein. Allerdings, dachte Preston, konnte der Treff auch dort stattfinden.

Len Stewart betrat die Eisdiele und blieb bis Ladenschluß bei einem Kaffee und dem *Evening Standard* sitzen. Nichts geschah. Als geschlossen wurde, forderte man ihn auf, zu gehen, und er tat es. Das auf der Straße verteilte Vier-Mann-Team sah, wie die Angestellten herauskamen, der Inhaber die Tür abschloß, die Lichter erloschen.

Von der Cork Street aus versuchte Preston, das Telefon der Eisdiele anzuzapfen und die Identität des Inhabers feststellen zu lassen. Wie sich herausstellte, handelte es sich um einen Signor Benotti, einen legal eingewanderten gebürtigen Neapolitaner, der seit zwanzig Jahren ein untadeliges Leben führte. Um Mitternacht waren die Telefone in der Eisdiele und in Signor Benottis Wohnung in Swiss Cottage angezapft. Ohne Ergebnis.

Preston verbrachte eine schlaflose Nacht in der Cork Street. Um zwanzig Uhr war Stewarts Ablösung eingetroffen, die die Eisdiele und Benottis Haus die ganze Nacht hindurch beobachtete. Am Freitagmorgen um neun Uhr ging Benotti zu Fuß wieder in seine Eisdiele und öffnete sie um zehn Uhr. Um die gleiche Zeit rückten Stewart und die Tagschicht an. Um elf Uhr meldete sich Stewart.

»An der Vordertür hält ein kleiner Lieferwagen«, sagte er zu Preston. »Der Fahrer verlädt offenbar Großpackungen mit Eiscreme. Scheint, daß sie Kunden beliefern.«

Preston rührte in seiner zwanzigsten Tasse mit scheußlichem Kaffee. Die Müdigkeit trübte allmählich sein Denken.

»Weiß ich«, sagte er. »Es war am Telefon davon die Rede. Schicken Sie einen Wagen und zwei Leute hinter dem Lieferauto her. Jeden Empfänger einer Bestellung notieren.«

»Dann bleiben mir nur noch ein Wagen und zwei Mann, mich eingeschlossen«, sagte Stewart. »Verdammt dünn im Stadtverkehr.«

»In der Charles Street wird gerade die Einteilung besprochen. Ich will versuchen, ein Extrateam lockerzumachen«, sagte Preston.

Der Eiscremewagen belieferte an diesem Vormittag zwölf Kunden, alle in der Gegend St. John's Wood – Swiss Cottage, und zwei sehr viel weiter südlich, in Marylebone.

Einige Lieferungen gingen in große Wohnblocks, wo die Observanten Mühe hatten, nicht aufzufallen, aber sie notierten jede Adresse. Dann fuhr der Lieferwagen zur Eisdiele zurück. Am Nachmittag machte er keine Tour.

»Bringen Sie mir doch die Liste auf dem Heimweg in der Cork Street vorbei«, sagte Preston zu Stewart.

An diesem Abend berichteten die Lauscher, Berenson habe in seiner Wohnung vier Telefonanrufe erhalten. In einem Fall habe der Anrufer behauptet, sich verwählt zu haben. Berenson selber habe nirgends angerufen. Alles sei auf Band. Ob Preston das Band abspielen wolle? Es sei nichts auch nur annähernd Verdächtiges darauf. Er hörte es trotzdem ab.

Am Samstagvormittag beschloß Preston, eine minimale Chance wahrzunehmen. Mit Hilfe eines vom Technischen Dienst installierten Bandgeräts und eines Vorrats an Ausreden für seine Gesprächspartner rief er sämtliche Empfänger der Eiscremelieferungen an und fragte, wenn eine Frau das Telefon abnahm, ob er ihren Mann sprechen könne. Da Samstag war, klappte es bei allen, bis auf einen.

Eine der Stimmen kam ihm entfernt bekannt vor. Woran lag

es? An einer Spur von Akzent? Und wo konnte er sie schon gehört haben? Er stellte den Namen des Teilnehmers fest. Der Name sagte ihm nichts.

In einem Lokal in der Nähe nahm er einen freudlosen Lunch zu sich. Beim Kaffee kam ihm die Erleuchtung. Er hastete zurück in die Cork Street und spielte die Bänder nochmals ab. Möglich; nicht sicher, aber möglich.

Scotland Yard besitzt im gewaltigen Instrumentarium seiner kriminalwissenschaftlichen Abteilung auch ein Labor für Stimmenanalyse, das gute Dienste leistet, wenn ein mutmaßlicher Verbrecher, dessen Telefon abgehört wird, die Stimme auf dem Tonband nicht als die seine anerkennen will. Da MI5 nicht über derartige Vorrichtungen verfügt, muß man sich in solchen Fällen an Scotland Yard wenden, was im allgemeinen über Special Branch erledigt wird.

Preston rief Sergeant Lander an, erreichte ihn zu Hause, und Lander erwirkte einen Termin noch an diesem Samstagnachmittag im Labor für Stimmanalyse in Scotland Yard. Es war nur ein Techniker erreichbar, und der riß sich höchst widerwillig von der Fernsehübertragung des Fußballspiels los, aber er tat es und kam ins Labor. Der magere junge Mann mit den dicken Brillengläsern spielte Prestons Bänder ein halbes dutzendmal ab und beobachtete dabei den Bildschirm des Oszilloskops, wo eine auf- und absteigende leuchtende Kurve die geringfügigsten Schwingungen in Klang und Modulation der Stimmen sichtbar machte.

»Dieselbe Stimme«, sagte er schließlich. »Ganz klarer Fall.«

Am Sonntag identifizierte Preston den Sprecher mit dem leichten Akzent anhand der Diplomatenliste. Dann rief er einen befreundeten Mitarbeiter der naturwissenschaftlichen Fakultät der Londoner Universität an und verdarb ihm durch ein recht massives Ansinnen seinen freien Tag. Schließlich klingelte er Sir Bernard Hemmings in dessen Haus in Surrey an.

»Sieht aus, als hätten wir dem Paragon-Ausschuß etwas zu berichten, Sir«, sagte er. »Vielleicht gleich morgen vormittag.«

Der Paragon-Ausschuß trat um elf Uhr zusammen, und Sir Anthony Plumb forderte Preston zur Berichterstattung auf. Etwas wie Erwartung lag in der Luft, Sir Bernard Hemmings' Miene war ernst.

Preston schilderte so knapp wie möglich, was sich in den ersten beiden Tagen nach der Verteilung des Papiers über die Insel Ascension ereignet hatte. Die Erwähnung von Berensons seltsamem, sehr kurzem Anruf aus einer öffentlichen Telefonzelle am Mittwochabend rief Interesse wach.

»Haben Sie diesen Anruf auf Band?« fragte Sir Peregrine Jones.

»Nein, wir konnten nicht nah genug heran«, antwortete Preston.

»Um was, glauben Sie, ging es?«

»Ich glaube, Mr. Berenson avisierte seinem Einsatzleiter eine fällige Sendung, wobei er vermutlich einen Code für Ort und Zeitpunkt benutzte.«

»Haben Sie dafür irgendeinen Beweis?« fragte Sir Hubert Villiers vom Innenministerium.

»Nein, Sir.«

Preston sprach nun vom Besuch der Eisdiele, vom liegengelassenen *Daily Telegraph* und davon, daß die Zeitung vom Inhaber persönlich weggeräumt wurde.

»Konnten Sie die Zeitung sicherstellen?« fragte Sir Paddy Strickland.

»Nein, Sir, eine Polizeiaktion in der Eisdiele zu diesem Zeitpunkt hätte die Festnahme Mr. Benottis und vielleicht Mr. Berensons zur Folge haben können, aber Benotti hätte seine Unkenntnis beschwören können, daß irgend etwas in der Zeitung steckte, und Mr. Berenson hätte behaupten können, es habe sich um eine böse Fahrlässigkeit seinerseits gehandelt.«

»Aber Sie glauben, der Besuch der Eisdiele sei die ›Zustellung‹ gewesen?« fragte Sir Anthony Plumb.

»Ich bin überzeugt davon«, sagte Preston. Er beschrieb sodann die Lieferung von Eiscreme an ein Dutzend Kunden am folgenden Vormittag, wie er von elf dieser Kunden Stimmproben hatte nehmen können, und daß Berenson am selben Abend einen »Falsch-verbunden«-Anruf erhalten habe.

»Die Stimme des Mannes, der ihn an jenem Abend anrief und behauptete, er habe sich verwählt, sich entschuldigte und auflegte, war die Stimme eines der Eiscremekunden.«

Eine Weile herrschte Schweigen.

»Könnte es nicht ein Zufall sein?« fragte Sir Hubert Villiers zweifelnd. »In dieser Stadt kommt es schrecklich oft zu völlig harmlosen falschen Verbindungen. Krieg' selber dauernd welche.«

»Ich habe es gestern mit einem Bekannten durchgerechnet, der Zugang zu einem Computer hat«, sagte Preston unbeirrt. »Die Chancen, daß ein Mann in einer Zwölf-Millionen-Stadt eine Eisdiele aufsucht und ein Sundae ißt; daß diese Eisdiele am darauffolgenden Vormittag zwölf Kunden beliefert; daß einer dieser Kunden um Mitternacht den Eiscremeesser ›versehentlich‹ anruft, diese Chancen stehen eins zu einer Million. Der Anruf Freitagnacht bestätigte den Erhalt der Sendung.«

»Mal sehen, ob ich richtig verstanden habe«, sagte Sir Perry Jones. »Berenson ließ sich von seinen drei Kollegen deren Fotokopien meines fiktiven Papiers geben und gab vor, sie im Reißwolf zu vernichten. In Wahrheit behielt er eine zurück. Er steckte sie in seine Zeitung und ließ die in der Eisdiele liegen. Der Inhaber nahm die Zeitung an sich, steckte das Geheimdokument in eine Plastikhülle und stellte es am nächsten Vormittag dem Einsatzleiter in einer Packung Eiscreme zu. Der Einsatzleiter ließ Berenson dann wissen, daß er es erhalten habe.«

»So hat es sich meiner Meinung nach abgespielt«, sagte Preston.

»Eins zu einer Million, daß es ein Zufall ist«, grübelte Sir Anthony Plumb. »Nigel, wie sehen Sie die Sache?«

Der Chef des SIS schüttelte den Kopf.

»Ich glaube nicht an Zufälle von eins zu einer Million«, sagte er. »Nicht in unserer Branche, was, Bernard? Nein, es war schon eine Zustellung, von der Quelle zum Einsatzleiter über einen Strohmann, Signor Benotti. John Preston sieht das ganz richtig. Gratuliere. Berenson ist unser Mann.«

»Und was haben Sie getan, nachdem Sie diese Entdeckung machten, Mr. Preston?« fragte Sir Anthony.

»Ich lasse seitdem statt Mr. Berenson den Einsatzleiter überwachen«, sagte Preston. »Ich habe ihn identifiziert. Heute vormittag haben die Observanten und ich ihn von seiner Wohnung in Marylebone, wo er als Junggeselle allein lebt, bis zu seinem Büro verfolgt. Er heißt Jan Marais.«

»Jan? Klingt tschechisch«, sagte Sir Perry Jones.

»Nicht ganz«, erwiderte Preston düster. »Jan Marais ist akkreditierter Diplomat und gehört zur Botschaft der Republik Südafrika.«

Betroffenes, ungläubiges Schweigen trat ein. Sir Paddy Strickland knurrte unter völliger Mißachtung des diplomatischen Sprachgebrauchs: »Verdammter Mist!« Aller Augen richteten sich auf Sir Nigel Irvine.

Er saß zutiefst erschüttert am Tischende. Wenn das stimmt, dachte er bei sich, dann mach' ich Hackfleisch aus dem Kerl.

Er dachte an General Henry Pienaar, den Chef des Nachrichtendienstes der Republik Südafrika, der Nachfolgeorganisation des unbeweint dahingeschiedenen BOSS. Wenn die Südafrikaner ein paar Londoner Ganoven für einen Einbruch in die Archive des Afrikanischen Nationalkongresses anheuerten, nun ja! Aber einen Spion in das britische Verteidigungsministerium einschleusen war, unter Geheimdiensten, eine Kriegserklärung.

»Ich wäre Ihnen dankbar, Gentlemen, wenn Sie mir ein paar Tage Zeit ließen, damit ich diese Angelegenheit ein wenig weiterverfolgen kann«, sagte Sir Nigel.

Zwei Tage später, am 4. März, frühstückte einer der wenigen britischen Minister, denen Mrs. Thatcher ihren Wunsch nach vorgezogenen allgemeinen Wahlen anvertraut hatte, mit seiner Frau im schönen Stadthaus des Ehepaars im Holland-Park-Viertel von London. Die Frau blätterte einen Stapel Reiseprospekte durch.

»Korfu ist hübsch«, sagte sie, »oder Kreta.«

Da sie keine Antwort erhielt, wurde sie deutlicher.

»Darling, wir sollten wirklich versuchen, in diesem Sommer vierzehn Tage wegzufahren und völlig auszuspannen. Es sind jetzt schließlich fast zwei Jahre. Wie wär's im Juni? Erst wenige Touristen unterwegs, und das Wetter ideal.«

»Nicht im Juni«, sagte der Minister, ohne aufzublicken.

»Aber der Juni ist wundervoll«, beharrte sie.

»Nicht im Juni«, wiederholte er. »Jederzeit, bloß nicht im Juni.«

Ihre Augen wurden groß.

»Was ist denn im Juni so Wichtiges?«

»Spielt keine Rolle.«

»Du schlauer alter Fuchs«, sagte sie gespannt. »Es geht um Margaret, wie? Das gemütliche Plauderstündchen in Chequers am vorletzten Sonntag. Sie ruft zu den Urnen. Wetten, daß ich recht habe?«

»Psst!«, machte ihr Mann, aber nach fünfundzwanzig Ehejahren wußte sie, wann sie ins Schwarze getroffen hatte. Sie blickte auf und sah ihre Tochter Emma auf der Türschwelle stehen.

»Gehst du weg, Darling?«

»Yeah«, sagte das Mädchen. »Bis dann.«

Emma Lockwood war neunzehn, Kunststudentin und in jugendlichem Überschwang mit Haut und Haaren dem Kult verfallen, der sich »Radical Politics« nannte. Sie verabscheute die politischen Ansichten ihres Vaters und versuchte, durch ihren eigenen Lebensstil dagegen zu protestieren. Zur milden Verzweiflung ihrer Eltern fehlte sie bei keiner Anti-Raketen-Demonstration und bei keiner der lautstarken Protestkundgebungen linker Gruppen. Zu ihren privaten Protestaktionen gehörte, daß sie mit Simon Devine schlief, Dozent an einem Polytechnikum, den sie bei einer Demo kennengelernt hatte.

Er war kein berauschender Liebhaber, aber Emma bewunderte ihn wegen seines fanatischen Trotzkismus' und des pathologischen Hasses auf die »Bourgeoisie«, Sammelbegriff für alle, die nicht seiner Meinung waren. Wer ihm energischer Widerpart hielt als die Bourgeois, wurde als Faschist eingestuft. Diesen Mann beglückte Emma des Abends auf seiner Schlafcouch mit dem Hinweis, den sie aufgeschnappt hatte, als sie in der Tür des elterlichen Frühstückszimmers stand.

Devine war Mitglied mehrerer revolutionärer Studentengruppen und schrieb Artikel für linksextreme Blätter, die sich durch großes Engagement und minimale Auflagen auszeichneten. Welchen Goldschatz Emma Lockwood ihm geliefert hatte, berichtete er zwei Tage später dem Redakteur einer kleinen Flugschrift während der Fertigstellung eines Pamphlets, worin Devine alle freiheitsliebenden Arbeiter der Cowley-Werke aufrief, den Fertigungsbetrieb lahmzulegen, um ihre Solidarität mit einem wegen Diebstahls entlassenen Kollegen zu demonstrieren.

Der Redakteur fand, zur Veröffentlichung in Form eines Artikels sei die Information zu vage, er wolle jedoch mit seinen Kollegen darüber sprechen; Devine solle das Gehörte unbedingt für sich behalten. Nachdem Devine gegangen war, sprach der Redakteur tatsächlich mit einem seiner Kollegen, seinem Verbindungsmann, und der Verbindungsmann gab die Information an seine Leitstelle in der Rezidentura an der sowjetischen Botschaft weiter. Am 10. März traf die Meldung in Moskau ein. Devine wäre entsetzt gewesen. Als glühender Anhänger von Trotzkis Forderung nach permanenter Revolution haßte er Moskau und das ganze Sowjetsystem.

Sir Nigel Irvine war erschüttert über die Enthüllung, daß der Einsatzleiter eines gefährlichen Spions innerhalb des britischen Regierungsapparats ein südafrikanischer Diplomat war, und er beschloß, den einzig möglichen Schritt zu tun: direkt an den südafrikanischen Geheimdienst NIS heranzutreten und eine Erklärung zu fordern.

Die Beziehung zwischen dem britischen SIS und dem südafrikanischen NIS (und dessen Vorgänger, dem BOSS) wäre von Politikern beider Staaten als nichtexistent bezeichnet worden. »Auf Armlänge« hätte eher der Wirklichkeit entsprochen. Die Beziehung existiert, ist jedoch aus politischen Gründen äußerst heikel. Wegen der weitverbreiteten Ablehnung der Apartheid wird sie in Großbritannien seit langem und unter jeder Regierung mißbilligt, unter den Labour-Regierungen stärker als unter den Konservativen. Während der Labour-Jahre zwischen 1954 und 1979 wurde sie seltsamerweise wegen des Rhodesien-Konflikts geduldet. Der Labour-Premier Harold Wilson sah ein, daß er, um seine Sanktionen durchzuführen, alle irgend erhältlichen Informationen über das Rhodesien Ian Smiths benötigte, und diese Informationen hatten vor allem die Südafrikaner.

Als die Rhodesien-Krise schließlich vorbei war, hatten im Mai 1979 die Konservativen wieder die Regierung übernommen, und die Beziehung wurde aufrechterhalten, diesmal wegen der besorgniserregenden Vorgänge in Namibia und Angola, wo die Südafrikaner zugegebenermaßen gute Netze aufgebaut hatten. Es war keineswegs eine einseitige Beziehung. Die Briten gaben einen Tip weiter, den sie aus der Bundesrepublik Deutschland über die DDR-Verbindungen der Frau des südafrikanischen Kommodore Dieter Gerhardt erhalten hatten– er wurde später als Sowjetspion festgenommen. Von den Briten stammte auch die Mitteilung an Südafrika, daß sowjetische »Illegale« in die Republik einreisten, was der SIS seinem umfassenden Aktenmaterial über solche Herrschaften entnahm.

Zu einem unerfreulichen Zwischenfall kam es nur 1967, als

ein Agent des BOSS, ein gewisser Norman Blackburn, der im Zambezi Club als Barkeeper arbeitete, einem »Garden Girl« den Kopf verdrehte. Die »Garden Girls« sind Sekretärinnen in der Downing Street Nr. 10 und werden so genannt, weil ihr Büro an der Gartenseite des Hauses liegt.

Die betörte Helen (der Vorname genügt, sie hat inzwischen geheiratet und ein paar Kinder) übergab Blackburn mehrere Geheimdokumente, ehe die Affäre aufflog. Es gab Stunk, und Harold Wilson war fortan überzeugt, daß der BOSS an allen Übeln schuld sei, von Mißernten bis zum Wein, der nach dem Korken schmeckt.

Danach hielt die Beziehung sich in zivilisierteren Bahnen. Die Briten haben, meist in Johannesburg, einen Residenten, was dem NIS bekannt ist, und führen auf südafrikanischem Territorium keine »operativen Maßnahmen« durch. Die Südafrikaner haben mit Wissen des SIS ein paar Geheimdienstleute in ihrer Londoner Botschaft sitzen und ein paar weitere außerhalb, auf die MI5 ein wachsames Auge hat. Letztere haben die Aufgabe, die Londoner Aktivitäten verschiedener südafrikanischer revolutionärer Organisationen wie ANC, SWAPO und so weiter zu überwachen. Solange die Südafrikaner sich auf diese Tätigkeit beschränken, läßt man sie gewähren.

Nunmehr erbat und erhielt der britische Resident in Johannesburg eine private Unterredung mit General Henry Pienaar und meldete seinem Chef in London, was der Leiter des NIS zu sagen hatte. Sir Nigel berief für den 10. März eine Sitzung des Paragon-Ausschusses ein.

»Der große und gute General Pienaar schwört bei allem, was ihm heilig ist, daß er nichts von Jan Marais wisse. Er behauptet, Marais arbeite nicht für ihn und habe nie für ihn gearbeitet.«

»Sagt er die Wahrheit?« fragte Sir Paddy Strickland.

»Bei diesem Spiel sollte man nie davon ausgehen«, sagte Sir Nigel. »Aber möglich wäre es. Dafür spricht, daß er andernfalls schon vor drei Tagen erfahren hätte, daß wir Marais enttarnt haben. Wenn Marais sein Mann ist, müßte er wissen, daß wir uns bitter rächen werden. Er hat keinen seiner Leute hier abgezogen, was er bestimmt getan hätte, wenn er sich schuldig fühlte.«

»Aber was zum Teufel ist Marais dann?« fragte Sir Perry.

»Pienaar behauptet, er wolle das ebensogern wissen wie wir«, erwiderte »C«. »Er ist sogar damit einverstanden, einen von unseren Leuten zusammen mit seinen eigenen die Jagd aufnehmen zu lassen. Ich möchte einen Mann hinunterschicken.«

»Was läuft zur Zeit in Sachen Berenson und Marais?« wollte Sir Anthony Plumb, der die Abteilung Fünf vertrat, von Harcourt-Smith wissen.

»Beide werden unauffällig beschattet, aber zugepackt wird noch nicht. Keine Wohnungseinbrüche. Nur Post- und Telefonüberwachung und die Observanten, rund um die Uhr«, erwiderte Harcourt-Smith.

»Wieviel Zeit brauchen Sie noch, Nigel?« fragte Plumb.

»Zehn Tage.«

»All right, aber das ist wirklich das äußerste. In zehn Tagen müssen wir Berenson mit allem, was wir haben, auf die Pelle rücken und zur Schadensfeststellung schreiten, mit oder ohne seine gütige Mitwirkung.«

Anderntags rief Sir Nigel Irvine Sir Bernard Hemmings in dessen Haus in der Nähe von Farnham an.

»Bernard, es geht um Ihren Mann, diesen Preston. Ich weiß, es ist ungewöhnlich; könnte einen meiner eigenen Leute schikken und so weiter. Aber ich mag seine Arbeitsweise. Könnte ich ihn für den Trip nach Südafrika ausborgen?«

Sir Bernard war einverstanden. Preston flog in der Nacht vom 12. zum 13. März nach Johannesburg. Die Maschine war bereits unterwegs, als die Nachricht auf dem Schreibtisch von Brian Harcourt-Smith landete. Er war fuchsteufelswild, aber er wußte, daß er machtlos war.

Der Albion-Ausschuß erstattete dem Generalsekretär am Abend des 12. Bericht; die Sitzung fand in der Wohnung am Kutuzowskij-Prospekt statt.

»Und was, bitte, haben Sie mir mitzuteilen?« fragte der Sowjetführer ruhig.

Professor Krilow, Vorsitzender des Ausschusses, wies auf Großmeister Rogow, der die vor ihm liegende Akte aufschlug und vorzulesen begann.

Wie immer in Gegenwart des Generalsekretärs war Philby beeindruckt, ja fasziniert von der kolossalen und unbegrenzten Macht dieses Mannes. Bei der Ermittlungsarbeit der Ausschußmitglieder genügte die bloße Erwähnung seines Namens als der höchsten Autorität, daß ihnen alles in der UdSSR zugänglich gemacht und keine Fragen gestellt wurden. Philby, der das Phänomen der Macht und ihrer Anwendung gründlich studiert hatte, bewunderte die Rücksichtslosigkeit und Schläue, mit der sich der Generalsekretär die absolute Gewalt über jede Lebensfaser in der Sowjetunion gesichert hatte.

Seinen einflußreichen Posten als KGB-Chef hatte er seinerzeit nicht Breschnews Stimme zu verdanken gehabt, sondern der des Königsmachers im Hintergrund, der grauen Eminenz im Politbüro, dem Parteiideologen Mikhail Suslow. Dank dieses Stückes Unabhängigkeit von Breschnew und seiner privaten Mafia hatte er sichergestellt, daß der KGB niemals zu Breschnews gehorsamem Pudel wurde. Im Mai 1982, als Suslow gestorben und Breschnew ein todgeweihter Mann war, hatte er den KGB verlassen und war ins Zentralkomitee zurückgekehrt, ohne dabei in den Fehler Breschnews zu verfallen.

Er hatte im KGB General Fedortschuk als Vorsitzenden zurückgelassen, seinen getreuen Statthalter. Mit Hilfe der Partei hatte der jetzige Generalsekretär seine Stellung im Zentralkomitee unangreifbar gemacht, die kurzen Amtszeiten Andropows und Tschernenkos abgewartet und dann deren Nachfolge angetreten. Innerhalb weniger Monate hatte er alle Machtquellen unter seine Kontrolle gebracht: Partei, Streitkräfte, KGB und Innenministerium, das MWD. Er hatte sämtliche Trümpfe in der Hand, und niemand wagte, sich zu widersetzen oder eine Verschwörung gegen ihn anzuzetteln.

»Wir haben einen Plan ausgearbeitet, Genosse Generalsekretär«, sagte Dr. Rogow – in Gegenwart Dritter bediente er sich stets der formellen Anrede.

»Es handelt sich um einen konkreten Plan, eine aktive Maßnahme, das Vorhaben, bei der britischen Bevölkerung eine Destabilisierung auszulösen, gegen die das Attentat von Sarajewo und der Berliner Reichstagsbrand zu Bagatellen würden. Wir gaben dem Plan den Namen Aurora.«

Eine Stunde verging, bis Dr. Rogow alle Einzelheiten vorgelesen hatte. Von Zeit zu Zeit blickte er auf, um die Wirkung seiner Ausführungen festzustellen, aber der Generalsekretär war Meister in einem weit größeren Schachspiel, und sein Gesicht blieb ausdruckslos. Endlich hatte Dr. Rogow zu Ende gelesen. Eine Weile warteten sie schweigend.

»Nicht ohne Risiken«, sagte der Generalsekretär gelassen. »Was garantiert uns, daß kein Eigentor daraus wird, wie bei gewissen ... anderen Operationen?«

Er hatte das Wort nicht ausgesprochen, aber alle wußten, was er meinte. In seinem letzten Jahr beim KGB hatte das betrübliche Mißlingen des Wojtyla-Attentats ihn schwer erschüttert. Es hatte drei Jahre gedauert, bis die Schockwellen und Anschuldigungen verebbt waren, und die UdSSR hatte genau jene Art weltweiter Publizität genossen, an der ihr am wenigsten gelegen war.

Im Vorfrühling 1981 hatte der bulgarische Geheimdienst gemeldet, seinen Leuten in der türkischen Bevölkerung der Bundesrepublik Deutschland sei ein seltsamer Fisch ins Netz gegangen. Aus ethnischen, kulturellen und historischen Gründen war Bulgarien, Rußlands getreuester und gehorsamster Satellit, eng mit der Türkei und den Türken verbunden. Der Mann, den sie aufgefischt hatten, war überzeugter Terrorist, von der extremen

Linken im Libanon ausgebildet, hatte in der Türkei im Auftrag der Grauen Wölfe gemordet, war aus dem Gefängnis ausgebrochen und in die Bundesrepublik Deutschland geflohen.

Das Absonderliche an ihm war, daß er aus persönlichen Gründen unbedingt den Papst töten wollte. Sollten sie Mehmed Ali Agca wieder ins Meer zurückwerfen oder ihn, mit Geld und falschen Papieren sowie einer Waffe versehen, laufen lassen?

Unter normalen Umständen hätte die Antwort des KGB vorsichtshalber gelautet: Umlegen. Aber die Umstände waren nicht normal. Karol Wojtyla, der erste Pole auf dem päpstlichen Stuhl, stellte eine ernste Gefahr dar. Polen war in Aufruhr; das kommunistische Regime konnte jeden Augenblick von den rebellischen Anhängern von Solidarinosč gestürzt werden.

Der Rebell Wojtyla hatte schon einmal Polen besucht, und das Ergebnis war, vom sowjetischen Standpunkt aus, verheerend gewesen. Man mußte ihn entweder bremsen oder seine Glaubwürdigkeit erschüttern. Der KGB antwortete den Bulgaren: Grünes Licht, aber wir wollen von nichts wissen. Im Mai 1981 wurde Agca mit Geld, falschen Papieren und einer Waffe nach Rom eskortiert, wo er nach seinem eigenen Kopf handeln konnte. Die Folge war, daß eine Menge Leute dabei den ihren verloren.

»Wenn ich mir die Bemerkung erlauben darf: Ich glaube nicht, daß man die beiden Dinge miteinander vergleichen kann«, sagte Dr. Rogow, der im wesentlichen den Plan Aurora entworfen hatte und willens war, ihn zu verteidigen. »Das Wojtyla-Attentat war eine Katastrophe aus drei Gründen: Das Ziel wurde nicht tödlich getroffen; der Attentäter wurde lebend gefaßt; und das Entscheidende: es war keine hieb- und stichfeste Desinformation inszeniert worden, wonach man die Sache einer Verschwörung, zum Beispiel der italienischen oder amerikanischen extremen Rechten, hätte in die Schuhe schieben können. Eine Flut glaubhaften Beweismaterials hätte auf Abruf zur Veröffentlichung parat sein und der ganzen Welt klarmachen müssen, daß Agca im Auftrag der Rechten handelte.«

Der Generalsekretär nickte.

»Hier hingegen«, fuhr Rogow fort, »liegen die Dinge völlig anders. Für jedes Stadium sind Rückzugs- und Ausweichmöglichkeiten vorgesehen. Der Ausführende würde ein Spitzenprofi sein, der vor der Festnahme Selbstmord beginge. Das Material ist zumeist äußerlich harmlos und kann in keinem Fall in die UdSSR zurückverfolgt werden. Der Ausführende darf Aurora nicht überleben. Und für die Folgezeit sind weitere Pläne ausgearbeitet, die das Geschehene unwiderleglich und überzeugend den Amerikanern zur Last legen.«

Der Generalsekretär wandte sich an General Martschenko.

»Würde es funktionieren?« fragte er. Die Ausschußmitglieder wurden unruhig. Es wäre leichter gewesen, wenn man die Reaktion des Generalsekretärs erfahren und ihr dann beigepflichtet hätte. Aber er hielt sich bedeckt. Martschenko holte tief Atem.

»Es ist machbar«, bestätigte er. »Meiner Meinung nach würden zehn bis sechzehn Monate nötig sein, um den Plan in die Tat umzusetzen.«

»Genosse Oberst?« wandte der Generalsekretär sich an Philby.

Philbys Stottern verschlimmerte sich. Das war immer so, wenn er unter Streß stand.

»Was die Risiken angeht, so bin ich überfragt. Desgleichen was die technische Durchführbarkeit betrifft. Aber die Wirkung – ohne Zweifel würden mehr als zehn Prozent der britischen Wechselwähler spontan für die Labour Party stimmen.«

»Genosse Professor Krilow?«

»Ich muß abraten, Genosse Generalsekretär. Ich halte den Plan für extrem gefährlich. Er steht in krassem Widerspruch zu den Paragraphen des vierten Protokolls. Sollte dieses Abkommen je gebrochen werden, so könnte es zu unser aller Schaden sein.«

Der Generalsekretär schien in tiefes Nachdenken versunken, worin ihn wohlweislich niemand störte. Fünf Minuten lang blieben die Augen hinter den funkelnden Brillengläsern geschlossen. Dann hob er den Kopf.

»Es existieren keine Aufzeichnungen, keine Tonbänder, keine Spuren des Plans außerhalb dieses Zimmers?«

»Keine«, bekräftigten die vier Männer.

»Geben Sie mir sämtliche Akten und Kladden«, sagte der Generalsekretär. Als die Papiere vor ihm lagen, fuhr er in seiner üblichen monotonen Sprechweise fort:

»Das Ganze ist unglaublich leichtfertig, absurd, abenteuerlich und gefährlich«, leierte er. »Der Ausschuß ist aufgelöst. Ich wünsche, daß Sie zu Ihren beruflichen Pflichten zurückkehren und nie mehr weder den Albion-Ausschuß noch den Plan Aurora erwähnen.«

Er saß noch immer reglos da und starrte auf den Tisch, als die vier mit Schimpf und Schanden Entlassenen abzogen. Schweigend nahmen sie ihre Hüte und Mäntel, wobei sie es vermieden, einander anzusehen. Dann wurden sie zu ihren im Innenhof wartenden Wagen geleitet.

Unten angekommen, stieg jeder in sein Auto. Philby hatte in seinem privaten Wolga Platz genommen und wartete darauf, daß der Fahrer Gregoriew den Motor startete, aber der Mann tat nichts dergleichen. Die Limousinen der drei anderen fegten über das Geviert, durch die Ausfahrt und hinaus auf die Straße. Jemand klopfte an Philbys Fenster. Er kurbelte es herunter und blickte in das Gesicht von Major Pawlow.

»Würden Sie bitte mitkommen, Genosse Oberst.«

Philby befürchtete das Schlimmste. Er begriff jetzt, daß er zu viel wußte; er war der einzige Ausländer der Gruppe. Der Generalsekretär stand in dem Ruf, Risiken ein für allemal zu beseitigen. Philby folgte Major Pawlow wieder ins Haus. Zwei Minuten später stand er aufs neue im Wohnzimmer des Generalsekretärs. Der alte Mann saß noch immer in seinem Rollstuhl am niedrigen Couchtisch. Er bedeutete Philby, Platz zu nehmen. Der britische Verräter setzte sich verstört.

»Wie finden Sie ihn wirklich?« fragte der Generalsekretär leise. Philby schluckte.

»Genial, gewagt, gefährlich. Aber, wenn es funktioniert, höchst wirkungsvoll«, sagte er.

»Er ist brillant«, murmelte der Generalsekretär. »Und er wird ausgeführt. Aber unter meiner persönlichen Leitung. Das soll kein Gemeinschaftsunternehmen werden, sondern ausschließlich mein eigenes. Und Sie werden mir dabei eng zur Seite stehen.«

»Darf ich eine Frage stellen?« sagte Philby beherzt. »Warum ich? Ich bin Ausländer, auch wenn ich der Sowjetunion mein Leben lang gedient und ein Drittel meines Lebens hier verbracht habe. Ich bin dennoch Ausländer.«

»Stimmt«, erwiderte der Generalsekretär, »und Sie genießen niemandes Schutz außer dem meinen. Sie könnten keine Verschwörung gegen mich anzetteln.

Sie werden sich von Ihrer Frau und den Kindern verabschieden und den Fahrer entlassen. Dann beziehen Sie die Gästezimmer meiner Datscha in Usowo. Dort stellen Sie die Gruppe zusammen, die den Plan Aurora in Angriff nehmen soll. Alle nötigen Befugnisse werden Sie erhalten, und zwar durch mein Büro im Zentralkomitee. Sie selber werden nicht in Erscheinung treten.«

Er drückte auf einen Summer unter der Tischplatte.

»Während der ganzen Zeit werden Sie unter den Augen dieses Mannes arbeiten. Ich glaube, Sie kennen ihn bereits.«

Die Tür hatte sich geöffnet, in ihrem Rahmen stand Major Pawlow mit seinem teilnahmslosen kalten Gesicht.

»Er ist hochintelligent und außerordentlich argwöhnisch«, sagte der Generalsekretär anerkennend. »Und ich kann mich ganz auf ihn verlassen. Er ist übrigens mein Neffe.«

Als Philby aufstand, um dem Major zu folgen, reichte ihm der Generalsekretär ein Stück Papier. Es war ein Telex aus dem Ersten Hauptdirektorat, an den Generalsekretär der KPdSU persönlich gerichtet. Philby traute seinen Augen nicht.

»Ja«, sagte der Generalsekretär. »Es kam gestern. General

Martschenko irrt, Sie werden keine zehn bis sechzehn Monate Zeit haben. Es scheint, daß Mrs. Thatcher ihren Schachzug für Juni plant. Wir müssen ihr mit dem unsrigen eine Woche zuvorkommen.«

Philby atmete langsam aus. Im Jahr 1917 entschieden zehn Tage über den Ausgang der russischen Revolution. Englands größtem Verräter aller Zeiten blieben genau neunzig Tage zur Vorbereitung einer ähnlichen Umwälzung, der britischen Revolution.

Teil II

1. Kapitel

Als John Preston am Vormittag des 13. auf dem Jan-Smuts-Flughafen landete, erwartete ihn bereits der Chef der dortigen Residentur, ein großer schlanker blonder Mann namens Dennis Grey. Von der Aussichtsterrasse aus beobachteten zwei Männer vom südafrikanischen NIS Prestons Ankunft, machten jedoch keine Anstalten, näher zu kommen.

Zoll- und Paßkontrolle waren reine Formalitäten, und schon dreißig Minuten nach der Landung raste der Wagen mit den beiden Männern nordwärts auf der Straße nach Pretoria. Preston betrachtete neugierig die Landschaft des High Veld; sie hatte wenig gemein mit seiner Vorstellung von Afrika – die moderne sechsspurige Asphaltstraße lief durch eine kahle Ebene und vorbei an modernen, europäisch wirkenden Farmen und Fabriken.

»Ich habe für Sie im Burgerspark reserviert«, sagte Grey. »Im Zentrum von Pretoria. Es hieß, Sie wollten lieber im Hotel wohnen als in der Residentur.«

»Ja«, sagte Preston. »Vielen Dank.«

»Wir fahren zuerst in die Van Der Walt Street zum Hotel und melden Sie an. Um elf sind wir beim Biest bestellt.«

Diese nicht allzu liebevolle Bezeichnung war ursprünglich General Van Den Berg verliehen worden, dem Polizeigeneral und Chef des ehemaligen Staatssicherheitsdienstes BOSS (Bureau of State Security). Nach dem sogenannten Muldergate-Skandal von 1979 war die unglückliche Ehe zwischen dem Nachrichtendienst und der Sicherheitspolizei Südafrikas aufgelöst worden, zur großen Erleichterung der professionellen Nachrichtenleute und der Auslandsaufklärung, deren Arbeit durch die Holzhammermethoden von BOSS sehr erschwert worden war.

Der Geheime Nachrichtendienst wurde unter der Bezeichnung

National Intelligence Service neu organisiert, und General Henry Pienaar war von seinem Posten als Chef des Militärischen Abwehrdienstes herübergewechselt. Er war kein Polizeigeneral, sondern Militär, und wenn er auch nicht ein Leben lang dem Geheimdienst angehört hatte, wie Sir Nigel Irvine, so hatte ihn doch sein Dienst bei der Abwehr gelehrt, daß man nicht unbedingt mit einem stumpfen Gegenstand zuschlagen muß, um eine Katze zu töten. General Van Den Berg, der in Pension gegangen war, erzählte noch immer jedem, der es hören wollte, daß »die Hand des Herrn mit ihm war«. Die Briten hatten seinen Spitznamen schnöderweise auf General Pienaar übertragen.

Preston trug sich im Hotel ein, stellte sein Gepäck ab, wusch und rasierte sich und war um halb elf wieder bei Grey in der Halle. Gemeinsam fuhren sie zum Union Building.

Die meisten südafrikanischen Regierungsstellen haben ihren Sitz in den drei Stockwerken dieses mächtigen langgestreckten ockerbraunen Sandsteinblocks, dessen dreihundert Meter lange Fassade durch vier Säulenvorbauten gegliedert ist. Das Gebäude steht im Zentrum von Pretoria auf einem Hügel über der Kerk Street, und von der Esplanade vor dem Gebäude hat man einen weiten Blick über das Tal bis zu den braunen Hügeln des High Veld und der alles überragenden gewaltigen Masse des Voortrekker-Denkmals.

Dennis Grey wies sich am Empfang aus und sagte, daß er und Preston erwartet würden. Nach wenigen Minuten erschien ein junger Mann und führte sie zum Büro General Pienaars. Die Amtsräume des NIS-Chefs liegen in der obersten Etage an der äußersten Westseite des Gebäudes. Grey und Preston folgten dem jungen Mann durch endlos lange Korridore, die im üblichen südafrikanischen Behördenstil in Braun und Creme ausgemalt und bis hoch oben mit dunklem Holz getäfelt sind. Das Büro des Generals befindet sich am Ende des letzten Korridors, zwischen einem Vorzimmer zur Rechten mit zwei Sekretärinnen und einem Büro zur Linken, in dem zwei Offiziere arbeiten.

Der junge Mann klopfte an die hinterste Tür, wartete auf den gebellten Befehl zum Eintreten und ließ die britischen Besucher ein. Es war ein recht düsterer, unpersönlicher Raum: ein großer und offensichtlich abgeräumter Schreibtisch der Tür gegenüber, vier lederne Clubsessel um einen niedrigen Tisch nahe den Fenstern, die auf die Kerk Street hinunter und über das Tal hinweg auf die Hügel blickten; rundum an den Wänden vermutlich Generalstabskarten, abweisend hinter grünen Gardinen verborgen.

General Pienaar, ein großer schwerer Mann, stand auf, als sie eintraten, ging ihnen entgegen und wechselte einen Händedruck. Grey übernahm die Vorstellung, und der General dirigierte die Besucher zu den Clubsesseln. Kaffee wurde serviert, aber das Gespräch beschränkte sich auf den Austausch von Höflichkeiten. Grey erfaßte die Lage, verabschiedete sich und ging. General Pienaar starrte Preston eine Weile schweigend an.

»Und jetzt, Mr. Preston«, sagte er dann in fast akzentfreiem Englisch, »zu unserem Diplomaten Jan Marais. Ich sagte es bereits Sir Nigel, und jetzt sage ich es Ihnen: Er arbeitet weder für mich noch für meine Regierung, jedenfalls nicht als Agentenführer in England. Sie sind hierhergekommen, um herauszufinden, für wen er dann arbeitet?«

»Das ist meine Aufgabe, Herr General.«

General Pienaar nickte mehrmals.

»Ich habe Sir Nigel mein Wort gegeben, daß wir Ihnen in jeder Weise behilflich sein werden. Und mein Wort halte ich.«

»Vielen Dank, Herr General.«

»Ich werde Ihnen einen meiner persönlichen Adjutanten zur Verfügung stellen. Er wird sein möglichstes für Sie tun: Akten beibringen, die Sie eventuell einsehen wollen, wenn nötig, auch dolmetschen. Sprechen Sie Afrikaans?«

»Nein, Herr General, kein Wort.«

»Dann wird es einiges zu übersetzen geben. Vielleicht auch zu dolmetschen.«

Er drückte einen Summer auf dem Tisch; im Handumdrehen

öffnete sich die Tür, und es erschien ein Mann, ebenso groß wie der General, aber viel jünger. Preston schätzte ihn auf Anfang Dreißig. Er hatte rötliches Haar und sandfarbene Brauen.

»Ich möchte Ihnen Captain Andries Viljoen vorstellen. Andy, das ist Mr. John Preston aus London, dem Sie behilflich sein werden.«

Preston stand auf und gab dem Captain die Hand. Er spürte eine kaum verhüllte Feindseligkeit von dem jungen Afrikaander ausgehen, vielleicht das Gegenstück zu den erfolgreicher maskierten Gefühlen seines Vorgesetzten.

»Ich habe einen Arbeitsraum für Sie reservieren lassen, er liegt auf dieser Etage«, sagte General Pienaar. »Und jetzt wollen wir keine Zeit mehr verlieren, Gentlemen. Machen Sie sich ans Werk.«

Als sie allein in dem ihnen zugewiesenen Büro waren, fragte Viljoen:

»Womit möchten Sie beginnen, Mr. Preston?«

Preston seufzte innerlich. Alles war so viel einfacher, wenn man sich, wie in der Charles Street und der Gordon Street mit Vornamen anredete.

»Mit der Personalakte Jan Marais, wenn ich bitten darf, Captain Viljoen.«

Mit unverhülltem Triumph zog der Captain die Akte aus einer Schreibtischlade.

»Wir sind die Akte selbstverständlich bereits durchgegangen«, sagte er. »Ich selbst habe sie vor ein paar Tagen aus dem Personalbüro des Außenministeriums geholt.«

Er legte einen dicken Ordner mit braunem Deckel vor Preston hin.

»Wenn es eine Hilfe für Sie ist, möchte ich zusammenfassen, was wir daraus entnehmen konnten. Marais trat im Frühjahr 1946 in den auswärtigen Dienst der Republik Südafrika in Kapstadt ein. Er gehört ihm mittlerweile seit über vierzig Jahren an und wird im Dezember pensioniert. Er hat einen tadellosen Afrikaander-Background und geriet nie auch nur in den leisesten Verdacht. Deshalb erscheint sein Verhalten in London so rätselhaft.«

Preston nickte. Deutlicher brauchte man nicht zu werden. Man war hier der Ansicht, daß London sich geirrt habe. Preston schlug die Akte auf. Zu den obersten Papieren gehörte ein von Hand in englischer Sprache abgefaßtes Dokument.

»Das«, sagte Viljoen, »ist sein handgeschriebener Lebenslauf, wie ihn alle Bewerber für den auswärtigen Dienst einreichen müssen. Damals, als die United Party unter Jan Smuts am Ruder war, benutzte man sehr viel mehr Englisch als heute. Heute würde ein solches Dokument in Afrikaans abgefaßt werden. Natürlich müssen alle Bewerber beide Sprachen fließend beherrschen.«

»Dann fangen wir am besten mit dem Lebenslauf an«, sagte Preston. »Könnten Sie mir, während ich ihn lese, Marais' berufliche Laufbahn in kurzen Zügen skizzieren? Vor allem seine Versetzungen ins Ausland, wohin, wann und für wie lange.«

»All right«, nickte Viljoen. »Sollte Marais umgefallen oder umgedreht worden sein, dann vermutlich irgendwo im Ausland.«

Das »sollte« drückte gerade deutlich genug Viljoens Zweifel aus, und das Wort »Ausland« verriet, was er vom Einfluß der Fremden auf gute Afrikaander hielt. Preston begann zu lesen.

»Ich wurde im August 1925 geboren als einziger Sohn eines Farmers im Mootseki-Tal, das zu der kleinen landwirtschaftlichen Gemeinde Duiwelskloof in Nord-Transvaal gehört. Mein Vater, Laurens Marais, war gebürtiger Afrikaander, meine Mutter Mary war britischer Abstammung. Eine solche Ehe war damals ungewöhnlich, aber ihr verdanke ich, daß ich beide Sprachen, Englisch und Afrikaans, fließend beherrsche.

Mein Vater war beträchtlich älter als meine Mutter, eine Frau von schwacher Gesundheit. Sie starb, als ich zehn Jahre alt war, während einer jener Typhus-Epidemien, wie sie von Zeit zu Zeit in dieser Gegend wüteten. Bei meiner Geburt war meine Mutter fünfundzwanzig, mein Vater sechsundvierzig Jahre alt. Er baute hauptsächlich Kartoffeln und Tabak an, ein bißchen Weizen und hielt Hühner, Gänse, Truthähne, Rindvieh und Schafe. Sein ganzes Leben lang war er überzeugter Anhänger der United Party, und ich wurde nach Marschall Jan Smuts getauft.«

Preston hielt inne.

»Das alles dürfte seiner Bewerbung kaum geschadet haben«, meinte er.

»Im Gegenteil«, sagte Viljoen, nachdem er die Stelle überflogen hatte, »damals war die United Party noch an der Macht. Die Nationale Front kam erst 1948 ans Ruder.«

Preston las weiter.

»Mit sieben Jahren kam ich in die Gemeindeschule von Duiwelskloof und trat mit zwölf Jahren in die Merensky Highschool über, die fünf Jahre zuvor gegründet worden war. Als 1939 der Krieg ausbrach, verfolgte mein Vater, der mit ganzem Herzen auf der Seite Englands und des Empire stand, alle Meldungen aus Europa an seinem Rundfunkgerät, wenn wir abends nach der Arbeit auf der Veranda saßen. Seit dem Tod meiner Mutter waren wir einander noch nähergekommen, und ich wünschte mir nichts sehnlicher, als am Krieg teilzunehmen.

Zwei Tage nach meinem achtzehnten Geburtstag im August 1943 sagte ich meinem Vater Lebewohl, fuhr mit der Bahn nach Pietersburg und stieg dort um nach Pretoria. Mein Vater begleitete mich bis Pietersburg, und ich sah ihn zum letztenmal, als er dort auf dem Bahnsteig stand und mir nachwinkte.

Am nächsten Tag ging ich ins Generalkommando in Pretoria,

meldete mich in aller Form zum Kriegsdienst und kam ins Lager Roberts Heights, wo ich eingekleidet und ausgerüstet wurde und die Grundausbildung im Nahkampf und an der leichten Waffe erhielt. Dort bewarb ich mich um die roten Tressen.«

»Was bedeuten diese ›roten Tressen‹?« fragte Preston.

Viljoen blickte von seiner Schreibarbeit auf.

»Damals durften nur Freiwillige außerhalb der Grenzen Südafrikas eingesetzt werden«, sagte er. »Niemand durfte dazu gezwungen werden. Diese Freiwilligen bekamen rote Tressen an ihre Uniformen.«

»Von Roberts Heights aus wurde ich zu den Witwatersrand-Schützen/De La Rey Regiment überstellt; diese beiden Einheiten waren nach den Verlusten bei Tobruk zusammengelegt worden. Wir fuhren mit der Bahn zunächst zu einem Transitlager in Hay Paddock bei Petermaritzburg und kamen zum Nachschub für die Südafrikanische Sechste Division, die auf ihren Transport nach Italien wartete. Schließlich wurden wir alle in Durban eingeschifft, fuhren auf der *Duchess of Richmond* durch den Suezkanal und landeten Ende Januar in Tarent.

Während des Frühjahrs rückten wir in Richtung Rom vor, und dann zog unsere Einheit Wits/De La Rey zusammen mit der Sechsten Division, die sich damals aus der 12. Südafrikanischen Motorisierten Brigade und der 11. Südafrikanischen Panzerbrigade zusammensetzte, durch Rom und weiter in Richtung Florenz. Am 13. Juli befand ich mich nördlich von Monte Benichi in den Chiantibergen mit einigen Kameraden der C-Kompanie auf Spähtrupp. Im dichtbewaldeten Gelände wurde ich nach Einbruch der Dunkelheit von den Kameraden getrennt und sah mich wenige Minuten später von deutschen Soldaten der Division Hermann Göring umringt. Ich saß in der Falle.

Ich hatte Glück, daß ich überhaupt am Leben blieb, aber ich wurde, zusammen mit weiteren alliierten Gefangenen, auf einen Lastwagen verladen und in einen ›Käfig‹, das heißt, ein provisorisches Lager in einem Ort namens La Tarina nördlich von Florenz gebracht. Der ranghöchste südafrikanische Unteroffizier war, wie ich mich erinnere, Feldwebelleutnant Snyman. Wir blieben nicht lange dort. Als die Alliierten Florenz erreicht hatten, wurde das Lager mitten in der Nacht evakuiert. Es herrschte Chaos. Einige Gefangene versuchten zu fliehen und wurden niedergeschossen. Sie blieben auf der Straße liegen, und die Lastwagen überrollten sie. Von den Lastwagen wurden wir in Viehwaggons umgeladen. Wir fuhren tagelang nach Norden, über die Alpen, und kamen schließlich in ein Kriegsgefangenenlager in Moosburg, sechzig Kilometer nordöstlich von München.

Auch dort blieben wir nicht lange. Schon nach vierzehn Tagen wurde ungefähr die Hälfte der Lagerinsassen zur Bahnstation geführt und wieder in Viehwaggons verfrachtet. Fast ohne Nahrung und Wasser fuhren wir sechs Tage und Nächte durch Deutschland. Es war Ende August 1944, als wir ausgeladen wurden und zu einem anderen, viel größeren Lager marschieren mußten. Es war, wie wir erfuhren, das Stalag 344 in Lamsdorf bei Breslau im damals noch deutschen Schlesien. Dieses Stalag 344 muß das übelste von allen gewesen sein. Hier vegetierten elftausend alliierte Gefangene, die sich nur durch Rot-Kreuz-Sendungen am Leben erhalten konnten.

Als Gefreiter wurde ich einer Arbeitsbrigade zugeteilt, die jeden Morgen mit dem Lastwagen in eine zwanzig Kilometer entfernte Fabrik gebracht wurde, die synthetischen Treibstoff herstellte. Jener Winter in Oberschlesien war bitterkalt. Eines Tages, kurz vor Weihnachten, hatte unser Lastwagen eine Panne. Zwei Kriegsgefangene versuchten unter Aufsicht der deutschen Wachen, den Schaden zu beheben. Einige von uns durften aussteigen und sich in der Nähe des Rückbretts aufhalten. Ein junger südafrikanischer Soldat neben mir starrte auf den nur zwanzig

Meter entfernten Tannenwald, sah mich an und zog eine Augenbraue hoch. Ich werde nie wissen, warum ich es tat, aber im nächsten Moment rannten wir beide durch den hüfthohen Schnee, während unsere Kameraden die Wachen anstießen, so daß sie nicht richtig zielen konnten. Wir erreichten die Bäume und rannten ins Dickicht des Waldes.«

»Möchten Sie zum Lunch gehen?« fragte Viljoen. »Wir haben im Haus eine Kantine.«

»Könnten wir vielleicht belegte Brote und Kaffee heraufkommen lassen?« erwiderte Preston.

»Sicher. Ich rufe unten an.« Preston wandte sich wieder Jan Marais' Geschichte zu.

»Bald mußten wir feststellen, daß wir vom Regen in die Traufe gekommen waren, nur daß es keine Traufe war, sondern eine Eishölle. Die Temperatur sank nachts bis minus dreißig Grad. Wir hatten unsere Füße in den Stiefeln mit Zeitungspapier umwickelt, aber weder das noch unsere Mäntel halfen gegen die Kälte. Nach zwei Tagen waren wir erschöpft und hätten am liebsten aufgegeben.

In der zweiten Nacht versuchten wir, in einer zerfallenen Scheune ein wenig zu schlafen, wurden aber jäh geweckt. Wir dachten, es müßten die Deutschen sein, aber da ich Afrikaans spreche, verstehe ich auch ein paar deutsche Brocken, und das hier war nicht Deutsch. Es war Polnisch; polnische Partisanen hatten uns aufgestöbert. Um ein Haar hätten sie uns als deutsche Deserteure erschossen, aber ich schrie aus Leibeskräften, daß wir Engländer seien, und einer von ihnen schien mich verstanden zu haben.

Während die meisten Bewohner von Breslau und Lamsdorf deutscher Herkunft waren, stammten die Bauern offenbar größtenteils aus Polen, und als die russischen Truppen näher kamen, versteckten viele von ihnen sich in den Wäldern, um den Rückzug der Deutschen zu behindern. Es gab zwei Gruppen von Partisanen: die Kommunisten und die Katholiken. Wir hatten Glück gehabt, uns hatte eine Gruppe katholischer Widerstandskämpfer erwischt. Sie behielten uns während dieses harten Winters, als man im Osten bereits die russischen Geschütze donnern hörte und der Vormarsch näher kam. Im Januar erkrankte mein Kamerad an Lungenentzündung; ich versuchte, ihn gesund zu pflegen, aber es gab keine Antibiotika. Er starb, und wir begruben ihn im Wald.«

Preston kaute melancholisch an seinen Broten und trank den Kaffee. Er mußte nur noch wenige Seiten lesen.

»Im März 1945 waren die Russen plötzlich da. In unserem Wald konnten wir hören, wie ihre Panzer und Geschütze auf den Landstraßen nach Westen rumpelten. Die Polen entschlossen sich, in den Wäldern zu bleiben, aber ich hielt es nicht mehr aus. Sie zeigten mir den Weg, und eines Morgens stolperte ich mit erhobenen Händen aus dem Wald und ergab mich einer Abteilung russischer Soldaten.

Zuerst hielten sie mich für einen Deutschen und hätten mich beinahe erschossen. Aber die Polen hatten mir beigebracht, ich müsse ›Angleeski‹ rufen, was ich zu wiederholten Malen tat. Die Russen ließen ihre Gewehre sinken und riefen einen Offizier. Er sprach kein Englisch, aber er sah sich meine Hundemarke an und sagte etwas zu den Soldaten, worauf sie übers ganze Gesicht grinsten. Aber wenn ich gehofft hatte, die Heimat bald wiederzusehen, so hatte ich mich getäuscht. Sie übergaben mich dem NKWD.

Fünf Monate lang wurde ich in verschiedenen dumpfen, eiskalten Zellen einer brutalen Behandlung unterworfen. Die ganze Zeit über blieb ich in Einzelhaft. Mehrmals wurde ich unter Anwendung des dritten Grades verhört, denn ich sollte gestehen, daß ich ein Spion sei. Ich weigerte mich und wurde nackt zurück in meine Zelle gebracht. Im späten Frühjahr (in Europa ging der Krieg zu Ende, aber das wußte ich nicht) war ich so sehr geschwächt, daß ich wenigstens eine Pritsche zum Schlafen bekam und besseres Essen, das indes nach südafrikanischen Maßstäben noch immer ungenießbar war.

Dann muß irgendein Befehl von oben eingegangen sein. Im August 1945 wurde ich, mehr tot als lebendig, in einem Lastwagen nach Potsdam gebracht und dort der britischen Army übergeben. Ich erfuhr mehr Freundlichkeit, als ich schildern kann. Nachdem ich einige Zeit in einem Lazarett in der Nähe von Bielefeld gepflegt worden war, kam ich nach England. Im EMS Hospital von Killearn nördlich von Glasgow verbrachte ich weitere drei Monate, und im Dezember 1945 schiffte ich mich endlich in Southampton auf der *Ile de France* nach Kapstadt ein, wo ich Ende Januar 1946 ankam.

In Kapstadt erfuhr ich vom Tod meines Vaters, des einzigen Angehörigen, den ich besaß. Der Schock bewirkte einen Rückfall, und ich mußte wiederum für zwei Monate ins Wynberg-Lazarett in Kapstadt.

Jetzt bin ich als vollständig gesund entlassen und bewerbe mich hiermit um eine Anstellung beim auswärtigen Dienst der Republik Südafrika.«

Preston klappte den Ordner zu, und Viljoen blickte auf.

»Well«, sagte der Südafrikaner, »seine berufliche Karriere verlief stetig und einwandfrei, wenn auch ohne Glanzpunkte. Er brachte es bis zum Ersten Sekretär. Er hatte acht Auslandsposten inne, immer in ausgesprochen prowestlichen Ländern. Acht sind ziemlich viel, aber er ist Junggeselle, und das macht bei den

Diensten vieles leichter, ausgenommen auf der Botschafter- oder Ministerebene, wo eine Ehefrau mehr oder weniger vorausgesetzt wird. Glauben Sie immer noch, daß er irgendwo unterwegs umgefallen ist?«

Preston zuckte die Achseln. Viljoen beugte sich vor und tippte auf die Akte.

»Sie wissen jetzt, was diese russischen Schufte ihm angetan haben. Deshalb glaube ich, daß Sie unrecht haben, Mr. Preston. Er ißt also gern Eiscreme und hat sich beim Telefonieren verwählt. Reiner Zufall.«

»Mag sein«, sagte Preston. »Dieser Lebenslauf. Irgend etwas daran ist seltsam.«

Captain Viljoen schüttelte den Kopf.

»Wir arbeiten an dieser Akte, seit Ihr Sir Nigel Irvine den General anrief. Wir haben sie immer wieder durchgelesen. Alles stimmt genau. Alle Namen, Daten, Orte, Army-Lager, Truppeneinheiten, Feldzüge, jedes winzigste Detail. Sogar die Ernten, die vor dem Krieg im Mootseki-Tal eingebracht wurden. Das hat uns das Landwirtschaftsministerium bestätigt. Jetzt werden dort droben Tomaten und Avocados angebaut, aber damals waren es vorwiegend Kartoffeln und Tabak. Niemand könnte diese Geschichte erfunden haben. Nein, wenn er wirklich auf Abwege geriet, was ich bezweifle, dann irgendwo im Ausland.«

Prestons Miene war mürrisch. Draußen begann es zu dämmern.

»All right«, sagte Viljoen. »Ich bin da, um Ihnen zu helfen. Womit möchten Sie jetzt beginnen?«

»Ich möchte mit dem Anfang beginnen«, sagte Preston. »Dieser Ort namens Duiwelskloof, ist das weit von hier?«

»Ungefähr vier Autostunden. Wollen Sie hinfahren?«

»Ja, bitte. Könnten wir zeitig aufbrechen? Sagen wir, morgen früh um sechs?«

»Ich bestelle einen Dienstwagen und bin um sechs Uhr in Ihrem Hotel«, sagte Viljoen.

Es war eine lange Strecke, aber die Autostraße Pretoria–Zimbabwe ist neu gebaut, und Viljoen hatte einen neutralen Chevair genommen, den Typ, den NIS gewöhnlich benutzt. Er fuhr zügig durch Nylstroom und Potgietersrus bis Pietersburg, wo sie nach drei Stunden anlangten. Die Fahrt gab Preston Gelegenheit, die gewaltigen, grenzenlosen Horizonte Afrikas zu sehen, die einen an kleinere Dimensionen gewöhnten Europäer stets tief beeindrucken.

In Pietersburg bogen sie nach Osten ab und fuhren fünfzig Kilometer durchs flache Middle Veld. Wieder erstreckten sich endlose Horizonte unter einem blaßblauen Himmel, bis die Männer an den steilen Buffelberg gelangten, wo das Middle Veld zum Mootseki-Tal abfällt. Als sie die Serpentinen hinunterfuhren, hielt Preston den Atem an.

Tief unter ihnen lag das Tal, reich und üppig. Auf der offenen Talsohle standen an die tausend bienenkorbförmige afrikanische Hütten, Rondavels genannt, umgeben von Kraals, Viehpferchen und Maisfeldern. Ein paar Rundhütten klebten auch an der Flanke des Buffelberges, aber die meisten standen im Talboden verstreut. Aus den Öffnungen in der Dachmitte stieg Holzrauch auf, und sogar aus der großen Höhe und Entfernung konnte Preston die afrikanischen Jungen sehen, die kleine Herden hökkeriger Rinder hüteten, und die Frauen, die sich über ihre Gartenbeete beugten.

Dies hier, dachte er, ist endlich das Afrika der Afrikaner. So ungefähr muß es schon ausgesehen haben, als Moselikatse, der Gründer des Matabele-Reichs, mit seinen Kaffernkriegern nach Norden marschierte, um dem Zorn Tschakas zu entfliehen, den Limpopo überquerte und das Königreich der Langschildleute gründete. Die holprige Straße wand sich den steilen Hang hinunter ins Mootseki-Tal. Jenseits des Tals verlief eine zweite Hügelkette, und dazwischen ein tiefer Einschnitt, durch den die Straße führte. Das war die Schlucht Duiwelskloof, die Teufelskluft.

Nach zehn Minuten waren sie unten und rollten langsam an der neuen Elementarschule vorbei die Botha Avenue entlang, die Hauptstraße des kleinen Gemeinwesens.

»Wohin möchten Sie?« fragte Viljoen.

»Als der alte Marais starb, muß er ein Testament hinterlassen haben«, überlegte Preston. »Und es muß vollstreckt worden sein, durch einen Rechtsanwalt. Läßt sich feststellen, ob es in Duiwelskloof einen Anwalt gibt und ob er an einem Samstagvormittag zu sprechen ist?«

Viljoen fuhr an Kirstens Autowerkstatt vor und wies über die Straße zum Gasthof.

»Trinken Sie da drüben eine Tasse Kaffee und bestellen Sie mir auch einen. Ich werde auftanken und mich umhören.«

Fünf Minuten später saß er mit Preston in der Gaststube.

»Es gibt einen Anwalt«, sagte er, während er seinen Kaffee trank. »Er ist Engländer und heißt Benson. Gleich auf der anderen Straßenseite, zwei Häuser von der Autowerkstatt entfernt. Gehen wir rüber.«

Mr. Benson war anwesend. Viljoen wies der Sekretärin eine Karte im Plastikumschlag vor, die ihre Wirkung nicht verfehlte. Die Frau sagte etwas auf afrikaans in die Wechselsprechanlage, und die beiden Männer wurden unverzüglich in das Büro von Mr. Benson geführt. Mr. Benson, ein freundlicher rosiger Herr im rehbraunen Anzug, begrüßte seine Besucher in Afrikaans. Viljoen antwortete in seinem akzentbehafteten Englisch.

»Darf ich Ihnen Mr. Preston vorstellen; er kommt aus England, aus London. Er möchte Ihnen gern ein paar Fragen stellen.«

Mr. Benson bat die Männer, Platz zu nehmen, und setzte sich wieder hinter seinen Schreibtisch.

»Bitte«, erwiderte er, »ich bin gern behilflich.«

»Darf ich fragen, wie alt Sie sind?« begann Preston. Benson blickte ihn erstaunt an.

»Sind Sie aus London bis hierher gereist, um zu fragen, wie alt ich bin? Also, ich bin dreiundfünfzig.«

»Demnach sind Sie 1946 zwölf Jahre alt gewesen?«

»Stimmt.«

»Können Sie mir bitte sagen, wer zu jener Zeit Anwalt in Duiwelskloof war?«

»Gewiß. Mein Vater, Cedric Benson.«

»Lebt er noch?«

»Ja. Er ist über Achtzig und hat mir die Firma vor fünfzehn Jahren übergeben. Aber er ist noch sehr rührig.«

»Wäre es möglich, mit ihm zu sprechen?«

Statt einer Antwort griff Mr. Benson zum Telefon und wählte eine Nummer. Offenbar sprach er mit seinem Vater, denn der Sohn erklärte, es seien zwei Herren gekommen, einer davon aus London, die ihn sprechen wollten. Dann legte er auf.

»Er wohnt ungefähr zehn Kilometer entfernt, aber er fährt noch immer seinen Wagen, zum Schrecken aller Verkehrsteilnehmer. Er sagte, er werde sofort kommen.«

»Könnten Sie inzwischen in Ihren Akten aus dem Jahr 1946 nachsehen, ob Sie oder vielmehr Ihr Vater Testamentsvollstrekker eines hier ansässigen Farmers namens Laurens Marais gewesen sind, der im Januar 1946 starb?« bat Preston.

»Ich will's versuchen«, sagte Benson junior. »Es kann natürlich sein, daß Mr. Marais einen Anwalt aus Pietersburg hatte. Aber damals hielten die Leute sich lieber an einen ortsansässigen Anwalt. Der Karton 1946 muß noch irgendwo stecken. Einen Augenblick bitte.«

Er verließ das Büro. Die Sekretärin brachte Kaffee. Nach zehn Minuten hörte man Stimmen im Vorzimmer. Die beiden Bensons betraten gemeinsam den Raum, der Sohn trug einen staubigen Karton. Der Senior hatte einen schneeweißen Haarschopf und wirkte so munter wie ein Fisch im Wasser. Nach der Begrüßung brachte Preston sein Anliegen vor.

Wortlos setzte Old Benson sich hinter den Schreibtisch und überließ es seinem Sohn, sich eine andere Sitzgelegenheit zu suchen. Über den Brillenrand hinweg blickte er die Besucher an.

»Ich erinnere mich an Laurens Marais«, sagte er. »Und wir haben nach seinem Tod auch das Testament vollstreckt. Ich selbst.«

Der Sohn reichte ihm ein verstaubtes und verblichenes Dokument, das mit einem rosa Band zusammengebunden war. Der alte Mann blies den Staub weg, knotete das Band auf und öffnete den Schriftsatz. Schweigend begann er zu lesen.

»Ah ja, jetzt weiß ich es wieder. Er war Witwer. Lebte allein. Hatte einen Sohn, Jan. Ein tragischer Fall. Der Junge war gerade aus dem Zweiten Weltkrieg zurückgekommen. Laurens Marais wollte hinunter nach Kapstadt, um ihn zu besuchen, da starb er. Tragisch.«

»Wie lautete sein Letzter Wille?« fragte Preston.

»Der Sohn bekam alles«, sagte Benson. »Farm, Haus, Geräte, Einrichtung. Nur die üblichen kleinen Legate an Bargeld für die eingeborenen Landarbeiter, den Vormann und so weiter.«

»Irgendwelche persönlichen Vermächtnisse, irgend etwas Privateres?« bohrte Preston weiter.

»Hm. Nur eine Sache. ›Und meinem alten, guten Freund Joop Van Rensberg meine Schachfiguren aus Elfenbein, zur Erinnerung an die vielen friedlichen Abende, die wir bei diesem Spiel auf der Farm zubrachten.‹ Sonst nichts.«

»War der Sohn wieder in Südafrika, als der Vater starb?« fragte Preston.

»Muß er gewesen sein. Der alte Laurens wollte ihn doch in Kapstadt besuchen. War damals eine lange Reise. Keine Flugverbindung. Man fuhr mit dem Zug.«

»Haben Sie sich auch mit dem Verkauf der Farm und der übrigen Besitztümer befaßt, Mr. Benson?«

»Die Farm wurde von einem Auktionshaus versteigert, direkt an Ort und Stelle. Sie ging an die Van Zyls. Sie kauften das Ganze. Das Anwesen gehört jetzt Bertie Van Zyl. Aber ich war als Testamentsvollstrecker dabei.«

»Waren keine persönlichen Andenken da, die nicht verkauft wurden?« fragte Preston. Der alte Mann runzelte die Stirn.

»Nicht viel. Alles ging in Bausch und Bogen weg. Oh, ich erinnere mich an ein Fotoalbum. Es hatte keinen Verkaufswert. Ich glaube, ich habe es Mr. Van Rensberg gegeben.«

»Wer war er?«

»Der Lehrer«, fiel der Sohn ein. »Ich ging bei ihm in die Schule, bis ich nach Merensky kam. Er leitete die alte Gemeindeschule, ehe die Elementarschule gebaut wurde. Dann ging er in Pension, hier in Duiwelskloof.«

»Lebt er noch?«

»Nein, er ist vor etwa zehn Jahren gestorben«, sagte der alte Benson. »Ich war bei der Beerdigung.«

»Aber er hatte eine Tochter«, schaltete sein Sohn sich wieder ein. »Cissy. Sie war mit mir in der Merensky-Schule. Muß mein Jahrgang sein.«

»Wissen Sie, was aus ihr geworden ist?«

»Sicher. Sie ist längst verheiratet. Mit einem Sägewerksbesitzer draußen an dcr Straße nach Tzaneen.«

»Eine letzte Frage«, wandte Preston sich an den Senior. »Warum wurde der ganze Besitz verkauft? Wollte ihn der Sohn nicht haben?«

»Offenbar nicht. Er lag damals im Wynberg-Lazarett. Er hat mir ein Telegramm geschickt. Ich bekam seine Adresse von den Militärbehörden, und sie beglaubigten auch seine Identität. In dem Telegramm bat er mich, den gesamten Besitz zu veräußern und das Geld telegrafisch an ihn zu überweisen.«

»Ist er denn nicht zur Beerdigung gekommen?«

»Dazu war keine Zeit. Im Januar ist in Südafrika Hochsommer. Leichenhäuser gab es damals kaum. Die Toten mußten unverzüglich beerdigt werden. Ich glaube sogar, er ist überhaupt nie wieder hierhergekommen. Verständlich. Zu wem hätte er auch kommen sollen.«

»Wo liegt Laurens Marais begraben?«

»Auf dem Friedhof droben auf dem Hügel«, sagte Benson senior. »Ist das alles? Dann gehe ich jetzt zum Lunch.«

Das Klima ist östlich und westlich der Berge von Duiwelskloof grundverschieden. Westlich des Höhenzugs, in Mootseki, fallen pro Jahr durchschnittlich fünfzig Zentimeter Regen. Auf der Ostseite stauen sich die schweren Wolken, die vom Indischen Ozean herkommen, über Mozambique und den Krüger-Nationalpark ziehen und gegen die Berge prallen, deren Osthänge von der vierfachen Regenmenge getränkt werden. Den Haupterwerbszweig bilden hier die Eukalyptuswälder. Nachdem sie zehn Kilometer auf der Straße nach Tzaneen gefahren waren, fanden Viljoen und Preston die Sägemühle von Mr. du Plessis. Seine Frau, die Lehrerstochter, öffnete ihnen. Sie war eine rundliche Person um die Fünfzig, mit Apfelbäckchen und mit Mehl an Händen und Schürze. Sie war gerade beim Backen.

Sie hörte sich aufmerksam an, worum es ging, dann schüttelte sie den Kopf.

»Ich weiß noch, daß mein Vater zur Farm hinausging und mit Marais Schach spielte, als ich noch ein kleines Mädchen war«, sagte sie. »Es muß um 1944/45 gewesen sein. Ich erinnere mich auch an die Elfenbeinfiguren, aber nicht an das Album.«

»Haben Sie Ihren Vater nicht beerbt, als er starb?« fragte Preston.

»Nein«, sagte Mrs. du Plessis. »Wissen Sie, meine Mutter starb 1955, und Daddy blieb allein zurück. Ich führte ihm bis zu meiner Heirat 1958 den Haushalt. Damals war ich dreiundzwanzig. Danach kam er gar nicht mehr zurecht. Sein Haus war immer in einem schrecklichen Zustand. Ich ging anfangs immer noch zu ihm, um für ihn zu kochen und aufzuräumen. Aber als die Kinder kamen, wurde es zuviel.

Dann starb im Jahr 1960 der Mann meiner Tante, Vaters Schwester, und auch sie blieb allein zurück. Sie hatte in Pietersburg gewohnt. Es lag nahe, daß sie zu meinem Vater zog und für ihn sorgte. Das tat sie auch. Ich bat meinen Vater, alles ihr zu hinterlassen – das Haus, die Möbel und so weiter.«

»Was wurde aus der Tante?« fragte Preston.

»Oh, sie wohnt noch immer dort. Es ist ein bescheidener Bungalow direkt hinter dem Gasthof in Duiwelskloof.«

Mrs. du Plessis fuhr mit ihnen hin. Die Tante, Mrs. Winter, war zu Hause: ein fröhlicher Spatz von einer Frau, mit blaugetöntem Haar. Nachdem sie ihren Besuchern zugehört hatte, ging sie zu einem Schrank und holte eine flache Schachtel heraus.

»Der arme Joop hat immer so gern damit gespielt«, sagte sie. Es war das Schachspiel aus Elfenbein. »Haben Sie danach gesucht?«

»Eigentlich nicht«, sagte Preston, »ich suche das Fotoalbum.«

Sie überlegte.

»Auf dem Dachboden ist noch eine Kiste mit altem Zeug«, sagte sie. »Ich hab' sie nach dem Tod meines Bruders hinaufgeschafft. Nur Papiere und Sachen aus seiner Lehrerzeit.«

Andries Viljoen stieg auf den Dachboden und brachte alles herunter. Unter einem Stapel vergilbter Schulberichte lag das Familienalbum der Marais'. Preston blätterte es langsam durch. Es war alles da: die zarte hübsche Braut aus dem Jahr 1920, die schüchtern lächelnde Mutter von 1930, der Junge, der mit konzentrierter Miene auf seinem ersten Pony ritt, der Vater, Pfeife zwischen den Zähnen, der versuchte, sich den Stolz auf seinen Sohn, der neben ihm stand, nicht allzusehr anmerken zu lassen, vor den beiden eine Strecke Kaninchen auf dem Gras. Auf der letzten Seite klebte das Schwarzweißfoto eines Jungen in Krickethosen, eines hübschen Burschen von siebzehn Jahren, der zum Wurf gegen den Dreistab ausholte. Die Unterschrift lautete: »Janni, Kapitän der Kricketmannschaft von Merensky, 1943.«

»Darf ich dieses Bild behalten?« fragte Preston.

»Gern«, sagte Mrs. Winter.

»Hat Ihr verstorbener Bruder jemals mit Ihnen über Mr. Marais gesprochen?«

»Manchmal«, sagte sie. »Die beiden waren viele Jahre lang eng befreundet.«

»Hat Ihr Bruder Ihnen erzählt, woran Mr. Marais starb?«

Sie war erstaunt.

»Hat Ihnen das der Anwalt denn nicht gesagt? Ts, ts, ts. Der alte Cedric muß nicht mehr ganz beisammen sein. Es war ein Unfall mit Fahrerflucht, sagte mir Joop. Der alte Marais war offenbar aus seinem Auto gestiegen, um einen geplatzten Reifen zu reparieren, und wurde von einem Lastwagen erfaßt. Damals nahm man an, daß es betrunkene Kaffern waren – hoppla!« – sie schlug die Hand auf den Mund und blickte Viljoen verlegen an. »Ich sollte das wirklich nicht mehr sagen. Also, wie dem auch sei, es kam niemals heraus, wer den Lastwagen gefahren hat.«

Auf dem Weg hügelabwärts zur Hauptstraße kamen sie am Friedhof vorbei. Preston bat Viljoen, er möge anhalten. Es war ein schönes stilles Fleckchen hoch über der Stadt, von Tannen und Fichten gesäumt, überragt von einem in der Mitte stehenden alten M'wateba-Baum mit gespaltenem Stamm und umzogen von einer Hecke aus Weihnachtssternen. In einer Ecke entdeckten die Männer einen bemoosten Stein. Preston kratzte das Moos ab und fand in den Granit gemeißelt die Inschrift: »Laurens Marais, 1879–1946. Geliebter Gatte von Mary und Vater von Jan Marais. Der Herr sei mit ihm. R. I. P.«

Preston ging hinüber zur Hecke, brach einen flammenden Blütenzweig ab und legte ihn vor den Stein. Viljoen sah ihn erstaunt an.

»Pretoria, bitte«, sagte Preston.

Als sie aus dem Mootseki-Tal zum Buffelberg hinanklommen, drehte Preston sich um und warf einen Blick zurück über das Tal. Dunkelgraue Gewitterwolken hatten sich hinter der Teufelskluft zusammengeballt. Sie kamen rasch näher und verhüllten die kleine Stadt samt dem makabren Geheimnis, das nur einem Engländer mittleren Alters in einem abfahrenden Auto bekannt war. Preston legte den Kopf zurück und schlief ein.

An diesem Abend wurde Harold Philby aus dem Gästetrakt in das Wohnzimmer des Generalsekretärs geleitet, der ihn bereits erwartete. Philby legte dem alten Mann mehrere Dokumente vor. Der Generalsekretär las sie und ließ sie dann sinken.

»Es sind nicht viele Leute beteiligt«, sagte er.

»Erlauben Sie, daß ich auf zwei wichtige Punkte hinweise, Genosse Generalsekretär. Erstens hielt ich es wegen der extremen Vertraulichkeit von Plan Aurora für angezeigt, die Zahl der Teilnehmer auf das absolute Minimum zu beschränken, und selbst von diesen wenigen werden nicht alle über alles informiert sein.

Zweitens müssen, obgleich dies widersprüchlich erscheint, wegen der extrem kurz bemessenen Zeit noch ein paar Ecken gekappt werden. Die wochen- oder sogar monatelangen Besprechungen, die gewöhnlich zur Vorbereitung einer aktiven Maßnahme nötig sind, müssen auf Tage zusammengeschoben werden.«

Der Generalsekretär nickte bedächtig.

»Erklären Sie, warum Sie diese Männer brauchen.«

»Schlüsselfigur der ganzen Operation«, fuhr Philby fort, »ist der Ausführende, der Mann, der nach England geht, dort eine Zeitlang als Brite lebt und schließlich Plan Aurora durchführt.

Zwölf Kuriere oder ›Mulis‹ werden ihn mit allem versorgen, was er braucht. Sie müssen die Objekte ins Land schmuggeln, entweder durch den Zoll oder, wo möglich, an einer unbewachten Stelle. Keiner der Kuriere wird wissen, was er befördert oder warum; jeder hat Zeit und Ort eines Treffs und eines unter Umständen notwendigen Ausweichtreffs auswendig gelernt. Jeder wird sein Päckchen dem Ausführenden übergeben und dann hierher zurückkehren, wo er sofort in totale Quarantäne kommt. Nur einer – abgesehen vom Ausführenden – wird nicht mehr zurückkehren. Aber das darf keiner der beiden Männer wissen.

Die Kuriere unterstehen dem Versandleiter, der auch dafür verantwortlich ist, daß die Sendungen den Ausführenden in England erreichen. Mit dem Versandleiter wird ein Beschaffungs- und Versorgungsoffizier zusammenarbeiten, der den Inhalt der Päckchen beizubringen hat. Dieser Mann wird vier Untergebene haben, von denen jeder ein Spezialist auf seinem Gebiet ist.

Der eine wird die Ausweispapiere und die Beförderung der Kuriere besorgen; der zweite kümmert sich um die Hochtechnologie; der dritte besorgt die ausgearbeiteten Werkstücke, und der vierte ist für die Nachrichtenübermittlung zuständig. Es wird von größter Wichtigkeit sein, daß der Ausführende uns über Fortschritte, Probleme und vor allem über den Zeitpunkt informieren kann, zu dem er einsatzbereit ist; und wir müssen ihn über jede Änderung des Plans informieren können und ihm natürlich den Startbefehl geben.

Zur Nachrichtenübermittlung wäre noch etwas zu sagen. Der Zeitfaktor schließt die üblichen Übermittlungen per Post und bei persönlichen Zusammentreffen aus. Wir können uns mit dem Ausführenden durch chiffrierte Morsesignale in Verbindung setzen, die wir unter Benutzung von Einmalcodes über die Frequenzen des Moskauer Rundfunks ausstrahlen. Aber für den Fall, daß er eine dringende Mitteilung an uns hat, muß ihm irgendwo in England ein Sender zur Verfügung stehen. Es ist altmodisch und riskant, eigentlich nur für Kriegszeiten gedacht. Aber es muß sein. Wie Sie sehen werden, habe ich es erwähnt.«

Der Generalsekretär vertiefte sich wieder in die Papiere und zählte nach, wie viele Personen für die Durchführung des Plans erforderlich sein würden. Schließlich blickte er auf.

»Sie bekommen Ihre Leute«, sagte er. »Ich lasse sie Stück für Stück aussuchen, die besten, die wir haben, und auf ihre besonderen Pflichten vorbereiten.

Und noch etwas. Ich wünsche nicht, daß irgend jemand, der mit Aurora zu tun hat, in irgendeiner Form mit den KGB-Leuten in unserer Rezidentura an der Londoner Botschaft Kontakt aufnimmt. Man weiß nie, wer unter Beobachtung steht, oder –«

Was immer seine zweite Befürchtung sein mochte, er sprach sie nicht aus.

»Das ist alles.«

2. Kapitel

Am Morgen darauf trafen sich Preston und Viljoen auf Anregung des Engländers wieder in ihrem Büro im Union Building. Da es ein Sonntag war, hatten sie das Gebäude fast für sich allein.

»Was machen wir jetzt?« fragte Captain Viljoen.

»Irgend etwas paßt nicht ins Bild«, sagte Preston. »Ich habe die ganze Nacht wachgelegen und nachgedacht.«

»Sie haben auf dem ganzen Rückweg nach Pretoria geschlafen«, sagte Viljoen bissig. »Ich mußte fahren.«

»Aber Sie sind so viel besser in Form«, antwortete Preston. Das gefiel Viljoen, der stolz auf seine Kondition war und regelmäßig Sport trieb. Er taute ein wenig auf.

»Ich möchte mehr über diesen anderen Soldaten wissen«, sagte Preston.

»Welchen anderen Soldaten?«

»Den, der zusammen mit Marais flüchtete. Marais erwähnt nie seinen Namen. Er schreibt nur ›der andere Soldat‹ oder ›mein Kamerad‹. Warum nennt er ihn nicht beim Namen?«

Viljoen zuckte die Achseln.

»Er hielt ihn wohl nicht für wichtig. Er muß im Wynberg-Lazarett den Namen gemeldet haben, damit die Angehörigen benachrichtigt werden konnten.«

»Aber nur mündlich«, überlegte Preston. »Die Leute, die die Meldung entgegennahmen, dürften bald ins zivile Leben zurückgekehrt sein und sich in alle Winde zerstreut haben. Schriftlich haben wir nur den Lebenslauf, und darin erwähnt er keinen Namen. Ich möchte den anderen Soldaten aufspüren.«

»Aber er ist doch tot«, wandte Viljoen ein. »Er liegt seit zweiundvierzig Jahren in einem Wald in Polen begraben.«

»Dann möchte ich herausbekommen, wer er war.«

»Wo zum Kuckuck sollen wir mit der Suche beginnen?«

»Marais schreibt, die Lagerinsassen konnten sich nur durch Sendungen des Roten Kreuzes am Leben erhalten«, sagte Preston, als denke er laut nach. »Und er schreibt, er und sein Kamerad seien kurz vor Weihnachten geflohen. Muß die Deutschen ziemlich in Rage gebracht haben. In solchen Fällen wurde meist der ganze Lagerblock bestraft: keine Vergünstigungen mehr, keine Lebensmittelpakete. Jeder, der in diesem Block war, dürfte sich bis an sein Lebensende an dieses Weihnachten erinnern. Läßt sich feststellen, wer damals in diesem Block war?«

In Südafrika gibt es keinen Verband ehemaliger Kriegsgefangener, aber es gibt einen Veteranenverein, dem nur aktive Feldzugsteilnehmer angehören. Die Vereinslokale werden »Granattrichter« genannt, und Preston und Viljoen fingen an, jeden Granattrichter in Südafrika anzurufen und zu fragen, ob man einen ehemaligen Gefangenen vom Stalag 344 kenne.

Es war eine mühsame Sache. Die meisten der elftausend in diesem Lager gefangenen Soldaten waren Engländer, Kanadier, Australier, Neuseeländer oder Amerikaner gewesen. Die Südafrikaner bildeten eine kleine Minderheit. Zudem waren in der langen Zwischenzeit viele gestorben. Von den noch Lebenden waren die einen gerade auf dem Golfplatz, die anderen verreist. Die Fragesteller ernteten freundliche Absagen und eine Menge gutgemeinter Ratschläge, die sich alle als Nieten erwiesen. Am Spätnachmittag machten sie Schluß und begannen am Montag früh von neuem. Kurz vor Mittag konnte Viljoen einen ersten Erfolg verzeichnen. Er hatte einen ehemaligen Fleischpacker in Kapstadt an der Strippe. Viljoen, der afrikaans gesprochen hatte, legte die Hand über die Sprechmuschel.

»Der Alte sagt, er sei in Stalag 344 gewesen.«

Preston nahm den Hörer.

»Mr. Anderson? Ja, mein Name ist Preston. Ich stelle Nachforschungen über Stalag 344 an ... Vielen Dank, sehr liebenswürdig ... Ja, ich glaube, daß Sie dort waren. Erinnern Sie sich noch an Weihnachten 1944? Als zwei junge Afrikaander beim Außeneinsatz geflüchtet sind ... Ah, Sie wissen es noch. Ja, ich kann mir denken, daß es sehr schlimm war ... Erinnern Sie sich noch an die Namen? Ah, Sie waren nicht in derselben Unterkunft? Nein, ganz klar. Wissen Sie vielleicht noch, wie der ranghöchste südafrikanische Gefangene hieß? Aha, Unteroffizier Roberts. Und der Vorname? ... Bitte, denken Sie nach. Wie? Wally. Das wissen Sie genau? Danke, Sie haben mir sehr geholfen.«

Preston legte den Hörer auf.

»Unteroffizier Wally Roberts. Vermutlich Walter Roberts. Können wir ins Militärarchiv gehen?«

Das südafrikanische Militärarchiv untersteht, aus welchem Grund auch immer, dem Erziehungsministerium und befindet sich in Pretoria, Visagie Street 20. Es waren mehr als hundert Roberts aufgeführt, bei neunzehn davon stand als Vorname nur W., sieben hießen Walter. Keiner paßte. Die beiden Männer gingen alle W. Roberts durch. Nichts. Preston fing nun systematisch mit A. Roberts an, und nach einer Stunde wurde er fündig. James Walter Roberts war im Zweiten Weltkrieg Offiziersanwärter gewesen, bei Tobruk in Gefangenschaft geraten und in Lagern in Nordafrika, Italien und schließlich in Ostdeutschland gewesen.

Er war auch nach dem Krieg beim Militär geblieben, hatte es bis zum Oberst gebracht und war 1972 pensioniert worden.

»Beten Sie, daß er noch lebt«, sagte Viljoen.

»In diesem Fall bezieht er Pension«, sagte Preston, »und ist bei der Pensionskasse bekannt.«

Was er auch war. Oberst a. D. Wally Roberts verbrachte seinen Lebensabend in Orangeville, einer von Seen und Wäldern umgebenen Kleinstadt, hundertsechzig Kilometer südlich von Johannesburg. Es war schon dunkel, als Preston und Viljoen aus dem Archiv kamen. Sie beschlossen, am nächsten Morgen nach Orangeville zu fahren.

Mrs. Roberts öffnete die Tür des hübschen Bungalows und

geriet beim Anblick von Captain Viljoens Dienstausweis in gelinde Aufregung.

»Er ist unten am See und füttert die Vögel«, sagte sie und wies ihnen den Weg. Sie fanden den alten Krieger, wie er einem dankbaren Schwarm von Wasservögeln Brotbröckchen hinstreute. Als die beiden Männer auf ihn zutraten, richtete er sich auf und prüfte Viljoens Ausweis. Dann nickte er, als wolle er sagen: weitermachen.

Er war in den Siebzigern, hielt sich gerade wie ein Ladestock, trug einen Tweedanzug, blankgeputzte braune Schuhe und einen weißen Bürstenschnurrbart auf der Oberlippe. Er hörte sich Prestons Frage mit ernster Miene an.

»Natürlich erinnere ich mich. Wurde vor den deutschen Kommandanten zitiert, der eine Stinkwut hatte. Hat der ganzen Baracke wegen dieser Geschichte die Rotkreuzpakete gestrichen. Verdammte junge Narren; am 22. Januar 1945 wurden wir weiter nach Westen verlegt und Ende April befreit.«

»Erinnern Sie sich noch an die Namen?« fragte Preston.

»Natürlich. Vergesse nie einen Namen. Beide sehr jung, noch keine zwanzig, würde ich sagen. Einer hieß Marais, der andere Brandt. Beide Afrikaander. An ihre Einheit kann ich mich nicht mehr erinnern. Wir waren richtig vermummt, haben alles übereinander angezogen. Kaum Regimentsabzeichen zu sehen.«

Preston und Viljoen bedankten sich überschwenglich und fuhren zurück nach Pretoria und wieder zur Visagie Street. Unglücklicherweise ist Brandt ein sehr häufiger holländischer Name, und es gibt auch den Namen Brand ohne das »t« am Ende, aber er wird genauso ausgesprochen. Es gab Hunderte davon.

Bis zum Abend hatten sie, unterstützt von den Archivaren, sechs Unteroffiziere Frederik Brandt ermittelt, aber alle waren schon gestorben. Zwei waren in Nordafrika gefallen, zwei in Italien und einer war beim Kentern eines Landungsbootes umgekommen. Sie schlugen die sechste Akte auf.

Captain Viljoen starrte ungläubig auf die offene Akte.

»Das darf nicht wahr sein«, sagte er leise. »Wer könnte das getan haben?«

»Schwer zu sagen«, erwiderte Preston. »Schließlich ist es schon lange her.«

Die Akte war vollständig leer.

»Es tut mir wirklich leid«, sagte Viljoen, als er Preston zum Hotel Burgerspark zurückfuhr. »Aber es sieht aus, als ob die Spur hier endete.«

Am selben Abend rief Preston von seinem Hotelzimmer aus Oberst Roberts an.

»Verzeihen Sie, daß ich nochmals störe, Herr Oberst. Können Sie sich noch entsinnen, ob Unteroffizier Brandt einen besonders guten Freund oder Kameraden in dieser Baracke hatte? Nach meiner eigenen Erfahrung in der Army gibt es gewöhnlich Kameraden, die besonders eng zusammenhalten.«

»Ganz recht, gibt es häufig. Aus dem Stegreif kann ich's Ihnen nicht sagen. Lassen Sie mich's überschlafen. Wenn mir etwas einfällt, rufe ich Sie morgen früh an.«

Der hilfreiche Oberst rief an, als Preston beim Frühstück saß. Die abgehackte Stimme klang, als mache er Rapport ans Hauptquartier.

»Habe nachgedacht«, sagte der Oberst. »Die Baracken waren für ungefähr hundert Mann gebaut. Aber am Ende lagen wir drin wie die Heringe. Über zweihundert pro Baracke. Mußten auf dem Boden schlafen oder immer zwei auf einer Pritsche. Nicht von wegen, Sie verstehen, ging einfach nicht anders.«

»Verstehe«, sagte Preston. »Und Brandt?«

»Hat seine Pritsche mit einem anderen Unteroffizier geteilt. Name war Levinson. R. D. L. I.«

»Wie bitte?«

»Royal Durban Light Infantry. Levinsons Einheit.«

In der Visagie Street ging es diesmal schneller. Levinson war bei weitem kein so häufiger Name, und sie wußten die Einheit.

In einer Viertelstunde lag die Akte vor. Der Mann hieß Max Levinson, geboren in Durban. Nach Kriegsende hatte er abgemustert, daher war nichts über eine Pension oder eine Adresse verzeichnet. Aber sie wußten, daß er fünfundsechzig Jahre alt war.

Preston versuchte sein Glück mit dem Telefonbuch von Durban, während Viljoen die dortige Polizei bat, den Namen in ihrem Computer abzufragen. Viljoen wurde als erster fündig. Es lagen zwei Parkvergehen und eine Adresse vor. Max Levinson besaß ein kleines Hotel an der Küste. Viljoen rief an, und Mrs. Levinson kam an den Apparat. Sie bestätigte, daß ihr Mann im Stalag 344 gewesen sei. Im Moment sei er beim Angeln.

Sie drehten Daumen, bis Mr. Levinson am Abend zurückkam, dann sprach Preston mit ihm. Der fröhliche Hotelier dröhnte übers Telefon:

»Klar erinnere ich mich an Frikki. Der Blödmann ist in die Wälder abgehauen. Nie mehr von ihm gehört. Was ist mit ihm?«

»Woher stammte er?«

»East London«, sagte Levinson ohne Zögern.

»Und seine Familie?«

»Darüber hat er nie viel gesagt«, erwiderte Mr. Levinson. »Afrikaander natürlich. Fließend Afrikaans, schlechtes Englisch. Arbeiterklasse. Ach ja, ich erinnere mich, er hat gesagt, sein Vater sei Rangierer bei der Eisenbahn.«

Preston bedankte sich und wandte sich an Viljoen.

»East London«, sagte er. »Können wir hinfahren?«

Viljoen seufzte.

»Ich würde abraten«, sagte er. »Es sind Hunderte von Kilometern. Wir haben ein sehr großes Land, Mr. Preston. Wenn Sie unbedingt wollen, fliegen wir morgen runter. Ich rufe an, daß uns ein Polizeiauto mit Fahrer dort abholt.«

»Ein neutraler Wagen, bitte«, sagte Preston. »Der Fahrer in Zivilkleidung.«

Obwohl das Hauptquartier des KGB sich in der Moskauer »Zentrale« am Dscherchinskij-Platz Nummer 2 befindet und obwohl das Gebäude nicht gerade klein ist, könnte es nicht einmal einen Teil eines der Direktorate und Dienststellen fassen, aus denen diese riesige Organisation besteht. Daher sind Zweigstellen über die ganze Stadt verteilt.

Das Erste Hauptdirektorat hat seinen Sitz in Jasjenewo am äußeren Umgehungsring im Süden. Der größte Teil der Dienststellen befindet sich in einem modernen siebengeschossigen Bau aus Aluminium und Glas, dessen Grundriß einen dreizackigen Stern bildet, ähnlich dem Markenzeichen von Mercedes.

Das Gebäude wurde von finnischen Vertragsarbeitern errichtet und war für die Internationale Abteilung des Zentralkomitees gedacht. Aber als es fertig war, gefiel es den Leuten von der I. A. nicht; sie wollten näher am Stadtzentrum bleiben, und daher übernahm das Erste Hauptdirektorat die Räume. Für diese Organisation ist die Lage am Rande der Stadt und fern von spähenden Augen geradezu ideal.

Die Mitarbeiter des Ersten Hauptdirektorats arbeiten offiziell sogar im eigenen Land »im Untergrund«. Da viele von ihnen, angeblich als Diplomaten, ins Ausland geschickt werden (oder bereits dort leben), liegt ihnen nicht daran, daß ein vorwitziger Tourist sie aus dem Ersten Hauptdirektorat herauskommen sieht und sie vielleicht heimlich fotografiert.

Ein Direktorat jedoch gibt es, das so geheim ist, daß es nicht wie die übrigen in Jasjenewo stationiert ist. Das Direktorat S, auch das Illegalendirektorat genannt, ist Top Secret. Seine Agenten kommen niemals mit ihren Kollegen vom Ersten Hauptdirektorat, ja nicht einmal unter sich zusammen. Die Ausbildung und Instruktion dieser Männer geht unter vier Augen vor sich, das heißt, ein Ausbilder hat jeweils nur einen einzigen Schüler. Sie kommen auch nicht jeden Morgen in ein bestimmtes Büro, da sie auf diese Weise einander kennenlernen könnten.

Der Grund für diese Vorsichtsmaßnahmen ist in der sowjetischen Psyche zu suchen: Die Russen leiden an Verfolgungswahn, was Geheimhaltung und Verrat angeht – übrigens keine Erfindung des Kommunismus, dieser Wahn stammt noch aus der Zarenzeit. Die Illegalen – Männer und gelegentlich auch Frauen – werden darauf gedrillt, ins Ausland zu gehen und dort unter einer hieb- und stichfesten Legende zu leben.

Dennoch ist es vorgekommen, daß Illegale enttarnt worden sind und mit dem Gegner zusammengearbeitet haben; andere sind übergelaufen und haben alles ausgepackt, was sie wußten. Daher ist es um so besser, je weniger sie wissen. Was man nicht weiß, oder wen man nicht kennt, kann man nicht verraten.

Dies ist auch der Grund, warum die Illegalen in Dutzenden kleiner Wohnungen im Stadtkern von Moskau untergebracht werden und nur zum Training und zur Instruktion in Erscheinung treten. Um seinen »Jungens« nah zu sein, hat der Chef von Direktorat S immer noch sein Büro in der Zentrale am Dscherchinskij-Platz, in der sechsten Etage, drei Stockwerke über dem Vorsitzenden Schebrikow und zwei über dessen ersten Stellvertretern, den Generalen Tsinew und Kryutschow.

Dieses unfromme Allerheiligste betraten am Mittwoch, dem 18. März – während Preston in Durban mit Levinson sprach –, zwei Männer, um mit dem Chef der Illegalen zu reden, einem bärbeißigen alten Militär, der sein ganzes Leben als verdeckter Spion verbracht hatte. Was die Männer ihm zu sagen hatten, hörte er gar nicht gern.

»Es gibt nur einen einzigen Mann, dem dieser Schuh paßt«, gab er brummig zu. »Er ist ein As.«

Einer der Männer vom Zentralkomitee zückte eine kleine Karte.

»Dann, Genosse Generalmajor, werden Sie ihn mit sofortiger Wirkung vom Dienst befreien; er soll sich bei dieser Adresse melden.«

Der Direktor nickte verdrossen. Er kannte die Adresse. Als die Männer gegangen waren, ließ er sich ihren Auftrag noch einmal durch den Kopf gehen. Ja, der Befehl kam vom Zentralkomitee, und wenn davon auch nicht ausdrücklich die Rede gewesen war, so bestand kein Zweifel, wer soviel Gewalt besaß, um einen solchen Auftrag zu erteilen. Der Generalmajor seufzte resigniert. Es war hart, einen der besten Männer, die er jemals ausgebildet hatte, verlieren zu müssen, einen wirklich erstklassigen Agenten. Aber gegen diesen Befehl gab es keine Einwände. Der Direktor war Offizier im Dienst; und Befehl ist Befehl. Er drückte auf den Knopf der Sprechanlage.

»Major Valeri Petrofsky soll sich bei mir melden«, sagte er.

Die erste Maschine aus Johannesburg landete pünktlich in East London auf dem kleinen sauberen, blauweißen Ben-Schoeman-Flugplatz, der Südafrikas viertgrößten Handelshafen mit der Welt verbindet. Der Polizeifahrer wartete in der Halle und führte die beiden Männer zu einer neutralen Ford-Limousine auf dem Parkplatz.

»Wohin, Captain?« fragte er. Viljoen gab die Frage durch einen Blick an Preston weiter.

»Zur Eisenbahndirektion«, sagte Preston. »Genauer, zum Verwaltungsgebäude.«

Der Fahrer nickte und startete den Wagen. Der Bahnhof von East London, eine moderne Anlage, ist an der Fleet Street, und direkt gegenüber steht ein ziemlich schäbiger Komplex eingeschoßiger Gebäude in Grün und Cremefarbe, die Verwaltungsbüros.

Dort verschaffte ihnen Viljoens Sesam-öffne-dich-Karte sogleich Zugang beim Leiter der Finanzabteilung. Er hörte sich Prestons Wünsche an.

»Ja, wir zahlen Pensionen an alle ehemaligen Eisenbahner, die noch hier wohnen«, sagte er. »Wie war der Name?«

»Brandt«, sagte Preston. »Den Vornamen weiß ich leider nicht. Aber er war früher Rangierer.«

Der Direktor ließ einen Mitarbeiter kommen, und alle vier marschierten schmutzige Korridore entlang bis zur Registratur. Der Mitarbeiter suchte eine Weile herum und brachte schließlich einen Pensionszettel zum Vorschein.

»Hier ist er«, sagte er. »Der einzige, den wir haben. Vor drei Jahren pensioniert. Koos Brandt.«

»Wie alt ist er jetzt?« fragte Preston.

»Dreiundsechzig«, sagte der Mitarbeiter nach einem Blick auf die Karte. Preston schüttelte den Kopf. Wenn Frikki Brandt etwa gleichaltrig war mit Jan Marais und sein Vater ungefähr dreißig Jahre älter, dann müßte der Mann jetzt über neunzig sein.

»Der Mann, den ich suche, ist jetzt ungefähr neunzig«, sagte er.

Der Direktor und sein Mitarbeiter waren nicht zu beirren. Es gab keinen weiteren Brandt, der im Ruhestand lebte.

»Könnten Sie mir dann«, bat Preston, »die drei ältesten Pensionisten heraussuchen, die noch am Leben sind und ihre wöchentliche Rente beziehen?«

»Die Pensionisten sind nicht dem Alter nach aufgeführt«, protestierte der Mitarbeiter, »sie sind alphabetisch geordnet.«

Viljoen nahm den Direktor beiseite und redete leise auf afrikaans mit ihm. Was immer der Captain gesagt haben mochte, es tat seine Wirkung. Der Direktor schien beeindruckt.

»Machen Sie sich an die Arbeit«, befahl er dem Angestellten. »Einen nach dem anderen. Jeden, der vor 1910 geboren ist. Wir sind in meinem Büro.«

Es dauerte eine Stunde. Dann kam der Mitarbeiter mit drei Pensionskarten zurück.

»Einer ist neunzig«, erklärte er, »aber er war Gepäckträger im Bahnhof. Einer achtzig, früherer Reinigungsmann. Und der da ist einundachtzig. Ehemaliger Rangierer im Verschiebebahnhof.«

Der Mann hieß Fourie und wohnte irgendwo droben in Quigney.

Zehn Minuten später fuhren Preston und Viljoen durch Quigney, das alte Viertel von East London, das in den frühen dreißiger Jahren entstanden war. Einige der bescheidenen Häuschen waren »überholt« worden; andere waren schäbig und verwahrlost, die Häuser armer weißer Arbeiter. Von der dahinterliegenden Moore Street konnte man den Lärm der Eisenbahn-Reparaturwerkstätten und des Verschiebebahnhofs hören, wo die langen Güterzüge zusammengestellt werden, die Fracht von den Docks über Pietermaritzburg hinauf ins Binnenland Transvaal brachten. Sie fanden das Haus in einer Seitenstraße der Moore Street.

Eine alte Negerin öffnete ihnen die Tür, das Gesicht verschrumpelt wie eine Walnuß, das weiße Haar zu einem Dutt gerafft. Viljoen sprach Afrikaans zu ihr. Die alte Frau deutete in die Ferne und murmelte etwas, bevor sie energisch die Tür wieder schloß. Viljoen ging mit Preston zum Wagen zurück.

»Sie sagt, er ist drüben im Institut«, sagte Viljoen zum Fahrer. »Wissen Sie, was sie meint?«

»Ja, Sir. Hieß früher so. Jetzt heißt es Turnbull Park. In der Peterson Street. Freizeit- und Erholungsclub für Eisenbahner.«

Es war ein großes ebenerdiges Gebäude in einem ummauerten Parkplatz, nebenan lagen drei Bowlingbahnen. Preston und Viljoen betraten das Haus, gingen an einer Reihe von Billardtischen und Fernsehnischen vorbei, bis sie an eine gutbesuchte Theke gelangten. »Papa Fourie?« sagte der Barmann, »klar, der ist draußen und schaut beim Bowling zu.«

Sie fanden den alten Mann an einer der Bahnen, wo er, ein Glas Bier in der Hand, in der warmen Herbstsonne saß. Preston stellte seine Frage. Der alte Mann starrte ihn eine Weile an, ehe er nickte.

»Ja, ich kann mich an Joe Brandt erinnern. Is aber schon lang tot.«

»Er hatte einen Sohn, Frederik oder Frikki.«

»Stimmt. Lieber Himmel, junger Mann, da muß ich aber weit zurückdenken. Netter Junge. Is manchmal nach der Schule in den Rangierbahnhof gekommen. Dann hat Joe ihn auf der Rangierlok mitfahren lassen. War damals für einen Jungen ein Mordsspaß.«

»Das wäre dann Mitte oder Ende der Dreißiger gewesen?« fragte Preston. Der alte Mann nickte.

»So ungefähr. Joe und die Familie waren noch nicht lang hier.«

»Ungefähr 1943 ist Frikki eingerückt«, sagte Preston. Papa Fourie starrte ihn lange aus wäßrigen Augen an, die versuchten, über mehr als fünfzig Jahre eines ereignislosen Lebens zurückzublicken.

»Ja, stimmt«, sagte er. »Der Junge is nie zurückgekommen. Es hat geheißen, er is irgendwo in Deutschland gestorben. Hat Joe das Herz gebrochen. Der Junge war sein ein und alles, hat Großes mit ihm vorgehabt. Er war nie mehr der alte, seit dieses Telegramm gekommen is. 1950 is er gestorben, vor Kummer, glaub' ich immer noch. Seine Frau nich lang nach ihm, paar Jahre vielleicht.«

»Sie sagten vorhin ›Joe und die Familie waren noch nicht lang hier‹«, schaltete Viljoen sich ein. »Aus welchem Teil Südafrikas sind sie gekommen?«

Papa Fourie sah ihn verständnislos an.

»Sie sind überhaupt nich aus Südafrika gekommen«, sagte er.

»Aber sie waren Afrikaander«, beharrte Viljoen.

»Wer hat Ihnen das gesagt?«

»Die Army«, sagte Viljoen. Der alte Mann grinste.

»Kann mir vorstellen, daß unser Frikki bei der Army gesagt hat, er is Afrikaander«, sagte er. »Nein, sie sind aus Deutschland gekommen. Einwanderer. So Mitte der Dreißiger. Joe hat bis zu seinem Tod nie richtig Afrikaans gelernt. Der Junge natürlich schon. In der Schule.«

Als sie wieder im Wagen saßen, wandte Viljoen sich Preston zu und fragte: »Well?«

»Wo werden die Unterlagen über die Einwanderer in Südafrika aufbewahrt?«

»Im Souterrain des Union Building, im Staatsarchiv«, sagte Viljoen.

»Könnten die Archivare für mich nachsehen, während wir hier warten?« fragte Preston.

»Klar. Wir fahren zum Polizeipräsidium. Von dort aus können wir leichter telefonieren.«

Das Polizeipräsidium ist ebenfalls in der Fleet Street, eine dreistöckige Festung aus gelben Ziegeln mit undurchsichtigen Fenstern, direkt neben der Exerzierhalle der Kaffraria-Schützen. Preston und Viljoen brachten ihr Anliegen vor und gingen zum Lunch in die Kantine, während in Pretoria ein Archivar um seine Pause kam, weil er die Akten durchsehen mußte. Glücklicherweise waren sie alle im Jahr 1987 bereits elektronisch gespeichert, und der Computer gab die Aktennummer im Handumdrehen aus. Der Archivar holte die Akte, tippte ein Resümee und gab es über Telex weiter.

Das Telex kam in East London an, als Preston und Viljoen beim Kaffee saßen. Viljoen übersetzte es Wort für Wort.

»Du meine Güte«, sagte er, als er fertig war, »wer hätte je an so was gedacht?«

Preston dachte eine Weile nach. Dann stand er auf, durchquerte die Kantine und sprach mit dem Fahrer, der an einem anderen Tisch saß.

»Gibt es in East London eine Synagoge?«

»Ja, Sir. An der Park Avenue. Zwei Minuten von hier.«

Die weißgetünchte Synagoge mit der schwarzen Kuppel und dem Davidstern obenauf war am Donnerstagnachmittag leer bis auf einen farbigen Hausmeister, der einen alten Soldatenmantel und eine Wollmütze trug. Er gab ihnen die Adresse von Rabbi Blum, im Vorort Salbourne. Kurz nach fünfzehn Uhr klopften sie an seine Tür.

Der Rabbi war ein kräftiger bärtiger Mittfünfziger mit eisgrauem Haar.

Ein Blick genügte; er war zu jung. Preston stellte sich vor.

»Können Sie mir bitte sagen, wer Ihr Vorgänger war?«

»Gewiß, Rabbi Shapiro.«

»Und wissen Sie, ob er noch lebt und wo er wohnt?«

»Kommen Sie doch herein«, sagte Rabbi Blum.

Er führte Preston ins Haus, einen Korridor entlang, und öffnete eine Tür. Der Raum war ein Wohn-Schlafzimmer. Vor einem Gaskamin saß ein alter Mann und nippte an einer Tasse schwarzem Tee.

»Onkel Solomon, dieser Herr möchte Euch sprechen«, sagte er.

Eine Stunde später verließ Preston das Haus und setzte sich zu Viljoen, der im Wagen gewartet hatte.

»Zum Flugplatz«, wies Preston den Fahrer an. Zu Viljoen sagte er: »Könnten Sie dafür sorgen, daß ich morgen vormittag General Pienaar sprechen kann?«

An diesem Nachmittag wurden zwei weitere Männer von ihren Posten in der Sowjetarmee zur besonderen Verwendung abgestellt.

Ungefähr hundertsechzig Kilometer westlich von Moskau, ein wenig abseits der Straße nach Minsk, befindet sich mitten im Wald eine Anzahl Parabolantennen nebst dazugehörigen Gebäuden. Es handelt sich um einen der russischen Horchposten, wo Funksignale von den Streitkräften des Warschauer Pakts und aus dem Ausland aufgefangen werden, aber man kann auch den Nachrichtenverkehr zwischen Teilnehmern weit außerhalb der sowjetischen Grenzen abhören. Ein Teil der Anlage ist dicht abgeschottet und ausschließlich dem KGB vorbehalten.

Einer der Männer war Funker bei dieser Station.

»Er ist mein Paradepferd«, klagte der kommandierende Oberst seinem Stellvertreter, als der Mann vom Zentralkomitee wieder fort war. »Gut? Was heißt hier gut? Mit entsprechendem Gerät hört er genau, wenn in Kalifornien eine Küchenschabe hustet.«

Der zweite Mann, der abgestellt wurde, war Oberst der Sowjetarmee, und die Abzeichen an seiner Uniform – die er allerdings selten trug – hätten ihn als Artilleristen ausgewiesen. In Wahrheit war er mehr Wissenschaftler als Soldat und arbeitete in der Forschungsabteilung des Direktorats für Feldzeugwesen.

»Also«, sagte General Pienaar, als sie in den Clubsesseln um den niedrigen Tisch saßen, »unser Diplomat Jan Marais. Ist er schuldig oder nicht?«

»Schuldig«, sagte Preston, »hundertprozentig.«

»Es wäre mir lieb, wenn Sie das beweisen könnten, Mr. Preston. Wo hat er Verrat geübt? Wo ist er umgedreht worden?«

»Er hat nicht, und er ist nicht«, sagte Preston. »Er ist kein einziges Mal entgleist. Haben Sie seinen handschriftlichen Lebenslauf gelesen?«

»Ja, und wie Ihnen Captain Viljoen vermutlich bereits gesagt hat, haben wir jeden einzelnen Schritt dieses Mannes nachgeprüft, von seiner Geburt bis zum heutigen Tag. Wir finden keine einzige Unstimmigkeit.«

»Es gibt auch keine«, sagte Preston. »Die Geschichte seiner Kindheit und Jugend stimmt bis ins kleinste. Ich glaube, er könnte sie auch heute noch fünf Stunden lang beschreiben, ohne sich ein einziges Mal zu wiederholen und ohne sich in irgendeiner Kleinigkeit zu irren.«

»Dann ist das Ganze auch wahr. Alles, was nachprüfbar ist, ist auch wahr«, sagte der General.

»Alles, was nachprüfbar ist, ja. Alles ist wahr, bis zu der Stelle, wo diese beiden jungen Kriegsgefangenen in Schlesien von dem deutschen Lastwagen sprangen und die Flucht ergriffen. Alles spätere ist Lüge. Ich möchte jetzt mit dem anderen Ende beginnen, mit dem Mann, der zusammen mit Jan Marais flüchtete, mit der Geschichte des Frikki Brandt.

1933 kam Hitler in Deutschland an die Macht. 1935 erschien

ein deutscher Eisenbahnarbeiter namens Josef Brandt bei der Botschaft Südafrikas in Berlin und suchte um ein Einreisevisum nach – aus Gründen der Menschlichkeit; er werde verfolgt, sei in Gefahr, weil er Jude sei. Das Gesuch wurde anerkannt, und man bewilligte ihm und seiner jungen Familie die Einreise nach Südafrika. Das Gesuch und die Ausstellung des Visums sind in Ihren Akten vermerkt.«

»Richtig«, nickte General Pienaar. »Während der Hitlerzeit kamen viele jüdische Einwanderer nach Südafrika. Unser Land kann sich in dieser Hinsicht sehen lassen, besser als manches andere.«

»Im September 1935«, fuhr Preston fort, »gingen Josef Brandt, seine Ehefrau Ilse und der zehnjährige Sohn Friedrich in Bremerhaven an Bord und landeten sechs Wochen später in East London. Damals gab es dort eine große deutsche und eine kleine jüdische Gemeinde. Brandt blieb in East London und bekam Arbeit bei der Eisenbahn. Ein freundlicher Beamter der Einwanderungsbehörde benachrichtigte den Rabbi von der Ankunft der neuen Mitbürger.

Der Rabbi, ein energischer junger Mann namens Solomon Shapiro, besuchte die Brandts und lud sie ein, am Leben der jüdischen Gemeinde teilzunehmen. Sie lehnten ab, und er vermutete, sie wollten versuchen, in der nichtjüdischen Bevölkerung aufzugehen. Er war enttäuscht, aber er schöpfte keinen Verdacht.

1938 wurde der Junge, dessen Name jetzt auf afrikaans Frederik oder Frikki lautete, dreizehn Jahre alt. Zeit für seine *bar-mizwe* oder *bar-mitzwah,* die Einführung in die religiösen Pflichten eines erwachsenen Israeliten. Selbst wenn die Brandts sich ihrer neuen Heimat anpassen wollten, so ist dies doch für einen Mann mit einem einzigen Sohn eine wichtige Sache. Obwohl keiner der Brandts jemals die Talmud-Schule besucht hatte, ging Rabbi Shapiro zu ihnen und fragte sie, ob er seines Amtes walten solle. Sie ließen ihn abblitzen, und jetzt wurde er hellhörig und gelangte zu einer ganz bestimmten Überzeugung.«

»Zu welcher Überzeugung?« fragte der General erstaunt.

»Zu der Überzeugung, daß sie überhaupt keine Juden waren«, sagte Preston, »wie er mir gestern abend erzählte. Bei der *bar-mitzwah* wird der Junge vom Rabbi eingesegnet. Aber erst, wenn der Rabbi sicher sein kann, daß der Junge wirklich Jude ist. Und zwar mütterlicherseits, das schreibt der jüdische Glaube so vor. Die Mutter muß ein Dokument vorlegen, eine sogenannte *ketubah,* die beweist, daß sie Jüdin ist. Ilse Brandt hatte keine *ketubah.* Also konnte keine *bar-mitzwah* stattfinden.«

»Demnach sind sie unter Vorspiegelung falscher Tatsachen nach Südafrika gekommen«, sagte General Pienaar. »Es ist verflixt lange her.«

»Das ist noch nicht alles«, sagte Preston. »Ich kann es nicht beweisen, glaube aber, daß ich recht habe. Josef Brandt sagte die Wahrheit, als er vor vielen Jahren bei Ihrer Botschaft angab, er werde von der Gestapo bedroht. Aber nicht als Jude, sondern als militanter, aktiver deutscher Kommunist. Er wußte natürlich, daß er das nicht sagen durfte, wenn er ein Visum bekommen wollte.«

»Weiter«, sagte der General grimmig.

»Mit achtzehn Jahren war der Sohn völlig von den geheimen Idealen seines Vaters durchtränkt, er war überzeugter Kommunist und wollte für die Komintern, die Kommunistische Internationale, arbeiten.

1943 traten zwei junge Männer in die südafrikanische Army ein und zogen in den Krieg; Jan Marais aus Duiwelskloof, der für Südafrika und das britische Commonwealth kämpfen wollte, und Frikki Brandt, um für seine ideologische Heimat, für die Sowjetunion, zu kämpfen.

Sie begegneten einander weder während der Grundausbildung noch auf dem Truppentransporter, noch in Italien oder in Moosburg. Aber im Stalag 344 kamen sie zusammen. Ich weiß nicht, ob Brandt damals schon seine Fluchtpläne ausgearbeitet hatte, aber er suchte sich als Begleiter einen jungen Mann, der groß und blond war wie er. Ich glaube, daß Brandt, nicht Marais, als erster auf die Idee kam, in die Wälder zu flüchten, als der Lastwagen die Panne hatte.«

»Aber die Sache mit der Lungenentzündung?« fragte Viljoen.

»Es gab keine Lungenentzündung«, sagte Preston, »und die beiden fielen auch nicht in die Hände katholischer polnischer Partisanen. Vielmehr stießen sie auf kommunistische Partisanen, mit denen Brandt sich in fließendem Deutsch verständigen konnte. Auf diesem Weg kam er zur Roten Armee und weiter zum NKWD; der arglose Marais immer hinterher.

Der Austausch fand zwischen März und August 1945 statt. Das ganze Gerede von eiskalten Zellen war kalter Kaffee. Marais dürfte nach jeder kleinsten Einzelheit aus seiner Kindheit und Schulzeit ausgequetscht worden sein, Brandt lernte das Ganze auswendig, bis er, obwohl er nur mangelhaft englisch schrieb, diesen Lebenslauf mit geschlossenen Augen abfassen konnte.

Vermutlich ließen sie Brandt einen Intensivkurs in Englisch machen, veränderten sein Aussehen ein wenig und hängten ihm Marais' Hundemarke um. Die Verwandlung war perfekt. Der echte Jan Marais war jetzt überflüssig und wurde wahrscheinlich liquidiert.

Sie drehten Brandt ein bißchen durch die Mangel, gaben ihm ein paar Medikamente, die ihn wirklich krank machten, und schickten ihn nach Potsdam. Er lag eine Weile in einem Krankenhaus in Bielefeld und dann noch einige Zeit in der Nähe von Glasgow. Im Winter 1945 dürften alle südafrikanischen Soldaten wieder zu Hause gewesen sein; Brandt lief kaum Gefahr, einem Regimentskameraden von Wits/De La Rey zu begegnen. Und im Dezember schiffte er sich nach Kapstadt ein, wo er im Januar 1946 landete.

Es gab nur noch ein Problem. Er konnte nicht nach Duiwelskloof. Er hatte es auch gar nicht vor. Dann schickte jemand vom Kriegsministerium dem alten Farmer Marais ein Telegramm des Inhalts, daß sein Sohn, der als »vermißt, wahrscheinlich gefallen« gegolten hatte, doch zurückgekommen sei. Zu Brandts nicht geringem Schrecken – ich gebe zu, daß ich nur rate, aber so muß es gewesen sein – erhielt er ein Telegramm, das ihn nach Hause rief.

Er machte sich wieder krank und legte sich ins Wynberg-Lazarett.

Der alte Vater ließ sich nicht entmutigen. Er telegrafierte nochmals, daß er selber hinunter nach Kapstadt kommen wolle. In seiner Panik wandte Brandt sich an die Genossen der Komintern, und die nahmen sich der Sache an. Sie überfuhren den alten Mann auf einer verlassenen Landstraße im Mootsekital, täuschten einen halbdurchgeführten Radwechsel an seinem Wagen vor und arrangierten alles so, daß es nach einem Unfall mit Fahrerflucht aussah. Danach ging alles glatt. Der junge Mann konnte nicht zur Beerdigung nach Hause fahren, was die Leute in Duiwelskloof einsahen, und Rechtsanwalt Benson schöpfte keinerlei Verdacht, als er Anweisung erhielt, den Besitz zu verkaufen und den Erlös nach Kapstadt zu überweisen.«

Im Büro des Generals herrschte Totenstille, nur eine Fliege stieß summend gegen die Fensterscheibe. Der General nickte mehrmals vor sich hin.

»Es klingt einleuchtend«, gab er schließlich zu. »Aber es liegen keine Beweise vor. Wir können nicht beweisen, daß die Brandts keine Juden, und schon gar nicht, daß sie Kommunisten waren. Haben Sie irgend etwas, was dies zweifelsfrei belegt?«

Preston griff in die Tasche und zog das Foto heraus, das er vor den General auf den Tisch legte.

»Hier ist ein Foto, das letzte Foto des echten Jan Marais. Wie Sie sehen, war er als Junge ein recht guter Kricketspieler. Er war Werfer. Wenn Sie genau hinschauen, sehen Sie, daß er den Ball so hält, als wolle er einen Flugball werfen. Außerdem sehen Sie, daß er Linkshänder ist.

Ich habe mir in London Jan Marais eine Woche lang gründlich angesehen, aus nächster Nähe, durch einen Feldstecher. Beim

Autofahren, Rauchen, Essen, Trinken – er ist Rechtshänder. Herr General, man kann alles mögliche mit einem Menschen anstellen, um ihn zu verändern; man kann sein Haar ändern, seine Sprache, sein Gesicht, seine Gewohnheiten. Aber aus einem linkshändigen Kricketwerfer wird nie und nimmer ein Rechtshänder.«

General Pienaar, der sein halbes Leben lang Kricket gespielt hatte, starrte das Foto an.

»Was haben wir also dann droben in London, Mr. Preston?«

»Herr General, Sie haben einen überzeugten, in der Wolle gefärbten kommunistischen Agenten, der seit über vierzig Jahren innerhalb des Auswärtigen Dienstes der Republik Südafrika für die Sowjetunion arbeitet.«

General Pienaar hob den Blick von der Tischplatte und richtete ihn über das Tal hinweg auf das Voortrekker-Denkmal.

»Ich zerreiße ihn«, murmelte er, »ich zerreiße ihn in kleine Fetzen und stampf' sie ins Bushveld.«

Preston räusperte sich.

»Dürfte ich Sie, eingedenk der Tatsache, daß dieser Mann auch für uns Probleme aufwirft, noch um Zurückhaltung bitten, bis Sie persönlich mit Sir Nigel Irvine gesprochen haben?«

»Sehr richtig, Mr. Preston«, sagte General Pienaar, »ich werde zuerst mit Sir Nigel sprechen. Und wie sind nun Ihre Pläne?«

»Heute abend geht eine Maschine nach London, Sir. Ich möchte mit ihr fliegen.«

General Pienaar stand auf und reichte Preston die Hand.

»Leben Sie wohl, Mr. Preston. Captain Viljoen wird Sie zum Flugzeug begleiten. Und vielen Dank für Ihre Hilfe.«

Vom Hotel aus, wo er seine Sachen packte, rief Preston bei Dennis Grey an, der von Johannesburg herüberfuhr und eine codierte Nachricht nach London übermittelte. Zwei Stunden später traf die Antwort ein. Sir Bernard Hemmings werde am morgigen Samstag in seinem Büro auf Preston warten.

Preston und Viljoen standen in der Abflughalle, als kurz vor zwanzig Uhr der letzte Aufruf für die Passagiere des SAA-Flugs nach London über den Lautsprecher kam. Preston wies sein Flugticket vor und Viljoen seinen Allzweck-Ausweis. Sie gingen durch die Sperre in die kühlere Dunkelheit des Flugfelds.

»Eines muß ich Ihnen lassen, Engelsmann, Sie sind ein verdammt guter *jagdhond.*«

»Vielen Dank«, sagte Preston.

»Kennen Sie den südafrikanischen *jagdhond*?«

»Soviel ich weiß«, sagte Preston vorsichtig, »ist er langsam, linkisch, aber sehr zielstrebig.«

Zum erstenmal in dieser ganzen Woche warf Captain Viljoen den Kopf zurück und lachte lauthals. Dann wurde er ernst.

»Darf ich Sie etwas fragen?«

»Bitte.«

»Warum haben Sie dem alten Mann eine Blume aufs Grab gelegt?«

Preston blickte hinüber zu der wartenden Maschine, deren Kabinenlichter im Halbdunkel blinkten. Die letzten Passagiere kletterten an Bord.

»Sie haben ihm den Sohn genommen«, sagte er, »und ihn dann selber umgebracht, damit er es nicht herausfinden konnte. Ich mußte es einfach tun.«

Viljoen reichte ihm die Hand.

»Leben Sie wohl, John, und viel Glück.«

»Leben Sie wohl, Andries.«

Zehn Minuten später reckte der fliegende Springbock auf dem Leitwerk der Düsenmaschine die vorwitzige Nase zum Himmel und entschwebte in nördlicher Richtung, mit Kurs auf Europa.

3. Kapitel

Sir Bernard Hemmings, der neben Brian Harcourt-Smith saß, hörte sich schweigend Prestons Bericht an.

»Lieber Gott«, sagte er dumpf, als Preston schwieg, »es war also *doch* Moskau. Da wird bei uns der Teufel los sein. Der Schaden ist zweifellos gewaltig. Brian, stehen beide Männer noch unter Beobachtung?«

»Ja, Sir Bernard.«

»Belassen Sie es übers Wochenende dabei. Nicht zupacken, ehe der Paragon-Ausschuß erfahren hat, was wir wissen. John, ich weiß, Sie müssen müde sein, aber können Sie bis Sonntagabend Ihren Bericht schriftlich niederlegen?«

»Ja, Sir.«

»Dann möchte ich ihn gleich Montag morgens auf meinem Schreibtisch haben. Ich werde die Ausschußmitglieder zu Hause anrufen und für Montagvormittag eine Krisensitzung einberufen.«

Als Major Valeri Petrofski in das Wohnzimmer der eleganten Datscha in Usowo geführt wurde, erfaßte ihn panische Aufregung. Noch nie war er dem Generalsekretär der Kommunistischen Partei der Sowjetunion persönlich begegnet und hatte sich nicht im Traum vorgestellt, daß es je dazu kommen werde.

Er hatte drei verwirrende, ja erschreckende Tage hinter sich. Seit er von seinem Dienststellenleiter zur besonderen Verwendung abkommandiert worden war, hatte man ihn in einer Wohnung im Zentrum von Moskau eingesperrt und von zwei Männern des Neunten Direktorats, der Kremlgarde, Tag und Nacht bewachen lassen. Verständlich, daß er das Schlimmste befürchtete, obgleich er sich nicht vorstellen konnte, was er getan haben sollte.

Dann erhielt er am Sonntagabend plötzlich Befehl, seinen besten Zivilanzug anzuziehen und den Wachen zu einem unten wartenden Tschaika zu folgen; danach die Fahrt nach Usowo, auf der kein Wort gesprochen wurde. Er kannte nicht einmal die Datscha, vor der sie hielten.

Erst als Major Pawlow ihm erklärte: »Der Genosse Generalsekretär möchte Sie sprechen«, hatte er begriffen, wo er war. Seine Kehle war trocken, als er das Wohnzimmer betrat. Er versuchte, sich zu fassen, und nahm sich vor, auf jede Anschuldigung, mit der er konfrontiert werden sollte, respektvoll und wahrheitsgetreu zu antworten.

Er blieb in Habt-Acht-Stellung an der Tür stehen. Der alte Mann im Rollstuhl musterte ihn minutenlang schweigend, hob dann die Hand und bedeutete ihm, näher zu kommen. Petrofski trat vier Schritte vor und stand abermals stramm. Aber als der Sowjetführer sprach, lag kein schneidend anklagender Ton in seiner Stimme. Er sprach sehr ruhig.

»Major Petrofski, Sie sind doch keine Schneiderpuppe. Kommen Sie hierher ins Licht, wo ich Sie sehen kann. Und nehmen Sie Platz.«

Petrofski stockte der Atem. Es war für einen jungen Major unerhört, in Gegenwart des Generalsekretärs zu sitzen. Er tat, wie ihm geheißen wurde, blieb aber auf der äußersten Stuhlkante sitzen, mit steifem Rücken und geschlossenen Knien.

»Haben Sie eine Ahnung, warum ich Sie kommen ließ?«

»Nein, Genosse Generalsekretär.«

»Nein, natürlich nicht. Es durfte niemand davon erfahren. Ich werde es Ihnen jetzt sagen.

Es ist ein bestimmter Auftrag auszuführen. Das Resultat ist von unermeßlicher Bedeutung für die Sowjetunion und den Sieg der Revolution. Im Fall des Gelingens wird der Nutzen für unser Land unschätzbar sein; ein Fehlschlag würde eine Katastrophe bedeuten. Ich habe Sie, Valeri Alexeiwitsch, persönlich dazu auserwählt, diesen Auftrag auszuführen.«

Petrofski schwirrte der Kopf. Seine anfängliche Furcht vor Ungnade und Verbannung schlug in fast unbezähmbare Freude um. Schon seit er, der brillante Student der Moskauer Universität, statt seine beabsichtigte Laufbahn im Außenministerium einzuschlagen, in das Erste Hauptdirektorat zu den vielversprechenden jungen Männern geholt worden war; schon seit er sich zu den Illegalen gemeldet hatte und vom zuständigen Direktorat in diese Elite aufgenommen worden war, hatte er von einem wichtigen Auftrag geträumt. Aber selbst seine kühnsten Träume hatten nicht an diese Wirklichkeit herangereicht. Endlich wagte er, dem Generalsekretär in die Augen zu blicken.

»Danke, Genosse Generalsekretär.«

»Die Einzelheiten werden Sie von anderen erfahren«, fuhr der Generalsekretär fort. »Die Zeit wird knapp sein, aber Sie haben die beste Ausbildung erhalten, die wir bieten können, und für den Auftrag wird Ihnen alles Nötige zur Verfügung stehen.

Ich wollte aus einem bestimmten Grund persönlich mit Ihnen sprechen. Über eines müssen Sie sich klar sein, und ich möchte es Ihnen selber erklären. Wenn der Auftrag gelingt, und ich zweifle nicht daran, dann werden Sie hierher zurückkehren und nie dagewesene Beförderung und Auszeichnung erfahren. Dafür werde ich sorgen.

Sollte jedoch irgend etwas nicht nach Plan gehen, sollte die Polizei oder die Armee des Landes, in das Sie geschickt werden, Ihnen auf die Spur kommen, so müssen Sie ohne Zögern Maßnahmen ergreifen, die garantieren, daß Sie unter keinen Umständen lebend gefaßt werden. Haben Sie mich verstanden, Valeri Alexeiwitsch?«

»Jawohl, Genosse Generalsekretär.«

»Wenn Sie lebend gefaßt würden, rigoros verhört, zu einem Geständnis gezwungen – o ja, das ist heutzutage möglich, kein noch so großer Mut kann diesen Chemikalien widerstehen –, auf einer internationalen Pressekonferenz vorgeführt, das allein würde schon verheerend sein. Aber der Schaden, den ein solches Schauspiel der Sowjetunion zufügen müßte, Ihrem Vaterland, wäre unermeßlich und nie wieder gutzumachen.«

Major Petrofski holte tief Atem.

»Ich werde nicht versagen«, sagte er. »Aber sollte es dazu kommen, so werde ich ihnen nicht lebend in die Hände fallen.«

Der Generalsekretär drückte auf den Summer unter der Tischplatte, und die Tür ging auf. Major Pawlow stand davor.

»Dann gehen Sie jetzt, junger Mann. Jemand, den Sie vielleicht schon einmal gesehen haben, wird Sie hier in diesem Haus informieren, worin Ihr Auftrag besteht. Danach findet anderenorts eine gründliche Instruktion statt. Wir werden uns nicht wiedersehen – bis Sie zurückkehren.«

Als die Tür sich hinter den beiden Majoren des KGB geschlossen hatte, starrte der Generalsekretär lange in die Flammen des Holzfeuers. Wirklich ein prächtiger junger Mann, dachte er. Wirklich schade.

Als Petrofski hinter Major Pawlow den langen Korridor zum Gästeflügel entlangschritt, war sein Herz geschwellt von Tatendrang und Stolz.

Major Valeri Alexeiwitsch Petrofski war mit ganzer Seele Soldat und Patriot. Als profundem Kenner der englischen Sprache war ihm auch die Redewendung geläufig: »Sterben für Gott, König und Vaterland«, und er wußte, was sie bedeutete. Er hatte keinen Gott, aber der höchste Sowjetführer hatte ihm persönlich seine hohe Mission anvertraut, und während Petrofski durch den Korridor in Usowo schritt, schwor er sich, vor keiner Aufgabe zurückzuschrecken.

Major Pawlow machte vor einer der Türen halt, klopfte und öffnete sie. Er trat beiseite, um Petrofski eintreten zu lassen. Dann schloß er hinter ihm die Tür und entfernte sich. Hinter einem mit Papieren und Landkarten bedeckten Tisch erhob sich ein weißhaariger Mann und trat auf Petrofski zu.

»Sie sind also Major Petrofski«, sagte er lächelnd und reichte ihm die Hand.

Petrofski wunderte sich über die stockende Redeweise. Er kannte dieses Gesicht, obwohl er dem Mann nie begegnet war. Für die Nachwuchskräfte des Ersten Hauptdirektorats galt er als einer der fünf »Stars«, als ein Mann, dem Respekt gebührte, als der personifizierte Triumph der Sowjetideologie über den Kapitalismus.

»Jawohl, Genosse Oberst«, sagte Petrofski. Philby hatte seine Akte studiert, bis er sie auswendig konnte. Petrofski war erst sechsunddreißig und seit einem Jahrzehnt dafür ausgebildet, den Engländer zu spielen. Er war zweimal in England gewesen, um sich mit den Verhältnissen vertraut zu machen, hatte beide Male unter einer Legende gelebt, beide Male die Nähe der sowjetischen Botschaft sorgfältig gemieden und bei keinem dieser Aufenthalte irgendeinen Auftrag ausgeführt.

Solche Reisen dienten nur dazu, die Illegalen vor ihrem eigentlichen Einsatz alles zu lehren, was ihnen eines Tages selbstverständlich sein mußte: wie man ein Bankkonto eröffnet, sich bei einem Blechschaden mit dem Fahrer des anderen Wagens einigt, die Londoner U-Bahn benutzt. Ein weiterer Zweck war, daß sie in der Umgangssprache auf dem laufenden blieben.

Philby wußte, daß der junge Mann vor ihm nicht nur perfekt englisch sprach, sondern auch walisisch und irisch, und alle regionalen Abweichungen im Tonfall wie ein Einheimischer beherrschte. Philby selber bediente sich jetzt des Englischen.

»Setzen Sie sich«, sagte er. »Ich will Ihnen jetzt in groben Umrissen Ihren Auftrag beschreiben. Die Einzelheiten bekommen Sie von anderer Seite. Die Zeit ist knapp, verzweifelt knapp, Sie werden sich daher alles noch schneller einprägen müssen als bisher.«

Während sie sprachen, wurde Philby bewußt, daß nach dreißigjähriger Abwesenheit von seinem Geburtsland und obwohl er jede englische Zeitung und Zeitschrift las, deren er habhaft werden konnte, er derjenige war, dem es an Sprachgewandtheit fehlte, dessen Ausdrucksweise gestelzt und altmodisch wirkte. Der junge Russe sprach wie ein moderner Engländer seines Alters.

Zwei Stunden vergingen, ehe Philby den Plan namens Aurora mit allem, was dazugehörte, umrissen hatte. Petrofski sog jedes Wort gierig in sich ein. Die Kühnheit des Plans erregte und erstaunte ihn.

»Die nächsten Tage werden Sie in Gesellschaft von nur vier Leuten verbringen, die Sie über eine Reihe von Namen, Orten, Daten, Sendezeiten, Treffs und Ausweichtreffs instruieren werden. Das alles müssen Sie auswendig lernen. Mit hinübernehmen werden Sie nur ein Heft mit Einmalcodes. So, das wäre alles.«

Petrofski hatte zu allem, was ihm gesagt worden war, immer nur genickt.

»Ich habe dem Genossen Generalsekretär versichert, daß ich nicht versagen werde«, erklärte er jetzt. »Der Auftrag wird weisungsgemäß und pünktlich ausgeführt. Wenn das Zubehör eintrifft, muß es klappen.«

Philby stand auf.

»Gut, dann lasse ich Sie jetzt wieder nach Moskau fahren, dorthin, wo Sie die restliche Zeit bis zu Ihrem Aufbruch zubringen werden.«

Als Philby durchs Zimmer zum Telefon ging, hörte Petrofski zu seinem Erstaunen aus einer Ecke ein lautes »Gruuu«. Als er sich umschaute, sah er einen großen Käfig und darin eine schöne Taube mit geschientem Bein, die neugierig herauslugte. Philby wandte sich mit verlegenem Lächeln um.

»Ich nenne sie Hoppelhopp«, sagte er, während er die Nummer wählte, unter der Major Pawlow zu erreichen war. »Hab' sie im letzten Winter mit gebrochenem Flügel und einem gebrochenen Bein auf der Straße gefunden. Der Flügel ist geheilt, aber das Bein macht ihr noch zu schaffen.«

Petrofski ging hinüber zum Käfig und kratzte mit einem Fingernagel an den Stäben entlang. Aber die Taube wich humpelnd zurück. Die Tür ging auf, und Major Pawlow erschien. Wie üblich sprach er kein Wort, sondern winkte Petrofski nur, ihm zu folgen.

»Auf Wiedersehen. Viel Glück«, sagte Philby.

Die Mitglieder des Paragon-Ausschusses blieben schweigend sitzen, bis alle Prestons Bericht zu Ende gelesen hatten.

»So«, sagte Sir Anthony Plumb und eröffnete damit die Diskussion, »jetzt wissen wir wenigstens, was, wo, wann und wer. Warum, wissen wir noch immer nicht.«

»Und wieviel auch nicht«, ergänzte Sir Patrick Strickland. »Mit der Schadensfeststellung kann noch nicht mal angefangen werden, und wir müssen jetzt einfach unsere Alliierten verständigen, auch wenn nichts Handfestes – außer einem gefälschten Dokument – seit Januar nach Moskau gegangen ist.«

»Einverstanden«, sagte Sir Anthony. »All right, Gentlemen, ich glaube, wir gehen alle davon aus, daß die Zeit für weitere Ermittlungen vorbei ist. Was machen wir mit dem Mann? Irgendwelche Vorschläge? Brian?«

Da Brian Harcourt-Smiths Generaldirektor nicht anwesend war, repräsentierte er allein MI5. Er wählte seine Worte sehr vorsichtig.

»Wir neigen zu der Ansicht, daß der Agentenring ausschließlich aus Berenson, Marais und dem Strohmann Benotti besteht. Der Sicherheitsdienst hält es für unwahrscheinlich, daß dieser Ring noch weitere Agenten führt. Berenson dürfte so wichtig gewesen sein, daß man vermutlich den ganzen Ring nur für ihn aufgezogen hat.«

Mehrere Ausschußmitglieder nickten zum Zeichen der Zustimmung.

»Und was empfehlen Sie?« fragte Sir Anthony.

»Daß wir sie alle hochnehmen, das ganze Netz aufrollen«, sagte Harcourt-Smith.

»In die Sache ist ein ausländischer Diplomat verwickelt«, gab Sir Hubert Villiers vom Innenministerium zu bedenken.

»Ich glaube, Pretoria könnte in diesem Fall bereit sein, die Immunität aufzuheben«, sagte Sir Patrick Strickland. »General Pienaar muß inzwischen Mr. Botha Bericht erstattet haben. Kein Zweifel, daß sie Marais kriegen wollen, nachdem wir uns mit ihm unterhalten haben.«

»Well, das klingt klar genug«, sagte Sir Anthony. »Was meinen Sie, Nigel?«

Sir Nigel hatte die ganze Zeit wie gedankenverloren zur Decke gestarrt. Die Frage schien ihn aufzuwecken.

»Ich habe gerade überlegt«, sagte er ruhig, »wir nehmen sie hoch. Und was dann?«

»Befragung«, sagte Harcourt-Smith. »Wir können mit der Schadensfeststellung beginnen und unseren Alliierten mitteilen, daß wir den ganzen Ring zerschlagen haben. Um die bittere Pille ein bißchen zu versüßen.«

»Ja«, sagte Sir Nigel, »schön und gut. Aber danach?«

Er wandte sich jetzt an die Staatssekretäre der drei Ministerien und des Kabinetts.

»Ich sehe vier verschiedene Möglichkeiten. Wir können Berenson hochnehmen und ihn im Rahmen der Official Secrets Act formell unter Anklage stellen, was wir auch tun müssen, wenn wir ihn verhaften. Aber haben wir wirklich einen Fall, der vor Gericht standhält? Wir wissen, daß wir recht haben, aber können wir es einer erstklassigen Verteidigung beweisen? Abgesehen von allem anderen würde eine formelle Festnahme und Anklage einen Riesenskandal auslösen, der unweigerlich auf die Regierung zurückschlagen müßte.«

Sir Martin Flannery, der Cabinet Secretary, begriff, worum es ging. Er wußte als einziger unter den Anwesenden von dem

Vorhaben, im Frühsommer kurzfristig eine Neuwahl anzuberaumen. Als Beamter der alten Schule diente Sir Martin der jetzigen Regierung mit ganzer Loyalität, wie er bereits drei vorhergegangenen Regierungen, darunter zwei der Labour Party, gedient hatte. Mit gleicher Loyalität würde er auch in Zukunft jeder demokratisch gewählten Regierung dienen.

»Zweitens«, fuhr Sir Nigel fort, »könnten wir Berenson und Marais ungeschoren lassen, aber Berenson gefälschte Dokumente zuspielen, die er nach Moskau weitergeben würde. Lange könnte das allerdings nicht funktionieren. Berenson ist ein so hochrangiger und erfahrener Mann, daß man ihn nicht auf Dauer hinters Licht führen kann.«

Sir Peregrine Jones nickte. Er wußte, daß Sir Nigel in diesem Punkt recht hatte.

»Oder wir könnten Berenson hochnehmen und versuchen, uns seine Mitarbeit zu sichern, indem wir ihm Immunität von Strafverfolgung garantieren. Mir persönlich geht Immunität für Verräter gegen den Strich. Man weiß nie, ob sie die ganze Wahrheit gesagt oder einen ausgetrickst haben, wie Blunt damals. Und es kann möglicherweise zu einem sogar noch übleren Skandal führen.«

Sir Hubert Villiers, dessen Ministerium auch die Kronanwälte unterstanden, machte ein finsteres Gesicht. Auch ihm war ein Kuhhandel mit Immunitäten höchst zuwider, und alle Anwesenden wußten, daß die Premierministerin ebenso dachte.

»Bleibt offenbar nur noch viertens«, sagte der Chef des SIS bedächtig, »will heißen Gewahrsam ohne Gerichtsverfahren, und scharfes Verhör. Mit einem Wort, dritter Grad. Vielleicht bin ich einfach altmodisch, aber ich habe nie viel davon gehalten. Er könnte fünfzig Dokumente zugeben, aber keiner von uns würde bis an sein Lebensende wissen, ob es nicht noch weitere fünfzig waren.«

Eine Weile herrschte Schweigen.

»Alles recht unerfreuliche Lösungen«, meinte Sir Anthony

Plumb dann, »aber es sieht aus, als müßten wir uns für Brians Vorschlag entscheiden, wenn nicht noch ein besserer auftaucht.«

»Eine Möglichkeit gibt es noch«, sagte Sir Nigel milde. »Es könnte sein, ich sage, *könnte*, daß Berenson unter falscher Flagge angelaufen wurde.«

Die meisten Anwesenden wußten, was »Anlaufen unter falscher Flagge« bedeutete, nur Sir Hubert Villiers und Sir Martin Flannery zeigten sich verdutzt. Sir Nigel erklärte.

»Man versteht darunter die Anwerbung einer Quelle durch Leute, die vorgeben, für ein dem Betreffenden sympathisches Land zu arbeiten, während sie in Wahrheit für ein anderes Land tätig sind. Der israelische Geheimdienst Mossad ist in dieser Technik besonders bewandert. Da die Israelis Agenten aus so ziemlich jeder Nation der Welt einsetzen können, haben sie mit solchen falschen Flaggen ein paar bemerkenswerte Coups gelandet.

Zum Beispiel: Ein loyaler Bürger der Bundesrepublik Deutschland, der in Nahost arbeitet, wird während eines Heimaturlaubs von zwei Landsleuten angelaufen, die ihn mittels einwandfreien Beweismaterials überzeugen, daß sie vom BND, dem Bundesnachrichtendienst, seien. Sie tischen ihm eine Geschichte auf, wonach die Franzosen, die im Irak an demselben Projekt arbeiten wie er, streng geheime und von der NATO in aller Form gesperrte Technologien weitergeben, um für Frankreich fette Aufträge hereinzuholen. Ob er, der Deutsche, seinem Land helfen wolle, indem er melde, was dort unten vorgehe? Der Mann erklärt sich als guter Deutscher dazu bereit und arbeitet jahrelang für Jerusalem. Das ist schon häufig passiert.

Und es würde auf unseren Fall passen«, fuhr Sir Nigel fort. »Wir alle haben Berensons Akte durchgeackert bis zum Überdruß. Aber nach dem, was wir wissen, könnte die ›falsche Flagge‹ die Lösung sein.«

Die Ausschußmitglieder riefen sich Berensons Akte wieder ins Gedächtnis, und einige nickten. Er hatte seine Karriere im

Außenministerium unmittelbar nach dem Universitätsabschluß begonnen. Er hatte sich bewährt, drei verschiedene Auslandsposten gehabt und war im Diplomatischen Corps stetig, wenn auch nicht spektakulär, avanciert.

Mitte der sechziger Jahre hatte er Lady Fiona Glen geheiratet und kurz darauf, begleitet von seiner jungen Frau, einen Posten in Pretoria angetreten. Vermutlich hatte er dort, unter dem Eindruck der traditionellen und nahezu grenzenlosen südafrikanischen Gastlichkeit seine tiefe Sympathie und Bewunderung für diese Republik entwickelt. In England war eine Labour-Regierung an der Macht, Rhodesien in Aufruhr, und so wurde Berensons immer offenkundigere Wertschätzung Pretorias in London nicht gut aufgenommen.

Nach seiner Rückkehr nach England 1969 kam ihm vermutlich zu Ohren, sein nächster Posten werde wohl in einem weniger umstrittenen Land sein – etwa in Bolivien.

Die Männer am Tisch konnten nur Mutmaßungen anstellen, aber es war durchaus wahrscheinlich, daß Lady Fiona, die sich Pretoria gerade noch hatte gefallen lassen, das Ansinnen schlankweg zurückwies, auf ihre geliebten Pferde und den gewohnten gesellschaftlichen Umgang zu verzichten, nur um drei Jahre irgendwo hoch in den Anden zu verbringen.

Was immer auch der Grund gewesen sein mochte, George Berenson hatte sich um eine Versetzung ins Verteidigungsministerium beworben, die als Abstieg betrachtet wurde. Aber angesichts des Vermögens seiner Frau mußte er auf sie Rücksicht nehmen. Nachdem er nicht mehr den Zwängen des auswärtigen Dienstes unterlag, wurde er Mitglied mehrerer prosüdafrikanischer Verbände, denen im allgemeinen nur Angehörige der politischen Rechten beitreten.

Zumindest Sir Peregrine Jones wußte, daß Berensons bekannte und demonstrative rechtslastige Sympathien es ihm, Jones, unmöglich gemacht hatten, Berenson für die Erhebung in den Adelsstand vorzuschlagen, ein Umstand, der, wie ihm jetzt klar wurde, Berensons Ressentiments noch mehr angeheizt haben mochte.

Nach der Lektüre des Berichts hatten die Ausschußmitglieder angenommen, Berensons Sympathien für Südafrika seien die Tarnung für seine prosowjetische Einstellung gewesen. Nun hatte Sir Nigel Irvines Hinweis ein neues Licht auf die Sache geworfen.

»Unter falscher Flagge?« sinnierte Sir Paddy Strickland. »Sie meinen, er hat wirklich geglaubt, daß er Geheimdokumente an Südafrika liefert?«

»Eine Frage läßt mich nicht los«, sagte »C«. »Wenn er wirklich mit den Sowjets sympathisiert oder insgeheim Kommunist ist, warum hat die Moskauer Zentrale ihn nicht durch einen Russen führen lassen? Ich kenne fünf Leute an ihrer Botschaft, die diesen Job genauso gut hätten erledigen können.«

»Well, ich muß gestehen, ich weiß nicht ...« begann Sir Anthony Plumb. In diesem Moment hob er den Kopf und erhaschte Sir Nigel Irvines Blick vom anderen Tischende. Irvine blinzelte blitzschnell mit einem Auge. Sir Anthony Plumb zwang sich, wieder auf die Berenson-Akte zu starren.

Nigel, du gerissener Hund, dachte er, du stellst keine Mutmaßungen an – du weißt es genau.

Tatsächlich hatte Andrejew zwei Tage zuvor etwas zu berichten gewußt. Es war nicht viel gewesen, nur Kantinenklatsch aus der Sowjetbotschaft. Er hatte mit dem N-Mann ein Glas getrunken und ein bißchen gefachsimpelt. Dabei hatte er auch die gelegentlichen Vorteile eines Anlaufens unter falscher Flagge erwähnt; der Vertreter des Direktorats der Illegalen hatte gelacht, gezwinkert und sich mit dem Zeigefinger an die Nase getippt. Andrejew legte das so aus, daß im Moment in London tatsächlich eine Operation unter falscher Flagge lief, von der der N-Mann etwas wußte. Sir Nigel kam, als er davon hörte, zu demselben Schluß.

Und noch ein Gedanke ging Sir Anthony durch den Kopf.

Wenn du es wirklich weißt, Nigel, dann mußt du eine Quelle direkt in der Rezidentura haben, du alter Fuchs. Eine weitere Überlegung war weniger amüsant. Warum sagte er es nicht rundheraus? Alle Anwesenden waren doch absolut vertrauenswürdig, oder etwa nicht? Fröstelndes Unbehagen regte sich in ihm. Er blickte auf.

»Ich glaube, wir sollten Nigels Hinweis ernstlich in Betracht ziehen. Er klingt vernünftig. Was schlagen Sie vor, Nigel?«

»Der Mann ist ein Verräter, daran ist nicht zu zweifeln«, sagte »C«. »Wenn man ihn mit den Dokumenten konfrontiert, die uns anonym zurückgeschickt wurden, so muß ihm das einen ordentlichen Stoß versetzen. Und wenn man ihm Prestons Südafrika-Bericht zu lesen gibt, und er glaubte *wirklich*, daß er für Pretoria arbeitete, so wird ihm das, glaube ich, den Rest geben, und er wird zusammenklappen. War er die ganze Zeit über heimlicher Kommunist, dann ist ihm auch bekannt, auf welcher Seite Marais steht, es könnte ihn folglich nicht überraschen. Ein geschulter Beobachter müßte das festellen können.«

»Und wenn er wirklich unter falscher Flagge angelaufen wurde?« fragte Sir Perry Jones.

»Dann, glaube ich, können wir bei der Schadensfeststellung mit seiner uneingeschränkten Mitarbeit rechnen. Mehr noch, ich glaube, er könnte zum freiwilligen ›Umdrehen‹ gebracht werden und uns helfen, eine Desinformations-Kampagne gegen Moskau aufzuziehen. Und *das* könnten wir unseren Verbündeten als großes Plus präsentieren.«

Sir Paddy Strickland vom Außenministerium war nun auch gewonnen. Man kam überein, Sir Nigels Taktik zu verfolgen.

»Eine letzte Frage: Wer geht zu ihm?« fragte Sir Anthony. Nigel Irvine hüstelte.

»Well, eigentlich ist es Sache von Fünf«, sagte er. »Aber die Durchführung einer Desinformations-Kampagne gegen die Moskauer Zentrale gehört zu den Aufgaben von Sechs. Außerdem kenne ich den Mann. Wir waren auf derselben Schule.«

»Herrje«, rief Plumb. »Aber er ist doch jünger als Sie, nicht wahr?«

»Fünf Jahre, genau gesagt. Er hat mir die Schuhe geputzt.«

»All right. Sind wir uns einig? Jemand dagegen? Nigel, Sie haben es geschafft. Nehmen Sie ihn, er gehört Ihnen. Sagen Sie uns, wie Sie vorankommen.«

Am Dienstag, dem 24., landete ein südafrikanischer Tourist aus Johannesburg auf dem Londoner Flugplatz Heathrow und erledigte alle Einreiseformalitäten ohne Schwierigkeit.

Als er, die Reisetasche in der Hand, aus der Zollhalle auftauchte, trat ein junger Mann auf ihn zu und stellte leise eine Frage. Der stämmige Südafrikaner nickte bestätigend. Der junge Mann nahm ihm die Reisetasche ab und führte ihn hinaus zu einem wartenden Wagen.

Anstatt die Richtung nach London einzuschlagen, fuhr der Chauffeur über die Ringstraße M25 zur M3, die nach Hampshire führt. Nach einer Stunde hielt er vor der Tür eines hübschen Landhauses in der Nähe von Basingstoke. Der Südafrikaner wurde, nachdem er sich seines Mantels entledigt hatte, in die Bibliothek gebeten. Ein Engländer, etwa gleichaltrig mit ihm, in ländlichen Tweed gekleidet, erhob sich von dem Sessel am Kamin, um den Gast willkommen zu heißen.

»Henry Pienaar, freut mich, Sie wiederzusehen. Es ist lange her. Willkommen in England.«

»Nigel, wie geht's immer?«

Die Chefs der beiden Geheimdienste hatten bis zum Lunch noch eine Stunde Zeit. Nach den üblichen Präliminarien setzten sie sich zusammen und besprachen das Problem, das General Pienaar in dieses Landhaus gebracht hatte, in dem der britische Geheimdienst SIS seine ebenso hochrangigen wie heimlichen Gäste beherbergt.

Bis zum Abend hatte Sir Nigel Irvine sein Ziel erreicht. Die

Südafrikaner würden Jan Marais auf seinem Posten belassen und damit Irvine Gelegenheit geben, auf dem Weg über George Berenson – vorausgesetzt, daß der mitspielte – ein großangelegtes Desinformations-Manöver aufzuziehen.

Die Engländer würden Marais unter totaler Beobachtung halten; sie übernahmen die Verantwortung dafür, daß er keine Gelegenheit zu einer heimlichen Flucht nach Moskau haben würde, denn jetzt mußten auch die Südafrikaner an ihre Schadensfeststellung gehen – über vierzig Jahre zurück.

Ferner kam man überein, daß Irvine nach Beendigung des Desinformations-Manövers Pienaar benachrichtigen würde, daß man Marais nicht mehr brauche. Marais sollte dann zurückberufen werden, die Engländer würden ihn an Bord des südafrikanischen Jet »begleiten« und Pienaars Leute ihn festnehmen, sobald der Jet abgehoben hätte, also auf südafrikanischem Territorium.

Nach dem Dinner verabschiedete sich Sir Nigel, dessen Wagen draußen wartete. Pienaar würde im Landhaus übernachten, anderntags im Londoner West End ein paar Einkäufe machen und mit der Abendmaschine wieder nach Hause fliegen.

»Lassen Sie ihn bloß nicht laufen«, sagte General Pienaar, als er Sir Nigel hinausbegleitete. »Spätestens Ende des Jahres will ich den Scheißkerl zu fassen kriegen.«

»Sie werden ihn kriegen«, versprach Sir Nigel. »Machen Sie ihn nur inzwischen nicht kopfscheu.«

Während der Chef des südafrikanischen Geheimdienstes versuchte, in der Bond Street ein Geschenk für Mrs. Pienaar zu finden, saß John Preston bei Brian Harcourt-Smith in der Charles Street. Der stellvertretende Generaldirektor war in leutseligster Laune.

»Mein lieber John, ich glaube, man darf gratulieren. Der Ausschuß war von Ihren Enthüllungen aus Südafrika höchst beeindruckt.«

»Danke, Brian.«

»Doch, wirklich. Von nun an wird der Ausschuß sich um alles kümmern. Kann nicht genau sagen, was sie vorhaben, aber Tony Plumb läßt Sie ausdrücklich grüßen. Und jetzt ...« er breitete die Hände aus und legte sie flach auf die Schreibunterlage, »... zu Ihrer Zukunft.«

»Meiner Zukunft?«

»Wissen Sie, ich hab' da ein kleines Problem. Sie arbeiten jetzt seit acht Wochen an diesem Fall, zum Teil unterwegs mit den Observanten, meist aber im Keller von Cork, und jetzt in Südafrika. Die ganze Zeit über hat der junge March, Ihre Nummer zwei, C.1.(A) geleitet und sich dabei recht gut gehalten.

Jetzt frage ich mich, was soll ich mit ihm machen? Ich meine, es wäre nicht ganz fair, wenn er wieder die zweite Geige spielen müßte – schließlich hat er die Runde durch alle Ministerien gedreht, ein paar höchst brauchbare Vorschläge gemacht und einige durchaus positive Veränderungen vorgenommen.«

Und ob, dachte Preston. March war ein junger Streber, ganz der Typ, den Harcourt-Smith protegierte.

»Egal, ich weiß, daß Sie erst seit zehn Wochen bei C.1.(A) sind, und das ist ziemlich kurz, aber so, wie Sie sich schon mit Ruhm bekleckert haben, könnte es genau der richtige Moment sein, ein Stück weiter zu rücken. Ich habe mit der Personalstelle gesprochen, und wie's der glückliche Zufall will, scheidet Cranley von C.5.(C) Ende der Woche vorzeitig aus. Seiner Frau geht's nämlich schon seit langer Zeit nicht gut, und er möchte mit ihr in den Lake District übersiedeln. Deshalb geht er in Pension. Ich dachte, das würde Ihnen zusagen.«

Preston dachte nach. C.5.(C)?

»See- und Flughäfen?« fragte er.

Wieder ein Gemischtwarenladen. Einwanderung, Zoll, Special Branch, Verbrechensbekämpfung, Drogenbekämpfung – sie alle überwachten die See- und Flughäfen und hielten Ausschau nach unerwünschten Figuren, die sich oder ihre Konterbande ins Land bringen wollten. Preston vermutete, daß C.5.(C) damit befaßt war, das aufzulesen, was nicht in die Kompetenz anderer Stellen fallen würde. Harcourt-Smith hob lehrhaft einen Finger.

»Eine wichtige Sache, John. Die besondere Aufgabe besteht natürlich darin, ein scharfes Auge auf Sowblock-Illegale, Kuriere und so weiter zu halten. Dabei kommt man viel herum, und das mögen Sie doch.«

Und weg vom Stammhaus, solange das Gerangel um die Nachfolge läuft, dachte Preston. Er wußte, daß er Bernard Hemmings' Kandidat war, und wußte auch, daß Harcourt-Smith es wußte. Er überlegte, ob er protestieren, eine Unterredung mit Sir Bernard verlangen solle, um sein Verbleiben auf dem jetzigen Posten durchzusetzen.

»Auf jeden Fall möchte ich Sie's versuchen lassen«, sagte Harcourt-Smith. »Es ist noch immer in der Gordon Street, so daß Sie nicht umziehen müssen.«

Preston wußte, daß er ausmanövriert war. Harcourt-Smith arbeitete schon ein halbes Leben lang mit der Versetzungsmasche. Wenigstens, dachte Preston, könnte er wieder Außendienst machen, auch wenn es wieder ein, wie er es nannte, »Polizisten-Job« war.

Am Freitag reiste Major Valeri Petrofski, ohne aufzufallen, in England ein.

Er war mit schwedischen Papieren von Moskau nach Zürich geflogen, hatte dort die schwedischen Ausweise in einem versiegelten und mit der Adresse eines sicheren Hauses des KGB in der Innenstadt versehenen Umschlag abgeschickt und beim Postamt in der Halle die auf ihn wartenden Papiere eines Schweizer Ingenieurs geholt. Von Zürich flog er weiter nach Dublin.

Mit derselben Maschine flog sein Begleiter, der weder wußte noch wissen wollte, was sein Schutzbefohlener vorhatte. Der Begleiter führte einfach seine Befehle aus. In einem Zimmer des International Airport Hotels trafen sich die beiden Männer. Petrofski zog sich bis auf die Haut aus und gab seine kontinentaleuropäische Kleidung zurück. Er zog an, was der Begleiter in seiner Reisetasche mitgebracht hatte – englische Sachen von Kopf bis Fuß. Dazu bekam er ein Wochenendköfferchen mit dem üblichen Inhalt: Pyjama, Waschbeutel, Reiselektüre und Wäsche zum Wechseln.

Der Begleiter hatte bereits einen Umschlag vom Schwarzen Brett in der Ankunftshalle des Flughafens an sich genommen, den der N-Mann der Dubliner Botschaft vorbereitet und vier Stunden zuvor dort angebracht hatte. Darin steckten eine abgerissene Eintrittskarte des Eblana-Theaters für die Vorstellung vom vergangenen Abend, eine auf den entsprechenden Namen ausgestellte Quittung des Hotels New Jury für eine Übernachtung, ebenfalls gestern, und der Rückflugabschnitt eines Billetts von Aer Lingus für die Reise London–Dublin–London.

Schließlich erhielt Petrofski seinen neuen Paß. Als er wieder zurück zum Flughafen ging und seinen Flug buchte, erregte er keinerlei Aufsehen. Er war ein Engländer, der nach eintägiger Geschäftsreise von Dublin nach London zurückkehrte. Zwischen Dublin und London gibt es keine Paßkontrolle; bei der Ankunft in London zeigen die Passagiere nur ihre Flugtickets oder Rückflugabschnitte als Ausweis vor. Sie werden ferner an zwei apathisch wirkenden Männern vom Special Branch vorbeigeschleust, die scheinbar nichts sehen und denen sehr, sehr wenig entgeht. Keinem von ihnen war Petrofskis Gesicht bekannt, da der Major noch nie über Heathrow nach England eingereist war. Auf Anforderung hätte er einen einwandfreien britischen Paß auf den Namen James Duncan Ross vorzeigen können. Einen Paß, an dem nicht einmal das Paßamt selbst hätte etwas aussetzen können, aus dem einfachen Grund, weil das Paßamt selbst ihn ausgestellt hatte.

Der Russe kam durch den Zoll, ohne kontrolliert zu werden,

und fuhr im Taxi zur King's Road. Dort ging er zu einem Gepäckschließfach. Den Schlüssel dazu hatte er. Es gehörte zu einer Reihe von Schließfächern, die von den N-Leuten der Botschaft ständig überall in der britischen Hauptstadt belegt sind und für die schon vor langer Zeit Zweitschlüssel angefertigt wurden. Dem Fach entnahm der Russe ein Päckchen, das noch genau so versiegelt war, wie es zwei Tage zuvor per Diplomatensendung in der Botschaft eingetroffen war. Der N-Mann hatte den Inhalt nicht gesehen und interessierte sich auch nicht dafür. Er fragte auch nie, warum ein Päckchen im Schließfach eines großen Bahnhofs deponiert werden sollte. Das war nicht seine Sache.

Petrofski steckte das Päckchen ungeöffnet in seine Reisetasche. Er konnte es später in aller Ruhe öffnen. Er wußte, was es enthielt. Von King's Cross fuhr er, wiederum im Taxi, quer durch London zur Liverpool Street Station und stieg dort in den Abendzug nach Ipswich in der Grafschaft Suffolk. Als er sich im Hotel Great White Horse anmeldete, war es gerade Zeit zum Dinner.

Hätte ein neugieriger Polizist darauf bestanden, einen Blick in die Reisetasche des nach Ipswich fahrenden jungen Engländers zu werfen, er wäre erstaunt gewesen. Darin lag erstens einmal eine finnische Sako-Automatik nebst gefülltem Magazin. Die Patronen waren an den Spitzen sorgfältig in X-Form eingekerbt, die Kerben mit einer Mischung aus Gelatine und konzentrierter Kaliumcyanidlösung ausgefüllt. Nicht nur würden die Geschosse im Körper eines Menschen besonders schwere Verletzungen hervorrufen, sondern zudem würde das Gift tödlich wirken.

Ferner lag darin alles, was sonst noch zur Legende von James Duncan Ross gehörte.

Eine Legende, wie man in Fachkreisen sagt, ist die fiktive Lebensgeschichte eines nicht existierenden Menschen, gestützt durch eine Anzahl absolut realer Dokumente jeglicher Art. Im allgemeinen hat der Mensch, auf dem die Legende aufgebaut wird, einmal tatsächlich gelebt, ist jedoch unter Umständen gestorben, die keine Spur hinterließen und keinen Staub aufwirbelten. Seine Identität wird sodann übernommen, der Tote leibhaftig wieder auferweckt und mit lückenlosen Dokumenten für Vergangenheit und Zukunft versehen.

Der echte James Duncan Ross – oder das wenige, was von ihm noch übrig war – faulte seit Jahren im tiefsten Busch des Sambesi. Er wurde 1950 als Sohn des Angus und der Kirstie Ross in Kilbridge, Schottland, geboren. 1951 war Angus Ross, der seine freudlose Austerity-Heimat satt hatte, mit Frau und Söhnchen nach Südrhodesien, wie es damals hieß, ausgewandert. Als Ingenieur hatte er eine Anstellung in der Landmaschinenbranche gefunden, und 1960 konnte er seine eigene Firma gründen.

Das Geschäft florierte, und James durfte eine gute Grundschule besuchen und dann nach Michaelhouse gehen. 1971 hatte der Junge seinen Wehrdienst abgeleistet und trat in die Firma seines Vaters ein. Aber Rhodesien wurde jetzt von Ian Smith geführt, und der Krieg gegen die Guerillas Joshua N'komos, die ZIPRA, und gegen die ZANLA Robert Mugabes nahm immer erbittertere Formen an.

Jeder wehrfähige Mann war Reservist, und die Dienstzeiten in der Armee wurden immer länger. Als James Ross 1976 bei der rhodesischen leichten Infanterie kämpfte, geriet er im tiefen Busch des südlichen Sambesi-Ufers in einen Hinterhalt der ZIPRA und wurde getötet. Die Guerillas raubten dem Toten Waffen und Uniform und zogen sich wieder in ihre Lager in Sambia zurück.

Er hätte eigentlich keinerlei Hinweise auf seine Person bei sich tragen dürfen, aber kurz bevor sein Spähtrupp aufgebrochen war, hatte er einen Brief seiner Freundin erhalten und in die Tasche seines Kampfanzuges gesteckt. Dieser Brief fiel dem KGB in die Hände.

Ein sehr hoher KGB-Offizier namens Wassilij Solodownikow

war damals Botschafter in Lusaka und führte verschiedene Agentennetze in ganz Südafrika. Eines von ihnen schnappte sich den an James Ross gerichteten und mit der Adresse seiner Eltern versehenen Brief. Die ersten Nachforschungen nach der Person des toten jungen Offiziers brachten ein positives Ergebnis: Als gebürtige Briten hatten Angus Ross und sein Sohn James ihre britischen Pässe behalten. Also erweckte der KGB James Duncan Ross zu neuem Leben.

Als Rhodesien unter dem Namen Zimbabwe unabhängig wurde, übersiedelten Angus und Kirstie Ross in die Republik Südafrika, während James scheinbar beschloß, nach England zurückzukehren. Geisterhände fischten eine Kopie seiner Geburtsurkunde aus dem Somerset House in London; andere Hände füllten den Antrag für einen neuen Paß aus und schickten ihn mit der Post an die zuständige Stelle. Der Antrag wurde geprüft und der Paß ausgestellt.

Zum Aufbau einer guten Legende werden Dutzende von Leuten und Tausende von Arbeitsstunden benötigt. Dem KGB hat es noch nie an Personal oder an Geduld gefehlt. Bankkonten werden eröffnet und aufgelöst; Führerscheine umsichtig erneuert; Wagen gekauft und verkauft, so daß der Name im Computer der Zulassungsstelle erscheint. Stellungen werden angetreten und Beförderungen verdient; Zeugnisse werden ausgestellt und Ansprüche auf Firmenpensionen erworben. Einer der zahlreichen unteren Chargen des Geheimdienstes obliegt es, alle diese Unterlagen auf dem laufenden zu halten.

Andere Teams gehen zurück in die Vergangenheit. Wie war der Kosename des Kindes? Wo ging der Junge zur Schule? Wie nannten die Schüler ihren Biolehrer hinter dessen Rücken? Wie hieß der Hund, den die Familie damals hielt?

Wenn die Legende einmal vollständig ist – und das kann Jahre dauern – und wenn ihr neuer Träger sie intus hat, dann würde sie erst nach wochenlangen Ermittlungen zu knacken sein – wenn überhaupt. Das also trug Petrofski in Kopf und Reisetasche. Er war – und konnte es beweisen – James Ross, der vom Westen des Landes herüberkam, um in East Anglia die Vertretung einer Schweizer Firma für Computer-Software zu übernehmen. Er hatte ein nettes Konto bei der Barclay's Bank in Dorchester, Dorset, das er jetzt ins nahe Colchester überschreiben lassen wollte. Die kritzelige Unterschrift von James Ross konnte er vollendet nachahmen.

Britannien ist ein sehr privates Land. Die britischen Bürger sind nahezu die einzigen auf der Welt, die keine Ausweispapiere bei sich tragen müssen. Gegebenenfalls genügt meist das Vorzeigen eines an den Betreffenden adressierten Briefs, als könne das irgend etwas beweisen. Ein Führerschein ist, obwohl britische Führerscheine keine Fotos tragen, absolut beweiskräftig. Man geht davon aus, daß ein Mensch derjenige ist, als den er sich ausgibt.

Valeri Alexeiwitsch Petrofski war, als er nun in Ipswich zu Abend aß, völlig überzeugt, und dies mit Recht, daß niemand seine Identität als James Duncan Ross anzweifeln werde. Nach dem Abendessen ließ er sich am Empfang das gelbe Branchen-Telefonbuch geben und schlug die Sparte Immobilien auf.

4. Kapitel

Während Major Petrofski im Great White Horse in Ipswich sein Abendessen einnahm, läutete in einer Wohnung im achten Stockwerk von Fontenoy House die Türklingel. Der Wohnungsinhaber, Mr. George Berenson, öffnete. Eine Sekunde lang starrte er überrascht auf die Gestalt im Korridor.

»Mein Gott, Sir Nigel ...«

Sie kannten einander, nicht weil sie jahrelang dieselbe Schule besucht, sondern weil sich ihre Pfade gelegentlich in Whitehall gekreuzt hatten. Der Chef des SIS nickte höflich, aber förmlich.

»Abend, Berenson, darf ich reinkommen?«

»Natürlich, natürlich, aber selbstverständlich ...«

George Berenson war nervös, obwohl er keine Ahnung vom Zweck des Besuches hatte. Die Tatsache, daß Sir Nigel ihn mit seinem Familiennamen anredete, ließ eine höfliche, aber keineswegs gemütliche Unterredung erwarten. Es würde kein formloses »George« und »Nigel« geben.

»Ist Lady Fiona zu Hause?«

»Sie ist zu einer ihrer Ausschußversammlungen gegangen. Wir sind also ganz unter uns.«

Das war Sir Nigel bereits bekannt. Er hatte in seinem Wagen gesessen und gesehen, wie Berensons Frau das Haus verließ. Der Herr des Hauses half Sir Nigel aus dem Mantel und führte ihn dann zu einem Sessel im Salon, keine zehn Schritte von dem neu installierten Safe hinter dem Spiegel entfernt. Berenson setzte sich ihm gegenüber.

»Nun, was kann ich für Sie tun?«

Sir Nigel öffnete seine Aktenmappe, von der er sich nicht getrennt hatte, und legte sorgfältig einen Stoß Fotokopien auf die Glasplatte des Couchtisches.

»Sie sollten einmal einen Blick auf diese Papiere werfen.«

Berenson studierte schweigend das zuoberst liegende Blatt, nahm es auf und ging zum nächsten über, dann zum dritten. Nach der Lektüre des dritten Blattes legte er es, zusammen mit den beiden anderen, wieder zurück auf den Stoß. Er war sehr bleich geworden, hatte sich aber immer noch in der Gewalt. Seine Augen ruhten auf den Fotokopien.

»Ich kann dazu wohl kaum etwas sagen.«

»Nicht viel«, sagte Sir Nigel ruhig. »Die Dokumente wurden vor einiger Zeit an uns zurückgeschickt. Wir wissen, wie sie Ihnen abhanden gekommen sind – ziemliches Pech, von Ihrem Standpunkt aus gesehen. Nach der Rücksendung der Papiere haben wir Sie einige Wochen überwachen lassen, wir haben das Verschwinden des Ascension-Papiers, seinen Weg zu Benotti und von dort aus zu Marais verfolgt. Völlig lückenlose Geschichte.«

Von dem, was er sagte, war einiges Tatsache, das meiste jedoch reiner Bluff; er hatte keine Lust, Berenson wissen zu lassen, wie schwach die rechtlichen Handhaben gegen ihn waren. Der stellvertretende Leiter des Beschaffungsamtes straffte die Schultern und hob die Augen. Jetzt kommt die Trotzphase, dachte Irvine, der Versuch der Selbstrechtfertigung. Komisch, wie sie alle nach demselben Muster gestrickt sind. Berenson sah ihm in die Augen. Der Trotzreflex war da.

»Nun, wenn Sie schon alles wissen, was wollen Sie dann noch?«

»Ein paar Fragen stellen«, sagte Sir Nigel. »Zum Beispiel, wie lange geht das schon, und warum haben Sie es getan?«

Trotz all seiner Bemühungen um Selbstbeherrschung war Berenson doch so verwirrt, daß ihm ein ganz simpler Punkt entging: Es war nicht Aufgabe des Chefs des SIS, diese Art von Auseinandersetzung zu führen. Spione von Fremdmächten werden von der Abwehr verarztet. Doch der Wunsch, sich zu rechtfertigen, trübte sein Urteilsvermögen.

»Zur ersten Frage: Etwa zwei Jahre.«

Könnte schlimmer sein, dachte Sir Nigel. Er wußte, daß Marais seit fast drei Jahren in England war, doch Berenson hätte ja schon vorher von einem südafrikanischen, prosowjetischen Maulwurf geführt werden können. Anscheinend nicht.

»Zur zweiten Frage möchte ich meinen, daß sie sich von selbst beantwortet.«

»Ich bin vielleicht ein bißchen langsam von Begriff«, meinte Sir Nigel. »Klären Sie mich also auf. Warum?«

Berenson holte tief Atem. Vielleicht hatte er wie so viele vor ihm seine Verteidigung wieder und wieder im Kopf vorbereitet, hatte vor dem Gericht seines eigenen Gewissens oder dessen, was dafür stand, seine Argumente vorgebracht.

»Ich bin der Meinung, und das schon seit einer Reihe von Jahren, daß der einzige Kampf auf dieser Erde, der die Mühe wert ist, der Kampf gegen den Kommunismus und den Sowjetimperialismus ist«, begann er.

»In diesem Kampf bildet Südafrika eine der Bastionen. Wahrscheinlich die wichtigste, wenn nicht die einzige südlich der Sahara. Seit langem verüble ich es den Westmächten, daß sie aus dubiosen moralischen Gründen Südafrika wie einen Aussätzigen behandeln und es nicht an unserer gemeinsamen Planung teilnehmen lassen, die darauf abzielt, der sowjetischen Drohung weltweit entgegenzutreten.

Seit Jahren glaube ich, daß Südafrika von den Westmächten schäbig behandelt wird und daß es falsch und dumm ist, ihm den Zugang zu den NATO-Plänen für den Ernstfall zu verwehren.«

Sir Nigel nickte, als sei ihm dieser Gedanke noch nie gekommen.

»Und Sie hielten es für richtig und angebracht, diesem Übel abzuhelfen?«

»Ganz recht. Und ich bin trotz der Official Secrets Act immer noch dieser Meinung.«

Die Eitelkeit, dachte Sir Nigel, immer die Eitelkeit, die monumentale Selbstüberschätzung von unzulänglichen Menschen. Nunn May, Pontecorvo, Fuchs, Prime; typisch für sie alle war das selbstangemaßte Recht, Gott zu spielen, die Überzeugung, daß der Verräter allein recht hat und alle seine Kollegen Narren sind; ein rauschhafter Wille zur Macht, die aus dem erwächst, was der Verräter für eine Manipulation der Politik durch die Weitergabe von Geheimnissen hält, Zielen zuliebe, an die er glaubt, und zur Beschämung seiner angeblichen Gegner in der eigenen Regierung, all derer, die ihm bei Beförderungen und Verleihung von Ehrungen den Rang abgelaufen haben.

»Hm. Sagen Sie, haben Sie aus eigenem Antrieb angefangen, oder hat Marais Sie dazu gebracht?«

Berenson überlegte eine Weile.

»Jan Marais ist Diplomat und steht daher außerhalb Ihres Machtbereichs«, sagte er. »Ich kann ihm also nicht schaden. Er hat mich dazu gebracht. Solange ich in Pretoria stationiert war, sind wir uns nie begegnet. Erst hier, kurz nach seiner Ankunft. Wir fanden, daß wir über vieles die gleichen Ansichten hatten. Er überzeugte mich, daß bei einem eventuellen Konflikt mit der UdSSR Südafrika in der südlichen Hemisphäre allein stehen würde und die lebenswichtigen Routen vom Indischen Ozean bis zum Südatlantik abdecken müsse, angesichts sowjetischer Stützpunkte quer durch ganz Schwarzafrika. Wir waren beide der Meinung, daß unser zuverlässigster Alliierter in diesen Breitengraden ohne einen Hinweis auf eventuelle NATO-Operationen in beiden Hemisphären völlig handlungsunfähig sein würde.«

»Schlagendes Argument«, sagte Sir Nigel kummervoll. »Wissen Sie, nachdem wir Marais als Ihren Einsatzleiter ausgemacht hatten, habe ich das Risiko auf mich genommen und General Pienaar direkt auf diesen Namen angesprochen. Er leugnete, daß Marais je für ihn gearbeitet habe.«

»Nun, was sonst.«

»Natürlich, was sonst. Aber ich habe einen Mann hingeschickt, der General Pienaars Behauptung nachprüfen sollte. Vielleicht werfen Sie einen Blick auf seinen Bericht.«

Er zog aus seiner Aktenmappe den Bericht, den Preston aus Pretoria mitgebracht hatte, mit dem an die erste Seite geklammerten Foto des jungen Marais. Berenson machte sich achselzuckend an die Lektüre der sieben Kanzleibogen. An einer Stelle zog er scharf die Luft ein, preßte die Faust an den Mund und fing an, an einem Fingerknöchel zu nagen. Als er die letzte Seite umgedreht hatte, bedeckte er sein Gesicht mit beiden Händen und wiegte den Oberkörper langsam hin und her.

»Mein Gott«, stöhnte er, »was hab' ich getan!«

»Eine ganze Menge Schaden angerichtet«, sagte Sir Nigel. Er ließ Berenson Zeit, sich über das ganze Ausmaß seiner Tat klar zu werden. Ohne jedes Mitleid blickte er auf den völlig vernichteten Mann. Für Sir Nigel war er nur einer von diesen schäbigen kleinen Verrätern, die einen feierlichen Eid auf Königin und Land schworen und dann aus Besserwisserei beide verrieten. Ein Mann vom gleichen Schlag, wenn auch nicht vom gleichen Kaliber, wie Donald MacLean.

Berenson war jetzt nicht mehr bleich, sondern aschgrau. Als er die Hände vom Gesicht nahm, schien er um Jahre gealtert.

»Gibt es etwas, irgend etwas, was ich tun kann?«

Sir Nigel zuckte die Achseln, als wolle er sagen, daß hier so gut wie niemand noch etwas tun könne. Er beschloß, das Messer noch ein paarmal in der Wunde umzudrehen.

»Es gibt natürlich eine Gruppe von Leuten, die für eine umgehende Verhaftung sind. Von Ihnen und Marais. Pretoria hat seine Immunität aufgehoben. Sie kämen vor eine Jury handverlesener Geschworener mittleren Alters mit mittelständischen Ansichten, dafür würde der Kronrat sorgen. Anständige und geradlinige Leute. Die würden wahrscheinlich nie an eine Anwerbung unter falscher Flagge glauben. Und das bedeutet in Ihrem Alter Parkhurst oder Dartmoor für den Rest des Lebens.«

Er ließ diese Aussicht einige Minuten lang einsickern. Dann fuhr er fort:

»Ich hab' die Vertreter der harten Linie für eine Weile ausmanövrieren können. Es gibt noch einen anderen Weg . . .«

»Sir Nigel, ich werde alles tun. Wirklich alles . . .«

Wie wahr, dachte der Chef. Du ahnst gar nicht, wie wahr.

»Drei Dinge, genau gesagt«, sagte er laut. »Erstens, Sie gehen wie immer ins Ministerium, verhalten sich, als sei nichts geschehen, die übliche Routine, die Wasserfläche muß spiegelglatt bleiben.

Zweitens, Sie helfen uns hier in dieser Wohnung, nach Einbruch der Dunkelheit und wenn nötig auch die ganze Nacht, bei der Schadensfeststellung. Wenn wir den angerichteten Schaden auch nur einigermaßen eindämmen wollen, dann müssen wir bis ins kleinste wissen, was nach Moskau gegangen ist. Sollten Sie auch nur ein Pünktchen oder ein Komma für sich behalten, werden Sie Tüten kleben, bis Sie schwarz sind.«

»Ja, ja, natürlich, das kann ich machen. Ich erinnere mich an jedes einzelne Dokument, das hinübergegangen ist. Alles . . . Äh, Sie sprachen von drei Dingen.«

»Ja«, sagte Sir Nigel und musterte seine Fingernägel. »Die dritte Sache ist kitzlig. Sie bleiben in Verbindung mit Marais . . .«

»Ich . . . was?«

»Sie müssen nicht mit ihm zusammenkommen. Mir wär's lieber, wenn sich das vermeiden ließe. Sie scheinen mir nicht Schauspieler genug, um sich in seiner Gegenwart nicht zu verraten. Nur der übliche Kontakt über codierte Telefonanrufe, wenn Sie eine Sendung anbringen wollen.«

Berenson war ehrlich verwirrt.

»Was für eine Sendung?«

»Material, das meine Leute, zusammen mit anderen, für Sie anfertigen werden. Desinformation, wenn Ihnen das lieber ist. Abgesehen davon, daß Sie die Leute vom Verteidigungsministerium bei der Schadensfeststellung unterstützen, arbeiten Sie auch noch mit mir zusammen. Um den Sowjets ordentlich eins reinzuwürgen.«

Berenson griff danach, wie ein Ertrinkender nach einem Strohhalm. Fünf Minuten später erhob sich Sir Nigel. Die Leute, die mit der Schadensfeststellung beauftragt waren, würden nach dem Wochenende erscheinen. Er verließ die Wohnung. Als er den Korridor entlang zum Lift ging, war er mit sich recht zufrieden. Er dachte an den gebrochenen und tödlich erschreckten Mann, den er zurückgelassen hatte.

Von jetzt an wirst du für mich arbeiten, du Scheißkerl, dachte er.

Das Mädchen im Vorzimmer der Agentur Oxborrow blickte auf, als der Fremde eintrat. Sie war von seiner Erscheinung angetan: mittelgroß, kräftig und gut in Schuß, mit einnehmendem Lächeln, nußbraunem Haar und bernsteinfarbenen Augen. Sie liebte bernsteinfarbene Augen.

»Kann ich etwas für Sie tun?«

»Hoffentlich. Ich bin neu in der Gegend, und man hat mir gesagt, Sie vermieten möblierte Häuser.«

»Stimmt. Am besten sprechen Sie mit Mr. Knights. Er befaßt sich mit der Vermietung von Häusern. Wen darf ich melden?«

Er lächelte wieder.

»Ross«, sagte er, »James Ross.«

Sie drückte auf eine Taste und säuselte in die Sprechanlage.

»Mr. Knights, hier ist ein Mr. Ross. Wegen eines möblierten Hauses. Kann er kommen?«

Zwei Minuten später saß Mr. Ross im Büro von Mr. Knights.

»Bin gerade von Dorset zugezogen, um East Anglia für meine Firma zu beackern«, sagte er locker. »Mir wär's lieb, wenn meine Frau und die Kinder möglichst bald nachkommen könnten.«

»Möchten Sie ein Haus kaufen?«

»Nicht sofort. Zum einen möchte ich mich zuerst ein bißchen

umsehen, um das Richtige zu finden. Das dürfte etwas dauern. Zweitens bleibe ich vielleicht nur begrenzte Zeit. Hängt vom Stammhaus ab. Sie verstehen.«

»Natürlich, natürlich.« Mr. Knights verstand vollkommen. »Sie mieten für kurze Zeit ein Haus, damit Sie in aller Ruhe warten können, bis Ihre Firma sich entschieden hat.«

»Haargenau«, sagte Ross. »Sie haben's erfaßt.«

»Möbliert oder unmöbliert?«

»Möbliert, wenn Sie so was haben.«

»Sicher«, sagte Mr. Knights und griff nach einer Sammlung von Faltprospekten. »Leer gibt es so gut wie gar nichts. Man kriegt die Leute nach Ablauf des Mietvertrags manchmal nur schwer wieder raus. Nun, im Augenblick hätten wir da vier im Angebot.«

Er schob Mr. Ross die Prospekte zu. Zwei der Häuser waren ganz offensichtlich zu groß für einen Handelsvertreter und brauchten zudem eine Menge Pflege. Die beiden anderen kamen in Frage. Mr. Knights hatte gerade eine Stunde Zeit und fuhr ihn zu beiden. Das eine war geradezu ideal. Ein kleines, sauberes Backsteinhaus, an einer kleinen, sauberen Backsteinstraße, in einer kleinen, sauberen Backsteinsiedlung unweit der Belstead Road.

»Es gehört einem Mr. Johnson, glaube ich«, sagte Mr. Knights, als sie die Treppe hinuntergingen, »einem Ingenieur, der sich für ein Jahr nach Saudi-Arabien verpflichtet hat. Aber sechs Monate sind schon um.«

»Das dürfte reichen«, sagte Mr. Ross.

Es war das Haus Nummer 12 in Cherryhayes Close. Auch die Namen aller umliegenden Straßen endeten auf »hayes«, so daß die ganze Siedlung unter dem Namen »The Hayes« lief. Da gab es ringsum Brackenhayes, Gorsehayes, Almondhayes und Heatherhayes. Cherryhayes Nummer 12 war von der Straße durch einen sechs Fuß breiten Rasenstreifen getrennt, und es gab keinen Zaun. Eine verschließbare Einzelgarage war an der einen Seite des Hauses angebaut – Petrofski wußte, daß er eine Garage brauchen würde. Der Hintergarten war klein und eingezäunt und von der winzigen Küche aus zugänglich. Die Vordertür war verglast und führte in eine schmale Diele. Dem Eingang direkt gegenüber war die Treppe nach oben. Darunter befand sich eine Besenkammer.

Das Wohnzimmer im Erdgeschoß ging auf die Straße hinaus, die Küche lag am Ende des Gangs zwischen Wohnzimmer und Treppe. Oben waren zwei Schlafzimmer, eines nach vorne und eines nach hinten, sowie das Badezimmer mit Toilette. Das Haus war unauffällig und unterschied sich in nichts von all den anderen Backsteinkästen straßauf, straßab, in denen meist junge Paare wohnten, er im Handel oder in der Industrie, sie Heimchen am Herd mit ein oder zwei Sprößlingen. Genau das Haus, das ein Mann wählen würde, um seine Familie am Ende des Schuljahres von Dorset aus nachkommen zu lassen, ohne dadurch im geringsten Aufmerksamkeit zu erregen.

»Ich nehm' es«, sagte er.

»Wenn Sie auf einen Sprung mit mir ins Büro zurückkommen würden, damit wir die Einzelheiten regeln können ...« sagte Mr. Knights.

Da es sich um ein möbliertes Objekt handelte, waren die Einzelheiten schnell geregelt. Ein zweiseitiger Vordruck zu unterschreiben und zu bezeugen, eine Monatsmiete als Kaution und eine Monatsmiete im voraus zu entrichten. Mr. Ross zeigte eine Referenz von seiner Firma in Genf vor und bat Mr. Knights, am Montagmorgen bei der Bank in Dorchester anzurufen wegen der Deckung des Schecks, den er sofort ausschrieb. Mr. Knights würde den Papierkram zur allseitigen Zufriedenheit bis Montagabend erledigen, wenn der Scheck und die Referenzen in Ordnung waren. Ross lächelte. Sie waren in Ordnung.

Auch Alan Fox war an diesem Samstagmorgen in seinem Büro, und zwar auf besonderen Wunsch seines Freundes Nigel Irvine, der ihn telefonisch um ein Treffen ersucht hatte. Der Engländer wurde kurz nach zehn Uhr in der amerikanischen Botschaft nach oben geführt.

Alan Fox war der Residenturchef der CIA und zudem ein alter Hase. Er kannte Sir Nigel Irvine seit zwanzig Jahren.

»Tut mir leid, aber wir scheinen da ein kleines Problem zu haben«, sagte Sir Nigel. »Einer unserer Beamten im Verteidigungsministerium hat sich als faules Ei erwiesen.«

»Um Himmels willen, Nigel, nicht noch ein Leck«, protestierte Fox. Irvine sah reumütig aus.

»Leider läuft es genau darauf hinaus«, gab er zu. »So etwas wie eure Harper-Affäre.«

Alan Fox fuhr zurück. Der Schlag hatte gesessen. Damals, 1983, waren die Amerikaner aus allen Wolken gefallen, als sie entdeckten, daß ein Ingenieur aus dem Silicon Valley den Polen (und damit den Russen) einen ganzen Schwung Geheiminformationen über die amerikanischen Minuteman-Raketensysteme zugespielt hatte.

Zusammen mit dem ein wenig weiter zurückliegenden Fall Boyce hatte die Harper-Affäre die Rechnung etwas ausgeglichen. Die Engländer hatten von den Amerikanern lang genug Sticheleien hinnehmen müssen, Anspielungen auf Philby, Burgess und Maclean, ganz zu schweigen von Blake, Vassall, Blunt und Prime, und selbst nach all diesen Jahren haftete das Schandmal immer noch. Den Briten war geradezu ein bißchen wohler zumute, als die Amerikaner mit Boyce und Harper zwei üble Schläge einstecken mußten. Wenigstens gab es in anderen Ländern auch Verräter.

»Autsch«, sagte Fox. »Genau das habe ich immer so an Ihnen geschätzt. Sie können keinen Gürtel sehen, ohne einen Tiefschlag zu landen.«

Fox war in London für seinen sarkastischen Witz bekannt. Er

hatte ihn bei einem früheren Treffen des Joint Intelligence Committee bewiesen, als Sir Anthony Plumb sich darüber beklagte, daß man nicht auch für die Beschreibung seiner Funktion ein hübsches kleines Kurzwort gefunden habe. Er sei eben nur der Vorsitzende des JIC oder der Nachrichtendienstkoordinator.

»Wie wär's«, hatte Fox schleppend vom anderen Tischende verlauten lassen, »mit ›Supreme Head of Intelligence Targetting‹?«

Sir Anthony wollte aber nicht als der S.H.I.T. von Whitehall bekannt werden und ließ die Sache mit dem Kurzwort fallen.

»O. K., wie schlimm ist es?«

»Nicht so schlimm, wie es sein könnte«, sagte Sir Nigel und erzählte Fox die Geschichte von A bis Z. Der Amerikaner beugte sich interessiert vor.

»Glauben Sie, daß Sie ihn wirklich umgedreht haben? Daß er alles weitergibt, was ihm gesagt wird?«

»Entweder das oder Wasser und Brot bis ans Ende seiner Tage. Wir lassen ihn keine Sekunde aus den Augen. Er kann Marais vielleicht im Verlauf eines Telefongesprächs eine codierte Warnung zukommen lassen, aber ich glaube nicht, daß er das tut. Er steht wirklich sehr weit rechts, und er wurde eindeutig unter falscher Flagge angeworben.«

Fox überlegte eine Weile.

»Wie hoch, glauben Sie, Nigel, steht dieser Berenson bei der Zentrale im Kurs?«

»Wir fangen am Montag mit der Schadensfeststellung an«, sagte Irvine, »doch ich denke, daß er aufgrund seiner Spitzenposition im Ministerium einen außerordentlich hohen Kurswert in Moskau hat. Vielleicht ist er sogar ein Direktorenfall.«

»Könnten auch wir ein bißchen Desinformation über diesen Kanal leiten?« fragte Fox. Er sah im Geiste bereits ein paar dicke Bären, die Langley Moskau gerne aufbinden würde.

»Ich möchte die Leitung nicht überlasten«, sagte Nigel. »Das Tempo, in dem das Material bisher rüberging, muß beibehalten werden, und die Art des Materials muß ebenfalls dieselbe bleiben. Aber natürlich könnten wir Sie bei diesem Coup einschalten.«

»Und ich soll meinen Leuten gut zureden, damit sie London möglichst ungerupft lassen?«

Sir Nigel zuckte die Achseln.

»Der Schaden ist nun einmal angerichtet. Für das Selbstgefühl ist es natürlich gut, wenn man die Sache kräftig hochspielt. Aber völlig unproduktiv. Es wäre besser, wir beheben den Schaden bei uns und richten bei den anderen möglichst viel an.«

»O. K., Nigel, Sie haben gewonnen. Ich werde meinen Leuten sagen, sie sollen sich zurückhalten. Wir kriegen doch die Schadensfeststellung frisch aus der Presse? Und wir fabrizieren ein paar Dokumente über unsere Atom-U-Boote im Atlantik und im Indischen Ozean, welche die Zentrale veranlassen werden, in die falsche Richtung zu blicken. Ich melde mich.«

Am Montagmorgen mietete Pretrofski bei einem Autoverleih in Colchester eine kleine und bescheidene Familienlimousine. Er gab an, er sei aus Dorchester und auf Haussuche in Essex und Suffolk. Seinen eigenen Wagen habe er bei seiner Frau und der Familie in Dorset gelassen, und für eine so kurze Zeit wolle er natürlich kein neues Auto kaufen. Sein Führerschein war vollkommen in Ordnung, mit einer Adresse in Dorchester. Die Versicherung war in der Leihgebühr inbegriffen. Er wollte einen langfristigen Vertrag, möglichst für drei Monate, und entschied sich für Ratenzahlung.

Er beglich eine Wochenmiete in bar und hinterließ einen Scheck für den darauffolgenden Monat. Das nächste Problem war schwieriger und nur mit Hilfe eines Versicherungsmaklers zu lösen. Petrofski suchte einen Makler in der gleichen Stadt auf und erklärte seine Lage.

Er habe einige Jahre im Ausland gearbeitet und vorher immer

einen Firmenwagen gefahren. Daher sei er persönlich in England nie versichert gewesen. Nun sei er wieder zurückgekommen und wolle sich selbständig machen. Dazu müsse er ein Fahrzeug kaufen und benötige dementsprechend eine Kfz-Versicherung. Ob der Makler ihm dabei behilflich sein könne?

Der Makler wollte dies mit Freuden tun. Der neue Kunde besaß einen einwandfreien internationalen Führerschein, eine vertraueneinflößende Erscheinung und ein Bankkonto, das an diesem Morgen von Dorchester nach Colchester verlegt worden war.

An welche Art Fahrzeug habe der Herr gedacht? An ein Motorrad. Jawohl. Soviel bequemer im dichten Berufsverkehr. Bei Halbwüchsigen seien diese Dinger natürlich schwer zu versichern. Aber bei einem gestandenen Geschäftsmann – kein Problem. Vollkasko würde vielleicht ein bißchen schwierig sein ... Wenn der Herr mit Haftpflicht vorlieb nehmen wolle? Und die Adresse? Im Augenblick auf Haussuche. Sehr verständlich. Aber gegenwärtig im Great White Horse in Ipswich abgestiegen? Völlig in Ordnung. Wenn Mr. Ross ihm nach Kauf des Motorrads die Zulassungsnummer sowie eine allfällige Adressenänderung mitteilen wolle, dann könne die Haftpflichtversicherung ohne weiteres in ein bis zwei Tagen abgeschlossen werden.

Petrofski fuhr in seinem Leihwagen nach Ipswich zurück. Es war ein arbeitsreicher Tag gewesen, und er war sicher, daß er keinerlei Verdacht erregt und keine verfolgbare Spur hinterlassen hatte. Dem Autoverleih und dem Hotel hatte er eine Adresse in Dorchester gegeben, die nicht existierte. Die Immobilienvermittlung Oxborrow und der Versicherungsmakler hatten das Hotel als vorläufige Adresse, und für Oxborrow galt Cherryhayes Nummer 12. Die Barclay's Bank in Dorchester hatte ebenfalls das Hotel als vorläufige Adresse.

Er würde das Hotelzimmer behalten, bis er seine Versicherungskarte bekam, und dann ausziehen. Die Möglichkeit, daß die Beteiligten miteinander in Berührung kommen könnten, war gleich Null. Für alle, außer Oxborrows, endete die Spur im Hotel oder bei einer nicht existierenden Adresse in Dorchester. Solange die Zahlungen für Haus und Wagen weiterliefen, solange der Versicherungsmakler einen gedeckten Scheck für die Jahresprämie bekam, würde keiner sich Gedanken machen. Die Bank in Colchester war angewiesen worden, vierteljährlich die Kontoauszüge zu schicken, doch Ende Juni würde er längst über alle Berge sein.

Er fuhr zur Immobilienagentur, um den Mietvertrag zu unterschreiben und die Formalitäten zu erledigen.

Am Montagabend traf die Speerspitze des Schadensfeststellungsteams bei George Berenson in Belgravia ein.

Es war eine kleine Gruppe von Experten des MI5 und von Analytikern des Verteidigungsministeriums. Zunächst galt es, jedes einzelne Dokument zu identifizieren, das nach Moskau gegangen war. Sie hatten Kopien der Registraturakten mitgebracht, Entnahmen und Rückgaben, für den Fall, daß Berenson Anfälle von Gedächtnisschwund hatte.

Später würden andere Analytiker, nach Prüfung der weitergegebenen Dokumente, versuchen, den angerichteten Schaden festzustellen, und vorschlagen, was noch geändert werden könnte, welche Pläne aufgegeben werden müßten, welche taktischen und strategischen Maßnahmen zu annullieren wären, um den Schaden in Grenzen zu halten. Das Team arbeitete die ganze Nacht hindurch und konnte berichten, daß Berenson die Hilfsbereitschaft in Person gewesen sei. Was die Experten privat von ihm hielten, erschien nicht in ihrem Bericht, da es nicht druckfähig war.

Ein anderes Team machte sich in den tiefsten Tiefen des Ministeriums daran, ein Bündel von Geheimdokumenten zu erstellen, das Berenson an Jan Marais und an dessen Einsatzleiter im Ersten Hauptdirektorat in Jasjenewo weiterleiten würde.

Am Mittwoch packte John Preston seine persönlichen Akten und bezog sein neues Büro als Leiter von C.5. (C). Glücklicherweise mußte er nur ein Stockwerk höher ziehen, in das dritte in Gordon. Er setzte sich an den Schreibtisch, und sein Blick fiel auf den Wandkalender. Es war der 1. April.

Wie sinnig, dachte er bitter.

Der einzige Lichtblick war die Gewißheit, daß in einer Woche sein Sohn Tommy über die Osterferien nach Hause kommen würde. Sie würden eine ganze Woche zusammen sein, bevor Julia, nach ihrer Rückkehr aus einem Skiurlaub mit ihrem Freund in Verbier, den Jungen für den Rest der Ferien zu sich holen würde.

Eine ganze Woche würde seine kleine Wohnung in Kensington widerhallen von den Begeisterungsausbrüchen des Zwölfjährigen, von den Berichten seiner Heldentaten auf dem Rugbyfeld, der Streiche, die er dem Französischlehrer gespielt hatte, und von den Bitten um Marmelade- und Kuchennachschub zum widerrechtlichen Verzehr nach dem Löschen der Lichter im Schlafsaal. Preston lächelte bei dieser Vorstellung und beschloß, mindestens vier Tage Urlaub zu nehmen. Er hatte ein paar gute Vater-und-Sohn-Expeditionen geplant und hoffte, sie würden Tommys Billigung finden. Die Ankunft Jeff Brights, seines Stellvertreters, riß ihn aus diesen angenehmen Träumen.

Bright hätte, wie Preston wußte, seinen Job hier bekommen, wenn er nicht viel zu jung dafür gewesen wäre. Er war einer von Harcourt-Smiths Schützlingen und genoß die schmeichelhafte Ehre, regelmäßig von dem stellvertretenden Generaldirektor zu einem Drink eingeladen zu werden, wobei er dann alles erzählen durfte, was in der Abteilung so vor sich ging. Er würde es unter einem künftigen Generaldirektor Harcourt-Smith weit bringen.

»Ich dachte, Sie möchten sich vielleicht die Listen der See- und Flughäfen ansehen, die wir im Auge behalten sollen, John«, sagte Bright.

Preston studierte die Listen, die sein Adlatus vor ihm ausgebreitet hatte. Gab es wirklich so viele Flugplätze in Englang mit internationalem Flugverkehr? Und die Liste der Häfen, in denen Frachtschiffe aus dem Ausland abgefertigt wurden, erstreckte sich über Seiten und Seiten. Seufzend machte er sich an die Lektüre.

Am darauffolgenden Tag fand Petrofski, was er suchte. Getreu seinem Plan, die verschiedenen Einkäufe in verschiedenen Städten von Suffolk und Essex zu tätigen, war er nach Stowmarket gefahren. Das Motorrad war eine BMW K 100 mit Kardanantrieb, nicht neu, aber in ausgezeichnetem Zustand, eine große, schnelle Maschine, die drei Jahre alt war, aber erst 22 000 Meilen auf dem Tacho hatte. Der Motorradhändler führte auch das übliche Zubehör – schwarze Ledermonturen, Schaftstiefel mit seitlichem Reißverschluß und Sturzhelme mit getöntem, herabklappbaren Visier. Petrofski staffierte sich von Kopf bis Fuß aus.

Er zahlte zwanzig Prozent des Preises an, damit man ihm die Maschine reservierte, und bat, zwei Satteltaschen an beiden Seiten des Hinterrades zu montieren sowie einen abschließbaren Plexiglasbehälter obenauf. Er erhielt den Bescheid, daß er die Maschine mit den anmontierten Satteltaschen in zwei Tagen abholen könne.

Von einer Telefonkabine aus rief er den Versicherungsmakler in Colchester an und gab ihm die Zulassungsnummer der BMW durch. Der Makler versprach ihm die auf einen Monat befristete Versicherung für die nächsten Tage. Er würde sie an das Hotel Great White Horse in Ipswich schicken.

Von Stowmarket fuhr Petrofski in nördlicher Richtung nach Thetford, knapp jenseits der Grafschaftsgrenze in Norfolk. Es war nichts Besonderes an Thetford; es lag nur ungefähr auf der Linie, die ihn interessierte. Kurz nach dem Mittagessen fand er, was er suchte. In der Magdalen Street, zwischen der Nummer 13 A und dem Gebäude der Heilsarmee, liegt ein zurückgesetzter, rechteckiger Hof mit einunddreißig abschließbaren Garagen. An einer hing ein Schild mit der Aufschrift »Zu vermieten«.

Er ging zum Besitzer, der im Ort wohnte, mietete die Garage gegen Barzahlung für drei Monate und erhielt den Schlüssel. Die Garage war klein und verstaubt, eignete sich jedoch hervorragend für seine Zwecke. Der Eigentümer war froh über den steuerfreien Verdienst gewesen und hatte keinerlei Ausweispapiere verlangt. Petrofski hatte daher einen fiktiven Namen und eine ebenso fiktive Adresse angegeben.

Er hing die Ledermontur, den Helm und die Stiefel in der Garage auf. Den Rest des Nachmittags verbrachte er damit, in zwei verschiedenen Geschäften zwei Zehn-Gallonen-Plastikkanister zu kaufen, die er an zwei verschiedenen Tankstellen mit Benzin füllen ließ und dann in seinem Versteck abstellte. Bei Sonnenuntergang fuhr er nach Ipswich zurück und sagte dem Portier, daß er am nächsten Morgen ausziehen werde.

Preston langweilte sich allmählich unbeschreiblich. Er hatte die beiden ersten Tage in seiner neuen Stellung ausschließlich mit der Lektüre von Akten verbracht.

Beim Mittagessen in der Kantine überlegte er ernstlich, ob er nicht um seinen Abschied einkommen solle. Das warf aber zwei Probleme auf. Es würde für einen Mann Mitte Vierzig nicht leicht sein, einen guten Job zu finden, zumal seine verborgenen Qualitäten kaum von der Art waren, die große Firmen übermäßig interessieren dürften.

Der zweite Grund lag in seiner Treue zu Sir Bernard Hemmings. Preston machte erst seit sechs Jahren unter ihm Dienst, aber der Alte war immer sehr gut zu ihm gewesen. Er mochte Sir Bernard, und er wußte, daß die Messer für den kranken Generaldirektor schon gewetzt waren.

Die endgültige Entscheidung bei der Wahl des Leiters von MI5 oder des Chefs von MI6 liegt in Großbritannien beim Gremium der sogenannten Weisen. Bei MI5 waren dies normalerweise der beamtete Unterstaatssekretär des Innenministeriums, dem MI5 unterstand; ferner der beamtete Unterstaatssekretär des Verteidigungsministeriums sowie der Cabinet Secretary und der Vorsitzende des Joint Intelligence Committee.

Diese Männer würden dem Innen- und dem Premierminister als den beiden zuständigen Politikern einen favorisierten Kandidaten empfehlen. Die Politiker wären kaum in der Lage, die Empfehlung der Weisen abzulehnen.

Bevor sie jedoch eine Entscheidung träfen, würden die hohen Herren auf ihre unnachahmliche Art Sondierungen vornehmen. Diskrete Mittagessen in Clubs, Drinks an der Bar, gemurmelte Diskussionen beim Kaffee. Im Falle des vorgeschlagenen Generaldirektors von MI5 würde der Chef des SIS konsultiert werden, doch Sir Nigel Irvine stand selbst kurz vor der Pensionierung und würde schon einen sehr guten Grund gegen den führenden Anwärter auf einen anderen Geheimdienst vorbringen müssen. Schließlich mußte *er* ja nicht mehr mit dem Mann zusammenarbeiten.

Zu den einflußreichsten, von den Weisen sondierten Quellen würde der scheidende Generaldirektor von MI5 selbst gehören. Preston wußte, daß ein ehrlicher Mann wie Bernard Hemmings sich verpflichtet fühlen würde, bei den Abteilungsleitern seiner Dienststelle eine Umfrage zu veranstalten. Das Resultat dieser Umfrage würde schwer bei ihm wiegen, ganz unabhängig von seinen persönlichen Gefühlen. Nicht umsonst hatte Brian Harcourt-Smith seine zunehmend stärkere Position bei der Führung der Tagesgeschäfte dazu benutzt, die eigenen Gefolgsleute an die Spitze der zahlreichen Abteilungen zu stellen.

Preston war sicher, daß Harcourt-Smith ihn noch vor dem Herbst ausbooten wollte, wie er dies bereits mit zwei oder drei anderen getan hatte.

»Der soll mich doch«, bemerkte er zu niemand bestimmtem in der weitgehend leeren Kantine. »Ich bleibe.«

Während Preston beim Mittagessen war, verließ Petrofski das Hotel mit einem zusätzlichen großen Koffer voller Kleidung, die er am Ort gekauft hatte. Er sagte zum Portier, er werde nach Norfolk ziehen, und bat darum, eventuell ankommende Post abholbereit aufzubewahren.

Er rief den Versicherungsmakler in Colchester an und erfuhr, daß die zeitlich befristete Versicherungskarte ausgestellt sei. Der Russe bat den Makler, die Karte nicht mit der Post zu schicken; er werde sie bei ihm abholen.

Was er auch sofort tat, um dann am Spätnachmittag in das Haus Cherryhayes Close Nummer 12 einzuziehen. Einen Teil der Nacht verbrachte er damit, mit Hilfe der Einmalcodes eine chiffrierte Nachricht anzufertigen, die kein Computer würde knacken können. Wie hoch entwickelt der zum Entschlüsseln von Codes verwendete Computer auch sein mochte, er war unweigerlich auf Zeichenmuster und Wiederholungen angewiesen. Die Benutzung eines Einmalcodes für jedes Wort einer kurzen Nachricht schloß Zeichenmuster und Wiederholungen völlig aus.

Am Samstagmorgen fuhr er nach Thetford, stellte seinen Wagen in die Garage und nahm ein Taxi nach Stowmarket. Hier bezahlte er mit einem von der Bank bestätigten Scheck den Restbetrag für die BMW, ging in die Toilette, um seine Ledermontur, die Stiefel und den Sturzhelm anzulegen – das alles hatte er in einer Segeltuchtasche mitgebracht –, stopfte die ausgezogene Kleidung, Jacke, Hose und Schuhe, in die Satteltaschen und brauste ab.

Es war eine lange Fahrt, die mehrere Stunden dauerte. Erst spät am Abend kam er wieder nach Thetford zurück, zog sich um, stellte das Motorrad in die Garage und fuhr gemächlich in seiner Familienlimousine nach Ipswich, wo er um Mitternacht in Cherryhayes Close ankam. Niemand beobachtete ihn, und selbst wenn dies der Fall gewesen wäre, dann hätte man nur den netten jungen Mr. Ross gesehen, der am Freitag sein Haus bezogen hatte.

Am Samstagabend hätte der Obergefreite Averell Cook von der US Army liebend gern seine Freundin im nahe gelegenen Bedford getroffen. Oder auch nur mit seinen Kumpeln in der Kantine Karten gespielt. Statt dessen machte er Nachtschicht im britisch-amerikanischen Lauschposten in Chicksands.

Der »Hauptsitz« des elektronischen Überwachungs- und Dechiffrierkomplexes befindet sich im Staatlichen Kommunikationshauptquartier, kurz GCHQ genannt, in Cheltenham, Gloucestershire, Südengland. Doch das GCHQ hat Außenstellen in verschiedenen Teilen des Landes, und eine von ihnen, Chicksands in Bedfordshire, wird gemeinsam vom GCHQ und der NSA, der amerikanischen National Security Agency, betrieben.

Die Zeiten, da aufmerksame Männer mit Kopfhörern im Funkraum kauerten und versuchten, die von irgendeinem deutschen Agenten in England handgetasteten Morsezeichen aufzufangen und zu registrieren, sind längst vorbei. Beim Belauschen und Analysieren der Nachrichten, beim Ausfiltern des Harmlosen aus dem Nicht-so-Harmlosen, beim Aufzeichnen und Decodieren des letzteren haben die Computer das Kommando übernommen.

Der Obergefreite Cook konnte sich hundertprozentig darauf verlassen, daß jedes von dem Antennenwald über ihm aufgefangene elektronische Wispern an die Computeranlagen unter ihm weitergeleitet würde. Das Abtasten der Wellenbänder geschah automatisch, ebenso wie die Aufzeichnung eines jeden Wisperns im Äther, das normalerweise dort nichts zu schaffen hatte.

Bei Auftreten eines derartigen Wisperns würde der ewig wachsame Zentralcomputer die tief in seinen vielfarbigen Eingeweiden verborgene Starttaste auslösen, die Sendung aufzeichnen, unverzüglich die Quelle anpeilen und seine Rechnerbrüder im ganzen Land anweisen, eine Kreuzpeilung vorzunehmen und ihn auf dem laufenden zu halten.

Um dreiundzwanzig Uhr dreiundvierzig wurde der Zentralcomputer veranlaßt, seine Starttaste auszulösen. Irgend etwas oder irgend jemand hatte Zeichen übertragen, die außerhalb des wirbelnden Kaleidoskops elektronischer Signale lagen, welche die Atmosphäre unseres Planeten vierundzwanzig Stunden am Tag erfüllen. Der Computer hatte dies bemerkt und die Spur aufgenommen. Der Obergefreite Cook hörte das Warnsignal und streckte die Hand nach dem Telefon aus.

Was der Computer da aufgeschnappt hatte, war ein »Spritzer«, ein kurzer Pfeifton von nur wenigen Sekunden, der dem menschlichen Ohr nichts besagt.

Ein »Spritzer« ist das Endprodukt einer aufwendigen Prozedur beim Senden von Geheimnachrichten. Zuerst wird die Botschaft im »Klartext« abgefaßt, und zwar so kurz wie möglich. Dann wird sie verschlüsselt, aber auch danach besteht sie immer noch aus einer Folge von Buchstaben und Zahlen. Die verschlüsselte Botschaft wird auf einem Morseapparat getastet, jedoch nicht in die Ohren einer lauschenden Welt, sondern auf ein Magnetband. Das Band wird dann auf Höchstgeschwindigkeit gebracht, so daß die Punkte und Striche, aus denen die Botschaft sich zusammensetzt, eng ineinandergeschoben werden und zu einem einzigen, nur einige Sekunden dauernden Pfeifton verschmelzen.

Sobald der Sender einsatzbereit ist, schickt der Bediener diesen Pfeifton ab, packt sein Gerät zusammen und verdrückt sich schleunigst.

Innerhalb von zehn Minuten hatten die Triangulationsgeräte Samstagnacht geortet, woher der Ton gekommen war. Die Computer von Menwith Hill in Yorkshire und Brawdy in Wales hatten ebenfalls den »Spritzer« aufgefangen und eine Peilung vorgenommen.

Als die Ortspolizei an der georteten Stelle eintraf, erwies sich diese als ein Parkstreifen auf einer einsamen Straße, hoch oben in der Gegend des Derbyshire Peak. Weit und breit war niemand zu sehen.

Die codierte Botschaft kam auf dem Dienstweg nach Cheltenham, wo man sie so langsam ablaufen ließ, daß die Punkte und Striche wieder in Buchstaben umgesetzt werden konnten. Nach einer vierundzwanzigstündigen Bearbeitung durch elektronische Codeknacker war die Antwort immer noch eine große Null.

»Ein schlafender Sender, wahrscheinlich irgendwo in den Midlands, der ›aktiv‹ geworden ist«, berichtete der Chefanalytiker dem Generaldirektor des GCHQ. »Aber unser Mann scheint für jedes Wort einen neuen Einmalcode zu benutzen. Wenn wir nicht eine Menge mehr davon kriegen, können wir die Botschaften nicht dechiffrieren.«

Man beschloß, den Kanal, den der Geheimsender benutzt hatte, unter scharfer Beobachtung zu halten, obwohl der Mann mit höchster Wahrscheinlichkeit für jede Sendung auf einen anderen Kanal gehen würde.

Ein kurzes Fernschreiben über diesen Vorfall flatterte unter anderen auf die Schreibtische von Sir Bernard Hemmings und Sir Nigel Irvine.

Die Botschaft war andernorts, vornehmlich in Moskau, empfangen worden. Der gleiche Satz von Einmalcodes, der im gottverlassenen Ipswich verwendet worden war, ermöglichte die Entschlüsselung der Botschaft, worin allen Betroffenen mitgeteilt wurde, daß der »Mann vor Ort« seine Vorbereitungen vorzeitig abgeschlossen habe und bereit sei, den ersten Kurier zu empfangen.

5. Kapitel

Das Tauwetter würde nicht mehr lange auf sich warten lassen, aber noch lag verkrusteter Schnee auf den Zweigen der Birken und Föhren dort unten. Vom Panoramadoppelfenster im siebenten und obersten Stockwerk des EHD-Gebäudes in Jasjenewo aus konnte man jenseits des winterlichen Waldes die Westspitze des Sees ausmachen, an dem die ausländischen Diplomaten mit Vorliebe im Sommer Erholung suchten.

Diesen Sonntagmorgen hätte Generalleutnant Jewgenij Sergeiwitsch Karpow lieber mit seiner Frau und den Kindern auf ihrer Datscha in Peredelkino verbracht, doch selbst wenn man es so weit gebracht hatte wie Karpow, blieben immer noch einige Dinge, um die man sich persönlich kümmern mußte. So zum Beispiel um die Ankunft des Kuriers aus Kopenhagen.

Er sah auf die Uhr. Es war beinahe Mittag, und der Mann hatte Verspätung. Seufzend ging er vom Fenster weg und warf sich in den Drehstuhl hinter dem Schreibtisch.

Mit siebenundfünfzig hatte Karpow die oberste Sprosse der Beförderung und der Macht erreicht, die einem berufsmäßigen Nachrichtendienstler im KGB oder zumindest im EHD, im Ersten Hauptdirektorat, zugänglich war. Fedortschuk war noch höher geklettert, bis zum Posten des Vorsitzenden und dann weiter zum MWD, aber nur, weil er sich an die Rockschöße des Generalsekretärs geheftet hatte. Fedortschuk war nie beim EHD gewesen und nur selten aus der Sowjetunion herausgekommen; er hatte Punkte gesammelt mit der Niederschlagung von Dissidenten- oder Nationalistenbewegungen.

Für einen Mann jedoch, der seinem Land viele Jahre im Ausland gedient hatte – in Rußland immer ein Nachteil bei der Berufung in die höchsten Ämter –, war Karpow nicht schlecht gefahren. Schließlich hatte es der schlanke Mann in dem erstklassigen Schneideranzug – gute Kleidung war eines der Vorrechte der EHD-Leute – bis zum Generalleutnant und ersten stellvertretenden Leiter des Ersten Hauptdirektorats gebracht. Er war damit der höchstrangige Berufsnachrichtenoffizier im Auslandsnachrichtendienst, das Pendant zum stellvertretenden Direktor der CIA oder zu Sir Nigel Irvine vom SIS.

Als der Generalsekretär bei seinem Machtantritt vor etlichen Jahren Fedortschuk vom Vorsitzenden des KGB zum Chef des Innenministeriums befördert hatte und General Schebrikow auf Fedortschuks Posten nachrückte, war dessen Stelle frei geworden; Schebrikow war einer der beiden ersten stellvertretenden Vorsitzenden gewesen.

Der vakante Posten war Generaloberst Kryutschow angeboten worden, der sofort zupackte. Doch Kryutschow war damals Leiter des EHD, und diese Machtstellung wollte er nicht aufgeben. Er wollte beide Posten behalten. Aber selbst Kryutschow, den Karpow insgeheim für komplett vernagelt hielt, mußte einsehen, daß er nicht an zwei Orten zugleich sein konnte, in der Zentrale am Dserschinkij-Platz als erster stellvertretender Vorsitzender und in Jasjenewo als Chef des EHD.

Der Posten des ersten stellvertretenden Leiters des EHD hatte im Laufe der Jahre immer mehr an Bedeutung gewonnen. Er erforderte eine umfangreiche operative Erfahrung und stellte im EHD die höchste Stufe dar, die ein Berufsoffizier erklimmen konnte. Und er war noch wichtiger geworden, nachdem Kryutschow das »Dorf«, wie Jasjenewo im KGB-Jargon genannt wurde, verlassen hatte.

Als der amtierende Chef, General B. S. Iwanow, in Pension ging, gab es zwei mögliche Anwärter auf den Posten: Karpow, damals ein bißchen jung, doch bereits Leiter der wichtigen Dritten Abteilung, Raum 6013, die für England, Australien, Neuseeland und Skandinavien zuständig war; und Wadim Wassiljewitsch Kirpitschenko, sehr viel älter, etwas höher im Rang, Leiter des Direktorats S für Illegale. Kirpitschenko bekam den Posten.

Karpow erhielt als Trostpreis die Leitung des mächtigen Illegalen-Direktorats, einen Posten, den er zwei faszinierende Jahre lang innehatte.

Dann, im Frühjahr 1985, hatte Kirpitschenko das einzig Richtige getan; als er die Sadawaja-Spasskaja-Ringstraße mit fast hundert entlangspurtete, war sein Wagen auf einem von einem lecken Laster stammenden Ölfleck ins Schleudern gekommen. Eine Woche darauf hatte die Beerdigung in aller Stille auf dem Friedhof Nowodewitschij stattgefunden, und eine weitere Woche später hatte Karpow, bei gleichzeitiger Beförderung vom Generalmajor zum Generalleutnant, den Posten bekommen.

Zu seiner großen Befriedigung konnte er das Illegalen-Direktorat dem alten Borisow übergeben, der so lange die Nummer zwei gewesen war und die Stelle ohnehin verdient hatte.

Das Telefon auf Karpows Schreibtisch klingelte, und er hob den Hörer ab.

»Genosse Generalmajor Borisow möchte Sie sprechen.«

Wenn man vom Teufel spricht, dachte er. Dann runzelte er die Stirn. Er hatte eine Hausleitung, die nicht über die Vermittlung ging, und sein alter Kollege hatte sie nicht benützt. Rief wohl von außerhalb über Amt an. Er befahl seiner Sekretärin, den Kopenhagener Kurier nach seiner Ankunft sofort zu ihm zu bringen, drückte auf die Amtsleitungstaste und nahm Borisows Anruf entgegen.

»Pawel Petrowitsch, wie geht's Ihnen an diesem schönen Tag?«

»Ich hab's bei Ihnen zu Hause versucht, dann in der Datscha. Ludmilla hat mir gesagt, Sie würden arbeiten.«

»Genauso ist es. Ein paar Leute müssen ja was tun.«

Karpow nahm den alten Mann sanft auf den Arm. Borisow war Witwer, lebte allein und arbeitete an Wochenenden wahrscheinlich öfter als sonst jemand.

»Jewgenij Sergeiwitsch, ich muß Sie unbedingt sehen.«

»Natürlich. Jederzeit. Wollen Sie morgen hierher kommen, oder soll ich in die Stadt fahren?«

»Könnten Sie's heute ermöglichen?«

Immer merkwürdiger, dachte Karpow. Irgend etwas muß in den alten Knaben gefahren sein. Klingt, als habe er getrunken.

»Haben Sie einen gezwitschert, Pawel Petrowitsch?«

»Könnte schon sein«, sagte die dröhnende Stimme am anderen Ende der Leitung. »Ein Mann braucht hie und da ein paar Tropfen. Besonders wenn er Probleme hat.«

Karpow wurde klar, daß die Sache ernst war. Er ließ den scherzenden Ton fallen.

»Schon gut, Starez«, sagte er begütigend, »wo sind Sie?«

»Kennen Sie meine Hütte?«

»Natürlich. Soll ich rauskommen?«

»Ja, ich wär' Ihnen dankbar. Wann können Sie hier sein?« fragte Borisow.

»Sagen wir gegen achtzehn Uhr«, schlug Karpow vor.

»Eine Flasche Pfefferwodka wartet schon auf Sie«, sagte die Stimme, und Borisow legte auf.

»Nicht auf mich«, brummte Karpow. Im Gegensatz zu den meisten Russen trank Karpow kaum, und wenn, dann höchstens einen anständigen armenischen Kognak oder einen schottischen Malzwhisky aus London, im Kuriergepäck, für ihn persönlich. Wodka betrachtete er als das Scheußlichste vom Scheußlichen, und Pfefferwodka sogar als etwas noch Schlimmeres.

Mein Sonntagnachmittag in Peredelkino ist futsch, dachte er und rief Ludmilla an, um ihr zu sagen, daß er's nicht schaffen würde. Von Borisow kein Wort; nur daß er nicht wegkönne und gegen Mitternacht in ihrer Moskauer Wohnung sein werde.

Borisows Aufgeregtheit machte ihm immer noch zu schaffen; sie kannten sich zu lange, als daß er sie ihm übel genommen hätte, aber sie war merkwürdig bei einem Mann, der sonst die Ruhe selbst war.

An diesem Sonntagnachmittag kam die reguläre Aeroflot-Maschine aus Moskau kurz nach siebzehn Uhr im Londoner Flughafen Heathrow an.

Wie bei allen Aeroflot-Crews arbeitete ein Besatzungsmitglied für zwei Herren: für die staatliche russische Fluglinie und den KGB. Der erste Offizier Romanow gehörte nicht fest zum KGB, er war nur ein »agyent«, das heißt, jemand der die Kollegen bespitzelte und gelegentlich Botschaften überbrachte und Gänge besorgte.

Die ganze Mannschaft verließ das Flugzeug und übergab es für die Nacht dem Bodenpersonal. Sie würden am nächsten Tag wieder nach Moskau zurückfliegen. Wie immer unterwarfen sie sich den Einreiseprozeduren für Flugzeugbesatzungen, und der Zoll prüfte oberflächlich ihre Umhänge- und Tragtaschen. Ein paar hatten Transistorradios, und niemand beachtete das Sonygerät, das Romanow am Schulterriemen trug. Der Besitz westlicher Luxusgüter war, wie jedermann wußte, ein Vorrecht der ins Ausland reisenden Sowjetbürger, und obwohl ihnen Devisen nur knapp zugemessen wurden, gehörten Kassetten und Recorder zusammen mit Radios und Parfums für die in Moskau gebliebenen Frauen zu den vordringlichsten Anschaffungen.

Nach Erledigung der Paß- und Zollformalitäten stieg die ganze Besatzung in einen Minibus und fuhr zum Hotel Green Park, wo die Aeroflot-Crews oft absteigen. Wer immer Romanow das Transistorradio in Moskau drei Stunden vor Abflug gegeben hatte, wußte genau, daß das Aeroflot-Flugpersonal in Heathrow kaum jemals beschattet wird. Die Leute von der britischen Abwehr scheinen das Risiko, das diese Crews zweifellos darstellen, für akzeptabel zu halten im Vergleich zu den ausgedehnten Überwachungsmaßnahmen, die zur Ausschaltung dieser Gefahr ergriffen werden müßten.

Als Romanow in seinem Zimmer war, warf er unwillkürlich einen neugierig prüfenden Blick auf das Gerät. Dann zuckte er die Achseln, sperrte es in sein Köfferchen und ging in die Bar hinunter, um mit seinen Kollegen ein Glas zu trinken. Er wußte genau, was er nach dem Frühstück am nächsten Tag zu tun hatte. Er würde die Anweisung befolgen und dann alles vergessen. Er wußte zu diesem Zeitpunkt nicht, daß er sofort nach seiner Rückkehr in Quarantäne gehen würde.

Karpows Wagen fuhr kurz vor achtzehn Uhr knirschend über den tief verschneiten Pfad, und Karpow verfluchte wieder einmal die Schnapsidee des alten Mannes, sich in einer derart gottverlassenen Gegend ein Wochenendhaus zu halten.

Jeder im Dienst wußte, daß Borisow ein Unikum war. In einer Gesellschaft, die jede Art von Individualismus oder Abweichung von der Norm, ganz zu schweigen von Exzentrizität, für äußerst suspekt hält, genoß Borisow Narrenfreiheit, weil er in seinem Beruf ein As war. Er hatte seit frühester Jugend im Geheimdienst gearbeitet, und einige seiner Coups gegen die Westmächte waren in die Legende eingegangen und machten die Runde in den Ausbildungsschulen und den Kantinen, wo der Nachwuchs zu Mittag aß.

Nach einem Kilometer Fahrt auf dem Pfad konnte Karpow die Lichter der Isba, der Holzhütte, ausmachen, in der Borisow seine freien Wochenenden verbrachte. Alle anderen waren bemüht, ihre Wochenendhäuser gemäß ihres Platzes in der Hackordnung in der Prominentengegend unterzubringen, das heißt westlich von Moskau entlang der Flußbiegung jenseits der Uspenskojebrücke. Nicht so Borisow. Er zog sich an den Wochenenden, an denen er von seinem Schreibtisch loskam, tief in die Wälder östlich der Hauptstadt zurück und spielte dort den Muschik in einer traditionellen Isba. Der Tschaika hielt vor der Bohlentür.

»Warten Sie hier«, sagte Karpow zu seinem Fahrer.

»Ist wohl besser, ich wende und lege einige Holzprügel unter die Räder, damit wir nicht völlig versacken«, murrte Mischa.

Karpow nickte zustimmend und kletterte aus dem Wagen. Er

trug keine Überschuhe, weil er nicht vorgehabt hatte, durch knietiefen Schnee zu waten. Er stolperte zur Tür und hämmerte auf sie ein. Sie ging auf, und ein gelblicher Lichtstreifen, der offensichtlich von einer Paraffinlampe stammte, fiel ins Freie. Im Türrahmen stand Generalmajor Pawel Petrowitsch Borisow, angetan mit einem sibirischen Kittel, Kordhosen und Filzpantinen.

»Ah, Original Tolstoi«, bemerkte Karpow, während er ins Wohnzimmer geführt wurde, wo ein Kachelofen voller Holzscheite behagliche Wärme verbreitete.

»Besser als Original Bond Street«, brummte Borisow, während er Karpows Mantel nahm und ihn an einen Holzhaken hängte. Er entkorkte eine Flasche Wodka, der so stark war, daß er wie Sirup in die beiden Gläser floß. Die Männer setzten sich einander gegenüber an den Tisch.

»Ex«, Karpow hob sein Glas, wobei er es auf russische Art zwischen Zeigefinger und Daumen hielt und den kleinen Finger abspreizte.

»Auf Ihrs«, antwortete Borisow, und sie kippten das erste Glas.

Eine alte Bäuerin mit ausdruckslosem Gesicht und grauem, zu einem straffen Knoten geflochtenen Haar tauchte, wie Mütterchen Rußland persönlich, aus dem Hintergrund auf, knallte einen Imbiß aus Schwarzbrot, Zwiebeln, Gewürzgurken und Käsewürfeln auf den Tisch und entfernte sich wortlos.

»Nun, wo drückt der Schuh, Starez?« fragte Karpow.

Borisow war fünf Jahre älter als er, und nicht zum ersten Mal war er von dessen Ähnlichkeit mit Dwight Eisenhower frappiert. Karpow wußte, daß Borisow, im Gegensatz zu vielen anderen, bei seinen Kollegen beliebt war und von seinen jungen Agenten vergöttert wurde. Sie hatten ihm schon vor langer Zeit den Kosenamen »Starez« gegeben, ein Wort, das einst die russischen Dorfschulzen bezeichnete, heute aber soviel wie »der Alte« oder »le patron« heißt. Borisow starrte ihn düster über den Tisch hinweg an.

»Jewgenij Sergeiwitsch, wie lange kennen wir uns schon?«

»Eine Ewigkeit und drei Tage«, sagte Karpow.

»Und habe ich Sie während dieser ganzen Zeit jemals belogen?«

»Nicht, daß ich wüßte.« Karpow war ernst geworden.

»Und wollen Sie mich jetzt anlügen?«

»Nicht, wenn ich es vermeiden kann«, sagte Karpow bedächtig. Was war nur in den alten Knaben gefahren?

»Was zum Teufel treiben Sie dann mit meiner Abteilung?« Borisow schrie es fast hinaus.

Karpow dachte über die Frage nach.

»Warum erzählen Sie mir nicht, was mit Ihrer Abteilung passiert?« konterte er.

»Was passiert? Ausgenommen wird sie«, knurrte Borisow. »Und Sie stecken dahinter. Oder wissen davon. Wie zum Teufel soll ich die Illegalen leiten, wenn mir meine besten Leute, meine besten Dokumente und meine besten Geräte weggenommen werden? Viele Jahre harter Arbeit ... alles futsch und dahin in ein paar Tagen.«

Die Sache, die er mit sich herumgetragen hatte, war förmlich aus ihm herausexplodiert. Karpow lehnte sich zurück und überlegte, während Borisow die Gläser nachfüllte. Er hätte es im labyrinthischen Getriebe des KGB nicht so weit gebracht, wenn er nicht einen sechsten Sinn für Gefahr entwickelt hätte. Borisow war kein Panikmacher. An dem, was er sagte, mußte etwas daran sein, doch Karpow wußte wirklich nicht, was. Er neigte sich vor.

»Pal Petrowitsch«, sagte er, indem er die sehr familiäre Verkleinerungsform von Pawel verwendete, »wir ziehen doch nun schon seit vielen Jahren am selben Strang. Glauben Sie mir, ich hab' keine Ahnung, wovon Sie sprechen. Also hören Sie auf rumzubrüllen, und erzählen Sie.«

Borisow war besänftigt, wenn auch verwundert über Karpows Beteuerung, nichts zu wissen.

»Na schön«, sagte er, als erkläre er einem Kind etwas Sonnenklares. »Zuerst kommen zwei Knilche vom ZK und wollen meinen besten Illegalen, einen Mann, den ich jahrelang persönlich ausgebildet und in den ich alle meine Hoffnungen gesetzt habe. Soll ›Zur besonderen Verwendung‹ abgestellt werden – was immer das heißt.

Gut, ich geb' ihnen meinen besten Mann. Zwei Tage später sind sie schon wieder da. Diesmal wollen sie meine beste Legende, eine Legende, die ich in jahrelanger Kleinarbeit aufgebaut habe. Seit der Iran-Affäre ist man nicht mehr so mit mir umgesprungen. Erinnern Sie sich an die Iran-Geschichte? Hab' mich bis heute nicht davon erholt.«

Karpow nickte. Er war damals nicht beim Direktorat S gewesen, aber Borisow hatte ihm alles darüber erzählt, als er, Karpow, dann später zwei Jahre lang Direktor der Illegalen gewesen war. Während der letzten Tage des Schahs von Persien war die Internationale Abteilung des ZK auf die grandiose Idee verfallen, das ganze Politbüro der Iranischen Kommunistischen Partei, der Tudeh, heimlich aus dem Iran herauszuschaffen.

Die I.A. hatte Borisows mühsam gehortete Dossiers geplündert und zweiundzwanzig perfekte iranische Legenden konfisziert, Tarnungen, die Borisow aufgespart hatte, um Leute *in* den Iran einzuschleusen, nicht um sie aus dem Land herauszubringen.

»Bis aufs Hemd ausgenommen«, hatte er damals gekreischt, »nur um ein paar verlauste Hinterasiaten in Sicherheit zu bringen.«

Später hatte er sich bei Karpow beklagt. »Es hat ihnen nichts eingebracht. Jetzt sind zwar die Ajatollahs an der Macht, aber die Tudeh ist geächtet wie eh und je, und wir können nicht einmal mehr eine Operation da drüben aufziehen.«

Karpow wußte, daß diese Geschichte bei Borisow immer noch nachwirkte, doch die neue Sache war noch seltsamer. Eigentlich hätte das Ganze über ihn gehen müssen.

»Wen haben Sie ihnen gegeben?«

»Petrofski«, sagte Borisow resigniert. »Blieb mir nichts anderes übrig. Sie wollten den Besten, und er stand haushoch über den anderen. Erinnern Sie sich an Petrofski?«

Karpow nickte. Er hatte die Illegalen nur zwei Jahre geleitet, aber er erinnerte sich noch an alle guten Leute und an alle Operationen, die im Busch waren. Auf seinem gegenwärtigen Posten hatte er sowieso unbeschränkten Zugang zu den Akten.

»Wer zeichnete für die Requisitionen verantwortlich?«

»Nun, technisch das ZK. Aber der Letztverantwortliche –«

Borisow zeigte mit ausgestrecktem Finger zur Decke und darüber hinaus in den Himmel.

»Gott?« fragte Karpow.

»Fast. Unser geliebter Generalsekretär. Vermute ich wenigstens.«

»Sonst noch was?«

»Ja. Gleich nach der Sache mit der Legende brechen dieselben Hanswurste wieder bei mir ein. Diesmal wollen sie die Empfangs-Diode zu einem der Geheimsender, die Sie vor vier Jahren in England installiert haben. Drum hab' ich angenommen, daß Sie hinter all dem stecken.«

Karpow kniff die Augen zusammen. Als er der Direktor der Illegalen gewesen war, hatten die NATO-Länder Pershing-II-Raketen und Marschflugkörper stationiert. Washington hatte sich auf der ganzen Welt wie ein wild gewordener John Wayne aufgeführt, und dem Politbüro war das kalte Grausen gekommen. Er war angewiesen worden, die Planung für massive Sabotageakte in Westeuropa auszubauen, damit die Illegalen bei Ausbruch von Feindseligkeiten sofort tätig werden konnten.

In Erfüllung dieses Auftrags hatte er eine Anzahl von Geheimsendern in Westeuropa installieren lassen, drei davon in Großbritannien. Die Männer, denen die Wartung und Bedienung der Geräte oblag, waren alle »Schläfer«, die stillhalten sollten, bis ein Agent sie mit dem entsprechenden Kenncode »aktivieren« würde. Die Geräte waren ultramodern; sie verwürfelten ihre Botschaften beim Aussenden, und zur Entwürfelung der Nachricht benötigte der Empfänger eine programmierte Diode. Diese Kristalldetektoren lagerten in einem Safe des Illegalen-Direktorats.

»Was für ein Sender?« fragte er.

»Der Sender, den Sie immer Poplar nannten.«

Karpow nickte. Er wußte, daß alle Operationen, Agenten und Geräte offizielle Codenamen trugen. Aber er war schon seit so langer Zeit Englandspezialist und kannte London so gut, daß er seine eigenen Operationen mit privaten Codenamen belegte, die auf zweisilbigen Londoner Vororten beruhten. Die drei Sender, die er in England hatte installieren lassen, hießen für ihn Hackney, Soreditch und Poplar.

»Noch was, Pal Petrowitsch?«

»Klar. Diese Brüder sind unersättlich. Zuletzt haben sie mir auch noch Igor Wolkow weggenommen.«

Major Wolkow war bei der Abteilung Sondereinsätze gewesen, bis das Politbüro befunden hatte, daß gezielte Handstreiche zuviel Staub aufwirbelten und man die schmutzige Arbeit besser von den Bulgaren und den Ostdeutschen erledigen lassen sollte. Die Abteilung Sondereinsätze hatte sich dann mehr auf Sabotage verlegt.

»Was ist seine Spezialität?«

»Geheimtransport von Paketen über die Staatsgrenzen, vor allem in Westeuropa.«

»Schmuggel.«

»Sozusagen. Er ist gut. Er weiß besser als irgend sonst wer über die Grenzen in diesem Teil der Welt Bescheid, über Zoll- und Einreiseformalitäten und die Möglichkeiten, sie zu umgehen. Er wußte, sollte ich sagen. Denn jetzt ist auch er weg.«

Karpow stand auf, beugte sich vor und legte beide Hände auf die Schultern des alten Mannes.

»Starez, ich geb' Ihnen mein Wort, daß ich mit dieser Operation nichts zu tun habe. Ich habe nicht einmal davon gewußt.

Aber uns beiden ist klar, daß es sich um eine ganz große Sache handelt und daß es gefährlich ist, darin herumzustochern. Bleiben Sie also auf dem Teppich, schlucken Sie die Kröten, und verdauen Sie die Verluste. Ich versuche unter der Hand herauszubringen, worum's geht und wann Sie Ihr Material wieder zurückbekommen können. Bis dahin bleiben Sie zugeknöpft, zugeknöpfter als eine georgische Börse, verstanden?«

Borisow hob abwehrend die Hände, wie um seine Unschuld zu beteuern.

»Sie kennen mich, Jewgenij Sergeiwitsch, ich werde einmal als der älteste Mann Rußlands sterben.«

Karpow lachte. Er zog seinen Mantel an und ging zur Tür. Borisow begleitete ihn hinaus.

»Sie sind dazu imstande«, sagte Karpow.

Als die Tür sich hinter ihm geschlossen hatte, klopfte Karpow an die Scheibe des Fahrersitzes.

»Folgen Sie mir mit dem Wagen, ich möchte noch ein bißchen Luft schnappen.« Er ging den verschneiten Pfad hinunter, ohne auf das Eis zu achten, das sich an seine Stadtschuhe und die Kammgarnhose klebte. Die frostige Nachtluft kühlte sein Gesicht und vertrieb die Wodkadünste. Er brauchte jetzt einen klaren Kopf, um nachzudenken. Was er da erfahren hatte, war wirklich sehr ärgerlich. Irgend jemand, und er zweifelte kaum, wer das sein mochte, zog eine private Operation in England auf. Das bedeutete eine massive Mißachtung des ersten stellvertretenden Leiters des Ersten Hauptdirektorats. Zudem hatte Karpow so viele Jahre in England verbracht oder dort Agenten geführt, daß er dieses Land als sein ureigenes Reservat betrachtete.

Während General Karpow in Gedanken versunken den Pfad entlangschritt, klingelte in einer kleinen Wohnung in Highgate, London, keine fünfhundert Yards vom Grabe Karl Marx' entfernt, das Telefon.

»Bist du da, Barry?« rief eine Frauenstimme aus der Küche. Aus dem Wohnzimmer antwortete eine Männerstimme:

»Ja, ich geh' hin.«

Der Mann ging in die Diele und hob den Hörer ab, während seine Frau das Sonntagsdinner zubereitete.

»Barry?«

»Am Apparat.«

»Verzeihen Sie, daß ich Sie an einem Sonntagabend störe. Hier spricht C.«

»Oh, guten Abend, Sir.«

Barry Banks war überrascht. Daß der Meister einen seiner Leute zu Hause anrief, war zwar kein unerhörtes, aber auch kein allzu häufiges Ereignis.

»Barry, um wieviel Uhr kommen Sie normalerweise morgens in die Charles Street?«

»Gegen zehn, Sir.«

»Könnten Sie morgen eine Stunde früher weggehen und auf einen Sprung zu mir ins Sentinel kommen?«

»Ja, natürlich. Gewiß, Sir.«

»Gut, wir sehen uns dann bei mir gegen neun Uhr.«

Barry Banks gehörte zur Abteilung K7 im Hauptquartier von MI5, aber er arbeitete zur Zeit bei MI6 als Sir Nigel Irvines Verbindungsmann zum Sicherheitsdienst. Beim Essen überlegte er vergeblich, was Sir Nigel Irvine wohl von ihm wollte und warum er ihn »außerdienstlich« angerufen hatte.

Jewgenij Karpow bezweifelte nicht im leisesten, daß eine Geheimoperation im Gang war und daß sie England betraf. Petrofski war ein Experte, wenn es darum ging, sich mitten in England für einen Briten auszugeben; die Legende, die man Borisow abgeknöpft hatte, paßte haargenau auf Petrofski; der Sender Poplar war in den North Midlands verborgen. Wenn Wolkow wegen seiner Spezialität, dem Einschmuggeln von Paketen nach England, versetzt worden war, dann mußten auch noch andere Versetzungen vorgenommen worden sein, aus verschiedenen Direktoraten, die außerhalb von Borisows Machtbereich lagen.

Das alles deutete unweigerlich auf die Wahrscheinlichkeit, daß Petrofski tief getarnt nach England gehen würde oder bereits gegangen war. Daran war nichts Ungewöhnliches, denn dafür war er ja ausgebildet worden. Ungewöhnlich war nur, daß das Erste Hauptdirektorat, und damit auch er selbst, strikt aus dieser Operation herausgehalten worden waren. Das ergab keinen Sinn, wenn man seine eigene Englanderfahrung bedachte.

Seine Beziehung zu Großbritannien hatte vor zwanzig Jahren ihren Anfang genommen, an einem Septemberabend im Jahr 1967, als er in den Westberliner Bars herumzog, die vom dienstfreien britischen Militärpersonal frequentiert wurden. Der eifrige und aufstrebende Illegale war weisungsgemäß auf der Pirsch.

Sein Auge war auf einen mürrischen, mißmutig dreinschauenden jungen Mann am anderen Ende der Bar gefallen, dessen Zivilkleidung und Haarschnitt auf die British Armed Forces verwiesen. Er machte sich an den einsamen Trinker heran, der sich als neunundzwanzigjähriger Funker bei einer Abhöreinheit der RAF entpuppte, die in Gatow stationiert war. Der junge Mann haderte zutiefst mit seinem Schicksal.

Von diesem September an bis Januar 1968 bearbeitete Karpow den RAF-Mann, indem er sich zunächst, seiner Legende gemäß, als Deutscher ausgab, sich dann aber als Russe zu erkennen gab. Es war ein leichter »Fang«, so leicht, daß es fast schon verdächtig war. Aber nein, die Sache war in Ordnung; der Engländer fühlte sich durch die Bemühungen des KGB um seine Person geschmeichelt, haßte wie jeder Versager seinen Dienst und sein Land und erklärte sich bereit, für Moskau zu arbeiten. Im Sommer 1968 unterwies Karpow ihn persönlich in Ost-Berlin, wobei er ihn kennen und verachten lernte. Der Berlinaufenthalt und die Militärzeit des RAF-Mannes gingen ihrem Ende zu; er sollte im September nach England zurückkehren und demobilisiert werden. Man schlug ihm vor, er solle sich nach seinem Ausscheiden aus der Luftwaffe um eine Stellung im GCHQ in Cheltenham bewerben. Er war einverstanden und erhielt den Posten im September 1968. Sein Name war Geoffrey Prime.

Damit er Prime weiterhin »führen« konnte, wurde Karpow, als Diplomat getarnt, an die Sowjetbotschaft in London versetzt, und er war drei Jahre lang Primes Leitoffizier, bis er 1971 wieder nach Moskau zurückging und seinen Agenten einem Nachfolger übergab. Doch der Fall hatte seiner Karriere mächtigen Aufwind gegeben, und er wurde zum Major befördert, unter gleichzeitiger Rückversetzung in die Dritte Abteilung. Dort verarbeitete er Primes Quellenmaterial bis Mitte der Siebziger. Es ist bei jedem Nachrichtendienst Usus, daß eine Operation, die hervorragendes Material erbracht hat, gebührend registriert und gepriesen wird. Und selbstverständlich wird der zuständige Führungsoffizier entsprechend mitgepriesen.

1977 kündigte Prime beim GCHQ; die Engländer wußten, daß irgendwo eine undichte Stelle war, und die Spürhunde schnüffelten herum. 1978 kam Karpow wieder nach London zurück, diesmal als Leiter der Rezidentura im Range eines Oberst. Prime war zwar nicht mehr im GCHQ, arbeitete aber immer noch als Agent, und Karpow ermahnte ihn, sich so unauffällig wie möglich zu verhalten. Es gebe, wie Karpow sagte, nicht den Schatten eines Beweises für das, was der ehemalige RAF-Mann vor 1977 getan habe, und Prime könne sich nur selbst um Kopf und Kragen bringen.

Er wäre heute noch ein freier Mann, wenn er seine schmutzigen Pfoten von den kleinen Mädchen hätte lassen können, dachte Karpow grimmig. Denn Primes Schwäche war ihm seit langem bekannt gewesen, und es war schließlich eine Anzeige wegen »unzüchtiger Handlungen«, die zu Primes Verhaftung und zu seinem Geständnis führte. Er bekam fünfunddreißig Jahre wegen Spionage in sieben Fällen.

Doch London bescherte Karpow auch zwei Gelegenheiten

zum Ausgleich der Affäre Prime. 1980 wurde er auf einer Cocktailparty einem Beamten des britischen Verteidigungsministeriums vorgestellt. Der Mann hatte Karpows Namen zunächst nicht richtig verstanden und sich einige Minuten lang höflich mit ihm unterhalten, bis er begriff, daß sein Gesprächspartner Russe war. Dann allerdings änderte sich seine Haltung schlagartig. Er wurde eisig und distanziert, was Karpow dahingehend auslegte, daß der Mann ihn entweder als Russen oder als Kommunisten zutiefst verabscheute.

Er war nicht empört, nur verwundert. Er erfuhr, daß sein Gesprächspartner George Berenson hieß, und weitere Nachforschungen während der darauffolgenden Wochen ergaben, daß der Mann ein überzeugter Antikommunist und leidenschaftlicher Bewunderer Südafrikas war. Er merkte sich Berenson insgeheim als jemanden vor, den man unter falscher Flagge anlaufen konnte.

Im Mai 1981 war er als Leiter der Dritten Abteilung nach Moskau zurückgekehrt und hatte sich nach einem südafrikanischen Maulwurf umgehört, der prosowjetisch eingestellt war. Das Illegalen-Direktorat ließ ihn wissen, daß es über zwei derartige Leute verfüge, einen Offizier namens Gerhardt in der Südafrikanischen Marine und einen Diplomaten namens Marais. Doch Marais war soeben nach drei Jahren in Bonn wieder nach Pretoria zurückgegangen.

Im Frühjahr 1983 avancierte Karpow zum Generalmajor und Leiter des Illegalen-Direktorats, von dem Marais geführt wurde. Er befahl dem Südafrikaner, um einen Posten in London als krönenden Abschluß seiner langen Laufbahn im Dienste des Staates nachzusuchen, und 1984 wurde dieser Bitte stattgegeben. Karpow flog streng getarnt nach Paris und instruierte Marais persönlich: Marais sollte sich an George Berenson heranmachen und versuchen, ihn für Südafrika anzuwerben.

Im Februar 1985, nach dem Tod Kirpitschenkos, wurde Karpow auf seinen jetzigen Posten berufen, und einen Monat später, im März, meldete Marais, daß Berenson angebissen habe. Noch im selben Monat traf die erste Sendung des Berenson-Materials ein; es war pures, vierundzwanzigkarätiges Gold aus der Hauptader. Seitdem hatte Karpow persönlich das Paar Berenson/Marais als Direktorenfall geführt und Marais zweimal innerhalb von zwei Jahren in europäischen Städten getroffen, um ihn zu beglückwünschen und sich von ihm Bericht erstatten zu lassen. Der Kurier hatte soeben zur Mittagessenszeit das neueste Bündel Berenson-Material gebracht, das von Marais an eine KGB-Adresse in Kopenhagen geschickt worden war.

Der Londonaufenthalt von 1978 bis 1981 hatte noch einen zweiten Erfolg gezeitigt. Zu Knightsbridge und Hampstead, wie er Prime und Berenson nach seinem Privatcode nannte, war noch Chelsea gekommen.

Er achtete Chelsea ebensosehr, wie er Prime und Berenson verachtete. Chelsea war kein Agent, sondern ein Kontakt, ein Mann, der in seinem Land eine hohe gesellschaftliche Stellung einnahm, ein Pragmatiker wie Karpow und ein Realist, was seine Arbeit, sein Land und die Welt betraf, in der er lebte. Karpow konnte sich nicht genug über die journalistischen Auslassungen des Westens wundern, denen zufolge die Nachrichtendienstler in einer Phantasiewelt leben; seiner Meinung nach lebten die Politiker in einer Traumwelt, als Opfer ihrer eigenen Propaganda.

Nachrichtendienstler – das war sein Credo – mochten vielleicht durch dunkle Straßen schleichen, lügen und betrügen, um ihren Auftrag zu erfüllen, doch sollten sie sich je ins Reich der Phantasie begeben, wie dies die Undercover-Leute der CIA so oft getan hatten, dann kamen sie unweigerlich in die Klemme.

Chelsea hatte ihm bereits bei zwei Gelegenheiten zu verstehen gegeben, daß alle Beteiligten in ein fürchterliches Schlamassel geraten würden, sollte die UdSSR auf einem bestimmten Kurs beharren; beide Male hatte er recht gehabt. Karpow hatte seine Leute vor der drohenden Gefahr warnen können und sich so beträchtlich mit Ruhm bekleckert.

Er ließ seine Gedanken wieder zum vorliegenden Problem zurückschweifen. Borisow hatte recht; der Generalsekretär war dabei, höchstpersönlich und direkt vor seiner, Karpows, Nase, eine Operation in England aufzuziehen, unter Ausschluß des KGB. Er witterte Gefahr; der alte Mann war kein Profi im Nachrichtendienstgeschäft, trotz seiner Jahre an der Spitze des KGB. Karpows eigene Karriere stand vielleicht auf dem Spiel; er mußte unbedingt herausbekommen, was da im Busch war. Aber behutsam, sehr behutsam.

Er sah auf die Uhr. Halb zwölf. Er ließ seinen Wagen kommen, stieg ein und fuhr nach Moskau zu seiner Wohnung.

Barry Banks kam an jenem Montagmorgen um zehn vor neun im Hauptquartier des SIS an. Sentinel House ist ein großes, klobiges und überraschend mies aussehendes Gebäude auf dem Südufer, das der Greater London Council an eine gewisse Regierungsstelle vermietet hat. Die Aufzüge sind unberechenbar, und ein Wandmosaik im Erdgeschoß wirft unentwegt seine Plättchen ab wie Keramikschuppen.

Banks wies sich am Empfang aus und fuhr hinauf zu Sir Nigels Büro. Der Meister ließ ihn keine Sekunde warten – seine übliche Methode, das aufstrebende Fußvolk zu beeindrucken.

»Kennen Sie zufällig John Preston von Fünf?« fragte »C«.

»Yes, Sir. Nicht gut, aber ich bin ihm ein paarmal begegnet. Gewöhnlich in der Bar, wenn ich drüben in der Gordon Street war.«

»Er leitet C. 1. (A), stimmt's, Barry?«

»Nicht mehr. Er ist zu C. 5. (C) versetzt worden. Letzte Woche.«

»Tatsächlich? Das war aber ziemlich plötzlich. Er hat sich doch bei C. 1. (A) ganz gut bewährt, wie ich gehört habe.«

Sir Nigel befand es nicht für nötig, Banks mitzuteilen, daß er Preston bei den Sitzungen des JIC kennengelernt und ihn als

Spürhund in Südafrika persönlich verwendet hatte. Banks wußte nichts von der Affäre Berenson und brauchte auch nichts davon zu wissen. Banks seinerseits fragte sich, worauf der Meister wohl hinauswollte. Seines Wissens hatte Preston nichts mit »Sechs« zu tun.

»Sehr plötzlich. Genau gesagt, war er nur ein paar Wochen bei C. 1.(A). Bis zum Jahreswechsel ist er Chef von F. 1.(D) gewesen. Dann muß er wohl irgend etwas getan haben, was Sir Bernard oder vielmehr Brian Harcourt-Smith verärgert hat. Man hat ihn hinauskatapultiert und in C. 1.(A) verfrachtet. Dann, im April, kam der nächste Rausschmiß.«

Ah, dachte Sir Nigel, hat Harcourt-Smith verärgert, wie? Hab' ich mir fast gedacht. Möchte nur wissen, womit. Laut sagte er:

»Irgendeine Vermutung, womit er Harcourt-Smith verärgert haben könnte?«

»Hab' was gehört, was Preston gesagt hat, Sir. Nicht zu mir. Aber ich war nah genug dran, daß ich's hören konnte. Das war vor ungefähr zwei Wochen in der Bar drüben in der Gordon Street. Schien selbst ziemlich verärgert. Hatte anscheinend Jahre mit der Ausarbeitung eines Berichts verbracht und ihn vergangene Weihnachten vorgelegt. Er war der Meinung, daß dieser Bericht Beachtung verdiene, aber Harcourt-Smith hat ihn mit dem KWV-Vermerk versehen.«

»Hmmmmm. F. 1.(D) ... das ist doch die Abteilung, die für linksradikale Umtriebe zuständig ist, stimmt's? Hören Sie, Barry, ich möchte, daß Sie für mich etwas erledigen. Ohne es an die große Glocke zu hängen. Ganz unter der Hand. Stellen Sie fest, unter welcher Aktennummer der Bericht abgelegt worden ist, und holen Sie ihn aus der Registratur. Dann stecken Sie ihn in den Sack für Verschlußsachen und schicken ihn mir zu, mit der Aufschrift ›Persönlich‹.«

Kurz vor zehn war Banks wieder auf der Straße und fuhr nach Norden in Richtung Charles Street.

Die Aeroflot-Crew saß gemütlich beim Frühstück. Um neun Uhr neunundzwanzig sah der Erste Offizier Romanow auf die Uhr und ging in die Herrentoilette. Er hatte sich vorher schon einmal darin nach der Kabine umgesehen, die er benützen sollte. Es war die vorletzte. Die letzte war bereits besetzt. Er ging in die Nachbarkabine und verriegelte die Tür.

Um neun Uhr dreißig legte er einen kleinen Zettel mit den sechs vorgeschriebenen Zahlen auf den Boden dicht an der Trennwand. Eine Hand kam unter der Trennwand durch, nahm den Zettel, schrieb etwas darauf und legte ihn wieder zurück auf den Boden. Romanow hob das Papier auf. Auf der Rückseite standen die sechs erwarteten Zahlen.

Nach vollzogener Identifizierung stellte Romanow das Transistorgerät auf den Boden, und dieselbe Hand zog es lautlos in die Nachbarkabine. Draußen benützte jemand das Pissoir. Romanow zog die Spülung, entriegelte die Tür, wusch sich die Hände, bis der Pissoirbenützer weggegangen war, und verließ dann die Toilette. Der Minibus nach Heathrow stand vor der Tür. Keines der Mannschaftsmitglieder bemerkte das Fehlen des Sony; sie nahmen an, er sei in der Tragtasche. Kurier Nummer eins hatte geliefert.

Barry Banks rief Sir Nigel kurz vor Mittag über eine abhörsichere Hausleitung an.

»Ziemlich merkwürdige Sache, Sir Nigel«, sagte er. »Ich habe mir die Aktennummer des von Ihnen gewünschten Berichts verschafft und bin damit in die Registratur gegangen. Ich kenne den Registrator ganz gut. Er hat mir bestätigt, daß der Bericht im KWV-Teil abgelegt worden ist. Aber er ist weg.«

»Weg?«

»Weg. Entnommen.«

»Von wem?«

»Von einem gewissen Swanton. Ich kenne ihn. Komisch ist

nur, daß er bei ›Finanzen‹ ist. Ich hab' ihn also gefragt, ob er mir den Bericht leihen könne. Er hat mit der Bemerkung abgelehnt, er sei noch nicht damit fertig. Laut Registratur hat er ihn schon seit drei Wochen. Vorher hat ihn jemand anderer gehabt.«

»Die Klofrau?« fragte Sir Nigel.

»Fast. Ein Verwaltungsmensch.«

Sir Nigel überlegte eine Weile. Wenn man eine Akte dauerhaft aus dem Verkehr ziehen will, dann organisiert man eine Dauerentnahme, auf eigenen Namen oder auf den von Schützlingen. Swanton und der andere Mann gehörten zweifellos zu Harcourt-Smiths Gefolgsleuten.

»Barry, verschaffen Sie sich Prestons Privatadresse. Und dann kommen Sie um siebzehn Uhr zu mir.«

General Karpow saß an diesem Nachmittag in Jasjenewo an seinem Schreibtisch und rieb sich den steifen Nacken. Die Nacht war nicht sehr erholsam gewesen. Er hatte neben der schlafenden Ludmilla kaum ein Auge zugetan. Gegen Morgen war er zu einem Schluß gekommen, den auch weitere, tagsüber in den seltenen Arbeitspausen angestellte Überlegungen nicht mehr ändern konnten.

Ganz zweifellos steckte der Generalsekretär hinter der geheimnisvollen Operation in England. Der Sowjetchef bildete sich zwar ein, Englisch in Wort und Schrift zu beherrschen, hatte aber keine Ahnung von dem Land. Sicher verließ er sich bei der ganzen Geschichte auf den Rat eines Englandkenners. Davon gab es die Menge – im Außenministerium, in der Internationalen Abteilung des Zentralkomitees, im GRU und im KGB. Wenn er aber schon den KGB heraushielt, warum nicht auch die anderen?

Also ein persönlicher Berater. Und je mehr Karpow nachdachte, desto mehr drängte sich ihm der Name seiner ganz speziellen *bête noire* auf. Vor Jahren, als er als junger Mann seinen

Weg in der Dienststelle machte, hatte er Philby bewundert. Alle bewunderten ihn. Doch im Lauf der Zeit war Karpow aufgestiegen, während Philby abgefallen war. Er hatte beobachtet, wie aus dem englischen Renegaten ein versoffenes Wrack wurde. Seit 1951 war Philby nicht mehr an englische Geheimdokumente herangekommen, abgesehen von denen, die der KGB ihm zustellte. Er hatte Großbritannien 1955 verlassen, um nach Beirut zu gehen, und war seit seinem endgültigen Absprung 1963 nie wieder im Westen gewesen. Vierundzwanzig Jahre. Karpow schätzte, daß *er* jetzt der bessere Englandkenner war.

Das war aber nicht alles. Er wußte, daß der Generalsekretär sich damals, als er noch beim KGB war, von Philby hatte beeindrucken lassen, von dessen altväterlichen Manieren und Neigungen, seiner Affektiertheit, die für einen englischen Gentleman typisch war, seinem Abscheu vor der modernen Welt voller Popmusik, Motorrädern und Bluejeans – alles Neigungen und Ansichten, die genau diejenigen des Generalsekretärs widerspiegelten. Des öfteren hatte der Generalsekretär, wie Karpow genau wußte, Philbys Rat eingeholt als eine Art Rückversicherung gegen den Rat, den ihm das Erste Hauptdirektorat gegeben hatte.

Karpows Katalog verzeichnete außerdem noch eine äußerst interessante Bemerkung, die Philby einmal, nur ein einziges Mal, entschlüpft war. Er wolle wieder nach England zurück. Und schon allein darum hatte Karpow kein Vertrauen zu ihm. Nicht das geringste. Er erinnerte sich an das gefurchte lächelnde Gesicht ihm gegenüber bei dem Abendessen im Hause Kryutschows. Was hatte Philby da nur über England gesagt? Irgend etwas in der Richtung, daß dessen politische Stabilität von seiner, Karpows, Abteilung überschätzt werde?

Die Teile begannen sich zusammenzufügen. Er beschloß, Mr. Harold Adrian Russell Philby unter die Lupe zu nehmen. Doch er wußte, daß selbst auf seiner Ebene nichts unbemerkt geschehen konnte; Entnahmen aus der Registratur, offizielle Gesuche um Auskünfte, Telefongespräche, Memoranden. Alles mußte inoffiziell, persönlich und vor allem mündlich vor sich gehen. Es war äußerst gefährlich, dem Generalsekretär in die Quere zu kommen.

John Preston war auf dem Weg nach Hause, als er, nur noch hundert Yards von seiner Wohnung entfernt, seinen Namen rufen hörte. Er drehte sich um und sah, wie Barry Banks die Straße überquerte und auf ihn zukam.

»Hallo, Barry. Die Welt ist klein. Was machen Sie denn hier?«

Es war ihm bekannt, daß der Mann von K.7 im Norden in der Highgate-Gegend wohnte. Vielleicht ging er in ein Konzert in der nahe gelegenen Albert Hall.

»Hab' auf Sie gewartet, ehrlich gesagt«, antwortete Banks mit einem freundlichen Lächeln. »Ein Kollege von mir hätte Sie gerne gesprochen. Kommen Sie mit?«

Preston war überrascht, aber nicht argwöhnisch. Er wußte, daß Banks von »Sechs« war, hatte aber keine Ahnung, wer ihn sprechen wollte. Er ging mit Banks über die Straße und noch hundert Yards weiter. Banks blieb vor einem parkenden Ford Granada stehen, öffnete die hintere Türe und bedeutete Preston, hineinzuschauen. Was der tat.

»Guten Abend, John. Könnten wir uns kurz unterhalten?«

Überrascht stieg Preston in den Wagen und setzte sich neben die Gestalt im Paletot. Banks schloß die Tür und schlenderte davon.

»Ich weiß, eine ziemlich merkwürdige Art, sich zu treffen. Aber so ist es nun einmal. Wollen doch keine Wellen schlagen, oder? Hatte einfach das Bedürfnis, Ihnen zu danken für das, was Sie unten in Südafrika getan haben. Erstklassige Arbeit. Henry Pienaar war äußerst beeindruckt. Ich auch.«

»Danke, Sir Nigel.« Was um alles in der Welt wollte der alte Fuchs nur? Er war sicher nicht gekommen, um sich bei ihm zu bedanken. Doch »C« schien tief in Gedanken versunken.

»Da ist noch was«, sagte er schließlich, als denke er laut nach. »Barry sagte mir, er habe erfahren, daß Sie letzte Weihnachten einen höchst interessanten Bericht über die extreme Linke hierzulande vorgelegt haben. Vielleicht täusche ich mich, aber es könnte ja sein, daß eine fremde Dimension bei der Finanzierung mit hereinspielt, wenn Sie wissen, was ich meine. Nur, Ihr Bericht ist uns in der Firma nicht zugegangen. Schade.«

»Er ist mit dem KWV-Vermerk zu den Akten gelegt worden«, sagte Preston schnell.

»Ja, ja, das hat mir Barry auch erzählt. Wirklich schade. Hätte gerne einen Blick hineingeworfen. Keine Aussicht, daß man ein Exemplar bekommt?«

»Er ist in der Registratur«, sagte Preston verwundert. »Wenn er auch den KWV-Vermerk trägt, so ist er doch abgelegt worden. Barry braucht ihn nur zu entnehmen und im Postsack zu Ihnen rüberzuschicken.«

»Zur Zeit nicht möglich«, sagte Sir Nigel. »Er ist schon entnommen worden. Von Swanton. Und der ist damit noch nicht fertig. Will ihn nicht herausrücken.«

»Aber Swanton ist doch bei Finanzen«, protestierte Preston.

»Richtig«, murmelte Sir Nigel kummervoll, »und davor hat ihn sich irgendein Verwaltungsmensch ausgeliehen. Sieht fast so aus, als wolle man ihn außer Reichweite halten.«

Preston war perplex. Durch die Windschutzscheibe konnte er Banks heranschlendern sehen.

»Es gibt noch ein weiteres Exemplar«, sagte er. »Mein eigenes. Es liegt in meinem Privatsafe.«

Banks fuhr sie. Im abendlichen Berufsverkehr war der Weg von Kensington zur Gordon Street eine wahre Kriechstrecke. Eine Stunde später war Preston wieder da und reichte Sir Nigel sein Exemplar durch das geöffnete Wagenfenster.

6. Kapitel

General Jewgenij Karpow stieg die letzten Stufen zum dritten Stock des Wohnblocks am Mira-Prospekt hinauf und klingelte. Nach ein paar Minuten wurde geöffnet. Philbys Frau stand in der Tür. Von drinnen konnte Karpow die kleinen Jungen hören, die beim Tee saßen. Er war absichtlich erst um achtzehn Uhr gekommen, da er annahm, daß die Kinder dann von der Schule zurück sein würden.

»Hallo, Erita.«

Sie warf mit einer kleinen Abwehrbewegung den Kopf zurück. Die Dame war also auf der Hut. Vielleicht wußte sie, daß Karpow nicht zu den Bewunderern ihres Mannes zählte.

»Genosse General.«

»Ist Kim zu Hause?«

»Nein. Er ist fort.«

Nicht »er ist ausgegangen«, sondern »er ist fort«, dachte Karpow. Er heuchelte Überraschung.

»Oh, ich hatte gehofft, ihn zu erwischen. Wissen Sie, wann er zurückkommt?«

»Nein.«

»Könnte ich ihn irgendwo erreichen?«

»Keine Ahnung.«

Karpow überlegte. Was hatte Philby doch damals bei diesem Kryutschow-Essen gesagt? ... Irgend etwas der Art, daß er seit seinem Schlaganfall nicht mehr selber chauffieren dürfe. Karpow hatte in der Tiefgarage nachgesehen. Philbys Wolga stand unten.

»Ich dachte, Sie würden ihn jetzt immer fahren, Erita.«

Sie lächelte ein wenig. Nicht wie eine Frau, die von ihrem Mann verlassen wurde. Eher das Lächeln einer Frau, deren Mann eine Beförderung erfahren hat.

»Nicht mehr. Er hat einen Fahrer.«

»Donnerwetter. Nun, tut mir leid, daß ich ihn verpaßt habe. Ich versuch's ein andermal, wenn er zurück ist.«

In tiefen Gedanken stieg er die Treppen hinunter. Einem Oberst a. D. stand kein eigener Fahrer zu. Von seiner Wohnung, zwei Straßen hinter dem Hotel Ukraina, aus rief er die Fahrbereitschaft des KGB an und verlangte den Dienstleiter. Der Name Karpow verfehlte seine Wirkung nicht. Der General trug ziemlich dick auf.

»Ich bin im allgemeinen sparsam mit Belobigungen. Aber Ehre, wem Ehre gebührt.«

»Danke, Genosse General.«

»Dieser Mann, der meinen Freund, den Genossen Oberst Philby fährt. Der Oberst hält viel von ihm. Nennt ihn einen erstklassigen Fahrer. Möchte ihn unbedingt haben, falls mein eigener Fahrer einmal krank sein sollte.«

»Nochmals vielen Dank, Genosse General. Ich werde es dem Fahrer Gregoriew bestellen.«

Karpow legte auf. Fahrer Gregoriew. Nie gehört. Aber ein kleiner Schwatz mit dem Mann könnte nicht schaden.

Am nächsten Morgen, dem 8. April, glitt die *Akademik Komarow* in den Clyde, da ihr Bestimmungshafen Glasgow war. In Greenock nahm sie den Lotsen und zwei Zollbeamte an Bord. Der Kapitän lud zum üblichen Glas in seiner Kajüte ein und legte die Papiere vor, wonach das Schiff aus Leningrad kam und nur tote Last führte, da es Zubehörteile für Hochleistungspumpen der Firma Cathcart abholen sollte. Die Zöllner überprüften die Mannschaftsliste, merkten sich jedoch keine einzelnen Namen. Später würde man feststellen, daß der Leichtmatrose Konstantin Semjonow auf dieser Liste aufgeführt war.

Wenn ein sowjetischer Illegaler auf dem Seeweg in ein Land kommt, steht sein Name im allgemeinen *nicht* auf der Liste der

Schiffsbesatzung. Er kauert in einem winzigen Verschlag, einem Raum, der so geschickt in den Schiffskörper eingefügt und so gut versteckt ist, daß ihn auch die gründlichste Suchmannschaft nicht finden würde. Wenn dieser Mann dann zufällig oder aus operativen Gründen nicht wieder mit demselben Schiff zurückfahren kann, entsteht keine Unstimmigkeit in der Besatzungsliste. Aber dies hier war ein Schnellschuß gewesen. Für Umdispositionen war keine Zeit geblieben.

Der neue Matrose war mit den Männern aus Moskau erst in Leningrad eingetroffen, als die *Komarow* kurz vor dem Auslaufen zu ihrer termingebundenen Frachtfahrt nach Glasgow stand; dem Kapitän und dem zuständigen Polit-Offizier blieb nichts anderes übrig, als ihn auf die Mannschaftsliste zu setzen. Sein Seefahrtbuch war in Ordnung, und es hieß, er werde auch die Rückreise mitmachen.

Trotz alledem hatte der Mann eine eigene Kajüte bezogen und die ganze Überfahrt darin zugebracht, während die beiden echten Matrosen, die diese Kajüte hatten räumen müssen, zu ihrer Erbitterung in Schlafsäcken auf dem Boden der Offiziersmesse nächtigen mußten. Als der schottische Lotse an Bord kam, waren diese Schlafsäcke weggeräumt. Drunten in seiner Kajüte wartete Kurier Nummer zwei aus verständlichen Gründen ungeduldig auf die Mitternacht.

Als der Clyde-Lotse auf der Brücke der *Komarow* sein Frühstücksbrot kaute, während die Felder von Strathclyde vorüberglitten, war in Moskau schon Mittag. Karpow rief wieder die Fahrbereitschaft des KGB an. Wie er wußte, hatte jetzt ein anderer Dienstleiter Schicht.

»Sieht aus, als kriegte mein Fahrer die Grippe«, sagte er. »Heute will er noch durchhalten, aber morgen gebe ich ihm frei.«

»Ich werde dafür sorgen, daß Sie Ersatz bekommen, General.«

»Ich möchte am liebsten den Fahrer Gregoriew. Ist er frei?«

Man hörte Papier rascheln, als der Dienstleiter seine Listen durchsah.

»Ja, Genosse General. Er war abkommandiert, ist aber wieder verfügbar.«

»Gut. Er soll sich morgen früh um acht Uhr in meiner Moskauer Wohnung melden. Ich habe die Wagenschlüssel, und der Tschaika steht in der Tiefgarage.«

Wird immer rätselhafter, dachte er, als er den Hörer auflegte. Gregoriew hatte also Philby eine Zeitlang herumfahren müssen. Warum? Weil es so viele und weite Fahrten waren, zuviel für Erita? Oder weil Erita nicht wissen durfte, wohin er fuhr? Und jetzt war der Fahrer wieder zurück. Was sollte das heißen? Vermutlich, daß Philby sich jetzt irgendwo aufhielt und keinen Fahrer mehr benötigte, zumindest nicht, bis die Operation, mit der er zu tun hatte, abgeschlossen sein würde.

Am Abend teilte Karpow seinem dankbaren ständigen Fahrer mit, er könne den nächsten Tag freinehmen und seine Familie aufs Land kutschieren.

Am selben Mittwochabend war Sir Nigel Irvine in Oxford mit einem Freund zum Dinner verabredet.

Einer der Reize des Saint Anthony College in Oxford liegt darin, daß es, wie so viele einflußreiche englische Institutionen, für die Allgemeinheit gar nicht existiert.

Natürlich existiert es sehr wohl, aber es ist so klein und unauffällig, daß jeder, der den Blick über die Haine Academias auf den Britischen Inseln schweifen ließe, es vermutlich übersehen würde. Das Studienhaus ist klein, elegant und versteckt; es bietet keine Lehrgänge an, bildet keine Studenten aus, hat keine Examenskandidaten und daher auch keine Examen, und verleiht keinen akademischen Grad. Es hat ein paar ständige Professoren und Fellows, die manchmal gemeinsam im Haupthaus dinieren, aber in verschiedenen Vierteln der Stadt »Räume« bewohnen, und andere, die auswärts ansässig sind und nur zu Besuch kommen. Zuweilen werden Außenseiter geladen, die vor den Fellows sprechen – eine seltene Ehre –, und zuweilen arbeiten Professoren und Fellows für die höheren Etagen des britischen Establishments »Papiere« aus, die sehr ernst genommen werden. Die Finanzierung des College ist ebenso undurchsichtig wie alles übrige.

In Wahrheit ist Saint Anthony's eine Denkfabrik wo Superhirne, häufig mit breiter nichtakademischer Erfahrung, sich dem Studium einer einzigen Disziplin widmen: den politischen Tagesproblemen.

An diesem Abend also speiste Sir Nigel mit seinem Gastgeber, Professor Jeremy Sweeting, im Haupthaus, und nach einem ausgezeichneten Mahl nahm der Professor Sir Nigel mit in seine »Räume«, ein komfortables Haus am Stadtrand von Oxford, zu Portwein und Kaffee.

»Also, Nigel«, sagte Professor Sweeting, als sie eine Flasche Vintage Port aus dem Hause Taylor geöffnet und es sich am Kaminfeuer im Arbeitszimmer gemütlich gemacht hatten, »was kann ich für Sie tun?«

»Haben Sie zufällig von einer Sache gehört, Jeremy, die sich M. B. R. nennt?«

Professor Sweetings Portweinglas blieb auf halber Höhe schweben. Er starrte es eine ganze Weile an.

»Wirklich, Nigel, Sie verstehen es, einem den Abend zu verderben, wenn Sie's darauf angelegt haben. Woher haben Sie diese Buchstaben?«

Anstatt einer Antwort reichte Sir Nigel Irvine seinem Gastgeber den Preston-Bericht. Professor Sweeting las ihn sehr genau, was eine Stunde dauerte. Irvine wußte, daß der Professor, im Gegensatz zu John Preston, nicht gern reiste. Er begab sich nicht vor Ort. Aber er besaß ein enzyklopädisches Wissen über die marxistische Theorie und Praxis, den dialektischen Materialismus und die Lehren Lenins von der Anwendbarkeit der Theorie auf die Praxis der Machterringung. Sweetings widmete sich mit ganzer Hingabe der Lektüre und Analyse, dem Studium und dem kritischen Vergleich.

»Interessant«, sagte er, als er den Bericht zurückgab. »Verschiedener Ausgangspunkt, natürlich auch eine andere Einstellung und eine völlig verschiedene Methode. Aber wir sind zu den gleichen Antworten gelangt.«

»Und könnten Sie mir freundlichst sagen, zu welchen Antworten Sie gelangt sind?« fragte Sir Nigel höflich.

»Es ist natürlich nur Theorie«, gab Professor Sweeting zu bedenken. »Tausend Halme im Wind, die zusammen einen Heuballen ergeben können oder auch nicht. Also, folgendes habe *ich* seit Juni 1983 eruiert.«

Er redete zwei Stunden lang, und als Sir Nigel sich weit nach Mitternacht verabschiedete und sich nach London zurückfahren ließ, war er sehr nachdenklich.

Die *Akademik Komarow* lag am Finniestonkai im Herzen von Glasgow vor Anker, so daß der riesige Kran, der dort aufgestellt war, am folgenden Morgen die Pumpen an Bord hieven könnte. Zoll- oder Paßkontrollen finden hier nicht statt; ausländische Seeleute können ohne weiteres von Bord gehen, den Kai entlang und in die Straßen der Stadt.

Um Mitternacht, während Professor Sweeting noch immer dozierte, schritt der Leichtmatrose Semjonow die Gangway hinunter, folgte etwa hundert Yards weit dem Kai, machte einen Bogen um Betty's Bar, vor deren Tür ein paar betrunkene Seeleute noch immer ihr Recht auf einen einzigen weiteren Drink forderten, und schwenkte dann in die Finnieston Street ein.

Der Mann mit den Stulpenstiefeln, Kordhosen, dem Rollkragenpullover und Anorak fiel hier nicht auf. Unter dem Arm trug er einen Jutesack mit Zugband. Nach der Unterführung des Clydeside Expressway gelangte er zur Argyle Street, in die er links einbog, bis er Partick Cross erreichte. Er benützte keinen Stadtplan, sondern marschierte stracks weiter zur Hyndland Road. Nach einer Meile erreichte er eine weitere große Durchfahrtsstraße, die Great Western Road. Er hatte sich seinen Weg schon Tage zuvor genau eingeprägt.

Jetzt zog er seine Uhr zu Rate: sie sagte ihm, daß er noch eine halbe Stunde Zeit hatte; und bis zum Treffpunkt waren es kaum zehn Minuten zu gehen. Er wandte sich nach links und marschierte in Richtung des Hotel Pond, nahe am Bootsteich kurz hinter der BP-Tankstelle, deren Lichter bereits in der Ferne blinkten. Er hatte fast schon die Bushaltestelle an der Kreuzung Great Western und Hughenden Road erreicht, als er die jungen Leute sah. Sie lungerten im Wartehäuschen der Haltestelle herum. Es war halb zwei Uhr morgens, und sie waren zu fünft.

In manchen Gegenden Englands werden sie Skinheads oder Punks genannt, aber in Glasgow heißen sie Neds. Semjonow überlegte, ob er auf die andere Straßenseite gehen sollte, aber es war schon zu spät. Einer der Neds rief ihn an, und alle quollen aus dem Wartehäuschen. Semjonow konnte ein bißchen Englisch, aber dieses breite, breiige Säuferschottisch war zuviel für ihn. Sie blockierten den Gehsteig, und er trat auf die Fahrbahn. Einer packte ihn am Arm und schrie auf ihn ein. Die Frage des Rowdys lautete:

»Wa hasn da innem Sack da?«

Semjonow verstand ihn nicht, deshalb schüttelte er den Kopf und wollte weitergehen. Schon waren sie über ihm, und er stürzte unter einem Hagel von Schlägen zu Boden. Als er im Rinnstein lag, begannen sie, ihn zu treten. Undeutlich fühlte er Finger, die an seinem Jutesack zerrten, und er preßte ihn mit beiden Händen an sich und rollte sich auf den Bauch, so daß ihn die Tritte an Hinterkopf und Nieren trafen.

Devonshire Terrace, eine Reihe solider vierstöckiger Mittelklassehäuser aus braunen und grauen Sandsteinquadern, liegt an dieser Kreuzung. Im obersten Stockwerk eines dieser Häuser lag

Mrs. Sylvester, alt, verwitwet, allein und von Arthritis verkrümmt, schlaflos im Bett. Sie hörte das Geschrei, das von der Straße heraufdrang, und humpelte ans Fenster. Nach einem kurzen Blick schleppte sie sich wieder durchs Zimmer zum Telefon, wählte 999 und verlangte die Polizei. Sie gab der Vermittlung an, zu welcher Kreuzung der Streifenwagen fahren solle, legte jedoch auf, als sie nach ihrem Namen und der Adresse gefragt wurde. Anständige Bürger, und die Bürger von Devonshire Terrace sind sehr anständig, wollen mit dergleichen nichts zu tun haben.

Die Constables Alistair Craig und Hugh McBain saßen in ihrem Streifenwagen am Ende der Great Western, am Hillhead, als der Funkspruch durchkam. Es war so gut wie kein Verkehr, und sie erreichten die Bushaltestelle in neunzig Sekunden. Die Neds hörten die Sirene und sahen das Blaulicht, ließen ab von dem Jutesack und rannten davon, über den Rasenstreifen, der die Hughenden Road von der Great Western trennt, so daß der Wagen ihnen nicht folgen konnte. Bis Police Constable Craig aus dem Streifenwagen sprang, waren sie nur noch entschwindende Schatten, jede Verfolgung wäre sinnlos gewesen. Ohnehin mußten die Polizisten sich zuerst um das Opfer kümmern.

Craig beugte sich über den Mann. Er lag zusammengekrümmt wie ein Fötus und war bewußtlos.

»Ambulanz, Hughie«, rief er zu Police Constable McBain hinüber, und der Fahrer gab die Meldung durch. Nach sechs Minuten war der Krankenwagen von der Western Infirmary zur Stelle. Die beiden Beamten hatten vorschriftsgemäß in der Zwischenzeit den Verletzten nicht berührt, sondern nur eine Decke über ihn gebreitet.

Die Sanitäter hoben den schlaffen Körper behutsam auf eine Rollbahre und schoben sie ins Fahrzeug. Als sie die Decke um den Mann schlugen, hob Craig den Jutesack auf und legte ihn in den Krankenwagen.

»Du fährst mit ihm, ich komm' nach«, rief McBain, und Craig

stieg gleichfalls in den Ambulanzwagen. Es dauerte keine fünf Minuten, bis sie alle bei der Notaufnahmestation ankamen. Die Sanitäter rollten den Verletzten rasch durch die Schwingtüren, den Korridor entlang, um zwei Ecken und in den rückwärtigen Teil der Unfallstation. Da es sich um eine Notaufnahme handelte, mußten sie nicht durch den allgemeinen Wartesaal, wo die übliche frühmorgendliche Ansammlung von Süffeln ihre Platzwunden und Quetschungen versorgen lassen wollten, die sie sich bei Zusammenstößen mit unnachgiebigen Objekten zugezogen hatten.

Craig wartete am Eingang auf McBain, der den Streifenwagen parkte.

»Du kümmerst dich um die Aufnahmeformulare, Hughie, und ich mach' mich auf die Socken und seh' zu, ob ich Name und Adresse erfahren kann.«

McBain seufzte. Immer diese endlosen Aufnahmeformulare. Craig hob den Jutesack vom Boden auf und folgte der Bahre den Korridor entlang zur Unfallstation. Diese Abteilung der Western Infirmary besteht aus einem Durchgang mit Schwingtüren an beiden Enden und zwölf durch Vorhänge abgeteilten Kabinen, sechs auf jeder Seite des Mittelgangs. Elf Kabinen werden zu Untersuchungen benutzt; die zwölfte ist das Schwesternzimmer, gleich neben dem rückwärtigen Eingang, durch den die Bahren hereingefahren werden. Die Türen am anderen Ende haben in den Füllungen Spiegelglas und führen ins Wartezimmer, wo die gehfähigen Patienten sitzen und warten, bis sie an der Reihe sind.

Craig ließ McBain mit den Aufnahmeformularen in der Eingangshalle zurück und ging durch die Spiegeltüren zu den Untersuchungsräumen. Am anderen Ende des Ganges sah er die Bahre mit dem bewußtlosen Mann stehen. Die Stationsschwester warf den üblichen ersten Blick auf den Patienten – auf jeden Fall lebte er – und wies die Krankenträger an, ihn in einer der Untersuchungskabinen auf den Behandlungstisch zu legen, damit die Bahre wieder in den Notdienstwagen gebracht werden konnte. Die Männer wählten die Kabine, die dem Schwesternzimmer gegenüberlag.

Der Assistenzarzt, ein Inder namens Mehta, wurde geholt. Er ließ von den Krankenträgern den Oberkörper des Patienten freimachen – an der Hose waren keine Blutspuren – und führte eine längere Untersuchung durch, ehe er eine Röntgenaufnahme anordnete. Dann wandte er sich dem nächsten Notfall zu, einem Verkehrsopfer.

Die Stationsschwester rief in der Röntgenabteilung an, aber die war im Moment belegt. Man würde Bescheid geben, sobald sie frei war. Sie setzte Wasser auf, um sich eine Tasse Tee zu machen. Police Constable Craig, der sich überzeugt hatte, daß sein namenloser Schützling noch immer bewußtlos in der Kabine lag, nahm den Anorak des Mannes an sich, ging über den Gang ins Schwesternzimmer und legte Jacke und Jutesack auf den Tisch.

»Hätten Sie vielleicht eine Tasse von dem Gebräu für mich übrig?« fragte er die Schwester in dem kameradschaftlichen Ton der Nachtarbeiter, die mit vereinten Kräften im Chaos einer Großstadt wieder Ordnung schaffen.

»Hätt' ich schon«, sagte sie, »seh' bloß nicht ein, warum ich für euresgleichen was übrig haben sollte.«

Craig grinste. Er tastete die Taschen des Anoraks ab und brachte ein Seefahrtbuch zum Vorschein. Es trug das Foto des Mannes, der drüben in der Kabine lag, und war in zwei Sprachen ausgestellt, in Russisch und in Französisch. Er beherrschte keine von beiden. Die kyrillische Schrift konnte er nicht lesen, aber der Name war im französischen Teil in lateinischen Buchstaben geschrieben.

»Wer ist denn unser Jimmy?« fragte die Stationsschwester, während sie zwei Tassen Tee eingoß.

»Sieht aus wie ein Matrose, und ein russischer noch dazu«, sagte Craig verwirrt. Ein Bürger Glasgows, den eine Bande von

Neds zusammenschlug, war kein Problem; ein Ausländer und zudem ein Russe, das konnte durchaus eines sein. In der Hoffnung, herauszufinden, von welchem Schiff der Mann war, leerte Craig den Jutesack.

Er enthielt weiter nichts als einen dicken Wollpullover, der um eine runde Tabaksdose mit Schraubdeckel gewickelt war. In der Dose war kein Tabak, sondern Watte, und darin steckten drei kleine Scheiben, zwei aus Aluminium, zwischen ihnen eine dritte aus stumpfgrauem Metall, etwa fünf Zentimeter im Durchmesser. Craig betrachtete die Scheiben ohne Interesse, legte sie in ihr Wattebett zurück, schraubte den Deckel wieder zu und legte die Dose neben das Seefahrtbuch auf den Tisch. Er wußte nicht, daß das Opfer des Überfalls zu sich gekommen war und durch den Vorhang der Kabine zu ihm herüberspähte. Er wußte hingegen, daß er beim Revier anrufen und melden mußte, er habe da einen schwerverletzten Russen aufgegabelt.

»Darf ich mal das Telefon benutzen, Schatz?« fragte er die Schwester und streckte die Hand nach dem Hörer aus.

»Mit Schatz geht hier gar nichts«, gab die Schwester zurück, die um einiges älter war als der vierundzwanzigjährige Craig. »Mein Gott, die werden jeden Tag jünger.«

Police Constable Craig begann zu wählen. Was Konstantin Semjonow in diesem Augenblick durch den Kopf ging, wird man nie erfahren. Vermutlich hatte er durch die Tritte an den Hinterkopf eine Gehirnerschütterung erlitten, er war benommen und verwirrt und sah auf der anderen Seite des Korridors die unverwechselbare schwarze Uniform eines britischen Polizisten, der ihm den Rücken zuwandte. Und auf dem Tisch, neben der Hand des Polizisten, sah er sein Seefahrtbuch und den Gegenstand, den er hatte nach England bringen und dem Agenten am Bootsteich übergeben sollen. Er hatte beobachtet, wie der Beamte den Gegenstand prüfte – er selber hatte nie gewagt, die Dose zu öffnen –, und jetzt telefonierte der Mann. Vielleicht sah Semjonow sich im Geist bereits endlosen Verhören dritten Grads in einem modrigen Keller unter dem Polizeipräsidium von Strathclyde unterworfen.

Ehe Police Constable Craig wußte, wie ihm geschah, stieß ihn ein Ellbogen brutal beiseite. Ein nackter Arm schoß vor, griff nach der Blechdose und packte sie. Craig reagierte prompt, er ließ den Hörer fallen und umklammerte den ausgestreckten Arm.

»Was zum Teufel, Jimmy –« schrie er; dann fiel ihm ein, daß der arme Kerl vermutlich phantasierte, also packte er ihn und versuchte, ihn festzuhalten. Die Dose, die der Russe in der Hand gehalten hatte, fiel zu Boden. Eine Sekunde lang starrte Semjonow den schottischen Polizisten an, dann riß er sich los und rannte davon. »He Jimmy, bleib doch stehen!« schrie Craig, während er hinter dem Flüchtigen den Korridor entlangpolterte.

Shortie Patterson war ein notorischer Trunkenbold. Dank lebenslangen fleißigen Konsums von Alkohol in jeder Form war er nicht nur arbeitslos, sondern arbeitsunfähig. Er war kein gewöhnlicher Trinker; er hatte den Alkoholismus zur Kunstform entwickelt. Am Vortag hatte er seine Unterstützung bezogen und stracks in die nächste Kneipe getragen, und um Mitternacht war er volltrunken gewesen. Auf dem Heimweg hatte ihn die Impertinenz eines Laternenpfahls verstimmt, der seine dringenden Bitten um das Geld für ein kleines Schnäpschen hartnäckig ignorierte, also hatte er dem Burschen eins verpaßt.

Jetzt kam er mit seiner gebrochenen Hand aus der Röntgenabteilung und tappte den Korridor entlang zu seiner Kabine, als ein Mann mit nacktem, übel zugerichtetem Oberkörper und blutig geschlagenem Gesicht aus dem hintersten Raum herausgerannt kam, ein Polizist ihm auf den Fersen. Shortie wußte, was er einem Leidensgefährten schuldig war. Für Polizisten hatte er ohnehin nichts übrig, sie taugten offenbar nur dazu, ihn aus völlig bequemen Straßengräben zu zerren und Leuten auszuliefern, die ihn zum Baden zwangen. Er ließ den Flüchtenden vorbeirennen, dann streckte er das Bein aus.

»Du verdammter Blödmann«, brüllte Craig, als er zu Boden krachte. Bis er sich wieder aufgerappelt hatte, war der Russe schon zehn Yards weiter.

Semjonow sauste durch die Spiegeltüren in den Warteraum, übersah die schmale Tür ins Freie zu seiner Linken und rannte rechts durch die breiten Doppeltüren. So kam er wieder in die Rollbahreneinfahrt, durch die er eine halbe Stunde zuvor gekarrt worden war. Er wandte sich erneut nach rechts, doch dort kam ihm eine Bahre entgegen, geleitet von einem Arzt und zwei Pflegerinnen mit Plasmaflaschen: Dr. Mehtas Verkehrsopfer. Die Bahre blockierte den ganzen Korridor; hinter sich hörte er galoppierende Stiefel.

Linker Hand war ein quadratischer Vorraum mit zwei Lifttüren. Die eine schloß sich gerade vor einem leeren Lift. Er warf sich in den Spalt, kurz bevor die Tür ganz zuging. Als der Lift nach oben schwebte, hörte er den Polizisten wütend dagegen donnern. Er lehnte sich an die Wand und schloß erschöpft die Augen.

Police Constable Craig raste zur Treppe und lief hinauf. An jedem Absatz warf er einen Blick auf die Lämpchen über den Lifttüren. Der Aufzug fuhr noch immer nach oben. Craig langte erhitzt, zornig und außer Atem im zehnten und obersten Stockwerk an.

Semjonow war im zehnten Stock ausgestiegen. Er öffnete die nächstgelegene Tür, aber es war ein Saal voll schlafender Patienten. Eine zweite Tür war offen und führte zu einer Treppe. Er rannte sie hinauf und befand sich in einem Korridor, an dem nur Duschräume, eine Anrichte und Abstellräume lagen. Ganz hinten stand eine Tür offen, durch die warme, feuchte Nachtluft hereinkam. Sie führte auf das flache Dach des Gebäudes.

Police Constable Craig lag zwar um einiges zurück, schaffte aber schließlich doch die letzte Treppe und trat in die Nacht hinaus. Nachdem seine Augen sich an die Dunkelheit gewöhnt hatten, konnte er am nördlichen Dachrand die Gestalt eines Mannes ausmachen. Sein Zorn verrauchte. Ich würde vermutlich auch durchdrehen, dachte er, wenn ich zum Beispiel in einem Moskauer Krankenhaus aufwachen würde. Er bewegte sich langsam auf die Gestalt zu und hielt beide Hände hoch, um zu zeigen, daß sie leer waren.

»Na, komm schon, Jimmy oder Iwan oder wie du sonst heißt. Alles O. K. Du hast eins auf die Birne gekriegt, kein Beinbruch. Komm, wir gehen wieder runter.«

Im Widerschein der Stadt unter ihnen konnte er das Gesicht des Russen ganz deutlich erkennen. Der Mann beobachtete jeden seiner Schritte, bis Craig nur noch zwanzig Fuß von ihm entfernt war. Dann blickte er hinunter, holte tief Atem, schloß die Augen und sprang.

Ein paar Sekunden lang konnte Police Constable Craig es nicht glauben, auch nicht, nachdem er das dumpfe Klatschen gehört hatte, mit dem der Körper hundert Fuß weiter unten auf dem Angestelltenparkplatz aufgeschlagen war.

»Herrje«, keuchte er. »Jetzt sitz' ich in der Tinte.«

Mit zitternden Fingern griff er nach seinem Funkgerät und rief das Revier.

Hundert Yards hinter der BP-Tankstelle, eine halbe Meile von der Busstation entfernt, liegt der Bootsteich mit dem Hotel Pond. Von der Straße führen ein paar Steinstufen hinunter zum Spazierweg rings um den Teich, und am Fuß der Stufen stehen zwei Holzbänke.

Die stumme Gestalt im schwarzledernen Motorradanzug blickte auf die Uhr. Drei Uhr. Der Treff hätte um zwei sein sollen. Die höchste zulässige Verspätung betrug eine Stunde. Ein Ausweichtreff war vereinbart; an einer anderen Stelle, vierundzwanzig Stunden später. Er würde dort sein. Sollte der Kontaktmann nicht auftauchen, so würde er nochmals das Funkgerät benützen müssen. Er stand auf und entfernte sich.

Police Constable Hugh McBain hatte, als die wilde Jagd durch das Wartezimmer der Unfallstation raste, seine Schreibarbeit gerade unterbrochen, um im Streifenwagen die genauen Zeiten des Überfalls und der notierten Notrufe zu überprüfen. Er sah seinen Partner Craig erst wieder, als dieser bleich und verstört ins Wartezimmer herunterkam.

»Alistair, hast du jetzt den Namen und die Adresse?« fragte McBain.

»Er ist ... er war ... ein russischer Matrose«, sagte Craig.

»O Mist, hat uns grade noch gefehlt. Wie heißt er?«

»Hughie, er ist vor ein paar Minuten ... vom Dach gesprungen.«

McBain ließ den Stift sinken und starrte seinen Partner ungläubig an. Dann entsann er sich seiner Ausbildung. Jeder Polizist weiß, wenn es brenzlig wird, gibt es nur eines: Man hält sich bedeckt und befolgt die Vorschriften bis zum letzten I-Punkt – keine Husarenstreiche, keine superschlauen Alleingänge.

»Hast du das Präsidium verständigt?«

»Aye, kommt schon einer rüber.«

»Holen wir den Doktor«, sagte McBain.

Sie fanden Dr. Mehta, den die Neuzugänge in dieser Nacht bereits an den Rand der Erschöpfung gebracht hatten. Er ging mit ihnen zum Parkplatz, beugte sich keine zwei Minuten lang über den unförmigen zerschmetterten Körper, erklärte ihn für tot und sich daher für nicht mehr zuständig und kehrte zu seinen Pflichten zurück. Zwei Wärter brachten eine Decke, und eine halbe Stunde später fuhr ein Ambulanzwagen das Ding zum städtischen Leichenhaus am Jocelyn Square nahe dem Salt Market. Dort würden andere Hände den Rest der Kleidung entfernen – Schuhe, Socken, Hose, Unterhose, Gürtel und Armbanduhr –, alles mit Anhängern versehen und zur Aufbewahrung geben.

Im Krankenhaus waren noch weitere Formulare auszufüllen – auch die Einlieferungsformulare wurden zu den Akten genommen, obwohl sie jetzt keinem praktischen Zweck mehr dienen konnten –, und die beiden Polizisten registrierten und konfiszierten die übrigen Besitztümer des Toten. Die Liste lautete: 1 Anorak, 1 Rollkragenpullover, 1 Jutesack, 1 dicker Wollpullover (zusammengerollt), 1 runde Tabaksdose.

Noch ehe sie fertig waren, etwa eine Viertelstunde nach Craigs erster Meldung, erschienen ein Inspector und ein Sergeant vom Revier, beide in Uniform, und ersuchten um einen Arbeitsraum. Man stellte ihnen ein leeres Verwaltungsbüro zur Verfügung, wo sie die Berichte der beiden Constables entgegennahmen. Nach zehn Minuten schickte der Inspector den Sergeant zum Wagen, damit er den diensthabenden Chief Superintendent anfordere. Es war Donnerstag, der 9. April, vier Uhr morgens. In Moskau war es bereits acht.

General Jewgenij Karpow wartete, bis sie den Hauptverkehr von Südmoskau hinter sich hatten und zügig auf der Straße nach Jasjenewo dahinrollten, ehe er anfing, mit Gregoriew zu plaudern. Der dreißig Jahre alte Fahrer wußte offenbar, daß der General ihn ausdrücklich angefordert hatte, und zeigte sich beflissen.

»Na, fahren Sie gern für uns?«

»Sehr gern, Genosse General.«

»Ja, da kommen Sie viel in der Gegend herum, wie? Besser, als in einem muffigen Büro zu sitzen.«

»Jawohl, Genosse General.«

»Unlängst meinen Freund Oberst Philby gefahren, wie ich höre.«

Kurzes Zögern. Verdammt, er hat Befehl, nicht darüber zu sprechen, dachte Karpow.

»Äh – jawohl, Genosse General.«

»Ist früher selbst gefahren, vor dem Schlaganfall.«

»Hat er mir gesagt, Genosse General.«

Am besten weitermachen.

»Wo haben Sie ihn denn hingefahren?«

Längere Pause. Karpow konnte das Gesicht des Fahrers im Rückspiegel sehen. Er war unsicher, in der Klemme.

»Ach, bloß in die Nähe von Moskau, Genosse General.«

»An einen bestimmten Ort in der Nähe von Moskau?«

»Nein, Genosse General. Bloß in die Nähe.«

»Anhalten, Gregoriew.«

Der Tschaika scherte aus der reservierten Innenspur aus, suchte sich seinen Weg durch den nach Süden rollenden Verkehr und hielt schließlich in einer Parkbucht. Karpow beugte sich vor.

»Sie wissen, wer ich bin, Fahrer?«

»Jawohl, Genosse General.«

»Und Sie kennen meinen Rang im KGB?«

»Jawohl, Genosse General. Generalleutnant.«

»Dann lassen Sie gefälligst die Mätzchen, junger Mann. Wohin genau haben Sie ihn gefahren?«

Gregoriew schluckte. Karpow konnte sehen, daß er mit sich kämpfte. Die Frage war: Wer hatte ihm befohlen, über Philbys Fahrtziel Stillschweigen zu bewahren? Philby selber? Dann war er, Karpow, der Ranghöhere. Wenn jedoch der Befehl von weiter oben kam? In Wahrheit hatte Major Pawlow den Befehl erteilt und Gregoriew zu Tode erschreckt. Pawlow war nur Major, aber für einen Russen sind die Leute vom Ersten Hauptdirektorat unbekannte Größen, während ein Major der Kremlgarde ... Trotzdem, General war General.

»Hauptsächlich zu irgendwelchen Besprechungen, Genosse General. Ein paar in Moskauer Wohnungen, aber ich bin nie hineingekommen und habe daher nicht gesehen, zu wem Oberst Philby gegangen ist.«

»Ein paar in Moskau ... Und die anderen?«

»Meistens, nein, ich glaube immer in einer Datscha draußen in Zhukowka.«

Gehege des Zentralkomitees, dachte Karpow.

»Wissen Sie, wessen Datscha das war?«

»Nein, Genosse General. Ehrlich nicht. Er hat nur gesagt, wohin ich fahren soll. Dann habe ich immer im Wagen gewartet.«

»Wer ist sonst noch zu diesen Besprechungen erschienen?«

»Einmal, Genosse General, sind zwei Wagen gleichzeitig angekommen. Ich habe gesehen, wie der Mann aus dem anderen Wagen ausgestiegen und in die Datscha gegangen ist . . .«

»Und haben Sie ihn erkannt?«

»Jawohl, Genosse General. Bevor ich zur Fahrbereitschaft des KGB gekommen bin, war ich Fahrer bei der Armee. 1985 habe ich häufig einen Oberst vom GRU gefahren. Wir waren in Kandahar in Afghanistan stationiert. Dieser Offizier saß einmal bei meinem Oberst auf dem Rücksitz. Es war General Martschenko.«

Na, sieh mal an, dachte Karpow, mein alter Freund Pyotr Martschenko, Fachmann für Destabilisierung.

»Noch jemand bei diesen Besprechungen?«

»Nur noch ein Wagen, Genosse General. Wir Fahrer haben uns ein bißchen unterhalten – das stundenlange Warten und so. Aber der Kerl war zugeknöpft. Habe nur erfahren, daß er ein Mitglied der Akademie der Wissenschaften herumkutschiert. Ehrlich, Genosse General, das ist alles, was ich weiß.«

»Weiterfahren, Gregoriew.«

Karpow lehnte sich zurück und sah zu, wie die Bäume vorüberflogen. Es waren also vier, und sie trafen sich, um irgend etwas für den Generalsekretär zu planen. Gastgeber war das Zentralkomitee, und die drei anderen waren Philby, Martschenko und ein nicht genanntes Mitglied der Akademie.

Morgen war Freitag, und die Wlasti würden so früh wie möglich Schluß machen und zu ihren Datschas fahren. Er wußte, daß Martschenko ein Landhaus in der Nähe von Peredelkino hatte, nicht weit von seinem eigenen entfernt. Er kannte auch Martschenkos schwache Seite und seufzte. Er würde eine größere Ladung Schnaps mitnehmen müssen. Und sich auf eine schwere Sitzung gefaßt machen.

Chief Superintendent Charlie Forbes hörte sich gelassen und genau an, was die Police Constables Craig und McBain ihm berichteten, nur dann und wann stellte er mit leiser Stimme eine Zwischenfrage. Er war überzeugt, daß die beiden die Wahrheit sagten, aber er war lang genug beim Bau, um zu wissen, daß auch die Wahrheit folgenschwer sein konnte.

Es war eine üble Geschichte. Technisch gesehen hatte der Russe sich in polizeilichem Gewahrsam befunden, auch wenn er im Krankenhaus lag. Police Constable Craig war mit ihm allein auf dem Dach gewesen. Es gab keinen einleuchtenden Grund, warum der Mann in die Tiefe gesprungen sein sollte. Forbes nahm wie alle übrigen an, daß der Mann infolge einer schweren Gehirnerschütterung zeitweilig geistesverwirrt und in Panik geraten war. Die ganze Sorge des Chief Superintendent galt den möglichen Konsequenzen für die Polizei von Strathclyde.

Man würde das Schiff suchen müssen, den Kapitän vernehmen, die Leiche formell identifizieren lassen, den sowjetischen Konsul informieren und natürlich die Presse, die verdammte Presse, und ein paar ihrer Vertreter würden nicht versäumen, zwischen den Zeilen ihr Lieblingsthema abzuhandeln, die Brutalität der Polizei. Verflixt, wenn die ihre gezielten Fragen stellten, könnte er ihnen nicht antworten. Warum sollte der Einfaltspinsel vom Dach gesprungen sein?

Um halb fünf war im Krankenhaus alles erledigt. Bei Tagesanbruch würde der ganze Zirkus losgehen. Forbes schickte seine Männer zurück ins Präsidium.

Um sechs hatten die beiden Polizisten ihre ausführlichen Rapporte fertig. Charlie Forbes saß in seinem Büro und schlug sich mit den vorschriftsmäßigen Erledigungen herum. Man versuchte, wahrscheinlich vergebens, die Dame ausfindig zu machen, die 999 gewählt hatte. Die Aussagen der beiden Sanitäter, die McBain über das Präsidium angefordert hatte, wurden zu Protokoll genommen. Wenigstens stand zweifelsfrei fest, daß die Neds den Mann mißhandelt hatten.

Die Stationsschwester hatte angegeben, was sie wußte, der vielgeplagte Dr. Mehta hatte seine Aussage gemacht, der Portier an der Notaufnahme hatte bestätigt, daß er gesehen hatte, wie der Mann mit dem nackten Oberkörper durch das Wartezimmer gerannt war und Craig hinterher. Danach, bei ihrem Wettlauf zum Dach, hatte niemand mehr die beiden Männer gesehen.

Forbes hatte das einzige sowjetische Schiff im Hafen als die *Akademik Komarow* identifiziert und einen Polizeiwagen hinausgeschickt, der den Kapitän zur Identifizierung des Toten abholen sollte; er hatte den sowjetischen Konsul aufgeweckt, der mit Sicherheit um neun Uhr im Präsidium anrücken würde, um offiziellen Protest einzulegen. Er hatte seinen eigenen Chief Constable alarmiert, desgleichen den Procurator Fiscal, der nach schottischem Recht auch das Amt des Staatsanwalts bekleidet.

Die persönlichen Besitztümer des Toten, die »Artikel«, waren allesamt verpackt und zum Revier Partick gebracht worden (der Überfall hatte in Partick stattgefunden), um dort unter Aufsicht des Staatsanwalts, der die Autopsie für zehn Uhr vormittags genehmigt hatte, in Verwahrung genommen zu werden. Charlie Forbes streckte sich und bestellte aus der Kantine Kaffee und Brötchen.

Während Chief Superintendent Forbes im Präsidium von Strathclyde an der Pitt Street die Schreibarbeit erledigte, unterzeichneten drüben im Revier die Police Constables Craig und McBain ihre Aussagen und begaben sich in die Kantine zum Frühstück. Beide Männer hatten Sorgen, und sie teilten diese Sorgen einem grauhaarigen Detective Sergeant von der zivilen Abteilung mit, der an ihrem Tisch saß. Nach dem Frühstück erbaten und erhielten sie die Erlaubnis, heimzugehen und zu schlafen.

Irgend etwas, was sie gesagt hatten, veranlaßte den Detective Sergeant, an das Münztelefon in der Halle vor der Kantine zu gehen und einen Anruf zu tätigen. Der Mann, den er beim Rasieren aufscheuchte, war Detective Inspector Carmichael, der aufmerksam zuhörte und seine Rasur höchst nachdenklich beendete. D. I. Carmichael gehörte Special Branch an.

Um halb acht stöberte Carmichael den Chief Inspector der uniformierten Abteilung auf, der der Autopsie beiwohnen würde, und fragte, ob er mitkommen könne. »Sie sind herzlich eingeladen«, sagte der Chief Inspector. »Städtisches Leichenhaus, um zehn Uhr.«

Im selben Leichenhaus, um acht Uhr morgens, starrte der Kapitän der *Akademik Kamarow,* begleitet von seinem unvermeidlichen Polit-Offizier, auf einen Bildschirm, auf dem sich alsbald das zerschlagene Gesicht des Leichtmatrosen Semjonow zeigte. Er nickte langsam und murmelte etwas auf russisch.

»Ja, das ist er«, sagte der Polit-Offizier. »Wir möchten mit unserem Konsul sprechen.«

»Er wird um neun Uhr in die Pitt Street kommen«, sagte der uniformierte Sergeant, der sie begleitete. Beide Russen wirkten erschüttert und zahm. Muß schlimm sein, wenn man einen Schiffskameraden verliert, dachte der Sergeant.

Um neun Uhr wurde der sowjetische Konsul in das Büro von Chief Superintendent Forbes gebeten. Er sprach fließend englisch. Forbes bat ihn, Platz zu nehmen, und stürzte sich in die Schilderung der nächtlichen Ereignisse. Ehe er damit fertig war, brauste der Konsul auf.

»Ein schwerer Verstoß«, begann er. »Ich muß mich sofort mit der Sowjetbotschaft in London in Verbindung setzen ...«

Es klopfte, und der Kapitän mit seinem Polit-Offizier wurden hereingeführt. Außer dem uniformierten Sergeant kam noch ein Mann in Zivil mit. Er nickte Forbes zu.

»Morgen, Sir. Kann ich hierbleiben?«

»Bitte, Carmichael. Sieht aus, als könnte es stürmisch werden.«

Aber nein. Der Polit-Offizier von der *Akademik Komarow* war kaum zehn Sekunden im Raum, als er den Konsul beiseite zog und hastig auf ihn einflüsterte. Der Konsul entschuldigte sich, und die beiden Männer gingen hinaus auf den Korridor. Nach drei Minuten kamen sie wieder herein. Der Konsul war förmlich und korrekt. Selbstverständlich werde er mit seiner Botschaft sprechen müssen. Er sei überzeugt, daß die Polizei von Strathclyde alles in ihrer Macht Stehende tun werde, um die Täter dingfest zu machen. Ob es möglich sei, den toten Seemann und seine Habseligkeiten an Bord der *Akademik Komarow* zu schaffen, die noch heute wieder nach Leningrad auslaufen werde?

Forbes war höflich, aber unerbittlich. Die Polizei werde alles unternehmen, um die Bande zu fassen. Inzwischen müsse die Leiche in der städtischen Leichenhalle verbleiben, und alle Effekten des Mannes würden im Polizeirevier von Partick unter Verschluß gehalten. Der Konsul nickte. Auch er wußte, was Vorschriften bedeuten. Und die beiden Männer gingen.

Um zehn Uhr betrat Carmichael den Autopsiesaal, wo Professor Harland sich die Hände wusch. Sie plauderten wie üblich über das Wetter, das bevorstehende Golfspiel und andere belanglose Dinge. Neben ihnen lag auf einer Steinplatte über dem Abfluß die zerschmetterte Leiche Semjonows.

»Darf ich ihn mal ansehen?« fragte Carmichael. Der Polizeipathologe nickte.

Zehn Minuten lang betrachtete Carmichael, was von Semjonow übriggeblieben war. Als der Professor zu schneiden begann, ging er, begab sich in sein Büro an der Pitt Street und rief eine Nummer in Edinburgh an, genau gesagt das schottische Gesundheitsministerium im Saint Andrew's House.

Dort sprach er mit einem pensionierten Assistant Commissioner, der aus einem ganz bestimmten Grund in diesem Ministerium saß: als Verbindungsmann zu MI5 in London.

Gegen Mittag klingelte das Telefon im Büro von C.4. (C) an der Gordon Street. Bright nahm das Gespräch entgegen, reichte dann aber Preston den Hörer.

»Für Sie. Er will mit niemand anderem sprechen.«

»Wer ist dort?«

»Gesundheitsministerium Edinburgh.«

Preston nahm den Hörer.

»Hier Preston ... Ja, guten Morgen.«

Er lauschte einige Minuten lang, seine Miene wurde ernst. Er kritzelte den Namen Carmichael auf einen Notizblock.

»Ja, ich komme wohl am besten rauf. Würden Sie Inspector Carmichael sagen, daß ich mit dem Drei-Uhr-Flug komme und ob er mich am Flughafen Glasgow abholen könnte? Vielen Dank.«

»Glasgow?« fragte Bright. »Was gibt's denn bei denen?«

»Einen russischen Matrosen, der vom Dach gefallen ist und womöglich nicht genau das war, wofür er sich ausgab. Ich bin morgen wieder da. Wahrscheinlich hat es nichts zu bedeuten. Egal, Hauptsache, ich komme raus aus diesem Laden.«

7. Kapitel

Der Flughafen von Glasgow liegt acht Meilen südwestlich der Stadt, und ist mit ihr durch die Schnellstraße M8 verbunden. Prestons Maschine landete kurz nach sechzehn Uhr dreißig, und da er nur eine Tasche bei sich hatte, stand er zehn Minuten später in der Ankunftshalle. Er ging zum Informationsschalter und ließ Mr. Carmichael ausrufen.

Der Detective Inspector von Special Branch kam zum Schalter, und sie machten sich miteinander bekannt. Fünf Minuten später saßen sie im Wagen des Inspectors und fuhren in der einfallenden Dämmerung über die Schnellstraße der Stadt entgegen.

»Fangen wir doch gleich an«, schlug Preston vor. »Erzählen Sie mir der Reihe nach, was passiert ist.«

Carmichael drückte sich knapp und präzise aus. Es blieben noch eine Menge Lücken, die er nicht ausfüllen konnte, aber er hatte Zeit gehabt, die Aussagen der beiden Police Constables zu lesen, besonders die von Craig, so daß sein Bericht recht ausführlich war. Preston hörte ihm schweigend zu.

»Und warum riefen Sie das schottische Gesundheitsministerium an und sagten, es solle jemand aus London herkommen?« fragte er, als Carmichael geendet hatte.

»Vielleicht irre ich mich, aber ich habe den Verdacht, daß der Mann womöglich gar kein Handelsmatrose war«, sagte Carmichael.

»Weiter.«

»Craig hat heute morgen in der Revierkantine etwas gesagt«, erklärte Carmichael. »Ich war selber nicht dort, aber ein CID-Mann hat die Bemerkung gehört und mich angerufen. McBain stimmte Craigs Äußerung zu. Aber keiner von ihnen hat die Sache in seiner offiziellen Aussage erwähnt. Wie Sie wissen, werden in den Aussagen die Fakten festgehalten; und die Polizisten hielten sich daran. Trotzdem scheint es die Mühe wert, der Sache nachzugehen.«

»Ich höre.«

»Sie sagten, als sie den Matrosen fanden, habe er, zusammengekrümmt wie ein Embryo, auf der Straße gelegen und den Jutesack mit beiden Händen an den Leib gepreßt. Craig sagte wörtlich, ›wie ein Baby, das er beschützen wollte‹.«

Preston begriff, was daran so auffallend war. Wenn ein Mensch fast zu Tode getreten wird, rollt er sich instinktiv zu einer Kugel zusammen, aber er benutzt die Hände, um seinen Kopf zu schützen. Warum sollte jemand seinen ungeschützten Kopf den Tritten aussetzen, nur damit ein wertloser Sack nichts abbekommt?

»Dann«, fuhr Carmichael fort, »fielen mir Zeit und Ort des Überfalls auf. Im Hafen von Glasgow gehen die Seeleute zu Betty's oder in die Stable Bar. Dieser Mann war vier Meilen von den Docks entfernt und marschierte, lang nach der Sperrstunde, einen zweibahnigen Fahrdamm entlang, offenbar nirgendwohin, jedenfalls gibt es weit und breit keine Kneipe. Was zum Teufel hatte er dort um diese Nachtzeit zu suchen?«

»Gute Frage«, sagte Preston. »Was weiter?«

»Heute vormittag um zehn ging ich zur städtischen Leichenhalle. Der Körper des Toten war durch den Sturz übel zugerichtet, aber das Gesicht hatte, bis auf ein paar blaue Flecken, kaum gelitten. Die Neds hatten hauptsächlich den Hinterkopf und den Körper bearbeitet. Ich habe schon viele Gesichter von Matrosen gesehen. Sie waren von Wind und Wetter gegerbt, braun und ledrig. Dieser Mann hatte ein glattes blasses Gesicht, nicht das Gesicht eines Mannes, der sein Leben auf Deck verbringt.

Und dann die Hände. Die Handrücken hätten gebräunt sein müssen, die Innenflächen schwielig. Aber sie waren weich und weiß, Bürohände. Und schließlich die Zähne. Ich würde meinen, bei einem Matrosen aus Leningrad wären bestenfalls die einfachsten Reparaturen zu finden: Amalgamfüllungen, und wenn Zahnersatz, dann aus Stahl, wie in Rußland üblich. Dieser Mann hatte Goldfüllungen und zwei Goldkronen.«

Preston nickte zustimmend. Carmichael war tüchtig. Sie fuhren jetzt auf den Parkplatz des Hotels, wo Carmichael für Preston ein Zimmer hatte reservieren lassen.

»Noch ein Letztes. Eine Kleinigkeit, aber sie könnte etwas zu bedeuten haben«, sagte Carmichael. »Vor der Autopsie suchte der sowjetische Konsul unseren Chief Superintendent in der Pitt Street auf. Ich war dabei. Der Konsul schien drauf und dran zu sein, Protest einzulegen; dann erschienen der Kapitän des Schiffes und sein Polit-Offizier. Der Offizier führte den Konsul hinaus auf den Korridor, und sie redeten leise miteinander. Als der Konsul wieder ins Büro kam, war er ganz Höflichkeit und Verständnis. Als habe ihm der Polit-Offizier irgend etwas über den Toten mitgeteilt. Ich hatte den Eindruck, sie wollten jeden Ärger vermeiden, bis sie mit ihrer Botschaft gesprochen hätten.«

»Haben Sie irgendwem in der uniformierten Abteilung gesagt, daß ich hier bin?« fragte Preston.

»Noch nicht«, erwiderte Carmichael. »Soll ich?«

Preston schüttelte den Kopf.

»Warten Sie bis morgen früh. Dann werden wir entscheiden. Vielleicht hat das Ganze gar nichts zu bedeuten.«

»Brauchen Sie noch irgend etwas?«

»Kopien der verschiedenen Aussagen, möglichst von allen. Und die Liste der Gegenstände, die der Mann bei sich hatte. Wo sind sie übrigens?«

»In Revier von Partick unter Verschluß. Ich besorge die Kopien und bringe sie später vorbei.«

General Karpow rief einen Freund beim GRU an und band ihm eine Geschichte auf, wonach ihm einer seiner Diplomatenkuriere mehrere Flaschen französischen Cognac aus Paris mitgebracht habe. Er selber rühre das Zeug nicht an, aber er schulde Pyotr Martschenko eine Gefälligkeit. Er wolle den Cognac am Wochenende in Martschenkos Datscha abliefern. Nur wisse er nicht, ob dort jemand im Haus sei. Ob der Genosse Martschenkos Telefonnummer in Peredelkino habe? Der GRU-Mann hatte sie. Er gab sie Karpow und vergaß das Ganze.

In den meisten Datschas der Sowjetelite bleibt den ganzen Winter über eine Haushälterin oder ein Diener im Haus, um die Heizung zu versorgen, damit der Besitzer am Wochenende nicht in eine Eishöhle kommt. Martschenkos Haushälterin war am Apparat. Ja, der General werde morgen, Freitag, hier erwartet; meist treffe er gegen achtzehn Uhr ein. Karpow dankte und legte auf. Er beschloß, seinem Chauffeur freizugeben, selber zu fahren und den GRU-General um neunzehn Uhr zu überraschen.

Preston lag wach in seinem Bett und dachte nach. Carmichael hatte ihm sämtliche Aussagen gebracht, die in der Western Infirmary und im Revier zu Protokoll genommen worden waren. Wie alle von der Polizei aufgenommenen Aussagen waren sie gestelzt und förmlich, nicht so, wie die Leute tatsächlich erzählen, was sie gesehen und gehört haben. Die Fakten waren selbstverständlich da, nicht jedoch die Eindrücke.

Eines konnte Preston nicht wissen, da Craig es nicht erwähnt und die Stationsschwester es nicht gesehen hatte: Ehe Semjonow durch den Gang zwischen den Untersuchungskabinen geflüchtet war, hatte er versucht, die runde Tabaksdose an sich zu reißen. Craig hatte nur gesagt, der Verletzte habe ihn beiseite gestoßen und sei weggerannt.

Auch die Liste der persönlichen Effekten, der »Artikel«, half Preston nicht viel weiter. Auf ihr war eine runde Tabaksdose »mit Inhalt« aufgeführt, der aus zwei Unzen Pfeifentabak bestehen konnte.

Preston ging im Geist die Möglichkeiten durch. Nummer eins: Semjonow war ein »Illegaler«, der in Großbritannien landete. Schlußfolgerung: Höchst unwahrscheinlich. Er stand auf der Besatzungsliste des Schiffs, und sein Fehlen müßte auffallen, wenn die *Akademik Komarow* wieder nach Leningrad auslaufen würde.

Also zu Nummer zwei: Er sollte mit dem Schiff nach Glasgow kommen und auch mit ihm am Donnerstag abend wieder zurückfahren. Was hatte er weit nach Mitternacht auf halber Höhe der Great Western Road zu tun gehabt? Eine »Lieferung« deponieren oder einen Treff einhalten? Gut. Oder vielleicht sogar etwas *abholen* und nach Leningrad schaffen. Noch besser. Weitere Möglichkeiten fielen ihm nicht ein.

Wenn Semjonow seine Sendung bereits abgeliefert hatte, warum hätte er dann seinen Jutesack schützen sollen, als hänge sein Leben davon ab? Der Sack wäre dann ja leer gewesen.

Dieselbe Logik galt für den Fall, daß er etwas abholen sollte, es aber noch nicht getan hatte. Und wenn er es bereits abgeholt hatte, wieso fand sich dann nichts Interessantes, wie zum Beispiel ein Bündel Papiere, unter seinen Habseligkeiten?

Wenn der Gegenstand, den er hatte abliefern oder holen sollen, am Körper verborgen werden konnte, wozu dann überhaupt der Sack? Wenn irgend etwas in seinen Anorak oder die Hose eingenäht oder in einem Schuhabsatz versteckt war, hätte er doch den Neds diesen Sack überlassen können, hinter dem sie her waren. Er hätte sich die Prügel ersparen und zu seinem Treff oder wieder zurück aufs Schiff gehen können (je nachdem, in welche Richtung er wollte) und nur ein paar blaue Flecken abbekommen.

Preston gab seinem Heimcomputer noch ein paar »Wenns« ein. Semjonow war als Kurier gekommen und wollte einen bereits in Britannien sitzenden sowjetischen Illegalen persönlich treffen. Um eine mündliche Botschaft zu überbringen? Unwahrscheinlich, es gab ein Dutzend einfachere Möglichkeiten, codierte Informationen durchzugeben. Um eine mündliche Meldung entgegenzunehmen? Gleiche Schlußfolgerung. Um mit einem ansässigen Illegalen den Platz zu tauschen, den Mann zu ersetzen? Nein, das Foto in seinem Seefahrtbuch zeigte eindeutig Semjonow. Wäre er als Ersatzmann für einen Illegalen gekommen, so hätte Moskau ihm ein Duplikat des Seefahrtbuchs mit dem entsprechenden Foto mitgegeben, damit der Mann, den er ablösen sollte, als Leichtmatrose Semjonow mit der *Akademik Komarow* hätte auslaufen können. Dieses Seefahrtbuch hätte er bei sich getragen. Oder im Futter eingenäht. In welchem Futter?

Zum Beispiel im Futter des Anoraks. Warum sich dann wegen des Sacks halbtot schlagen lassen? Im Juteboden des Sacks? Schon wahrscheinlicher.

Alles schien auf diesen verdammten Sack hinzuweisen. Kurz vor Mitternacht rief er Carmichael in dessen Wohnung an.

»Können Sie mich um acht abholen?« fragte er. »Ich möchte ins Revier von Partick und einen Blick auf die Artikel werfen. Können Sie mir Deckung geben?«

Beim Frühstück am Freitagmorgen sagte Jewgenij Karpow zu seiner Frau Ludmilla:

»Kannst du die Kinder heute nachmittag im Wolga hinaus zur Datscha fahren?«

»Natürlich. Kommst du dann direkt vom Büro aus nach?«

Er nickte zerstreut.

»Es wird spät werden. Ich muß noch jemanden vom GRU aufsuchen.«

Ludmilla Karpowa unterdrückte einen Seufzer. Sie wußte, daß ihr Mann sich in einer kleinen Wohnung im Arbat-Bezirk eine feiste kleine Sekretärin hielt. Sie wußte es, weil Ehefrauen miteinander schwatzen, und in dieser so streng geschichteten Gesellschaft verkehrte Ludmilla nur mit Frauen, deren Ehemänner etwa den gleichen Dienstrang hatten wie der ihre. Sie wußte auch, daß er nicht wußte, daß sie es wußte.

Sie war fünfzig und seit achtundzwanzig Jahren verheiratet. Es war eine gute Ehe, wenn man den Job des Mannes bedachte, und sie war eine gute Ehefrau. Wie die anderen Frauen, die EHD-Offiziere geheiratet hatten, konnte sie längst nicht mehr sagen, wie oft sie bis in die Nacht hinein aufgeblieben war und auf ihn gewartet hatte, während er im Chiffrierraum einer Botschaft im Ausland steckte. Sie hatte die grenzenlose Langeweile unzähliger diplomatischer Cocktailparties durchgestanden, ohne eine Fremdsprache zu beherrschen, während ihr Mann die Runde machte, elegant, liebenswürdig, perfekt im Englischen, Französischen und Deutschen, und im Schutz der Botschaftslegende seine Arbeit tat.

Sie konnte nicht mehr sagen, wie viele Wochen sie allein zugebracht hatte, als die Kinder klein waren und er noch einen niedrigen Rang bekleidete, als sie, ohne Haushaltshilfe, in einer winzigen vollgestopften Wohnung lebte und er sich auf Dienstreisen befand, ZBV unterwegs war oder im Dunkeln nahe der Berliner Mauer auf einen Kurier wartete, der zurück in den Osten kommen sollte.

Sie hatte die Panik und namenlose Furcht kennengelernt, die auch den Unschuldigsten erfaßt, als während einer Stationierung im Ausland einer der Genossen ins westliche Lager übergelaufen war und die Leute von KR, der Spionageabwehr, sie stundenlang ausgequetscht hatten über alles, was sie über den Mann oder seine Frau vielleicht hatte sagen hören. Sie hatte voll Mitleid beobachtet, wie die Ehefrau des Verräters, eine Frau, die sie gut gekannt hatte, jetzt aber nicht mehr gewagt hätte, auch nur mit der Feuerzange anzufassen, zu der wartenden Aeroflot-Maschine hinausgeführt wurde. Das gehöre zum Beruf, hatte ihr Mann gesagt, um sie zu trösten.

Das lag Jahre zurück. Jetzt war ihr Zhenia General, die Wohnung in Moskau war luftig und groß, sie hatte die Datscha reizend eingerichtet, ganz nach seinem Geschmack, mit Fichtenholz und Teppichen, behaglich, aber rustikal. Die beiden Söhne machten ihnen Ehre, der eine studierte Medizin, der andere Physik. Es würde keine gräßlichen Botschaftswohnungen mehr geben, und in drei Jahren konnte Zhenia sich mit allen Ehren und einer guten Pension ins Privatleben zurückziehen. Und wenn er an einem Abend in der Woche dringend eines Unterrocks bedurfte, so unterschied er sich damit nicht von der Mehrzahl seiner Altersgenossen. Vielleicht war es so immer noch besser, als wenn er ein roher Trunkenbold gewesen wäre oder als ewiger Major seine Laufbahn bestenfalls in einer gottverlassenen asiatischen Republik hätte beenden müssen. Trotzdem seufzte sie innerlich.

Das Polizeirevier von Partick ist nicht gerade ein Schmuckstück der schönen Stadt Glasgow. Die nach dem Überfall beziehungsweise Selbstmord in der vergangenen Nacht zurückgebliebenen Artikel hatten den üblichen Weg genommen. Der diensthabende Sergeant im Vorzimmer überließ seinen Platz einem Constable und führte Carmichael und Preston in den rückwärtigen Teil des Reviers, wo er einen kahlen, nur mit Ablageschränken versehenen Raum aufschloß. Ohne mit der Wimper zu zucken akzeptierte er Carmichaels Ausweis und die Erklärung, der Chief Superintendent und sein Kollege müßten die Artikel besichtigen, um ihre Berichte vervollständigen zu können, da der Tote ein ausländischer Matrose gewesen sei und so weiter. Der Sergeant wußte alles über Berichte; er hatte sein halbes Leben mit der Abfassung von Berichten verbracht. Aber er verließ den Raum nicht, während die beiden Männer die Beutel öffneten und deren Inhalt prüften.

Preston begann mit den Stiefeln, suchte nach falschen Absätzen, abnehmbaren Sohlen oder hohlen Kappen. Nichts. Socken und Unterzeug waren schnell durchgesehen. Er nahm den hinteren Deckel der Armbanduhr ab, aber es war wirklich nur eine Armbanduhr. Die Hose dauerte länger; er befühlte alle Nähte und Säume, suchte nach frischen Fäden oder dickeren Stellen, die nicht durch eine doppelte Stofflage bedingt waren. Nichts.

Der Rollkragenpullover, den der Mann getragen hatte, war kein Problem; keine Nähte, keine versteckten Papiere oder Stellen, die sich hart anfühlten. Mit dem Anorak hatte er wieder länger zu tun, aber auch aus ihm kam nichts zum Vorschein. Als er sich schließlich den Jutesack vornahm, war er mehr denn je davon überzeugt, daß ein Gegenstand, den der geheimnisvolle Semjonow möglicherweise bei sich gehabt hatte, hier stecken müsse.

Er fing mit dem zusammengerollten Sweater an, der in dem Sack gewesen war. Eigentlich nur, um ihn abhaken zu können. Ohne Befund. Dann machte er sich an die Inspektion des Jutesacks. Er arbeitete eine halbe Stunde lang, ehe er sicher sein konnte, daß der Boden nur aus einer doppelten Lage Jute bestand, die Seiten aus einfachem Stoff waren und daß die Ösen am oberen Rand keine Miniatursender waren und die Schnur keine Antenne verbarg.

Blieb nur noch die Tabaksdose. Sie war russisches Fabrikat, eine gewöhnliche Blechdose mit Schraubdeckel, und roch noch immer schwach nach herbem Tabak. Die Watte war Watte, und somit blieben nur noch die drei Metallscheiben: zwei glänzend wie Aluminium und sehr leicht, die dritte stumpf wie Blei und viel schwerer. Preston saß eine ganze Weile da und starrte die auf dem Tisch liegenden Scheiben an; Carmichael sah Preston an, und der Sergeant blickte zu Boden.

Nicht, was sie waren, gab Preston zu denken, sondern was sie *nicht* waren. Sie waren überhaupt nichts. Die Aluminiumscheiben lagen über und unter der schweren Scheibe; die schwere Scheibe hatte einen Durchmesser von fünf Zentimetern, die leichten Scheiben von siebeneinhalb. Er versuchte sich vorzustellen, wozu sie dienen könnten, zum Beispiel beim Funken, Codieren und Decodieren, beim Fotografieren. Und die Antwort lautete: zu nichts. Es waren einfach Metallscheiben. Dennoch war er ganz sicher, daß der Matrose gestorben war, weil er sie nicht in die Hände der Neds hatte fallen lassen wollen, die sie ohnehin bloß weggeworfen hätten, oder weil er sich über ihren Zweck nicht verhören lassen wollte.

Er stand auf und schlug vor, man solle zum Lunch gehen. Der Sergeant, für den das Ganze nur ein vertaner Vormittag gewesen war, steckte die Artikel wieder in die Beutel und verschloß alles in einem Schrank. Dann führte er die beiden Männer hinaus.

Während des Lunch im Hotel Pond – Preston hatte vorgeschlagen, sie sollten am Ort des Überfalls vorbeifahren – entschuldigte er sich, weil er ein Telefongespräch führen müsse.

»Es kann eine Weile dauern«, sagte er zu Carmichael. »Genehmigen Sie sich einen Brandy auf Kosten Albions.«

Carmichael grinste.

»Wird gemacht, hoch Bannockburn!«

Als man ihn vom Speisesaal aus nicht mehr sehen konnte, verließ Preston das Hotel und ging hinüber zur BP-Tankstelle, wo er im dazugehörigen Laden ein paar kleinere Ersatzteile kaufte. Dann ging er ins Hotel zurück und telefonierte nach London. Er gab seinem Assistenten Bright die Nummer des Polizeireviers von Partick und schärfte ihm ein, wann genau der Rückruf kommen solle.

Eine halbe Stunde später waren die beiden Männer wieder im Polizeirevier, wo ein deutlich mißgestimmter Sergeant sie abermals in den Raum mit den verwahrten Artikeln führte. Preston setzte sich hinter den Tisch, genau gegenüber dem Wandtelefon. Vor sich auf dem Tisch hatte er die Kleidungsstücke aus den verschiedenen Beuteln zu einem Wall aufgeschichtet. Um fünfzehn Uhr klingelte das Telefon; die Vermittlung hatte den Anruf aus London zu der Nebenstelle durchgestellt. Der Sergeant nahm den Hörer ab.

»Für Sie, Sir. London am Apparat«, sagte er zu Preston.

»Würden Sie bitte das Gespräch entgegennehmen?« bat Preston Carmichael. »Stellen Sie fest, ob es dringend ist.«

Carmichael stand auf und ging hinüber, wo der Sergeant noch am Telefon stand. Eine Sekunde lang hatten die beiden Schotten die Gesichter der Wand zugekehrt.

Zehn Minuten später war Preston endgültig fertig. Carmichael fuhr ihn wieder zum Flughafen.

»Ich werde natürlich einen Bericht machen«, sagte Preston. »Aber ich begreife noch immer nicht, was die Russen so aus dem Häuschen gebracht hat. Wie lang bleiben diese Artikel im Revier von Partick verwahrt?«

»Ach, noch wochenlang. Dem sowjetischen Konsul wurde das mitgeteilt. Die Fahndung nach den Neds läuft, aber sie ist Glückssache. Vielleicht erwischen wir einen von ihnen bei einer anderen Straftat und können ihn zum Singen bringen. Würde mich aber wundern.«

Preston ging zum Flugschalter. Die Passagiere nach London wurden bereits aufgerufen.

»Das Groteske an der Sache ist«, sagte Carmichael, als sie sich verabschiedeten, »hätte dieser Russe nicht durchgedreht, so wäre er mit dem Ausdruck unseres tiefsten Bedauerns zu seinem Schiff zurückgefahren worden, er und sein verflixtes Spielzeug.«

Als das Flugzeug abgehoben hatte, zog Preston sich in die Toilette zurück und betrachtete prüfend die drei Scheiben, die er in sein Taschentuch gewickelt hatte. Aber sie sagten ihm noch immer nichts.

Die drei Dichtungsscheiben, die er im Tankstellenladen erworben und gegen das »verflixte Spielzeug« des Russen ausgetauscht hatte, würden eine Weile ihren Dienst tun. Preston kannte einen Mann, der sich in der Zwischenzeit die russischen Scheiben genau ansehen sollte. Der Mann arbeitete außerhalb von London, und Bright hatte Auftrag, ihn zu bitten, daß er am heutigen Freitagabend auf Prestons Eintreffen warten solle.

Als Karpow kurz nach neunzehn Uhr bei General Martschenkos Datscha ankam, war es schon dunkel. Der Offiziersbursche des Generals öffnete ihm und führte ihn ins Wohnzimmer. Martschenko war bereits aufgesprungen und schien ebenso überrascht wie erfreut, seinen Freund vom anderen und größeren Geheimdienst zu sehen.

»Jewgenij Sergeiwitsch«, rief er strahlend, »was führt Sie in meine bescheidene Hütte?«

Karpow trug eine Kuriertasche in der Hand. Er hob sie hoch und grub darin herum.

»Einer meiner Jungens ist gerade aus der Türkei zurückgekommen, über Armenien«, sagte er. »Ein heller Bursche, kommt nie mit leeren Händen an. In Anatolien geht nichts mehr, also hat er in Eriwan Station gemacht und das da eingesteckt.«

Er holte eine der vier Flaschen aus der Kuriertasche, den besten armenischen Kognak, der zu haben war. Martschenkos Augen leuchteten auf.

»Akhtamar!« rief er. »Nur das Beste für das EHD.«

»Ja«, fuhr Karpow leichthin fort, »ich war unterwegs zu meiner eigenen Klitsche und dachte mir: Wer könnte mir wohl helfen, der Flasche den Garaus zu machen? Und schon kam die Antwort: Der alte Pyotr Martschenko. Also hab' ich einen kleinen Umweg gemacht. Wollen wir mal probieren, wie er schmeckt?«

Martschenko brüllte vor Lachen. »Sascha, Gläser!« schrie er.

Preston landete kurz vor siebzehn Uhr, fuhr seinen Wagen aus dem Parkplatz und schlug die Richtung zur Schnellstraße M 4 ein. Anstatt ostwärts nach London einzubiegen, fuhr er nach Westen, Richtung Berkshire. Nach einer halben Stunde erreichte er sein Ziel, eine Anlage außerhalb des Dorfes Aldermaston.

Das schlicht als »Aldermaston« bekannte Atomwaffen-Forschungszentrum, ein Lieblingsziel von Friedensmarschierern, ist in Wahrheit eine interdisziplinäre Einrichtung. Man entwickelt und baut dort zwar nukleares Gerät, betreibt aber auch Forschung auf den Gebieten Chemie, Physik, konventionelle Sprengstoffe, Maschinenbau, theoretische und angewandte Mathematik, Röntgenbiologie, Medizin, Gesundheits- und Sicherheitswesen und Elektronik. Und, nebenbei gesagt, befindet sich dort auch ein erstklassiges Metallurgisches Institut.

Vor Jahren hatte ein Wissenschaftler aus Aldermaston vor Geheimdienstoffizieren in Ulster eine Vorlesung über die Metallarten gehalten, die von den Bombenherstellern der IRA besonders häufig verwendet werden. Preston war damals unter den Zuhörern gewesen und hatte sich jetzt an den walisischen Namen des Vortragenden erinnert.

Dr. Dafydd Wynne-Evans erwartete ihn in der Eingangshalle. Preston stellte sich vor und erwähnte den Vortrag, den Dr. Dafydd Wynne-Evans seinerzeit gehalten hatte.

»Donnerwetter, das nenne ich ein Gedächtnis«, sagte Wynne-Evans leicht lispelnd mit walisischem Akzent. »Also, Mr. Preston, was kann ich für Sie tun?«

Preston griff in die Tasche, holte das Taschentuch hervor und zeigte die drei Scheiben, die darin eingewickelt waren.

»Die Dinger wurden jemandem in Glasgow abgenommen«, sagte er. »Mir sind sie rätselhaft. Ich möchte wissen, was sie sind und wofür man sie verwenden könnte.«

Der Wissenschaftler sah die Scheiben genau an.

»Sie denken an verbrecherische Zwecke?«

»Könnte sein.«

»Ohne Tests läßt sich das schwer sagen«, sagte der Metallurgist. »Heute abend habe ich ein Dinner, und morgen heiratet meine Tochter. Ist es Ihnen recht, wenn ich am Montag ein paar Tests durchführe und Sie dann anrufe?«

»Montag paßt ausgezeichnet«, sagte Preston. »Ich nehme nämlich ein paar Tage frei und werde zu Hause sein. Darf ich Ihnen meine Nummer in Kensington geben?«

Dr. Wynne-Evans eilte nach oben, schloß die Scheiben in seinem Safe ein, verabschiedete sich von Preston und machte sich auf den Weg zu seinem Dinner. Preston fuhr nach London zurück.

Während Preston auf der Heimfahrt war, hatte die Lauschstation in Menwith Hill in Yorkshire einen einzelnen »Spritzer« aus einem Geheimsender aufgefangen. Nach Menwith registrierten ihn auch Brawdy in Wales und Chicksands in Bedfordshire und ließen per Computer Kreuzpeilungen anstellen. Der Schnittpunkt war irgendwo in den Hügeln nördlich von Sheffield.

Als die Sheffielder Polizei dort ankam, erwies die Stelle sich als eine Parkbucht an einer einsamen Straße zwischen Barnsley und Pontefract. Niemand war zu sehen.

Noch am selben Abend suchte einer der diensthabenden Offiziere vom GC-Hauptquartier Cheltenham den Dienststellenleiter in dessen Büro auf.

»Es ist derselbe Strolch«, sagte er. »Ist motorisiert und hat ein gutes Gerät. War nur fünf Sekunden auf Sendung, dürfte kaum zu entschlüsseln sein. Zuerst der Distrikt Derbyshire Peak, jetzt die Hügel von Yorkshire. Sieht aus, als sei er irgendwo in den nördlichen Midlands.«

»Bleiben Sie ihm auf den Fersen«, sagte der Dienststellenleiter. »Wir haben seit einer Ewigkeit keinen schlafenden Sender mehr gehabt, der plötzlich aktiv wurde. Was er wohl mitzuteilen hat?«

Was Major Valeri Petrofski auf dem Weg über seinen Funker mitzuteilen hatte, war folgendes: Kurier zwei nicht erschienen. Meldet unverzüglich Ankunft Ersatzmann.

Die erste Flasche Akhtamar stand leer auf dem Tisch, und auch in der zweiten war bereits Ebbe. Martschenkos Gesicht hatte sich gerötet, aber er verkraftete seine zwei Flaschen am Tag, wenn es darauf ankam, und er hatte sich noch völlig unter Kontrolle.

Karpow, der selten trank um des Trinkens willen, hatte seinen Magen Jahre hindurch bei Diplomatenempfängen gestählt. Wenn er einen klaren Kopf brauchte, hatte er ihn. Überdies hatte er, ehe er von Jasjenewo abfuhr, ein halbes Pfund weiße Butter hinuntergewürgt, und obwohl ihm beinahe alles wieder hochgekommen wäre, polsterte das Fett jetzt doch seinen Magen aus und verzögerte die Wirkung des Alkohols.

»Wo sind Sie denn zur Zeit dran, Peter?« fragte er, wobei er die unter guten Freunden gebräuchliche Form des Vornamens verwendete.

Martschenko kniff die Augen zusammen.

»Warum fragen Sie?«

»Na, Peter, wir sind doch alte Kameraden. Wissen Sie nicht mehr, wie ich Sie aus dem Schlamassel geholt habe, vor drei Jahren in Afghanistan? Sie schulden mir eine Gefälligkeit. Was ist im Busch?«

Martschenko wußte es noch sehr gut. Er nickte feierlich. Im Jahr 1984 hatte er eine große GRU-Aktion gegen die Moslemrebellen droben in der Nähe des Kyberpasses geführt. Der GRU hatte es besonders auf einen berüchtigten Guerillaführer abgesehen, der von den Flüchtlingslagern in Pakistan aus immer wieder in Afghanistan einfiel. Martschenko hatte vorschnell ein Fangkommando über die Grenze geschickt, um den Mann zu schnappen. Es wurde ein voller Mißerfolg. Die moskaufreundlichen Afghanen wurden von den Pattans entlarvt und starben einen furchtbaren Tod. Der einzige Russe unter ihnen hatte Glück, er überlebte; die Pattans übergaben ihn den pakistanischen Behörden im Nordwesten des Landes, da sie hofften, mit Waffenlieferungen dafür belohnt zu werden.

Martschenko war in Schwulitäten. Er wandte sich an Karpow, den damaligen Chef des für die Illegalen zuständigen Direktorats, und Karpow setzte das Leben eines seiner besten Agenten, eines pakistanischen Offiziers in Islamabad, aufs Spiel, der den Russen »entspringen« und über die Grenze schaffen ließ. Damals hätte ein großer internationaler Zwischenfall Martschenko den Hals brechen können, und sein Name wäre einer auf der langen Liste sowjetischer Offiziere geworden, deren Karriere in diesem elenden Land ein jähes Ende fand.

»Ja, Sie haben recht, ich weiß, wie sehr ich Ihnen verpflichtet bin, aber fragen Sie mich trotzdem nicht, woran ich in den letzten Wochen gearbeitet habe. Sonderauftrag, streng geheim. Sie wissen schon, keine Namen, keinen Wirbel.«

Er tippte mit seinem wurstartigen Zeigefinger an seinen Nasenflügel und nickte feierlich. Karpow beugte sich vor, nahm die dritte Flasche und goß das Glas des GRU-Generals randvoll.

»Klar, ich weiß, tut mir leid, daß ich gefragt habe«, sagte er begütigend. »Werde nicht darauf zurückkommen. Werde nicht auf die Operation zurückkommen.«

Martschenko drohte ihm mit dem Finger. Seine Augen waren blutunterlaufen. Er erinnerte Karpow an einen angeschossenen Eber im Dickicht, nur daß sein Hirn vom Alkohol umnebelt war und nicht von Schmerz und durch Blutverlust, aber er war genauso gefährlich.

»Nicht Operation, keine Operation, ganze Schose abgeblasen. Geheimhaltung geschworen ... wir alle. Sehr hoch oben ... höher, als Sie sich vorstellen können. Nicht mehr darauf zurückkommen, ja?«

»Nicht im Traum«, sagte Karpow und goß erneut die Gläser voll. Er machte sich Martschenkos Betrunkenheit zunutze, um dessen Glas höher zu füllen als sein eigenes, aber er hatte Mühe, genau zu zielen.

Zwei Stunden später war die letzte Flasche Akhtamar zu einem Drittel geleert. Martschenko war zusammengesunken, sein Kinn lag auf der Brust. Karpow hob sein Glas zu einem weiteren der zahllosen Toasts.

»Auf das Vergessen.«

»Vergessen?«

Martschenko schüttelte verständnislos den Kopf.

»Ich bin in Ordnung. Sauf' euch EHD-Scheißer jederzeit unter den Tisch. Bin nicht vergeßlich ...«

»Nein«, korrigierte Karpow. »Vergessen. Den Plan vergessen. Schwamm drüber, ja?«

»Aurora? Richtig, Schwamm drüber. Prima Idee war's aber doch.«

Sie tranken. Karpow goß nach.

»Nieder mit der ganzen Bande«, lautete sein nächster Trinkspruch. »Philby verrecke ... und der Eierkopf dazu.«

Martschenko nickte zustimmend. Das Glas hatte seinen Mund verfehlt, und der Kognak lief ihm übers Kinn.

»Krilow? Arschloch.«

Es war Mitternacht, als Karpow zu seinem Wagen taumelte. Er lehnte sich an einen Baum, steckte zwei Finger in den Hals und erbrach, soviel er hervorwürgen konnte. Dann sog er tief die eisige Nachtluft ein. Es half, aber die Fahrt zu seiner Datscha war mörderisch. Er schaffte sie, mit einer verbogenen Stoßstange und zwei tiefen Kratzern. Ludmilla hatte im Morgenrock auf ihn gewartet und brachte ihn zu Bett. Sie war entsetzt bei dem Gedanken, daß er in diesem Zustand die ganze Strecke von Moskau bis zur Datscha gefahren war.

Am Samstagmorgen fuhr John Preston nach Tonbridge, um seinen Sohn Tommy abzuholen. Wie immer, wenn sein Dad ihn mit nach Hause nahm, war der Redefluß des Jungen kaum zu bremsen: Geschichten aus dem abgelaufenen Schulsemester, Ausblicke auf das nächste, Pläne für die kommenden Ferientage, Lobreden auf seine besten Freunde und deren Vorzüge, Schmähreden auf alle, die er nicht leiden konnte.

Koffer und Tasche waren im Kofferraum verstaut, und auf der Rückfahrt nach London war Preston überglücklich. Er zählte auf, was er sich alles für diese eine gemeinsame Woche ausgedacht hatte und freute sich, daß seine Pläne Anklang fanden. Nur einmal wurde das Gesicht des Jungen lang, als die Rede darauf kam, daß er nach Ablauf einer Woche in das schicke, empfindliche und ungeheuer kostspielige Apartment in Mayfair übersiedeln müsse, das Julia mit ihrem Lebensgefährten, dem Kleiderfabrikanten, bewohnte. Der Mann war alt genug, um Tommys Großvater sein zu können, und Preston argwöhnte, daß schon die kleinste Beschädigung dieses trauten Heims die Stimmung auf den Nullpunkt würde sinken lassen.

»Dad«, sagte Tommy, als sie über die Vauxhall Bridge fuhren, »warum kann ich denn nicht die ganzen Ferien über bei dir bleiben?«

Preston seufzte. Es war nicht leicht, einem Zwölfjährigen das Scheitern einer Ehe und dessen finanzielle Konsequenzen zu erklären.

»Weil«, sagte er vorsichtig, »deine Mammi und Archie nicht wirklich verheiratet sind. Wenn ich sie zwingen wollte, sich von mir scheiden zu lassen, könnte sie Geld von mir verlangen, Unterhaltszahlung nennt man das, und das könnte ich nicht zahlen, ich verdiene nicht so viel. Auf keinen Fall genug, daß es für mich reicht, für deine Schule und für Mammi. Und wenn ich diesen Unterhalt nicht zahlen kann, dann findet der Scheidungsrichter womöglich, daß du am besten ganz bei deiner Mutter lebst. Und wir würden einander nicht einmal mehr so oft sehen wie jetzt.«

»Ich hab' nicht gewußt, daß es am Geld liegt«, sagte der Junge traurig.

»Fast alles liegt letzten Endes am Geld. Traurig, aber wahr. Wenn ich uns dreien vor Jahren ein besseres Leben hätte bieten können, hätten Mammi und ich uns wahrscheinlich nicht getrennt. Ich war nur Offizier bei der Army, und als ich von der Army weg und ins Innenministerium ging, war das Gehalt auch nicht viel höher.«

»Und was *machst* du eigentlich im Innenministerium?« fragte der Junge. Er ließ das Thema der elterlichen Entfremdung einfach fallen, wie jeder junge Mensch versucht, vor schmerzlichen Tatsachen die Augen zu verschließen.

»Ach, ich bin so eine Art kleiner Beamter«, sagte Preston.

»Gosh, das muß schön langweilig sein.«

»Ja«, sagte Preston, »da kannst du recht haben.«

Jewgenij Karpow erwachte gegen Mittag mit einem monumentalen Kater, den ein halbes Dutzend Aspirintabletten gerade einigermaßen im Zaum halten konnten. Nach dem Mittagessen fühlte er sich ein bißchen besser und beschloß, einen Spaziergang zu machen.

Irgend etwas ging ihm im Kopf um; eine Erinnerung, eine Ahnung, daß er den Namen Krilow irgendwann in nicht allzu ferner Vergangenheit schon gehört hatte. Es ließ ihm keine Ruhe. In einem der nur beschränkt zugänglichen Nachschlagwerke, das er in der Datscha hatte, standen Angaben über Professor Krilow, Wladimir Iljitsch: Historiker, Professor an der Universität Moskau, langjähriges Mitglied der Partei, Mitglied der Akademie der Wissenschaften, Mitglied des Obersten Sowjet usw. usw. Das alles wußte Karpow: aber da war noch irgend etwas anderes.

Mit nachdenklich gesenktem Kopf stapfte er durch den Schnee. Die Söhne waren Ski fahren gegangen, um den letzten guten Pulverschnee auszunützen, ehe das bevorstehende Tauwetter ihn verderben würde. Ludmilla Karpowa trottete hinter ihrem Mann her. Sie kannte seine Stimmungen und hütete sich, ihn zu stören.

Sein Zustand am Abend zuvor hatte sie erstaunt, aber auch erfreut. Sie wußte, daß er kaum jemals trank, und so unmäßig überhaupt nie, ein Besuch bei seiner Freundin durfte also ausgeschlossen werden. Vielleicht war er wirklich mit einem Kollegen vom GRU, einem der sogenannten »Nachbarn«, zusammengewesen. Mit Sicherheit machte irgend etwas ihm schwer zu schaffen, und mit Sicherheit war es keine Schnepfe aus dem Arbat-Distrikt.

Es war kurz nach fünfzehn Uhr, als ihm mit einem Schlag aufging, worüber er sich die ganze Zeit den Kopf zerbrochen hatte. Ein paar Meter vor Ludmilla blieb er plötzlich stehen, sagte: »Verdammt. Natürlich«, und war sofort wieder ganz obenauf. Strahlend lächelnd nahm er ihren Arm, und sie wanderten zu ihrer Datscha zurück.

General Karpow wußte, daß er am nächsten Morgen in aller Stille in seinem Büro ein paar Nachforschungen würde anstellen müssen und daß er am Montagabend den Herrn Professor Krilow in dessen Moskauer Privatwohnung aufsuchen würde.

8. Kapitel

Das Telefon klingelte am Montagmorgen, als Preston mit seinem Sohn dabei war, die Wohnung zu verlassen.

»Mr. Preston? Hier Dafydd Wynne-Evans.«

Einen Augenblick lang konnte er mit dem Namen nichts anfangen; dann erinnerte er sich wieder an seine Nachfrage vom Freitagabend.

»Ich hab' mir Ihr kleines Metallstück angesehen. Sehr interessant. Könnten Sie herkommen, damit wir uns ein bißchen darüber unterhalten?«

»Eigentlich mach' ich gerade ein paar Tage Urlaub«, sagte Preston. »Wir wär's Ende der Woche?«

In Aldermaston trat eine Pause ein.

»Besser vorher, wenn's Ihre Zeit erlaubt.«

»Äh, sagen Sie, könnten Sie mir nicht telefonisch einen kleinen Hinweis geben?«

»Besser, wir sprechen in meinem Büro darüber«, sagte Doktor Wynne-Evans.

Preston überlegte einen Augenblick. Er wollte mit Tommy einen Tagesausflug in den Safaripark von Windsor machen. Aber der war auch in Berkshire.

»Könnte ich heute nachmittag gegen siebzehn Uhr kommen?« fragte er.

»Abgemacht«, sagte der Wissenschaftler. »Fragen Sie nach mir am Empfang. Ich lasse Sie heraufbringen.«

Professor Krilow wohnte im obersten Stock eines Blocks am Komsomolski-Prospekt, mit einem weiten Blick über die Moskwa und nur einen Katzensprung von der Universität am

Südufer entfernt. General Karpow drückte kurz nach achtzehn Uhr auf die Türklingel, und das Akademiemitglied machte selbst auf. Der Professor musterte seinen Besucher ohne ein Zeichen des Wiedererkennens.

»Genosse Professor Krilow?«

»Ja.«

»Ich bin General Karpow. Könnte ich Sie kurz sprechen?«

Er hielt ihm seinen Personalausweis hin. Professor Krilow betrachtete den Ausweis aufmerksam und nahm den Rang seines Besuchers zur Kenntnis sowie die Tatsache, daß er vom Ersten Hauptdirektorat war. Dann gab er den Ausweis zurück und bat Karpow, einzutreten. Er ging voraus in ein gut möbliertes Wohnzimmer, nahm seinem Gast den Mantel ab und bat ihn, sich zu setzen.

»Welchem Umstand verdanke ich die Ehre?« fragte er, nachdem er sich Karpow gegenüber gesetzt hatte. Er war ein Mann von Rang und Format, dem ein General des KGB nicht übermäßig imponieren konnte.

Karpow wurde klar, daß der Professor aus anderem Holz geschnitzt war. Aus Erita Philby hatte er die Sache mit dem Chauffeur heraustricksen können; den Fahrer Gregoriew hatte er mit seinem Rang eingeschüchtert; Martschenko war ein alter Kollege und schaute gerne tief in die Flasche. Krilow dagegen war ein eminentes Mitglied der Partei, des Obersten Sowjets, der Akademie und gehörte zur Elite der Nation. Karpow beschloß, keine Zeit zu verlieren und seine Trümpfe schnell und gnadenlos auszuspielen. Das war die einzige Möglichkeit.

»Professor Krilow, ich möchte, daß Sie mir im Interesse des Staates etwas sagen. Ich möchte, daß Sie mir sagen, was Sie über den Plan Aurora wissen.«

Professor Krilow saß wie vom Donner gerührt. Dann wurde er rot vor Ärger.

»General Karpow, Sie überschreiten Ihre Kompetenzen«, schnappte er. »Im übrigen weiß ich nicht, wovon Sie reden.«

»Ich glaube schon«, sagte Karpow ruhig, »und ich glaube, Sie sollten mir erzählen, was es mit diesem Plan auf sich hat.«

Als Antwort streckte Krilow gebieterisch die Hand aus.

»Ihre Befugnis, bitte.«

»Meine Befugnis ist mein Rang und mein Amt«, sagte Karpow.

»Wenn Sie nicht eine vom Genossen Generalsekretär persönlich ausgestellte Befugnis haben, dann haben Sie überhaupt keine«, sagte Krilow eisig. »Ich glaube, es ist höchste Zeit, daß ich Ihre Fragen jemandem zu Gehör bringe, der ungleich befugter ist als Sie.«

Er nahm den Telefonhörer ab und fing zu wählen an.

»Das ist vielleicht keine sehr gute Idee«, sagte Karpow. »Wußten Sie, daß einer Ihrer Mitberater, der KGB-Oberst a. D. Philby, bereits vermißt wird?«

Krilow hörte zu wählen auf.

»Was soll das heißen: vermißt wird?« fragte er. Die erste Spur eines Zögerns machte sich in seiner bis jetzt so selbstsicheren Haltung bemerkbar.

»Bitte setzen Sie sich wieder und hören Sie mich bis zum Ende an«, sagte Karpow. Krilow setzte sich. Irgendwo in der Wohnung wurde eine Tür geöffnet. Eine Sekunde lang waren die grellen Töne westlicher Jazzmusik zu hören. Dann wurde die Tür wieder geschlossen.

»Ich meine vermißt«, sagte Karpow. »Weg von zu Hause, Fahrer fortgeschickt, Frau keine Ahnung, wo er ist und wann er, wenn überhaupt, wieder zurückkommt.«

Es war ein Glücksspiel, und der Einsatz war verdammt hoch. Der Professor sah besorgt aus. Dann faßte er sich wieder.

»Es kommt nicht in Frage, daß ich über Staatsangelegenheiten mit Ihnen spreche, Genosse General. Ich muß Sie jetzt bitten zu gehen.«

»So einfach ist das nicht«, sagte Karpow. »Sie haben doch einen Sohn, Leonid, nicht wahr?«

Der plötzliche Themawechsel verblüffte den Professor.

»Ja«, sagte er, »stimmt. Warum?«

»Vielleicht darf ich Ihnen das erklären«, meinte Karpow.

Auf der anderen Seite Europas fuhren Preston und sein Sohn am Spätnachmittag eines warmen Frühlingstages aus dem Safaripark.

»Ich muß nur noch jemanden besuchen, bevor wir nach Hause fahren«, sagte der Vater. »Es ist hier ganz in der Nähe. Hast du schon mal von Aldermaston gehört?«

Der Junge riß die Augen auf.

»Die Bombenfabrik?« fragte er.

»Bombenfabrik stimmt nicht ganz«, korrigierte Preston, »es ist ein Forschungszentrum.«

»Ach nein! Da fahren wir hin? Lassen die uns rein?«

»Mich schon. Du mußt im Wagen auf dem Parkplatz bleiben. Aber es dauert nicht lange.«

Er bog nach Norden ab zur M4.

»Ihr Sohn ist vor neun Wochen von einer Reise nach Kanada zurückgekommen, auf der er als Dolmetscher bei einer Handelsdelegation fungiert hat«, sagte General Karpow ruhig. Krilow nickte.

»Und?«

»Während er dort drüben war, haben meine KR-Leute bemerkt, daß eine attraktive junge Person viel Zeit – viel zuviel Zeit, hieß es – darauf verwendete, mit den Mitgliedern unserer Delegation ins Gespräch zu kommen, vor allem mit den jüngeren, den Sekretärinnen, Dolmetschern und so weiter. Die betreffende Person wurde fotografiert und als Lockvogel identifiziert, amerikanischer, nicht kanadischer Herkunft und so gut wie sicher von der CIA.

Dieser Lockvogel wurde also überwacht, und es stellte sich heraus, daß er sich mit Ihrem Sohn Leonid in einem Hotelzimmer verabredet hatte. Um es nicht zu spannend zu machen, das Paar hatte eine kurze, aber heftige Affäre.«

Professor Krilows Gesicht war rotgefleckt vor Wut.

»Wie können Sie es wagen! Wie können Sie die Unverschämtheit haben, hierherzukommen und zu versuchen, mich, ein Mitglied der Akademie der Wissenschaften und des Obersten Sowjets, mit derart üblen Methoden zu erpressen. Das wird die Partei erfahren. Sie kennen ja die Regel: Nur die Partei kann die Partei disziplinieren. Wenn Sie auch General des KGB sind, so haben Sie doch Ihre Befugnisse meilenweit überschritten, General Karpow.«

Jewgenij Karpow saß scheinbar gedemütigt da und starrte auf den Tisch, während der Professor fortfuhr.

»Mein Sohn hat also in Kanada ein Mädchen vernascht. Dann hat sich herausgestellt, daß das Mädchen Amerikanerin war, wovon er sicher keine Ahnung hatte. Leichtsinnig vielleicht, aber mehr nicht. Ist er von diesem CIA-Mädchen angeworben worden?«

»Nein«, gab Karpow zu.

»Hat er Staatsgeheimnisse verraten?«

»Nein.«

»Dann steckt nichts dahinter als jugendlicher Leichtsinn. Er wird seinen Rüffel bekommen. Doch der Rüffel für Ihre Abwehrleute wird schärfer ausfallen. Sie hätten ihn warnen sollen. Was die Bettgeschichte anbelangt, so sind wir in der Sowjetunion nicht so prüde, wie Sie anzunehmen belieben. Kräftige junge Männer haben seit Anbeginn aller Zeiten Mädchen vernascht . . .«

Karpow hatte seinen Diplomatenkoffer geöffnet und ein großes Foto herausgezogen, eines aus einem ganzen Stoß, und es auf den Tisch gelegt. Professor Krilow starrte darauf, und die Stimme versagte ihm. Die Farbe wich aus seinen Wangen, und sein ältliches Gesicht sah grau aus im Lampenlicht. Mehrmals schüttelte er den Kopf.

»Tut mir leid«, sagte Karpow sehr sanft, »wirklich sehr leid. Die Überwachung galt dem Amerikaner, nicht Ihrem Sohn. Es war nicht beabsichtigt, daß es *dazu* kommen sollte.«

»Ich glaube es einfach nicht«, krächzte der Professor.

»Ich habe auch Söhne«, murmelte Karpow. »Ich glaube, ich kann verstehen oder versuchen zu verstehen, wie Ihnen zumute ist.«

Der Professor holte tief Luft, stand auf, murmelte »entschuldigen Sie bitte« und schoß aus dem Zimmer. Karpow seufzte und steckte das Foto wieder in seinen Diplomatenkoffer. Er hörte Fetzen von Jazz, als sich am Ende des Korridors eine Tür öffnete, dann plötzlich Stille, als die Musik verstummte, und Stimmen, zwei Stimmen, die wütend aufeinander einschrieen. Der Baß des Vaters und der Diskant des Sohnes. Die Auseinandersetzung endete mit einem Klatschen wie von einem Schlag. Einige Sekunden später kam Professor Krilow ins Wohnzimmer zurück. Er nahm Platz und saß da mit stumpfem Blick und hängenden Schultern.

»Was werden Sie tun?« preßte er hervor. Karpow seufzte bekümmert.

»Meine Pflicht ist völlig eindeutig. Wie Sie sagten, nur die Partei kann die Partei disziplinieren. Ich müßte von Rechts wegen den Bericht und die Fotos an das Zentralkomitee weiterleiten.

Sie kennen das Gesetz. Sie wissen, was sie mit den ›Bubis‹ anfangen. Fünf Jahre verschärftes Arbeitslager, ohne Straferlaß. Und wenn er erst einmal im Lager ist, dann wird sich sein ›Vergehen‹ schnell herumsprechen, fürchte ich. Die Folge dürfte sein, daß er dann, wie soll ich sagen, jedermanns ›Bubi‹ wird. Ein junger Mann aus behüteten Verhältnissen hat da kaum eine Chance zu überleben.«

»Aber –«, drängte der Professor.

»Aber ... ich kann befinden, daß die CIA die Sache möglicherweise weiterverfolgen will. Dazu habe ich das Recht. Ich kann befinden, daß die Amerikaner in ihrer Ungeduld möglicherweise den Agenten in die Sowjetunion schicken werden, damit er den Kontakt mit Leonid wieder aufnimmt. Ich habe das Recht zu befinden, daß die Falle für Ihren Sohn in eine Falle für den CIA-Agenten verwandelt werden könnte. Während diese Operation läuft, könnte ich die Akte in meinem Privatsafe auf Eis legen, und diese Operation könnte sehr lange laufen. Dazu bin ich befugt; in operativen Angelegenheiten bin ich durchaus dazu befugt.«

»Und der Preis?«

»Das wissen Sie doch.«

»Was wollen Sie über den Plan Aurora erfahren?«

»Fangen Sie ganz einfach mit dem Anfang an.«

Preston bog in die Haupteinfahrt von Aldermaston ein, fand eine Lücke auf dem Besucherparkplatz und stieg aus.

»Endstation, Tommy. Du wartest hier auf mich. Es wird hoffentlich nicht lange dauern.«

Er ging in der Dämmerung zu der Drehtür, schleuste sich in das Gebäude und wandte sich an die beiden Männer am Empfang. Sie prüften seinen Ausweis und riefen Dr. Wynne-Evans an, der bestätigte, daß er den Besucher erwarte. Preston fuhr hinauf in den dritten Stock, wurde ins Büro geführt und gebeten, auf einem Sessel vor dem Schreibtisch Platz zu nehmen.

Der Wissenschaftler sah ihn über den Rand seiner Brille an. »Darf ich fragen, wo Sie dieses kleine Ausstellungstück herhaben?« fragte er und deutete dabei auf die bleiähnliche Metallscheibe, die nun unter einem Glassturz ruhte.

»Wurde bei jemandem am Donnerstagmorgen in Glasgow gefunden. Was ist mit den beiden anderen Scheiben?«

»Oh, die sind nur aus ganz gewöhnlichem Alu, mein Junge.

Nur als Schutz für diese da gedacht. Mich interessiert nur die eine.«

»Wissen Sie, was das ist?« fragte Preston. Die Naivität der Frage schien Dr. Wynne-Evans zu verblüffen.

»Natürlich weiß ich, was das ist«, sagte er. »Gehört zu meinem Beruf, zu wissen, was das ist. Es ist eine Scheibe aus reinem Polonium.«

Preston runzelte die Stirn. Er hatte noch nie von einem derartigen Metall gehört.

»Nun, begonnen hat alles Anfang Januar mit einem Bericht, den Philby dem Generalsekretär vorgelegt hat. Darin behauptete Philby, daß innerhalb der britischen Labour Party ein Flügel der Harten Linken existiere, der aufgrund seiner Stärke in der Lage sei, mehr oder weniger nach Belieben die völlige Kontrolle über den Parteiapparat zu übernehmen. Das entspricht auch meiner eigenen Ansicht.«

»Und meiner«, murmelte Karpow.

»Philby ging noch weiter. Er behauptete ferner, daß es innerhalb dieses Flügels der Harten Linken eine Gruppe von dezidierten Marxisten-Leninisten gebe, die nichts weniger als dies im Sinn hätten; doch nicht in der Zeit vor den nächsten Unterhauswahlen. Unmittelbar darauf, im Gefolge eines Labour-Wahlsieges. Kurz und gut, diese Leute wollten den Sieg von Neil Kinnock abwarten und ihn dann als Parteiführer stürzen. An seine Stelle würde Englands erster marxistisch-leninistischer Premier treten und eine Reihe von Maßnahmen einleiten, die völlig in Einklang stünden mit der sowjetischen Außen- und Verteidigungspolitik, vor allem was die einseitige nukleare Abrüstung und die Ausweisung der amerikanischen Streitkräfte anbelangt.«

»Machbar«, nickte General Karpow. »Es wurde also ein Viererausschuß gebildet, der herausfinden sollte, wie dieser Wahlsieg am besten zu erringen sei?«

Professor Krilow sah überrascht auf.

»Ja. Philby, General Martschenko, ich selbst und Dr. Rogow.«

»Der Schachgroßmeister?«

»Und Physiker«, fügte Krilow hinzu. »Herausgekommen ist dabei der Plan Aurora, der eine massive Destabilisierung der englischen Wählerschaft bewirkt und Millionen von Menschen zu entschiedenen Verfechtern der einseitigen nuklearen Abrüstung gemacht hätte.«

»Sie sagen ... *hätte*?«

»Ja. Der Plan war hauptsächlich Rogows Idee. Er setzte sich energisch dafür ein. Martschenko zog mit, aber unter Vorbehalt. Philby, nun der nickte und lächelte nur immer und wartete ab, um zu sehen, aus welcher Ecke der Wind wehte.«

»Ganz Philby«, pflichtete Karpow bei. »Und dann hat der Ausschuß den Plan vorgelegt?«

»Ja. Am 12. März. Ich war dagegen. Der Generalsekretär ebenfalls. Er lehnte ihn rundweg ab, befahl, daß alle Notizen und Akten vernichtet werden sollten, und vergatterte uns alle vier zu absolutem Stillschweigen. Die Sache dürfe unter keinen Umständen je wieder zur Sprache gebracht werden.«

»Warum waren Sie eigentlich dagegen?«

»Der Plan schien mir fahrlässig und gefährlich. Und vor allem verstieß er völlig gegen das vierte Protokoll. Ein Bruch dieses Protokolls könnte für die Welt unabsehbare Folgen haben.«

»Das vierte Protokoll?«

»Ja. Zum Internationalen Atomwaffensperrvertrag. Sie erinnern sich natürlich?«

»Man muß sich an so vieles erinnern«, sagte Karpow sanft, »bitte helfen Sie meinem Gedächtnis auf die Sprünge.«

»Polonium, nie davon gehört«, sagte Preston.

»Kann ich mir vorstellen«, sagte Dr. Wynne-Evans. »Gehört nicht zu Ihrer Bastlerausrüstung. Ein sehr seltenes Metall.«

»Und wozu wird es verwendet?«

»Nun, gelegentlich – nur ganz gelegentlich, wohlgemerkt – in der Medizin, bei Heilverfahren. War Ihr Mann in Glasgow auf dem Weg zu einem Ärztekongreß oder zu einer Ausstellung von medizinischen Geräten?«

»Nein«, sagte Preston fest, »er war bestimmt nicht auf dem Weg zu einem Ärztekongreß.«

»Nun, die Medizin deckt nur zehn Prozent von dem ab, was der Mann mit der Scheibe hätte anfangen können – bevor Sie ihn darum erleichtert haben. Wenn er also nicht zu einem Ärztekongreß ging, dann bleiben nur die restlichen neunzig Prozent. Außer diesen beiden Funktionen hat Polonium keine auf diesem Planeten bekannte Verwendung.«

»Und die andere Verwendung?«

»Nun, eine Poloniumscheibe von dieser Größe kann von sich aus gar nichts tun. Wenn man sie aber mit einer anderen Scheibe aus Lithium kombiniert, dann bilden die beiden zusammen einen Initiator.«

»Einen was?«

»Einen Initiator.«

»Und, bitte, was zum Teufel ist das?«

»Am 1. Juli 1968«, sagte Professor Krilow, »wurde zwischen den damaligen Nuklearmächten, den USA, Großbritannien und der UdSSR, der Atomwaffensperrvertrag geschlossen.

In diesem Vertrag verpflichteten sich die drei Signatarstaaten, weder die Technologie noch das Material zum Bau von Nuklearwaffen an irgendein Land weiterzugeben, das damals noch nicht im Besitz einer derartigen Technologie oder des entsprechenden Materials war. Erinnern Sie sich?«

»Ja«, sagte Karpow, »daran kann ich mich erinnern.«

»Die Unterzeichnungszeremonien in Washington, London und Moskau genossen damals weltweit eine riesige Publizität.

Die später folgende Unterzeichnung von vier geheimen Zusatzprotokollen war jedoch von keinerlei Publizität begleitet.

Jedes dieser Protokolle sah eine gefahrbringende Entwicklung voraus, die damals technisch noch nicht möglich war, aber eines Tages technisch möglich werden konnte.

Im Laufe der Jahre wurden die ersten drei Protokolle gegenstandslos, entweder weil die vorausgesehene Entwicklung als unmöglich erkannt wurde, oder weil man in dem Maße, wie die Bedrohung Realität wurde, auch Gegenmittel zu ihrer Abwehr fand. Doch Anfang der achtziger Jahre wurde das vierte und geheimste der Protokolle zu einem regelrechten Alptraum.«

»Was sah das vierte Protokoll voraus?« fragte Karpow.

Professor Krilow schwieg eine Weile.

»Wir ließen uns diese Sache von Dr. Rogow erklären«, sagte er schließlich. »Wie Sie wissen, ist er Kernphysiker; er ist Spezialist auf diesem Gebiet. Das vierte Protokoll sah technologische Fortschritte im Bau von Wasserstoffbomben voraus, hauptsächlich in Richtung Miniaturisierung und Vereinfachung. Und genau das ist offensichtlich eingetreten. Einerseits sind die Waffen unendlich viel mächtiger geworden, aber auch komplizierter in der Herstellung und größer im Volumen. Es gibt aber auch die umgekehrte Entwicklung. Die Atombombe, die damals, 1945, für ihren Transport eine riesige fliegende Festung brauchte, ist heute in so kleinen Abmessungen herstellbar, daß sie in einer Aktenmappe Platz hätte, und so einfach nach dem Baukastenprinzip zu konstruieren, daß man sie aus einem Dutzend vorfabrizierter Bestandteile zusammensetzen kann.«

»Und das wird in dem vierten Protokoll geächtet?«

Professor Krilow schüttelte den Kopf.

»Mehr als das. Es verbot allen Signatarmächten die heimliche Einfuhr einer solchen Vorrichtung, zusammengebaut oder in Einzelteilen, in irgendein Land zum Zwecke der Zündung in, sagen wir, einer gemieteten Wohnung oder einem gemieteten Haus im Herzen einer Stadt.«

»Keine Vier-Minuten-Vorauswarnung«, überlegte Karpow, »keine Erfassung einer anfliegenden Rakete über Radar, kein Gegenschlag, keine Identifizierung des Täters. Nur eine Megatonnenexplosion von einer Souterrainwohnung aus.«

»Richtig«, nickte der Professor. »Darum habe ich von einem regelrechten Alptraum gesprochen. Die offenen Gesellschaften des Westens sind verwundbarer; aber auch wir sind keineswegs gefeit gegen eingeschmuggelte Vorrichtungen. Sollte das vierte Protokoll je gebrochen werden, so sind die ganzen Raketen und elektronischen Gegenmaßnahmen, ja sogar der größte Teil des militärisch-industriellen Komplexes zur Bedeutungslosigkeit verurteilt.«

»Und das wollte der Plan Aurora bewirken?«

Krilow nickte. Er schien aufzutauen.

»Aber das Ganze wurde abgeblasen«, fuhr Kapow fort, »der Plan ist, wie wir das bei uns nennen, gestorben.«

Krilow schien sich förmlich an das Wort zu klammern.

»Ganz richtig. Gestorben.«

»Aber sagen Sie mir, was passiert wäre, *wenn*«, drängte Karpow.

»Es war beabsichtigt, nach England einen sowjetischen Spitzenagenten einzuschleusen, der irgendwo in der Provinz ein Haus gemietet und den Plan Aurora ausgeführt hätte.

Sorgfältig ausgewählte Kuriere hätten ihm die rund zehn Bestandteile einer kleinen Eineinhalb-Kilotonnen-Atombombe gebracht.«

»So klein? In Hiroshima waren es zehn Kilotonnen.«

»Es war nicht beabsichtigt, großen Schaden anzurichten. Das hätte zu einer Annullierung der Unterhauswahlen geführt. Es war beabsichtigt, einen angeblichen nuklearen Unfall zu inszenieren, der die zehn Prozent Wechselwähler der einzigen Partei in die Arme treiben würde, die sich für einseitige nukleare Abrüstung ausspricht, der Labour Party.«

»Verzeihung«, sagte Karpow, »fahren Sie bitte fort.«

»Die Bombe wäre sechs Tage vor der Wahl gezündet worden«, sagte der Professor. »Die Frage des Platzes war von ausschlaggebender Bedeutung. Es handelte sich um die Basis der amerikanischen Luftstreitkräfte in Bentwaters, Suffolk. Dort sind anscheinend F-5-Bomber stationiert, die mit kleinen taktischen Atomwaffen ausgerüstet sind zur Bekämpfung unserer massierten Panzerdivisionen im Falle einer Invasion Westeuropas.«

Karpow nickte. Er kannte Bentwaters, und die Information stimmte.

»Der ausführende Offizier«, fuhr Professor Krilow fort, »wäre angewiesen worden, die zusammengebaute Vorrichtung in den frühen Morgenstunden mit dem Wagen bis an die Stacheldrahtabsperrung der Basis heranzufahren. Die ganze Basis scheint mitten im Rendlesham Forest zu liegen. Kurz vor Sonnenaufgang hätte er das Gerät zur Explosion gebracht.

Wegen der relativ geringen Sprengkraft hätte sich der Schaden auf die Luftwaffenbasis beschränkt, die weggeblasen worden wäre, den Rendlesham Forest, drei Weiler, ein Dorf, den Strand und auf ein Vogelschutzgebiet. Da die Basis ganz nahe an der Küste von Suffolk liegt, wäre die Wolke des in die Höhe geschleuderten radioaktiven Staubs bei dem vorherrschenden Westwind auf die Nordsee hinausgetrieben worden. Auf ihrem Weg zur holländischen Küste wären fünfundneunzig Prozent dieser Staubwolke unwirksam geworden oder ins Meer gefallen. Die Absicht war nicht, eine ökologische Katastrophe hervorzurufen, sondern Furcht und eine heftige Welle des Hasses auf Amerika.«

»Die Leute hätten es vielleicht nicht geglaubt«, sagte Karpow. »Eine Menge Dinge hätten schiefgehen können. Der Ausführende hätte lebend gefangengenommen werden können.«

Professor Krilow schüttelte den Kopf.

»Rogow hatte das alles bedacht. Das Ganze war ausgearbeitet wie eine Schachpartie. Dem Ausführenden wäre gesagt worden, er habe nach dem Knopfdruck auf den Zeitzünder noch zwei

Stunden, damit er möglichst weit wegfahren könne. In Wirklichkeit wäre der Zeitzünder – eine hermetisch verkapselte Einheit – auf sofortige Detonation eingestellt gewesen.«

Armer Petrofski, dachte Karpow.

»Und wie steht's mit der Glaubwürdigkeit?« fragte er.

»Am Abend des Tages, an dem die Explosion stattgefunden hätte«, sagte Krilow, »wäre ein Mann, der offensichtlich ein sowjetischer Geheimagent ist, nach Prag geflogen, um dort eine internationale Pressekonferenz abzuhalten. Dr. Nahum Wisser, ein israelischer Kernphysiker, der anscheinend für uns arbeitet.«

General Karpow verzog keine Miene.

»Sie erstaunen mich«, sagte er. Er kannte die Akte Wisser. Dr. Wisser hatte einen Sohn gehabt, den er sehr liebte. Der junge Mann war als Soldat der israelischen Armee 1982 in Beirut stationiert gewesen. Als die Phalangisten die palästinensischen Flüchtlingslager Sabra und Chatila verwüsteten, hatte Leutnant Wisser versucht zu intervenieren. Er war von einer Kugel tödlich getroffen worden.

Dem schmerzgebeugten Vater, der damals schon ein engagierter Gegner der Likudpartei war, wurde sorgfältig konstruiertes Beweismaterial vorgelegt, wonach eine israelische Kugel seinen Sohn getötet hatte. In seiner Verbitterung und Wut rückte Dr. Wisser noch ein wenig mehr nach links und erklärte sich bereit, für Rußland zu arbeiten.

»Wie dem auch sei, Dr. Wisser hätte der Weltöffentlichkeit dargelegt, daß er mit den Amerikanern jahrelang auf Austauschbesuchen an der Entwicklung von ultra-miniaturisierten nuklearen Sprengköpfen gearbeitet habe. Was anscheinend zutrifft. Er hätte ferner ausgeführt, daß er die Amerikaner zu wiederholten Malen gewarnt habe, diese Kleinstsprengköpfe seien wegen ihrer mangelnden Stabilität noch nicht einsatzfähig. Doch die Amerikaner hätten die neuen Sprengköpfe so schnell wie möglich einsetzen wollen, weil sie dann mehr Treibstoff an Bord nehmen und die Reichweite ihrer F-5-Bomber erhöhen könnten.

Man rechnete damit, daß diese Behauptungen einen Tag nach der Explosion und fünf Tage vor der Wahl die Welle von Antiamerikanismus in England in eine Sturmflut verwandeln würden, die nicht einmal die Konservativen hätten eindämmen können.«

Karpow nickte.

»Ja, das wäre wohl der Fall gewesen. Sonst noch was aus dem fruchtbaren Hirn des Dr. Rogow?«

»Noch viel mehr«, sagte Krilow verdrießlich. »Er meinte, die Amerikaner würden mit einem heftigen und theatralischen Dementi reagieren. Am vierten Tag vor der Wahl sollte dann der Generalsekretär der Welt verkünden, daß es Sache der Amerikaner sei, wenn sie unbedingt Amok laufen wollten. Ihm seinerseits bleibe keine andere Wahl, als sämtliche Streitkräfte zum Schutz des Sowjetvolks in höchste Alarmbereitschaft zu versetzen.

Am selben Abend würde einer unserer Herrn Kinnock sehr nahestehenden Freunde den Labour-Führer bedrängen, nach Moskau zu fliegen, um beim Generalsekretär persönlich für die Erhaltung des Friedens zu intervenieren. Beim geringsten Zögern hätte ihn unser Botschafter zu einem freundschaftlichen Gespräch über die Krise in seinen Amtssitz eingeladen. Angesichts des Kameraaufgebots würde er wohl schwerlich abgelehnt haben.

Nun, man hätte ihm im Handumdrehen ein Visum ausgestellt und ihn am nächsten Morgen in aller Frühe mit einer Aeroflot-Maschine nach Moskau geflogen. Der Generalsekretär hätte ihn vor den Kameras der Weltpresse empfangen, und ein paar Stunden später wären sie mit ungewöhnlich ernsten Mienen auseinandergegangen.«

»Sicher hätte man dem Labour-Führer allen Anlaß gegeben, sorgenvoll dreinzuschauen«, meinte Karpow.

»Ganz recht. Doch noch während Kinnock sich auf seinem abendlichen Rückflug nach London befunden hätte, hätte der

Generalsekretär sich mit folgender Verlautbarung an die Weltöffentlichkeit gewendet: Einzig und allein auf Ersuchen des britischen Labour-Führers werde er die höchste Alarmstufe für die Gesamtstreitkräfte wieder rückgängig machen. Kinnock wäre in London mit dem Glorienschein eines Staatsmannes von Weltformat gelandet.

Einen Tag vor der Wahl hätte er in einer aufsehenerregenden Rede an die englische Nation gefordert, ein für allemal mit dem nuklearen Wahnsinn Schluß zu machen. Laut Plan Aurora hätten die vorangegangenen sechs Tage die traditionelle Allianz mit Amerika erschüttert, die USA von den Europäern isoliert und die zehn Prozent, die entscheidenden zehn Prozent der britischen Wählerschaft veranlaßt, für die Labour Party zu stimmen und sie ans Ruder zu bringen. Danach hätte die Harte Linke die Macht übernommen. Das, General, war der Plan Aurora.«

Karpow stand auf.

»Sie sind sehr freundlich gewesen, Professor Krilow, und sehr klug. Bewahren Sie Stillschweigen, und ich werde das gleiche tun. Wie gesagt, der Plan ist gestorben. Und die Akte Ihres Sohns wird für sehr lange Zeit in meinem Safe ruhen. Ich darf mich verabschieden. Ich glaube nicht, daß ich Sie nochmals belästigen muß.«

Er lehnte sich in die Polster zurück, als der Tschaika ihn den Komosolski-Prospekt hinunterfuhr. O ja, dachte er, der Plan ist brillant. Aber ist die Zeit nicht zu knapp?

Ebenso wie der Generalsekretär wußte er, daß die nächsten Wahlen in Großbritannien vorverlegt worden waren und in sechzig Tagen, im kommenden Juni, stattfinden sollten. Die Information an den Generalsekretär war ja schließlich durch seine Rezidentura in der Londoner Botschaft gegangen.

Karpow ging den Plan nochmals im Geist durch und suchte nach Schwachstellen. Er ist gut, dachte er schließlich, verdammt gut. Das heißt, solange er klappt. Wenn nicht, dann gibt es eine Katastrophe.

»Ein Initiator, mein guter Mann, ist eine Art Zünder für eine Bombe«, sagte Dr. Wynne-Evans.

»Oh«, sagte Preston. Er war ein bißchen enttäuscht. Bomben waren etwas Alltägliches in England. Unschön, aber örtlich begrenzt. In Irland hatte er nicht wenig damit zu tun gehabt. Er hatte von Zündern, Detonatoren und Auslösern gehört, aber noch nie von Initiatoren. Sah so aus, als habe der Russe Semjonow ein Bauteil bei sich gehabt, das für eine Terroristengruppe irgendwo in Schottland bestimmt war. Was für eine Gruppe? Tartanarmee, Anarchisten oder eine IRA-Einheit? Die Verbindung nach Rußland war merkwürdig; und sehr wohl die Fahrt nach Glasgow wert gewesen.

»Dieser, äh, Initiator aus Polonium und Lithium, könnte der in einer Hochbrisanzbombe verwendet werden?«

»Kann man wohl sagen, Boyo«, antwortete der Waliser, »einen Initiator braucht man zur Zündung einer A-Bo.«

Teil III

1. Kapitel

Brian Harcourt-Smith hörte aufmerksam zu. Er hatte sich zurückgelehnt, die Augen zur Zimmerdecke gerichtet, die Finger spielten mit einem schlanken goldenen Drehstift.

»War's das?« fragte er, als Preston seinen Bericht beendet hatte.

»Ja«, sagte Preston.

»Dieser Dr. Wynne-Evans, ist er bereit, seine Schlußfolgerungen schriftlich niederzulegen?«

»Keine Schlußfolgerungen, Brian. Er gibt eine wissenschaftliche Analyse des Metalls und nennt die beiden einzigen bekannten Anwendungsgebiete. Und, ja, er hat sich einverstanden erklärt, einen schriftlichen Bericht zu verfassen. Als Ergänzung zu meinem eigenen.«

»Und Ihre eigenen Schlußfolgerungen? Oder müßte ich wissenschaftliche Analyse sagen?«

Preston ignorierte den Spott.

»Ich halte es für offenkundig, daß der Matrose Semjonow nach Glasgow kam, um diese Dose und ihren Inhalt in einem toten Briefkasten zu deponieren oder persönlich jemandem zu übergeben, den er treffen sollte«, sagte er. »In jedem Fall bedeutet das, daß irgendwo hier vor Ort ein Illegaler steckt. Wir könnten doch versuchen, ihn zu finden.«

»Eine bestechende Idee. Leider haben wir keinen Hinweis, wo wir anfangen sollen. Lassen Sie mich ganz offen sein, John. Sie bringen mich hier – wieder einmal – in eine äußerst schwierige Lage. Ich sehe wirklich nicht, wie ich diese Geschichte nach oben weiterleiten soll, solange Sie mir nicht ein bißchen mehr Beweise liefern als nur eine Scheibe aus Edelmetall, die bei einem bedauernswerten toten russischen Seemann gefunden wurde.«

»Die Scheibe wurde als die eine Hälfte des Initiators für nukleares Gerät identifiziert«, erwiderte Preston. »Als ›nur ein Stück Metall‹ kann man das kaum bezeichnen.«

»Na schön. Also: die Hälfte von etwas, das vielleicht als Auslöser dienen könnte für etwas, das vielleicht eine Bombe sein könnte; vielleicht für einen sowjetischen Illegalen bestimmt, der sich vielleicht in England aufhält. Glauben Sie mir, John, wenn Sie mir Ihren kompletten Bericht vorlegen, so werde ich mich wie immer sehr ernsthaft damit beschäftigen.«

»Und ihn dann als KWV ablegen?« fragte Preston.

Harcourt-Smiths Lächeln war ausdauernd und gefährlich.

»Nicht unbedingt. Jeder Bericht, ob von Ihnen oder von anderen, wird seinem Wert entsprechend behandelt. Und jetzt würde ich vorschlagen, daß Sie versuchen, mir irgendeinen handfesten Beweis zu bringen, der die Ihnen offenbar so teure Verschwörungstheorie untermauert. Machen Sie sich gleich ans Werk.«

»All right«, sagte Preston und stand auf. »Ich werde mich ins Zeug legen.«

»Tun Sie das«, sagte Harcourt-Smith.

Als Preston gegangen war, nahm der stellvertretende Generaldirektor sich die Liste der Hausanschlüsse vor und rief den Chef des Personalbüros an.

Am folgenden Tag, Mittwoch, dem 15., landete gegen Mittag eine Maschine der British Midland Airways aus Paris auf dem West-Midlands-Flugplatz von Birmingham. Unter den Passagieren befand sich ein junger Mann mit einem dänischen Paß.

Der Name auf dem Paß war ebenfalls dänisch, und hätte irgendein Neugieriger den jungen Mann auf dänisch angesprochen, so wäre ihm eine fließende Antwort zuteil geworden. Der Mann hatte die Anfangsgründe dieser Sprache von seiner dänischen Mutter gelernt und seine Kenntnisse in verschiedenen Sprachenschulen und bei Dänemarkreisen vervollkommnet.

Sein Vater jedoch war Deutscher gewesen, und der junge Mann war, eine ganze Weile nach dem Zweiten Weltkrieg, in Erfurt zur Welt gekommen und aufgewachsen, somit Bürger der Deutschen Demokratischen Republik. Überdies war er Offizier beim Staatssicherheitsdienst der DDR.

Er wußte nicht, worum es bei seiner Reise nach England ging, und er wollte es auch nicht wissen. Seine Instruktionen waren einfach, und er befolgte sie bis ins kleinste. Nachdem er Zoll- und Paßkontrolle ohne Schwierigkeiten durchlaufen hatte, nahm er ein Taxi und ließ sich zum Hotel Midland an der New Street bringen. Während der Fahrt und der Anmeldung im Hotel schonte er sorglich den linken Arm, der in einem Gipsverband steckte. Man hatte ihm eingeschärft, er dürfe unter gar keinen Umständen versuchen, seine Reisetasche mit dem »gebrochenen« Arm anzuheben.

Nachdem er auf sein Zimmer gegangen war und die Tür abgeschlossen hatte, begann er, den Gipsverband mit der kräftigen Stahlschere zu bearbeiten, die ganz unten in seinem Waschbeutel gesteckt hatte; vorsichtig schnitt er die perforierte Linie an der Innenseite des Unterarms entlang.

Als die Gipshülle ganz durchtrennt war, zog er sie so weit auseinander, daß er Arm, Gelenk und Hand freibekam. Den leeren Gipsverband legte er in eine mitgebrachte Tragtüte aus Plastik.

Er blieb den ganzen Nachmittag in seinem Zimmer, so daß die Tagschicht am Empfang ihn nicht ohne den Gips zu sehen bekam, und verließ das Hotel erst spätabends, nach dem Personalwechsel.

Der Zeitungskiosk an der New Street Station war ihm als Treffpunkt genannt worden, und zur angegebenen Zeit näherte sich ihm eine Gestalt im schwarzledernen Motorraddreß. Der geflüsterte Austausch der Parole dauerte nur Sekunden, die Tüte wechselte den Träger, und die Gestalt im Lederanzug war verschwunden. Keiner der beiden Männer hatte die Blicke eines Passanten auf sich gezogen.

Bei Tagesanbruch, als die Nachtschicht noch im Dienst war, meldete der Däne sich im Hotel ab, nahm den Frühzug nach Manchester und flog vom dortigen Flughafen ab, wo niemand ihn bisher gesehen hatte, mit oder ohne Gipsverband. Er flog via Hamburg, war bei Sonnenuntergang wieder in Berlin und wechselte am Checkpoint Charlie als dänischer Staatsbürger auf die andere Seite der Mauer über. Drüben erwarteten ihn seine Leute, hörten sich seinen Bericht an und brachten ihn weg. Kurier Nummer drei hatte geliefert.

John Preston war ärgerlich. Die Urlaubswoche, die er mit Tommy hatte verbringen wollen, fiel ins Wasser. Der Dienstag war großenteils mit der Berichterstattung bei Harcourt-Smith vergangen, und Tommy hatte sich die Zeit mit Lesen und Fernsehen vertreiben müssen.

Am heutigen Mittwochvormittag hatte Preston sich nicht von dem geplanten gemeinsamen Besuch von Madame Tussauds Wachsfigurenkabinett abbringen lassen, aber am Nachmittag ging er ins Büro, um seinen schriftlichen Bericht zu beenden. Auf seinem Schreibtisch fand er einen Brief von Crichton, dem Personalchef, vor. Er las ihn und wollte seinen Augen nicht trauen.

Das Schreiben war, wie üblich, im liebenswürdigsten Ton gehalten. Ein Blick in die Akten habe gezeigt, daß Preston noch vier Wochen Urlaub zustünden; er kenne natürlich die Dienstvorschrift; das Fortschreiben von Urlaubsansprüchen werde aus naheliegenden Gründen nicht gern gesehen; unbedingt nötig, mit dem Urlaub auf dem laufenden zu sein; bla, bla, bla. Kurz, er habe seinen Resturlaub unverzüglich anzutreten, das heißt am nächsten Morgen.

»Verdammte Idioten!« beschimpfte er die Bürokraten im allgemeinen. »Brauchen einen Blindenhund, damit sie aufs Klo finden.«

Er rief die Personalabteilung an und verlangte energisch, Crichton persönlich zu sprechen.

»Tim, ich bin's, John Preston. Sagen Sie, was soll der Brief auf meinem Schreibtisch? Ich kann jetzt nicht Urlaub nehmen; ich arbeite an einem Fall, bin mittendrin ... ja, ich weiß, es ist wichtig, daß man den Urlaub nicht übers Jahr hinaus verschiebt, aber dieser Fall ist auch wichtig, sogar noch verdammt viel wichtiger, also –«

Er hörte sich die Erklärung des Personalchefs an, wonach das ganze System zusammenbrechen müsse, wenn die Leute zuviel Urlaub zusammenkommen ließen, dann unterbrach er ihn.

»Tim, machen wir's kurz. Rufen Sie doch einfach Brian Harcourt-Smith an. Er wird bestätigen, daß ich an einem wichtigen Fall arbeite. Ich kann den Urlaub im Sommer nehmen.«

»John«, sagte Tim Crichton sanft, »dieser Brief wurde auf ausdrücklichen Befehl Brians geschrieben.«

Preston starrte eine ganze Weile das Telefon an.

»Ach so«, sagte er schließlich und legte auf.

»Wo gehen Sie hin?« fragte Bright, als Preston zur Tür stürzte.

»Ich brauche einen ordentlichen Drink«, sagte Preston.

Es war schon weit über die Lunchzeit, und die Bar war fast leer. Die letzten Hungrigen waren noch nicht von den ersten Durstigen abgelöst worden. In einer Ecke saß ein Paar aus der Charles Street beim Tête-à-tête, also schwang Preston sich auf einen Hocker an der Theke. Er wollte allein sein.

»Whisky«, sagte er, »einen doppelten.«

»Für mich das gleiche«, sagte eine Stimme neben ihm. »Und diese Runde geht an mich.«

Preston wandte sich um und sah Barry Banks von K.7.

»Hallo, John«, sagte Banks. »Kam gerade durch die Halle und sah Sie hier runterflitzen. Möchte Ihnen nur sagen, daß ich etwas für Sie habe. Der Meister läßt schön danken.«

»Ach ja, das. Keine Ursache.«

»Ich bring' es Ihnen morgen ins Büro«, sagte Banks.

»Nicht die Mühe wert«, sagte Preston bitter. »Wir feiern hier nämlich meine vier Wochen Urlaub. Ab morgen. Obligatorisch. Cheers.«

»Kein Grund zum Jammern«, sagte Banks beschwichtigend. »Die meisten Leute können's gar nicht erwarten, von hier rauszukommen.«

Er hatte schon bemerkt, daß Preston eine Laus über die Leber gelaufen sein mußte, und wollte seinem Kollegen von MI5 näheres darüber entlocken. Allerdings konnte er Preston nicht sagen, daß er von Sir Nigel Irvine den Auftrag hatte, Mr. Harcourt-Smiths schwarze Schafe zu hüten und zu berichten, was er dabei in Erfahrung brachte.

Nach einer Stunde und drei weiteren Whiskys war Preston noch immer in Trübsinn versunken.

»Vielleicht sollte ich meinen Abschied einreichen«, sagte er plötzlich. Banks, der ein guter Zuhörer war und nur dann und wann ein Wort dazwischenwarf, um weitere Informationen zu ergattern, war beunruhigt.

»Ziemlich drastisch«, sagte er. »Steht es so schlimm?«

»Hören Sie, Barry, es macht mir nichts aus, aus zwanzigtausend Fuß Höhe abzuspringen. Es macht mir nicht einmal etwas aus, einen Schuß abzukriegen, wenn der Fallschirm sich öffnet. Aber wenn der Schuß von der eigenen Flak stammt, krieg' ich eine Stinkwut. Ist das so absurd?«

»Finde ich absolut verständlich«, sagte Banks. »Und wer schießt auf Sie?«

»Der Schlaumeier ganz oben«, grollte Preston. »Habe wieder einmal einen Bericht geschrieben, der ihm offenbar nicht gefällt.«

»Wieder als KWV gelandet?«

Preston zuckte die Achseln.

»Wird er bestimmt.«

Die Tür ging auf, und ein Schwarm Leute drängte herein. In ihrer Mitte Brian Harcourt-Smith, umgeben von einigen seiner Abteilungsleiter. Preston leerte sein Glas.

»So, jetzt heißt's scheiden und meiden. Will mit meinem Jungen heute abend ins Kino gehen.«

Als Preston gegangen war, leerte auch Barry Banks sein Glas, überhörte eine Aufforderung, sich der Gruppe an der Theke anzuschließen, und ging in sein Büro. Von dort führte er ein langes Telefongespräch mit »C« in dessen Büro in Sentinel House.

Major Petrofski kam erst in den frühen Morgenstunden des Donnerstag wieder in Cherryhayes Close an. Den schwarzen Lederanzug und den Visierhelm hatte er zusammen mit der BMW in der Garage in Thetford gelassen. Als er den kleinen Ford leise auf den betonierten Platz vor seiner Garage fuhr, trug er einen unauffälligen Anzug und einen leichten Regenmantel. Niemand sah ihn oder die Tragtüte aus Plastik in seiner Hand, als er ins Haus ging.

Er verschloß die Tür hinter sich, ging nach oben und zog die Sockelschublade des Kleiderschranks auf. Sie enthielt ein Transistorradio. Er legte den leeren Gipsverband dazu.

Er beschäftigte sich mit keinem der beiden Gegenstände. Er wußte nicht, was sie enthielten, und er war auch nicht neugierig. Das war Sache des Monteurs, der erst eintreffen und sich ans Werk machen würde, wenn alle notwendigen Einzelteile an Ort und Stelle waren.

Ehe er zu Bett ging, machte er sich eine Tasse Tee. Insgesamt sollten neun Kuriere kommen. Das bedeutete neun Treffs und neun Ausweichtreffs, falls die ersten nicht zustande kämen. Er hatte sie alle im Kopf und dazu noch weitere sechs für die drei zusätzlichen Kuriere, die notfalls als Ersatzleute benutzt werden müßten.

Einen von ihnen würde man jetzt in Marsch setzen müssen, da Kurier Nummer zwei nicht erschienen war. Petrofski hatte keine Ahnung, warum. Major Wolkow im fernen Moskau kannte den Grund. Moskau hatte einen ausführlichen Bericht des Konsuls aus Glasgow erhalten, der seiner Regierung versichert hatte, sämtliche Effekten des toten Matrosen lägen wohlverschlossen im Polizeirevier Partick und würden auch bis auf weiteres dort bleiben.

Petrofski ging im Geist seine Liste durch. Kurier Nummer vier war in vier Tagen fällig, der Treff sollte im Londoner West End stattfinden. Der Morgen des 16. dämmerte bereits, als er einschlief. Als letztes hörte er noch das Gewimmer des Milchwagens und das Klappern der morgendlichen Zustellungen.

Diesmal trat Banks offener auf. Er wartete auf Preston am Eingang zu dessen Wohnblock, als der Mann von MI5 am Freitagnachmittag mit Tommy auf dem Beifahrersitz angefahren kam.

Die beiden waren im Luftfahrt-Museum von Hendon gewesen, wo der Junge, begeistert von den Kampfflugzeugen vergangener Zeiten, verkündet hatte, er wollte Pilot werden, wenn er erwachsen sei. Sein Vater wußte, daß er sich schon für mindestens sechs Berufe entschieden hatte und daß noch vor Jahresende weitere hinzukommen würden. Es war ein schöner Nachmittag gewesen.

Banks schien überrascht, als er den Jungen sah; er war offensichtlich nicht auf dessen Anwesenheit gefaßt gewesen. Er nickte und lächelte, und Preston stellte ihn als »jemand aus dem Büro« vor.

»Was ist jetzt wieder los?« fragte Preston.

»Einer meiner Kollegen möchte Sie nochmals sprechen«, sagte Banks vorsichtig.

»Vielleicht am Montag?« fragte Preston. Am Sonntag würde seine Woche mit Tommy enden. Dann mußte er den Jungen nach Mayfair zu Julia bringen.

»Eigentlich erwartet er Sie schon jetzt.«

»Wieder auf dem Rücksitz eines Autos?« fragte Preston.

»Äh, nein. Kleine Wohnung, die wir in Chelsea haben.«

Preston seufzte.

»Sagen Sie mir, wo es ist. Ich fahre hin, und Sie gehen inzwischen mit Tommy in der Nähe ein Eis essen.«

»Muß erst nachfragen«, sagte Banks.

Er betrat die nahe gelegene Telefonzelle. Preston und sein Sohn warteten beim Auto. Banks kam zurück und nickte.

»Geht in Ordnung«, sagte er und gab Preston einen Zettel. Preston fuhr los, während Tommy Banks den Weg zu seiner Lieblings-Eisdiele zeigte.

Die Wohnung war klein und diskret, in einem modernen Häuserblock nicht weit von der Chelsea Manor Street. Sir Nigel öffnete selber. Wie üblich war er ganz altväterliche Höflichkeit.

»Mein lieber John, wie nett, daß Sie gekommen sind.«

Wäre ihm von vier Muskelmännern ein Mensch, verschnürt wie ein Brathuhn, angeschleppt worden, er hätte gleichfalls gesagt: »Wie nett, daß Sie gekommen sind.«

Als sie in dem kleinen Wohnzimmer saßen, brachte der Meister Prestons ersten Bericht zum Vorschein.

»Aufrichtigen Dank. Außerordentlich interessant.«

»Aber offenbar nicht glaubwürdig.«

Sir Nigel warf dem Jüngeren einen scharfen Blick zu, wählte jedoch seine Worte mit Bedacht.

»Das möchte ich nicht unbedingt sagen.«

Dann lächelte er flüchtig und wechselte das Thema.

»Bitte nehmen Sie es Barry nicht übel, ich habe ihn gebeten, ein Auge auf Sie zu haben. Es scheint, daß Sie bei Ihrer Arbeit zur Zeit nicht allzu glücklich sind.«

»Ich arbeite zur Zeit nicht, Sir. Ich habe Zwangsurlaub.«

»Wie ich vermutete. Hängt mit irgendwas in Glasgow zusammen.«

»Haben Sie noch keinen Bericht über die Sache erhalten, die vergangene Woche dort passiert ist? Es ging um einen russischen Matrosen, den ich für einen Kurier halte. Das geht doch zweifellos Sechs an?«

»Der Bericht wird bestimmt bald kommen«, sagte Sir Nigel. »Würden Sie so freundlich sein und mich ins Bild setzen?«

Preston fing mit dem Anfang an und erzählte die ganze Geschichte, soweit er sie kannte. Sir Nigel wirkte sehr nachdenklich, und war es auch: Mit einem Teil seiner Aufmerksamkeit nahm er jedes Wort in sich auf, und mit dem anderen Teil stellte er Berechnungen an.

Sie würden es nicht wirklich versuchen, oder doch? dachte er. Das vierte Protokoll würden sie nicht brechen? Oder doch? Verzweifelte Menschen greifen manchmal zu verzweifelten Maßnahmen, und er wußte aus verschiedenen Gründen, daß die UdSSR auf so manchem Gebiet, in der Nahrungsmittelproduktion, der Wirtschaft und in Afghanistan, in einer verzweifelten Lage war. Plötzlich wurde er gewahr, daß Preston aufgehört hatte zu sprechen.

»Bitte verzeihen Sie«, sagte er. »Was schließen Sie aus alledem?«

»Ich glaube, daß Semjonow kein Handelsmatrose war, sondern ein Geheimkurier. Es scheint mir unabweisbar. Er hat alles getan, um das, was er bei sich trug, zu schützen, und sich das Leben genommen, um dem zu entgehen, was er sich unter einem Verhör durch uns vorgestellt haben muß. Warum? Weil man ihm eingeschärft hatte, daß sein Auftrag von entscheidender Wichtigkeit sei.«

»Leuchtet ein«, gab Sir Nigel zu. »Folglich?«

»Folglich glaube ich, daß diese Poloniumscheibe für einen Empfänger bestimmt war, der sie entweder bei einem Treff oder aus einem toten Briefkasten bekommen sollte. Das bedeutet, daß dieser Mann sich hier aufhält, in England. Ich meine, wir sollten versuchen, ihn zu finden.«

Sir Nigel verzog das Gesicht.

»Wenn er ein Spitzenmann ist, dann könnten wir ebensogut eine Nadel im Heuhaufen suchen«, murmelte er.

»Ja, das weiß ich.«

»Um welche Befugnisse hätten Sie nachgesucht, wenn Sie nicht in Zwangsurlaub geschickt worden wären?«

»Ich glaube, Sir Nigel, daß mit einer einzigen Poloniumscheibe niemand etwas anfangen kann. Was immer der Illegale vorhaben mag, er braucht noch weiteres Zubehör. Nun scheint es, daß derjenige – wer immer das sein mag –, der Semjonow herübergeschickt hat, aus ganz bestimmten Gründen entschlossen ist, nicht die Diplomatenpost der Sowjetbotschaft zu benutzen. Ich weiß nicht, warum, denn es wäre soviel einfacher gewesen, ein kleines bleigefüttertes Päckchen per Diplomatenpost nach England zu schicken und es von einem der N-Leute in einem toten Briefkasten deponieren zu lassen, wo der Mann vor Ort es hätte abholen können. Also frage ich mich, warum das nicht gemacht wurde. Und die Antwort lautet schlicht: Ich weiß es nicht.«

»Richtig«, räumte Sir Nigel ein. »Folglich?«

»Folglich kann es, wenn diese Lieferung für sich allein nutzlos ist, nicht dabei bleiben. Nach dem Gesetz der Wahrscheinlichkeit müssen noch weitere Lieferungen kommen. Und sie werden offenbar entweder ahnungslosen Reisenden mitgegeben oder Kurieren, die als harmlose Seeleute oder Gott weiß was sonst auftreten.«

»Und was möchten Sie am liebsten unternehmen?« fragte Sir Nigel.

Preston holte tief Atem.

»Wenn es nach mir ginge«, sagte er betont, »würde ich alle Einreisen aus der Sowjetunion in den vergangenen vierzig, fünfzig, ja sogar hundert Tagen nachträglich überprüfen. Auf einen weiteren Straßenüberfall würde ich wohl kaum stoßen, aber es könnte sich ein anderer Zwischenfall ereignet haben. Wenn nicht, so würde ich die Kontrollen bei allen Einreisenden aus der UdSSR verschärfen, ja sogar aus dem gesamten Ostblock. Möglicherweise könnten wir auf diese Weise eine weitere Lieferung abfangen. Als Chef von C.5. (C) hätte ich das tun können.«

»Und jetzt, glauben Sie, haben Sie diese Möglichkeit nicht mehr?«

Preston schüttelte den Kopf.

»Selbst wenn ich morgen meine Arbeit wieder aufnehmen dürfte, würde man mir mit ziemlicher Sicherheit diesen Fall wegnehmen. Offenbar bin ich ein Panikmacher und Unruhestifter.«

Sir Nigel nickte nachdenklich.

»Grenzüberschreitungen zwischen Dienststellen gelten nicht gerade als feine Lebensart«, sagte er wie zu sich selbst. »Als ich Sie bat, für mich nach Südafrika zu fliegen, hat Sir Bernard seinen Segen dazu gegeben. Später erfuhr ich, diese Abstellung habe, obwohl sie nur kurzfristig war, bei gewissen Stellen in Charles zu – wie soll ich es ausdrücken – Mißhelligkeiten geführt.

Mir liegt wirklich nicht an einem offenen Zerwürfnis mit meinem Schwesterdienst. Andererseits bin ich, gleich Ihnen, der Ansicht, daß an diesem Eisberg mehr dran sein könnte als nur die Spitze. Also, Sie haben noch drei Wochen Urlaub. Wären Sie willens, während dieser Zeit an dem Fall zu arbeiten?«

»Für wen?« fragte Preston verblüfft.

»Für mich«, sagte Sir Nigel. »Ins Sentinel House könnten Sie nicht kommen. Man würde Sie sehen, es würde sich herumsprechen.«

»Wo sollte ich dann arbeiten?«

»Hier«, sagte »C«. »Es ist klein, aber behaglich. Ich bin befugt, genau die gleichen Informationen einzuholen wie Sie, wenn Sie an Ihrem Schreibtisch säßen. Jeder Zwischenfall, in den ein Bürger der Sowjetunion oder eines Ostblockstaats verwickelt ist, wird registriert, entweder schriftlich oder in einem Computer. Da Sie nicht zu den Akten oder zu dem Computer kommen können, sorge ich dafür, daß die Akten und die Computerausdrucke zu Ihnen kommen. Was sagen Sie dazu?«

»Wenn Charles Street dahinterkommt, bin ich in Fünf erledigt«, sagte Preston. Er dachte an sein Gehalt, seine Pension, an die Aussichten, in seinem Alter einen neuen Job zu bekommen; er dachte an Tommy.

»Wie lange, glauben Sie, wird unter der augenblicklichen Leitung noch Ihres Bleibens in Charles sein?« fragte Sir Nigel.

Preston lachte kurz auf.

»Nicht lange«, sagte er. »All right, Sir, ich mach's. Ich möchte an diesem Fall dranbleiben. Da steckt irgend etwas dahinter.«

Sir Nigel nickte anerkennend.

»Sie sind ein hartnäckiger Mensch, John. Ich habe viel für Hartnäckigkeit übrig. Sie macht sich fast immer bezahlt. Kommen Sie Montag um neun hierher. Zwei von meinen eigenen Jungens werden Sie erwarten. Sagen Sie ihnen nur, was Sie haben wollen, und sie werden es Ihnen bringen.«

Am selben Montagvormittag, an dem Preston in Chelsea mit seiner Arbeit anfing, landete der international berühmte tschechische Konzertpianist aus Prag auf dem Flugplatz Heathrow, da er am nächsten Abend ein Konzert in Wigmore Hall geben sollte.

Die Flughafenbehörden waren verständigt worden, und mit Rücksicht auf den hohen Gast wurden die Zoll- und Einreiseformalitäten so schonend wie möglich abgewickelt. Der greise Musiker wurde in der Ankunftshalle von einem Mitarbeiter der Konzertagentur Victor Hochhauser begrüßt und zusammen mit seinem kleinen Gefolge unverzüglich zu seiner Suite im Hotel Cumberland gebracht.

Das Gefolge bestand aus drei Personen: dem Garderobier, der sich hingebungsvoll um die Kleidung und sonstigen persönlichen Reiseutensilien des Maestro kümmerte; einer Sekretärin, die seine Fan-Post und Korrespondenz erledigte; und seinem Impresario, einem großen Mann mit Leichenbittermiene namens Lichka, der für Verhandlungen mit Konzertagenten und für die Finanzen zuständig war und ausschließlich von Natrontabletten zu leben schien.

An diesem Montag konsumierte Mr. Lichka ein ungewöhnlich großes Pillenquantum. Was er jetzt tun mußte, tat er sehr ungern, aber die Leute vom StB besaßen große Überredungskraft. Niemand, der seine fünf Sinne beisammen hatte, widersetzte sich offen den Männern des StB, der tschechoslowakischen Geheimpolizei und Geheimdienstorganisation, oder ließ es darauf ankommen, zwecks weiterer Gespräche in ihr Hauptquartier vorgeladen zu werden, das gefürchtete Kloster. Die Leute hatten Lichka klargemacht, daß die Aufnahme seiner Enkelin in die Universität bedeutend leichter zu erreichen sei, wenn er ihnen helfen wolle, womit sie ihm auf höfliche Weise beigebracht hatten, daß das Mädchen andernfalls nicht die geringste Chance habe, zum Studium zugelassen zu werden.

Als sie ihm seine Schuhe zurückgaben, konnte er keine Spur einer Manipulation entdecken; er hatte sie, wie befohlen, auf dem Flug getragen und war mit ihnen durch den Flughafen Heathrow marschiert.

Am Abend trat ein Mann an die Hotelrezeption und fragte höflich nach Mr. Lichkas Zimmernummer. Sie wurde ihm ebenso höflich genannt. Fünf Minuten später, genau zu der Zeit, die ihm angegeben worden war, klopfte jemand leise an Lichkas Tür. Ein Zettel wurde unter der Tür durchgeschoben. Er las den verabredeten Code, öffnete die Tür einen Spalt weit und reichte eine Plastiktüte hinaus, in der das Paar Schuhe steckte. Eine unsichtbare Hand nahm die Tüte, und er schloß die Tür. Als er den Zettel in die Toilette gespült hatte, atmete er auf. Es war leichter gewesen, als er angenommen hatte. Jetzt, dachte er, wollen wir uns wieder unserer Musik zuwenden.

Noch vor Mitternacht lagen die Schuhe zusammen mit dem Gipsverband und dem Transistorradio in einer Schublade in einem stillen Winkel von Ipswich. Kurier Nummer vier hatte geliefert.

Sir Nigel Irvine suchte Preston am Freitagnachmittag in der Wohnung in Chelsea auf. Der Mann von MI5 sah erschöpft aus, und in der ganzen Wohnung stapelten sich Akten und Computerausdrucke.

Seit fünf Tagen arbeitete er, bisher ohne Erfolg. Er hatte mit den Leuten begonnen, die während der vergangenen vierzig Tage aus der UdSSR nach England eingereist waren. Es waren Hunderte gewesen. Delegationsmitglieder, Geschäftsleute, Journalisten, Gewerkschaftler, eine Chorgemeinschaft aus Georgien, eine Kosakentanztruppe; zehn Sportler und ihr ganzer Hofstaat und eine Gruppe von Ärzten, die zu einem Kongreß in Manchester reiste. Und das waren erst die Russen.

Ferner waren alle möglichen heimkehrenden Touristen aus der Sowjetunion gekommen; von den Kulturkonsumenten, die zur Eremitage von Leningrad gepilgert waren, über die Schulklasse, die in Kiew gesungen hatte, bis hin zu der Friedensdelegation, die der sowjetischen Propagandamaschinerie reichlich Nahrung geliefert hatte, indem sie bei Pressekonferenzen in Moskau und Charkow ihr eigenes Land schmähten.

Diese Liste enthielt noch nicht die Aeroflot-Crews, die im Rahmen des normalen Flugverkehrs ein- und ausreisten, so daß der Erste Offizier Romanow nicht erwähnt wurde.

Natürlich fand sich auch kein Hinweis auf einen Dänen, der aus Paris nach Birmingham gekommen und von Manchester aus wieder abgeflogen war.

Am Mittwoch hatte Preston begriffen, daß es zwei Möglichkeiten gab: bei den Einreisen aus der UdSSR bleiben, aber sechzig Tage zurückblättern; oder das Netz weiter auslegen und *alle* Einreisenden aus *allen* Ostblockländern erfassen. Das bedeutete Tausende und Abertausende von Überprüfungen. Er hatte beschlossen, bei der Vierzig-Tage-Frist zu bleiben, aber die Suche auf alle kommunistischen Staaten auszuweiten. Die Papierflut stieg ihm bald bis zum Gürtel.

Die Zollbehörden waren ihm behilflich. Es hatte ein paar Beschlagnahmungen gegeben, aber immer nur wegen Überschreitung der Menge bei zollfreien Waren. Unter den beschlagnahmten Artikeln hatte sich nichts Rätselhaftes befunden. Bei der Einwanderungsstelle waren keine »aufgetakelten« Pässe vorgelegt worden, aber das war zu erwarten gewesen. Die ausgefallenen und phantastischen Schriftstücke, die manchmal von Reisenden aus der dritten Welt bei der Paßkontrolle vorgezeigt werden, kommen bei Leuten aus dem Ostblock niemals vor. Nicht einmal abgelaufene Pässe, die den häufigsten Grund für eine Zurückweisung durch die Einreisebehörde bilden. In den kommunistischen Ländern werden die Pässe der Ausreisenden so gründlich überprüft, daß eine Panne bei der Einreise in England kaum möglich ist.

»Und somit«, sagte Preston finster, »bleiben nur noch die Nichtüberprüfbaren. Die Handelsmatrosen, die, ohne kontrolliert zu werden, in über zwanzig Handelshäfen an Land gehen; die Besatzungen der schwimmenden Fischfabriken, die jetzt vor Schottland schippern; die Crews der Luftfahrtgesellschaften, die kaum jemals überprüft werden; und die Einreisenden mit Diplomatenstatus.«

»Ganz wie ich dachte«, sagte Sir Nigel. »Nicht leicht. Haben Sie denn eine Ahnung, wonach Sie suchen?«

»Ja, Sir. Am Montag habe ich einen Ihrer Jungens nach Aldermaston zu den Atomphysikern geschickt. Nach deren Ansicht dürfte die Poloniumscheibe sich zur Zündung einer Bombe eignen, die zugleich klein, unkompliziert in der Bauart und von relativ geringer Brisanz ist; wenn man bei einem atomaren Sprengkörper überhaupt von ›relativ geringer Brisanz‹ sprechen kann.«

Er reichte Sir Nigel eine Liste.

»Das dürften in etwa die Dinge sein, die wir suchen.«

»C« studierte die Liste der Zubehörteile.

»Ist das alles, was man dazu braucht?« fragte er schließlich.

»Für das Baukastenmodell, ja. Ich hatte keine Ahnung, wie einfach die Dinger hergestellt werden können. Abgesehen vom spaltbaren Uran und dem Stahlpanzer könnte das Zeug fast überall versteckt werden, ohne aufzufallen.«

»Und wie soll es jetzt weitergehen, John?«

»Ich suche nach einem Bewegungsmuster, Sir Nigel. Die einzige Möglichkeit. Ein Muster aus Ein- und Ausreisen derselben Paßnummer. Wenn ein oder zwei Kuriere verwendet werden, so müssen die häufig ein- und ausreisen und dabei verschiedene Ein- und Ausreiseorte benutzen, wahrscheinlich auch verschiedene Abreiseorte im Ausland; sollte sich dabei ein Muster zeigen, so könnten wir eine landesweite Fahndung nach einer beschränkten Anzahl von Paßnummern auslösen. Es ist nicht viel, aber mehr habe ich nicht.«

Sir Nigel stand auf.

»Bleiben Sie dran, John. Ich verschaffe Ihnen Zugang zu allem, was Sie wollen. Inzwischen wollen wir beten, daß, wer immer unser Gegner sein mag, er nur einen einzigen Fehler macht, indem er denselben Kurier mehrmals einsetzt.«

Aber dazu war Major Wolkow zu gut. Er machte keinen Fehler. Er hatte keine Ahnung, was die Zubehörteile waren, noch wozu sie dienen sollten. Er wußte nur, daß er Befehl hatte, sie sicher nach England zu schaffen und rechtzeitig für eine Reihe von Treffs auf der Insel zu sorgen; er wußte, daß jeder Kurier Zeit und Ort seines ersten Treffs und des Ausweichtreffs im Kopf haben mußte und daß nichts über die KGB-Rezidentura an der Londoner Botschaft gehen durfte.

Er mußte neun Sendungen und zwölf wohlvorbereitete Geheimkuriere ins Land schmuggeln. Einige der Männer waren keine Profis, das wußte er, aber wenn ihre Tarnung hieb- und stichfest und ihre Reise Wochen und Monate im voraus arrangiert war, wie bei dem Tschechen Lichka, hatte er nichts dagegen.

Um Generalmajor Borisow nicht durch die Entnahme weiterer

zwölf Illegaler und deren Legenden argwöhnisch zu machen, hatte er seine Netze über das Gebiet der UdSSR hinaus ausgeworfen und drei der »Schwester«-Dienste eingespannt: den tschechoslowakischen Geheimdienst StB, den polnischen SB und den alleruntertänigsten und blindlings gehorchenden Geheimdienst der DDR, die Hauptverwaltung Aufklärung, kurz HVA.

Die Ostdeutschen hatten gegenüber den Polen und Tschechen in der Bundesrepublik Deutschland, in Frankreich und England einen großen Vorzug. Wegen der ethnischen Identität von Ost- und Westdeutschen und der Tatsache, daß bereits Millionen früherer Ostdeutscher nach Westdeutschland geflohen sind, führt die HVA von ihrer Ostberliner Basis aus weit mehr Illegale im Westen als irgendein anderer Geheimdienst des Ostblocks.

Wolkow hatte nur zwei Russen einsetzen wollen, und zwar sollten sie als erste hinübergehen. Er konnte nicht wissen, daß einer von ihnen von Rowdys überfallen werden würde, und er hatte keine Ahnung, daß die Lieferung des falschen Matrosen nicht mehr in dem Glasgower Polizeirevier unter Verschluß lag. Er wandte stets dreifache Vorsichtsmaßnahmen an, weil das seiner Natur und seiner Ausbildung entsprach.

Für die restlichen sieben Sendungen benutzte er einen polnischen Kurier, zwei tschechische (einschließlich Lichka) und vier ostdeutsche. Auch den zehnten Kurier, den Ersatzmann für den toten Kurier Nummer zwei, stellten die Polen. Für die technischen Änderungen, die an zwei Motorfahrzeugen vorgenommen werden mußten, benutzte er sogar eine HVA-eigene Werkstätte in der Bundesrepublik, genau gesagt, in Braunschweig.

Nur die beiden Russen und der Tscheche Lichka reisten von Städten im Ostblock ab; und nun auch noch der zehnte Mann, der von der polnischen Luftfahrtgesellschaft LOT sein müßte.

Wolkow sorgte mit allen Mitteln dafür, daß keines der Muster, die Preston in der inzwischen zu einem Meer angewachsenen Papierflut suchte, zum Vorschein kam.

Sir Nigel Irvine versuchte, wie so viele Menschen, die in London arbeiten müssen, an den Wochenenden zum Luftschnappen aufs Land zu fahren. Die Woche über blieben er und Lady Irvine in London, aber sie besaßen ein kleines rustikales Cottage in Südwest-Dorset, auf der Insel Purbeck, in einem Dorf namens Langton Matravers.

An diesem Sonntag hatte »C« sich mit Tweedjacke und Hut ausgerüstet, einen kräftigen Eschenstock mitgenommen und war die Straßen und Wege entlangmarschiert, bis zu den Klippen über Chapman's Pool am St. Alban's Head. Die Sonne schien, aber der Wind war kühl. Die silbernen Haarbüschel, die über Sir Nigels Ohren unter dem Hut hervorlugten, flatterten wie kleine Flügel. Er schlug den Klippenpfad ein und wanderte in tiefen Gedanken dahin. Dann und wann blieb er stehen und blickte hinaus auf die schäumenden Wellenkämme des Ärmelkanals.

Er dachte über die Schlüsse nach, die sich aus Prestons erstem Bericht ziehen ließen, und darüber, wie auffallend sie mit dem übereinstimmten, was Sweeting in seiner Klause in Oxford ausgeknobelt hatte. Zufall? Leeres Stroh? Solide Anhaltspunkte? Oder nur ein Haufen Unsinn, den ein allzu phantasievoller Beamter und ein erfinderischer Gelehrter zusammengetragen hatten?

Und wenn es kein Unsinn wäre, wo könnte die Verbindung zu einer kleinen Poloniumscheibe zu suchen sein, die sich aus Leningrad in ein Glasgower Polizeirevier verirrt hatte?

Wenn die Metallscheibe das war, wofür Wynne-Evans sie hielt, was bedeutete dies dann? Konnte es bedeuten, daß irgend jemand, weit jenseits dieser anbrandenden Wogen, wirklich versuchte, das vierte Protokoll zu brechen?

Und wenn ja, wer könnte dieser Jemand sein? Schebrikow und Kryutschow, im Auftrag des KGB? Nein, sie würden nie wagen, etwas Derartiges zu tun, es sei denn auf Befehl des Generalsekretärs. Und wenn es der Generalsekretär war, warum?

Und warum benutzte man nicht die Diplomatenpost? So viel

einfacher, leichter, sicherer. Hier glaubte er, einen Grund erblikken zu können. Alles, was über die Botschaft ging, ging auch über die KGB-Rezidentura. Sir Nigel wußte besser als Schebrikow, Kryutschow oder der Generalsekretär, daß die Rezidentura infiltriert war. Er selber hatte seine Quelle Andrejew dort sitzen.

Das ergab einen Sinn. Der Generalsekretär hatte seit einiger Zeit allen Grund, wegen der Flut von Überläufern aus dem KGB bestürzt zu sein. Nach allem, was man erfuhr, hatte die Enttäuschung in Rußland auf allen Ebenen so weit um sich gegriffen, daß sogar die Elite der Elite davon erfaßt worden war. Zu den Desertionen, die Ende der siebziger Jahre eingesetzt hatten und während der achtziger Legion geworden waren, kamen noch die Massenausweisungen sowjetischer Diplomaten rund um die Welt, die mit den verzweifeltsten Mitteln versucht hatten, Agenten anzuwerben und nur erreichten, daß die Lage noch verzweifelter wurde, nachdem die als Diplomaten getarnten Agentenführer ausgewiesen wurden, und die Netze in größter Verwirrung zurückblieben. Sogar die Länder der dritten Welt, die noch vor einem Jahrzehnt nach der sowjetischen Pfeife tanzten, fanden zur Eigenständigkeit und wiesen Sowjetagenten wegen groben Verstoßes gegen die diplomatischen Spielregeln aus.

Ja, eine größere Operation unter Umgehung des KGB würde ins Bild passen. Sir Nigel hatte aus sicherer Quelle gehört, daß der Generalsekretär eine Art Verfolgungswahn entwickle, was eine westliche Infiltration des KGB anging. Wetten, so hieß es in Geheimdienstkreisen, daß auf jeden Verräter, der überläuft, einer kommt, der noch immer vor Ort arbeitet.

Dort drüben also gab es einen Mann, der Kuriere und ihre Lieferungen nach England schickte; gefährliche Lieferungen, die Anarchie und Chaos bringen sollten, in einem Ausmaß, das Sir Nigel noch nicht absehen konnte, aber immer weniger bezweifelte, je weiter er in seinen Überlegungen fortschritt. Und dieser Mann arbeitete für einen weiteren Mann, einen sehr hochgestellten, der diese kleine Insel gar nicht liebte.

»Aber du wirst sie nicht finden, John«, murmelte er in den gleichgültigen Wind. »Du bist gut, aber sie sind besser. Und sie halten die Trümpfe in der Hand.«

Sir Nigel war einer der letzten Grandseigneurs, Angehöriger einer aussterbenden Rasse, die auf allen Ebenen der Gesellschaft von neuen Männern eines anderen Typus ersetzt wurde, auch in den höchsten Regionen des Geheimdiensts, wo Kontinuität in Stil und Typus sozusagen zum Mobiliar gehörten.

Also blickte er hinaus über den Kanal, wie schon so viele Engländer vor ihm, und traf seine Entscheidung. Noch stand nicht fest, daß das Land seiner Väter ernstlich bedroht war; fest stand hingegen, daß die Möglichkeit einer solchen Bedrohung existierte. Aber das genügte.

An derselben Küste, ein Stück weiter östlich, stand auf den Dünen über der kleinen Hafenstadt Newhaven in Sussex gleichfalls ein Mann und blickte auf die anbrandenden Wogen des Ärmelkanals.

Er trug einen schwarzledernen Motorradanzug, den Helm hatte er auf den Sitz seiner geparkten BMW gelegt. Ein paar Sonntagsausflügler mit ihren Kindern spazierten über die Dünen, aber sie schenkten ihm keine Beachtung.

Er beobachtete das Näherkommen eines Fährschiffs, das schon vor einiger Zeit am Horizont aufgetaucht war und sich auf die schützende Hafenmole zupflügte. In einer halben Stunde würde die aus Dieppe kommende *Cornouailles* anlegen. Kurier Nummer fünf müßte an Bord sein.

Kurier Nummer fünf stand tatsächlich auf dem Vorderdeck und sah die englische Küste herankommen. Er gehörte zu den Nichtmotorisierten und hatte eine Fahrkarte für das Fährschiff plus Anschlußzug nach London.

Sein Paß lautete auf den Namen Anton Zelewski, und so lautete auch sein wirklicher Name. Ein Paß der Bundesrepublik

Deutschland, wie der Kontrollbeamte feststellte, aber das war nichts Besonderers. Hunderttausende Westdeutsche haben polnisch klingende Namen. Zelewski wurde durchgewinkt.

Der Zoll untersuchte seinen Koffer und die Tragtasche mit den zollfreien Waren, die er auf dem Schiff gekauft hatte. Die Flasche Gin und die fünfundzwanzig Zigarren in einem ungeöffneten Kistchen standen ihm zu. Der Zollbeamte ließ ihn weitergehen und wandte sich einem anderen Reisenden zu.

Zelewski hatte wirklich im Duty-free-Shop der *Cornouailles* ein Kistchen mit fünfundzwanzig guten Zigarren gekauft. Dann hatte er sich in einen Waschraum zurückgezogen, die Tür verriegelt, die Duty-free-Etiketten von dem soeben gekauften Kistchen abgelöst und auf ein zweites, genau gleich aussehendes Kistchen geklebt, das er mitgebracht hatte. Der zollfreie Einkauf flog über Bord und verschwand im Meer.

Im Zug nach London suchte er das der Lokomotive am nächsten gelegene Erste-Klasse-Abteil auf, setzte sich auf den für ihn reservierten Fensterplatz und wartete. Kurz vor Lewes ging die Abteiltür auf und ein in schwarzes Leder gekleideter Mann erschien. Mit einem Blick überzeugte er sich, daß der Deutsche allein im Abteil war.

»Fährt dieser Zug direkt nach London?« fragte er in tadellosem Englisch.

»Ich glaube, er hält auch in Lewes«, erwiderte Zelewski.

Der Mann streckte die Hand aus. Zelewski reichte ihm das Zigarrenkistchen. Der Mann steckte es ins Oberteil seiner Lederjacke, zog den Reißverschluß hoch, nickte und entfernte sich. Als der Zug nach dem Halt in Lewes anfuhr, sah Zelewski den Mann noch einmal: Er stand auf dem Bahnsteig, von dem die Züge in Richtung Newhaven abfahren.

Noch vor Mitternacht lagen die Zigarren bei dem Radio, dem Gipsverband und den Schuhen in Ipswich. Kurier Nummer fünf hatte geliefert.

2. Kapitel

Sir Nigel hatte recht behalten. Auch am Donnerstag, dem letzten Apriltag, ergab sich aus den Unmengen von Computerausdrukken über Ostblockbürger, die in den letzten vierzig Tagen von irgendeinem Ausgangspunkt zu wiederholten Malen nach England einreisten, noch immer kein Muster.

Auch kein Muster aus den Informationen über Personen anderer Nationalitäten, die während dieser Zeitspanne aus Ostblockländern eingereist waren.

Lediglich ein paar Reisepässe waren aus verschiedenen Gründen beanstandet worden, aber auch das änderte die Lage nicht. Jeder dieser Pässe war überprüft, der jeweilige Inhaber bis auf die Haut durchsucht worden, und das Resultat blieb gleich Null. Drei Pässe waren aufgetaucht, die auf der Fahndungsliste standen; zwei der Paßinhaber waren Ausgewiesene, die wieder ins Land wollten, der dritte war eine amerikanische Unterweltfigur aus der Glücksspiel- und Drogenszene. Auch diese drei wurden gründlich durchsucht, ehe man sie ins nächste Flugzeug Richtung Heimat setzte, aber es fand sich nicht die Spur eines Hinweises, daß sie Kuriere im Dienste Moskaus gewesen sein könnten.

Wenn sie Leute aus westlichen Staaten benutzen oder bereits hier ansässige Illegale mit einwandfreien Papieren von Bürgern westlicher Staaten, dann werde ich nie fündig, dachte Preston.

Sir Nigel hatte wiederum auf seine langjährige Freundschaft mit Sir Bernard Hemmings gesetzt, um sich der Mitarbeit von »Fünf« zu versichern.

»Ich habe Gründe zu der Annahme, daß die Moskauer Zentrale versuchen wird, in den nächsten paar Wochen einen wichtigen Illegalen bei uns einzuschleusen«, hatte er gesagt. »Nur, Bernard, weiß ich weder, wer er ist, noch wie er aussieht und wo er einreisen wird. Jeden Hinweis, den Ihre Kontakte an den Einreiseorten uns geben könnten, wüßten wir sehr zu schätzen.«

Sir Bernard hatte das Ansuchen als einen Auftrag für »Fünf« akzeptiert, und die übrigen Behörden – Zoll, Einwanderung, Special Branch und Hafenpolizei – erklärten sich bereit, beide Augen offenzuhalten, für den Fall, daß ein Ausländer versuchen sollte, die Kontrollen zu umgehen oder daß in einem Gepäckstück irgendein mysteriöser Gegenstand auftauchte.

Die Erklärung war durchaus plausibel, und nicht einmal Brian Harcourt-Smith brachte sie mit John Prestons Bericht über die Poloniumscheibe in Verbindung, der noch immer in seinem »Unerledigt«-Korb lag, während er überlegte, was er damit anfangen solle.

Am 1. Mai kam der Wohnwagen in Dover an. Er hatte Nummernschilder der Bundesrepublik Deutschland und war mit der Fähre aus Calais gelandet. Besitzer und Fahrer, dessen Papiere tadellos in Ordnung waren, war Helmut Dorn, und mit ihm reisten seine Frau Lisa und zwei Kinder, der fünfjährige flachsblonde Uwe und die siebenjährige Brigitte.

Nach der Paßkontrolle fuhr der Wohnwagen auf die grüne Spur für Reisende, die nichts zu verzollen hatten, aber einer der wartenden Beamten hielt ihn an. Nach nochmaliger Prüfung aller Papiere wollte der Beamte einen Blick ins Wageninnere werfen. Herr Dorn machte keine Schwierigkeiten.

Die beiden Kinder spielten im Wohnteil und hörten auf, als der uniformierte Zollbeamte eintrat. Er nickte und lächelte ihnen zu; sie kicherten. Er sah sich in dem sauberen und ordentlichen Raum um, dann fing er an, die Schränke zu öffnen. Falls Herr Dorn nervös war, verbarg er es gut.

Die meisten Schränke enthielten die übliche Ausrüstung einer Familie auf Campingurlaub: Kleider, Kochgeschirr und so weiter.

Der Zollbeamte klappte die Banksitze hoch, unter denen sich Truhen als zusätzlicher Aufbewahrungsraum befanden. Eine davon war offensichtlich die Spieltruhe der Kinder. Sie enthielt zwei Puppen, einen Teddybären und eine Sammlung leuchtend bunter weicher Gummibälle mit großen grellen Bildern.

Das kleine Mädchen hatte alle Schüchternheit abgelegt und holte eine der Puppen heraus. Das Kind plapperte aufgeregt auf deutsch auf den Zollbeamten ein. Er verstand sie nicht, aber er nickte und lächelte.

»Very nice, love«, sagte er. Dann trat er aus der Hintertür und wandte sich an Herrn Dorn.

»In Ordnung, Sir. Schönen Urlaub.«

Der Wohnwagen rollte aus dem Schuppen zur Straße in Richtung Dover und der Autobahnen nach Kent und London.

»Gott sei Dank«, flüsterte Dorn seiner Frau zu. »Wir sind durch.«

Sie beugte sich über die Landkarte, die nicht schwierig zu lesen war. Die M20 nach London war so deutlich eingezeichnet, daß man sie unmöglich verfehlen konnte. Dorn sah mehrmals auf die Uhr. Er hatte ein bißchen Verspätung, aber die Anweisung hatte gelautet, er dürfe unter keinen Umständen die Geschwindigkeitsbegrenzung überschreiten.

Sie fanden ohne Schwierigkeit das Dorf Charing links der Hauptstraße und ein Stück weiter nördlich das Rasthaus Happy Eater. Dorn bog auf den Parkplatz ein und hielt an. Lisa Dorn holte die Kinder aus dem Wagen und führte sie zu einem Imbiß ins Café. Dorn öffnete weisungsgemäß die Motorhaube und steckte den Kopf darunter. Ein paar Sekunden später fühlte er, daß jemand neben ihm stand, und blickte auf. Er sah einen jungen Engländer im schwarzledernen Motorraddreß.

»Stimmt etwas nicht?« fragte der junge Mann.

»Muß wohl der Vergaser sein«, sagte Dorn.

»Nein«, sagte der Motorradfahrer ernst, »ich glaube, es ist der Verteiler. Außerdem kommen Sie zu spät.«

»Tut mir leid, die Fähre ist schuld. Und der Zoll. Ich habe das Ding drinnen.«

Im Wohnwagen zog der Motorradfahrer einen Segeltuchsack aus der Jacke, während Dorn ächzend und mit Mühe einen der Kinderbälle aus der Spielzeugtruhe hievte.

Der Ball hatte nur etwa zwölf Zentimeter Durchmesser, aber er wog über zwanzig Kilo. Reines Uran 235 ist schließlich doppelt so schwer wie Blei.

Als Valeri Petrofski den Beutel über den Parkplatz zu seinem Motorrad trug, mußte er seine ganze nicht unbeträchtliche Kraft aufbieten, um den Beutel lässig in einer Hand zu halten, als sei nichts Besonderes darin. Aber ihn beobachtete sowieso niemand. Dorn stellte den Motor ab und ging zu seiner Familie in das Café.

Das Motorrad mit seiner Fracht hinter dem Sattel donnerte in Richtung London, den Dartford Tunnel und Suffolk davon. Kurier Nummer sechs hatte geliefert.

Am 4. Mai begriff Preston, daß er auf dem Holzweg war. Die Suche dauerte nun schon fast drei Wochen und hatte noch immer nichts zutage gefördert als eine einzelne Poloniumscheibe, die ihm durch einen puren Glückstreffer in die Hände gefallen war. Wie er sehr wohl wußte, konnte er unmöglich darum nachsuchen, daß jeder Besucher bei der Einreise nach England bis auf die Haut gefilzt werde. Er konnte allenfalls eine verstärkte Überprüfung aller einreisenden Ostblockbürger fordern und sofortige Meldung an ihn persönlich, sobald ein verdächtiger Paß vorgelegt würde. Und es gab noch eine weitere und letzte Chance.

Nach dem Gutachten der Kernphysiker von Aldermaston mußten drei der Zubehörteile, die selbst für eine sehr primitive Atombombe unerläßlich sind, sehr schwer sein. Erstens ein Block puren Urans 235; zweitens ein zylindrischer oder kugelförmiger, einen Zoll dicker Schutzmantel aus gehärtetem dehnungsfestem Stahl, drittens eine gleichfalls einzöllige und ungefähr fünfundzwanzig Zentimeter lange Röhre aus dem gleichen Material, dreizehn Kilo schwer.

Preston vermutete, daß zumindest diese drei Dinge in Fahrzeugen ins Land gebracht werden müßten, und bat daher um verstärkte Überprüfung ausländischer Fahrzeuge, wobei besonders auf Gegenstände zu achten sei, die einem Ball, einer Kugel und einer Röhre glichen und extrem schwer seien.

Er wußte, wie ausgedehnt das Suchgebiet war. Ein Strom von Motorrädern, Pkws, Kombis, Lastwagen und Sattelschleppern floß Tag für Tag das ganze Jahr hindurch in beiden Richtungen über die Grenzen. Allein der Warenverkehr würde, wenn man jeden Lastwagen anhalten und durchsuchen wollte, das ganze Land nahezu lahmlegen. Er suchte die sprichwörtliche Nadel im Heuschober, und er hatte nicht einmal einen Magnet.

Bei George Berenson machte sich der Streß allmählich bemerkbar. Seine Frau war wieder auf den stolzen Landsitz ihres Bruders in Yorkshire zurückgekehrt, Berenson hatte zwölf Sitzungen mit den Leuten vom Ministerium hinter sich und für sie jedes einzelne Dokument identifizieren müssen, das er jemals an Jan Marais weitergegeben hatte. Er wußte, daß er unter Beobachtung stand, und seine Nerven wurden davon nicht besser.

Auch nicht von dem täglichen Gang ins Ministerium und von dem Gedanken, daß sein beamteter Unterstaatssekretär, Sir Peregrine Jones, von seinem Verrat wußte. Den Rest aber gab ihm die Tatsache, daß er nach wie vor gelegentlich Sendungen mit angeblich aus dem Ministerium entwendeten Dokumenten an Jan Marais zur Weiterleitung nach Moskau schicken mußte. Seit er wußte, daß der Südafrikaner Sowjetagent war, hatte er eine persönliche Begegnung vermieden. Aber er mußte alles lesen, was er via Marais nach Moskau gehen ließ, für den Fall, daß

Marais ihn zwecks Klärung irgendeiner Einzelheit in bereits abgeschicktem Material anrufen sollte.

Immer wenn er die Papiere las, die er weitergeben mußte, beeindruckte ihn die Geschicklichkeit der Fälscher. Jedes Schriftstück basierte auf einem echten Dokument, das wirklich über seinen Schreibtisch gegangen war, enthielt aber eine Reihe von Veränderungen, die so raffiniert eingearbeitet waren, daß sie im einzelnen nicht auffielen, im ganzen jedoch einen völlig falschen Eindruck von der Stärke und Einsatzbereitschaft Englands und der NATO vermittelten.

Am Mittwoch, dem 6. Mai, erhielt und las er ein Bündel von sieben Schriftstücken über die neuesten Beschlüsse, Vorschläge, Konferenzen und Anfragen, die ihm angeblich im Lauf der letzten vierzehn Tage zugegangen waren. Alle trugen die Vermerke *Top Secret* oder *Cosmic*. Bei der Lektüre eines dieser Papiere stutzte er. Er brachte sie noch am selben Abend in Benottis Eisdiele, und vierundzwanzig Stunden später erhielt er den Anruf, der ihr Eintreffen bestätigte.

Am folgenden Sonntag, dem 10. Mai, kauerte Valeri Petrofski in der Abgeschlossenheit seines Schlafzimmers in Cherryhayes Close an seinem starken Transistorgerät und lauschte auf den Strom von Morsesignalen auf der Welle Moskau, die er weisungsgemäß eingestellt hatte.

Von sich aus konnte er nicht senden; Moskau würde niemals zulassen, daß ein wertvoller Illegaler sich durch eigene Funkbotschaften in Gefahr brächte, denn die Qualität der britischen und amerikanischen Funküberwachung war bekannt. Petrofski hatte ein sehr großes handelsübliches Braun-Radio, das fast jeden Kanal der Welt hereinholen konnte.

Er saß in gespannter Erwartung da. Es war einen Monat her, daß er über Poplar den Verlust eines Kuriers und dessen Lieferung gemeldet und um Ersatz gebeten hatte. An jedem zweiten

Abend und den darauffolgenden Vormittagen hatte er, wenn er nicht mit dem Motorrad unterwegs war, um etwas abzuholen, auf die Antwort gewartet. Bisher war sie nicht gekommen.

An diesem Abend um zweiundzwanzig Uhr zehn kam endlich sein Signal über den Äther. Block und Stift lagen bereit. Nach einer Pause begann die Botschaft. Er warf die Morsezeichen gleich in Englisch aufs Papier, ein Gewirr unentzifferbarer Buchstaben. Zumindest die Deutschen, Briten und Amerikaner würden auf ihren jeweiligen Lauschposten die gleichen Buchstaben aufzeichnen.

Als die Botschaft beendet war, schaltete er das Gerät ab, setzte sich an seinen Toilettentisch, suchte den passenden Einmalcode heraus und fing an zu dechiffrieren. In einer Viertelstunde hatte er den Text: Feuervogel zehn ersetzt Zwei TZ. Es wurde dreimal wiederholt.

Er kannte Treff zehn. Er war einer der Reservetreffs, nur für den Notfall, der jetzt eingetreten war. Und der Ort war ein Flughafenhotel. Ihm waren Rasthäuser oder Bahnhöfe lieber, aber er wußte, daß manche Kuriere aus beruflichen Gründen nur in London verfügbar waren und nur wenig Zeit hatten.

Und er hatte noch ein Problem. Der Treff mit Kurier zehn lag zwischen zwei anderen Verabredungen und gefährlich nah an der Begegnung mit Kurier sieben.

Zehn mußte er zur Frühstückszeit im Hotel Post House von Heathrow treffen; Sieben würde am selben Vormittag um elf Uhr auf einem Hotelparkplatz außerhalb Colchester warten. Das bedeutete eine Parforce-Fahrt, aber es war zu schaffen.

Am Donnerstag, dem 12. Mai, brannten noch spät abends in Downing Street Nummer 10, Amts- und Wohnsitz der britischen Premierminister, alle Lichter. Mrs. Margaret Thatcher hatte für eine Strategiesitzung ihre engsten Ratgeber und das innere Kabinett einberufen. Einziger Punkt der Tagesordnung waren die kommenden Wahlen; eine förmliche Beschlußfassung und Festlegung des Wahltermins.

Wie üblich machte sie ihren eigenen Standpunkt von Anfang an klar. Sie hielt es für richtig, eine dritte Amtsperiode anzustreben, obwohl sie nach der Verfassung noch bis Juni 1988 Regierungschefin bleiben könnte. Einige der Anwesenden bezweifelten sogleich, daß es klug wäre, schon so früh Neuwahlen auszuschreiben, aber aus langjähriger Erfahrung bezweifelten sie auch, daß sie mit ihren Bedenken sehr weit kommen würden. Wenn die britische Premierministerin etwas »im Gefühl« hatte, dann bedurfte es schon sehr starker Argumente, um sie davon abzubringen. In der vorliegenden Frage schien die Statistik ihr recht zu geben.

Der Vorsitzende der Konservativen Partei lieferte prompt alle Resultate der demoskopischen Umfragen. Die Allianz von Liberalen und Sozialisten, so erklärte er, schien noch immer bei zwanzig Prozent der Wählerschaft in Gunst zu stehen.

Da England weder den Zweiten Wahlgang kennt, wie ihn die Franzosen haben, noch das Proportionalsystem der Iren, sondern jeder Wahlkreis an den Kandidaten mit der höchsten Stimmenzahl fällt, würde die Allianz voraussichtlich zwischen fünfzehn und zwanzig Sitze erhalten. Von den siebzehn nordirischen würden vermutlich zwölf an verschiedene unionistische Gruppierungen fallen, die im Parlament die Konservativen unterstützen, und fünf an die Nationalisten, die London boykottieren oder mit der Harten Linken stimmen. Blieben 613 Wahlkreise, in denen sich der traditionelle Kampf zwischen Konservativen und Labour abspielen würde. Für eine klare Mehrheit müßte Mrs. Thatcher 325 dieser Wahlkreise bekommen.

Ferner hätten die Umfragen gezeigt, dozierte der Parteivorsitzende weiter, daß Labour nur vier Prozentpunkte hinter den Konservativen liege. Seit dem Juni 1983, als sie zu ihrem neuen Image von Einigkeit, Mäßigung und Toleranz fand, habe die Labour Party um volle zehn Prozentpunkte aufgeholt. Die Harte

Linke sei fast verstummt, die verrückte Linke verpönt, die programmatische Linie moderat, und die Fernsehauftritte von Mitgliedern des Schattenkabinetts seien seit einem Jahr fast ausschließlich von Vertretern der Mitte bestritten worden. Die Engländer hätten beinahe wieder volles Vertrauen zur Labour Party als der Alternative zur Regierungspartei.

Der Vorsitzende wies seine feierlich lauschenden Kollegen darauf hin, daß der Vorsprung der Konservativen um zwei Prozentpunkte niedriger sei als vor einem halben Jahr und einen Punkt niedriger als vor drei Monaten. Der Trend sei klar. Es sei der gleiche Trend, wie ihn die Parteiorganisation aus den Wahlkreisen melde.

Die Wirtschaftsindikatoren zeigten, daß zwar zur Zeit eine wirtschaftliche Schönwetterlage herrsche und die Arbeitslosenzahl saisonbedingt zurückgehe, daß indes für den Herbst auf dem öffentlichen Sektor mit Streiks zur Durchsetzung von Lohnforderungen gerechnet werden müsse. In der Folge könnte die Popularitätskurve der Konservativen jäh abfallen und den ganzen Winter über nicht wieder ansteigen.

Um Mitternacht war man sich einig, daß es der Sommer 1987 sein mußte oder erst wieder der Juni 1988. Keine Wahlen im Herbst oder Vorfrühling. In den frühen Morgenstunden hatte dann die Premierministerin ihr Kabinett überzeugt. Nur über einen Punkt wurde noch hitzig debattiert – die Dauer des Wahlkampfes.

In England finden die Parlamentswahlen traditionsgemäß nach vierwöchentlichem Wahlkampf an einem Donnerstag statt. Es kommt selten vor, widerspricht jedoch nicht der Verfassung, daß ein Wahlkampf auf drei Wochen abgekürzt wird. Die Premierministerin war instinktiv für einen dreiwöchentlichen Wahlkampf, für eine Überraschungswahl, so daß die Opposition überrumpelt und unvorbereitet sein würde.

Endlich kam man überein: Mrs. Thatcher würde für Donnerstag, den 28. Mai, um eine Audienz bei der Königin nachsuchen und die Auflösung des Parlaments fordern. Der Tradition folgend, würde sie anschließend in die Downing Street zurückkehren, um von dort eine öffentliche Verlautbarung ergehen zu lassen. Mit diesem Moment würde der Wahlkampf beginnen. Wahltag: Donnerstag, der 18. Juni.

Am Spätnachmittag, während die Minister noch schliefen, brauste die große BMW aus Nordosten auf London zu. Petrofski fuhr zum Hotel Post House in Heathrow, stellte seine Maschine auf den Parkplatz, schloß sie ab und verwahrte den Sturzhelm im Koffer hinter dem Sitz.

Er schlüpfte aus der schwarzen Lederjacke und der Hose mit den seitlichen Reißverschlüssen. Darunter trug er eine gewöhnliche graue Flanellhose, zerknittert, aber unauffällig. Die Stiefel warf er in eine der Satteltaschen, der er ein Paar Straßenschuhe entnommen hatte. Den Lederanzug stopfte er in die andere Satteltasche, aus der ein neutrales Tweedjackett und ein beiger Regenmantel zum Vorschein gekommen waren. Als er die Empfangshalle des Hotels betrat, war er ein ganz gewöhnlicher Mann in einem ganz gewöhnlichen Regenmantel.

Karel Wosniak hatte nicht gut geschlafen. Erstens hatte ihm der vergangene Abend den Schock seines Lebens beschert. Normalerweise wurden die Crews der polnischen Fluglinie LOT, bei der er als Obersteward arbeitete, unbehelligt durch den Zoll und die Paßkontrolle geschleust. Diesmal waren sie durchsucht worden, wirklich durchsucht. Als der britische Zollbeamte, der ihn abfertigte, in seinem Waschbeutel zu graben anfing, wurde ihm beinah schlecht vor Angst. Als der Mann den Elektrorasierer hervorzog, den die SB-Leute ihm vor dem Abflug in Warschau gegeben hatten, wäre er fast in Ohnmacht gefallen. Glücklicherweise war es kein batteriebetriebener oder aufladbarer Apparat.

Eine Steckdose war nicht vorhanden, so daß man ihn nicht in Betrieb setzen konnte. Der Beamte hatte ihn wieder in den Beutel gelegt und die Suche ohne Ergebnis beendet. Wosniak vermutete, daß der Apparat nicht reagiert hätte, wenn jemand ihn wirklich angeschaltet hätte. Schließlich mußte außer dem üblichen Motor noch *irgend etwas* darin stecken. Warum hätte er ihn sonst nach London bringen müssen?

Punkt acht Uhr betrat er den Waschraum im Souterrain der Empfangshalle. Ein unauffälliger Mann im beigen Regenmantel wusch sich gerade die Hände. Mist, dachte Wosniak, wenn der Kontaktmann auftaucht, müssen wir warten, bis dieser Engländer verschwindet. Dann sprach der Mann ihn auf englisch an.

»Guten Morgen. Ist das die Uniform der jugoslawischen Luftfahrtgesellschaft?«

Wosniak seufzte vor Erleichterung.

»Nein, ich bin von der staatlichen polnischen Luftfahrtgesellschaft.«

»Polen ist ein schönes Land«, sagte der Fremde und trocknete sich die Hände ab. Er wirkte völlig unbefangen. Wosniak war das alles neu; einmal und nie wieder, das hatte er sich geschworen. Er stand auf dem Fliesenboden und hielt seinen Rasierapparat in der Hand. »Ich habe manche glückliche Zeit in Ihrem Land verbracht.«

»Das ist es«, dachte Wosniak. »Manche glückliche Zeit ... das Losungswort.«

Er streckte die Hand mit dem Rasierapparat aus. Der Engländer runzelte die Stirn und blickte zu einer der Kabinentüren. Entsetzt merkte Wosniak, daß die Tür geschlossen war; es mußte jemand drinnen sein. Der Fremde wies mit einer Kopfbewegung auf die Ablage über dem Waschbecken. Wosniak legte den Apparat darauf. Dann nickte der Engländer in Richtung der Stehbecken. Hastig zog Wosniak den Reißverschluß seiner Hose auf und stellte sich vor ein Becken.

»Vielen Dank«, murmelte er, »ich finde es auch schön.«

Der Mann im beigen Mantel steckte den Rasierapparat ein, hielt fünf Finger hoch, um anzudeuten, daß Wosniak noch fünf Minuten hier bleiben solle, und ging.

Eine Stunde später verließen Petrofski und sein Motorrad die Vororte, dort, wo Nordost-London an die Grafschaft Essex grenzt. Vor ihm lag die Schnellstraße M12. Es war neun Uhr.

Zur gleichen Stunde schob sich das Fährschiff *Tor Britannia* der DFDS-Linie aus Göteborg den Parkstone Quai in Harwich entlang, achtzig Meilen entfernt, an der Küste von Essex. Die Passagiere, die an Land strömten, bildeten die übliche Mischung aus Touristen, Studenten und Geschäftsleuten. Zur letzteren Gruppe gehörte Herr Stig Lundqvist in seiner großen Saab-Limousine.

Seine Papiere wiesen ihn als schwedischen Geschäftsmann aus, und das stimmte. Er war in der Tat von jeher schwedischer Staatsbürger. In den Papieren stand allerdings nicht, daß er auch seit vielen Jahren kommunistischer Agent war und wie Helmut Dorn für den gefürchteten General Marcus Wolf arbeitete, den jüdischen Chef der Abteilung »Ausland« im HVA, dem Geheimdienst der Deutschen Demokratischen Republik.

Stig Lundqvist wurde diesmal gebeten, auszusteigen und sein Gepäck zum Zolltresen zu bringen. Was er höflich lächelnd auch tat.

Ein zweiter Zollbeamter öffnete die Motorhaube und blickte hinein. Er suchte nach einem kugelförmigen Gegenstand von der Größe eines kleinen Fußballs oder einer stangenförmigen Röhre, die im Motorraum verborgen sein könnte. Er fand nichts dergleichen. Er sah unter der Karosserie nach und schließlich im leeren Kofferraum. Er stöhnte. Diese Anweisungen aus London waren wirklich das letzte. Der leere Kofferraum enthielt nur das übliche Werkzeug, an der Seitenwand war ein Wagenheber befestigt, an der anderen ein Feuerlöscher. Der Schwede stand neben dem Beamten, seine Koffer in der Hand.

»Bitte«, sagte der Schwede, »iss in Ordnung?«

»Ja, vielen Dank, Sir. Einen schönen Aufenthalt.«

Eine Stunde später, kurz vor elf Uhr, fuhr der Saab auf den Parkplatz des Hotels Kings Ford Park im Dorf Layer de la Haye, südlich von Colchester. Lundqvist stieg aus und reckte sich. Es war die Zeit der vormittäglichen Kaffeepause, und auf dem Parkplatz standen mehrere Wagen, alle unbewacht. Er blickte auf die Uhr; fünf Minuten bis zur festgesetzten Zeit. Gerade noch geschafft. Er wußte, daß er im Fall einer Verspätung noch die Stunde bis zwölf hätte abwarten müssen, und dann einen Ausweichtreff irgendwo anders wahrnehmen. Er fragte sich, ob und wann der Kontaktmann auftauchen werde. Weit und breit war niemand zu sehen, nur ein junger Mann, der am Motor einer BMW-Maschine herumbastelte. Er hatte keine Ahnung, wie sein Kontaktmann aussah. Er zündete sich eine Zigarette an, stieg wieder in seinen Wagen und wartete.

Um elf Uhr klopfte jemand ans Fenster. Der Motorradfahrer. Lundqvist drückte auf den Knopf, und die Scheibe senkte sich zischend.

»Ja?«

»Bedeutet das S auf Ihrem Kennzeichen Schweden oder Schweiz?« fragte der Engländer. Lundqvist lächelte erleichtert. Er hatte unterwegs haltgemacht, den Feuerlöscher aus dem Kofferraum entfernt und in einen Rupfenbeutel gesteckt, der jetzt auf dem Beifahrersitz lag.

»Es bedeutet Schweden«, sagte er. »Ich bin soeben aus Göteborg angekommen.«

»War nie dort«, sagte der Mann. Dann fuhr er, ohne die Stimme zu heben, fort: »Haben Sie was für mich?«

»Ja«, sagte der Schwede. »In dem Beutel neben mir.«

»Mehrere Fenster gehen auf den Parkplatz hinaus«, sagte der Motorradfahrer. »Fahren Sie rund um den Parkplatz ohne anzuhalten an dem Motorrad vorbei und werfen Sie mir den Beutel durch Ihr Fenster zu. Ihr Wagen muß sich zwischen mir und den Fenstern befinden. In genau fünf Minuten.«

Er schlenderte wieder zu seinem Motorrad und bastelte weiter. Nach fünf Minuten rollte der Saab an ihm vorbei, der Beutel glitt zu Boden; noch ehe der Saab an den Hotelfenstern vorüber war, hatte Petrofski den Beutel aufgehoben und in seiner geöffneten Satteltasche verschwinden lassen. Den Saab sah er nie wieder, und wollte es auch gar nicht.

Eine Stunde später war er in einer verschlossenen Garage in Thetford, vertauschte das Motorrad gegen das Familienauto und verstaute beide Lieferungen im Kofferraum. Er hatte keine Ahnung, was sie enthielten. Das war nicht seine Sache.

Am frühen Nachmittag war er zu Hause in Ipswich; die beiden Sendungen lagen im Schrank seines Schlafzimmers. Die Kuriere Nummer zehn und sieben hatten geliefert.

John Preston hätte seinen Dienst in der Gordon Street am 13. Mai wieder aufnehmen müssen.

»Ich weiß, es ist frustrierend, aber ich möchte, daß Sie weitermachen«, sagte Sir Nigel Irvine bei einem seiner Besuche. »Sie müssen anrufen und sagen, Sie hätten eine böse Grippe. Wenn Sie ein Attest brauchen, lassen Sie es mich wissen.«

Am 16. war Preston endgültig klar, daß er so nicht weiterkommen würde. Zoll und Einreisebehörden hatten, obwohl kein landesweiter Großalarm gegeben wurde, das Menschenmögliche getan. Doch das gewaltige Verkehrsaufkommen an der Grenze machte eine intensive Durchsuchung jedes einzelnen Reisenden unmöglich. Es war nun fünf Wochen her, seit der russische Matrose in Glasgow überfallen worden war, und Preston war überzeugt, daß die übrigen Kuriere ihm durch die Lappen gegangen waren. Vielleicht waren sie alle schon vor Semjonow im Land gewesen, und der Matrose war der letzte. Vielleicht...

Mit wachsender Verzweiflung vergegenwärtigte er sich, daß er nicht einmal wußte, ob es überhaupt einen Stichtag gab, und wenn ja, wann würde er sein?

Am Donnerstag, dem 21. Mai, legte das Fährschiff aus Ostende in Folkestone an und entließ seine übliche Ladung von Touristen zu Fuß und mit Wagen sowie den donnernden Strom von TIR-Brummis, die das Frachtgut der Europäischen Gemeinschaft von einem Ende Europas zum anderen transportieren.

Sieben der riesigen Laster hatten deutsche Nummernschilder, denn Firmen aus dem norddeutschen Raum bevorzugen den Hafen Ostende für ihre Lieferungen nach England. Der große Hanomag-Sattelschlepper mit seiner Containerfracht unterschied sich in nichts von allen anderen. Das dicke Bündel Papiere, dessen Durchsicht eine Stunde dauerte, war tadellos in Ordnung, und nichts wies darauf hin, daß der Fahrer etwa für jemand anderen arbeitete als für die Speditionsfirma, deren Name an der Tür des Fahrerhauses aufgemalt war. Auch bestand kein Anlaß zu der Vermutung, der Laderaum könnte etwas anderes enthalten als die im Frachtbrief angegebenen deutschen Kaffeemaschinen für englische Frühstückstische.

Hinter dem Fahrerhaus ragten zwei dicke senkrechte Auspuffrohre zum Himmel, die die Abgase des Dieselmotors von den übrigen Straßenbenutzern fernhielten. Es war schon Abend, die ermüdete Tagschicht schleppte sich nur noch dahin, und der Laster wurde zur Straße nach Ashford und London durchgewinkt.

Niemand in Folkestone hatte wissen können, daß in einem dieser senkrechten Auspuffrohre, die beim Verlassen des Zollschuppens dunkle Rauchwolken ausspuckten, ein zweites Rohr steckte, durch das die Gase abzogen, und in dem Getöse der startenden Motore fiel es auch niemandem auf, daß die Auspufftöpfe entfernt worden waren, um für etwas anderes Platz zu schaffen.

Es war längst dunkel, als auf dem Parkplatz eines Fernfahrerlokals bei Lenham in Kent der Fahrer auf das Dach des Fahrerhauses kletterte, ein Auspuffrohr entfernte und daraus eine fünfundzwanzig Zentimeter lange Rolle in einer hitzebeständigen Umhüllung zog. Er öffnete die Rolle nicht; er gab sie einfach einem in schwarzes Leder gekleideten Motorradfahrer, der mit Vollgas in die Dunkelheit davonbrauste. Kurier Nummer acht hatte geliefert.

»Es hat keinen Sinn, Sir Nigel«, sagte John Preston am Freitagabend zum Chef des SIS. »Ich weiß nicht, was zum Teufel vorgeht. Ich fürchte das Schlimmste, aber ich kann es nicht beweisen. Ich habe versucht, noch einen, wenigstens einen der Kuriere aufzustöbern, die meiner Überzeugung nach ins Land gekommen sind, aber ohne Erfolg. Ich glaube, ich sollte am Montag wieder zurück in die Gordon Street.«

»Ich weiß, wie Ihnen zumute ist, John«, sagte Sir Nigel. »Mir geht es genauso. Bitte opfern Sie mir nur noch eine Woche.«

»Welchen Sinn sollte das haben?« fragte Preston. »Was könnten wir denn noch tun?«

»Wahrscheinlich nur beten«, sagte »C« leise.

»Einen Durchbruch«, sagte Preston erbittert. »Ich brauche weiter nichts als einen einzigen kleinen Durchbruch.«

3. Kapitel

John Preston erzielte seinen Durchbruch am folgenden Montag nachmittag.

Kurz nach vier Uhr traf eine Maschine der Austrian Airlines, aus Wien kommend, in Heathrow ein. Einer der Passagiere legte am Schalter für Reisende, die weder Staatsbürger des Vereinigten Königreichs noch der Mitgliedstaaten der Europäischen Gemeinschaft waren, einen österreichischen Paß vor, der auf den Namen Franz Winkler lautete.

Der Kontrollbeamte prüfte den wohlbekannten grüngebundenen Reisepaß mit dem goldenen Wappenadler, ohne mehr als die berufsmäßige Aufmerksamkeit zu zeigen. Der Paß war noch nie verlängert worden, trug ein halbes Dutzend europäischer Ein- und Ausreisestempel und hatte ein gültiges Visum für das Vereinigte Königreich.

Unter dem Schalter tippte die linke Hand des Beamten die Paßnummer ein, die auf jede Seite des Heftchens durchgestanzt war. Er warf einen Blick auf das Sichtgerät, klappte den Paß zu und gab ihn mit einem kurzen Lächeln seinem Eigentümer zurück.

»Vielen Dank, Sir. Und bitte der nächste.«

Als Herr Winkler seine Reisetasche aufnahm und durch die Sperre ging, hob der Beamte den Blick zu einem kleinen Fenster, das sechs Meter vor ihm lag. Zugleich drückte sein rechter Fuß einen Alarmknopf am Boden. Hinter dem Fenster hatte einer der Leute von Special Branch seinen Blick aufgefangen. Der Mann von der Paßkontrolle sah in Richtung von Herrn Winklers Rükken und nickte. Das Gesicht des Detektivs von Special Branch verschwand vom Fenster, und Sekunden später nahmen er und ein Kollege unauffällig die Beschattung des Österreichers auf.

Ein weiterer Mann machte einen Wagen vor der Ankunftshalle startbereit.

Winkler hatte kein schweres Gepäck, daher ließ er das Kofferkarussell links liegen und marschierte stracks durch den grünen Zollkorridor. In der Halle verbrachte er einige Zeit am Schalter der Midland Bank, wo er Reiseschecks gegen Sterling-Währung tauschte. Inzwischen konnte einer der SB-Leute von einer Galerie aus ein gutes Foto von ihm aufnehmen.

Als der Österreicher eines der vor Halle Zwei wartenden Taxis nahm, kletterten die SB-Beamten in ihre neutrale Limousine und folgten ihm. Der Fahrer konzentrierte sich darauf, das Taxi nicht aus den Augen zu verlieren; der ranghöhere SB-Mann informierte über Funk Scotland Yard, von wo aus die Information vorschriftsmäßig an die Charles Street weitergegeben wurde. Da »Sechs« grundsätzlich ebenfalls an jedem Einreisenden mit einem »präparierten« Paß interessiert war, machte Charles Street Meldung an Sentinel House.

Winkler fuhr mit dem Taxi bis Bayswater. An der Kreuzung Edgware Road und Sussex Gardens zahlte er und stieg aus. Dann ging er mit seiner Reisetasche Sussex Gardens entlang, dessen eine Seite fast ganz aus bescheidenen Frühstückspensionen besteht, von der Art, wie sie besonders Handlungsreisende und weniger begüterte späte Ankömmlinge vom nahe gelegenen Bahnhof Paddington bevorzugen.

Den Special-Branch-Männern, die auf der anderen Straßenseite in ihrem Wagen saßen, schien es, daß er kein Zimmer vorbestellt habe, denn er wanderte an den Häusern entlang, bis er ein Schild »Zimmer frei« sah. Dort trat er ein. Er mußte ein Zimmer bekommen haben, denn er kam nicht wieder heraus.

Eine Stunde nachdem Winklers Taxi von Heathrow abgefahren war, klingelte das Telefon in der Wohnung in Chelsea, wo Preston sich aufhielt. Sein Verbindungsmann in Sentinel House, der von Sir Nigel Anweisung hatte, mit Preston in Kontakt zu bleiben, meldete sich.

»Vor kurzem ist ein Joe in Heathrow gelandet«, sagte der Mann von MI6. »Kann eine Niete sein, aber seine Paßnummer hat kleine rote Lämpchen am Computer aktiviert. Name Franz Winkler, Österreicher, aus Wien eingeflogen.«

»Er ist doch hoffentlich nicht festgehalten worden?« sagte Preston. Er überlegte; Österreich ist angenehm nahe an der Tschechoslowakei und Ungarn. Als neutrales Land ist es außerdem eine gute Absprungstelle für Illegale aus dem Ostblock.

»Nein«, sagte der Mann in Sentinel House. »Laut unserer noch immer gültigen Anweisung sind sie ihm nachgefahren ... Moment mal ...« Ein paar Sekunden später war er wieder am Apparat. »Soeben haben sie ihn in einer kleinen Frühstückspension in Paddington abgeliefert.«

»Können Sie mich mit C verbinden?« fragte Preston.

Sir Nigel war in einer Besprechung, eilte jedoch sofort zurück in sein Büro.

»Ja, John?«

Preston setzte den Chef des SIS kurz über die wichtigsten Fakten ins Bild – sie hatten ihn bisher noch nicht erreicht.

»Glauben Sie, daß er der Mann ist, auf den Sie die ganze Zeit gewartet haben?«

»Er könnte ein Kurier sein«, sagte Preston. »Jedenfalls das Beste, was wir in den letzten sechs Wochen hereinbekommen haben.«

»Und was möchten Sie jetzt, John?«

»Ich möchte, daß Sechs die Observanten anfordert, damit sie die SB-Leute ablösen. Alle Berichte, die beim Observantenführer in Cork eingehen, sollen von einem Ihrer Leute sofort kontrolliert werden, ferner unverzüglich an Sentinel weitergegeben werden und von dort an mich. Wenn er sich mit jemandem trifft, sollen beide Männer observiert werden.«

»All right«, sagte Sir Nigel. »Ich veranlasse, daß die Observanten ihn übernehmen. Barry Banks wird im Funkraum von Cork sitzen und jede Entwicklung weitergeben.«

Der Chef rief persönlich den Direktor von Abteilung K an und gab seine Anweisung. Der Chef von »K« setzte sich mit seinem Kollegen von »A« in Verbindung, und ein Ablöseteam von Observanten machte sich auf den Weg nach Sussex Gardens in Paddington. Angeführt wurden sie auch diesmal wieder von Harry Burkinshaw.

Preston wanderte wie ein Tier im Käfig in der kleinen Wohnung auf und ab. Er wollte draußen sein auf den Straßen oder wenigstens im Mittelpunkt der Operation, nicht versteckt wie ein Geheimagent in seinem eigenen Land, Bauer in einem Machtspiel, das auf einer Ebene weit über ihm ausgetragen wurde.

Um sieben Uhr abends waren Harry Burkinshaws Leute an Ort und Stelle und hatten die SB-Männer abgelöst, die freudig nach Hause gingen. Es war ein schöner warmer Abend; die vier Observanten, die den »Rahmen« bildeten, postierten sich unauffällig rings um die Pension, einer ein Stück links vom Eingang, einer ein Stück weiter rechts, einer auf der anderen Straßenseite, der vierte an der Rückfront des Hauses. Die beiden Wagen stellten sich zwischen Dutzende anderer Autos, die entlang Sussex Gardens parkten, startbereit, falls Chummy ausrücken sollte. Alle sechs Observanten standen mittels Walkie-talkies untereinander in Verbindung, Burkinshaw mit der Einsatzzentrale, dem Funkraum im Souterrain der Cork Street.

In der Cork Street saß Barry Banks, da dieser Einsatz von »Sechs« angefordert worden war, und alle warteten darauf, daß Winkler Kontakt aufnehme.

Nur leider tat er das nicht. Er tat überhaupt nichts. Er saß einfach in seinem Pensionszimmer hinter den Netzgardinen und rührte sich nicht. Um halb neun Uhr trat er aus der Tür, ging zu Fuß zu einem Restaurant an der Edgware Road, aß bescheiden zu Abend und kehrte in seine Pension zurück. Er hinterlegte nichts, holte keine Instruktionen ab, ließ nichts auf seinem Tisch liegen, sprach mit niemandem auf der Straße.

Aber zwei interessante Dinge hatte er doch getan. Auf dem Weg zum Restaurant war er jäh stehengeblieben, hatte sekundenlang in eine Spiegelglasscheibe gestarrt und kehrtgemacht. Eş ist einer der ältesten Tricks, um einen »Schatten« aufzuspüren, aber kein sehr guter Trick.

Als er das Restaurant verlassen hatte, blieb er am Bordstein stehen, wartete auf eine Lücke im Verkehrsstrom und sprintete über die Fahrbahn. Drüben blieb er wiederum stehen und spähte zurück, ob jemand hinter ihm hergesprintet war. Niemand. Winkler war nur Burkinshaws viertem Observanten recht nahe gekommen, der die ganze Zeit über auf der anderen Seite der Edgware Road gestanden hatte. Während Winkler in den Verkehrsstrom gespäht hatte, um zu sehen, wer Leben und Gesundheit riskieren würde, um ihn zu verfolgen, war der Observant direkt neben ihm gestanden und hatte scheinbar versucht, ein Taxi anzuhalten.

»Der ist garantiert ein falscher Fuffziger«, meldete Burkinshaw an Cork. »Sucht nach einem Schatten, aber nicht sehr geschickt.«

Burkinshaws Meldung erreichte Preston in seinem Versteck in Chelsea. Er atmete auf. Der Nebel lichtete sich.

Nach seinem Zickzacklauf in der Edgware Road kehrte Winkler in die Pension zurück und verbrachte dort den Rest der Nacht.

Inzwischen nahm im Souterrain von Sentinel House eine andere kleine Operation ihren wohldurchdachten Verlauf. Die Fotos, die auf dem Flughafen Heathrow von den SB-Leuten von Winkler gemacht worden waren, und weitere Aufnahmen auf der Straße in Bayswater waren jetzt entwickelt und ehrfürchtig der legendären Miß Blodwyn vorgelegt worden.

Die Identifizierung ausländischer Agenten oder solcher Ausländer, die möglicherweise Agenten sein könnten, bildet einen wichtigen Teil jeder Geheimdienstarbeit. Alle Dienststellen tragen dazu bei, indem sie Hunderte, ja Tausende von Fotos der Leute schießen, die für ihre Gegner arbeiten könnten. Sogar Verbündete landen in diesen Schnappschuß-Alben. Ausländische Diplomaten, Mitglieder von Wirtschafts-, Wissenschafts- und Kulturdelegationen – alle werden routinemäßig fotografiert, besonders, aber nicht ausschließlich, wenn sie aus kommunistischen oder kommunistenfreundlichen Ländern kommen.

Die Archive wachsen und wachsen. Manchmal werden von derselben Person zwanzig Schnappschüsse zu verschiedenen Zeitpunkten und an verschiedenen Orten gemacht. Keiner wird je weggeworfen. Man braucht sie für eine spätere Identifizierung.

Wenn ein Russe namens Iwanow als Begleiter einer sowjetischen Handelsdelegation in Kanada auftaucht, so wird sein Foto fast immer von der Royal Canadian Mounted Police an die Kollegen in Washington, London und in den übrigen NATO-Staaten weitergegeben. Es ist gut möglich, daß dieses selbe Gesicht fünf Jahre früher als das eines Journalisten namens Kozlow fotografiert wurde, der zu den Unabhängigkeitsfeierlichkeiten einer afrikanischen Republik gereist war. Sollten über den wahren Beruf jenes Herrn Iwanow, der die Schönheiten Ottawas in vollen Zügen genießt, Unklarheiten bestehen, so wird Herrn Kozlows Porträt alle Zweifel zerstreuen. Dieser Mann ist hauptamtlicher KGB-Spion.

Der Austausch solcher Fotos zwischen den Geheimdiensten der Alliierten, einschließlich der brillanten israelischen Mossad, ist permanent und umfassend. Nur sehr wenige Ostblockbürger, die in den Westen oder in die dritte Welt reisen, tauchen nicht in diesen Fotoalben in mindestens zwanzig demokratischen Hauptstädten auf. Und niemand, der in die Sowjetunion reist, endet nicht in der Schönheitsgalerie der Zentrale.

Es klingt wie ein Witz, entspricht jedoch den Tatsachen: Während die »Vettern« von der CIA Datenbänke haben, in denen sie Abermillionen einzelner Gesichtszüge speichern, um den täglich eintreffenden Strom von Fotos zu meistern, hat England seine Blodwyn.

Blodwyn, eine ältere und arg ausgenützte Dame, die ständig von ihren jüngeren männlichen Kollegen um eine rasche Auskunft bedrängt wird, ist seit vierzig Jahren auf ihrem Posten und arbeitet in den unterirdischen Gewölben von Sentinel House, wo sie das umfangreiche Bildarchiv leitet, das »Familienalbum« von MI6. Es ist alles andere als ein Album, vielmehr eine riesige Höhle mit endlosen Regalen voller Fotobänden, über die sie allein ein wahrhaft enzyklopädisches Wissen besitzt.

Blodwyns Gehirn ist der Datenbank der CIA ebenbürtig, manchmal sogar überlegen. Es speichert nicht etwa alle Einzelheiten über den Dreißigjährigen Krieg oder die Aktienindizes von Wall Street, sondern Gesichter. Nasenformen, Kinnlinien, Augenpartien; eine hängende Wange, der Schwung eines Lippenpaars, die Art, wie ein Glas oder eine Zigarette gehalten wird, das Aufblitzen eines Goldzahns, dessen lächelnder Besitzer in einer australischen Kneipe und Jahre später in einem Londoner Supermarkt geknipst wurde – das alles ist Wasser auf die Mühle dieses phänomenalen Gedächtnisses.

In jener Nacht, während Bayswater schlief und Burkinshaws Leute im Dunkeln wachten, saß Blodwyn an ihrem Tisch und starrte auf das Gesicht von Franz Winkler. Zwei junge Männer von »Sechs« warteten schweigend. Nach einer Stunde sagte sie lakonisch: »Fernost« und entschwand zwischen den Regalen. In den frühen Morgenstunden des Dienstag, 26. Mai, hatte sie ihn identifiziert.

Es war kein gutes Foto, und es war fünf Jahre alt. Das Haar war damals dunkler gewesen, die Taille schlanker. Er stand höflich lächelnd neben dem Gesandten seines Landes bei einem Empfang in der indischen Botschaft.

Einer der jungen Männer blickte zweifelnd auf die beiden Fotos.

»Sind Sie sicher, Blodwyn?«

Wenn Blicke lähmen könnten, wäre er von Stund an im Rollstuhl gefahren. Er trat schleunigst den Rückzug an und ging ans Telefon.

»Sie hat ihn«, sagte er. »Er ist Tscheche. War vor fünf Jahren irgendein Underling in der tschechischen Botschaft in Tokio. Name: Jiři Hayek.«

Der Anruf hatte Preston um drei Uhr morgens aufgeweckt. Er hörte zu, dankte dem Anrufer und legte den Hörer wieder auf. Er lächelte glücklich.

»Geschafft«, sagte er.

Um zehn Uhr vormittags war Winkler immer noch in seiner Pension. In der Cork Street hatte Simon Margery von K.2. (B), Sowjetische Satellitenstaaten/Tschechoslowakei, die Einsatzleitung übernommen. Schließlich gehörte der Fall jetzt in sein Ressort. Barry Banks, der im Büro übernachtet hatte, war bei ihm und gab alle Entwicklungen auf dem üblichen Weg an Sentinel House weiter.

Zur gleichen Zeit rief John Preston den Justitiar an der US-Botschaft an, einen persönlichen Bekannten. Dieser »Legal Counsellor« an der Botschaft am Grosvenor Square ist stets der Londoner Vertreter des FBI. Preston brachte sein Anliegen vor und erhielt den Bescheid, er werde zurückgerufen, sobald die Antwort aus Amerika eintreffe, etwa in fünf bis sechs Stunden, da man den Zeitunterschied in Rechnung stellen müsse.

Um elf trat Winkler aus der Tür der Pension. Er ging wieder bis zur Edgware Road, stieg in ein Taxi und fuhr in Richtung Park Lane. An Hyde Park Corner bog das Taxi, gefolgt von zwei Wagen mit dem Observantenteam, in Piccadilly ein. Dort stieg Winkler in der Nähe des Piccadilly Circus aus und unternahm ein paar weitere primitive Versuche, einen Schatten abzuschütteln, den er noch nicht einmal geortet hatte.

»Jetzt geht's wieder los«, murmelte Len Stewart vor sich hin.

Er hatte Burkinshaws Bericht gelesen und etwas Ähnliches erwartet. Winkler schoß plötzlich fast im Laufschritt in eine Passage, tauchte am anderen Ende wieder auf, schusselte den Gehsteig entlang und drehte sich nach dem Durchgang um, aus dem er soeben aufgetaucht war. Niemand kam heraus. Es war auch nicht nötig. Am südlichen Ende des Durchgangs hatte sich längst ein Observant postiert.

Die Observanten kennen London besser als jeder Polizist oder Taxifahrer. Sie wissen, wie viele Ausgänge jedes größere Gebäude hat, wo Durchgänge und Unterführungen verlaufen, wo sich enge Passagen befinden und wohin sie führen. Wohin immer ein Joe sich verdrücken will, ist ihm ein Observant bereits vorausgeeilt, einer kommt langsam nach, und zwei bilden die Flanke. Der »Rahmen« ist nicht zu sprengen, und nur ein sehr gewitzter Joe kann ihn überhaupt entdecken.

Überzeugt, daß ihm kein Schatten folge, betrat Winkler das Reisebüro der britischen Eisenbahnen in der Lower Regent Street. Dort erfragte er die Abfahrtszeiten der Züge nach Sheffield. Der Fußballfan mit dem Schottenhalstuch, der dicht neben ihm stand und heim nach Motherwell wollte, war einer der Observanten. Winkler kaufte eine Rückfahrkarte zweiter Klasse nach Sheffield, zahlte bar, notierte sich, daß der letzte Zug um neun Uhr fünfundzwanzig abends vom St.-Pancras-Bahnhof abging, dankte dem Schalterbeamten und ging.

Er aß in der Nähe zu Mittag, kehrte nach Sussex Gardens zurück und blieb den ganzen Nachmittag dort.

Preston bekam die Meldung über die Fahrkarte nach Sheffield kurz nach ein Uhr. Er erwischte Sir Nigel Irvine gerade noch, als »C« sich auf den Weg zum Lunch in seinem Club machen wollte.

»Es kann blinder Alarm sein, aber es sieht aus, als wolle er die Stadt verlassen«, sagte Preston. »Vielleicht fährt er zu seinem Treff. Der könnte im Zug stattfinden oder in Sheffield. Vielleicht hat er so lang gezögert, weil es noch zu früh war. Es geht darum, Sir, wenn er London verläßt, dann brauchen wir einen Einsatzleiter, der mit den Observanten reist. Ich möchte dieser Einsatzleiter sein.«

»Ja, ich verstehe. Nicht einfach. Aber ich will sehen, was sich machen läßt.«

Sir Nigel seufzte. Essig mit dem Lunch, dachte er. Er ließ seinen Adjutanten kommen.

»Bestellen Sie meinen Lunch im White's ab. Meinen Wagen vorfahren lassen. Und ein Telegramm aufnehmen. In dieser Reihenfolge.«

Während der Adjutant sich an die beiden ersten Aufgaben machte, rief Sir Nigel Sir Bernard Hemmings in seinem Haus bei Farnham in Surrey an.

»Entschuldigen Sie die Störung, Bernard. Es tut sich etwas, und ich möchte Ihren Rat. Nein ... lieber unter vier Augen. Könnte ich zu Ihnen hinauskommen? Prachtwetter ohnehin. Ja, gut, also dann gegen drei.«

»Das Telegramm?« sagte sein Adjutant.

»Ja.«

»An wen?«

»An mich.«

»Gewiß. Von wem?«

»Chef der Residentur in Wien.«

»Soll ich ihn benachrichtigen, Sir?«

»Nicht nötig. Sorgen Sie dafür, daß ich vom Chiffrierraum sein Telegramm in drei Minuten erhalte.«

»Selbstverständlich. Und der Text?«

Sir Nigel diktierte den Text. Daß er eine dringende Botschaft an sich selbst schickte, um zu rechtfertigen, was er ohnehin tun wollte, war ein alter Trick, den er von seinem einstigen Mentor, Sir Maurice Oldfield, gelernt hatte. Als der Chiffrierraum das Telegramm in der Form heraufschickte, in der es aus Wien eingegangen wäre, steckte der alte Fuchs es ein und ging hinunter zu seinem Wagen.

Er fand Sir Bernard in seinem Garten in Tilford, wo er, eine Decke auf den Knien, die warme Maisonne genoß.

»Wollte eigentlich heute reinkommen«, sagte der Generaldirektor von »Fünf« mit gutgespielter Munterkeit. »Aber morgen ganz bestimmt.«

»Gewiß, gewiß.«

»Also, wie kann ich helfen?«

»Kitzlig«, sagte Sir Nigel. »Jemand ist soeben aus Wien in London gelandet. Als österreichischer Geschäftsmann ausgewiesen. Aber das ist Schwindel. Wir konnten ihn gestern nacht identifizieren. Tschechischer Geheimagent, einer der Jungens vom StB. Kleiner Fisch, vermutlich ein Kurier.«

Sir Bernard nickte.

»Ja, ich bin im Bilde. Auch hier draußen. Habe alles darüber erfahren. Meine Leute haben die Sache im Griff, nicht wahr?«

»Absolut. Nur, es sieht aus, als wolle er heute abend London verlassen. Richtung Norden. Fünf braucht einen Einsatzleiter, der mit den Observanten reist.«

»Selbstverständlich. Es wird sich jemand finden. Brian kann das erledigen.«

»Ja. Es ist natürlich Ihre Operation. Andererseits ... Sie erinnern sich an die Affäre Berenson? Zwei Dinge konnten wir nie herausfinden. Hält Marais Verbindung über die Rezidentura hier in London oder benutzt er Kuriere, die von draußen geschickt werden? Und war Berenson der einzige Mann, den Marais führte, oder ist es ein ganzes Netz?«

»Ich weiß. Wir wollten diese Fragen auf Eis legen, bis wir von Marais ein paar Antworten kriegen würden.«

»Das stimmt. Aber heute bekam ich dieses Telegramm von meinem Residenten in Wien.«

Er holte das Telegramm hervor. Sir Bernard las es und hob die Brauen.

»Eine Verbindung zwischen den beiden? Wäre das möglich?«

»Es wäre möglich. Winkler, alias Hayek, scheint eine Art Kurier zu sein. Wien bestätigt, daß er nominell zum StB gehört, tatsächlich jedoch für den KGB arbeitet. Wir wissen, daß Marais in den letzten zwei Jahren, während er Berenson führte, zweimal in Wien gewesen ist. Jedesmal Kulturreisen, aber –«

»Das fehlende Glied?«

Sir Nigel zuckte die Achseln. Niemals übertreiben.

»Und wozu fährt er jetzt nach Sheffield?«

»Wenn wir das wüßten, Bernard. Gibt es in Yorkshire ein zweites Netz? Könnte Winkler Zulieferer für mehrere Netze sein?«

»Und was möchten Sie jetzt von Fünf? Noch mehr Observanten?«

»Nein, ich möchte John Preston. Wie Sie sich erinnern werden, ist er zuerst Berenson auf die Spur gekommen und dann Marais. Ich mag seinen Stil. Er war eine Weile in Urlaub. Anschließend hatte er eine kleine Grippe, wie ich hörte. Aber morgen soll er wieder anfangen. Nachdem er so lange weg war, hat er vermutlich ohnehin keine laufenden Fälle. Technisch gehört er zu See- und Flughäfen, C.5. (C). Aber Sie wissen, daß die Leute von K mehr als ausgelastet sind. Wenn er nur vorübergehend zu K abgestellt würde, könnten Sie ihn für dieses eine Mal zum Einsatzleiter bestimmen ...«

»Well, ich weiß nicht recht, Nigel. Das ist wirklich Brians Sache ...«

»Ich wäre schrecklich dankbar, Bernard. Schließlich hat Preston die Jagd nach Berenson vom Start an mitgemacht. Wenn Winkler auch dazugehört, dann könnte Preston vielleicht sogar ein Gesicht sehen, das ihm nicht neu ist.«

»All right«, sagte Sir Bernard. »Sie haben gewonnen. Ich werde die Anweisung von hier aus erteilen.«

»Ich könnte sie gleich mitnehmen, wenn Sie möchten«, sagte »C«. »Spart Ihnen die Mühe. Schicke meinen Fahrer mit dem Wisch hinüber in die Charles Street ...«

Er verließ Tilford mit dem »Wisch« in der Tasche, einer

schriftlichen Anweisung von Sir Bernard Hemmings, wonach John Preston vorübergehend an Referat K überstellt und zum Einsatzleiter der Operation Winkler ernannt wurde, sobald der Genannte die Hauptstadt verlassen würde.

Sir Nigel ließ zwei Kopien anfertigen, eine für sich und eine für John Preston. Das Original ging an die Charles Street. Brian Harcourt-Smith war nicht im Büro, daher blieb der Befehl auf seinem Schreibtisch liegen.

An diesem Abend um sieben Uhr verließ Preston die Wohnung in Chelsea zum letztenmal. Endlich war er wieder draußen in der frischen Luft und fühlte sich wohl.

In Sussex Gardens trat er leise hinter Harry Burkinshaw.

»Hallo, Harry.«

»Du lieber Gott, John Preston! Was machen Sie denn hier?«

»Bloß ein bißchen Luft schnappen.«

»Lassen Sie sich lieber nicht blicken. Wir haben einen Joe im Haus drüben auf der anderen Straßenseite.«

»Weiß ich. Und er will mit dem Zug um einundzwanzig Uhr fünfundzwanzig nach Sheffield fahren.«

»Woher wissen Sie das?«

Preston zog seine Kopie von Sir Bernards Anweisung aus der Tasche. Burkinshaw las sie durch.

»Wow! Vom Herrn Generaldirektor persönlich. Willkommen beim Verein. Aber bleiben Sie bloß außer Sicht.«

»Kann ich ein Walkie haben?«

Burkinshaw wies mit einer Kopfbewegung die Straße entlang. »Um die Ecke am Radnor Place. Brauner Cortina. Im Handschuhfach liegt noch eins.«

»Ich warte im Wagen«, sagte Preston.

Burkinshaw wunderte sich. Niemand hatte ihm gesagt, daß Preston als Einsatzleiter mitkommen werde. Er hatte nicht einmal gewußt, daß Preston zur Tschechen-Abteilung gehörte. Aber die

Unterschrift des GD war entscheidend. Er für seine Person würde einfach seinen Job weitermachen. Er zuckte die Achseln, schob wieder einmal ein Pfefferminzbonbon in den Mund und wartete weiter.

Um halb neun verließ Winkler die Pension. Er trug seine Reisetasche. Er hielt ein vorbeifahrendes Taxi an und nannte dem Fahrer das Ziel.

Als er aus der Tür getreten war, hatte Burkinshaw sein Team und seine beiden Wagen gerufen. Dann sprang er in den vorderen Wagen, und sie fuhren hundert Yards hinter dem Taxi durch die Edgware Road. Preston saß im zweiten Wagen. Nach zehn Minuten wußten sie, daß die Fahrt ostwärts zum Bahnhof ging. Burkinshaw gab die Meldung durch. Aus Cork kam Simon Margerys Stimme zurück:

»O. K., Harry, unser Einsatzleiter ist unterwegs.«

»Wir haben schon einen«, sagte Burkinshaw. »Er ist hier bei uns.«

Das war Margery neu. Er fragte nach dem Namen. Als er ihm genannt wurde, glaubte er, sich verhört zu haben.

»Er gehört ja nicht einmal zu K (B)«, wandte er ein.

»Jetzt schon«, sagte Burkinshaw ungerührt. »Ich hab' den Befehl gesehen. Unterschrieben vom Generaldirektor.«

Margery von Cork Street rief Charles an. Während der Konvoi in der Dämmerung nach Osten fuhr, brach in Charles Street das große Getue aus. Sir Bernards Anweisung wurde gesucht, gefunden und bestätigt. Margery warf erbittert die Arme hoch.

»Warum können diese Armleuchter von Charles sich nie beizeiten entschließen?« fragte er sich und die Welt. Er rief den Kollegen, den er zum St.-Pancras-Bahnhof geschickt hatte, wieder ab. Dann versuchte er, Brian Harcourt-Smith aufzustöbern, um ihm sein Leid zu klagen.

Auf dem Bahnhofsvorplatz bezahlte Winkler sein Taxi, durchschritt den Torbogen der Ziegelfassade, betrat die viktorianische Schalterhalle mit der hohen Kuppeldecke und studierte die Abfahrtstafel. Die vier Observanten und Preston mischten sich in den Strom der Reisenden und geleiteten ihren Joe in die Bahnhofshalle, eine Konstruktion aus Ziegeln und Eisen.

Der Zug nach Sheffield, mit Halt in Leicester, Derby und Chesterfield, stand auf Gleis zwei. Winkler ging den Bahnsteig entlang, vorbei an den drei Wagen erster Klasse und dem Büffetwagen bis zu den drei blaugepolsterten Waggons zweiter Klasse an der Spitze des Zuges. Er stieg in den mittleren Wagen, hievte seine Reisetasche ins Gepäcknetz, setzte sich und wartete in aller Ruhe auf die Abfahrt.

Es war ein Großraumwagen, und nach ein paar Minuten kam ein junger Farbiger herein, Kopfhörer aufgestülpt, einen Walkman an den Gürtel gehakt, und ließ sich drei Reihen von Winkler entfernt nieder. Sobald er saß, fing er an, im Takt der heißen Rhythmen, die ihm in die Ohren gellen mußten, mit dem Kopf zu nicken, schloß die Augen und gab sich dem Kunstgenuß hin. Einer von Burkinshaws Leuten war zur Stelle; aus seinen Kopfhörern kamen keine Reggaeklänge, sondern Harrys Instruktionen in Lautstärke fünf.

Einer von Burkinshaws Observanten übernahm den vordersten Wagen, Harry und John Preston setzten sich in den dritten, so daß Winkler eingerahmt war, und der vierte Mann nahm in der ersten Klasse am Zugende Platz, für den Fall, daß Winkler die Fliege machte, um einen etwaigen Schatten abzuschütteln.

Punkt neun Uhr fünfundzwanzig zischte der Intercity 125 aus dem Bahnhof St. Pancras und brauste nordwärts. Um neun Uhr dreißig hatte Simon Margery die Spur Harcourt-Smiths bis zum Speisesaal seines Clubs verfolgt und ließ ihn ans Telefon holen. Was der stellvertretende Generaldirektor von »Fünf« hörte, veranlaßte ihn, aus dem Club zu stürzen, in ein Taxi zu springen und quer durch West End bis zur Charles Street zu rasen.

Auf seinem Schreibtisch fand er die Anweisung, die Sir Bernard Hemmings am Nachmittag geschrieben hatte. Harcourt-Smith wurde weiß vor Wut.

Er war jedoch ein äußerst beherrschter Mensch, und nachdem er die Sache ein paar Minuten lang überdacht hatte, griff er zum Telefon und bat die Vermittlung höflich wie stets, ihn mit der Privatwohnung des Justitiars seiner Dienststelle zu verbinden.

Der Justitiar amtiert häufig als Verbindungsmann zwischen dem Geheimdienst und Special Branch. Während Harcourt-Smith wartete, sah er die Abfahrtszeiten der Züge nach Sheffield nach. Der Justitiar wurde von seinem Sessel vor dem Fernsehgerät in Camberley aufgestört und meldete sich.

»Special Branch muß für mich eine Festnahme durchführen«, sagte Harcourt-Smith. »Ich habe Grund, anzunehmen, daß ein illegal eingereister Mann, vermutlich ein Sowjetagent, sich der Überwachung entziehen könnte. Name Franz Winkler, angeblich österreichischer Staatsbürger. Grund der Festnahme: Verdacht auf Besitz eines gefälschten Passes. Er wird mit dem Zug aus London um dreiundzwanzig Uhr neunundfünfzig in Sheffield eintreffen. Ja, ich weiß, die Zeit ist knapp. Deshalb ist es so dringend. Ja, bitte wenden Sie sich an den Commander Special Branch beim Yard, er soll seine Leute in Sheffield losschicken, damit sie bei Ankunft des Zuges die Verhaftung vornehmen können.«

In grimmiger Entschlossenheit legte er auf. Man konnte ihm John Preston als Außenführer der Observanten aufdrängen, aber die Festnahme eines Verdächtigen war Sache der Polizei und somit die seine.

Der Zug war fast leer. Die insgesamt sechzig Reisenden hätten in zwei der sechs Waggons reichlich Platz gehabt. Barney, der Observant im vordersten Wagen, hatte nur zehn völlig unschuldige Mitpassagiere. Er saß mit dem Rücken zur Fahrtrichtung, so daß er durch das Türglas zwischen den beiden Wagen den obersten Teil von Winklers Kopf sehen konnte.

Im zweiten Waggon waren außer Ginger, dem jungen Farbigen mit den Kopfhörern, und seinem Schützling Winkler noch fünf Leute. Ein Dutzend Fahrgäste, dazu Preston und Burkinshaw teilten sich im dritten Wagen in sechzig Plätze. Eineinviertel Stunden lang tat Winkler gar nichts; er hatte nichts zu lesen bei sich; er starrte nur aus dem Fenster auf die dunkle Landschaft.

Um zweiundzwanzig Uhr fünfundvierzig, kurz vor Leicester, verlangsamte der Zug seine Fahrt, und in Winkler kam Bewegung. Er nahm seine Reisetasche herunter, ging durch den Wagen zum Vorplatz und ließ das Fenster der Tür herunter, die zum Bahnsteig führte. Ginger alarmierte die anderen, die sich bereit machten, wenn nötig sofort aufzubrechen.

Als der Zug hielt, drückte sich ein Mitreisender an Winkler vorbei.

»Entschuldigung, ist das schon Sheffield?« fragte Winkler.

»Nein, Leicester«, sagte der Mann und stieg aus.

»Aha, danke«, sagte Winkler. Er stellte die Reisetasche ab, blieb aber am offenen Fenster stehen und blickte während des kurzen Aufenthalts ständig den Bahnsteig auf und ab. Als der Zug wieder anfuhr, kehrte er auf seinen Platz zurück und stellte auch die Reisetasche wieder ins Netz.

Um dreiundzwanzig Uhr zwölf, in Derby, wiederholte sich das Manöver. Diesmal fragte er einen Schaffner auf dem Bahnsteig des hallenden Betongewölbes, das den Bahnhof von Derby bildet.

»Derby«, rief der Schaffner. »Sheffield ist die übernächste.«

Wieder nutzte Winkler den Aufenthalt, um durch das offene Fenster zu spähen, und wieder kehrte er auf seinen Platz zurück und warf die Reisetasche ins Netz. Preston beobachtete ihn durch die Zwischentür.

Um dreiundzwanzig Uhr dreiundvierzig fuhren sie in Chesterfield ein, einem Bahnhof aus der Zeit der Queen Victoria, der jedoch sehr gepflegt wirkt mit seiner hellen Bemalung und den Blumenampeln. Diesmal ließ Winkler die Reisetasche liegen, ging aber wieder hinaus und lehnte sich aus dem Fenster, als einige Reisende ausstiegen und durch die Sperre eilten. Der Bahnsteig war schon wieder leer, ehe der Zug sich in Bewegung setzte. Als er anfuhr, riß Winkler die Tür auf, sprang auf den wegrollenden Beton und warf die Tür hinter sich zu.

Es kam selten vor, daß Burkinshaw von einem Joe überlistet wurde, aber später gestand er, Winkler habe ihn glatt aufs Kreuz gelegt. Alle vier Observanten hätten leicht noch aus dem Zug springen können, aber der Bahnsteig bot nicht die Spur einer Deckung, und sie wären so wenig aufgefallen wie eine Herde roter Elefanten. Winkler hätte sie unweigerlich gesehen und seinen Treff ausfallen lassen, wo immer der auch stattfinden sollte.

Preston und Burkinshaw rannten vor zur Plattform, Ginger kam aus dem vorderen Wagen herbei. Das Fenster war noch offen. Preston streckte den Kopf hinaus und blickte zurück. Winkler, der endlich sicher war, daß ihm niemand folgte, marschierte den Bahnsteig entlang, er wandte ihnen den Rücken zu.

»Harry, fahren Sie mit dem Team im Wagen hierher zurück«, schrie Preston. »Rufen Sie mich über Funk, wenn Sie nah genug sind. Ginger, machen Sie die Tür hinter mir zu.«

Er zog die Tür auf, stellte sich aufs Trittbrett, kauerte in der »Landeposition« der Fallschirmjäger nieder und sprang.

Fallschirmspringer schlagen mit einer Geschwindigkeit von etwa acht Meilen pro Stunde am Boden auf; die Seitengeschwindigkeit hängt vom Wind ab. Der Zug fuhr dreißig, als Preston auf die Böschung zusauste; er betete, daß er nicht gegen einen Betonpfosten oder auf einen großen Stein prallen möge. Er hatte Glück; das dichte Gras dämpfte den Aufprall ein wenig ab, dann rollte er sich ab, Knie zusammengepreßt, Ellbogen angelegt, Kopf eingezogen. Harry sagte später, er habe nicht hinsehen können. Ginger sagte, Preston sei gehopst wie ein Gummiball, die Böschung entlang und abwärts, auf die rollenden Räder zu. Als er endlich zum Halten kam, lag er im Graben zwischen dem Gras und dem Bahnkörper. Er rappelte sich auf, machte kehrt und hielt im Laufschritt auf die Lichter des Bahnhofs zu.

Als er die Sperre erreichte, schloß der Bahnbeamte gerade zu. Er blickte die lädierte Erscheinung in der zerrissenen Jacke erstaunt an.

»Der letzte Mann, der durch die Sperre ging«, sagte Preston, »klein, stämmig, grauer Regenmantel. Wohin ist er gegangen?«

Der Mann wies zum Bahnhofsvorplatz, und Preston rannte los. Zu spät fiel dem Beamten ein, daß er ihm die Fahrkarte nicht abgenommen hatte. Auf dem Vorplatz sah Preston die Schlußlichter eines Taxis aus dem Parkplatz in Richtung Stadt fahren. Es war das letzte Taxi. Er hätte über die Polizeistation den Taxifahrer ausfindig machen und fragen können, wohin er den Fahrgast gebracht habe, aber er wußte, daß Winkler das Taxi vor seinem eigentlichen Ziel verlassen und den Rest zu Fuß gehen würde. Neben ihm trat ein Schaffner den Kickstarter seines Mopeds.

»Ich muß mir Ihr Rad ausleihen«, sagte Preston.

»Hau bloß ab«, sagte der Schaffner. Preston hatte keine Zeit, sich auszuweisen oder herumzustreiten; die Schlußlichter des Taxis tauchten unter die neue Ringstraße und außer Sicht. Also versetzte Preston dem Mann einen Kinnhaken. Der Schaffner krachte zu Boden. Preston fing das umfallende Moped ab, zog es zwischen den Beinen des Mannes hervor, schwang sich hinauf und fuhr los.

Eine Verkehrsampel war sein Glück. Das Taxi war in die Corporation Street eingebogen, und Preston hätte es auf seinem Spirituskocher nie mehr erwischt, wenn die Ampel vor der Stadtbücherei nicht auf Rot gestanden hätte. Als das Taxi die Holywell Street entlang und in die Saltergate Street fuhr, war er hundert Yards hinter ihm; dann vergrößerte sich der Abstand, als der stärkere Motor die gerade halbe Meile der Autostraße entlangfuhr. Hätte Winkler sich in die ländliche Umgebung westlich von Chesterfield fahren lassen, so wäre er Preston mit Sicherheit entwischt.

Glücklicherweise leuchteten die Bremslichter des Taxis auf,

als es nur noch ein Fleck in der Ferne war. Winkler stieg aus, wo die Saltergate in die Ashgate Road übergeht. Als Preston näher kam, konnte er Winkler sehen, der neben dem Taxi stand und die Straße auf und ab spähte. Weit und breit kein Verkehr; es blieb Preston nichts anderes übrig als weiterzufahren. Er ratterte an dem haltenden Taxi vorbei wie ein Mann, der spät von der Arbeit heimkehrt, schwenkte in die Foljambe Road ein und hielt an.

Winkler überquerte das Ende der Straße; Preston folgte ihm. Winkler sah sich kein einziges Mal mehr um. Er marschierte rund um die Begrenzung des Fußballplatzes von Chesterfield und in die Compton Street. Dort trat er an eine Haustür und klopfte. Preston hatte sich von einer dunklen Stelle zur nächsten geschoben, die Straßenecke erreicht und sich hinter einem Busch im Garten des Eckhauses versteckt.

Ein Stück straßauf sah er in einem dunklen Haus Lichter angehen, und die Tür wurde geöffnet. Nach einem kurzen Wortwechsel auf der Schwelle ging Winkler hinein. Preston seufzte und ließ sich hinter seinem Busch zu einer langen Nachtwache nieder. Er konnte die Nummer des Hauses, in das Winkler gegangen war, nicht lesen, auch hatte er die Rückfront nicht im Blickfeld, aber er sah die hohe Mauer des Fußballplatzes direkt hinter dem Haus, also gab es dort vielleicht keinen Ausgang.

Um zwei Uhr morgens hörte er das schwache Geräusch in seinem Sprechgerät, als Burkinshaw in Reichweite gekommen war. Preston meldete sich und gab seinen Standort durch. Um halb drei hörte er leise Schritte und pfiff. Burkinshaw kam zu ihm ins Gebüsch.

»Alles in Ordnung, John?«

»Ja. Er ist dort drüben im Haus, zweites nach dem Baum, mit dem Licht hinter der Gardine.«

»Hab's. John, in Sheffield hat uns ein Empfangskomitee erwartet. Zwei von Special Branch und drei in Uniform. Von London hinbestellt. Haben Sie eine Festnahme verlangt?«

»Nie im Leben. Winkler ist ein Kurier. Ich will den großen Fisch. Vielleicht ist er dort im Haus. Was war mit dem Empfangskomitee?«

Burkinshaw lachte.

»Gott segne die britische Polizei. Sheffield liegt in Yorkshire, das hier ist Derbyshire. Sie müssen es am Morgen mit ihren Chief Constables ausschnapsen. Gibt Ihnen Zeit.«

»Mhm. Wo sind die anderen?«

»Hinten auf der Straße. Wir sind in einem Taxi zurückgekommen und haben es wieder weggeschickt. John, wir sind ohne Wagen. Sobald es hell wird, haben wir auf dieser Straße keine Deckung.«

»Stellen Sie zwei ans obere Ende und zwei hier ans untere«, sagte Preston. »Ich gehe zurück in die Stadt und bitte auf dem Polizeirevier um eine kleine Unterstützung. Wenn Chummy abschwirrt, sagen Sie es mir. Aber bleiben Sie ihm mit zwei Leuten auf den Fersen, zwei bleiben beim Haus.«

Er verließ den Garten und ging zu Fuß ins Zentrum von Chesterfield, wo er nach einiger Suche das Polizeirevier in der Beetwell Street fand. Im Gehen ging ihm ein Satz ständig im Kopf um. Irgend etwas an der Schau, die Winkler abgezogen hatte, ergab keinen Sinn.

4. Kapitel

Superintendent Robin King war nicht gerade erfreut, als man ihn um drei Uhr morgens weckte, doch als er hörte, daß ein Mann von MI5 aus London auf seinem Polizeirevier sei und um Beistand ersuche, versprach er, sofort zu kommen, und zwanzig Minuten später war er unrasiert und ungekämmt zur Stelle.

Er hörte aufmerksam zu, während Preston erklärte, worum es ging: Ein Ausländer, wahrscheinlich ein sowjetischer Agent, sei von London aus beschattet worden, und, nachdem er in Chesterfield aus dem fahrenden Zug gesprungen war, bis zu einem Haus in der Compton Street, dessen Nummer man noch nicht kenne, verfolgt worden.

»Ich weiß noch nicht, wer in diesem Haus wohnt und was der Verdächtige darin zu schaffen hat. Ich möchte das gerne herausfinden, aber ohne im Augenblick eine Verhaftung vorzunehmen. Ich möchte das Haus beobachten. Später am Vormittag können wir uns vom Chief Constable für Derbyshire weitergehendere Vollmachten besorgen; doch im Augenblick ist das Problem selbst dringender. Ich hab' vier Observanten auf der Straße, aber sobald es tagt, werden sie so unauffällig aus der Gegend ragen wie Maibäume. Also brauche ich Hilfe.«

»Was kann ich genau für Sie tun, Mr. Preston?« fragte der Polizeibeamte.

»Haben Sie einen neutralen Kombiwagen?«

»Nein. Ein paar neutrale Polizeiwagen und einige Kombis, die aber das Polizeikennzeichen an der Seite tragen.«

»Können wir einen neutralen Kombi auftreiben und ihn, mit meinen Männern darin, vor dem Haus parken?«

Der Superintendent rief den Sergeant vom Dienst an, stellte die gleiche Frage und lauschte eine Weile.

»Wecken Sie ihn telefonisch und bitten sie ihn, mich sofort anzurufen«, sagte er. Zu Preston: »Einer unserer Leute hat einen Kombi. Das Auto ist ziemlich verbeult, und sein Besitzer wird deswegen dauernd gehänselt.«

Dreißig Minuten später traf sich der noch nicht ganz wache Police Constable mit dem Observantenteam vor dem Haupteingang des Fußballstadions. Burkinshaw und seine Leute kletterten in den Kombi, der in die Compton Street fuhr und gegenüber dem verdächtigen Haus parkte. Wie abgemacht stieg der Polizist aus, dehnte und reckte sich und ging die Straße entlang, als komme er von der Nachtschicht heim.

Burkinshaw spähte durch das Rückfenster und rief Preston über Funk.

»Schon besser«, sagte er. »Wir haben einen großartigen Blick auf das Haus gegenüber. Es ist übrigens Nummer 59.«

»Halten Sie eine Weile durch«, sagte Preston, »ich versuche etwas noch Besseres zu organisieren. Sollte Winkler das Haus verlassen und zu Fuß weggehen, folgen Sie ihm mit zwei Männern. Die beiden anderen sollen bleiben. Wenn er mit dem Auto wegfährt, fahren Sie mit dem Kombi hinterher.«

»Superintendent, wir müssen das Haus vielleicht längere Zeit beobachten. Das heißt, wir müssen uns gegenüber, in einem Vorderzimmer im oberen Stock, einnisten. Können wir in der Compton Street jemanden finden, der uns aufnimmt?«

Der Polizeichef dachte nach.

»Ich kenne jemanden, der in der Compton Street wohnt«, sagte er. »Wir sind beide Freimaurer, Mitglieder derselben Loge. Ein ehemaliger Obermaat der Navy, jetzt im Ruhestand. Er wohnt Nummer 68. Ich weiß nicht, wo das Haus genau liegt.«

Burkinshaw bestätigte, daß Achtundsechzig zwei Häuser weiter auf der gegenüberliegenden Straßenseite war. Durch das Fenster im oberen Stock, das wahrscheinlich zum Schlafzimmer gehörte, würde man das Ziel vorzüglich beobachten können. Superintendent King rief seinen Freund vom Revier aus an.

Auf Prestons Anregung hin erzählte er dem verschlafenen Hauseigentümer, Mr. Sam Royston, daß es sich um eine Polizeiaktion handle; man wolle einen Verdächtigen beobachten, der in dem Haus gegenüber Zuflucht gesucht habe. Nachdem Mr. Royston seinen Verstand einigermaßen beisammen hatte, zeigte er sich ganz auf der Höhe der Situation. Als gesetzesfürchtiger Bürger würde er der Polizei selbstverständlich erlauben, sein Vorderzimmer zu benutzen.

Der Kombi fuhr gemächlich um den Block in die West Street; Burkinshaw und sein Team stiegen über Gartenzäune und schlüpften zwischen Villen hindurch, bis sie zu Mr. Roystons Haus kamen, das sie durch den Hintergarten betraten. Kurz bevor die Sommersonne die Straße überflutete, ließ das Observantenteam sich in Mr. Roystons ungemachtem Schlafzimmer hinter den Spitzenvorhängen nieder, durch die man die Nummer 59 gegenüber sehen konnte.

Mr. Royston, der stocksteif in einem Kamelhaarmorgenrock steckte und die Wichtigtuerei eines Patrioten an den Tag legte, der gebeten worden war, den Beamten der Königin beizustehen, lugte durch die Vorhänge auf das Haus gegenüber.

»Bankräuber, wie? Rauschgifthändler, was?«

»So was ähnliches«, bestätigte Burkinshaw.

»Ausländer«, schnaubte Royston. »Nie gemocht. Hätten keinen von den Brüdern ins Land lassen sollen.«

Ginger, dessen Eltern aus Jamaika stammten, starrte stoisch durch die Vorhänge. Mungo, der Schotte, holte ein paar Stühle von unten. Mrs. Royston tauchte wie eine Maus aus ihrem Versteck auf, nachdem sie Lockenwickler und Haarnadeln entfernt hatte.

»Hätte jemand«, fragte sie, »gerne eine gute Tasse Tee?«

Barney, der jung und hübsch war, setzte sein gewinnendstes Lächeln auf.

»Das wäre reizend, Mammi.«

Es wurde Mrs. Roystons großer Tag. Sie begann die erste

einer, wie sich dann herausstellte, endlosen Abfolge von Tassen Tee zuzubereiten, einem Gebräu, von dem sie ohne sichtliche Zufuhr von fester Nahrung zu leben schien.

Auf dem Polizeirevier hatte der diensthabende Sergeant inzwischen die Identität der Bewohner von Compton Street Nummer 59 festgestellt.

»Zwei griechische Zyprioten, Sir«, berichtete er Superintendent King. »Brüder und beide Junggesellen. Andreas und Spiridon Stephanides. Nach Aussage des für dieses Revier zuständigen Constable wohnen sie seit ungefähr vier Jahren dort. Scheinen in Holywell Cross ein griechisches Spezialitätenrestaurant mit Straßenverkauf zu betreiben.«

Preston telefonierte seit einer halben Stunde mit London. Zuerst hatte er den diensthabenden Offizier in Sentinel House angerufen, der ihn dann mit Barry Banks verbunden hatte.

»Barry, setzen Sie sich doch mit C in Verbindung, ganz gleich, wo er ist, und bitten Sie ihn, mich zurückzurufen.«

Fünf Minuten später war Sir Nigel am Apparat, ruhig und hellwach, als wäre er nicht aus dem Schlaf gerissen worden. Preston informierte ihn über die Ereignisse der vergangenen Nacht.

»Sir, gestern war ein Empfangskomitee in Sheffield. Zwei Leute von Special Branch und drei Uniformierte mit Haftbefehlen.«

»So war es aber nicht abgemacht, John.«

»Nicht, soweit ich im Spiel bin.«

»All right, John, ich werde mich um diese Seite der Angelegenheit kümmern. Sie haben das Haus ausgemacht. Schlagen Sie jetzt los?«

»Ich habe *ein* Haus ausgemacht«, korrigierte Preston. »Ich möchte nicht losschlagen, weil ich nicht glaube, daß dies das Ende der Spur ist. Noch etwas, Sir. Sollte Winkler nach Hause zurückreisen, dann möchte ich, daß man ihn in Ruhe ziehen läßt. Wenn er ein Kurier ist oder ein Bote oder einfach jemand, der sich über den Gang bestimmter Dinge informieren soll, dann werden seine Leute in Wien auf ihn warten. Kommt er nicht zurück, werden sie unweigerlich den ganzen Laden von A bis Z dichtmachen.«

»Ja«, sagte Sir Nigel langsam. »Ich werde mit Sir Bernard darüber reden. Wollen Sie an Ort und Stelle bleiben oder nach London zurückkommen?«

»Ich möchte, wenn möglich, am Ball bleiben.«

»All right. Ich sorge im Namen von Sechs dafür, daß Sie alles bekommen, was Sie brauchen. Jetzt nehmen Sie Rückendeckung und machen Sie Ihren Bericht für Charles Street.«

Preston legte auf, und Sir Nigel rief Sir Bernard zu Hause an. Der Generaldirektor von »Fünf« erklärte sich bereit, mit ihm um acht Uhr im Guards Club zu frühstücken.

»Sie sehen also, Bernard, die Zentrale ist vielleicht wirklich gerade dabei, eine Großaktion bei uns durchzuführen«, sagte »C«, während er seinen zweiten Toast mit Butter bestrich.

Sir Bernard Hemmings schien zutiefst beunruhigt. Er saß vor seinem Frühstück, ohne es anzurühren.

»Brian hätte mich über den Vorfall in Glasgow informieren müssen«, sagte er. »Warum zum Teufel liegt dieser Bericht immer noch auf seinem Schreibtisch?«

»Wir machen alle dann und wann Fehler. Errare humanum est und so«, murmelte Sir Nigel. »Schließlich haben meine Leute in Wien angenommen, Winkler sei ein Postkurier für einen seit langem bestehenden Agentenring, und ich folgerte daraus, daß Jan Marais zu diesem Ring gehören könne. Jetzt sieht es so aus, als handle es sich um zwei getrennte Operationen.«

Er verschwieg, daß er selbst das Wiener Telegramm vom vergangenen Tag verfaßt hatte, um von seinem Kollegen zu bekommen, was er wollte – die Einbeziehung Prestons in die Operation Winkler als Einsatzleiter. Für »C« gab es eine Zeit der Offenheit und eine Zeit für diskrete Verschwiegenheit.

»Und die zweite Operation, die mit den Dingen zusammenhängt, die man in Glasgow abgefangen hat?«

Sir Nigel zuckte die Achseln.

»Keine Ahnung, Bernard. Wir tappen alle im dunkeln. Brian glaubt offensichtlich nicht daran. Vielleicht hat er recht. In diesem Fall bin ich dann der Blamierte. Und doch, die Affäre Glasgow, der geheimnisvolle Sender in den Midlands, die Ankunft Winklers. Winkler war ein Glücksfall, vielleicht der letzte in dieser Sache.«

»Und welche Schlußfolgerungen ziehen Sie aus dem Ganzen, Nigel?«

Sir Nigel lächelte entwaffnend. Auf diese Frage hatte er gewartet.

»Keine Schlußfolgerungen, Bernard. Nur ein paar Vermutungen. Sollte Winkler ein Kurier sein, dann müßte er sich meiner Meinung nach mit seinem Kontaktmann in Verbindung setzen und sein Paket abliefern oder das Paket, weswegen er gekommen ist, abholen, und zwar irgendwo im Freien. Auf einem Parkplatz, an einem Flußufer, auf einer Gartenbank, an einem Teich. Wenn hier eine Großaktion im Gange ist, dann muß irgendwo ein Illegaler der ersten Garnitur vor Ort sein. Der Mann, der die Fäden zieht. Würden Sie an seiner Stelle die Kuriere bei sich zu Hause empfangen? Natürlich nicht. Sie würden eine Zwischenstation oder vielleicht sogar zwei einschalten. Noch ein bißchen Kaffee?«

»Schön. Ich bin Ihrer Meinung.«

Sir Bernard wartete, bis sein Kollege ihm die Tasse vollgeschenkt hatte.

»Ich folgere also, Bernard, daß Winkler nicht der Obermacher sein kann. Er ist nur ein kleiner Fisch, ein Bote, ein Kurier oder etwas Ähnliches. Das gleiche gilt für die beiden Zyprioten in dem Haus in Chesterfield. Schläfer, meinen Sie nicht?«

»Richtig«, sagte Sir Bernard, »untergeordnete Schläfer.«

»Sieht daher allmählich so aus, als sei das Haus in Chesterfield ein Zwischenlager für ankommende Pakete, ein Briefkasten, ein sicheres Haus oder der Standort des Senders. Es liegt schließlich in der richtigen Gegend; die beiden vom GCHQ aufgefangenen ›Spritzer‹ sind aus dem Peak District von Derbyshire und von den Hügeln nördlich von Sheffield gekommen, beides Orte, die von Chesterfield aus leicht zu erreichen sind.«

»Und Winkler?«

»Was meinen Sie, Bernard? Ein Techniker, der den Sender reparieren soll, falls er Zicken macht? Jemand, der den Gang der Dinge überprüfen soll? Wie dem auch sei, ich glaube, wir sollten ihn drüben berichten lassen, daß alles in Ordnung ist.«

»Und der Obermacher, meinen Sie, daß er persönlich auftaucht?«

Sir Nigel zuckte wieder die Achseln. Er befürchtete, daß Brian Harcourt-Smith als Ersatz für die entgangene Verhaftung in Sheffield nun zum Sturm auf das Haus in Chesterfield blasen würde. Voreilig, dachte Sir Nigel.

»Ich möchte annehmen, daß irgendwo ein Kontakt stattfindet. Entweder geht er zu den Griechen, oder sie kommen zu ihm«, sagte er.

»Wissen Sie was, Nigel, ich glaube, wir sollten das Haus in Chesterfield observieren lassen, zumindest eine Zeitlang.«

Der Chef des SIS nickte ernst.

»Bernard, alter Freund, Sie sprechen mir aus der Seele. Aber Brian scheint ganz geil darauf zu sein, einige Verhaftungen vorzunehmen. Gestern abend hat er es in Sheffield versucht. Natürlich, mit Verhaftungen kann man eine Zeitlang Staat machen, aber –«

»Überlassen Sie Brian Harcourt-Smith ruhig mir, Nigel«, sagte Sir Bernard grimmig. »Ich pfeife vielleicht aus dem letzten Loch, aber ich bin immer noch gut für ein letztes Gefecht. Ich werde die Leitung dieser Operation persönlich übernehmen.«

Sir Nigel legte die Hand auf Sir Bernards Arm.

»Ich wäre wirklich froh, wenn Sie das täten, Bernard.«

Winkler verließ das Haus in der Compton Street um neun Uhr dreißig, zu Fuß. Mungo und Barney glitten durch den Hinterausgang, durchquerten die Gärten und waren an der Ecke der Ashgate Road hinter dem Tschechen. Der ging zum Bahnhof, stieg in den Zug nach London und wurde in St. Pancras von einem neuen Team übernommen. Mungo und Barney fuhren nach Derbyshire zurück.

Winkler ging nicht mehr zu seiner Pension, um dort seine Sachen zu holen, sondern fuhr direkt nach Heathrow. Er nahm das Nachmittagsflugzeug nach Wien. Irvines Residenturchef in Wien berichtete später, Winkler sei von zwei Leuten der Sowjetbotschaft abgeholt worden.

Preston verbrachte den Rest des Tages auf dem Polizeirevier und erledigte den ganzen Verwaltungskrempel, den eine Observierung in der Provinz mit sich bringt.

Die bürokratische Maschine war angelaufen; Charles Street hatte das Innenministerium aufgescheucht, das den Chief Constable von Derbyshire ermächtigte, Superintendent King dahingehend zu instruieren, daß er Preston und seinen Leuten jede nur mögliche Unterstützung gewähren solle. Mr. King war sowieso liebend gern dazu bereit, doch der Papierkram mußte in Ordnung sein.

Len Stewart kam per Auto mit einer zweiten Mannschaft und wurde in einem Junggesellenheim für Polizisten einquartiert. Die beiden griechischen Brüder wurden mit Teleobjektiven fotografiert, als sie kurz vor Mittag die Compton Street verließen, um zu ihrer Taverne nach Holywell Cross zu fahren, und die Aufnahmen wurden per Motorrad nach London gebracht. Weitere Experten kamen von Manchester. Sie zapften im zuständigen Fernsprechamt die Telefonanschlüsse der Griechen an, zu Hause und in der Taverne, und brachten in ihrem Wagen einen Ortungssignalgeber an.

Am Spätnachmittag wurde London bei den Griechen fündig. Sie waren zwar echte Brüder, aber keine echten Zyprioten. Als Altkommunisten waren sie in der ELLAS-Bewegung tätig gewesen und vor zwanzig Jahren von Griechenland nach Zypern gegangen. Athen hatte damals London freundlicherweise informiert. Ihre wirklicher Name war Costapopoulos. Aus Zypern waren sie, laut Nikosia, vor acht Jahren verschwunden.

Das Immigrationsregister in Croydon berichtete, daß die Gebrüder Stephanides vor fünf Jahren in Großbritannien angekommen waren und als rechtmäßige Staatsbürger von Zypern eine Aufenthaltsgenehmigung bekommen hatten.

Die amtlichen Unterlagen in Chesterfield zeigten, daß sie vor dreieinhalb Jahren aus London zugezogen waren, einen langfristigen Pachtvertrag für die Taverne abgeschlossen und das kleine Flachdachhaus in der Compton Street gekauft hatten. Seitdem führten sie das Leben von friedlichen und gesetzesfürchtigen Bürgern. An sechs Tagen der Woche öffneten sie ihre Taverne gegen Mittag, wo nur wenige Leute zum Essen kamen, und blieben bis spät in die Nacht, um die zahlreiche Laufkundschaft zu bedienen, die sich ihr Abendessen mit nach Hause nahm.

Außer Superintendent King erfuhr niemand im Polizeirevier den wahren Grund für die Observierung, den im ganzen nur sechs Leute kannten. Für alle übrigen handelte es sich um die Zerschlagung eines landesweiten Rauschgiftrings. Die Londoner habe man zugezogen, weil sie die Ganoven kannten.

Nach Sonnenuntergang verließ Preston das Polizeirevier und ging zu Burkinshaw und seinem Team.

Zuvor bedankte er sich noch überschwenglich bei Superintendent King für die freundliche Unterstützung.

»Wollen Sie bei der Observierung mitmachen?« fragte der Polizeichef.

»Ja«, sagte Preston. »Warum?«

Superintendent King lächelte traurig.

»Die halbe Nacht hatten wir einen äußerst ramponierten Schaffner vom Bahnhof bei uns im Revier. Anscheinend hat ihn jemand auf dem Bahnhofsplatz vom Moped gestoßen und sich damit davongemacht. Wir haben das Moped unversehrt in der Foljambe Road gefunden. Er hat uns eine genaue Beschreibung seines Angreifers gegeben. Sie gehen doch nicht viel aus dem Haus, oder?«

»Nein, ich glaube nicht.«

»Sehr vernünftig«, meinte Superintendent King.

In seinem Haus in der Compton Street hatte man Mr. Royston eingeschärft, er solle sich so verhalten wie immer, morgens zum Einkaufen gehen und nachmittags zum Bowling. Zusätzliche Nahrung und Getränke sollten nach Einbruch der Dunkelheit gebracht werden, damit die Nachbarn sich nicht über den plötzlichen Wolfshunger der Roystons wunderten. Ein kleiner Fernseher wurde für »die Burschen da oben«, wie Mr. Royston sich ausdrückte, aufgestellt, und dann begann das große Warten.

Die Roystons waren in das rückwärtige Gästezimmer umgezogen, und das Einzelbett aus diesem Zimmer war nach vorne gebracht worden. Die Observanten würden sich abwechselnd darin ausruhen. Weiter hatte man ein scharfes Fernglas auf einem Stativ installiert, desgleichen eine Kamera mit Teleobjektiv für Tageslichtaufnahmen und einer Infrarotlinse für Nachtaufnahmen. Zwei vollgetankte Wagen parkten ganz in der Nähe, und Len Stewarts Leute hielten sich im Fernmelderaum des Polizeireviers auf, um die Verbindung zwischen den Handfunkgeräten im Haus und London herzustellen.

Als Preston ankam, schienen die vier Observanten es sich gemütlich gemacht zu haben. Barney und Mungo, die gerade aus London zurückgekommen waren, dösten, der eine auf dem Bett, der andere auf dem Boden. Ginger saß in einem Lehnstuhl und schlürfte eine Tasse frisch gebrauten Tee; Harry Burkinshaw kauerte in einem Armsessel und spähte durch die Spitzenvorhänge auf das Haus gegenüber.

Er hatte sein halbes Leben bei jedem Wetter im Freien verbracht und war daher ganz zufrieden mit seiner jetzigen Lage. Er war im Warmen, im Trockenen, mit einem reichlichen Nachschub an Pfefferminzbonbons und hatte die Schuhe ausgezogen. Es gab Schlimmeres. Das Zielhaus lag zu alledem vor der fünfzehn Fuß hohen Betonmauer eines Fußballplatzes, was bedeutete, daß niemand die Nacht über im Gebüsch kauern mußte. Preston setzte sich auf den Stuhl neben Burkinshaw, hinter der aufgestellten Kamera, und ließ sich von Ginger eine Tasse Tee geben.

»Lassen Sie die Klempner kommen?« fragte Harry. Er meinte damit die ausgebildeten Einbrecher, die der Technische Dienst für heimliche Besuche bereithielt.

»Nein«, sagte Preston, »denn wir wissen ja nicht einmal, ob nicht doch irgend jemand in der Wohnung ist. Und außerdem könnten Warngeräte vorhanden sein, die jeden heimlichen Besuch signalisieren und die wir nicht alle ausmachen können. Und schließlich warte ich darauf, daß ein Chummy auftaucht. Wenn das passiert, folgen wir ihm im Wagen. Len kann das Haus übernehmen.«

Sie verfielen wieder in Schweigen. Barney wachte auf.

»Irgendwas in der Glotze?« fragte er.

»Nicht viel«, sagte Ginger. »Die Abendnachrichten. Der übliche Quatsch.«

Vierundzwanzig Stunden später, am Donnerstag abend zur gleichen Zeit, waren die Nachrichten interessanter. Auf ihrem kleinen Bildschirm sahen sie die Premierministerin, die auf der Treppe von Downing Street Nummer 10 in einem adretten blauen Kostüm vor einer Horde von Presse- und Fernsehjournalisten stand.

Sie verkündete, daß sie soeben vom Buckingham-Palast komme, wo sie die Königin gebeten habe, das Parlament aufzulösen. Das Land würde sich also auf die Unterhauswahlen vorbereiten, die auf den 18. Juni festgesetzt seien.

Der Rest des Abends war dieser Sensation gewidmet, wobei die Führer und Koryphäen aller Parteien ihrer Siegeszuversicht Ausdruck gaben.

Gedankenverloren sah Preston auf den Bildschirm. Schließlich sagte er: »Ich glaub', ich hab' ihn.«

»Sie haben wen, John?« fragte Harry.

»Meinen Stichtag«, sagte Preston, wollte sich aber nicht weiter darüber auslassen.

Im Jahre 1987 wiesen nur noch wenige in Europa hergestellte Autos die altmodischen runden Scheinwerfer von früher auf, und eines dieser wenigen war der unverwüstliche Austin Mini. Ein Fahrzeug dieses Typs befand sich unter den vielen Wagen, die am Abend des 2. Juni mit dem Fährschiff von Cherbourg in Southampton ankamen.

Der Wagen war vor vier Wochen in Österreich gekauft, in eine geheime Garage in Deutschland gebracht, dort geändert und wieder nach Salzburg zurückgefahren worden. Er war mit einwandfreien österreichischen Papieren versehen, ebenso wie der Tourist, der ihn fuhr, obgleich er Tscheche war, der zweite und letzte Beitrag des StB zum Transport der von Valeri Petrofski benötigten Teile.

Der Mini wurde vom Zoll durchsucht, der nichts Ungewöhnliches entdeckte. Nachdem der Fahrer die Docks von Southampton hinter sich hatte, folgte er den Richtungsschildern nach London, bis er in den nördlichen Vororten der Hafenstadt die Straße verließ und in einen großen Parkplatz einbog. Es war schon dunkel, und im hinteren Teil des Parkplatzes konnte er von den Fahrern der vorbeiflitzenden Wagen nicht mehr gesehen werden. Er stieg aus und machte sich mit einem Schraubenzieher an den Scheinwerfern zu schaffen.

Zuerst nahm er den Chromring ab, der den Spalt zwischen dem Scheinwerfergehäuse und dem Kotflügel verdeckte. Dann entfernte er mit einem größeren Schraubenzieher die Schrauben, die das Scheinwerfergehäuse fest mit dem Kotflügel verbanden, zog den Scheinwerfer heraus, machte die Anschlußschnüre ab, die von der Lichtmaschine des Wagens zur Rückseite der Lampenschale führten, und steckte das Gehäuse, das ungewöhnlich schwer zu sein schien, in eine neben ihm stehende Segeltuchtasche.

Der Ausbau der beiden Scheinwerfer dauerte fast eine Stunde. Als er fertig war, starrte der kleine Wagen aus seinen leeren Scheinwerferhöhlen blicklos vor sich hin. Am nächsten Morgen würde der Fahrer mit neuen Scheinwerfern aus Southampton zurückkommen, die Gehäuse einsetzen und wegfahren.

Er hob die schwere Segeltuchtasche auf, ging zur Straße zurück und hundert Yards weiter in Richtung Hafen. Die Bushaltestelle war genau da, wo man ihm gesagt hatte, daß sie sein werde. Er sah auf seine Armbanduhr; noch zehn Minuten bis zum Treff.

Genau zehn Minuten später kam ein Mann in Ledermontur zur Bushaltestelle. Außer ihnen beiden war niemand da. Der Neuankömmling sah die Straße hinunter und bemerkte:

»Der letzte Nachtbus läßt immer lange auf sich warten.«

Der Tscheche stieß einen Seufzer der Erleichterung aus.

»Ja«, antwortete er, »aber ich werde Gott sei Dank um Mitternacht zu Hause sein.«

Sie warteten schweigend, bis der Bus nach Southampton kam. Der Tscheche ließ die abgestellte Tasche stehen und stieg ein. Als die Schlußlichter in Richtung Stadt verschwanden, hob der Motorradfahrer die Tasche auf und ging die Straße entlang zur Wohnsiedlung, wo er sein Fahrzeug abgestellt hatte.

Gegen Morgen kam er, nach einem Umweg über Thetford, wo er sich umgezogen und das Fahrzeug gewechselt hatte, in Cherryhayes Close, Ipswich, an, mit dem letzten der laut Liste vorgesehenen Teile, auf die er in diesen langen Wochen gewartet hatte. Kurier Nummer neun hatte geliefert.

Zwei Tage später war die Observierung des Hauses in der Compton Street eine Woche alt und hatte absolut nichts Berichtenswertes zutage gefördert.

Die beiden griechischen Brüder führten ein Leben von untadeliger Ereignislosigkeit. Sie standen um neun auf, beschäftigten sich im Haus – sie schienen alles selbst zu erledigen, vom Aufräumen bis zum Abstauben – und fuhren dann in ihrer fünf Jahre alten Limousine kurz vor Mittag zu ihrem Restaurant. Dort blieben sie bis zur Schließung um Mitternacht und fuhren dann wieder nach Hause zum Schlafen. Es gab keine Besucher und nur wenig Telefongespräche. Wenn sie telefonierten, dann handelte es sich um Bestellungen von Fleisch und Gemüse oder anderen harmlosen Dingen.

Über die Taverne in Holywell Cross berichteten Len Stewart und seine Leute so ziemlich das gleiche. Das Telefon wurde häufiger benutzt, doch es ging nur um Bestellungen von Nahrungsmitteln, Tischreservierungen und Weinlieferungen. Es war nicht möglich, jeden Abend einen Observanten zum Essen hinzuschicken; die Griechen waren Profis, die seit Jahren ein Doppelleben führten und die einen Gast, der zu häufig kam und zu lange blieb, sofort ausmachen würden. Doch Stewart und sein Team taten ihr Bestes.

Für das Team im Hause der Roystons war das Hauptproblem die Langeweile. Selbst Mr. und Mrs. Royston wurde, nachdem der Reiz der Neuheit verpufft war, ihre Gegenwart allmählich lästig. Mr. Royston hatte sich der konservativen Partei als freiwilliger Wahlhelfer zur Verfügung gestellt, und die Vorderfenster des Hauses waren nun mit dem Konterfei des örtlichen Tory-Kandidaten geschmückt.

Das ermöglichte einen regen Parteienverkehr, denn die Nachbarn achteten nicht auf das Kommen und Gehen der Leute, welche die Rosette der Konservativen im Knopfloch trugen. Burkinshaw und sein Team konnten so, mit der Rosette im Knopfloch, gelegentlich zu einem Spaziergang aus dem Haus gehen, solange die Griechen in ihrem Restaurant waren. Das verschaffte ein bißchen Abwechslung. Der einzige, der gegen Langeweile gefeit zu sein schien, war Burkinshaw.

Im übrigen hingen sie, um sich zu zerstreuen, am Fernseher, der, besonders wenn die Roystons außer Haus waren, auf leise gestellt war. Hauptthema waren die Wahlen. Eine Woche nach Beginn der Kampagne wurden drei Dinge immer klarer.

Die liberal-sozialdemokratische Allianz hatte laut Meinungsumfragen den Durchbruch nicht geschafft, und es lief anscheinend wieder auf das traditionelle Rennen zwischen den Konservativen und der Labour Party hinaus. Zum zweiten ließen alle Umfragen erkennen, daß die beiden Hauptparteien näher aneinander lagen, als dies vor vier Jahren, nach dem Erdrutschsieg der Konservativen, vorhersehbar gewesen war; ferner erwiesen die Wahlkreisumfragen, daß die Entscheidung über die Farbe der nächsten Regierung höchstwahrscheinlich in den achtzig unsicheren Wahlkreisen fallen würde. Bei jeder Umfrage gaben die Wechselwähler mit ihrem zwischen zehn und zwanzig Prozent variierenden Stimmanteil den Ausschlag.

Zum dritten zeigte es sich, daß trotz aller ideologischen und wirtschaftlichen Schwerpunkte und der Bemühungen aller Parteien, diese Themen auszuschlachten, sich die Wahlkampagne immer mehr auf die ungleich gefühlsbeladenere Streitfrage der einseitigen nuklearen Abrüstung zuspitzte. In einer zunehmenden Anzahl von Meinungsumfragen stellte sich das nukleare Wettrüsten als Problem Nummer eins oder Nummer zwei heraus.

Die weitgehend linkslastigen und ausnahmsweise weitgehend unter sich einigen Friedensbewegungen führten eine eigenständige Parallelkampagne. Fast täglich fanden Massendemonstrationen statt, über die Presse und Fernsehen ausgiebig berichteten. Obgleich die Bewegungen über keine Finanzierungsquellen zu verfügen schienen, brachten sie doch gemeinsam soviel Geld auf, daß sie Hunderte von Bussen mieten konnten, um damit ihre Demonstranten im fliegenden Einsatz hierhin und dorthin zu fahren, quer durchs ganze Land.

Die Koryphäen der Harten Linken, durch die Bank Agnostiker und Atheisten, traten gemeinsam mit dem schickeren Flügel der Anglikanischen Kirche in jeder Fernsehsendung, bei jeder Massenkundgebung auf, wobei die Mitglieder der einen Gruppe jeweils gedankenschwer zustimmend zu den Ausführungen der anderen Gruppe nickten.

Obgleich auch die Allianz keineswegs für einseitige Abrüstung war, blieb doch die konservative Partei das Hauptangriffsziel der Abrüstungsbefürworter, deren Hauptverbündeter wiederum ganz natürlicherweise die Labour Party wurde.

Als der Parteivorsitzende sah, aus welcher Ecke der Wind blies, ging er mit Unterstützung des Nationalen Parteivorstands auf alle von den Abrüstungsbefürwortern gestellten Forderungen ein.

Ein anderes Schwerpunktthema der Linken war der Anti-Amerikanismus. Bei Podiumsgesprächen konnte weder der Diskussionsleiter noch der eingeladene Parteistar der Konservativen dem Sprecher der Abrüstungsbefürworter das geringste tadelnde Wort an die Adresse Sowjetrußlands entlocken; ewig wiederholtes Leitmotiv war der Haß auf Amerika, das als Kriegstreiber, Imperialist und Bedrohung für den Frieden hingestellt wurde.

Am Donnerstag, dem 4. Juni, wurde die Wahlschlacht noch verschärft durch ein plötzliches Angebot Rußlands an ganz Westeuropa, neutrale wie auch NATO-Länder, wonach die Sowjets sich bereit erklärten, für immer und ewig eine atomwaffenfreie Zone zu garantieren, falls Amerika desgleichen tun würde.

Als der britische Verteidigungsminister zu erklären versuchte, daß (a) die Beseitigung der europäisch-amerikanischen Atomwaffen nachprüfbar sei, während man das von dem Abzug der sowjetischen Sprengköpfe nicht behaupten könne, und daß (b) die konventionellen Streitkräfte des Warschauer Pakts viermal so stark seien wie die der NATO, wurde er niedergeschrien und mußte von seinen Leibwächtern aus den Händen wütender Pazifisten befreit werden.

»Als ob diese Wahl«, brummte Burkinshaw und ließ ein Pfefferminzbonbon in den Mund springen, »eine Volksabstimmung über nukleare Abrüstung wäre.«

»Ist sie auch«, sagte Preston.

Am Freitag ging Major Petrofski im Stadtzentrum von Ipswich einkaufen. In einer Eisenwarenhandlung erstand er einen leichten zweirädrigen Karren mit kurzen Handgriffen, wie man ihn zum Transport von Säcken, Mülltonnen und schweren Koffern verwendet. In einem Geschäft für Baumaterial zwei zehn Fuß lange Bretter.

In einem Laden für Büroartikel kaufte er einen kleinen stählernen Aktenschrank, dreißig Zoll hoch, achtzehn breit und zwölf tief, mit gut verschließbarer Tür.

Ein Holzgeschäft lieferte eine Auswahl an Leisten, Stäben und kurzen Balken, während ihm ein Bastlerladen einen kompletten Werkzeugkasten verkaufte, mit Hochleistungsbohrer einschließlich dazugehöriger Bohrer für Stahl und Holz, sowie Nägel, Bolzen, Schrauben, Muttern und ein Paar strapazierfähige Industriehandschuhe.

In einem Lagerhaus für Verpackungsmaterial erstand er Schaumstoff für Isolierzwecke und in einem Elektromarkt eine Auswahl vielfarbiger Drähte. Er mußte zweimal fahren, um das alles in seinem Wagen nach Cherryhayes Close zu schaffen. Er stapelte die beiden Fuhren in der Garage und brachte den größten Teil des Materials nach Einbruch der Dunkelheit ins Haus.

In dieser Nacht erhielt er per Morsefunk nähere Angaben über die Ankunft des »Monteurs«, das einzige Ereignis, das er sich nicht hatte einprägen müssen. Es würde der Treff X sein, am Montag, dem 8. Knapp, dachte er, verdammt knapp, aber er würde den Zeitplan einhalten.

Während Petrofski über seinem Einmalcode kauerte und die Botschaft entzifferte, während die Griechen Moussaka und Kebab an die Nachtschwärmer verkauften, sprach Preston im Polizeirevier telefonisch mit Sir Bernard Hemmings.

»Die Frage ist, wie lange wir uns in Chesterfield halten können, wenn nichts dabei herauskommt«, sagte Sir Bernard.

»Das Ganze geht erst eine Woche, Sir«, sagte Preston. »Manche Observierungen haben viel länger gedauert.«

»Das weiß ich sehr wohl. Nur haben wir meistens mehr Anhaltspunkte. Hier sind immer mehr Leute dafür, bei den Griechen einzubrechen und nachzusehen, was sie im Haus versteckt haben. Warum sind Sie gegen einen heimlichen Besuch, während die Brüder weg sind?«

»Weil wir es wahrscheinlich mit Spitzenprofis zu tun haben, die den Braten sofort riechen würden. Wenn das passiert, haben sie wahrscheinlich eine todsichere Methode, um ihren Einsatzleiter vor jedem weiteren Kommen zu warnen.«

»Sicher haben Sie recht. Doch Sie sitzen nur herum und warten, bis der Tiger zur angebundenen Ziege ins Haus kommt. Aber angenommen, der Tiger kommt nicht?«

»Früher oder später wird er kommen, Sir Bernard«, sagte Preston. »Bitte, geben Sie mir noch ein bißchen Zeit.«

»All right«, sagte Sir Bernard nach einer Pause, während der er eine Rückfrage getätigt hatte. »Eine Woche, John. Nächsten Freitag muß ich aber die Leute von Special Branch auf das Haus loslassen, damit sie dort alles auseinandernehmen. Schließlich könnte ja der Mann, den wir suchen, die ganze Zeit über in der Wohnung gesteckt haben.«

»Das glaube ich nicht. Winkler hätte nie die Höhle des Tigers besucht. Ich glaube, daß der Tiger irgendwo herumstreicht und daß er kommen wird.«

»Also gut. Eine Woche, John. Freitag, letzter Termin.«

Sir Bernard legte auf. Preston starrte den Hörer an. Die Wahl war in dreizehn Tagen. Allmählich verließ ihn der Mut; vielleicht hatte er sich von Anfang an getäuscht. Niemand, ausgenommen Sir Nigel, glaubte an seinen Riecher. Eine kleine Poloniumscheibe und ein tschechischer Kurier für untergeordnete Aufgaben waren keine besonderen Anhaltspunkte, noch dazu, wenn sie vielleicht gar nichts miteinander zu tun hatten.

»All right, Sir Bernard«, sagte er zu dem summenden Handapparat, »eine Woche. Danach hau' ich die Brüder sowieso in die Pfanne.«

Der Finnair-Jet aus Helsinki kam am nächsten Montag nachmittag wie immer planmäßig an, und seine Passagiere brachten die Zoll- und Paßkontrolle in Heathrow ohne besondere Probleme hinter sich. Einer davon war ein großer, bärtiger Mann mittleren Alters, dessen finnischer Paß ihn als Urho Nuutila auswies und dessen fließende Beherrschung der Sprache sich aus seiner karelischen Abkunft erklärte. In Wirklichkeit war er ein Russe namens Wassiliew, von Beruf Kernphysiker, abgestellt zur Artillerie, Feldzeugforschungsdirektorat. Wie auch die meisten Finnen sprach er ein passables Englisch.

Er fuhr mit dem Flughafenbus zum Penta Hotel, ging hinein und am Empfang vorbei zur Hintertür, von der aus man zum Parkplatz kam. Er wartete in der Spätnachmittagssonne unbeachtet an der Tür, bis eine kleine Limousine vor ihm hielt. Der Fahrer hatte sein Fenster heruntergekurbelt.

»Setzen die Flughafenbusse hier ihre Fahrgäste ab?« fragte er.

»Nein«, sagte der Reisende, »ich nehme an, um die Ecke, am Vordereingang.«

»Wo kommen Sie her«, fragte der junge Mann.

»Aus Finnland, wenn Sie es genau wissen wollen«, sagte der Bärtige.

»Muß kalt sein in Finnland.«

»Nein, um diese Jahreszeit ist es sehr heiß. Das Hauptproblem ist die Mückenplage.«

Der junge Mann nickte. Wassiliew ging um den Wagen herum und stieg ein. Sie fuhren davon.

»Name?« fragte Petrofski.

»Wassiliew.«

»Das genügt. Bleiben wir dabei. Ich bin Ross.«

»Noch weit?« fragte Wassiliew.

»Ungefähr zwei Stunden.«

Den Rest des Weges legten sie schweigend zurück. Petrofski machte drei verschiedene Manöver, um eventuelle Verfolger zu entdecken. Da waren keine. Mit dem letzten Tageslicht kamen sie in Cherryhayes Close an. Mr. Armitage, Petrofskis Nachbar, mähte in seinem Vorgarten das Gras.

»Besuch?« fragte er, als Wassiliew ausstieg und zur Haustür ging. Petrofski nahm den kleinen Koffer vom Rücksitz und zwinkerte Armitage zu.

»Stammhaus«, flüsterte er. »Muß mich anständig benehmen. Gibt vielleicht eine Beförderung.«

»Oh, das möchte ich annehmen«, grinste Armitage. Er nickte ermutigend und machte sich wieder an seinen Rasen.

Drinnen im Wohnzimmer zog Petrofski die Vorhänge zu, wie immer, bevor er Licht machte. Wassiliew stand bewegungslos im Halbdunkel.

»Gut«, sagte er, als das Licht anging, »zur Sache. Haben Sie alle neun Sendungen erhalten?«

»Ja. Alle neun.«

»Prüfen wir nach. Ein Spielball, circa zwanzig Kilo schwer.«

»Abgehakt.«

»Ein Paar Schuhe, eine Schachtel Zigarren, ein Gipsverband.«

»Abgehakt.«

»Ein Transistorradio, ein Elektrorasierer, ein Stahlrohr, ungewöhnlich schwer.«

»Das muß das da sein.«

Petrofski ging zum Schrank und hielt ein kurzes Stück schweren Metalls in einer hitzebeständigen Umhüllung hoch.

»Ist es auch«, sagte Wassiliew. »Schließlich ein Handfeuerlöscher, ungewöhnlich schwer, ein Paar Autoscheinwerfer, ebenfalls sehr schwer.«

»Abgehakt.«

»Gut, das war's. Wenn Sie den Rest des harmlosen Materials gekauft haben, fange ich morgen früh mit dem Zusammenbauen an.«

»Warum nicht gleich?«

»Erstens, junger Mann, weil das Sägen und Bohren um diese Zeit von Ihren Nachbarn vielleicht als störend empfunden würde. Und zweitens, weil ich müde bin. Bei dieser Art Spielzeug darf man keinen Fehler machen. Ich fange ausgeruht morgen früh an und bin bis Sonnenuntergang fertig.«

Petrofski nickte.

»Nehmen Sie das rückwärtige Schlafzimmer. Am Mittwoch fahre ich Sie rechtzeitig für die erste Maschine nach Heathrow.«

5. Kapitel

Wassiliew wählte als Arbeitsraum das Wohnzimmer, wo die Vorhänge zugezogen waren und Licht brannte. Als erstes ließ er sich die neun Bestandteile bringen, die er zusammenbauen würde.

»Wir brauchen einen Müllbeutel«, sagte er. Petrofski holte ihm einen aus der Küche.

»Reichen Sie mir die Teile in der Reihenfolge, die ich Ihnen angebe«, sagte Wassiliew. »Zuerst die Zigarrenkiste.«

Er brach die Banderolen auf und öffnete den Deckel. In der Kiste waren zwei Lagen Zigarren, dreizehn oben und zwölf unten; jede Zigarre steckte in einer Aluminiumröhre.

»Es müßte die dritte von links in der unteren Reihe sein.«

Sie war es. Er zog die Zigarre aus ihrer Röhre und schlitzte sie mit einem Rasiermesser auf. Zum Vorschein kam eine dünne Glasphiole, aus deren einem gewulsteten Ende zwei miteinander verflochtene Drähte ragten. Ein elektrischer Zünder. Wassiliew legte ihn beiseite. Der Rest ging in den Müllbeutel.

»Gipsverband.«

Der Verband bestand aus zwei Schichten, die zu verschiedenen Zeiten verhärtet waren. Zwischen den beiden Schichten war eine graue, flachgewalzte, kittähnliche Substanz, die haftsicher in einer Polyäthylenumkleidung steckte und rund um den Arm lief. Wassiliew brach die beiden Gipsschichten auseinander, schälte die graue Knetmasse aus ihrer Höhlung, zog die Schutzhaut ab und rollte die Masse zu einer Kugel. Ein halbes Pfund Plastiksprengstoff.

Von Lichkas Schuhen schnitt er beide Absätze ab. Aus einem kam eine Stahlscheibe zum Vorschein, zwei Zoll im Durchmesser, einen Zoll dick. Der Rand war mit einem Gewindegang versehen, und eine Seite trug eine tiefe Kerbe zum Aufsetzen eines kräftigen Schraubenziehers. Aus dem anderen Absatz kam eine flachere, zwei Zoll breite Scheibe aus grauem Metall; sie war aus Lithium, einem inaktiven Metall, das in Verbindung mit dem Polonium den Initiator bilden und die Kettenreaktion zu ihrer vollen Entfaltung bringen würde.

Die dazugehörige Poloniumscheibe kam aus dem Elektrorasierer, der Karel Wosniak soviel Kummer gemacht hatte, und war der Ersatz für das in Glasgow verlorengegangene Exemplar. Es blieben noch fünf von den eingeschmuggelten Sendungen übrig.

Das Auspuffrohr des Hanomag-Lasters enthielt ein zwanzig Kilo schweres Stahlrohr mit einem Innendurchmesser von zwei Zoll, einem Außendurchmesser von vier Zoll und einer Dicke von einem Zoll. Ein Ende war geflanscht und innen mit einem Gewindegang versehen, das andere mit einer Stahlkappe verschlossen. Die Kappe hatte in der Mitte ein kleines Loch, durch das der elektrische Zünder eingeführt werden konnte.

Aus dem Transistorradio des Ersten Offiziers Romanow zog Wassiliew den Laufzeitmechanismus, einen verkapselten Stahlbehälter, der die Länge von zwei aneinandergelegten Zigarettenschachteln hatte. Er wies auf einer Seite zwei große runde Knöpfe auf, einen roten und einen gelben; aus der anderen Seite ragten zwei farbige Drähte, plus und minus. An jeder Ecke befand sich ein ohrenförmiger Ansatz mit Loch zum Verbolzen an der Außenseite des Stahlschranks, der die Bombe enthalten würde.

Nun nahm Wassiliew sich den Feuerlöscher aus Herrn Lundquists Saab vor. Er schraubte den Boden ab, den das Vorbereitungsteam abgesägt, wieder aufgeschweißt und überstrichen hatte, um die Schweißnaht zu verbergen. Aus seinem Inneren kam kein Löschschaum, sondern Füllmaterial und schließlich ein schwerer Stab aus bleiähnlichem Metall, fünf Zoll lang und zwei Zoll im Durchmesser. Obwohl er so klein war, wog er vierereinhalb Kilo. Wassiliew zog die Arbeitshandschuhe an, um mit ihm zu hantieren. Es war reines Uran 235.

»Ist das Zeug nicht radioaktiv?« fragte Petrofski, der fasziniert zugesehen hatte.

»Ja, aber nicht gefährlich. Die Leute glauben, daß alle radioaktiven Stoffe gleich gefährlich sind. Stimmt nicht. Armbanduhren mit Leuchtzifferblättern sind radioaktiv, und trotzdem tragen wir sie. Uran gibt Alphastrahlen von geringer Stärke ab. Plutonium ist dagegen wirklich tödlich. Dieses Zeug auch, wenn es kritisch wird. Und das passiert direkt vor der Detonation, aber nicht jetzt.«

Die Scheinwerfer aus dem Mini waren schwieriger zu zerlegen. Wassiliew nahm die Lampen heraus und entfernte aus ihnen die Glühfäden und die inneren Reflektorschalen. Was übrigblieb war ein Paar äußerst schwerer halbkugelförmiger Schalen aus einzölligem gehärtetem Stahl. Jede Schale besaß einen gewulsteten Rand, in den sechzehn Löcher gebohrt waren zur Aufnahme von Schrauben und Bolzen. Wenn man sie aneinanderfügte, würden sie eine vollkommene Kugel bilden.

Eine der Schalen wies in der Mitte ein zwei Zoll breites Loch auf mit Schraubgewinde für den stählernen Stecker aus Lichkas linkem Schuh. Beim anderen ragte aus der Mitte ein kurzer Rohrstumpf, der einen Innendurchmesser von zwei Zoll besaß und außen geflanscht und mit einem Gewindegang versehen war zum Einschrauben in das stählerne Geschützrohr aus dem Auspuff des Hanomags.

Zuletzt kam der Spielball, der in dem Wohnwagen ins Land gebracht worden war. Wassiliew schnitt die bunte Gummihülle auf. Eine Metallkugel glänzte im Licht.

»Das ist der Bleimantel«, sagte er, »die Urankugel, der spaltbare Kern der Atombombe steckt dahinter. Ich hol' sie später heraus. Sie ist auch radioaktiv, wie das andere Stück da.«

Nachdem er sich nochmals vergewissert hatte, daß alle neun Teile vorhanden waren, machte er sich an den Stahlschrank. Er legte ihn auf den Rücken, schlug die Tür zurück und fertigte aus den Leisten und Stäben einen niedrigen wiegenförmigen Rahmen, den er auf den Boden des Schranks stellte. Dann hüllte er das Ganze in eine dicke Lage stoßdämpfenden Schaumgummis.

»Ich packe an den Seiten und oben noch mehr rein, wenn die Bombe drinnen ist«, erklärte er.

Er nahm die Batterien, verdrahtete sie Klemme mit Klemme und wickelte sie mit Kreppband zu einem Block zusammen. Schließlich bohrte er vier kleine Löcher in die Schranktür und befestigte den Block auf der Innenseite. Es war Mittag.

»Schön«, sagte er, »jetzt setzen wir das Ding zusammen. Übrigens, haben Sie schon einmal eine Atombombe gesehen?«

»Nein«, sagte Petrofski heiser. Er war Spezialist für unbewaffnete Auseinandersetzungen. Vor Fäusten, Messern oder Schießeisen hatte er keine Angst, aber die kaltblütige Jovialität, mit der Wassiliew mit einer Zerstörungskraft umging, die ohne weiteres eine Stadt auslöschen konnte, beunruhigte ihn. Wie die meisten Leute betrachtete er die Kernphysik als eine Art Geheimwissenschaft.

»Früher waren sie sehr kompliziert«, sagte Wassiliew. »Sehr groß, auch die mit geringer Sprengkraft, und nur unter äußerst komplexen Laborbedingungen herstellbar. Das gilt heute noch für die wirklichen Superdinger, die Multimegatonnen-Wasserstoffbomben. Aber die elementare Atombombe ist so vereinfacht worden, daß man sie auf jeder Werkbank zusammenbasteln kann. Vorausgesetzt, man verfügt über die richtigen Teile sowie über ein bißchen Vorsicht und technisches Wissen.«

»Toll«, sagte Petrofski. Wassiliew schnitt den dünnen Bleimantel von der Urankugel. Das Blei war kalt herumgewickelt worden, wie Packpapier, und die Nähte hatte man zusammengelötet. Es ließ sich leicht abnehmen. Die Kugel, die zum Vorschein kam, hatte einen Durchmesser von fünf Zoll und ein zweizölliges, durchgebohrtes Loch in der Mitte.

»Möchten Sie wissen, wie's funktioniert?« fragte Wassiliew.

»Klar.«

»Diese Kugel ist reines Uran. Gewicht fünfzehneinhalb Kilo. Nicht genug Masse, um kritisch zu sein. Uran wird kritisch, sobald seine Masse den kritischen Punkt überschreitet.«

»Was heißt ›kritisch‹?«

»Es fängt an zu sprudeln. Nicht im wörtlichen Sinn natürlich, nicht wie Limonade. Ich meine sprudeln im kernphysikalischen Sinn. Es gelangt an die Detonationsschwelle. Diese Kugel ist noch nicht in diesem Stadium. Sehen Sie den kurzen Stab da?«

»Ja.«

Es war der Uranstab aus dem Feuerlöscher.

»Dieser Stab paßt genau in das zweizöllige Loch in der Kugelmitte. Wenn er darin ist, wird die ganze Masse kritisch. Das Stahlrohr wirkt wie ein Kanonenrohr mit dem Uranstab als Kugel. Bei der Detonation schießt der Plastiksprengstoff den Stab durch das Rohr in die Kugel hinein.«

»Und dann knallt's.«

»Nicht ganz. Dazu braucht man den Initiator. Das Uran allein würde einfach versprudeln und dabei zwar eine Unmenge Radioaktivität entwickeln, aber keine Explosion herbeiführen. Damit es zum Knall kommt, muß man das kritische Uran mit einem Neutronenhagel bombardieren. Diese beiden Scheiben, das Lithium und das Polonium, bilden den Initiator. Getrennt sind sie harmlos; das Polonium ist ein milder Alphastrahlenemitter, das Lithium ist inaktiv. Wenn sie aber aufeinanderprallen, passiert Merkwürdiges. Sie bewerkstelligen eine Reaktion; sie emittieren den Neutronenhagel, den wir brauchen. Unter diesem Hagel zerspringt das Uran und setzt gigantische Energien frei; die Zerstörung der Materie. In einer hundertmillionstel Sekunde. Der Stahlmantel hält das alles während dieser winzigen Zeitdauer zusammen.«

»Wer steckt den Initiator rein?« fragte Petrofski in einem Anfall von Galgenhumor. Wassiliew grinste.

»Niemand. Die beiden Scheiben sind schon drinnen, aber

voneinander getrennt. Das Polonium ist an einem Ende des Lochs in der Urankugel und das Lithium auf der Spitze des Urangeschosses. Der Stab wird durch das Rohr in die Kugel geschossen und das Lithium an seiner Spitze in das Polonium geschmettert, das am anderen Ende des Tunnels wartet. Das ist alles.«

Wassiliew ließ einen Tropfen Superklebstoff auf die Poloniumscheibe fallen und preßte sie dann auf den flachen Stecker aus Lichkas Schuhabsatz. Dann schraubte er den Stecker in das Gewindeloch einer der beiden Schutzschalen. Er nahm die Urankugel und senkte sie in die Schale, in deren Inneren vier Höcker waren, die genau in die auf der Kugel angebrachten Kerben paßten. Wenn die Höcker in die Kerben einrasteten, war die Kugel fest an ihrem Platz verankert. Wassiliew nahm eine Stablampe und spähte hinunter durch das Loch in der Urankugel.

»Da«, sagte er, »wartet am andern Ende des Lochs.«

Dann legte er die zweite Schale darauf, so daß eine vollkommene Kugel entstand, und verbrachte die nächste Stunde mit der Befestigung der sechzehn Schraubbolzen im Wulst rund um die Schalen. Die beiden Hälften waren fest miteinander verbunden.

»Jetzt zum Kanonenrohr«, bemerkte er. Er stopfte den Plastiksprengstoff in das achtzehn Zoll lange Stahlrohr, half stetig, aber behutsam mit einem Besenstiel aus der Küche nach, bis der Sprengstoff eine kompakte Masse bildete. Petrofski konnte den Sprengstoff sehen, der durch das Loch in der Stahlkappe quoll. Mit dem Superklebstoff befestigte Wassiliew die Lithiumscheibe am flachen Ende des Uranstabes, umwickelte das Ganze mit dünnem Stoff, so daß es nicht mehr aufgrund irgendwelcher Erschütterungen im Stahlrohr zurückrutschen konnte, und rammte den Stab in das Rohr bis zum Sprengstoff am unteren Ende. Dann schraubte er das Rohr in die Kugel. Sie sah aus wie eine graue Melone mit Handgriff; eine Art übergroße Handgranate.

»So gut wie fertig«, sagte Wassiliew. »Der Rest ist konventionelle Bombenmacherei.«

Er nahm den Zünder, trennte die beiden Drähte und umwikkelte sie mit Isolierband. Sollten sie einander berühren, würde es dennoch nicht zu einer vorzeitigen Detonation kommen. Er verdrallte jeden der beiden Drähte mit einer Fünf-Ampere-Schnur und preßte dann den Zünder durch das Loch im Rohrende, bis er fest in den Sprengstoff eingebettet war.

Er legte die Bombe wie ein Baby in ihre Schaumstoffwiege, packte rechts und links von ihr noch weiteren Schaumstoff hinein und eine noch größere Menge obenauf. Nur die beiden Drähte ragten heraus. Einer davon wurde an den Pluspol des Batterieblocks angeschlossen. Ein dritter Draht ging vom Minuspol aus, so daß Wassiliew noch zwei Drähte übrigblieben. Er isolierte die beiden Enden.

»Nur für den Fall, daß sie einander berühren«, grinste er. »Das wollen wir doch lieber vermeiden.«

Der einzige noch nicht eingesetzte Bestandteil war der Behälter mit dem Laufzeitmechanismus. Wassiliew bohrte fünf Löcher oben in einer Seite des Stahlschranks. Das mittlere Loch diente zur Durchführung der Drähte, die aus der Rückseite des Behälters ragten. Die vier anderen waren für dünne Bolzen bestimmt, mit denen er den Laufzeitmechanismus am Stahlschrank befestigte. Dann verband er die Batterie- und Zünderdrähte entsprechend ihrem Farbencode mit den Drähten des Laufzeitmechanismus. Petrofski hielt den Atem an.

»Keine Bange«, sagte Wassiliew, der ihn beobachtet hatte. »Dieser Laufzeitmechanismus ist x-mal getestet worden. Die eingebaute Sicherung funktioniert tadellos.«

Er versorgte den letzten der Drähte, isolierte sorgfältig die Verbindungsstellen, machte den Schrank zu, verschloß ihn und schob den Schlüssel zu Petrofski hinüber.

»So, Genosse Ross, das wär's. Sie können den Schrank auf Ihrer Karre zum Wagen bringen, ohne daß etwas passiert. Sie können ihn hinfahren, wo Sie wollen – die Erschütterung stört ihn nicht. Noch etwas. Ein fester Druck auf diesen gelben Knopf hier setzt den Laufzeitmechanismus in Bewegung, schließt aber nicht den Stromkreis. Das besorgt die Uhr zwei Stunden später. Sie drücken auf den gelben Knopf und haben dann noch zwei Stunden, um möglichst weit wegzukommen. Der rote umgeht die Zeitzündung. Wenn Sie auf den drücken, geht die Bombe sofort hoch.«

Er wußte nicht, daß er die Unwahrheit sagte. Er glaubte wirklich an das, was man ihm erklärt hatte. Nur vier Leute in Moskau wußten, daß beide Knöpfe auf sofortige Detonation eingestellt waren. Es war Abend geworden.

»Nun, Freund Ross, möchte ich essen, etwas trinken, gut schlafen und morgen früh nach Hause fliegen.«

»Klar«, sagte Petrofski. »Stellen wir den Schrank hier in die Ecke, zwischen das Büffett und den Getränkewagen. Schenken Sie sich einen Whisky ein. Ich kümmere mich ums Abendessen.«

Sie starteten um zehn Uhr in Petrofkis kleinem Wagen nach Heathrow. An einer Parkbucht südwestlich von Colchester, wo die dichten Wälder fast bis zur Straße reichen, stieg Petrofski zum Pinkeln aus. Sekunden später hörte Wassiliew ihn laut schreien, und er lief hin, um nachzusehen, was los war. Er starb an einem fachmännisch verabreichten Genickschlag hinter einer dichten Baumzeile. Der Leichnam landete, nachdem alle Identifizierungsmöglichkeiten entfernt worden waren, in einem flachen Graben und wurde mit frischen Zweigen bedeckt. Er würde wahrscheinlich in einem Tag oder etwas später entdeckt werden. Die Polizei würde ein Foto in einer lokalen Zeitung veröffentlichen lassen, das der Nachbar Armitage vielleicht sehen und erkennen würde, oder auch nicht. Es spielte ohnehin keine Rolle mehr. Petrofski fuhr nach Ipswich zurück.

Er hatte keine Gewissensbisse. Seine Instruktionen waren, was den »Monteur« anbelangte, klar gewesen. Es war ihm ein Rätsel, wie Wassiliew sich hatte einbilden können, wieder nach

Hause zu kommen. Er selber hatte auf alle Fälle jetzt andere Probleme. Alles war bereit, doch die Zeit wurde knapp. Er war in den Rendelsham Forest gefahren und hatte sich seine Stelle ausgesucht; in guter Deckung, aber kaum hundert Yards von der Stacheldrahtumzäunung der USAF-Basis von Bentwaters entfernt. Niemand würde um vier Uhr früh in der Nähe sein, wenn er auf den gelben Knopf drückte, um die Detonation für sechs Uhr auszulösen. Frische Zweige würden den Schrank bedecken, während der Zeitzünder tickte und er wie der Teufel in Richtung London fuhr.

Das einzige, was er noch nicht wußte, war das Datum. Das Einsatzsignal sollte am Vorabend während der Zweiundzwanzig-Uhr-Nachrichten des englischsprachigen Dienstes von Radio Moskau kommen: Ein absichtlicher Versprecher in der ersten Meldung. Da aber Wassiliew nichts mehr berichten konnte, mußte Moskau informiert werden, daß alles bereit war. Das bedeutete eine letzte Funkbotschaft. Danach würden die Griechen nicht mehr benötigt werden. Petrofski verließ Cherryhayes in der Abenddämmerung eines warmen Junitags und fuhr gemächlich nach Thetford zu seinem Motorrad. Um neun Uhr setzte er seine Fahrt fort nach Nordwesten in die Midlands.

Die Langeweile eines gewöhnlichen Abends im Schlafzimmer der Roystons wurde kurz nach zehn unterbrochen, als Len Stewart sich vom Polizeirevier aus über Funk meldete.

»John, einer meiner Leute hat gerade in der Taverne gegessen. Das Telefon hat zweimal geklingelt, dann hat der Anrufer aufgelegt. Dann wieder zweimal, und wieder eingehängt. Und noch ein drittes Mal. Die Lauscher bestätigen es.«

»Haben die Griechen versucht, abzuheben?«

»Sie sind beim ersten Mal nicht rechtzeitig ans Telefon gekommen. Danach haben sie's gar nicht mehr probiert. Einfach weiter serviert ... Moment, John ... John, sind Sie noch da?«

»Ja, natürlich.«

»Meine Leute draußen melden, daß einer der Griechen das Lokal verläßt. Durch die Hintertür. Er geht zum Wagen.«

»Zwei Wagen und vier Leute hinter ihm her«, sagte Preston. »Bleiben noch zwei für die Taverne. Vielleicht verläßt er die Stadt.«

Er verließ sie nicht. Andreas Stephanides fuhr zurück zur Compton Street, parkte den Wagen und betrat das Haus. Hinter den Vorhängen ging das Licht an. Weiter tat sich nichts. Um dreiundzwanzig Uhr zwanzig, also früher als sonst, schloß Spiridon die Taverne und ging nach Hause, wo er um dreiundzwanzig Uhr fünfundvierzig eintraf.

Prestons Tiger kam kurz vor Mitternacht. Die Straße war sehr ruhig. Fast alle Lichter waren aus. Obwohl Prestons vier Wagen und deren Insassen weit gestreut verteilt waren, hatte niemand ihn kommen sehen. Die erste Meldung kam von einem von Stewarts Leuten über das Funkgerät.

»Da ist ein Mann am unteren Ende der Compton Street, bei der Cross Street.«

»Was macht er?« fragte Preston.

»Nichts. Steht bewegungslos im Schatten.«

»Warten.«

Es war pechschwarz im Schlafzimmer der Roystons. Die Vorhänge waren aufgezogen, die Männer hatten sich vom Fenster entfernt. Mungo kauerte hinter der Kamera, die ihre Infrarotlinse trug. Preston hielt sein kleines Funkgerät dicht ans Ohr. Stewarts Sechserteam und seine beiden eigenen Fahrer waren mit ihren Wagen irgendwo draußen, alle durch Funk miteinander verbunden. Eine Tür ging auf, als jemand eine Katze hinausließ. Dann ging sie wieder zu.

»Er bewegt sich«, flüsterte das Funkgerät. »Auf euch zu. Langsam.«

»Hab' ihn«, zischte Ginger, der an einem Seitenfenster des Erkers stand. »Mittelgroß, dunkler langer Regenmantel.«

»Mungo, kannst du ihn unter der Straßenbeleuchtung erwischen, kurz vor dem Haus der Griechen?« fragte Burkinshaw. Mungo drehte die Linse um einen Bruchteil.

»Ich hab' den Lichtkegel anvisiert«, sagte er.

»Er ist zehn Yards davor«, sagte Ginger.

Lautlos glitt die Gestalt im Regenmantel in den Schein der Straßenlaterne. Mungos Kamera machte fünf Aufnahmen schnell hintereinander. Der Mann trat aus dem Licht und kam an der Gartenpforte des Griechenhauses an. Er ging den kurzen Weg bis zum Haus und kopfte, statt zu läuten, leise an die Tür. Sie ging sofort auf. In der Diele brannte kein Licht. Der dunkle Regenmantel verschwand im Hausinneren. Die Tür ging zu.

Jenseits der Straße ließ die Spannung nach.

»Mungo, bringen Sie den Film ins Polizeilabor. Sie sollen ihn sofort entwickeln und an Scotland Yard weiterleiten. Kopien an Charles und Sentinel. Ich ruf' an, damit sie sich bereithalten, eine Identifizierung zu versuchen.«

Irgend etwas störte Preston. Irgend etwas am Habitus des Mannes. Die Nacht war warm, warum also ein Regenmantel? Um nicht naß zu werden? Die Sonne hatte den ganzen Tag geschienen. Um irgend etwas zu verdecken? Einen hellen, auffälligen Anzug?

»Mungo, was hat er getragen? Sie haben ihn in Großaufnahme gesehen.«

Mungo war schon halb aus der Tür.

»Einen Regenmantel«, sagte er. »Dunkel. Lang.«

»Darunter.«

Ginger pfiff leise durch die Zähne.

»Stiefel. Klar. Zehn Inch hohe Schaftstiefel.«

»Scheiße, er fährt ein Motorrad«, sagte Preston. Er sprach in sein Funkgerät. »Alle raus auf die Straßen. Nur zu Fuß. Keine Wagengeräusche. Alles absuchen, mit Ausnahme der Compton Street. Ausschau halten nach einem Motorrad, dessen Motorblock noch warm ist.«

Die Sache ist nur, dachte er, daß ich nicht weiß, wie lange er da drinnen bleibt. Fünf Minuten, zehn, sechzig? Er rief Len Stewart.

»Len, hier John. Wenn wir das Motorrad finden, dann möchte ich, daß irgendwo darauf ein Ortungssignalgeber angebracht wird. Inzwischen rufen Sie Superintendent King an. Er muß die Operation aufziehen. Wenn Chummy das Haus verläßt, folgen wir ihm. Harrys Team und ich. Sie bleiben mit Ihren Jungs bei den Griechen. Eine Stunde nach unserem Abzug kann die Polizei das Haus und die Griechen kassieren.«

Stewart bestätigte und rief Superintendent King zu Hause an.

Erst zwanzig Minuten später fand einer aus dem ausgeschwärmten Team das Motorrad. Er berichtete Preston, der noch immer im Haus der Roystons war.

»Da ist eine große BMW, am oberen Ende der Queen Street. Tragkiste hinter dem Soziussitz, verschlossen. Zwei Satteltaschen, unverschlossen. Motor und Auspuff noch warm.«

»Polizeiliches Kennzeichen?«

Die Nummer wurde ihm durchgegeben. Er gab sie an Len Stewart auf dem Polizeirevier weiter. Stewart bat um sofortige Identifizierung. Es handelte sich um eine Nummer von Suffolk, eingetragen auf einen gewissen Mr. Duncan James Ross, wohnhaft in Dorchester.

»Es ist entweder ein gestohlenes Fahrzeug, ein falsches Nummernschild oder eine blinde Adresse«, murmelte Preston.

Einige Stunden später stellte die Polizei von Dorchester fest, daß die letzte Annahme zutraf.

Der Mann, der das Motorrad gefunden hatte, wurde beauftragt, in einer der Satteltaschen einen Ortungssignalgeber unterzubringen, ihn anzuschalten und sich vom Fahrzeug zu entfernen. Der Mann, Joe, war einer der beiden Fahrer Burkinshaws. Er ging zu seinem Wagen zurück, nahm hinter dem Steuer Dekkung und bestätigte, daß das Ortungsgerät angebracht sei und funktioniere.

»O.K.«, sagte Preston. »Wir machen einen Wechsel. Alle Fahrer zurück zu ihren Wagen. Die drei Leute von Len Stewart sollen in die West Street zum Hintereingang unseres Beobachtungspostens kommen und uns ablösen. Einzeln, unauffällig und sofort.«

Zu den Männern im Zimmer sagte er:

»Harry, packen Sie zusammen. Sie gehen als erster. Nehmen Sie den Führungswagen, ich fahre mit Ihnen. Barney, Ginger, ihr nehmt den zweiten. Wenn Mungo mitkommen kann, soll er mit mir fahren.«

Die Leute von Stewarts Team kamen einzeln durch den Hintereingang, um Burkinshaw und seine Mannen abzulösen. Preston betete, daß der Agent von gegenüber nicht während des Mannschaftsaustausches das Haus verlassen möge. Preston ging als letzter weg. Im Vorbeigehen steckte er den Kopf in das Schlafzimmer der Roystons, dankte für ihre Hilfe und versicherte ihnen, daß bis zum Morgengrauen alles vorbei sein werde. Das Flüstern, das zurückkam, verriet mehr als nur ein bißchen Beunruhigung.

Preston glitt durch die Gärten zur West Street und war fünf Minuten später bei Burkinshaw und Joe, dem Fahrer, im Führungswagen, der in der Foljambe Road geparkt war. Ginger und Barney meldeten sich aus dem zweiten Wagen, der am oberen Ende der Marsden Street stand, einer Seitenstraße von Saltergate.

»Natürlich«, sagte Burkinshaw düster, »wenn's nicht das Motorrad ist, dann sind wir beschissen bis Ultimo.«

Preston saß auf dem Rücksitz. Neben dem Fahrer beobachtete Burkinshaw das Sichtgerät am Armaturenbrett. Es sah aus wie ein kleiner Radarschirm und zeigte in rhythmischen Intervallen einen blinkenden Lichtimpuls in einem Quadranten, der die Richtung des Impulses zur Längsachse des Wagens angab, in dem sie saßen, sowie die ungefähre Entfernung – eine halbe Meile. Der zweite Wagen war mit dem gleichen Apparat ausgerüstet, so daß die beiden Bediener, wenn sie wollten, Kreuzpeilungen vornehmen konnten.

»Es muß einfach das Motorrad sein«, sagte Preston verzweifelt. »Wir könnten ihn auf diesen Straßen sowieso nicht beschatten. Sie sind zu leer, und er ist zu clever.«

»Er geht weg.«

Das plötzliche Bellen aus dem Funkgerät brachte sie zum Verstummen. Stewarts Leute berichteten, daß der Mann im Regenmantel soeben das Haus gegenüber verlassen habe. Sie bestätigten, daß er die Compton Street hinunterging zur Cross Street und weiter in Richtung auf die BMW. Dann kam er außer Sicht. Zwei Minuten später berichtete einer von Stewarts Fahrern aus seinem Wagen in St. Margaret's Drive, daß der Agent die Straße überquert habe und immer noch in Richtung Queen Street weitergehe. Dann nichts mehr. Fünf Minuten vergingen. Preston betete.

»Er fährt los.«

Burkinshaw hopste vor Erregung auf dem Vordersitz auf und nieder, sein sonst sprichwörtliches Phlegma hatte ihn völlig verlassen. Das Blinksignal wanderte langsam über den Bildschirm, als das Motorrad seine Winkelstellung zum Wagen veränderte.

»Ziel in Bewegung«, bestätigte der zweite Wagen.

»Eine Meile Vorsprung lassen, dann hinterher«, sagte Preston, »Motor jetzt anlassen.«

Das Signal bewegte sich nach Südosten durch das Zentrum von Chesterfield. Als es am Kreisel von Lordsmill war, nahmen die Wagen die Verfolgung auf. Sie fuhren zum Kreisel, und nun war kein Zweifel mehr möglich. Das von dem Motorrad kommende Signal war stetig und stark und bewegte sich auf der A617 nach Mansfield und Newark. Entfernung: knapp über eine Meile. Der Motorradfahrer vor ihnen konnte nicht einmal ihre Scheinwerfer sehen. Joe grinste.

»Jetzt versuch mal, uns abzuschütteln, du Scheißkerl«, sagte er.

Preston wäre glücklicher gewesen, wenn der Mann vor ihnen einen Wagen benützt hätte. Motorräder sind schwer zu verfolgen. Sie sind schnell und beweglich, können sich durch den dichten Straßenverkehr schlängeln, in dem Autos steckenbleiben, schmale Straßen hinunterflitzen und zwischen den Betonklötzen von Absperrungen durchfahren. Selbst auf dem flachen Land können sie von der Straße abweichen und über Wiesen fahren, wo ihnen Wagen kaum folgen können. Der Mann vor ihnen durfte also nicht merken, daß er verfolgt wurde.

Der Agent war ein vorzüglicher Fahrer. Er ging selten unter die erlaubte Höchstgeschwindigkeit, nahm die Kurven, ohne runterzuschalten. Er blieb auf der A617 unter der Auffahrt zur Autobahn M1, fuhr in den frühen Morgenstunden durch das schlafende Mansfield weiter in Richtung Newark. Derbyshire ging in das schwere, reiche Ackerland von Nottinghamshire über, und er fuhr stetig die gleiche Geschwindigkeit.

Kurz vor Newark stoppte er.

»Abstand verringert sich schnell«, sagte Joe plötzlich.

»Scheinwerfer abblenden, rechts ranfahren«, schnappte Preston.

Petrofski war in einen Seitenweg eingebogen, hatte Motor und Scheinwerfer abgestellt, saß an der Einmündung und starrte auf die Straße, in die Richtung, aus der er gekommen war. Ein Laster donnerte vorbei und verschwand in Richtung Newark. Sonst nichts. Eine Meile weiter unten hielten die Wagen der Observanten am Straßenrand. Petrofski blieb noch fünf Minuten, startete die Maschine und fuhr weiter nach Südosten. Als das Blinksignal auf dem Bildschirm sich wieder in Bewegung setzte, folgten die Observanten, wobei sie immer mindestens eine Meile Abstand hielten.

Die Jagd ging weiter über den Trent, vorbei an den Lichtern einer Zuckerraffinerie zu ihrer Rechten, dann direkt in die Stadt Newark hinein. Es war kurz vor drei Uhr. In der Stadt schwirrte das Signal wild auf dem Bildschirm herum, als der Wagen der

Verfolger durch die Straßen kurvte. Der Blinker schien sich auf der A46 nach Lincoln festzusetzen, und die Wagen waren schon eine halbe Meile diese Straße entlanggefahren, als Joe plötzlich auf die Bremse trat.

»Ziel ist nach rechts abgebogen«, sagte er. »Entfernung nimmt zu.«

»Umkehren«, sagte Preston. Sie fanden die Abzweigung in Newark; das Ziel war die A17 in südöstlicher Richtung nach Sleaford gefahren.

In Chesterfield startete um zwei Uhr fünfundfünfzig die Polizeiaktion gegen das Haus der Brüder Stephanides. Zehn Uniformierte unter der Leitung von zwei Special-Branch-Leuten in Zivil. Zehn Minuten früher, und sie hätten die beiden ahnungslosen Sowjetagenten ohne Schwierigkeiten geschnappt. Es war einfach Pech. Genau in dem Augenblick, als die beiden Leute von Special Branch sich dem Haus näherten, ging die Tür auf.

Die Griechen wollten offensichtlich mit ihrem Funkgerät wegfahren, um die verschlüsselte und auf Band aufgenommene Nachricht auszusenden. Andreas war vorausgegangen, um den Wagen anzulassen. Spiridon war mit dem Sender noch im Haus. Andreas stieß einen lauten Warnschrei aus, stürzte zurück und schlug die Tür zu. Die Polizisten warfen sich mit den Schultern dagegen.

Als die Tür aus den Angeln brach, begrub sie Andreas unter sich. Er strampelte sich wieder hoch und schlug in der kleinen Diele wild um sich, bis schließlich zwei Polizisten seiner Herr wurden.

Die Leute von Special Branch sprangen über das Knäuel Kämpfer, warfen einen schnellen Blick in die Zimmer des Erdgeschosses, erkundigten sich bei den Männern im Hintergarten, ob sie niemand gesehen hatten, und liefen die Treppe hinauf. Die Schlafzimmer waren leer. Sie fanden Spiridon in dem kleinen

Speicher unterm Gebälk. Der Sender stand auf dem Boden; ein Anschlußkabel war in einen Wandstecker eingeführt, und auf der Skala glühte ein roter Lichtpunkt.

Spiridon ergab sich widerstandlos.

In Menwith Hill fing der Lauschposten des GCHQ einen »Spritzer« aus dem Geheimsender auf und registrierte ihn am Donnerstag, dem 11. Juni, um zwei Uhr achtundfünfzig morgens. Die sofort durchgeführte Triangulation wies auf eine Stelle am westlichen Ende der Stadt Chesterfield. Das Polizeirevier wurde sofort alarmiert und die Meldung an den Wagen weitergegeben, in dem Superintendent Robin King saß. Er nahm den Anruf entgegen und informierte Menwith Hill:

»Ich weiß, wir haben sie geschnappt.«

In Moskau nahm der Funkoffizier den Kopfhörer ab und nickte dem Fernschreiber zu.

»Schwach, aber klar«, sagte er.

Der Fernschreiber fing zu hämmern an und spie eine Papierbahn aus, die mit unzusammenhängenden Buchstaben bedeckt war. Als er schwieg, stand der Funker auf, riß die Bahn ab und fütterte sie in den Decodierer ein, der bereits auf den abgemachten Einmalcode eingestellt war. Der Decodierer sog das Papier ein, sein Computer ließ die Permutationen durchlaufen, und die Botschaft kam im Klartext wieder zum Vorschein. Der Funker las den Text und lächelte. Er rief eine Nummer an, gab das Codewort durch, prüfte das Codewort des Mannes am anderen Ende der Leitung und sagte:

»Aurora startbereit.«

Hinter Newark wurde das Land flacher und der Wind stärker. Die Verfolgungsjagd ging durch das sanft gewellte Heideland von Lincolnshire und über die schnurgeraden Straßen, die in die Gegend der Flachmoore führen. Das Blinksignal war stetig und stark und führte Prestons beide Wagen auf der A17 an Sleaford vorbei in Richtung Wash und Grafschaft Norfolk.

Südöstlich von Sleaford stoppte Petrofski erneut und suchte den dunklen Horizont hinter sich nach Scheinwerfern ab. Nichts zu sehen. Die Verfolger waren eine Meile entfernt in der Dunkelheit. Als der Blinker sich auf dem Bildschirm wieder in Bewegung setzte, fuhren sie an.

Im Dorf Sutterton ergab sich ein weiterer Augenblick der Verwirrung. Zwei Straßen führten am anderen Ende aus dem schlafenden Ort; die A16 in südlicher Richtung nach Spalding und die A17 in südöstlicher Richtung nach Long Sutton und King's Lynn über die Grafschaftsgrenze. Es dauerte zwei Minuten, bis sie unterscheiden konnten, daß der Blinker sich wirklich auf der A17 nach Norfolk bewegte. Der Abstand hatte sich auf drei Meilen erhöht.

»Aufschließen«, befahl Preston, und Joe hielt die Tachometernadel auf neunzig, bis sie auf eineinhalb Meilen heran waren.

Südlich von King's Lynn überquerten sie die Flußarme der Ouse, und Sekunden später schwenkte das Blinksignal nach Süden in die Straße nach Downham Market und Thetford ein.

»Wo zum Teufel fährt der hin?« brummte Joe.

»Er muß irgendwo da unten eine Basis haben«, sagte Preston von hinten. »Nur immer auf der Spur bleiben.«

Zu ihrer Linken färbte ein rosa Streifen den Horizont, und die Umrisse der vorbeifliegenden Bäume gewannen an Schärfe. Joe schaltete von Fernlicht auf Standlicht.

Fern im Süden wurden ebenfalls die Scheinwerfer der Busse abgeblendet, die in Kolonnen durch die verstopften Straßen des

Marktfleckens Bury St. Edmunds in Suffolk fuhren. Es waren zweihundert an der Zahl, die vollgepackt mit Friedensmarschierern aus allen Richtungen hier zusammenströmten. Weitere Demonstranten kamen per Auto, Motorrad, Fahrrad und per pedes. Die Kavalkade bewegte sich mit ihren Wimpeln und Plakaten langsam durch die Stadt, hinaus auf die A143 und weiter nach Ixworth Junction. Dort kamen sie in den schmalen Gäßchen nicht mehr weiter, hielten am Rande der Hauptstraße und entluden ihre gähnende Fracht in die Morgendämmerung, die über der lieblichen Landschaft von Suffolk aufzog. Der Ordnungsdienst versuchte, die Menge durch Drängen und gutes Zureden zu Ansätzen einer Marschkolonne zu formieren, während die Polizisten von Suffolk auf ihren Motorrädern saßen und zusahen.

In London brannten immer noch die Straßenlampen. Sir Bernard Hemmings war, wie gewünscht, von zu Hause abgeholt worden, als das Observantenteam in Chesterfield die Verfolgung des Agenten aufnahm. Er saß jetzt im unterirdischen Funkraum der Cork Street, zusammen mit Brian Harcourt-Smith.

Auf der anderen Seite der City war Sir Nigel Irvine in seinem Büro in Sentinel House ebenfalls auf eigenen Wunsch geweckt und hergebracht worden. Unten im Souterrain hatte Blodwyn die halbe Nacht auf das Gesicht eines Mannes unter einer Straßenlaterne einer kleinen Stadt von Derbyshire gestarrt. Man hatte sie von ihrer Wohnung in Camden Town in aller Herrgottsfrühe hierhergefahren, und sie war nur mitgekommen, weil Sir Nigel sie persönlich darum gebeten hatte. Er hatte sie mit Blumen empfangen; für ihn würde sie durchs Feuer gehen, und für niemand sonst.

»Er ist nie zuvor hier gewesen«, hatte sie gesagt, als sie das Foto sah, »und doch –«

Nach einer Stunde war sie bei ihren Nachforschungen zum

Nahen Osten vorgestoßen, und um vier Uhr hatte sie ihn. Es war ein Beitrag der israelischen Mossad, vier Jahre alt, ein bißchen verschwommen und nur ein einziges Bild. Selbst die Mossad war sich ihrer Sache nicht sicher gewesen; aus dem Begleittext ging hervor, daß es sich nur um einen Verdacht handelte.

Einer ihrer Männer hatte ihn auf den Straßen von Damaskus geknipst. Er hieß damals Timothy Donnelly und war Reisevertreter für Waterford Crystal. Die Mossad hatte ihn auf gut Glück aufnehmen lassen und eine Überprüfung durch ihre Leute in Dublin veranlaßt. Timothy Donnelly existierte wirklich, aber er war nicht in Damaskus. Als das bekannt wurde, war der Mann auf dem Bild verschwunden. Er war nie wieder aufgetaucht.

»Das ist er«, sagte sie. »Die Ohren beweisen es. Er hätte einen Hut tragen sollen.«

Sir Nigel rief das Souterrain in der Cork Street an.

»Ich glaube, wir sind fündig geworden, Bernard«, sagte er. »Wir können einen Abzug machen und ihn rüberschicken.«

Sechs Meilen südlich von King's Lynn hätten sie ihn beinahe verloren. Sie waren in südlicher Richtung nach Downham Market gefahren, als der Blinker zuerst unmerklich und dann immer deutlicher nach Osten abdriftete. Preston blickte auf die Straßenkarte.

»Er ist dort hinten auf die A134 geschwenkt«, sagte er. »Richtung Thetford. Fahren Sie hier links rein.«

In Stradsett nahmen sie seine Spur wieder auf, und dann ging es geradewegs durch die dichter werdenden Birken-, Eichen- und Tannenwälder nach Thetford. Sie erreichten die Kuppe von Gallows Hill und konnten bereits den alten Marktflecken im Dämmerlicht sehen, als Joe bremste.

»Er hat wieder gestoppt.«

Wollte er nochmals nach Verfolgern Ausschau halten? Das hatte er doch bereits auf dem flachen Land getan.

»Wo ist er?«

Joe sah auf den Entfernungsanzeiger und deutete nach vorne. »Mitten in der Stadt, John.«

Preston zog die Landkarte zu Rate. Außer der Straße, auf der sie waren, gab es noch fünf andere, die aus Thetford herausführten. Es war eine Art Sternnetz. Das Tageslicht nahm zu. Es war fünf Uhr. Preston gähnte.

»Wir geben ihm zehn Minuten.«

Das Signal bewegte sich weder während dieser zehn Minuten noch während der folgenden fünf. Von vier Punkten aus machte der zweite Wagen eine Kreuzpeilung mit dem ersten; der Blinker war direkt im Zentrum von Thetford. Preston nahm das Handmikrofon auf.

»O.K., ich glaube, wir haben seine Basis. Wir rücken ihm auf die Pelle.«

Die beiden Wagen bewegten sich auf das Stadtzentrum zu. Sie trafen sich in der Magdalen Street und fanden um fünf Uhr fünfundzwanzig den Platz mit den verschließbaren Garagen. Joe manövrierte mit dem Wagen, bis seine Kühlerspitze klar und deutlich auf eine Garagentür zeigte. Die Spannung begann zu steigen.

»Er ist da drinnen«, sagte Joe. Preston stieg aus. Barney und Ginger kletterten aus dem anderen Wagen und gesellten sich zu ihm.

»Ginger, können Sie den Türgriff lockern?«

Ginger holte wortlos einen Zündkerzenschlüssel aus dem Werkzeugkasten einer der beiden Wagen, setzte ihn auf den Griff und ruckte hin und her. Im Inneren des Schlosses krachte etwas. Er sah zu Preston hinüber, der nickte. Ginger schwang die Garagentür nach oben auf und sprang hastig zur Seite.

Die Männer im Hof standen und starrten. Das Motorrad war in der Mitte der Garage aufgeständert. An einem Haken hingen eine schwarze Ledermontur und ein Sturzhelm. Ein Paar Motorradstiefel stand an der Wand. Der staubige und ölverschmierte Boden wies die Reifenspuren eines kleinen Wagens auf.

»Scheibe«, sagte Harry Burkinshaw, »eine Umsteige«.

Joe lehnte aus dem Fenster seines Wagens.

»Cork ist gerade übers Polizeinetz gekommen. Sie haben ein En-face-Bild. Wo soll es hingeschickt werden?«

»Polizeirevier Thetford«, sagte Preston. Er sah zum klaren blauen Himmel auf.

»Aber es ist zu spät«, murmelte er.

6. Kapitel

Kurz nach fünf hatten sich die Friedensmarschierer endlich in Siebenerreihen zu einer Kolonne formiert, die über eine Meile lang war. Die Spitze des Zugs schob sich auf die A1088, eine schmale Straße, die von Ixworth Junction zum Dorf Little Fakenham führte, von wo aus ein noch schmälerer Pfad zur Royal-Air-Force-Basis in Honington, ihrem Ziel, ging.

Es war ein strahlender, sonniger Morgen, und sie waren alle guter Laune trotz der frühen Stunde, die von den Organisatoren festgesetzt worden war, damit sie die Ankunft der ersten amerikanischen Galaxy-Transportflugzeuge mit den Marschflugkörpern abpassen könnten. Als die Spitze der Kolonne zwischen die Absperrungen strömte, die den Pfad säumten, brach die Menge in ihren rituellen Gesang aus: »Nein zu Cruise – Yankees raus«.

Vor einigen Jahren war Honington eine Basis für Tornado-Kampfbomber gewesen, und niemand hatte den Militärflugplatz der RAF einer landesweiten Aufmerksamkeit für würdig erachtet. Sollten die Dorfbewohner von Little Fakenham, Honington und Sapiston zusehen, wie sie mit dem Geheul der Tornados über ihren Köpfen fertig wurden. Die Entscheidung, in Honington Englands dritte Basis für Cruise Missiles einzurichten, hatte das alles geändert.

Die Tornados wurden nach Schottland abgezogen, doch Ruhe und Frieden dieser ländlichen Gegend wurden nun von Protestlern erschüttert, die hauptsächlich weiblichen Geschlechts waren und die sonderbarsten Sitten an den Tag legten. Dieses bunte Völkchen hatte sich in Feld und Flur eingenistet und Barackenlager auf Gemeindeland errichtet. Und da saßen sie nun seit zwei Jahren.

Es hatten bereits andere Demonstrationen von Friedensmarschierern stattgefunden, aber diese sollte die größte werden. Presse, Rundfunk und Fernsehen waren vollzählig vertreten, die Kameraleute fuhren rückwärts die Straße hinab, um die Würdenträger in der vordersten Reihe zu filmen: drei Mitglieder des Schattenkabinetts, zwei Bischöfe, ein Monsignore, verschiedene Leuchten der Reformierten Kirche, fünf Gewerkschaftsführer und zwei bekannte Akademiemitglieder.

Hinter den Prominenten kam das Gros der Pazifisten: Wehrdienstverweigerer, Kleriker, Quäker, Studenten, prosowjetische Marxisten-Leninisten, antisowjetische Trotzkisten, Hochschullehrer und Labouraktivisten, mit einer Beimischung von Arbeitslosen, Punks, Schwulen und bärtigen Naturschützern. Dazu noch Hunderte von gleicherweise betroffenen Hausfrauen, Arbeitern, Lehrern und Schulkindern.

An beiden Straßenseiten bildeten die ortsansässigen Protestlerinnen ein Ehrenspalier. Die meisten von ihnen hielten Plakate, Transparente und Wimpel hoch. Einige kurz geschorene und Anorak tragende Damen hielten Händchen mit ihren jüngeren Freundinnen oder beklatschten die Marschierer. Die Kolonne wurde angeführt von zwei Polizisten auf Motorrädern.

Um fünf Uhr fünfzehn hatte Valeri Petrofski Thetford verlassen und fuhr wie immer gemächlich südwärts zur Hauptstraße nach Ipswich und nach Hause. Er war die ganze Nacht unterwegs gewesen und daher müde. Doch seine Botschaft mußte spätestens um drei Uhr dreißig gesendet worden sein, und Moskau wußte nun, daß alle Vorarbeiten erledigt waren.

Er fuhr bei Euston Hall über die Grafschaftsgrenze nach Suffolk und bemerkte einen Streifenpolizisten am Straßenrand auf seiner Maschine. Was hatte der hier um diese Zeit zu suchen? Petrofski war in den vergangenen Monaten diese Straße oft gefahren, und nie hatte er einen Streifenpolizisten gesehen.

Eine Meile weiter in Little Fakenham schalteten alle seine animalischen Sinne auf höchste Alarmstufe. Zwei weiße Rover-Polizeiwagen parkten am Nordende des Dorfes. Neben ihnen stand eine Gruppe von höheren Polizeibeamten, die sich mit zwei weiteren Streifenpolizisten berieten. Sie sahen auf, als er vorbeifuhr, machten aber keine Anstalten, ihn anzuhalten.

Die Anstalten kamen später in Ixworth Thorpe. Er hatte gerade das Dorf hinter sich und näherte sich der Kirche, als er das Motorrad am Zaun lehnen sah und den Streifenpolizisten mitten auf der Straße, mit erhobenem Arm, um ihn anzuhalten. Er verlangsamte, und seine Hand fuhr in die Kartentasche, in der unter dem zusammengerollten Pullover die finnische Automatic steckte.

Wenn es eine Falle war, dann war er geliefert. Doch der Polizist schien allein zu sein. Niemand stand in der Nähe mit dem Funkgerät am Mund. Er hielt. Die hohe Gestalt in Schwarz schlenderte zum Fahrerfenster und beugte sich herab. Petrofski sah sich einem pausbäckigen Gesicht gegenüber, auf dem er keine Spur von Arglist entdecken konnte.

»Dürfte ich Sie bitten, an den Straßenrand zu fahren, Sir? Hier direkt vor der Kirche. Dann kann Ihnen nichts passieren.«

Es war also eine Falle. Die Drohung war kaum verschleiert. Doch warum war niemand anderer in der Nähe?

»Was ist denn los, Officer?«

»Die Straße dürfte ein bißchen weiter draußen blockiert sein, Sir. Wir werden sie gleich freikriegen.«

Wahrheit oder Trick? Da lag vielleicht wirklich ein umgestürzter Traktor irgendwo. Er gab den Gedanken, den Polizisten zu erschießen und dann abzuhauen, wieder auf. Er nickte, legte den Gang ein und fuhr den Wagen zum Parkstreifen vor der Kirche. Dann wartete er. Im Rückspiegel konnte er beobachten, daß der Polizist nicht mehr von ihm Notiz nahm, sondern eine andere Limousine in denselben Parkstreifen einwies. Das könnte es sein, dachte er. Spionageabwehr. Doch in dem anderen Wagen saß nur ein einziger Mann. Er stoppte hinter ihm und stieg aus.

»Was ist denn los?« rief der Mann zum Polizisten hinüber. Petrofski konnte sie durch das offene Fenster hören.

»Ham Sie's nicht mitgekriegt, Sir? Die Demonstration. Is in allen Zeitungen gewesen. Und im Fernsehen.«

»Verdammt«, sagte der andere Fahrer, »war mir nicht klar, daß es diese Straße war. Und um diese Zeit.«

»Sie wern bald vorbeisein«, sagte der Polizist tröstend. »Knappe Stunde.«

In diesem Augenblick kam die Spitze der Kolonne an der Biegung in Sicht. Petrofski betrachtete die Wimpel in der Ferne und hörte voll Ekel und Verachtung die schwachen Schreie. Er stieg aus, um sich die Sache anzusehen.

Der geteerte Platz mit seinen dreißig abschließbaren Garagen begann sich allmählich zu bevölkern. Einige Minuten nach der Entdeckung der leeren Garage hatte Preston den zweiten Wagen mit Barney zum Polizeirevier geschickt und um Unterstützung ersucht. Das Revier war um diese Zeit mit einem diensthabenden Constable besetzt, der im Vorderzimmer saß, und mit einem Sergeant, der im Hinterzimmer seinen Tee trank.

Gleichzeitig hatte Preston über Polizeifunk London gerufen, und obgleich er eigentlich den Tarnjargon eines Wagenverleihs hätte benützen müssen, schlug er jede Vorsicht in den Wind und sprach im Klartext mit Sir Bernard.

»Ich brauche die Unterstützung der Polizei von Norfolk und Suffolk«, sagte er. »Und einen Hubschrauber. Umgehend. Sonst ist es zu spät.« Er hatte die zwanzig Minuten Wartezeit mit dem Studium einer über die Kühlerhaube von Joes Wagen gebreiteten Generalstabskarte von East Anglia verbracht.

Fünf Minuten später kam aus Thetford ein Streifenpolizist, den der Sergeant vom Polizeirevier aus dem Bett geholt hatte. Er fuhr in den Hof, stellte den Motor ab und parkte die Maschine. Er ging zu Preston hinüber, wobei er seinen Helm abnahm.

»Sind Sie die Herren aus London?« fragte er. »Kann ich Ihnen irgendwie helfen?«

»Nur, wenn Sie ein Zauberer sind«, seufzte Preston.

Barney kam vom Polizeirevier zurück.

»Hier ist das Foto, John. Ist eingetroffen, während ich mit dem Sergeant sprach.«

Preston betrachtete das hübsche junge Gesicht, das in einer Straße von Damaskus aufgenommen worden war.

»Du Scheißkerl«, stieß er zwischen den Zähnen hervor. Niemand hörte ihn, denn in diesem Augenblick rasten zwei amerikanische F-111-Kampfbomber im Tiefflug dicht formiert über die Stadt nach Osten. Das Geheul ihrer Triebwerke durchbrach die Stille der erwachenden Ortschaft. Der Polizist sah nicht einmal auf. Barney, der neben Preston stand, blickte ihnen nach, bis sie außer Sicht waren.

»Radaubrüder«, sagte er.

»Die kommen immer über Thetford«, sagte der Ortspolizist. »Nach einer Weile hört man sie kaum mehr. Sind in Lakenheath stationiert.«

»Der Londoner Flughafen ist schon schlimm genug«, sagte Barney, der in Hounslow wohnte, »aber die Linienmaschinen fliegen wenigstens nicht so tief. Ich glaube nicht, daß ich das lange aushalten würde.«

»Hab' nichts gegen sie, solange sie in der Luft bleiben«, sagte der Polizist und wickelte eine Tafel Schokolade aus. »Wär' nur schlimm, wenn einer herunterfiele. Sie haben nämlich Atombomben bei sich. Kleine, aber immerhin.«

Preston drehte sich langsam um.

»Was haben Sie da gesagt?« fragte er.

MI5 in der Cork Street hatte schnell gearbeitet. Sir Bernard Hemmings hatte unter Umgehung seines Justitiars die beiden Assistant Commissioners (AC) der Grafschaften Norfolk und Suffolk persönlich angerufen. Der Beamte in Norwich lag noch im Bett, aber sein Kollege in Ipswich war bereits im Büro, wegen der Demonstration, für die die Hälfte der Polizeikräfte von Suffolk aufgeboten worden war.

Den AC von Norfolk erreichte er genau in dem Augenblick, als dieser auch vom Polizeirevier in Thetford informiert wurde. Er versprach volle Unterstützung. Der Papierkram könne später erledigt werden.

Brian Harcourt-Smith war auf der Jagd nach einem Hubschrauber. Die beiden britischen Nachrichtendienste verfügen über eine Sonderstaffel von Einsatzhubschraubern, die in Northolt außerhalb London stationiert sind. Ein schneller Abruf ist möglich, doch normalerweise wird einige Zeit vorher disponiert. Dem stellvertretenden Generaldirektor wurde auf seine dringende Anfrage hin mitgeteilt, daß ein Chopper in vierzig Minuten abfliegen und nach weiteren vierzig Minuten in Thetford sein könne. Harcourt-Smith bat Northolt, am Apparat zu bleiben.

»Achtzig Minuten«, sagte er zu Sir Bernard. Der Generaldirektor sprach gerade mit dem Assistant Commissioner von Suffolk.

»Hätten Sie einen Polizeihubschrauber verfügbar? Sofort?« fragte er den Beamten.

Es folgte eine Pause, während der AC über einen Hausanschluß bei seinem Kollegen von der Verkehrsüberwachung rückfragte.

»Wir haben einen in der Luft über Bury St. Edmunds«, sagte er.

»Bitte schicken Sie ihn nach Thetford und nehmen Sie einen unserer Leute an Bord«, sagte Sir Bernard. »Es geht um die nationale Sicherheit, wirklich, glauben Sie mir.«

»Ich werde es sofort veranlassen«, sagte der AC von Suffolk.

Preston winkte den Polizisten aus Thetford zu seinem Wagen herüber.

»Zeigen Sie mir die amerikanischen Flugstützpunkte hier in der Gegend«, sagte er.

Der Streifenpolizist legte einen dicken Finger auf die Landkarte.

»Sie sind so ziemlich überall, Sir. Sculthorpe, oben in North Norfolk, Lakenheath und Mildenhall im Westen, Chicksands in Bedfordshire; allerdings glaube ich, daß dieser Flugplatz nicht mehr in Betrieb ist. Und dann noch Bentwaters, hier an der Küste von Suffolk bei Woodbridge.«

Es war sechs Uhr. Die Marschierer schwirrten um die beiden Wagen herum, die auf dem Parkstreifen vor der Kirche standen, einem kleinen, aber schönen Bau, ebenso alt wie das Dorf, mit einem Rieddach und ohne elektrisches Licht, so daß die Abendandacht immer noch bei Kerzenschein abgehalten wird.

Petrofski stand mit verschränkten Armen an seinem Wagen und blickte mit ausdrucklosem Gesicht auf die vorbeiziehende Menge. Seine Gedanken waren nicht sehr freundlich. Über den Feldern hinter ihm knatterte ein Verkehrshubschrauber nach Norden, aber der Gesang der Demonstranten war so laut, daß er den Hubschrauber nicht hören konnte.

Der Fahrer des anderen Wagens – ein Keksvertreter, der von einem Seminar über den Verkaufsappeal von Buttergebäck kam – schlenderte zu ihm herüber. Er wies mit dem Kinn auf die Marschierer hin.

»Arschlöcher«, brummte er, als der Singsang »Nein zu Cruise – Yankees raus« aufs neue einsetzte. Der Russe lächelte und nickte. Als keine weitere Reaktion kam, ging der Vertreter wieder zu seinem Wagen zurück, stieg ein und vertiefte sich in einen Stapel Unterlagen über Verkaufsförderung.

Wäre Valeri Petrofskis Sinn für Humor etwas stärker entwikkelt gewesen, hätte er über seine Lage gelächelt. Er stand vor der Kirche eines Gottes, an den er nicht glaubte, in einem Land, das er zu vernichten suchte, und ließ Leute an sich vorbeiziehen, die er verachtete. Und doch, sollte sein Auftrag gelingen, so würden alle Wünsche der Marschierer in Erfüllung gehen.

Er seufzte bei dem Gedanken, wie kurzen Prozeß die Leute vom MWD mit dieser Kundgebung gemacht und wie schnell sie die Rädelsführer den Burschen vom Fünften Hauptdirektorat zu einer ausgiebigen Frage-und-Antwort-Sitzung in Lefortowo übergeben hätten.

Preston starrte auf die Landkarte, wo er um die fünf amerikanischen Flugbasen einen Kreis gezogen hatte. Wenn ich ein Illegaler wäre und in einem fremden Land tief getarnt einen Auftrag auszuführen hätte, dachte er, dann würde ich in einer großen Stadt untertauchen.

In Norfolk kamen da King's Lynn, Norwich und Yarmouth in Frage. In Suffolk, Lowestoft, Bury St. Edmunds, Colchester und Ipswich. Um nach King's Lynn in der Nähe der USAF-Basis Sculthorpe zurückzukehren, hätte der Mann, den er jagte, auf dem Gallows Hill an ihm vorbeifahren müssen. Niemand war vorbeigefahren. Es blieben also noch vier Basen, drei im Westen und eine im Süden.

Er prüfte die Strecke, auf der sein Wild von Chesterfield nach Thetford gekommen war. Sie verlief immer in südöstlicher Richtung. Es wäre logisch, die Umsteige von Motorrad auf Wagen irgendwo entlang der Fahrtrichtung unterzubringen. Von Lakenheath und Mildenhall aus zum Senderhaus nach Chesterfield wäre es logischer gewesen, eine verschließbare Garage in Ely oder Peterborough zu mieten, die auf dem Weg in die Midlands liegen.

Er zog eine Linie von den Midlands nach Thetford und geradeaus weiter nach Südosten. Sie ging direkt durch Ipswich.

Zwölf Meilen von Ipswich lag in einem dichten Wald und nahe am Strand Bentwaters. Er erinnerte sich dunkel, daß dort F-5 stationiert waren, moderne Kampfbomber mit taktischen Atomwaffen, die dafür vorgesehen waren, einen massiven Angriff von 29 000 Panzern zum Stehen zu bringen.

Hinter ihm quäkte das Funkgerät des Polizisten. Der Mann ging hin und nahm das Gespräch entgegen.

»Ein Hubschrauber kommt von Süden her«, sagte er.

»Er ist für mich«, sagte Preston.

»Wo soll er denn landen?«

»Gibt es hier in der Nähe eine flache, freie Stelle?« fragte Preston.

»The Meadows«, sagte der Streifenpolizist. »Die Castle Street hinunter bis zum Kreisel. Dürfte trocken genug sein.«

»Sagen Sie ihm, er soll dort niedergehen«, sagte Preston, »ich fahre hin.«

Er rief seine Leute zusammen, von denen einige in den Wagen dösten.

»Alles rein. Wir fahren zu den Meadows runter.«

Während sie in die beiden Wagen stiegen, ging er mit der Landkarte zu dem Streifenpolizisten.

»Sagen Sie, wenn Sie von Thetford nach Ipswich wollten, wie würden Sie fahren?«

Ohne zu zögern deutete der Polizist auf einen Fleck auf der Karte.

»Ich würde die A1088 nehmen, direkt nach Ixworth, über die Kreuzung und weiter bei Elmswell Village zur A45, die nach Ipswich geht.«

Preston nickte.

»Das würde ich auch tun. Hoffentlich denkt Chummy genauso. Ich möchte Sie bitten, hierzubleiben und zu versuchen, andere Garagenbenützer ausfindig zu machen, die vielleicht den Wagen unseres Mannes gesehen haben. Ich brauche die Nummer.«

Der leichte Bell-Hubschrauber wartete auf der Wiese am Kreisel. Preston stieg aus dem Wagen und nahm sein Funkgerät mit.

»Bleiben Sie hier«, sagte er zu Harry Burkinshaw. »Er hat einen Vorsprung von mindestens fünfzig Minuten und ist wahrscheinlich meilenweit weg. Ich fliege bis Ipswich und sehe zu, ob ich etwas herausbekommen kann. Wenn nicht, dann bleibt nur die Wagennummer. Vielleicht hat sie jemand gesehen. Sollte die Polizei von Thetford diesen Jemand auftreiben, komme ich.«

Er duckte sich unter den kreisenden Tragschrauben und kletterte in die enge Kabine, zeigte dem Piloten seinen Ausweis und nickte dem Verkehrsüberwacher zu, der sich hinter die Sitze gequetscht hatte.

»Schnell gegangen«, schrie er dem Piloten zu.

»Ich war schon in der Luft«, schrie der Pilot zurück.

Der Helikopter hob ab und flog über Thetford weg.

»Wo wollen Sie hin?«

»Die A1088 entlang.«

»Die Demo beobachten, wie?«

»Was für eine Demo?«

Der Pilot sah ihn an, als sei er gerade vom Mars gekommen. Der Chopper flog mit abwärts gerichteter Nase nach Südosten. Er hielt sich rechts von der A1088, so daß Preston die Straße im Blick hatte.

»Die Demo gegen den RAF-Flugplatz Honington«, sagte der Pilot. »Ist in allen Zeitungen gewesen. Und im Fernsehen.«

Natürlich hatte Preston die Berichterstattung über die geplante Demonstration verfolgt. Er hatte schließlich in Chesterfield zwei Wochen vor dem Fernseher verbracht. Es war ihm nur entgangen, daß der Flugplatz an der A1088 zwischen Thetford und Ixworth lag. In dreißig Sekunden würde er die Sache in natura sehen.

Zu seiner Rechten glitzerte die Morgensonne auf den Rollbahnen des Flugstützpunktes. Ein riesiges amerikanisches Galaxy-Transportflugzeug rollte gerade nach der Landung aus. Vor den Zugängen zum Flugplatz waren Polizisten massiert, Hunderte, mit dem Rücken zur Stacheldrahtumzäunung, das Gesicht den Demonstranten zugewandt.

Die Menge vor dem Polizeikordon schwoll unaufhörlich an, und die schwarze Kolonne der fahnenschwingenden Marschierer erstreckte sich bis zur Einmündung des Zufahrtsweges in die A1088 und weiter auf der Straße nach Südosten auf Ixworth Junction zu.

Direkt unter sich konnte er das Dorf Little Fakenham sehen und die Silhouette von Honington, das aus einem Dunstschleier auftauchte. Er konnte die Scheunen von Honington Hall und die roten Ziegelgebäude von Malting Row jenseits der Straße ausmachen. Hier, wo die Marschierer in den schmalen Weg einbogen, der zum Flugplatz führte, war die Menge am dichtesten. Sein Herz schlug rascher.

Von der Dorfmitte an standen die Autos Stoßstange an Stoßstange eine halbe Meile die Straße entlang – alles Fahrer, die nicht mitbekommen hatten, daß die Straße am frühen Morgen gesperrt sein würde, oder die gehofft hatten, rechtzeitig durchzukommen. Es war eine Schlange von über hundert Fahrzeugen.

Weiter unten, mitten in der Marschkolonne, glitzerten zwei oder drei Dächer von Wagen, deren Fahrer man vor der Sperrung hatte passieren lassen, die aber nicht schnell genug nach Ixworth Junction gekommen waren und die nun in der Falle saßen. Einige Autos standen im Zentrum von Ixworth Thorpe, und ein paar parkten an einer kleinen Kirche.

»Ich frage mich –«, sagte er halblaut.

Valeri Petrofski sah den Polizisten, der ihn angehalten hatte, auf sich zukommen. Die Kolonne war ein wenig dünner geworden; das Ende des Zuges marschierte vorbei.

»Tut mir leid, daß es so lange gedauert hat, Sir. Scheinen mehr gekommen zu sein als vorausgesehen.«

Petrofski zuckte liebenswürdig die Achseln.

»Kann man nichts machen, Officer. Es war dumm von mir, daß ich es versucht habe. Hab' geglaubt, ich würde rechtzeitig durchkommen.«

»Hat nicht wenig Autofahrer erwischt. Aber jetzt dauert's nicht mehr lang. In zehn Minuten sind die Marschierer vorbei, dann kommen noch ein paar Übertragungswagen hinterher. Sobald die durch sind, geben wir die Straße wieder frei.«

Vor ihnen zog ein Polizeihubschrauber über den Feldern eine weite Kurve. In seiner offenen Tür konnte Petrofski den Verkehrsüberwacher sehen, der in den Handapparat seines Funktelefons sprach.

»Harry, können Sie mich hören? Harry, bitte kommen, hier ist John.«

Preston saß in der Tür des Choppers über Ixworth Thorpe und versuchte Burkinshaw zu erreichen. Die Stimme des Observanten kam kratzend und blechern aus Thetford.

»Harry hier. Hör' Sie, John.«

»Harry, hier unten findet eine Anti-Cruise-Demo statt. Es besteht die Möglichkeit, eine winzige Möglichkeit, daß Chummy darin stecken geblieben ist. Bleiben Sie dran.«

Er drehte sich zum Piloten um.

»Wie lange geht das schon?«

»Seit 'ner Stunde.«

»Wann ist die Straße da unten in Ixworth gesperrt worden?«

Der Mann von der Verkehrsüberwachung beugte sich nach vorne.

»Um fünf Uhr zwanzig«, sagte er. Preston sah auf seine Armbanduhr. Sechs Uhr fünfundzwanzig.

»Harry, fahren Sie wie der Teufel die A134 runter nach Bury St. Edmunds, dort abbiegen auf die A45 und weiter bis zur Kreuzung mit der A1088 in Elmswell. Dort treffen wir uns. Der Cop, der sich bei den Garagen aufhält, soll mit angestellter Sirene vorausfahren. Und Harry, sagen Sie Joe, er soll fahren, was das Zeug hält.«

Er tippte dem Piloten auf die Schulter.

»Fliegen Sie nach Elmswell und setzen Sie mich auf einem Feld an der Straßenkreuzung ab.«

In der Luft waren es nur fünf Minuten. Als sie bei Ixworth Junction über die A143 flogen, konnte Preston die lange Schlange der am Straßenrand parkenden Busse sehen, mit denen das Gros der Maschierer in diese malerische Gegend gekommen war. Zwei Minuten später bemerkte er die breite zweibahnige A45, die von Bury St. Edmunds nach Ipswich führt.

Der Pilot zog eine Schleife und sah sich nach einem Landeplatz um. Nahe an der Stelle, wo die schmale A1088 in die Einfahrt zur A45 mündete, waren Wiesen.

»Könnten Feuchtwiesen sein«, schrie der Pilot. »Ich geh' in Schwebestellung. Sie können aus ein paar Fuß Höhe abspringen.«

Preston nickte. Er drehte sich zu dem Verkehrsüberwacher um, der in Uniform war.

»Nehmen Sie Ihre Mütze. Sie kommen mit.«

»Das ist nicht mein Job«, protestierte der Sergeant. »Ich bin von der Verkehrsüberwachung.«

»Genau dazu brauche ich Sie. Los, kommen Sie schon.«

Er sprang vom Trittbrett der Bell aus zwei Fuß Höhe in das dichte hohe Gras. Der Polizeisergeant folgte ihm, wobei er die flache Mütze mit einer Hand auf den Kopf preßte, um sie vor dem Sog der Rotoren zu schützen. Der Pilot zog die Maschine hoch und flog nach Ipswich und zu seinem Standort zurück.

Die beiden stapften über die Wiese, überstiegen den Zaun und gelangten auf die A1088. Einhundert Yards weiter kamen sie zur A45. Jenseits der Kreuzung konnten sie den endlosen Verkehrsstrom sehen, der sich in Richtung Ipswich bewegte.

»Was nun?« fragte der Polizeisergeant.

»Nun stellen Sie sich auf die Straße und halten die Wagen an, die nach Süden fahren. Fragen Sie die Fahrer, ob sie die Straße von Honington an benützt haben. Wenn sie erst südlich von Ixworth Junction auf die Straße gestoßen sind, lassen Sie sie passieren. Sobald Sie den ersten haben, der durch die Demo gekommen ist, rufen Sie mich.«

Er ging zur A45 hinüber und spähte nach rechts.

»Komm schon, Harry. Komm schon.«

Die aus Süden kommenden Wagen stoppten vor dem Polizisten, doch alle versicherten, sie seien erst südlich der Anti-Kernwaffen-Demonstration auf die Straße gestoßen. Zwanzig Minuten später sah Preston den Streifenpolizisten aus Thetford, der mit heulender Sirene heranbrauste, dicht gefolgt von den beiden Observantenwagen. Sie bremsten kreischend an der Einfahrt in die A1088. Der Polizist schob sein Visier in die Höhe.

»Ich hoffe, Sie wissen, was Sie tun, Sir. Ich glaube nicht, daß diese Strecke schon einmal schneller zurückgelegt worden ist. Das wird Ärger geben.«

Preston dankte ihm und beorderte beide Wagen ein paar Yards in die schmale Nebenstraße hinein.

Er deutete auf eine Grasbank.

»Rammen, Joe.«

»Wie bitte?«

»Rammen. Nicht zu stark, damit der Wagen nicht kaputtgeht. Es soll nur echt aussehen.«

Die beiden Polizisten aus Suffolk sahen Joe verblüfft zu, als er mit dem Wagen die Grasbank am Wegrand rammte. Das Heck ragte auf die Straße und blockierte sie zur Hälfte. Preston ließ den anderen Wagen fünfzehn Yards weiterfahren.

»Aussteigen«, befahl er dem Chauffeur. »Los, Jungs. Jetzt alle zugleich. Umkippen.«

Erst nach sieben Anläufen legte der MI5-Wagen sich auf die Seite. Preston hob einen Stein am Straßenrand auf, zerschmetterte damit ein Seitenfenster von Joes Wagen und verstreute die Scherben über die Straße.

»Ginger, legen Sie sich auf die Straße, hier neben Joes Wagen. Barney, holen Sie ein Plaid aus dem Kofferraum und decken Sie ihn damit zu. Ganz und gar. Gesicht und alles«, sagte Preston. »O. K., alle anderen hinter die Hecke, und daß sich keiner sehen läßt.«

Preston winkte die beiden Polizisten heran.

»Sergeant, da hat's bösen Bruch gegeben. Bitte stellen Sie sich neben die Leiche und dirigieren Sie den Verkehr daran vorbei. Officer, parken Sie Ihr Motorrad, gehen Sie die Straße hoch und winken Sie die ankommenden Wagen langsam durch.«

Die beiden Polizisten hatten von Ipswich beziehungsweise von Norwich ihre Befehle bekommen. Mit den Männern aus London zusammenarbeiten. Selbst wenn sie verrückt waren.

Preston setzte sich vor der Grasbank auf den Boden und preßte ein Taschentuch vors Gesicht, als wolle er das Blut aus einer gebrochenen Nase stillen.

Nichts kann einen Autofahrer besser dazu bewegen, langsam zu fahren und durch das Seitenfenster zu schauen, als eine Leiche am Straßenrand. Preston hatte dafür gesorgt, daß Gingers »Leiche« auf der Fahrerseite zu liegen kam, für die Wagen, die sich nach Süden bewegten.

Major Valeri Petrofski saß im siebten Wagen. Wie alle anderen vor ihr verlangsamte die bescheidene Familienlimousine auf das Handzeichen des Polizisten hin das Tempo und kroch am »Unfallort« vorbei. Mit halb geschlossenen Augen sah Preston zu dem zwölf Fuß entfernten Russen hinüber und verglich im Geist sein Gesicht mit dem Foto in seiner Tasche, während die Limousine sich langsam zwischen den beiden Wagen hindurchschlängelte, die fast die ganze Straße blockierten.

Aus den Augenwinkeln sah er, wie die kleine Limousine nach

links zur A45 abbog, auf eine Verkehrslücke wartete und sich dann in den Strom nach Ipswich einreihte. Er sprang auf.

Die beiden Fahrer und die zwei Observanten kamen auf seinen Befehl über die Hecke zurück. Ein verdutzter Autofahrer, der gerade sein Tempo verlangsamte, sah die Leiche aufspringen und zusammen mit anderen einen umgestürzten Wagen wieder auf seine vier Räder stellen. Joe kletterte hinter das Steuer seines Wagens und fuhr rückwärts von der Bank weg. Barney wischte das Gras und den Schlamm von den Scheinwerfern, bevor er einstieg. Harry Burkinshaw nahm nicht eins, sondern drei starke Pfefferminzbonbons und ließ alle auf einmal in den Mund springen. Preston ging zu dem Streifenpolizisten hinüber.

»Sie fahren am besten jetzt wieder nach Thetford zurück, und vielen, vielen Dank für Ihre Hilfe.«

Zum Sergeant aus dem Hubschrauber sagte er:

»Wir können Sie leider nicht mitnehmen. Ihre Uniform ist zu auffällig. Aber vielen Dank für Ihre Hilfe.«

Die zwei Wagen von MI5 fuhren zur A45 und bogen links ab nach Ipswich. Der unbeteiligte Autofahrer, der das alles aufmerksam verfolgt hatte, wandte sich an den stehengelassenen Sergeant:

»Dreh'n die einen Fernsehfilm?«

»Würde mich verdammt noch mal nicht wundern«, sagte der Sergeant. »Übrigens, Sir, könnten Sie mich bis Ipswich mitnehmen?«

Der Berufsverkehr wurde immer dichter, als sie sich der Stadt näherten. Er bot den beiden Observantenwagen gute Deckung. Zudem wechselten sie dauernd die Stellung, so daß bald der eine, bald der andere die Limousine im Auge hatte.

Sie kamen hinter Witton in die Stadt, doch kurz vor dem Stadtzentrum bog der kleine Wagen vor ihnen in die Chevallier Street und fuhr rund um den Ring zur Handford Bridge und überquerte den Orwell. Südlich des Flusses fuhr der Ford die Ranelagh Road hinunter und bog dann wieder nach rechts ab.

»Er fährt wieder aus der Stadt heraus«, sagte Joe, der sich fünf Wagen hinter dem Verfolgten hielt. Sie kamen zur Belstead Road, die Ipswich in südlicher Richtung verläßt.

Plötzlich bog der Ford nach links in eine kleine Wohnsiedlung ein.

»Vorsicht«, warnte Preston Joe, »er darf uns nicht sehen.«

Er befahl dem zweiten Wagen, an der Ecke zu bleiben, wo die Zufahrtstraße von der Belstead Road abbog, für den Fall, daß das Wild einen Bogen schlagen und wieder zurückkommen sollte. Joe glitt langsam in den Komplex der sieben Sackgassen hinein, aus denen The Hayes besteht. Als sie an Cherryhayes Close vorbeifuhren, sahen sie gerade noch, daß der Mann, den sie verfolgten, vor einem kleinen Haus auf halber Höhe der Straße hielt. Er stieg aus. Preston befahl Joe, weiterzufahren, bis sie außer Sicht waren, und dann zu halten.

»Harry, geben Sie mir Ihren Hut und sehen Sie im Handschuhfach nach, ob noch eine Konservativen-Rosette drin ist.«

Es war noch eine drinnen; sie war eine der vielen, die das Team zwei Wochen lang benutzt hatte, um das Haus der Roystons durch den Vordereingang zu betreten oder zu verlassen, ohne Verdacht zu erregen. Preston steckte sie ans Jackett, zog den Regenmantel aus, den er als Unfallverletzter am Straßenrand getragen hatte, von wo aus er Petrofski zum ersten Mal von Angesicht zu Angesicht gesehen hatte, setzte Harrys flachen Hut auf und stieg aus.

Er bog in Cherryhayes Close ein und schlenderte zu dem Anwesen gegenüber dem Haus des Sowjetagenten, das die Nummer 12 trug. Er ging zur Tür der Nummer 9, wo an einem Fenster ein Plakat der sozialdemokratischen Partei prangte, und läutete.

Eine hübsche junge Frau machte auf. Von drinnen konnte Preston die Stimme eines Mannes, dann die eines Kindes hören. Es war acht Uhr. Die Familie saß beim Frühstück. Preston lüftete den Hut.

»Guten Morgen, Madam.«

Als sie seine Rosette sah, sagte die Frau:

»Oh, tut mir leid, Sie verschwenden Ihre Zeit. Wir wählen SDP.«

»Das dachte ich mir schon, Madam. Ich habe aber eine Werbeschrift, die ich Sie bitten möchte, Ihrem Mann zu zeigen.«

Er reichte ihr seine Plastikkarte, die ihn als MI5-Mann auswies. Sie würdigte die Karte keines Blickes und seufzte nur.

»Wenn Sie unbedingt meinen. Aber das wird ganz bestimmt nichts ändern.«

Sie ließ ihn vor der Tür stehen, ging ins Haus, und Sekunden später hörte Preston eine geflüsterte Unterhaltung, die von hinten aus der Küche kam. Ein Mann erschien in der Diele, ein Jungmanager in schwarzen Hosen und weißem Hemd, mit Klubkrawatte. Er hielt Prestons Karte in der Hand und runzelte die Stirn.

»Was soll das heißen?« fragte er.

»Genau das, was es besagt, Sir. Es ist der Ausweis eines Angehörigen von MI5.«

»Kein Witz?«

»Nein, er ist völlig echt.«

»Na schön. Und was wünschen Sie?«

»Würden Sie mich bitte ins Haus lassen und die Tür schließen?«

Der junge Mann zögerte einen Augenblick, dann nickte er. Preston nahm seinen Hut ab und trat ein. Er machte die Tür hinter sich zu.

Gegenüber auf der anderen Straßenseite saß Valeri Petrofski im Wohnzimmer hinter den dichten Netzvorhängen. Er war müde, seine Muskeln schmerzten vom Fahren, und er genehmigte sich einen Whisky.

Als er durch die Vorhänge spähte, konnte er einen dieser offenbar zahllosen Wahlhelfer sehen, der mit den Leuten von Nummer 9 sprach. Bei ihm waren in den letzten zehn Tagen ebenfalls drei vorbeigekommen, und bei seiner Rückkehr heute morgen hatte er einen Haufen Parteiprospekte auf dem Türvorleger gefunden. Er beobachtete, wie der Hausherr den Mann in die Diele ließ. Noch ein Bekehrter, dachte er. Was soll's.

Preston atmete auf. Der junge Mann sah ihn mißtrauisch an. Die Frau stand an der Küchentür und ließ ihn nicht aus den Augen. Das Gesicht eines etwa dreijährigen Mädchens erschien zwischen dem Türpfosten und dem Knie der Mutter.

»Sind Sie wirklich von MI5?« fragte der Mann.

»Ja, wirklich. Wir haben weder zwei Köpfe noch grüne Ohren, wissen Sie.«

Der junge Mann lächelte zum ersten Mal.

»Nein, natürlich nicht. Es kommt nur so überraschend. Aber was liegt gegen uns vor?«

»Nichts natürlich«, lächelte Preston. »Ich kenne Sie nicht einmal. Meine Kollegen und ich haben einen Mann verfolgt, von dem wir glauben, daß er ein ausländischer Agent ist. Er wohnt im Haus gegenüber. Ich möchte gerne Ihr Telefon benutzen und Sie fragen, ob ich ein paar Männer bei Ihnen einquartieren darf, damit sie das Haus beobachten können.«

»Nummer 12?« fragte der Mann. »Jim Ross? Das ist kein Ausländer.«

»Wir glauben schon. Darf ich telefonieren?«

»Ja, sicher, warum nicht.« Er wandte sich seiner Familie zu. »Los, alle zurück in die Küche.«

Preston rief Charles Street an und wurde mit Sir Bernard Hemmings verbunden, der noch immer in der Cork Street war. Burkinshaw hatte Cork Street bereits über Funk in Tarnsprache informiert, daß der »Kunde« zu Hause in Ipswich sei und die »Taxis« in der Nachbarschaft auf Abruf bereit stünden.

»Preston?« sagte der Generaldirektor am anderen Ende der Leitung. »John? Wo sind Sie genau?«

»In einer kleinen Sackgasse namens Cherryhayes Close in Ipswich. Wir haben Chummy geortet. Diesmal bin ich sicher, daß wir seine Basis gefunden haben.«

»Meinen Sie, daß es Zeit ist, loszuschlagen?«

»Yes, Sir, ich glaube schon. Ich befürchte nur, daß er bewaffnet ist. Sie wissen, was ich sagen will. Ich denke nicht, daß dies eine Sache für Special Branch ist oder für die Ortspolizei.«

Er sagte seinem Generaldirektor, was er wollte, legte auf und rief Sir Nigel in Sentinel House an.

»Ja, John, einverstanden«, sagte »C«, als Preston ihm die gleiche Information durchgegeben hatte. »Wenn er das, was wir glauben, bei sich hat, dann müssen Sie wirklich bekommen, was Sie angefordert haben. Den SAS.«

7. Kapitel

Die Mithilfe des Special Air Service zu erwirken, der britischen Elite-Eingreiftruppe aus Experten für grenzüberschreitende Einsätze, Observierung und (gelegentlich) Kommandounternehmen im Stadtbereich, ist nicht so leicht, wie man aus gewissen Abenteuerfilmen im Fernsehen schließen könnte.

Der SAS wird nie aus eigener Initiative tätig. Im Rahmen der Verfassung kann er, wie jeder Verband der Streitkräfte, nur innerhalb des Vereinigten Königreichs und zur Unterstützung der Zivilbehörde, also der Polizei, operieren. Auf diese Weise bleibt der Oberbefehl bei jedem Einsatz nach außen hin in den Händen der zuständigen Polizei. In Wahrheit wird die zuständige Polizei, sobald die SAS-Leute einmal in Marsch gesetzt sind, gut daran tun, den Rückwärtsgang einzulegen.

Nach dem Gesetz muß der Chief Constable einer Grafschaft, in der ein von der örtlichen Polizei nicht ohne Hilfe zu bewältigender Notstand aufgetreten ist, in einem förmlichen Gesuch an das Innenministerium um Hinzuziehung des SAS bitten. Es kommt vor, daß dem Chief Constable »geraten« wird, ein solches Gesuch zu machen, und er müßte geradezu tollkühn sein, wollte er diesen Rat, wenn er von entsprechend hoher Stelle kommt, nicht befolgen.

Sobald der Chief Constable sein förmliches Gesuch dem beamteten Unterstaatssekretär im Innenministerium vorgelegt hat, wird letzterer das Gesuch an seinen Amtskollegen im Verteidigungsministerium weitergeben, der seinerseits den Leiter der militärischen Einsatzstelle ins Bild setzt, welcher daraufhin den SAS in seinem Standort in Hereford alarmiert.

Daß diese Prozedur innerhalb von Minuten erledigt sein kann, ist zum Teil dem Umstand zu verdanken, daß sie immer wieder geprobt und zu einer hohen Kunst entwickelt wurde; zum Teil auch der Tatsache, daß das britische Establishment über genügend Raum für die Entfaltung persönlicher Beziehungen zwischen seinen leitenden Männern verfügt und das Verfahren weitgehend mündlich abgewickelt werden kann, während man die unvermeidlichen Schreibereien später nachholt. Die britische Bürokratie mag den Briten langsam und schwerfällig vorkommen, aber im Vergleich mit der europäischen und amerikanischen ist sie ein geölter Blitz.

Ohnehin waren die meisten britischen Chief Constables schon einmal in Hereford, um die schlicht als »das Regiment« bezeichnete Einheit kennenzulernen und genau zu erfahren, welche Art von Beistand ihnen im Bedarfsfall zur Verfügung gestellt werden könnte. Die meisten kamen aus dem Staunen so bald nicht wieder heraus.

An jenem Vormittag informierte London den Chief Constable von Suffolk über die Krise, die in Gestalt eines mutmaßlichen ausländischen Agenten über ihn hereingebrochen war, eines Mannes, der vermutlich bewaffnet war, vielleicht mit einer Bombe, und der sich in Cherryhayes Close in Ipswich verborgen hielt. Der Chief Constable setzte sich mit Sir Hubert Villiers in Whitehall in Verbindung, wo sein Anruf erwartet worden war. Sir Hubert informierte seinen Minister und seinen Kollegen, den Cabinet Secretary, der die Premierministerin benachrichtigte. Sobald die Zustimmung aus Downing Street vorlag, gab Sir Hubert das nunmehr politisch abgesegnete Ansuchen an Sir Peregrine Jones im Verteidigungsministerium weiter, der ohnehin bereits davon wußte, weil er mit Sir Martin Flannery einen Schwatz gehalten hatte. Sechzig Minuten nach dem ersten Anruf des Innenministeriums beim Chief Constable von Suffolk sprach der Leiter von Military Operations über ein Telefon mit Sprachverwürfler mit dem Kommandeur des SAS in Hereford.

Die Kampftruppe des SAS ist nach dem Viererprinzip gegliedert. Vier Mann bilden eine Patrouille, vier Patrouillen eine

Rotte und vier Rotten einen Trupp. Die vier Sturmtrupps sind A, B, D und G. Sie nehmen den Dienst im SAS nach dem Rotationsprinzip wahr: Nordirland, Nahost, Dschungeltraining und Sondereinsätze, dazu die ständigen NATO-Aufgaben; ein Reservetrupp ist in ständiger Bereitschaft in Hereford.

Die Zeitdauer der einzelnen Verpflichtungen beträgt im allgemeinen zwischen sechs und neun Monaten, und in diesem Monat war der Trupp B in Hereford stationiert. Wie üblich war eine Rotte in einer halben Stunde einsatzbereit, eine zweite in zwei Stunden. Jeder Trupp besteht aus vier Rotten: einer Luft-Rotte (Fallschirmspringer), einer Boots-Rotte (Marineinfanteristen, ausgebildet für Über- und Unterwassereinsatz), einer Gebirgs-Rotte (Kletterer) und einer mobilen Rotte (bewaffnete Landrovers).

Als Brigadegeneral Jeremy Cripps sein Telefongespräch aus London beendet hatte, erhielten die Fallschirmspringer von Rotte B den Befehl, nach Ipswich aufzubrechen.

»Was tun Sie normalerweise um diese Zeit?« fragte Preston den Hausherrn, Mr. Adrian. Der Jungmanager hatte soeben den Assistant Commissioner in dessen Büro im Polizeipräsidium von Ipswich an der Ecke Civic Drive und Elm Street angerufen. Falls Mr. Adrian einige Zweifel an der Glaubwürdigkeit des Gastes gehegt hatte, der ihm vor einer halben Stunde ins Haus geschneit war, so waren sie nunmehr zerstreut. Preston hatte vorgeschlagen, daß Adrian selber anrufen solle, denn er war zu Recht überzeugt gewesen, daß die Polizei den Mann von MI5 in Mr. Adrians Wohnzimmer nicht im Stich lassen werde.

Außerdem war Mr. Adrian mitgeteilt worden, daß der Mann im Haus gegenüber bewaffnet und gefährlich sein könne und daß man später am Tage eine Verhaftung werde vornehmen müssen.

»Ich fahre gegen Viertel vor neun zur Arbeit, also in zehn Minuten. Um zehn Uhr bringt Lucinda, meine Frau, Samantha in den Kindergarten. Dann macht sie ihre Einkäufe, holt Samantha gegen Mittag wieder ab, und sie gehen zusammen nach Hause. Ich komme ungefähr um halb sieben heim, mit dem Wagen, versteht sich.«

»Bitte, nehmen Sie sich heute frei«, sagte Preston. »Rufen Sie jetzt gleich in Ihrem Büro an und sagen Sie, daß Sie sich nicht wohl fühlen. Verlassen Sie aber das Haus zur gleichen Zeit wie sonst auch. Am Ende der Straße, wo die Abzweigung nach The Hayes in die Belstead Road mündet, erwartet Sie ein Polizeiwagen.«

»Und was wird aus meiner Frau und der Kleinen?«

»Ich möchte, daß Mrs. Adrian wie immer bis zehn Uhr im Haus bleibt, dann mit Samantha und Einkaufskorb weggeht und Sie am Polizeiwagen trifft. Können Sie sich irgendwo den Tag über aufhalten?«

»Bei meiner Mutter in Felixstowe«, sagte Mrs. Andrian nervös.

»Und könnten Sie vielleicht sogar dort übernachten?«

»Was ist mit unserem Haus?«

»Ich verspreche Ihnen, Mr. Adrian, daß dem Haus nichts geschehen wird«, sagte Preston optimistisch. Er hätte hinzufügen können, es bleibe entweder unversehrt oder fliege in die Luft, wenn die Sache schiefgehe. »Ich muß Sie bitten, daß meine Kollegen und ich es zur Beobachtung des Mannes von gegenüber benutzen dürfen. Wir kommen und gehen durch die Hintertür. Wir werden bestimmt keinen Schaden anrichten.«

»Was meinst du, Darling?« fragte Mr. Adrian seine Frau. Sie nickte.

»Wenn ich nur Samantha von hier wegbringen kann, ist mir alles recht«, sagte sie.

»In einer Stunde, das verspreche ich«, sagte Preston. »Mr. Ross von gegenüber war die ganze Nacht auf, wir wissen es, weil wir ihn beschattet haben. Vermutlich schläft er jetzt, und ohnehin wird vor dem Nachmittag keine Polizeiaktion gegen das Haus unternommen, vielleicht erst am frühen Abend.«

»All right«, sagte Adrian, »wir machen mit.«

Er rief im Büro an und ließ sich für einen Tag entschuldigen, dann fuhr er, wie immer, um Viertel vor neun Uhr ab. Von seinem Schlafzimmerfenster im Obergeschoß aus sah Valeri Petrofski ihn wegfahren. Der Russe hatte vor, sich ein paar Stunden Schlaf zu gönnen. Auf der Straße ging nichts Ungewöhnliches vor. Adrian fuhr täglich um diese Zeit zur Arbeit.

Preston stellte fest, daß sich hinter Nummer 9 ein unbebautes Gelände befand. Er zitierte Harry Burkinshaw und Barney herbei, die durch die Hintertür hereinkamen, einer verlegenen Mrs. Adrian zunickten und zu dem nach vorn liegenden Schlafzimmer hinaufstiegen, um ihre Tätigkeit aufzunehmen – das Beobachten. Ginger hatte in ein paar hundert Metern Entfernung eine etwas höher gelegene Stelle gefunden, von der aus er sowohl die Orwellmündung mit ihren Hafenanlagen wie auch die kleine Wohnsiedlung im Blick hatte. Mit einem Feldstecher konnte er die Rückseite von Cherryhayes Close Nummer 12 ganz genau sehen.

»Es grenzt mit der Rückseite an den Garten eines Hauses in Brackenhayes«, berichtete er Preston über Funk. »Keinerlei Bewegung im Haus oder im Garten. Alle Fenster geschlossen; komisch bei diesem Wetter.«

»Beobachten Sie weiter«, sagte Preston. »Ich bleibe hier. Falls ich weg muß, übernimmt Harry.«

Eine Stunde später spazierten Mrs. Adrian und ihre Kleine in aller Ruhe aus dem Haus und verschwanden.

In der Stadt lief zur gleichen Zeit eine zweite Unternehmung an. Der Chief Constable, dessen Karriere bei der uniformierten Polizei begonnen hatte, überließ die Einzelheiten der anhängigen Operation dem Chief Superintendent Peter Low.

Low hatte zwei Kriminalbeamte ins Rathaus geschickt, die beim Stadtsteueramt erfuhren, daß das Zielhaus einem gewissen Mr. Johnson gehörte, die Steuerbescheide jedoch an die Maklerfirma Oxborrow geschickt wurden. Ein Anruf bei der Maklerfirma ergab, daß Mr. Johnson sich in Saudi-Arabien aufhalte und das Haus an einen Mr. James Duncan Ross vermietet sei. Ein zweites Foto von Ross, alias Timothy Donnelly, aufgenommen in Damaskus, wurde per Telex nach Ipswich übermittelt und dem Makler gezeigt, der den Mieter identifizierte.

Die Baubehörde im Rathaus lieferte die Namen der Architekten, die für die Siedlung The Hayes die Pläne angefertigt hatten, und auf diesem Weg konnten detaillierte Geschoßpläne des Anwesens Nummer 12 beschafft werden. Eine große Hilfe. Weitere, bis ins kleinste identische Häuser waren auch anderswo in Ipswich gebaut worden, und es fand sich eines, das noch immer leer stand. Es würde für den Sturmtrupp des SAS nützlich sein; die Männer würden sich im Zielhaus genau auskennen, wenn sie hineinkämen.

Es gehörte zu Peter Lows Pflichten, für die angeforderten SAS-Leute einen »Warteplatz« zu finden. Ein solcher Warteplatz muß abgeschlossen sein, getarnt und schnell erreichbar, eine Zufahrt und Telefonanschluß haben. Es fand sich ein leeres Lagerhaus, drunten am Eagle Wharf, und der Besitzer erklärte sich einverstanden, es der Polizei für »Übungszwecke« zur Verfügung zu stellen.

Es hatte große Schiebetore, die breit genug waren, um dem Fahrzeugkonvoi Einlaß zu gewähren, und abschließbar, so daß kein Unbefugter hineinspähen konnte. Es war so weitläufig, daß sich darin aus Latten und Sackleinwand eine Nachbildung des Hauses in The Hayes aufstellen ließ, und ein kleines verglastes Kontor konnte als Einsatzleitstelle dienen.

Kurz vor Mittag landete ein Army-Hubschrauber Marke Scout am Rand des städtischen Flugplatzes von Ipswich. Drei Männer stiegen aus. Einer war der Kommandeur des SAS-Regiments, Brigadegeneral Cripps, der zweite der Einsatzoffizier, ein Stabsmajor des Regiments, und der dritte war der Teamführer, Captain Julian Lyndhurst. Alle waren in Zivil und trugen Handtaschen, in denen ihre Uniformen steckten. Sie wurden von einem neutralen Polizeiauto abgeholt, das sie direkt zum Warteplatz brachte, wo die Polizei ihre Kommandozentrale einrichtete.

Chief Superintendent Low unterrichtete die drei Offiziere, soweit er selber unterrichtet war, also soweit London ihn ins Bild gesetzt hatte. Mit John Preston hatte er am Telefon gesprochen, ihn aber noch nicht persönlich kennengelernt.

»Der Einsatzleiter von MI5 ist, soviel ich weiß, ein gewisser John Preston«, sagte Brigadegeneral Cripps. »Ist er auch hier?«

»Ich glaube, er ist noch drüben im Beobachtungsposten«, sagte Low. »In dem Haus gegenüber der Zielwohnung. Ich kann ihn anrufen und bitten, er solle durch den Hinterausgang zu uns herüberkommen.«

»Vielleicht, Sir«, sagte Captain Lyndhurst zu seinem Kommandeur, »sollte ich direkt rübergehen. Könnte dann einen ersten Blick auf die ›Festung‹ werfen und zusammen mit diesem Preston hierher zurückkommen.«

»All right, es muß ohnehin ein Wagen hinüber«, sagte der Kommandeur.

Eine Viertelstunde später zeigte ein Polizist dem Captain vom Hügel über der Flußmündung aus die Hintertür des Hauses Nummer 9. Der neunundzwanzigjährige Captain, der noch immer Zivilkleidung trug, überquerte das unbebaute Gelände, sprang über den Gartenzaun und ging durch die Hintertür ins Haus. In der Küche stieß er auf Barney, der auf Mrs. Adrians Herd Teewasser kochte.

»Lyndhurst«, stellte der Offizier sich vor, »vom Regiment. Ist Mr. Preston hier?«

»John!« rief Barney nach oben in heiserem Flüsterton, denn das Haus war ja angeblich leer, »ein Brauner ist da und möchte Sie sprechen.«

Lyndhurst stieg die Treppe hinauf zum vorderen Schlafzimmer, wo er Preston fand und sich vorstellte. Harry Burkinshaw brummte etwas von einer Tasse Tee und ging hinaus. Der Captain blickte über die Straße auf das Haus Nummer 12.

»Unsere Information scheint noch immer Lücken zu enthalten«, sagte er in schleppendem Tonfall. »Wer genau, glauben Sie, ist dort drinnen?«

»Ich glaube, ein Sowjetagent«, sagte Preston. »Ein Illegaler, der hier unter dem Namen James Duncan Ross lebt. Mitte dreißig, mittelgroß, mittlere Statur, vermutlich sehr durchtrainiert, ein Spitzenprofi.«

Er reichte Lyndhurst das Foto, das auf der Straße in Damaskus aufgenommen war. Der Captain betrachtete es interessiert.

»Noch jemand außer ihm drüben?«

»Möglich. Wir wissen es nicht. Ross mit Sicherheit. Er könnte einen Helfer haben. Mit den Nachbarn können wir nicht sprechen. In einer solchen Siedlung verbreitet sich jedes Wort wie ein Lauffeuer. Die Leute, denen dieses Haus gehört, sagten, sie seien überzeugt, daß er allein drüben wohne. Aber beweisen können wir es nicht.«

»Und nach unseren Instruktionen glauben Sie, er sei bewaffnet, vielleicht gefährlich. Zu gefährlich für die hiesigen Polizisten, auch wenn sie Handfeuerwaffen haben, wie?«

»Ja, wir glauben, daß er eine Bombe dort drinnen hat. Er müßte unschädlich gemacht werden, ehe er an sie ran kann.«

»Bombe, aha«, sagte Lyndhurst sichtlich uninteressiert. Er hatte bereits zwei Dienstzeiten in Nordirland hinter sich. »Groß genug, um das Haus wegzublasen oder die ganze Straße?«

»Noch ein bißchen größer«, sagte Preston. »Wenn unsere Annahme stimmt, ist es eine kleine Atombombe.«

Der hochgewachsene Offizier wandte den Blick vom Haus auf der gegenüberliegenden Straßenseite ab, und seine blaßblauen Augen starrten direkt in die Prestons.

»Donnerwetter«, sagte er, »ich bin beeindruckt.«

»Immerhin etwas«, sagte Preston. »Übrigens, ich will ihn haben, und zwar lebend.«

»Fahren wir zurück zu den Docks«, sagte Lyndhurst. »Dann können Sie mit dem Kommandeur sprechen.«

Während dieses Gesprächs in Cherryhayes Close waren zwei weitere Hubschrauber aus Hereford auf dem Flugplatz gelandet, ein Puma und ein Chinook. Im ersten waren die Männer des Sturmtrupps, im zweiten die zahlreichen und geheimnisvollen Bestandteile ihrer Ausrüstung.

Dieses Team stand unter dem Befehl des Deputy Team Commander, eines altgedienten Stabsunteroffiziers namens Steve Bilbow. Er war klein, dunkel und drahtig, hatte glänzend schwarze Knopfaugen und lächelte gern. Wie alle ranghöheren Unteroffiziere im Regiment war er schon lang dabei, genau gesagt seit fünfzehn Jahren.

Auch in dieser Hinsicht ist der SAS eine Ausnahme. Die Offiziere sind fast sämtlich von ihren Stammregimentern auf Zeit abgestellt, sie bleiben im allgemeinen zwei bis drei Jahre und kehren dann wieder zu ihren Stammeinheiten zurück. Nur die Mannschaftsgrade können beim SAS bleiben, und auch nicht alle, nur die besten. Selbst der Kommandeur, der meist schon früher eine Dienstzeit beim Regiment abgeleistet hat, ist nur Kommandeur auf Zeit. Die sehr wenigen langgedienten Offiziere gehören alle der Abteilung Logistik – Versorgung – Technik im Hauptquartier an.

Steve Bilbow war als einfacher Soldat von den Fallschirmjägern zum Regiment gekommen, hatte seine Dienstzeit abgeleistet, wurde wegen besonderer Verdienste für eine Verlängerung ausgesucht und hatte es bis zum Stabsunteroffizier gebracht. Er hatte die Kämpfe in Dhofar mitgemacht, in der Hitze des Dschungels von Belize geschwitzt, in zahllosen Nächten in Süd-Armagh gefroren, während sie dort im Hinterhalt lagen, und sich im Hochland von Malaya wieder erholt. Er hatte bei der Ausbildung der GSG 9 der Bundesrepublik Deutschland mitgeholfen und in Charlie Beckwiths Delta Group in Amerika gedient.

Er hatte den endlosen nervtötenden Drill während der Ausbildungszeit kennengelernt, der den Männern des SAS den höchsten Grad von Fitneß und Kampfbereitschaft gibt, und die Einsätze mit hoher Adrenalin-Ausschüttung: in den Hügeln Omans unter Rebellenbeschuß in den Schutz eines Unterstands spurten, einen getarnten Anti-Terror-Trupp gegen republikanische Scharfschützen in East Belfast führen und fünfhundert Fallschirmabsprünge absolvieren, zumeist HALOs – High Altitude, Low Opening, wobei aus großer Höhe abgesprungen und der Fallschirm erst kurz vor dem Boden geöffnet wird.

Zu seinem Kummer hatte er nur zum Reserveteam gehört, als seine Kameraden 1981 in London die iranische Botschaft stürmten, und war nicht zum Einsatz gelangt.

Der Rest des Teams bestand aus einem Fotografen, drei Aufklärern, acht Scharfschützen und neun Sturmsoldaten. Steve hoffte und betete, daß er das Sturmteam führen dürfe. Am Flugplatz waren sie von mehreren neutralen Polizeikombis abgeholt und zum Warteplatz gebracht worden. Als Lyndhurst mit Preston wieder zum Lagerhaus kam, war das Team eingetroffen und breitete vor den staunenden Blicken mehrerer Ipswicher Polizisten sein Waffenarsenal auf dem Fußboden aus.

»Hallo, Steve«, sagte Captain Lyndhurst, »alles O. K.?«

»Hallo, Boß. Ja, bestens. Machen gerade Ordnung.«

»Ich habe mir die Festung angesehen. Ein kleines Privathaus. Ein Insasse bekannt, vielleicht sind's auch zwei. Und eine Bombe. Es wird ein kleiner Sturmangriff sein, für mehr ist kein Platz. Ich möchte, daß Sie als erster reingehen.«

»Versuchen Sie mal, mich aufzuhalten, Boß«, grinste Bilbow.

Beim SAS wird mehr Wert auf Selbstdisziplin gelegt als auf Disziplin von außen. Wer diese für die Aufgaben des SAS unerläßliche Selbstdisziplin nicht aufbringt, wird bei der Truppe nicht alt. Wer sie aufbringt, hat die steife Förmlichkeit im persönlichen Umgang nicht nötig, wie sie in »Linienregimentern« Usus ist.

Offiziere sprechen daher ihre Untergebenen meist mit Vornamen an. Die Mannschaftsgrade nennen ihre zum SAS abgestellten Offiziere »Boß«, nur der Kommandeur bekommt ein »Sir«. Unter sich bezeichnen die SAS-Soldaten ihre Offiziere als »Ruperts«.

Stabsunteroffizier Bilbow erblickte Preston, und sein Gesicht leuchtete in begeistertem Grinsen auf.

»Major Preston ... Himmel, lange nicht gesehen.«

Preston streckte die Hand aus und erwiderte das Lächeln.

Er hatte Steve Bilbow zuletzt gesehen, als er nach der Schießerei in Bogside in einem sicheren Haus Zuflucht gesucht hatte, wo sich auch vier SAS-Leute unter Führung Bilbows vor einem Blitzeinsatz aufgehalten hatten. Außerdem waren sie beide ehemalige Fallschirmjäger, ein Band, das nie zerreißt.

»Ich bin jetzt bei Fünf«, sagte Preston. »Einsatzleiter für diese Operation, jedenfalls soweit sie Fünf betrifft.«

»Was haben Sie Schönes für uns?« fragte Steve.

»Einen Russen. KGB-Agent, Spitzenprofi. Hat vermutlich den Spetsnaz-Kurs absolviert, also ist er gut, schnell und wahrscheinlich bewaffnet.«

»Reizend. Spetsnaz, aha! Mal sehen, wie gut sie wirklich sind.«

Alle drei Anwesenden kannten Spetsnaz, die russische Elitetruppe von Saboteuren. Das sowjetische Gegenstück zum SAS.

»Muß leider die Wiedersehensfeier stören«, sagte Lyndhurst, »aber es wird Zeit, daß wir mit der Instruktion anfangen.«

Er und Preston stiegen hinauf zum Oberstock, wo sie Brigadegeneral Cripps, Chief Superintendent Low und die Aufklärer des SAS vorfanden. Eine Stunde lang informierte Preston die Männer über alles, was er wußte, und die Gesichter wurden immer ernster.

»Haben Sie irgendeinen Beweis dafür, daß dort drüben ein nuklearer Sprengkörper steckt?« fragte Low schließlich.

»Nein, Sir. Wir konnten in Glasgow ein Zubehörteil abfangen, das für jemanden bestimmt war, der getarnt hier arbeitet. Die Jungs vom Fach sagen, es gibt überhaupt keinen anderen Verwendungszweck. Wir wissen, daß der Mann in dem Haus ein sowjetischer Illegaler ist – die Mossad hat ihn auf der Straße in Damaskus geknipst. Es paßt mit dem Geheimsender in Chesterfield zusammen. Ich bin auf Schlußfolgerungen angewiesen. Wenn das Zubehörteil aus Glasgow nicht für den Bau einer kleinen Bombe innerhalb Englands gedacht war, wozu, zum Teufel, soll es dann dienen? Ich komme zu keiner anderen sinnvollen Erklärung. Und wenn nicht zur Zeit *zwei* bedeutende Geheimoperationen des KGB in England laufen, dann war dieses Zubehörteil für Ross bestimmt. Q.e.d.«

»Ja«, sagte Brigadegeneral Cripps, »ich glaube, davon müssen wir ausgehen. Wir müssen annehmen, daß das Ding dort drinnen ist. Wenn nicht, dann müssen wir ein ernstes Wort mit Ross sprechen.«

Chief Superintendent Low erlebte am hellen Tag einen Alptraum. Er sah ein, daß das Haus gestürmt werden müsse; und er versuchte sich vorzustellen, was mit Ipswich passierte, wenn die Bombe hochgehen würde.

»Könnten wir nicht evakuieren?« fragte er ohne viel Hoffnung.

»Würde ihm auffallen«, sagte Preston kurz. »Wenn er merkt, daß er am Ende ist, nimmt er uns alle mit.«

Die Soldaten nickten. Sie wußten, wenn sie in der gleichen Situation im tiefsten Rußland stecken würden, müßten sie das auch tun.

Mittag war vorüber, und niemand hatte an Lunch gedacht. Essen war überflüssig. Der Nachmittag verging mit Erkundungen und Vorbereitungen.

Steve Bilbow fuhr mit dem Fotografen und einem Polizisten

zurück zum Flugplatz. Die drei flogen mit dem Hubschrauber den Orwellsund entlang, ein gutes Stück von The Hayes entfernt, aber eine Strecke, von der aus sie die Siedlung im Blick behalten konnten. Der Polizist wies auf das Haus; der Fotograf machte fünfzig Einzelaufnahmen, während Steve die Totale auf Video aufnahm, zwecks späterer Vorführung im Warteplatz.

Das gesamte Sturmteam besichtigte, noch immer in Zivil, zusammen mit der Polizei das leerstehende Haus, das genau dem Zielhaus entsprach. Als sie wieder im Warteplatz eintrafen, konnten sie die Festung auf dem Videogerät sehen und dazu die Nahaufnahmen des Fotografen.

Den restlichen Nachmittag verbrachten die Männer mit Übungen an der Nachbildung der Festung, die von den Polizisten unter Aufsicht des SAS im Lagerhaus erstellt worden war. Sie bestand nur aus Latten und Sackleinwand, aber die Maße stimmten mit dem Original genau überein und machten eine wichtige Tatsache deutlich: Der Platz innerhalb des Hauses war sehr beschränkt. Eine schmale Vordertür, eine schmale Diele, eine enge Treppe und kleine Zimmer.

Captain Lyndhurst beschloß, nur sechs Männer für die Erstürmung einzusetzen,ferner drei Scharfschützen, zwei im Schlafzimmer der Adrians und einen auf dem Hügel über dem Garten.

Zwei von Lyndhursts sechs Sturmsoldaten würden an der Hinterfront von Cherryhayes Close Nummer 12 postiert. Sie würden in voller Montur sein, aber normale Regenmäntel über ihren Kampfanzügen tragen. Ein neutraler Polizeiwagen sollte sie bis Brackenhayes Close bringen. Dort würden sie aussteigen und ohne die Erlaubnis des Besitzers zu erbitten durch den Vorgarten des Hauses gehen, dessen Rückfront an die Festung grenzte, den Seitenpfad zwischen Haus und Garage entlang und in den dahinter gelegenen Garten.

Sie würden die Regenmäntel ausziehen, über den Zaun springen und im Garten der Festung Posten beziehen.

»Im Garten könnte ein Stolperdraht aus Angelschnur ausgespannt sein«, warnte Lyndhurst. »Aber vermutlich dicht an der Hinterfront des Hauses. Also Abstand halten. Sobald ihr das Signal hört, eine Blendgranate durch das Fenster des rückwärtigen Schlafzimmers und eine durchs Küchenfenster. Dann die HKs in Anschlag und weitere Befehle abwarten. Nicht in das Haus schießen; Steve und die Jungens kommen durch die Vordertür hinein.«

Die »Hintermänner« nickten. Captain Lyndhurst wußte, daß er nicht am Sturmangriff teilnehmen würde. Er war Leutnant bei den King's Dragoon Guards gewesen und mit seiner ersten Dienstzeit beim SAS zum Captain befördert worden, weil der SAS keine Offiziere unterhalb dieses Dienstranges hat. Wenn er in einem Jahr zu seiner Stammeinheit zurückkehren müßte, würde er wieder nur Leutnant sein. Aber er hoffte, später als Kommandeur zum SAS zu kommen.

Er kannte sich mit der Tradition des SAS aus, die von den Regeln der übrigen Army abweicht: Offiziere nehmen an Wüsten- oder Dschungelkämpfen teil, aber niemals an Einsätzen im Stadtbereich. Die Sturmtrupps bestehen nur aus Unteroffizieren und Schützen.

Der Hauptangriff sollte, wie Lyndhurst mit seinem Kommandeur und dem Einsatzoffizier abgesprochen hatte, an der Vorderfront erfolgen. Ein Kombi würde lautlos halten, und vier Sturmsoldaten würden aussteigen. Zwei sollten die Vordertür aufbrechen; einer mit einem Wingmaster, der andere mit einem siebenpfündigen Vorschlaghammer und wenn nötig mit einer Stahlzange.

Sobald die Tür aufgebrochen war, würde die erste Welle, bestehend aus Steve Bilbow und einem Corporal, hineinstürmen. Die »Türöffner« würden Wingmaster und Schmiedehammer fallen lassen, die HKs in Anschlag bringen und hinter dem ersten Paar in die Diele laufen.

Steve würde in der Diele an der Treppe vorbei direkt zur Tür des Wohnzimmers linker Hand laufen. Der Corporal würde die

Treppe hinaufjagen und das vordere Schlafzimmer »erstürmen«. Einer der beiden Ex-Türöffner würde dem Corporal nach oben folgen, für den Fall, daß Chummy im Badezimmer wäre, der zweite sollte hinter Steve ins Wohnzimmer eindringen.

Das Signal für die beiden Männer im Hintergarten, auf das hin sie ihre Blendgranaten in die beiden rückwärtigen Räume werfen sollten, würde der Knall des Wingmaster an der Vordertür sein. Wer immer zum Zeitpunkt der Erstürmung sich in der Küche oder im rückwärtigen Schlafzimmer aufhielte, würde nicht mehr unterscheiden können, von welcher Seite der Angriff kam.

Preston, der sich bereit erklärt hatte, auf den Beobachtungsposten zurückzukehren, durfte die detaillierte Besprechung des Sturmangriffs mithören.

Er wußte bereits, daß der SAS als einzige Einheit der britischen Army seine Waffen aus einem internationalen Angebot selbst wählen durfte. Zum Nahkampf hatten sie die deutsche Heckler und Koch gewählt, eine kurzläufige Neun-Millimeter-Maschinenpistole, leicht, einfach zu handhaben und sehr zuverlässig, mit einklappbarer Schulterstütze.

Im allgemeinen trugen sie die HK, geladen und gespannt, quer über der Brust, wo sie von zwei Karabinerhaken festgehalten wurde. Dadurch hatten sie die Arme frei, um Türen aufzubrechen, durch Fenster zu klettern oder Blendgranaten zu werfen. Danach genügte ein einziger Ruck, und in weniger als einer halben Sekunde war die HK in Anschlag gebracht.

Die Praxis hatte gezeigt, daß man Türen schneller öffnen konnte, indem man beide Angeln wegschoß, als durch Aufbrechen des Schlosses. Zu diesem Zweck benutzten sie vorwiegend das Repetiergewehr Remington Wingmaster, allerdings nicht mit Schrot, sondern mit Vollpatronen geladen.

Außer diesem Spielzeug braucht einer der »Türöffner« einen Schmiedehammer und eine Stahlzange, für den Fall, daß die Tür zwar aus den Angeln geschossen ist, aber auf der anderen Seite von Riegeln und einer Kette gehalten wird. Dazu kommen Blendgranaten, die bei der Explosion vorübergehend blenden und durch den Krach taub machen, aber nicht töten. Schließlich hat jeder Mann immer seine dreizehnschüssige Neun-Millimeter-Browning-Automatic an der Hüfte.

Lyndhurst betonte besonders, wie wichtig bei einem Sturmangriff das Timing sei. Er hatte als Zeitpunkt einundzwanzig Uhr fünfundvierzig angesetzt, da dann die Dämmerung bereits weit fortgeschritten, die tiefe Nacht jedoch noch nicht hereingebrochen wäre.

Er selber würde im Haus der Adrians auf der anderen Straßenseite das Zielhaus beobachten und mit dem herannahenden Kombi, der das Team transportierte, über Funk Verbindung halten. Sollte um einundzwanzig Uhr vierundvierzig ein Fußgänger die Straße entlangkommen, so könnte Lyndhurst den Fahrer des Kombi anweisen, zu »verhalten«, bis die Tür der Festung wieder sturmfrei wäre. Auf diese Weise könnte er das Eintreffen des Teams steuern. Das Polizeiauto, das die beiden »Hintermänner« zu ihren Posten im Garten bringen sollte, würde die gleiche Wellenlänge haben und die beiden Männer neunzig Sekunden vor dem Aufbrechen der Vordertür absetzen.

Und noch eine letzte Raffinesse war ihm eingefallen. Während der Kombi sich der Festung näherte, würde er Ross vom Telefon der Adrians aus anrufen. Er wußte bereits, daß in allen diesen Häusern die Telefone auf kleinen Tischchen in der Diele standen. Der Zweck war, den Sowjetagenten von seiner Bombe wegzulocken, wo immer sie sein mochte, und den Erstürmern Gelegenheit zu einem Schnellschuß zu geben.

Wie üblich sollte jeder zweimal nacheinander je zwei Schüsse abfeuern. Zwar kann die HK ihr Magazin mit dreißig Schuß in ein paar Sekunden leeren, doch die Leute des SAS sind auch unter den verwirrenden Umständen einer Geiselnahme durch Terroristen so zielsicher, daß sie sich auf zwei Feuerstöße zu je zwei Schuß beschränken können. Wer diesen vier Schüssen in die

Quere kommt, hat nicht mehr viel zu melden. Und diese Sparsamkeit sorgt auch dafür, daß die Geiseln am Leben bleiben.

Unmittelbar nach der Operation sollte die Polizei mit großem Aufgebot anrücken und die aufgeregte Menge beruhigen, die unweigerlich aus der ganzen Nachbarschaft herbeiströmen würde. Ein Polizeikordon würde rings um die Hausfront gezogen, während der Sturmtrupp durch die Hintertür hinausgehen, die beiden Gärten durchqueren und wieder in den Kombi steigen würde, der in Brackenhayes Close wartete. Auch im Inneren der Festung würde die Zivilbehörde das Kommando übernehmen. Sechs Leute aus Aldermaston sollten am Abend um die Teezeit in Ipswich eintreffen.

Um sechs Uhr verließ Preston die Lagerhalle und betrat ungesehen durch die Hintertür das Haus der Adrians, den Beobachtungsposten.

»Licht ist gerade angegangen«, sagte Harry Burkinshaw, als Preston zu ihm ins vordere Schlafzimmer kam. Preston sah, daß die Vorhänge des Wohnzimmers im Haus gegenüber zugezogen waren, aber man konnte dahinter einen hellen Schimmer erkennen und reflektierte Helligkeit durch das Glas der Vordertür.

»Ich glaube, hinter den Netzgardinen im oberen Schlafzimmer hat sich etwas bewegt, kurz nachdem Sie weggingen«, sagte Barney. »Aber er hat kein Licht gemacht; natürlich nicht. Es war erst kurz nach dem Lunch. Herausgekommen ist er nicht.«

Preston rief Ginger auf seinem Hügel, aber dessen Bericht lautete genauso. Auch keine Bewegung an der Rückseite des Hauses.

»In ein paar Stunden setzt die Dämmerung ein«, sagte Ginger über Funk. »Dann wird es schwierig mit der Sicht.«

Valeri Petrofski hatte mit Unterbrechungen und nicht sehr gut geschlafen. Kurz vor ein Uhr erwachte er vollends, richtete sich im Bett auf und blickte quer durch sein Schlafzimmer und die

Netzgardine auf das Haus jenseits der Straße. Nach zehn Minuten raffte er sich auf, ging ins Badezimmer und duschte.

Um zwei Uhr bereitete er sich einen frugalen Imbiß und verzehrte ihn am Küchentisch. Von Zeit zu Zeit warf er dabei einen Blick in den Hintergarten, wo eine dünne und unsichtbare Angelschnur von einer Seite zur anderen gespannt war, die über eine kleine Rolle am Gartenzaun lief und nachts durch die Hintertür ins Haus führte. Dort schlang sie sich um einen Stapel leerer Konservendosen. Wenn er außer Haus ging, lockerte er die Schnur und spannte sie wieder, sobald er heimkam. Noch hatte niemand die Blechsäule zum scheppernden Einsturz gebracht.

Der Nachmittag schritt fort. Er war nervös – nur natürlich, wenn man bedachte, was gefechtsbereit in seinem Wohnzimmer wartete –, alle seine Sinne waren angespannt. Er versuchte zu lesen, konnte sich jedoch nicht konzentrieren. Moskau mußte seit nunmehr zwölf Stunden seine Botschaft haben. Er hörte eine Weile Musik aus dem Radio, dann ließ er sich um sechs Uhr im Wohnzimmer nieder. Er konnte den hellen Schein des Sommerabends auf den Fassaden der gegenüberliegenden Häuser sehen, sein Haus jedoch lag nach Osten und somit im Schatten. Von nun an würde es im Wohnzimmer immer dunkler werden. Wie immer zog er die Vorhänge zu, ehe er die Leselampen anschaltete, dann setzte er sich mangels besseren Zeitvertreibs vor den Fernsehschirm. Wie üblich wurde das Programm vom Wahlkampf beherrscht.

Im Lagerhaus, dem Warteplatz, stieg die Spannung. An dem Kombi, der den Sturmtrupp fahren sollte, einem grauen VW mit Schiebetüren, wurden letzte Vorbereitungen getroffen. Zwei Mann in Zivilkleidung würden vorne sitzen, der eine als Fahrer, der andere zur Bedienung der Funkverbindung mit Captain Lyndhurst. Die beiden überprüften die Funkgeräte zu wiederholten Malen, desgleichen jeden weiteren Ausrüstungsgegenstand.

Der Kombi würde von einem neutralen Polizeiauto zur Einfahrt nach The Hayes geleitet werden; der Fahrer des Kombi hatte sich die Anlage von The Hayes genau eingeprägt und wußte, wo es nach Cherryhayes Close ging. An der Zufahrt zu The Hayes würden sie in Reichweite des Funkgeräts kommen, das der Captain neben sich auf seinem Fensterplatz hatte. Die Rückwand des Kombi war mit Schaumstoff gepolstert worden, damit man das Klirren von Metall gegen Metall nicht hören könnte.

Das Sturmteam war dabei, sich »auszurüsten«. Jeder der Männer zog den einteiligen schwarzen Rennfahreranzug aus feuerfestem Material über. Im letzten Moment würde noch ein Kopf- und Gesichtsschutz aus beschichtetem schwarzen Stoff hinzukommen. Danach legten sie ihre Rüstung an, ein superleichtes Gewirk aus Kevlar, hergestellt von British Armour, das die Auftreffwucht von Geschossen abfängt und seitwärts von der Einschlagstelle verteilt. Unter das Kevlar stopften die Männer die »Trauma-Kissen« aus Keramik, die den Anprall noch wirksamer dämpfen sollten.

Über das ganze kamen die Riemen, an denen die HK, die Blendgranaten und die Faustfeuerwaffe befestigt wurden. An den Füßen trugen die Männer die traditionellen Wüstenstiefel, knöchelhoch und mit dicken Gummisohlen, bekannt als »Wüstlinge«, und von einer Farbe, die man nur als »dreckig« bezeichnen kann.

Captain Lyndhurst sprach noch einmal mit jedem einzelnen Mann, am längsten mit seiner Nummer zwei, Steve Bilbow. Selbstverständlich wünschte er ihnen nicht etwa »viel Glück«; alles andere, nur das nicht. Dann begab sich der Kommandeur zum Beobachtungsposten.

Er betrat das Haus der Adrians kurz nach zwanzig Uhr. Preston konnte die Spannung fühlen, die von dem Mann ausging. Um zwanzig Uhr dreißig klingelte das Telefon. Barney war gerade in der Halle und ging hin. Im Lauf des Tages waren bereits mehrere Anrufe gekommen. Preston hatte entschieden, daß es keinen Sinn habe, sich nicht zu melden; jemand hätte dann persönlich vorbeikommen können. Die Anrufer erhielten den Bescheid, die Adrians seien für einen Tag zu Mrs. Adrians Mutter gezogen, und am Apparat sei einer der Maler, die das Wohnzimmer renovierten. Alle Anrufer hatten sich damit zufrieden gegeben. Als Barney abhob, kam Captain Lyndhurst gerade mit einer Tasse Tee aus der Küche.

»Für Sie«, sagte Barney und ging wieder nach oben.

Von einundzwanzig Uhr an wuchs die Spannung ständig. Lyndhurst verbrachte die meiste Zeit am Funkgerät, das ihn mit der Lagerhalle verband; von dort fuhr um einundzwanzig Uhr fünfzehn der graue Kombi hinter seinem Polizeilotsen nach The Hayes ab. Um einundzwanzig Uhr dreißig hatten beide Fahrzeuge die Zufahrt zur Belstead Road erreicht, zweihundert Yards vom Ziel entfernt. Dort mußten sie anhalten und warten. Um einundzwanzig Uhr einundvierzig trat Mr. Armitage vor seine Tür, um vier leere Milchflaschen hinauszustellen. Lästigerweise schritt er über den Rasen, um die in der Mitte aufgestellte Blumenschale in der immer tiefer werdenden Dunkelheit eingehend zu inspizieren. Dann grüßte er einen Nachbarn über der Straße.

»Geh schon wieder rein, alter Narr«, flüsterte Lyndhurst, der im Wohnzimmer stand und über die Straße auf das Licht hinter den Vorhängen der Festung spähte. Um einundzwanzig Uhr zweiundvierzig stand das Polizeiauto mit den beiden »Hintermännern« wartend an der bezeichneten Stelle in Brackenhayes. Zehn Sekunden später rief Mr. Armitage seinem Nachbarn »Gute Nacht« zu und verschwand in seinem Haus.

Um einundzwanzig Uhr dreiundvierzig fuhr der graue Kombi in Gorsehayes Close ein, der Zufahrt zu der ganzen Siedlung. Preston, der in der Diele neben dem Telefon stand, konnte die Gespräche zwischen dem Kombifahrer und Lyndhurst hören. Der Kombi rollte langsam und leise auf die Einmündung von Cherryhayes zu.

Noch immer war kein Fußgänger auf den Weg. Lyndhurst befahl den beiden »Hintermännern«, aus ihrem Polizeiwagen auszusteigen und sich in Bewegung zu setzen.

»Ankunft Cherryhayes fünfzehn Sekunden«, murmelte der Beifahrer im Kombi.

»Langsamer, noch dreißig Sekunden Zeit«, erwiderte Lyndhurst. Zwanzig Sekunden später sagte er: »Jetzt einfahren.«

Sehr langsam glitt der Kombi um die Ecke, nur die Begrenzungslichter brannten. »Acht Sekunden«, sagte Lyndhurst leise ins Funkgerät, dann flüsterte er Preston hastig zu: »Jetzt wählen.«

Der Kombi fuhr Cherryhayes Close entlang, vorbei an der Tür von Nummer 12 und hielt vor Mr. Armitages Blumenschale. Es war wohlüberlegt. Die Angreifer wollten sich der Festung von der Seite her nähern. Die geölte Gartentür öffnete sich, und im Dunkeln bewegten sich völlig lautlos vier Männer. Kein Gerenne, kein Stiefeltrampeln, keine heiseren Rufe. In langgeübter Ordnung marschierten sie ruhig über Mr. Armitages Rasen, um Mr. Ross' geparkten Wagen herum und zur Vordertür von Nummer 12. Der Mann mit dem Wingmaster wußte, auf welcher Seite die Türangeln waren. Noch ehe er stehenblieb, hatte er das Gewehr im Anschlag. Er machte die genaue Lage der Angeln aus und zielte sorgfältig. Neben ihm wartete eine zweite Gestalt, die bereits mit dem Schmiedehammer ausholte. Hinter den beiden standen Steve und der Corporal, die HKs schußbereit.

Major Valeri Petrofski saß unruhig in seinem Wohnzimmer. Er konnte sich nicht auf das Fernsehen konzentrieren; seine Sinne fingen zu vieles auf – das Klirren von Milchflaschen, die vor eine Tür gestellt wurden, das Miauen einer Katze, das weit entfernte Knattern eines Motorrads, das Tuten eines Frachters, der jenseits des Tals in den Orwellsund einfuhr.

Um einundzwanzig Uhr dreißig war wiederum eine aktuelle

Sendung auf dem Programm gewesen, weitere Interviews mit Ministern und solchen, die es zu werden hofften. Ärgerlich schaltete er auf BBC 2 um, nur um von dort alles über Vögel zu erfahren. Er seufzte. Immer noch besser als Politik.

Die Sendung war kaum zehn Minuten gelaufen, als er hörte, wie Armitage nebenan seine leeren Milchflaschen hinausstellte. Immer die gleiche Anzahl und immer um die gleiche Zeit, dachte er. Dann rief der alte Narr jemandem über der Straße etwas zu. In diesem Moment erweckte etwas auf dem Bildschirm Petrofskis Aufmerksamkeit, und er blickte gebannt auf die Szene. Die Reporterin sprach mit einem schlanken Mann, der eine flache Mütze trug, über seine große Leidenschaft, offensichtlich Tauben. Er hielt eine Taube vor der Kamera hoch, ein schönes Tier mit glänzendem Gefieder und eigenartig gefärbtem Kopf und Schnabel.

Mit einem Ruck richtete Petrofski sich kerzengerade auf und konzentrierte sich fast nur noch auf den Vogel, während er mit halbem Ohr dem Interview lauschte. Er war überzeugt, daß er einen solchen Vogel früher schon einmal irgendwo gesehen hatte.

»Soll dieser hübsche Vogel auf einer Ausstellung gezeigt werden?« fragte die Reporterin. Sie war neu, ein bißchen zu clever, und versuchte, mehr aus dem Interview herauszuholen, als es hergab.

»Du lieber Gott, nein«, sagte der Mann mit der Mütze, »das ist keine Liebhaberzüchtung. Das ist eine Westcott.«

Ein Blitz der Erinnerung durchzuckte Petrofski. Vor sich sah er das Zimmer in der Gästesuite der Datscha des Generalsekretärs in Usowo. »Hab' sie letzten Winter auf der Straße gefunden ...« hatte der vertrocknete alte Engländer gesagt, und der Vogel hatte mit glänzenden klugen Augen aus seinem Käfig gelinst.

»Also nicht die Art, wie man sie in der Stadt zu sehen kriegt ...« meinte die junge Frau auf dem Fernsehschirm. Sie war hoffnungslos ins Schwimmen gekommen. In diesem Augenblick klingelte das Telefon in Petrofskis Diele ...

Normalerweise hätte er sich gemeldet, falls es ein Nachbar gewesen wäre. Im Haus brannte Licht, also würde es Verdacht erwecken, wenn niemand abnahm. Aber er blieb sitzen und starrte auf das Bild. Das Telefon klingelte hartnäckig weiter. Zusammen mit dem Fernsehen übertönte es das leise Tappen von Gummisohlen auf dem Pflaster.

»Das will ich meinen«, erwiderte der Mann mit der Mütze fröhlich. »Eine Westcott ist keine Streunerin. Sie gehört zu den besten Fliegern der Welt. Diese kleine Schönheit wird immer in den Schlag zurückflitzen, von dem sie aufgelassen wurde. Deshalb benützt man sie als Brieftaube.«

Petrofski sprang mit einem Wutschrei von seinem Sessel hoch. Zugleich mit ihm fuhr die große Sako-Präzisionspistole, die er seit seiner Ankunft in England immer bei sich hatte, aus ihrem Platz zwischen Sitzkissen und Seitenlehne. Er stieß ein einziges kurzes Wort auf russisch hervor. Niemand hörte es, aber es bedeutete »Verräter«.

In diesem Augenblick ertönte ein Krachen, dann ein zweites, so schnell nacheinander, daß es wie ein einziges klang. Zugleich hörte er das Splittern des Glases an seiner Vordertür, von der Rückseite des Hauses zwei gewaltige Donnerschläge und Getrampel in der Diele. Petrofski fuhr zur Tür des Wohnzimmers herum und schoß dreimal: Seine Sako Triace, auf die drei auswechselbare Läufe aufgesetzt werden konnten, war mit dem großkalibrigsten Lauf bestückt. Sie hatte fünf Patronen im Magazin. Er beließ es bei drei Schüssen; vielleicht würde er die beiden letzten für sich selber brauchen. Aber die drei, die er abfeuerte, schlugen durch die dünne Holzfüllung der geschlossenen Tür hinaus in die Diele ...

Die Bewohner von Cherryhayes Close werden ihr ganzes Leben lang immer wieder erzählen, was in jener Nacht geschah, aber keiner wird es völlig richtig wiedergeben.

Das Donnern des Wingmaster, der beide Angeln aus der Tür brach, riß sie alle von den Stühlen. Sofort nach dem Feuern trat der Schütze beiseite und zurück, um seinen Kameraden Platz zu machen. Ein Hieb mit dem Schmiedehammer, und Schloß, Riegel und Kette auf der anderen Türseite flogen in alle Richtungen. Dann trat auch der zweite Mann zurück und zur Seite. Beide ließen ihr Gerät fallen und zückten die HKs.

Steve und der Corporal waren bereits durch die Öffnung ins Haus gelaufen. Der Corporal war mit drei Sprüngen die Treppe hinauf, hinter ihm der Mann, der den Hammer geschwungen hatte. Steve rannte an dem noch immer klingelnden Telefon vorbei bis zum Wohnzimmer, wandte sich zur Tür und wurde glatt umgeblasen. Die drei Kugeln, die die Tür durchschlagen hatten, trafen ihn mit einem hörbaren »Plopp« und schleuderten ihn gegen das Treppengeländer. Der Mann mit dem Wingmaster stellte sich neben die noch immer geschlossene Tür und gab zwei Feuerstöße ab. Dann stieß er die Tür mit dem Fuß auf, schlug eine Rolle und landete in Kauerstellung ein gutes Stück innerhalb des Zimmers.

Beim Knall der Gewehrschüsse öffnete Captain Lyndhurst die Vordertür auf der anderen Straßenseite und spähte hinaus. Preston stand hinter ihm. In der erleuchteten Diele gegenüber sah der Captain seinen stellvertretenden Teamführer zur Wohnzimmertür laufen und wie eine Stoffpuppe durch die Luft segeln. Lyndhurst setzte zum Spurt an. Preston folgte ihm.

Gerade als der Soldat, der die beiden Feuerstöße abgegeben hatte, aufsprang und sich über die reglose Gestalt auf dem Teppich beugte, erschien Captain Lyndhurst unter der Tür. Trotz der Schwaden von Korditrauch erfaßte er die Szene mit einem einzigen Blick.

»Gehen Sie raus und helfen Sie Steve«, befahl er in scharfem Ton. Der Soldat widersprach nicht. Der Mann auf dem Teppich begann sich zu regen. Lyndhurst zog seine Browning-Automatic unter dem Jackett hervor.

Der Soldat hatte gut gezielt. Petrofski hatte einen Schuß ins linke Knie abgekriegt, einen in die untere Magenpartie und einen in die rechte Schulter. Seine Pistole war quer durchs Zimmer geflogen. Trotz der Ablenkung durch das Holz in der Tür hatte der Soldat mit dreien von vier Schüssen getroffen. Petrofski litt grauenvoll, aber er lebte. Er fing an zu kriechen. Ein paar Meter entfernt konnte er den grauen Stahlschrank sehen, daneben den flachen Kasten, die beiden Knöpfe, einer gelb, einer rot. Captain Lyndhurst zielte sorgfältig und gab einen Schuß ab.

John Preston rannte so schnell an dem Offizier vorbei, daß er an dessen Hüfte stieß. Er kniete neben dem Mann auf dem Teppich nieder. Petrofski lag auf der Seite, der halbe Hinterkopf war weggeschossen, der Mund bewegte sich wie bei einem Fisch auf dem Trockenen. Preston beugte sich tief über den Sterbenden. Lyndhurst hatte die Waffe noch immer auf das »Ziel« gerichtet, aber der Mann von MI5 war zwischen ihm und dem Russen. Lyndhurst trat ein Stück zur Seite, um sicherer zu treffen, dann ließ er die Waffe sinken.

Preston stand auf. Ein zweiter Schuß war nicht mehr nötig.

»Wir sollten die Burschen von Aldermaston holen, damit sie sich *das* da mal ansehen«, sagte Lyndhurst und wies auf den Stahlbehälter in der Ecke.

»Ich wollte ihn lebend haben«, sagte Preston.

»Tut mir leid, alter Junge. War nicht zu machen«, sagte der Captain.

In diesem Moment fuhren beide Männer beim Geräusch eines lauten Klickens hoch, und eine Stimme sprach von der Anrichte her zu ihnen. Sie sahen ein großes Radiogerät mit Zeiteinstellung, das sich automatisch eingeschaltet hatte. Die Stimme sagte:

»Guten Abend. Hier Radio Moskau. Wir bringen die Nachrichten in englischer Sprache. Die Zeit: zweiundzwanzig Uhr.

In Terry ... Verzeihung, ich beginne nochmals. In Teheran erklärte die Regierung heute ...«

Captain Lyndhurst trat zur Anrichte und schaltete das Radio ab. Der Mann auf dem Teppich starrte mit blicklosen Augen auf das Muster. Die codierte Botschaft, die für ihn allein bestimmt war, erreichte ihn nicht mehr.

8. Kapitel

Die Einladung zum Lunch lautete auf ein Uhr am Freitag, dem 19. Juni, im Brook's Club in St. James. Preston stellte sich pünktlich ein, doch noch ehe er sich beim Club-Portier anmelden konnte, kam Sir Nigel ihm durch die Marmorhalle entgegen.

»Mein lieber John, wie nett, daß Sie gekommen sind.«

Sie begaben sich zum Aperitif an die Bar, wo man unverbindlich plauderte. Preston konnte dem Chef berichten, daß er soeben aus Hereford zurückgekommen sei, wo er Steve Bilbow im Krankenhaus besucht hatte. Der Stabsunteroffizier hatte Glück gehabt. Erst als die abgeflachten Russenpatronen aus seiner kugelsicheren Montur entfernt wurden, hatte einer der Ärzte einen Schmierfleck bemerkt und ihn analysieren lassen. Die Zyankalimischung war nicht in den Blutstrom gelangt; die Schockhemmer hatten dem SAS-Mann das Leben gerettet. Er hatte zwar schwere Quetschungen und ein paar Beulen abbekommen, war aber in guter Verfassung.

»Ausgezeichnet«, sagte Sir Nigel mit echter Freude, »man verliert so ungern einen guten Mann.«

Die übrigen Barbesucher sprachen über den Wahlausgang, und viele waren die halbe Nacht aufgeblieben und hatten gewartet, bis die Endergebnisse des Kopf-an-Kopf-Rennens aus den Provinzen gemeldet wurden.

Um halb zwei gingen sie hinüber zum Lunch. Sir Nigel hatte einen Ecktisch, wo sie ungestört sprechen konnten. Auf dem Weg in den Speisesaal begegneten sie Sir Martin Flannery, der gerade herauskam. Die drei Männer kannten einander, aber Sir Martin sah auf den ersten Blick, daß sein Kollege eine »Besprechung« hatte. Für zwei ehemalige Oxford-Studenten genügte es, daß man sich gegenseitig durch ein fast unmerkliches Nicken zur Kenntnis nahm. Schulterklopfen überläßt man den Ausländern.

»Ich habe Sie hierhergebeten, John«, sagte »C« und breitete die Leinenserviette über seine Knie, »um Ihnen meinen Dank und meine Glückwünsche zu entbieten. Eine bemerkenswerte Operation und ein ausgezeichnetes Ergebnis. Ich schlage die Lammkeule vor, köstlich um diese Jahreszeit.«

»Was die Glückwünsche betrifft, Sir, so besteht dazu leider kein Grund«, sagte Preston ruhig.

Sir Nigel studierte über seine Halbbrille hinweg die Speisekarte.

»Wirklich? Sind Sie so musterhaft bescheiden oder, weniger musterhaft, unhöflich? Ah, Bohnen, Karotten und vielleicht eine gebackene Kartoffel, mein Lieber.«

»Ich halte mich nur für realistisch«, sagte Preston, nachdem die Bedienung weg war. »Könnten wir über den Mann sprechen, den wir als Franz Winkler kennen?«

»Den Sie so brillant bis nach Chesterfield beschatteten?«

»Gestatten Sie mir, aufrichtig zu sein, Sir Nigel, Winkler hätte keine Schnecke abhängen können. Er war unfähig und töricht.«

»Ich glaube, er hätte Sie alle beinah auf dem Bahnhof Chesterfield verloren.«

»Reiner Dusel«, sagte Preston. »Wir hatten zu wenig Observanten, sonst wären an jeder Haltestelle auf der ganzen Strecke Leute postiert gewesen. Aber worum es geht, sind seine plumpen Manöver; sie zeigten uns, daß er ein Profi war, aber so schlecht, daß er uns nicht abschütteln konnte.«

»Aha. Und was war weiter mit ihm? Ah, das Lamm, und vorzüglich gebraten.«

Sie warteten, bis die Kellnerin sie bedient hatte und wieder gegangen war. Preston stocherte verwirrt in seinem Teller. Sir Nigel aß mit Genuß.

»Franz Winkler traf in Heathrow mit einem echten österreichischen Paß und einem gültigen Visum ein.«

»Sicher tat er das.«

»Und wir wissen beide, genau wie der Beamte an der Paßkontrolle, daß österreichische Staatsbürger zur Einreise nach England kein Visum brauchen. Auch in unserem Konsulat in Wien hätte man Winkler das gesagt. Eben dieses Visum veranlaßte den Beamten in Heathrow, die Paßnummer in den Computer einzugeben. Und es stellte sich heraus, daß sie falsch war.«

»Wir alle machen Fehler«, murmelte Sir Nigel.

»Der KGB macht diese Art Fehler nicht, Sir. Seine Urkunden stimmen bis auf den letzten I-Punkt.«

»Man sollte ihn auch nicht überschätzen, John. Jede große Organisation baut zuweilen Mist. Noch Karotten? Nein? Dann werde ich vielleicht –«

»Dieser Paß, Sir, enthielt zwei Schwachstellen. Die roten Lämpchen sind deshalb aufgeflackert, weil vor drei Jahren ebenfalls ein angeblicher Österreicher mit der gleichen Paßnummer in Kalifornien vom FBI festgenommen wurde und jetzt seine Strafe in Soledad absitzt.«

»Tatsächlich? Du lieber Himmel, das war aber nicht sehr schlau von den Sowjets.«

»Ich habe den FBI-Mann hier in London angerufen und gefragt, wie die Anklage damals lautete. Wie es scheint, versuchte dieser andere Agent einen Angestellten der Intel Corporation im Silicon Valley durch Erpressung dazu zu bringen, daß er ihm technologische Geheimnisse verkaufte.«

»Sehr ungehörig.«

»Es handelte sich um Nukleartechnologie ...«

»Woraus Sie schlossen ...?«

»Daß Franz Winkler auffallen sollte wie ein Neonschild. Und dieses Schild war eine Botschaft; eine Botschaft auf zwei Beinen.«

Sir Nigels Gesicht trug immer noch seine Lachfältchen, aber aus den Augen war die gute Laune verschwunden.

»Und was hat diese wunderbare Botschaft besagt, John?«

»Ich glaube, sie besagte: Den ausführenden Illegalen kann ich dir nicht geben, weil ich nicht weiß, wo er ist. Aber folge diesem Mann; er wird dich zu dem Sender führen. Und das tat er auch. Also habe ich den Sender aufgestöbert, und der Agent stellte sich schließlich dort ein.«

»Was genau wollen Sie eigentlich sagen?«

Sir Nigel legte Messer und Gabel auf den leeren Teller und betupfte sich den Mund mit der Serviette.

»Ich glaube, Sir, daß die Operation abgeblasen wurde. Mir scheint die Schlußfolgerung unvermeidlich, daß jemand auf der anderen Seite sie absichtlich platzen ließ.«

»Eine ganz außerordentliche Idee. Ich würde die Erdbeertorte vorschlagen. Hab' sie vorige Woche gegessen. Natürlich eine andere. Ja? Zwei Stück bitte, meine Liebe. Ja, ein bißchen Sahne.«

»Darf ich Sie etwas fragen?« sagte Preston, als der Tisch abgeräumt war.

»Das werden Sie doch so oder so tun«, lächelte Sir Nigel.

»Warum mußte der Russe sterben?«

»Soviel ich weiß, kroch er auf eine Atombombe zu, in der offenbaren Absicht, sie zur Detonation zu bringen.«

»Ich war dabei«, sagte Preston, als die Erdbeertorte serviert wurde. Sie warteten, bis die Sahne ausgeteilt war.

»Der Mann war in Oberschenkel, Magen und Schulter getroffen worden. Captain Lyndhurst hätte ihn mit einem Fußtritt von seinem Vorhaben abhalten können. Es war nicht nötig, ihm den Schädel wegzublasen.«

»Bestimmt wollte der gute Captain hundertprozentig sichergehen«, meinte der Meister.

»Wäre der Russe am Leben geblieben, so hätten wir die Sowjetunion überführt, in flagranti erwischt. Ohne ihn haben wir nichts, was sie nicht überzeugend leugnen könnten. Mit anderen Worten, die ganze Geschichte ist jetzt tot und begraben.«

»Wie wahr«, nickte der Meister, während er nachdenklich an einem Stück Mürbteig mit Erdbeeren kaute.

»Captain Lyndhurst ist übrigens der Sohn von Lord Frinton«, bemerkte Preston.

»Tatsächlich? Frinton? Sollte ich ihn kennen?«

»Eigentlich schon. Er ging mit Ihnen zur Schule.«

»Wirklich. Wir waren so viele. Schwer zu behalten.«

»Und ich glaube, Julian Lyndhurst ist Ihr Patensohn.«

»Mein lieber John, Sie machen's wirklich gründlich, wie?«

Sir Nigel war mit dem Dessert fertig. Er stützte das Kinn auf die gefalteten Hände und blickte den Fragesteller von MI5 unverwandt an. Die Höflichkeit war geblieben; von guter Laune nicht mehr die Spur.

»Sonst noch etwas?«

Preston nickte.

»Eine Stunde, ehe der Sturmtrupp angriff, nahm Captain Lyndhurst in der Diele des Hauses gegenüber einen Telefonanruf entgegen. Ich fragte den Mann, der abgehoben hatte. Der Anrufer telefonierte von einer öffentlichen Sprechzelle aus.«

»Zweifellos ein Kollege Lyndhursts.«

»Nein, Sir. Sie benutzten nur Funk. Und niemand, der nicht mit der Operation zu tun hatte, wußte, daß wir in diesem Haus waren. Niemand, nur ein paar Leute in London.«

»Darf ich fragen, worauf Sie hinauswollen?«

»Nur noch eine Kleinigkeit, Sir Nigel. Ehe der Russe starb, flüsterte er ein Wort. Er schien seine letzte Kraft aufzubieten, um dieses Wort noch herauszubringen. Ich hatte mein Ohr dicht an seinem Mund. Er sagte: Philby.«

»Philby? Du lieber Himmel. Was mag er damit gemeint haben?«

»Ich glaube, ich weiß es. Ich glaube, er dachte, Harold Philby habe ihn verraten, und ich glaube, es stimmt.«

»Aha. Und dürfte ich darum bitten, Ihre Schlußfolgerungen zu hören?«

Die Stimme des Chefs war sanft, aber aus seinem Tonfall war die frühere Jovialität verschwunden. Preston holte tief Atem.

»Ich ziehe den Schluß, daß der Verräter Philby an dieser Operation beteiligt war, vielleicht von Anfang an. Und er hatte sich nach beiden Seiten abgesichert. Ich habe – wie andere Leute auch – etwas läuten hören, daß er nach Hause möchte, um seinen Lebensabend hier in England zu verbringen. Wäre der Plan gelungen, so hätte er sich vermutlich damit von seinen sowjetischen Herrn und Meistern die Freilassung und von einer neuen Regierung der Harten Linken in London die Einreisegenehmigung verdient. Vielleicht in Jahresfrist. Oder er konnte London den Plan in großen Umrissen berichten und ihn damit vereiteln.«

»Und welche dieser beiden bemerkenswerten Möglichkeiten hat er Ihrer Meinung nach gewählt?«

»Die zweite, Sir Nigel.«

»Mit welchem Ziel?«

»Daß er seine Rückfahrkarte bekommt. Von hier. Ein Geschäft.«

»Und Sie glauben, ich sei an diesem Geschäft beteiligt?«

»Ich weiß nicht, was ich glauben soll, Sir Nigel. Ich weiß nicht, was ich *sonst* glauben soll. Es wurde geredet ... über seine ehemaligen Kollegen, den magischen Zirkel, die Solidarität des Establishments, dem er einst angehört hat ... so in dieser Richtung.«

Preston starrte auf seinen Teller mit der halb aufgegessenen Erdbeertorte. Sir Nigel blickte lange Zeit zur Decke, ehe er einen tiefen Seufzer ausstieß.

»Sie sind ein bemerkenswerter Mensch, John. Sagen Sie, was haben Sie für heute in einer Woche vor?«

»Vermutlich nichts.«

»Dann erwarten Sie mich doch bitte um acht Uhr früh am Eingang von Sentinel House. Bringen Sie Ihren Paß mit. Und jetzt, wenn es Ihnen recht ist, möchte ich vorschlagen, daß wir den Kaffee in der Bibliothek trinken ...«

Der Mann stand am Fenster des sicheren Hauses in einer Genfer Nebenstraße und beobachtete den Weggang seines Besuchers. Drunten tauchten Kopf und Schultern des Gastes auf, dann ging er den kurzen Weg bis zum Eingangstor und trat hinaus auf die Straße, wo sein Wagen wartete.

Der Fahrer stieg aus, lief um den Wagen herum und öffnete seinem Vorgesetzten den Schlag. Dann ging er zurück zur Fahrertür.

Ehe er wieder einstieg, blickte Preston hinauf zu der Gestalt hinter der Scheibe des oberen Fensters. Als er sich ans Steuer gesetzt hatte, fragte er:

»Ist er das? Ist er das wirklich? Der Mann aus Moskau?«

»Ja, das ist er. Und jetzt bitte zum Flugplatz«, kam Sir Nigels Antwort aus dem Fond. Sie fuhren ab.

»So, John«, sagte Sir Nigel nach einer Weile, »ich habe Ihnen eine Erklärung versprochen. Stellen Sie Ihre Fragen.«

Preston sah das Gesicht seines Chefs im Rückspiegel. Der ältere Mann blickte hinaus auf die vorbeifliegende Landschaft.

»Die Operation?«

»Sie hatten recht, John. Der Generalsekretär persönlich hat sie aufgezogen, mit Philbys Rat und Beistand. Soviel ich weiß, hieß sie Plan Aurora. Und sie wurde wirklich verraten, aber nicht von Philby.«

»Warum hat man sie platzen lassen?«

Sir Nigel dachte längere Zeit nach.

»Schon in einem sehr frühen Stadium glaubte ich, daß Sie recht haben könnten. Sowohl mit Ihren ersten Schlußfolgerungen im, wie er jetzt heißt, Preston-Report vom vergangenen Dezember wie auch mit den Schlüssen, die Sie aus dem Fang in Glasgow zogen. Auch wenn Harcourt-Smith beides entschieden ablehnte. Ich war nicht sicher, ob zwischen beiden eine Verbindung bestand, aber ich wollte nichts außer Betracht lassen. Je mehr ich mir die Sache ansah, um so mehr wuchs meine Überzeugung, daß hinter dem Plan Aurora nicht der KGB steckte. Es fehlte das Gütezeichen, die Sorgfalt bis ins Detail. Es sah nach einer überstürzten Operation aus, aufgezogen von einem Mann oder einer Gruppe, die dem KGB mißtrauten. Dennoch bestand wenig Hoffnung, daß Sie den Agenten rechtzeitig finden würden.«

»Ich tappte völlig im dunkeln, Sir Nigel, und ich wußte es. An keiner unserer Grenzkontrollen zeigten sich Bewegungsmuster von Sowjetkurieren. Ohne Winkler wäre ich niemals rechtzeitig nach Ipswich gekommen.«

Ein paar Minuten lang fuhren sie schweigend dahin. Preston überließ es dem Meister, das Gespräch wiederaufzunehmen.

»Deshalb habe ich eine Botschaft nach Moskau geschickt«, sagte Sir Nigel schließlich.

»Eine Botschaft von Ihnen persönlich?«

»Lieber Gott, nein. Hätte nie funktioniert. Viel zu durchsichtig. Über eine andere Quelle, der man, wie ich hoffte, glauben würde. Die Botschaft entsprach nicht ganz der Wahrheit, wie ich gestehen muß. In unserem Metier muß man manchmal die Unwahrheit sagen. Aber es lief durch einen Kanal, dem man es abnehmen würde. So hoffte ich wenigstens.«

»Und mit Recht?«

»Glücklicherweise, ja. Als Winkler auftauchte, wußte ich, daß der Adressat die Botschaft erhalten, verstanden und vor allem geglaubt hatte.«

»Winkler war die Antwort?« fragte Preston.

»Ja. Armer Kerl. Er glaubte, er sei routinemäßig herübergeschickt worden, um die Griechen und ihren Sender zu überprüfen. Er ist übrigens vor zwei Wochen in Prag ertrunken. Wußte vermutlich zuviel.«

»Und der Russe in Ipswich?«

»Er hieß, wie ich soeben erfuhr, Petrofski. Ein erstklassiger Fachmann und ein Patriot dazu.«

»Aber auch er mußte sterben?«

»John, es war ein furchtbarer Entschluß. Aber unumgänglich.

Winklers Kommen war ein Angebot, der Vorschlag zu einem Pakt. Natürlich kein förmlicher Vertrag. Nur ein stillschweigendes Übereinkommen. Dieser Petrofski durfte nicht lebend in unsere Hände fallen und verhört werden. So lautete der ungeschriebene und unausgesprochene Pakt mit dem Mann dort am Fenster des sicheren Hauses.«

»Mit einem lebenden Petrofski hätten wir den Sowjets die Daumenschrauben ansetzen können.«

»Ja, John, das hätten wir. Wir hätten sie vor aller Welt unsterblich blamieren können. Und was wäre dabei herausgekommen? Die UdSSR hätte es nicht widerstandslos hinnehmen können. Sie hätte sich rächen müssen, irgendwo anders auf der Welt. Was hätten Sie sich gewünscht? Einen Rückfall in die schlimmsten Zeiten des kalten Krieges?«

»Mir tut's nur leid um eine so schöne Gelegenheit, sie durch die Mangel zu drehen, Sir.«

»John, sie sind groß und gerüstet und gefährlich. Die UdSSR wird es auch morgen noch geben und nächste Woche und nächstes Jahr. Irgendwie müssen wir mit ihnen auf diesem Planeten leben. Immer noch besser, sie werden von Pragmatikern und Realisten regiert als von Hitzköpfen und Fanatikern.«

»Und deshalb paktiert man mit Männern wie dem dort droben am Fenster, Sir Nigel?«

»Manchmal geht es nicht anders. Ich bin vom Fach, und er ist es auch. Manche Journalisten und Autoren stellen es so dar, als lebten Leute wie wir in einer Traumwelt. Das Gegenteil ist wahr. Die Politiker träumen ihre Träume, und die sind manchmal gefährlich, wie der Traum des Generalsekretärs, der das Gesicht Europas zu seinem eigenen Denkmal umfunktionieren wollte. Ein hoher Beamter des Geheimdienstes muß nüchterner sein als der härteste Geschäftsmann. Man muß sich der Realität anpassen, John. Wenn die Träume das Kommando übernehmen, endet die Sache mit der Schweinebucht. Der erste Durchbruch in der Kubakrise war dem Residenten des KGB in New York zu verdanken. Nicht die Fachleute hatten damals das Sagen gehabt, sondern Chruschtschow.«

»Und wie soll es jetzt weitergehen, Sir?«

»Das überlassen wir den anderen. Es wird ein paar Veränderungen geben. Sie werden sie auf ihre eigene unnachahmliche Weise vornehmen. Der Mann, von dem wir kommen, wird sie in Gang bringen. Es wird seine Karriere fördern und manche andere beenden.«

»Und Philby?« fragte Preston.

»Was soll mit ihm sein?«

»Versucht er zurückzukommen?«

Sir Nigel zuckte unwillig die Achseln.

»Das tut er schon seit Jahren«, sagte er. »Und, ja, von Zeit zu Zeit steht er mit meinen Leuten in unserer Moskauer Botschaft in Verbindung, geheim natürlich. Wir züchten Tauben ...«

»Tauben ...?«

»Sehr altmodisch, ich weiß. Und einfach. Aber noch immer überraschend wirksam. Auf diese Weise schickt er seine Mitteilungen. Aber *nicht* über Plan Aurora. Und selbst wenn er es getan hätte ... also, was mich betrifft ...«

»Was Sie betrifft ...?«

»Kann er in der Hölle verschimmeln«, sagte Sir Nigel sanft.

Wieder fuhren sie eine Weile schweigend dahin.

»Und was ist mit Ihnen, John? Werden Sie bei Fünf bleiben?«

»Ich glaube nicht, Sir. Nicht nach diesem Platzwechsel. Der GD scheidet mit dem 1. September aus, aber vorher nimmt er noch seinen Resturlaub. Unter seinem Nachfolger rechne ich mir keine Chancen aus.«

»Kann Sie nicht nach Sechs hinübernehmen. Das wissen Sie. Wir nehmen keine Späteinsteiger. Schon mal dran gedacht, wieder in einen Zivilberuf zurückzugehen?«

»Nicht leicht für einen Mann von sechsundvierzig und ohne nachweisliche Fähigkeiten, heutzutage einen Job zu finden«, sagte Preston.

»Ich habe da Bekannte«, sagte der Meister wie zu sich selber. »In zivilen Schutzdiensten. Könnte mal mit ihnen sprechen.«

»Zivile Schutzdienste?«

»Ölquellen, Minen, Depots, Rennpferde. Vermögenswerte, die die Leute vor Diebstahl oder Zerstörung schützen lassen wollen. Auch sich selber. Es wird gut bezahlt. Dann könnten Sie Ihren Sohn ganz zu sich nehmen.«

»Mir scheint, ich bin nicht der einzige, der's gründlich macht, Sir«, grinste Preston.

Der ältere Mann blickte aus dem Fenster, wie auf etwas weit Entferntes und längst Vergangenes.

»Hatte auch einmal einen Sohn«, sagte er ruhig. »Nur einen. Feiner Junge. Fiel im Falkland-Krieg. Weiß, wie Ihnen zumute ist.«

Preston warf einen erstaunten Blick in den Rückspiegel. Nie wäre ihm in den Sinn gekommen, daß dieser formgewandte und gewitzte alte Geheimdienstler einmal mit einem kleinen Jungen auf dem Teppich Hoppereiter gespielt hatte.

»Das tut mir leid. Kann sein, daß ich Sie in dieser Sache beim Wort nehme.«

Sie kamen am Flughafen an, gaben den gemieteten Wagen zurück und flogen wieder nach London, so anonym, wie sie gekommen waren.

Der Mann am Fenster des sicheren Hauses sah den abfahrenden Briten nach. Sein eigener Wagen würde erst in einer Stunde kommen. Dann wandte er sich um, setzte sich an den Schreibtisch und studierte aufs neue die Akte, die er in Empfang genommen hatte und noch immer in der Hand hielt. Sie gefiel ihm; es war ein gutes Gespräch gewesen, und die Dokumente in seinem Besitz würden seine Zukunft sichern.

Als Fachmann bedauerte Generalleutnant Karpow das Scheitern von Plan Aurora. Es war ein guter Plan gewesen; fein ausgetüftelt, unauffällig und wirksam. Aber als Fachmann war ihm auch klar, daß man eine »verbrannte« Operation nur noch abblasen konnte und die ganze Sache aufgeben mußte, ehe es zu spät war. Jedes Zögern hätte katastrophale Folgen gehabt.

Er entsann sich deutlich der Dokumente, die mit seiner Diplomatenpost von Jan Marais aus London gekommen waren, des Produkts seines Agenten Hampstead. Sechs davon waren wie immer erstklassiges Geheimmaterial, wie es nur einem Mann in der Stellung George Berensons zugänglich sein konnte. Beim siebenten Dokument hatte er gestutzt.

Es war ein persönliches Schreiben von Berenson an Marais zur Weitergabe nach Pretoria gewesen. Darin hatte der Beamte des Verteidigungsministeriums berichtet, wie er in seiner Eigenschaft als stellvertretender Chef des Beschaffungsamts mit besonderer Verantwortung für Nuklearwaffen einem Lagevortrag beigewohnt hatte, den der Generaldirektor von MI5, Sir Bernard Hemmings, im kleinsten Kreise abhielt.

Der Abwehrchef hatte der kleinen Gruppe mitgeteilt, daß seine Dienststelle die Existenz und fast alle Einzelheiten eines sowjetischen Plans entdeckt habe, wonach eine kleine Atombombe in einzelnen Bestandteilen nach England geschafft, dort zusammengebaut und zur Detonation gebracht werden sollte. Und das dicke Ende: MI5 war dem russischen Illegalen, der die Operation in England durchführen sollte, auf den Fersen und hoffte, ihn zusammen mit allem nötigen Beweismaterial zu erwischen.

Da General Karpow die Quelle als zuverlässig kannte, hatte er den Bericht von A bis Z geglaubt. Die Versuchung war groß, den Engländern freie Hand zu lassen; aber er wußte, daß es katastrophale Folgen hätte. Wenn die Briten allein und ohne fremde Hilfe zurechtkämen, bestünde für sie keine Verpflichtung, den haarsträubenden Skandal zu unterdrücken. Um diese Verpflichtung zu schaffen, mußte er eine Botschaft schicken, und zwar an einen Mann, der wissen würde, was zu tun sei, an jemanden, mit dem er über die große Kluft hinweg verhandeln könnte.

Dann war da noch die Frage, was für ihn dabei herauskäme ... Nach einer langen einsamen Wanderung in den frühlingsgrünen Wäldern von Peredelkino hatte er beschlossen, das gefährlichste Spiel seines Lebens zu wagen. Er hatte beschlossen, dem Privatbüro von Nubar Geworkowitsch Wartanjan einen diskreten Besuch abzustatten.

Er hatte seinen Mann mit großer Umsicht gewählt. Der Vertreter Armeniens im Politbüro galt als der Kopf der Gruppe innerhalb des Politbüros, die insgeheim fand, daß ein Wechsel an der Spitze fällig sei.

Wartanjan hatte ihn ausreden lassen, da er sicher war, daß man im Büro eines Mannes von seinem Rang keine Wanzen angebracht hatte. Er starrte den KGB-General nur aus seinen schwarzen Augen an und hörte zu. Als Karpow fertig war, hatte er gefragt:

»Sind Sie sicher, daß Ihre Information stimmt, Genosse General?«

»Ich habe alles, was Professor Krilow mir erzählte, auf Band«, sagte Karpow. »Das Gerät steckt in meiner Aktenmappe.«

»Und die Information aus London?«

»Die Quelle ist einwandfrei. Ich habe den Mann fast drei Jahre lang persönlich geführt.«

Der armenische Makler an der Machtbörse sah ihn lange Zeit an, als müsse er sich vieles überlegen, nicht zuletzt, wie diese Information nutzbringend zu verwenden sei.

»Wenn es stimmt, was Sie sagen, so herrschen bei der Führung unseres Landes Unbesonnenheit und Abenteurertum. Wenn man Beweise hätte – aber Beweise müßten erbracht werden –, könnte es an der Spitze einige Veränderungen geben. Leben Sie wohl.«,

Karpow hatte begriffen. Wenn der Erste Mann Sowjetrußlands stürzen würde, so müßte seine gesamte Mannschaft mit ihm stürzen. Veränderungen an der Spitze würden bedeuten, daß die Stelle eines Vorsitzenden des KGB frei würde, eine Stelle, die Karpow seiner Ansicht nach trefflich ausfüllen könnte. Aber um seine Anhänger in der Partei zu einer gemeinsamen Aktion zu bewegen, brauchte Wartanjan Beweise, noch mehr Beweise, solide, stichhaltige, greifbare Beweise dafür, daß diese Unbesonnenheit Rußland an den Rand der Katastrophe gebracht hatte. Niemand hatte je vergessen, wie Mikhail Suslow im Jahr 1964 Chruschtschow stürzte, indem er ihn des Abenteurertums in der Kubakrise von 1962 bezichtigte.

Kurz nach dieser Unterredung hatte Karpow Winkler nach England geschickt, die größte Flasche unter seinen Agenten, die er auftreiben konnte. Seine Botschaft war empfangen und verstanden worden. Jetzt hielt er den Beweis in Händen, den sein armenischer Gönner brauchte. Wieder blätterte er die Dokumente durch.

Der Bericht über das angebliche Verhör und Geständnis Major Valeri Petrofskis mußte noch ein wenig zurechtgerückt werden, aber er hatte Leute draußen in Jasjenewo, die das erledigen könnten. Die englischen Protokollformulare über das Verhör waren absolut echt, und darauf kam es an. Sogar Mr. Prestons Erfolgsberichte – aus denen zweckdienlich jede Erwähnung Winklers getilgt worden war – waren Fotokopien der Originale.

Der Generalsekretär persönlich würde weder in der Lage noch willens sein, den Verräter Philby zu retten, und später würde er nicht einmal mehr in der Lage sein, sich selber zu retten. Dafür würde Wartanjan sorgen, und er würde sich nicht undankbar erweisen.

Karpows Wagen kam, um ihn nach Zürich und zur Maschine nach Moskau zu bringen. Er stand auf. Es war wirklich eine gute Begegnung gewesen. Und wie immer hatten sie sich gelohnt, seine Verhandlungen mit »Chelsea«.

Epilog

Sir Bernard Hemmings nahm offiziell am 1. September 1987 seinen Abschied, obwohl er bereits seit Mitte Juli beurlaubt war. Er starb im November desselben Jahres, und seine Pensionsrechte gingen auf seine Frau und auf seine Stieftochter über.

Brian Harcourt-Smith folgte ihm nicht als Generaldirektor nach. Die Weisen nahmen ihre Sondierungen vor, und wenn man auch Harcourt-Smiths Versuchen, den Preston-Bericht nicht weiterzuleiten oder die Bedeutung der Affäre Glasgow herunterzuspielen, keine böse Absicht unterstellte, so war doch nicht zu leugnen, daß diese beiden Fälle zwei schwerwiegende Fehleinschätzungen darstellten. Da innerhalb von »Fünf« kein anderer Nachfolger auszumachen war, nahm man einen Dienstfremden als Generaldirektor herein. Mr. Harcourt-Smith kündigte einige Monate später und trat in den Vorstand einer Handelsbank in der City ein.

Preston schied Anfang September aus und ging zu einem zivilen Schutzdienst. Er verdiente dort mehr als zweimal soviel wie vorher im Staatsdienst und konnte nun die Scheidung einreichen und das Sorgerecht für seinen Sohn beanspruchen, denn er war jetzt in der Lage, den Unterhalt und die Erziehung Tommys zu bestreiten. Julia zog ihren Einspruch sofort zurück, und das Sorgerecht für den Sohn wurde Preston zugesprochen.

Sir Nigel ging wie geplant am Silvestertag in Pension und räumte sein Büro rechtzeitig zu Weihnachten. Er zog sich in sein Cottage in Langton Matravers zurück, wo er vollen Anteil am Dorfleben nahm und jedem, der ihn danach fragte, erzählte, er habe vor seiner Pensionierung »etwas Langweiliges in Whitehall getan«.

Jan Marais wurde Anfang Dezember zu Konsultationszwekken nach Pretoria zurückbeordert. Als die Boeing 747 der South African Airlines in Heathrow abhob, tauchten zwei stämmige SIS-Agenten aus dem Mannschaftsabteil auf und legten ihm Handschellen an. Er kam nicht in den Genuß eines beschaulichen Pensionistenlebens, da er nun seine ganze Zeit in einem Souterrainraum verbrachte und einem Team von breitschultrigen Gentlemen bei ihren Nachforschungen half.

Da die Verhaftung Marais' in der Öffentlichkeit stattgefunden hatte, sickerten Informationen darüber bald durch, und General Karpow wußte nun, daß sein Schläfer verbrannt war. Er konnte sicher sein, daß Marais, alias Frikki Brandt, den Verhören nicht lange standhalten würde, und wartete daher auf die Verhaftung George Berensons und die darauf folgende entsetzte Reaktion der westlichen Allianz.

Mitte Dezember schied Berenson aus dem Ministerium aus, doch es erfolgte keine Verhaftung. Auf die persönliche Intervention Sir Nigel Irvines hin durfte Berenson, von seiner Frau mit einer kleinen, aber auskömmlichen Pension ausgestattet, sich auf die britischen Jungferninseln zurückziehen und dort seinen Lebensabend verbringen.

General Karpow erfuhr, daß sein Spitzenagent nicht nur verbrannt, sondern auch umgedreht worden war. Er wußte nur nicht, *wann* Berenson in den Dienst des britischen Geheimdienstes getreten war. Schließlich meldete der KGB-Agent Andrejew aus der Rezidentura in London, er habe ein Gerücht gehört, wonach Berenson vom ersten Tag seit seiner Anwerbung durch Marais für MI5 tätig gewesen sei.

Die Analytiker in Jasjenewo kamen nach einwöchiger Prüfung zu der Einsicht, daß das in Wahrheit einwandfreie nachrichtendienstliche Material, das in den letzten drei Jahren aus dieser Quelle gesprudelt war, als von allem Anfang an fragwürdig in den Papierkorb gehöre.

Das war des Meisters letzter Streich.

Frederick Forsyth

Die Akte Odessa

Roman. Aus dem Engl. von Tom Knoth. 4. Aufl., 134 Tsd. 1981. 395 Seiten. Geb.

Die Hunde des Krieges

Roman. Aus dem Engl. von Norbert Wölfl. 3. Aufl., 110. Tsd. 1984. 436 Seiten. Geb.

In Irland gibt es keine Schlangen

Zehn Storys. Aus dem Engl. von Rolf und Hedda Soellner. 1982. 323 Seiten. Geb.

Der Lotse

Illustrationen von Chris Foss. Aus dem Engl. von Rolf und Hedda Soellner. 2. Aufl., 20. Tsd. 1976. 75 Seiten. Geb.

Der Schakal

Roman. Aus dem Engl. von Tom Knoth. 10. Aufl., 205. Tsd. 1981. 438 Seiten. Geb.

Des Teufels Alternative

Roman. Aus dem Engl. von Wulf Bergner. 3. Aufl., 109. Tsd. 1983. 512 Seiten. Geb.